BASTEI
LÜBBE

Mika Waltari

Michael der Finne

Deutsche Übersetzung von Ernst Doblhofer

BASTEI LÜBBE

BASTEI-LÜBBE-TASCHENBUCH
Band 12603

1.+2. Auflage 1976
3. Auflage 1977
4. Auflage 1979
5. Auflage 1981
6. Auflage 1983
7. Auflage 1986
8. Auflage 1990
9. Auflage 1993
10. Auflage Dez. 1996

Titel der finnischen Originalausgabe:
MIKAEL KARVAJALKA

Lizenzausgabe: Gustav Lübbe Verlag GmbH,
Bergisch Gladbach
Printed in Germany
Einbandgestaltung: K.K.K
Titelfoto: Archiv für Kunst und Geschichte Berlin
Gesamtherstellung: Ebner Ulm
ISBN 3-404-12603-3

INHALT

ERSTES BUCH

MICHAEL BAST PELZFUSS

1

Ich bin in einer fernen Gegend, welche die Geographen Finnland heißen, geboren und aufgewachsen; einem schönen, weiten Land, das den meisten Gebildeten noch unbekannt ist. Im Süden meinen die Leute, solch ein nördliches Land müsse unwirtlich und frostig sein und Menschen könnten dort nicht wohnen; nur Wilde hausten dort, in Raubtierfelle gehüllt und tief in Heidentum und Aberglauben befangen. Nichts törichter als das. Finnland kann sich sogar zweier großer Städte rühmen: im Osten erhebt sich das befestigte Viborg, und im Süden liegt Aboa oder Abo, wo ich geboren bin. Was Heidentum und Aberglauben anlangt, so bedenke man wohl, daß Finnland viele Jahrhunderte lang der einen wahren Kirche angehörte. In den heutigen schlimmen Zeiten mag man freilich sein Volk mit Recht abtrünnig schelten, da das Land unter der Zuchtrute des hartherzigen und räuberischen Königs Gustaf Luthers Lehre angenommen hat und bereits als ein verlorenes Schaf der Christenheit gilt. Ist es da ein Wunder, wenn das Volk wieder in Wildheit, Unwissenheit und Sünde verfiel? Freilich möchte ich die Schuld daran eher der schlechten Regierung als den Regierten zuschieben. Finnland ist keineswegs arm. Seine Wälder stecken voll Wild, und an den Ufern seiner mächtigen Ströme obliegt man allerorten mit Gewinn der Lachsfischerei. Die Bürger von Abo treiben Handel mit überseeischen Ländern, und an der bottnischen Küste versteht man gar wohl die Kunst, hochseetüchtige Schiffe zu bauen, und übt sie auch. Bauholz wächst in Fülle, getrocknete Fische, Felle und kunstvoll geformte Holzschüsseln werden von Abo aus in fremde Länder verschifft; außerdem schmilzt man auch Roheisen aus dem Erz des Binnenseengebietes. Der Handel mit Dörrfischen und Pökelheringen bildet eine so reiche Einnahmequelle, daß das Land sich eine Irrlehre, die keine Fasttage kennt, nicht auf die Dauer leisten kann, denn deren strenge Einhaltung, wie die katholische Kirche sie angeordnet hat, ist für den Wohlstand so manches frommen Bürgers unerläßlich.

Soviel über mein Heimatland; daraus mag man ersehen, daß ich ganz und gar kein Heide bin.

In einer Spätsommernacht – ich mochte damals sechs oder sieben Jahre zählen – kam der jütische Admiral Otto Ruud flußaufwärts gerudert, vorbei an den schlafenden Wachen in der Festung Abo, und nahm im Morgengrauen die Stadt im Handstreich. Und dieweil sich diese gräßliche Plünderung Abos im Jahre 1509 zutrug, fünf Jahre vor der Heiligsprechung St. Hemmings, muß ich das Licht der Welt im Jahre 1502 oder 1503 erblickt haben.

2

Ich weiß noch, wie ich zwischen weichen leinenen Bettlaken erwachte. Man hatte eine Pelzdecke über mich gebreitet, und ein großer Hund leckte mir das Gesicht. Als ich seine Schnauze wegstieß, gefiel ihm das; er nahm meine Hand sachte zwischen die Zähne und wollte mit mir spielen. Viel später trat eine dürre, graugekleidete Frau an mein Bett; sie musterte mich mit kalten, grauen Augen und setzte mir Fleischbrühe vor. Da ich mir einbildete, ich hätte das Tor des Todes durchschritten, war ich überrascht, daß sie keine Flügel hatte, und fragte schüchtern: »Bin ich im Himmel?«

Die Frau befühlte mir Hände, Hals und Stirn, und ihre Hand war so hart wie ein Brett. Sie fragte: »Tut dir der Kopf noch weh?«

Ich griff mir an den Kopf und fühlte, daß er verbunden war; dann schüttelte ich ihn als Antwort auf ihre Frage, wobei ich jedoch einen stechenden Schmerz im Nacken verspürte.

»Wie heißt du?« fragte die Frau.

»Michael«, antwortete ich. Das wußte ich gar wohl, war ich doch nach dem heiligen Erzengel getauft worden.

»Wessen Kind bist du?«

Darauf wußte ich nicht gleich zu antworten, schließlich aber sagte ich: »Michael, der Sohn des Blechschmieds. Bin ich wirklich im Himmel?«

»Iß deine Fleischbrühe«, versetzte sie kurz. »Ich sehe schon, du bist der Junge von Michaels Tochter Gertrude . . .«

Sie saß auf dem Bettrand und streichelte mir sachte die schmerzhafte Stelle im Nacken.

»Ich bin Pirjo Matsdotter aus der Karvajalka-(Pelzfuß-)Familie. Du bist in meinem Haus, und ich habe dich seit vielen Tagen gepflegt.«

Da fielen mir die Jüten wieder ein und alles, was geschehen war; und ihr Name jagte mir solchen Schrecken ein, daß mir der Appetit auf die Fleischbrühe verging.

»Bist du eine Hexe?« fragte ich sie. Sie fuhr auf und schlug ein Kreuz.

»Das also sagen sie hinter meinem Rücken?« herrschte sie mich zornig an, besann sich dann aber und fuhr fort: »Ich bin keine Hexe, sondern eine Frau, die Kranke heilt. Hätten nicht Gott und seine Heiligen mir die Gabe des Heilens verliehen, so wärest du und viele andere in dieser Elendszeit zugrunde gegangen.«

Ich schämte mich meiner Undankbarkeit, brachte es aber doch nicht über mich, sie um Verzeihung zu bitten, denn ich wußte, daß sie wirklich die berüchtigte Hexe von Abo aus der Familie Pelzfuß war.

»Wo sind die Jüten?« wollte ich wissen.

Sie erzählte mir, die seien vor einigen Tagen abgesegelt und hätten Priester, Bürgermeister, Ratsherren und die reichsten Bürger der Stadt als Gefangene mitgeschleppt. Abo sei arm geworden, denn in den letzten Sommern hätten die Jüten die besten Schiffe der Bürger gekauft, und nun hätten sie selbst den Dom seiner kostbarsten Schätze beraubt. Länger als eine Woche hätte ich schwerverwundet und mit hohem Fieber in Jungfer Pirjos Hütte gelegen.

»Wie bin ich hiergekommen?« fragte ich und starrte sie an. Und wie ich so hinstarrte, sah ich, wie sich ihr Haupt in den Kopf eines gutmütigen Pferdes verwandelte. Allein ich fürchtete mich nicht, weil ich wußte, daß Hexen sich verwandeln können. Der Hund trottete schweifwedelnd herbei, um mir die Hände zu lecken, und nun sah ich sie wieder als Jungfer Pirjo. Ich zweifelte nicht, daß sie eine Hexe war, aber ich vertraute ihr doch von ganzem Herzen.

»Du hast ein Pferdegesicht«, meinte ich bescheiden.

Darob war sie beleidigt; sie war nämlich so eitel wie jede andere Frau, wenngleich sie ihre mannbaren Jahre weit hinter sich hatte. Aber sie fuhr fort und erzählte mir, wie sie sich der Plünderer entledigt hatte, indem sie einen jütischen Schiffskapitän pflegte, der in seiner Gier nach Beute als erster von Bord gesprungen war und sich dabei den Knöchel verrenkt hatte. Am dritten Tage hatte einer der Jüten mich in ihre Hütte getragen und ihr drei Silbergroschen dafür bezahlt, daß sie mich wieder gesundpflegen sollte. Zweifellos verrichtete er diesen Akt der Barmherzigkeit zur Sühne für seine Sünden, denn die Plünderung des Domes hatte vielen ein schlechtes Gewissen bereitet. Aus ihrer Beschreibung entnahm ich, daß es derselbe Mann gewesen war, der meine Großeltern erschlagen hatte.

Als Jungfer Pirjo mir erläutert hatte, wie ich in ihr Haus gekommen war, setzte sie hinzu: »Ich habe dir das Blut aus deinem Hemd gewaschen, und deine Hose hängt am Haken. Du kannst dich ankleiden und hingehen, wo du willst, denn ich habe mein Wort gehalten und an dir eine Kur vollbracht, die mehr wert ist als drei Silberstücke.«

Dagegen war nichts zu sagen; so kleidete ich mich denn an und ging in den Garten hinaus. Jungfer Pirjo versperrte ihre Tür und machte sich auf den Weg, jene Kranken und Verwundeten zu besuchen, die nicht in das Kloster oder in das Hospital zum Heiligen Geist gebracht worden waren und, wenn es schon sterben hieß, lieber in ihren eigenen vier Wänden sterben wollten. Ich setzte mich auf die sonnenbeschienene Türschwelle, weil meine Beine von meiner Krankheit noch schwach waren, und starrte das dichte Sommergras und all die seltsamen Pflanzen im Kräutergarten an. Der Hund setzte sich neben mich, und da ich nicht wußte, wohin ich gehen sollte, legte ich ihm den Arm um den Hals und weinte bitterlich.

Hier fand mich Jungfer Pirjo, als sie in der Dämmerstunde zurückkam, warf mir jedoch nur einen schrägen, mürrischen Blick zu und trat ins Haus. Gleich darauf brachte sie mir ein Stück Brot und sagte: »Deiner seligen Mutter Eltern sind schon in einem

Massengrab mit anderen armen Leuten, die von den Jüten ermordet wurden, bestattet. In der ganzen Stadt herrscht ein heilloses Durcheinander, und niemand weiß, wo man beginnen soll, die Ordnung wiederherzustellen; aber auf dem Dach eures Hauses kreischen die Dohlen.«

Ich verstand nicht, was sie meinte, und sie erklärte es mir: »Du hast kein Daheim mehr, armer Kerl. Du kannst nicht erben, weil deine Mutter ledig war. Das Kloster hat Haus und Grund übernommen, nach dem mündlichen Vermächtnis, das Michael Michaelsson und sein Weib zum Heil ihrer Seelen hinterließen.«

Auch darauf wußte ich nichts zu sagen, doch bald kam Jungfer Pirjo wieder zu mir und drückte mir drei Silbergroschen in die Hand.

»Nimm dein Geld«, sprach sie. »Möge es mir beim Jüngsten Gericht als Verdienst angerechnet werden, daß ich aus Mitleid und ohne Gewinnsucht dich armen Burschen gesund gemacht habe, obwohl es vielleicht besser gewesen wäre, du wärest gestorben. Aber jetzt fort mit dir!«

Ich dankte Jungfer Pirjo für ihre Freundlichkeit, tätschelte den Hund zum Abschied und knüpfte die drei Silbergroschen in den Latz meines Hemdleins. Dann trottete ich heimwärts, am Flußufer entlang; unterwegs bemerkte ich, daß die Haustüren der Reichen eingeschlagen und die Glasfenster des Rathauses gestohlen worden waren. Niemand hatte Zeit, auf mich zu achten, denn die Bürgersfrauen waren eifrig daran, ihr verstörtes Vieh, das man aus seinen Verstecken in den Wäldern hereingetrieben hatte, zusammenzusuchen, während in den verlassenen Häusern die Nachbarn herumstöberten und alles noch brauchbare Gerät bargen, auf daß es nicht verlorengehe oder Dieben in die Hände falle.

Ich trat in unsere Hütte und fand dort nichts mehr vor; weder Spinnrad noch Wasserschaff, weder Kochtopf noch Holzlöffel noch auch das kleinste Stück Zeug, mich darein zu hüllen. Nichts war zurückgeblieben außer Lachen geronnenen Blutes, die der hartgestampfte Fußboden nicht aufsaugen konnte. Ich legte mich auf die irdene Bank und weinte mich in einen tiefen Schlaf.

3

Früh am Morgen wurde ich geweckt, als ein Mönch in schwarzem Habit eintrat; ich fürchtete mich jedoch nicht, denn er hatte ein rundes, freundliches Gesicht. Er wünschte mir Gottes Frieden und fragte, ob ich hier zu Hause sei. Dies bejahte ich, und er erwiderte: »Freue dich, denn das Sankt-Olafs-Kloster hat das Haus übernommen und dich so von allen Sorgen befreit, die irdischer Besitz mit sich bringt. Durch die Gnade Gottes hast du diesen Freudentag erlebt — du mußt nämlich wissen, daß ich hierhergesandt wurde, diese Hütte von allem Bösen zu reinigen, das an den Stätten eines plötzlichen Todes sein Unwesen treibt.«

Aus Gefäßen, die er mitgebracht hatte, begann er nun Salz und Weihwasser über den Fußboden und um den Herd, in die Türangeln und auf den Fensterladen zu sprengen, wobei er sich bekreuzigte und kräftige lateinische Anrufungen hersagte. Dann setzte er sich neben mich auf die Bank, auf der ich geschlafen hatte, entnahm seinem Ränzel Brot, Käse und Dörrfleisch und hieß mich auch zulangen, indem er meinte, nach so anstrengender Arbeit sei eine kleine Zwischenmahlzeit vonnöten.

Nachdem wir gegessen hatten, eröffnete ich ihm, ich möchte für Michael Michaelsson und sein Weib eine Seelenmesse lesen lassen, um sie aus den Qualen des Fegefeuers zu befreien, denn ich wußte, daß diese ärger waren als alle irdischen.

»Hast du Geld?« fragte der gute Mönch. Ich löste den Knoten im Latz meines Hemdleins und zeigte ihm meine drei Silbermünzen. Er lächelte noch freundlicher, streichelte mir das Haar und meinte: »Nenn mich Pater Petrus, denn ich heiße Petrus, wenn ich auch kein Fels bin. Hast du nicht mehr Geld?«

Ich schüttelte den Kopf, und er sah traurig drein, denn eine Messe sei für einen so geringen Betrag nicht zu haben.

»Aber«, fuhr er fort, »wenn wir etwa den Heiligen Heinrich, der selbst einen gewaltsamen Tod von Mörderhand erlitten hat, bewegen könnten, für die Seelen dieser guten Leute Fürsprache einzulegen, so wäre die Kraft seiner heiligen Fürsprache ohne Zweifel stärker als die beste Messe.«

Ich bat ihn, mich zu unterweisen, wie ich St. Heinrich meine Bitte vortragen solle; allein er schüttelte den Kopf.

»Dein bescheidenes, kleines Gebet hätte wohl kaum Gewicht

bei ihm; ja, ich fürchte, es würde in dem Schwall von Gebeten, der in diesen Tagen seinen Thron umspült, wie ein Mäuslein ersaufen. Wenn hingegen ein wirklich starker Mann des Gebetes – einer, der sein ganzes Leben der Armut, der Keuschheit und dem Gehorsam geweiht hat – die Sache übernähme; wenn er, sagen wir, eine Woche lang deine verstorbenen Großeltern in die Stundengebete einschließen wollte, so würde St. Heinrich gewiß seiner Bitte ein geneigtes Ohr leihen.«

Ich fragte: »Wo kann ich einen so starken Gebetsmann finden?«

»Du siehst ihn vor dir«, versetzte Pater Petrus mit bescheidener Würde, und mit diesen Worten nahm er mir die Silberlinge aus der Hand und ließ sie flugs in seinen Beutel gleiten. »Ich werde die Gebete heute zur Sext und Non beginnen und sie zur Vesper und Complet fortsetzen. Den Vigilien ist meine Gesundheit nicht gewachsen, weshalb mich unser guter Prior oft dem Nachtoffizium fernbleiben läßt. Allein deine geliebten Angehörigen sollen darunter nicht leiden. Ich will dafür zu den anderen Stunden die Zahl meiner Gebete entsprechend erhöhen.«

Ich verstand zwar nicht alles, was er sagte; allein er sprach so überzeugend, daß ich wußte, ich hatte meine Sache in die besten Hände gelegt, und ich dankte ihm bescheiden. Er schloß die Tür notdürftig, als wir das Haus verließen, schlug viele Male das Kreuzzeichen und segnete mich. Dann schieden wir, und ich kehrte zu Jungfer Pirjos Hütte zurück und trieb mich dort herum, weil ich nicht wußte, wohin ich sonst hätte gehen sollen.

Ich fürchtete, Jungfer Pirjo würde zornig sein, wenn sie mich sähe, denn ich hatte sie schon als strenge Frau kennengelernt. So versteckte ich mich; als es aber zu regnen begann, kroch ich in den Kuhstall. Dessen Mauern waren mit Moos überwachsen, auf dem Dach wuchsen Gras und Blumen, und sein einziger Bewohner war ein Schwein. Wie ich so dessen fette Schultern betrachtete, packte mich ein heftiger Neid auf dies Tier, das ein Dach über dem Kopf hatte und sich um Fressen und Saufen nicht zu sorgen brauchte. Ich schlief auf dem Stroh ein und fand beim Erwachen das Schwein neben mir. Da lagen wir nun Seite an Seite, um einander warmzuhalten. Jungfer Pirjo kam mit einem Eimer voll Schweinetrank herein und war sehr erbost, mich dort zu finden.

»Sagte ich dir nicht, du solltest verschwinden?« rief sie. Das

Schwein versetzte mir einen freundschaftlichen Stoß mit dem Rüssel und erhob sich, um zu fressen. Der Fraß bestand aus Erbsenschoten, gehackten Rüben, Milch und Hafergrütze. Schüchtern fragte ich, ob ich mithalten dürfte, wenn das Schwein nichts dagegen hätte. Diese Bitte brachte ich nicht so sehr vor, weil ich hungrig war – ich war viel zu niedergeschlagen, um den Hunger zu verspüren –, sondern weil mich das Abendbrot des Schweins würziger deuchte als alles, was ich im Hause meiner Großeltern seit langem gegessen hatte.

»Du undankbarer, unverschämter Bube! Willst du etwa sagen, ich sollte Mitleid lernen vom Schwein, das dich an seinem Busen wärmt und seinen Trank mit dir teilt? Hab' ich dir nicht drei Silberstücke gegeben? Für diesen Betrag kann selbst ein Erwachsener Bett und Tisch etwa für einen Monat finden! Ein Bürger oder ein Mitglied einer Gilde würde dich ein Jahr beherbergen und dich in die Lehre nehmen, wenn du ihn höflichst bittest. Warum machst du dir dein Geld nicht zunutze?«

Ich erzählte ihr, das hätte ich schon getan und meine Silberlinge Pater Petrus gegeben, auf daß er für die Seelen meiner Großeltern beten und sie von den Qualen des Fegefeuers erlösen möge. Jungfer Pirjo saß auf der Schwelle des Schweinestalles, eine Hand auf dem Futtertrog, die andere unter ihrem langen Kinn, und starrte mich lange an.

Schließlich fragte sie: »Bist du von Sinnen?«

Ich antwortete, ich wüßte es kaum. Niemand hätte es mir gesagt, aber seit meiner Kopfverletzung sei mir das Leben gar seltsam und verwirrend erschienen.

Jungfer Pirjo nickte.

»Ich könnte dich ins Hospital zum Heiligen Geist bringen, wo sie dich zusammen mit allen anderen Verkrüppelten und Blinden und Fallsüchtigen aufnehmen könnten – denn sie werden dich ohne Zweifel für verrückt halten, wenn sie dich reden hören. Aber wenn du den Schnabel halten und klug dreinschauen kannst, so könnte ich vielleicht mit den Zunftbrüdern Michaels des Blechschmieds ein Wörtlein reden und sie bewegen, für deinen Unterhalt zu sorgen, bis du alt genug bist, ihn selbst zu verdienen.«

Ich bat sie um Vergebung für meine unfertigen Reden; ich hatte noch mit keinem Menschen viel gesprochen, denn wenn Michael der Blechschmied sprach, hieß es schweigen und zuhören, und wenn meine Großmutter redete, dann nur von den Folterqualen der Hölle und den Schrecknissen des Fegefeuers, und von diesen Dingen wußte ich so wenig, daß ich ihr nicht Rede und Antwort stehen konnte.

»Aber«, so setzte ich hinzu, »ich kenne viele deutsche und schwedische und sogar lateinische Wörter.«

Ich brannte darauf, vor Jungfer Pirjo mit meinen Kenntnissen zu prahlen, denn noch niemand hatte so freundlich mit mir gesprochen; so plapperte ich denn all die fremdländischen und geheimnisvollen Wörter her, die mir aus irgendeinem Grunde im Gedächtnis haftengeblieben waren: Wörter aus der Kirche, aus den Häusern der Kaufleute, aus Gildenversammlungen und aus dem Hafen, als da waren: *salve, pater, benedictus, male spiritus, pax vobiscum, Haltsmaul, Arsch, Donnerwetter, sangdieu* und *heliga kristus.* Als ich atemlos innehielt, hielt Jungfer Pirjo sich die Ohren zu. Dennoch fuhr ich unbekümmert fort und erzählte ihr, daß ich viele Buchstaben lesen und meinen Namen schreiben könnte. Als sie das nicht glauben wollte, nahm ich einen Stock und schrieb, so gut ich konnte, MICHAEL in den Schmutz. Sie konnte nicht lesen, fragte aber, wer mich unterwiesen habe. Niemand, entgegnete ich, aber ich sei überzeugt, ich würde bald lesen lernen, wenn es mich jemand lehren wollte.

Während wir sprachen, hatte sich der Tag geneigt, und es dunkelte. Sie nahm mich ins Haus, zündete eine Kerze an und begann mit ihren harten Fingern meine Kopfwunde auszudrücken. Sie erzählte mir, sie habe den Riß in meinem Schädel mit Nadel und Zwirn zusammengeflickt; nun aber hatte die Wunde geeitert, und sie badete sie, legte Meltau und Spinnweben darauf und machte mir einen frischen Verband. Sie gab mir zu essen und ließ mich in ihrem Bett schlafen.

So geschah es, daß ich bei Jungfer Pirjo zu wohnen kam und mich ihr nützlich machte, indem ich den Unrat von schwarzen Hähnen, Haare aus Pferdeschwänzen und von den Hälsen der Widder in den Schafhürden der Bürger sammelte und ihr half, Fundstellen von Heilpflanzen ausfindig zu machen und diese bei Neumond zu pflücken. Aber das wichtigste war, daß Pater Petrus mich auf ihr Ersuchen Schreiben und Lesen lehrte und mich in der Kunst unterwies, viele nützliche Rechenaufgaben mit Hilfe eines Rosenkranzes zu lösen.

4

Es war, als ob meine Kopfverletzung einen vollkommenen Wandel meines Lebens und Charakters herbeigeführt hätte; das wurde auch nicht anders, als die Wunde heilte und Haar die Narbe verdeckte. Ich blieb auch fürderhin aufgeweckt und wißbegierig, lernte rasch und vergaß, daß ich jemals ein wimmernder Balg gewesen war, der sich scheute, einem Fremden gegenüber den Mund aufzutun. Jungfer Pirjo schlug mich weder, noch schüchterte sie mich ein; sie behandelte mich gut und achtete meine Gaben. Das Lernen, das für viele harte Mühe und Heulen und Zähneknirschen bedeutet, war mir ein fröhliches Spiel, und je mehr ich lernte, um so größer wurde mein Wissensdurst. Ich weiß nicht, woraus ich schließlich mehr lernte: aus Pater Petrus' frommen Geschichten oder aus Jungfer Pirjos Unterweisungen, wenn sie in hellen Winternächten von den Sternen sprach oder mich an düfteschweren Sommerabenden an der Hand durch Haine und an Flußufern entlangführte und mir erklärte, welches Kraut gegen diese oder jene Krankheit am meisten vermöge. Denn Jungfer Pirjo war als heilkundige Frau bekannt und stand mit der Geistlichkeit und den Klosterbrüdern auf gutem Fuß.

Zuerst nahm Pater Petrus meinen Unterricht für einen Scherz; als er aber sah, welche Fortschritte ich im Lauf eines einzigen Winters gemacht hatte – obwohl er sich nur ein- oder zweimal die Woche zwischen den Gebetsstunden in Jungfer Pirjos Hütte einfand und selbst dann die meiste Zeit auf Essen und Trinken verwendete –, begann er, mit seiner Gastgeberin ernsthaft zu reden und meinte zu ihr, ich solle lieber ins Kloster oder in die Domschule eintreten, so daß ich als Schüler von Pater Martin Grammatik, Rhetorik und Dialektik nach den Regeln dieser Künste studieren könnte.

»Im Namen der Jungfrau und aller Heiligen!« rief er aus, indem er sich mit seinem schwarzen Ärmel das Fett von den Lippen wischte. »Wenn ich einen Sohn hätte wie Michael – was die lieben Heiligen verhüten mögen! –, so würde ich ihn unverzüglich auf die Schulbank setzen, in der Gewißheit, daß er zu seiner Zeit der Kirche Ehre machen würde. Er könnte Kanonikus, ja sogar Bischof werden, denn er kann jetzt schon das Paternoster und Ave auswendig und beherrscht die lateinischen Zahlwörter geläufig bis zwanzig, und viel weiter komme auch ich nicht.«

Er nahm einen Schluck Wein und pries dessen erfrischende und herzstärkende Wirkung.

Aber Jungfer Pirjo wandte ein: »Ihr vergeßt, Pater Petrus, daß Michael allein in der Welt steht und unehrlicher Abkunft ist. Die Kirche stellt keine Hurenbälger in ihren Dienst. Und was sollte ihn das Lernen freuen, wenn er nicht geweiht werden könnte?«

»An Eurer Stelle würde ich das gelehrte und schickliche Wort ›Bastard‹ gebrauchen«, bemerkte Pater Petrus. »Dieses Wort deutet auf edle Abkunft, und wer es hört, wird sogleich versuchen, sich all die edlen Herren und Legaten ins Gedächtnis zu rufen, die Abo in den letzten Jahren besucht haben. Wenn Ihr aber Pater Martin sagt, der Knabe sei ein gewöhnliches Kind des Zufalls, so wird er gleich meinen, Michaels Vater sei ein gewöhnlicher Seemann, ein Reisiger oder ein Ochsentreiber gewesen und über Euer Ansinnen lachen.«

»Aber Ihr möchtet doch nicht, daß ich über seine Geburt Lügen erzähle!«

»Nun redet Ihr Unsinn«, war die verächtliche Antwort. »*Pro primo* bezeugen des Knaben feingemeißelte Züge, sein seidiges Haar und seine kleinen Hände und Füße, ganz zu schweigen von seinem Verstand, seinen Talenten und seinem guten Benehmen, daß er edler Abkunft ist. *Pro secundo* ist das Ganze nur eine Frage des richtigen Ausdrucks, der bei hoch und niedrig dasselbe bezeichnet: die Frucht einer sündhaften Handlung – *fructus inhonestus et turpis* –, ungeachtet des Ranges derer, die sie begehen.«

Ich griff mir ins Haar, das ungewöhnlich struppig war. Meine Hände waren nicht weich, nicht einmal rein, und ich rieb verlegen meine schmutzigen Beine aneinander.

»Glaubt mir, o edle und mitleidige Jungfer Pirjo«, fuhr Pater Petrus fort, indem er beschwörend den Humpen schwang, »sucht den Magister Martinus auf und sprecht mit ihm. Wenn Ihr etwa ein großes Stück Tuch entrolltet, groß genug für eine Tunika, einen guten, fetten Räucherschinken hinzufügt und bescheiden mit ein paar Silberstücken klingelt, würde er gewiß auf Eure Bitte hören, wie seltsam sie auch sei. Dann flüstert ihm geheimnisvoll ins Ohr: ›Der Junge ist ein Bastard!‹ Sogleich wird seine Neugier geweckt sein. Gebt Euch den Anschein von Furcht, sagt, Ihr hättet schreckliche Eide geschworen, von der Sache kein Sterbenswörtchen mehr verlauten zu lassen, und Ihr werdet sehen, Magister Martinus wird sich um Michael mehr bemühen als um alle seine anderen Schüler, dieweil der Schinken und das pure Silber für ihn sprechen werden.«

Diese Worte des Pater Petrus gaben Jungfer Pirjo viel zu denken und riefen selbst in meiner Seele einen schmerzlichen Widerhall wach. An jenem Abend saß sie da und starrte mich länger als gewöhnlich an, das Kinn in die harte Hand gestützt, und murmelte in sich hinein. Ich glaube, Pater Petrus hatte sie überzeugt, daß ich wirklich ein Bastard sei.

5

In der Domschule war ich der Jüngste und hatte es daher dort schwerer, als es sonst wohl gewesen sein mochte. Neben mir im Stroh saßen viele Jünglinge, denen der Bart schon sproßte und deren schamloses Betragen mehr Liebe zu den Torheiten und Lastern der Welt als zu den lateinischen Deklinationen verriet. Das einzige Lehrmittel, dessen Magister Martinus und seine Hilfslehrer sich bedienen konnten, war die in Salzwasser geschmeidig gemachte Birkenrute, und ich bildete mir zuweilen ein, sie seien über den Körperteil, der für das Lernen am empfänglichsten ist, im Irrtum. Nichtsdestoweniger hat es in der Tat den Anschein, als blieben jene Grammatikregeln, die dem Hinterteil eingebleut wurden, am verläßlichsten im Gedächtnis haften; und irgendwie gewannen wir, je mehr wir lernten, jene düstere Schule lieb, deren gewaltige Steinmauern unsere Jugend einsargten. Wir gelobten einander feierlich, daß auch wir, wenn unsere Zeit käme, unsere Nachfolger nicht schonen würden, und wenn wir beim Bilden unserer eigenen lateinischen Redewendungen merkten, wie die eingebleuten Grammatikregeln gleich gehorsamen Sklaven unseren Gedanken zu Hilfe eilten, so frohlockten unsere Herzen in der Tat.

Das erhabenste kirchliche Fest, dem ich in jenen Jahren beiwohnte, war die feierliche Beisetzung der Gebeine St. Hemmings in einem Reliquienschrein. Um diese Zeit hatte ich vier Schuljahre hinter mir und bereitete mich mit etwa zehn anderen fortgeschrittenen Schülern auf das Studium der Dialektik vor. Wäre es den Scholaren verstattet gewesen, sich den Bart wachsen zu lassen, so hätten die meisten meiner Kameraden schon stattliche Bärte gehabt.

Ich muß gestehen, daß mir nicht sonderlich feierlich zumute war, als wir im Dom die Fliesen mit Brechstangen emporwuchteten und begannen, unter dem abscheulichen Fäulnisgestank, der die Kirche trotz des reichlichen Weihrauchs und des Duftes vom arabischen Räucherwerk erfüllte, die heiligen Gebeine auszugraben. Ich hatte mich kurz vorher ausgezeichnet, indem ich Bischof Hemmings Erdenwallen und seine Wunder in Versen gefeiert hatte, und wurde daher der Ehre teilhaftig, seine Gebeine zu exhumieren. Wir fanden sie in großer Anzahl, und während wir sie zum Gesang der Priester wuschen und von allem Unreinen säuberten, durchdrangen uns eine wundersame Stärke und ein Gefühl des Trostes, als hätten wir Wein getrunken oder den Heiligen Geist empfangen. Unsere Wangen glühten, unsere Augen leuchteten, und plötzlich nahmen wir den Duft geweihten Balsams wahr. Er wurde besonders stark, als wir seinen braunen Schädel in der Hand hielten, in dessen Kieferknochen noch ein paar gebrochene Zähne steckten. Wir reichten die Gebeine eins nach dem anderen Bischof Arvid und den Würdenträgern seines Gefolges hinauf, damit sie sie mit Öl salbten und in einen neuen Sarg legten. Schließlich bedeutete uns aber der hochwürdigste Bischof laut und bestimmt, es sei nun genug der Gebeine. So wird es mir wohl nicht als Sünde angerechnet werden, daß ich verstohlen einen Rückenwirbel und einen Zahn in meine Tasche gleiten ließ.

Vor der feierlichen Wiederbestattung hatten wir Kleriker die schwierige Aufgabe, lebende Tauben und Buchfinken für die Festlichkeiten zu fangen. Hätten wir schon im vorigen Winter von der Sache gewußt, so hätten wir Seidenschwänze und Dompfaffen in Schlingen fangen können, was meines Erachtens mehr zur Verschönerung des Festes beigetragen hätte. Allein im Sommer war es unmöglich, ihrer habhaft zu werden.

Der Dom war übersät mit Girlanden, Kränzen, Wappen und Bildern aus dem Leben des Heiligen, die auf Leinwand gemalt waren und von hinten beleuchtet wurden. Tausende von Wachskerzen und mindestens hundert Lampen tauchten das Innere des Domes in strahlende Helligkeit. Aufs neue wurden die Fliesen gehoben, die heiligen Gebeine wurden in kostbare Stoffe gehüllt und in einen stattlichen, vergoldeten Schrein gelegt. Während die Reliquien in Prozession durch die kniende Gemeinde im Dom herumgetragen wurden, fingen wir Knaben an, durch eine Luke im Dachgewölbe brennende Wergbüschel, die Schießpulver enthielten, hinabzuwerfen, so daß die Menschen vor Staunen und Furcht laut aufschrien, weil sie sie für Blitze hielten. Ich habe mich später oft gewundert, daß wir nicht den ganzen Bau in Brand setzten, denn der Dachstuhl war staubig und trocken wie Zunder, und um unsere Köpfe flatterten und kreischten unaufhörlich die Dohlen.

Hierauf ließen wir die Tauben und Buchfinken nacheinander fliegen, so daß sie unter dem Dach kreisten, und streuten Blumen und Hostien auf die Gläubigen hinab, um ihre Freigebigkeit anzuspornen. Der Dom erntete denn auch an ihren Spenden ein Vielfaches der Kosten des Festes, und man kann sagen, daß St. Hemmnigs für seine Neubestattung großzügig aufkam. Allein man war beiderseits zufrieden, und Jungfer Pirjo gestand freimütig, es sei ihr für ihr Geld Schönheit und Erbauung in reichem Maße zuteil geworden. Ein Greis, der den Schrein geküßt hatte, warf seine Krücken weg und begann auf gesunden Gliedern umherzulaufen; und eine Stumme, die seit Jahren im Hospital zum Heiligen Geist gelebt hatte, erlangte die Sprache wieder — wenngleich viele darin eher ein Unglück denn einen Segen erblickten, weil sie sich als ein absonderlich böses Maul erwies.

Dieser Bericht soll zeigen, daß meine Schulzeit keineswegs nur im Zeichen der Angst und Bedrängnis stand, sondern auch einige erhebende geistige Erlebnisse mit sich brachte.

Dank meines zarten Alters und Jungfer Pirjos Güte brauchte ich nicht gleich anderen während der Vakanz als fahrender Scholar von einer Pfarrei zur anderen zu ziehen, um mir Brot und Schulgeld zu erbetteln. Jungfer Pirjo sorgte für Nahrung und Kleidung, Obdach, Feuer und Licht und kaufte mir sogar ein Buch; so war ich der erste Student der Dialektik, der eines besaß. Mit ihrer Erlaubnis schrieb ich auf die Titelseite den Namen MICHAEL BAST: KARVAJALKA, und das Datum A. D. MDXV. Darunter setzte ich eine gewaltige lateinische Verwünschung gegen jeden, der mein Buch etwa stehlen oder ohne Erlaubnis verkaufen würde. Jungfer Pirjo hatte es billig erstanden, und die Namen auf dem Einband wie auch die zerlesenen Seiten verrieten, daß es durch viele Hände gegangen war. Und dennoch war es jahrelang mein teuerster Schatz. Es hieß *Ars Moriendi, etc.*, mit anderen Worten: *Die Kunst zu sterben.* Daraus mag jedermann ersehen, was für ein Buch es war, denn es wird immer noch gelesen und wird gewiß immerdar ein wertvoller Führer zum Tode und zum Leben im Jenseits sein.

Warum aber Jungfer Pirjo so gütig für mich sorgte und meinetwegen solchen Aufwand trieb, konnte ich nicht verstehen — oder besser gesagt, ich zerbrach mir kein einziges Mal den Kopf darüber und nahm es so natürlich hin wie sie. Mag sein, daß sie um ihrer Sippe und ihres heimlichen Gewerbes willen allzu abgeschieden leben mußte und im Laufe der Zeit ihrer einzigen Gefährten, des Hundes und des Schweines, überdrüssig geworden war.

An Feiertagen nahm sie mich oft mit und lehrte mich viel Nützliches, dann wieder pflegte ich ihr aus meinem Buche vorzulesen und das Gelesene zu erläutern. Sie meinte, sein Inhalt verstehe sich für jeden vernünftigen Menschen von selbst, doch klinge es auf lateinisch sehr weise.

Im Frühling, wenn das Vieh auf die Weide getrieben wurde und Pater Petrus nach Kräften für sein Gedeihen Vorsorge getroffen hatte, kamen alle klugen Leute zu Jungfer Pirjo, denn sie wußten recht gut, daß diese ihrem Viehstand wohl gewogen sein müsse, sollte nicht den Kühen die Milch versiegen, Kälber tot geboren werden, Lämmer die Beine brechen und Pferde sich in den Sumpf verirren. Dafür gab es so viele vertrauenswürdige Zeugen, daß Jungfer Pirjo von jedem wohlbestellten Hauswesen einen Herdenpfennig einstrich.

Unter ihren regelmäßigen Besuchern fiel mir bald Meister Laurentius auf, den sie an kalten Winterabenden mit würzigem Glühwein zu traktieren pflegte. Zuweilen brachte er in einem fleckigen Lederbeutel Mundvorrat mit; doch was der Beutel sonst noch enthielt, konnte ich nie entdecken. Er trug ein gesprenkeltes Lederwams und schien immer sehr melancholisch. Jungfer Pirjo redete ihn mit dem Titel »Meister« an, allein ich dachte nie über sein Handwerk nach, bis ich ihn zum erstenmal an der Arbeit sah. Er kam in der Dämmerung und ging nach Einbruch der Dunkelheit, und ich sah ihn nie in der Stadt, obwohl er, nach der aufrichtigen Achtung zu schließen, die Jungfer Pirjo ihm entgegenbrachte, offenbar zu den einflußreichsten Bürgern Abos zählte.

Ihre Freundschaft war so eng, daß ich anfing, in Meister Laurentius einen treuen Bewunderer zu sehen, der ungeachtet des oft geäußerten Entschlusses Jungfer Pirjos, ihr Leben lang unvermählt zu bleiben, die Hoffnung nicht aufgegeben hatte; das sicherste Zeichen hierfür erblickte ich darin, daß sie ihm den Wein in einem silbernen Becher kredenzte. Ich hatte nichts gegen Meister Laurentius, denn er war immer freundlich, und ich fand an ihm einen ernsten, gesetzten Menschen, der gerne vom Tode sprach und den Vorschriften aus meinem Buche, wie wir uns auf den Abschied von dieser Welt vorbereiten sollten, ein williges Ohr lieh.

Eines Tages im Frühling, als die Birken Knospen und die Felder zartes Grün angesetzt hatten, gab uns Magister Martinus einen Tag frei, damit wir dem Hängen zweier jüngst gefangener Seeräuber beiwohnen könnten, denn er dachte, wir würden aus diesem Schauspiel Erbauung schöpfen und Nutzen ziehen. Am selben Abend kam Meister Laurentius wieder, und Jungfer Pirjo setzte ihm Wein im silbernen Becher vor. Ich hatte ihn nach der Hinrichtung gegrüßt, trotz der erstaunten Blicke meiner Mitschüler, und als er mich nun wiedersah, rieb er sich verlegen die Hände und wich meinem Blick aus.

Scheu gestand ich ihm, ich hätte nie gedacht, daß eines Menschen Leben seinem Körper so schnell und leicht entfliehen könne; er nahm meine Worte als Anerkennung seiner Geschicklichkeit und entgegnete: »Du bist ein vernünftiger Junge, Michael –

nicht so wie viele andere deines Alters, die auf und davon laufen, wenn sie mich sehen, und sich verstecken oder Steine nach mir werfen. Ihre Eltern sind übrigens nicht besser. In der Schenke muß ich allein sitzen, und alle Heiterkeit hat ein Ende, wenn ich eintrete. Der Henker führt ein einsames Leben, und sein Gewerbe vererbt sich gewöhnlich vom Vater auf den Sohn, wie ich meiner Familie. Sag mir ehrlich, Michael, fürchtest du nicht, mich zu berühren?«

Er bot mir seine Hand, die ich furchtlos ergriff. Er hielt mich eine Weile so, sah mir in die Augen, seufzte schwer und sprach: »Du bist ein guter Junge, Michael; und wenn du dich in der Schule nicht so gut gehalten hättest, hätte ich dich als Lehrling aufgenommen, denn ich habe keinen Sohn. Das Geschäft des Henkers ist das wichtigste auf der ganzen Welt. Vor ihm müssen Fürsten und selbst Könige das Knie beugen. Ohne ihn ist der Richter machtlos, sein Urteil nichtig. Daher bezahlt man ihn gut, und der Scharfrichter ist selbst in Friedenszeiten seines Unterhalts sicher, denn die Menschennatur ist unverbesserlich und die Verbrechen nehmen nicht ab. In stürmischen Zeiten sind viele reich geworden. Vor allem hat sich die Kunst der Politik als wahre Wohltat für uns erwiesen.«

Er schwieg und tat ein paar rasche Schlucke, als schäme er sich seiner Redseligkeit, aber ich drang in ihn, mir noch mehr zu erzählen, und er fuhr mit Jungfer Pirjos Erlaubnis fort.

»Ein guter Henker muß vor allem verstehen, das Vertrauen seiner Klienten zu gewinnen. Darin ist seine Arbeit mit der des Priesters oder der des Arztes zu vergleichen. Du hast heute gesehen, wie beherzt meine beiden Freunde aus freien Stücken die Leiter bestiegen. Es wirft ein schlechtes Licht auf den Scharfrichter, wenn sein Klient mit Gewalt zur Hinrichtung geschleppt werden muß oder heulend und kreischend das Volk um Gnade anfleht und seine Unschuld beteuert. Die große Kunst liegt darin, ihn so weit zu bringen, daß er wie ein Weiser in den Tod geht, voll christlicher Ergebenheit und in der Überzeugung, daß das Leben eitel und ein rascher, schmerzloser Tod das schönste Geschenk ist, das die Welt ihm zu bieten hat.«

Es dauerte geraume Zeit, bis ich dem häßlichen Gedanken, der mich durchzuckt hatte, als ich die hilflosen Füße jener Verbrecher am Galgen ihren letzten Tanz tanzen sah, Worte zu leihen wagte.

»Meister Laurentius! Unter Euren erfahrenen Händen sah ich einen Menschen so schmerzlos sterben, daß ich mich zu fragen begann, ob es denn überhaupt etwas gibt — nach dem Tode?«

Er bekreuzigte sich ehrfürchtig und antwortete: »Das sind gottlose Reden, die ich nicht hören will. Wer bin ich armes Menschlein, daß ich zu beweisen versuchen sollte, was sich nicht beweisen läßt?«

Allein er sprach nur zögernd, und als ich aufs neue in ihn drang, erwiderte er: »Du hast recht vermutet, Michael. Als Diener des Todes habe ich oft über diese Dinge nachgedacht, und meine Gedanken schlugen dabei eine Richtung ein, die mich heute meinen Klienten nicht mehr von Seligkeit und ewigem Leben sprechen läßt; das überlasse ich den Priestern. Wenn aber ein armer Teufel in seiner Angst vor der Verdammnis mich bittet, ihm zu sagen, was ich vom Tode weiß, dann fordere ich ihn auf, sich vorzustellen, er trete aus einer eisigen Winternacht erschöpft in eine dunkle, warme Hütte und lege sich auf ein weiches Bett. Dort könne er tief schlafen und brauche nicht zu fürchten, von einem Pochen an der Tür geweckt und wieder in die Kälte hinausgeschleppt zu werden. So spreche ich zu ihm; und wenn's eine große Sünde ist, so möge sie mir vergeben werden um des Trostes willen, den sie vielen spendete, die im Glauben schwach waren.«

Obgleich ich wußte, daß Meister Laurentius hier einem Irrtum verfallen war und eine Irrlehre predigte, ohne es zu wissen, so gewährte mir seine Einbildung doch einen besonderen Trost, denn ich dachte viel an meine Mutter, und das Herz tat mir weh um sie. So beruhigte mich die Vorstellung, daß sie, als sie sich ertränkte, aus der Schande und Demütigung des Lebens in einen Schlaf hinübergeglitten war, aus dem sie niemand wecken konnte.

7

Solche Erwägungen waren ein Zeichen, daß ich meine kindliche Unschuld bereits verloren und der Teufel begonnen hatte, mir seine Fallstricke zu legen, um mich zu verderben. Dasselbe ließ sich von meinem nunmehr eintretenden Stimmbruch sagen, der mich meine Stelle als Chorsänger kostete; und die Veränderungen, die jetzt an meinem Körper vor sich gingen, machten mir viel zu schaffen.

An einem Samstagabend, nachdem Jungfer Pirjo mich in der Badestube gebadet hatte, untersuchte sie mich sorgfältig, und als wir wieder daheim waren, sprach sie ernst: »Michael, von jetzt an wäre es besser, wenn du dir Haar und Rücken selber waschen würdest. Auch schickt es sich nicht länger für dich, mit mir in einem Bett zu schlafen, da es dich in Versuchung führen könnte. Du mußt dein eigenes Bett haben und Männerkleider tragen, denn bald wirst du ein Mann sein.«

Ihre Worte machten mich traurig, doch ich wußte, daß sie recht hatte, und wußte auch, warum sie manchmal in Frühlingsnächten dalag und so tief seufzte. Ich hatte bereits begonnen, über das Verhältnis zwischen Männern und Frauen nachzudenken, und war in solchen Dingen nie im unklaren gelassen worden, denn die anderen Scholaren waren rauhe Brüder, die ihre Worte nicht auf die Goldwaage legten. Aber wenn sie sich ihrer Heldentaten rühmten, errötete ich vor Scham. Ich hatte eine erhabene Auffassung von der Liebe und fühlte nicht den leisesten Wunsch, ihr nachzugehen, als ich erfuhr, wie niedrig und tierisch ihre körperliche Seite war.

Dennoch litt ich unter mannigfaltigen und rastlosen Gedanken. Als die Nächte heller wurden, konnte ich nicht schlafen, sondern wanderte in den Vorstädten umher, sog den Duft der Vogelkirschen ein und lauschte dem Schrei der Eulen und dem Schnattern der Enten im Schilf. Ich sehnte mich nach Freundschaft, aber unter meinen Schulkameraden hatte ich keinen Freund, dem ich meine Gedanken offenbaren konnte. So wurde Pater Petrus mein Vertrauter, und die Beichte bedeutete mir sehr viel, obwohl er meine ängstlichen Fragen nicht immer beantworten konnte.

Zweifellos hatte Pater Petrus viele Fehler, die er mit christlicher Demut trug, aber trotz alledem war er ein weiser Mann; denn als er mit Jungfer Pirjo lange gesprochen hatte, rief diese mich zu sich und erklärte mir: »Du hast mich oft gebeten, gleich den anderen Schülern während der Ferien das Land durchziehen zu dürfen. In diesen gottlosen Zeiten würdest du dadurch nur an Leib und Seele Schaden leiden; und dennoch ist es an der Zeit, daß du anfängst, zu deinem Unterhalt beizutragen. Daher haben

Pater Petrus und ich beschlossen, daß du in den kommenden langen Ferien bei einem deutschen Feuerwerker arbeiten sollst, der kürzlich in unsere Stadt gekommen ist. Er sucht einen anständigen, verläßlichen Gehilfen – einen, der schreiben kann und ihm in der Pulvermühle und der Salpetersiederei helfen soll.«

Hier begann sie zu weinen.

»Nicht etwa, daß ich es so wollte – ich würde dich mit Freuden gleich einer Blume auf Händen tragen –, aber Pater Petrus meint, es sei nicht gut für dich, allein bei einer unverheirateten Frau zu wohnen, ohne die Gesellschaft und Unterweisung von Männern. Aber du mußt in der Pulvermühle vorsichtig sein und auf dich achtgeben; und jeden Samstag mußt du heimkommen, so daß ich dir einen Vorrat an Lebensmitteln geben kann – ja, ich würde dich niemals ein so gefährliches Gewerbe lernen lassen, wenn nicht dieser Meister, über dessen heidnischen Namen ich mir jedesmal die Zunge breche, gute Bezahlung versprochen hätte. Und Pater Petrus meint auch, ein Junge in deinem Alter solle nicht verhätschelt werden.«

Meister Schwarzschwanz war in jenem Jahr zu Schiff aus Deutschland aufgebrochen, sobald das Wasser eisfrei war, und war in die Dienste des Schloßhauptmanns getreten. Er hatte einen Vertrag unterzeichnet, der viele Klauseln über Kanonengießen, Verbesserung der Pulvermühle und die Einrichtung einer Salpetersiederei enthielt. Viele nahmen dies für ein Zeichen, daß schlimme Zeiten bevorstanden.

Meister Schwarzschwanz war ein untersetzter, breitschultriger Mann mit dunklem Gesicht und blitzenden, schwarzen Augen. Er brüllte seine Anweisungen laut hinaus, wohl weil er meinte, daß ihn die Arbeiter in der Pulvermühle dadurch besser verstehen würden. Als er sich überzeugt hatte, daß ich seiner Muttersprache mächtig war und schreiben konnte, verjagte er den Saufbruder von einem Schreiber, den er bis dahin aus Mangel an einem besseren beschäftigt hatte, und öffnete mir sein Herz. Er schalt auf den Schloßhauptmann und auch auf den Bürgermeister und wünschte dies ganze Volk von Einfaltspinseln in die heißeste Hölle, weil es ihn unter falschen Vorspiegelungen hergelockt habe. Er riß seine Mütze vom Kopf, schleuderte sie zu Boden und stampfte darauf herum, um seinen Worten Nachdruck zu verleihen. Ich hatte noch nie einen so schrecklichen Mann gesehen.

Offenen Mundes glotzte ich ihn an und versuchte, mir die fremdartigen Flüche und Verwünschungen zu merken, deren er, ein weitgereister Mann, einen unerschöpflichen Vorrat besaß.

Ich fürchtete, er würde sich als gar strenger Meister erweisen; da er mich aber als verläßlich und vertrauenswürdig befand, wurde er zusehends milder und behandelte mich freundlich, brüllte auch nie mit mir, wenn ich Fehler machte. Er sah, daß ich mein Bestes tat, ihn zufriedenzustellen, und gestand, daß ich die Grundzüge seines Handwerks schnell erlernte.

Die alte Mühle stand in einiger Entfernung von der Stadt am Flußufer, da man Wasser zum Befeuchten des Pulvers und auch im Falle einer Explosion zu Löschzwecken benötigte. Aber Meister Schwarzschwanz ging mit der Vorsicht des Erfahrenen zu Werke und mahlte Schwefel, Salpeter und Holzkohle getrennt zwischen hölzernen Scheiben. Die Holzkohle brauchten wir nicht erst mühsam selbst zu brennen, da wir mit erfahrenen Kohlenbrennern ins Geschäft kamen, deren Erzeugnis so hervorragend war, daß mein Meister schwor, er habe nie seinesgleichen gesehen, besonders die Birkenkohle, die dem Schießpulver solche Stärke verlieh, daß sie die Verwendung geringerer Zusätze von Salpeter und kostbarem Schwefel gestattete.

Meister Schwarzschwanz versuchte nun, das richtige Mischverhältnis dieser Ingredienzien festzustellen, und wollte sich nicht auf die vorhandenen Tafeln verlassen, wenn er Birkenkohle verwendete. Er ließ zu diesem Zweck an einem Zollstock ein verschiebbares Bleigewicht anbringen, unter dem er Pulvermischungen von gleichem Gewicht zu entzünden pflegte, wobei er die Höhe notierte, bis zu der das Bleigewicht durch die Explosion emporgeschnellt wurde. Ich hielt die verschiedenen Mischverhältnisse und ihre Ergebnisse fest, bis er herausgefunden hatte, welche am wirksamsten waren.

Nachdem diese Versuche einige Tage gedauert hatten, kam ein günstiger Wind, der stetig von Westen wehte, und wir mischten die erforderlichen Mengen von Schwefel, Salpeter und Holzkohle in einer drehbaren Trommel. Mein Meister verband die Trommel mit der Mühle und hieß den Müllerjungen darauf achten, daß sie sich gleichmäßig drehte. Ehrfürchtig schlug er dann ein Kreuz und sagte: »Gehen wir, Michael.« Als wir über die blumenübersäten Wiesen in Sichtweite von der Mühle dahinschritten, erzählte er mir, daß viele Fachleute ihre besonderen Lieblingswinde beim Pulvermischen bevorzugten. Einige behaupteten, der Nordwind verleihe ihm Stärke, andere zogen den Südwind vor und wieder andere schworen auf den Südost.

»Aber das ist alles Aberglaube; der mag auf Laien Eindruck machen, nicht aber auf erfahrene Zunftbrüder. Solange die Mühle glatt und kühl läuft, die Lager reichlich geschmiert sind und der Funkenbildung hinreichend vorgebeugt wird, mag der Wind wehen, woher er will.«

Als er am Stand der Sonne erkannte, daß genügend Zeit verstrichen war, schrie er dem Müllerjungen zu, die Flügel anzuhalten; sie standen still und wir gingen hinein, das Gemisch zu prüfen. Der Meister nahm eine Handvoll auf, roch daran, kostete davon und meinte, er sei zufrieden. Die Müllerburschen breiteten das Pulver mit Holzschaufeln auf glatten Brettern aus, damit es befeuchtet, gepreßt und zu Körnern gesiebt werden konnte. Zum Befeuchten verwendete Schwarzschwanz nur Wasser, obgleich er vom Schloß mehrere Gallonen kostbaren Branntweins für diesen Zweck bezog.

»Branntwein ist nützlich bei feuchtem Wetter oder im Winter oder wenn man das Pulver sogleich benötigt, denn er verdunstet rascher als Wasser«, meinte er zu mir. »Aber das ist ein Geschäftsgeheimnis. Ich verlange für je vier Scheffel Schießpulver vom Schloß eine halbe Gallone Branntwein, und es hat den Schloßhauptmann – hol ihn die Pest! – nicht zu kümmern, wie ich ihn verwende.«

Mit diesen Worten preßte er das Pulver zu brüchigen Blöcken und zeigte den Burschen, wie sie es sieben sollten, um ihm die nötige »körnige« Beschaffenheit zu verleihen, da ein feineres Pulver sich nur für Handfeuerwaffen eignete. Dann ließ er es auf einem warmen, sonnenbeschienenen und windstillen Abhang auf Brettern zum Trocknen ausbreiten; und schließlich wurde es in Fässer geschüttet, deren Zapfen mit Holzhämmern eingeschlagen wurden. Den Pulverjungen war es untersagt, den kleinsten Metallgegenstand bei sich zu führen, und sie trugen Pantoffel aus weichem Leder oder Birkenrinde.

Das Schießpulver bestand die üblichen Proben, und die grauhaarigen Kanoniere im Schloß bestätigten, daß es außergewöhnlich fein, staubfrei und gleichmäßig körnig war. Dann folgten

Schießübungen in Anwesenheit des Schloßhauptmanns, und mein guter Meister zeigte, daß er mit drei Schüssen aus einer großkalibrigen Kanone ein Ruderboot auf dem Fluß treffen konnte. Das heißt, er traf ein Bodenziel auf gleiche Entfernung, denn Kanonenkugeln sind teuer und müssen nach dem Abschuß wieder eingesammelt und zurückgebracht werden. Der einzige Unglücksfall während der Schießübungen ereignete sich, als wir die Bombarde benützten, denn eine Steinkugel vom Umfang eines Fasses traf auf einen Felsen und zersprang, obwohl sie mit starken Eisenbändern eingefaßt war.

»Nur rückständige Länder wie dieses verwenden Steinkugeln!« erklärte mein Meister und spuckte verächtlich aus. »Die einzige Kanonenkugel, die dieses Namens wert ist, ist glatt und vollkommen rund; und das läßt sich nur durch das Gießen erreichen, das auch billiger ist und ein genaueres Zielen ermöglicht, weil die Kugeln alle gleich groß und gleich schwer sind. Allein ich bin in dieser Kunst unerfahren, weil sie immer noch ein Geheimnis der Gießereien ist, und wir müssen daher unsere Wurfgeschoße auch weiterhin schmieden.«

Der Schloßhauptmann, der sonst den Äußerungen meines Meisters ein williges Ohr zu leihen pflegte, versetzte nun entrüstet: »Stein war gut genug für unsere Väter und Großväter. Unser Land ist arm, und es ist offensichtlich die Absicht des Schöpfers, den Mangel an Metall durch Stein und billige Arbeitskraft wettzumachen.«

Nachdem der Schloßhauptmann gegangen war, schleuderte Meister Schwarzschwanz seine Mütze zu Boden und stampfte darauf herum und fluchte, bis sich die Gesichter der alten Kanoniere in melancholischem Lächeln entspannten.

»Gott's Blut!« rief er aus, nachdem er ruhiger geworden war. »Der Schloßhauptmann hat unseren Vertrag gebrochen und wünscht, daß ich ihm eiserne Kanonen mache. Weder er noch vielleicht das ganze Land können das Kupfer und Zinn aufbringen, das man für Kanonenmetall braucht. Aber ein Volk, das erklärt, es könne sich das nicht leisten, während seine Türme voller Glocken hängen und die Schränke seiner Bürger voll schwerer Humpen stehen, ist zum Untergang verurteilt.«

Als wir in unser Quartier zurückkehrten, gestand er mir in ernsten Worten, daß er sich in einer Zwickmühle befände. Seiner

Meinung nach war eine bronzene Kanone zehn eiserne wert; selbst wenn sie zerbarst, war sie ungefährlich und konnte wieder verwendet werden, denn Bronze war zäh und würde nicht in Stücke fliegen.

»Nur Narren und Verrückte lassen sich zum Dienst an eisernen Geschützen anwerben«, sagte er. »Erfahrene Kanoniere lassen sich nicht dazu herbei. Aber wir befinden uns jetzt in einer schwierigen Lage, denn ich habe mich verpflichtet, die Festung mit Geschützen auszurüsten, und ich bin kein Eisengießer. Ich gieße nur Bronze. Und außerdem will ich nicht an den Verletzungen und dem Tod unschuldiger Kanoniere, die für den Dienst an eisernen Geschützen gebraucht werden, schuld sein.«

Ich gab ihm zu bedenken, daß es in Finnland überaus tüchtige Schmiede gab, die er lehren konnte, Kanonen zu schmieden. Er kratzte sich hinterm Ohr und bemerkte, er habe wohl dabei zugesehen, sei aber kaum in der Lage, diese Kenntnisse weiterzugeben. Er war in der Tat recht niedergeschlagen, aber als er einige Humpen Bier getrunken hatte, fand er sich wieder und meinte, er wolle eine Schmiede mieten und einen Schmiedemeister anstellen, der die anderen unterweisen könnte, sobald er die neue Kunst gemeistert hätte.

8

Ich habe diese Dinge ausführlich erzählt, weil sie zu einem weiteren Ereignis führten, das großen Einfluß auf mein Leben ausüben sollte. Während Meister Schwarzschwanz sich bemühte, eine Schmiede einzurichten, gingen meine Ferien zu Ende und ich mußte wieder zur Schule trotten. Ich hatte mich an Freiheit und Unabhängigkeit gewöhnt, und selbst die Feinheiten der Dialektik dünkten mich nun verstaubt. Magister Martinus hielt mich für so weit fortgeschritten, daß er mich als Hilfslehrer verwendete, und ich mußte den neuen Schülern die Elemente der lateinischen Grammatik beibringen. Ebenso überläßt ein Handwerksmeister die rohe Arbeit seinen Lehrlingen und bringt selbst nur den letzten Schliff an.

Magister Martinus erschien nun nur morgens, mittags und wieder am Abend, um alle seine neuen Schüler unparteiisch vom ältesten bis zum jüngsten durchzubleuen. Mir fiel die Aufgabe zu, sie zu trösten, indem ich ihnen erzählte, daß ich dieselben Prüfungen durchgemacht hatte; daß das heiße Bad des Lernens freilich die Haut verbrühe, aber als Lohn die Gelehrsamkeit und Ehrenstellen einbringe, und daß Bärenfett das lindeste und wirksamste Einreibemittel sei.

Magister Martinus hielt es nicht für nötig, daß ich das Brevier studierte, da meine Geburt mich von der Priesterweihe ausschloß. So wurde ich sein unbezahlter Hilfslehrer, was mich gewaltig erboste, hieß es doch, daß ich auf jeden Fall meine bunten Hosen mit dem grauen Talar des Scholaren vertauschen müßte. Verbotene Früchte schmecken immer am süßesten, und ich konnte mir keine größere Seligkeit denken, als in den heiligen Priesterstand in der Gemeinschaft der Kirche aufgenommen zu werden.

In solche Erwägungen vertieft, schlenderte ich eines Tages, ohne auf meine Umgebung zu achten, die Straße entlang, als ich durch ein schreckliches Gebrüll und schrille Notschreie aufgescheucht wurde. Kopflos fliehende Bürger rannten mich an und stießen mich zu Boden. Während ich mich mühsam erhob, hatte ich kaum noch Zeit, einen wütenden Stier auf mich zustürzen zu sehen, als er mich auch schon auf die Hörner nahm und mich mit einem Ruck seines gewaltigen Nackens haushoch emporschleuderte. Als ich wieder zu Boden fiel, sah ich einen Streifen meines Talars von einem Horn des Tieres herabhängen. Es hatte sein Leitseil zerrissen und die Binde von seinen Augen gestreift und keuchte und schnob nun, daß der Staub flog, stampfte den Boden und drohte, mich zu durchbohren, wo ich lag. Ich dachte, mein letztes Stündlein sei gekommen, und war vor Schreck so starr, daß ich keinen Schmerz fühlte, noch konnte ich auch nur das kürzeste Gebet für mein Seelenheil stammeln. Allein in diesem Augenblick trat ein herkulisch gebauter Bauernbursche an den Stier heran, packte ihn gelassen an den Hörnern und zwang ihn mit Gewalt auf den Rücken.

Während das Tier schlagend und fürchterlich brüllend auf dem Boden lag, wandte sich der Junge nach mir um und fragte: »Bist du verletzt?«

Erst jetzt fühlte ich Schmerzen. Ich begann am ganzen Körper zu zittern und murmelte Dankgebete für meine Errettung. Männer stürzten herbei, fesselten dem Stier die Beine und verbanden ihm die Augen. Der Bauer, der ihn zum Fleischer geführt hatte, schwor mehrmals, es sei der ruhigste und gesittetste Stier, den man sich denken könne, und ich müßte ihn gereizt haben. Zu meiner großen Freude warf der Stier seinen Kopf so heftig empor, daß er dem Mann die Schulter ausrenkte, wodurch er ihn bewog, sein törichtes Gerede abzubrechen; er klagte, die Stadt Abo sei vom Teufel besessen und er hätte seinen braven Stier nie an einen solchen Ort bringen dürfen.

Ich wandte den Blick meinem Retter zu und betrachtete ihn genau, hatte ich ihm doch mein Leben zu verdanken. Er überragte mich um Haupteslänge, und seine grauen Augen blickten schläfrig drein. Er hatte Schuhe an und trug einen Ranzen aus Birkenrinde, und seine zerrissene Joppe zeigte, daß er arm war.

»Du bist stark, daß du einen Stier mit bloßen Händen zu werfen vermagst«, sagte ich. »Ich habe dir zu danken, daß du mein Leben gerettet hast.«

»Ach, das war nichts«, antwortete er und schien verlegen. Ich bemerkte, daß mir Blut aus der Brust lief. Ich spürte einen stechenden Schmerz in den Rippen und war so schwindlig, daß ich mich an die Mauer lehnen mußte.

»Wohin des Weges?« fragte ich ihn.

»Der Nase nach«, versetzte er; er hielt meine Frage offenbar für überflüssig und zudringlich. Davon unbeirrt, bat ich ihn jedoch, mich zu Jungfer Pirjo zu begleiten, denn meine Knie waren so schwach, daß ich nicht allein nach Hause gekommen wäre.

Als ich wenige Augenblicke zuvor auf dem Boden lag und in die schnaubenden Nüstern des Stiers schaute, hätte ich mit Freuden all meine Habe der Kirche geschenkt, wenn ich nur gerettet würde; nun aber war ich dankbar für den harten Stoß, der mich betäubt hatte, bevor ich noch voreilige Versprechungen machen konnte. Und als ich nun, auf den jungen Bauer gestützt, nach Hause schwankte, von einer Schar ängstlicher und mitleidiger Menschen gefolgt, dachte ich, ich würde ihm mein Dolchmesser samt der silberbeschlagenen Scheide und das Geld geben, das ich mir von meinem Lohn im Sommer erspart hatte. Als wir jedoch bei Jungfer Pirjos Hütte anlangten, verwünschte ich bereits meine unnötige Freigebigkeit und fühlte, drei Silbergroschen wären wohl zuviel für einen jungen Mann, der selten, wenn überhaupt, eine geschlagene Münze in der Hand gehalten haben konnte.

Jungfer Pirjo weinte bitterlich, als sie mich in meinem kläglichen Zustand sah und hörte, was sich zugetragen hatte. Sie entkleidete mich, als wäre ich wieder ein Kind, und kam eilig mit Salben herbei. Eine sorgfältige Untersuchung ließ sie erkennen, daß ich zwei Rippen gebrochen hatte; sie verband mir die Brust so fest, daß ich kaum atmen konnte, und steckte mich in ihr eigenes Bett. Währenddessen saß der Bauer friedlich auf der Schwelle und kaute ein Stück hartes Brot und etwas getrocknetes Hammelfleisch, das er seinem Ranzen entnommen hatte. Die Kinder, die uns nachgelaufen waren, sammelten sich um ihn und glotzten ihn an, bohrten in den Nasen und rieben ein Bein am andern. Schließlich verjagte Jungfer Pirjo sie und forderte den Jungen auf, einzutreten.

»Wie heißt du, und wie heißt dein Vater? Woher kommst du? Was bist du deines Zeichens? Wohin des Weges? Was führte dich zu Michaels Rettung?«

Der Jüngling schien etwas schwer von Begriff; er kratzte sich hinterm Ohr.

»Hm?« sagte er. Aber gleich ermannte er sich und erzählte uns, daß er Andy Karlsson heiße und aus der Pfarre Letala stamme. Er war in die Stadt gekommen, um das Schmiedehandwerk zu erlernen, da er versehentlich den Amboß des Schmiedes in seinem Heimatbezirk zerbrochen und der Mann ihn in seiner Wut aus der Schmiede gejagt hatte.

»Wie konntest du einen Amboß zerbrechen?« fragte ich bewundernd. Andy wandte mir seine ehrlichen, grauen Augen zu, als er antwortete.

»Der Schmied gab mir den Hammer in die Hand und hieß mich zuschlagen, und das tat ich denn auch. Dann meinte er: ›Schlag fester zu‹, und ich schlug fester. Aber er fuhr fort: ›Fester, fester‹, und schließlich ergriff ich den größten Hammer und schlug dem Amboß die Nase ab.«

Jungfer Pirjo maß ihn erstaunt und sprach: »Diese meine Hütte hat sich in einer Ecke gesenkt, so daß der Fußboden jetzt schief liegt. Wenn ich ihn scheure, so läuft alles Wasser in jener Ecke zusammen und läßt die Balken verfaulen. Ich habe oft daran gedacht, den Schaden beheben zu lassen. Könntest du mir die Ecke der Hütte heben, so daß ich ein paar Steine darunterschieben könnte?«

»Gern«, erwiderte Andy. Sie gingen zusammen hinaus, und bald darauf begann es fürchterlich zu knarren und zu krachen, mein Bett schwankte wie auf stürmischer See, und Jungfer Pirjo rief ängstlich: »Wirf das Haus nicht um, du Dummkopf! Schon gut, schon gut!«

Als sie wieder eintraten, war Andy nicht einmal außer Atem. Jungfer Pirjo saß, das Kinn in die Hand gestützt, und sah ihn an. Schließlich fragte sie: »Bist du ganz richtig im Kopf, du armer Junge?«

Nach einigem Nachdenken sah Andy sie an und erwiderte bescheiden: »Ich mag ein bißchen langsam sein, aber ich tue niemals absichtlich unrecht. Natürlich wollte ich vorhin keineswegs Eure Hütte umwerfen. Ich kann nur meine Kraft nicht bezähmen. Das ist mein ganzes Unglück. Das hat mich aus der Heimat vertrieben und aus der Schmiede auch.«

Ich bat ihn, uns von seinem Elternhaus zu erzählen.

»Ich komme aus einem armen Ort und einer armen Familie. Mein Vater und meine Mutter hatten nichts – nichts als ihre Kinder. Jedes Jahr eins, manchmal auch zwei zugleich. Wir waren achtzehn Mäuler, die es zu füttern galt, und ich glaube, Mutter wußte unsere Namen nicht ganz genau, denn ihr Gedächtnis fing an nachzulassen, als sie die Zähne verlor. Ich war natürlich brauchbar, weil ich alle Wagen ziehen konnte. Aber wenn ich mich in die Stränge legte, dann hatte Vater mit dem Ausbessern der Wagen so viel zu tun, daß er sagte, ein Pferd käme billiger. Seht Ihr, ich wollte, da ich schon die Arbeit eines Pferdes verrichtete, auch essen wie ein Roß, aber das paßte Vater nicht, denn in einem armen Haus ist die Nahrung knapp, selbst wenn das Brot zur Hälfte aus Rinde besteht.

Er wischte sich eine Träne aus dem Auge und fuhr fort:

»Ich weiß nicht, warum ich mit mehr Kraft gesegnet worden bin, als in einem kleinen Dorf Platz hat. Mein Vater und meine Mutter sind beide schmächtig und klein, und wenn ich mit meinen Brüdern Tauziehen spielte, konnte ich sie alle zehn ausheben, wenn das Seil hielt. Aber es heißt, mein Großvater sei ein starker Mann gewesen, der sich nicht scheute, einen Bären mit der Axt anzufallen; er starb auch in der Umklammerung eines Bären. Mein Vater glaubte, mir würde es als Soldat am besten gehen. Aber ich halte gar nichts davon, denn ich fürchte das Lärmen und

Schelten. Die Mutter brach einen Brotlaib entzwei und gab mir einen halben zum Abschied mit; sie flüsterte mir zu, ich solle das Schmiedehandwerk erlernen. Ich will ja tun, was sie mir riet, aber wie wird es mir in dieser großen Stadt ergehen? Vielleicht werde ich nicht einmal genug zu essen haben.«

Er brach in hilfloses Weinen aus, obgleich er ein erwachsener Mann war, und unter Tränen stammelnd erzählte er, wie er von daheim fortgezogen war.

»Es war schwer, jenen vertrauten Ort zu verlassen. Ich stand lange am Tor und schaute zurück, bevor ich es übers Herz brachte, mich auf den Weg zu machen. Und dann lief ich unglückseligerweise einem Bären in den Weg. Er bäumte sich auf und ging mich an. Ich hatte Angst, dachte aber an meinen Großvater und an meine Heimatlosigkeit und fühlte, es sei das beste für mich, in der Umklammerung des Tieres zu sterben, denn ich war nur eine Last – selbst für meine eigene Familie. Ich wollte ehrlich mit ihm ringen, aber er schlug mich ins Gesicht, bis ich mich setzen mußte, weil mir der Schädel wie ein Wespennest brummte. Er zeichnete mich mit seinen Klauen. Daher verlor ich die Beherrschung, obwohl ich von Natur ein ruhiger Bursche bin, erwischte ihn an der Pranke und drehte sie um, bis er vor Schmerz brüllte und den Weg hinunterfloh. Ich folgte ihm und brüllte noch lauter als er – ich hatte ja solche Angst –, und er kletterte auf einen Baum, um sich vor mir zu retten. Ich schüttelte den Baum, bis er herunterfiel, und dann drosch ich ihm mit einem Stein den Schädel ein. Hierauf zog ich weiter nach dem Dorf, das Bärenfell um die Schultern, und begann meine Arbeit in der Schmiede. Aber der Schmied warf mich bald hinaus. Und hier bin ich nun.«

Nachdem er seine Geschichte beendet und seine Tränen getrocknet hatte, rief Jungfer Pirjo aus: »Du hältst uns doch nicht zum besten, nicht wahr, Andy Karlsson?«

Er sah sie mit vor Staunen aufgerissenen Augen an und fragte: »Warum sollte ich über so etwas lügen? Außerdem war er ein stattliches Männchen, und ich behielt seinen Geschlechtsteil – man sagt, die Zauberer bezahlen schweres Geld für solche Dinge und gebrauchen sie zu allen möglichen schwarzen Künsten.«

Er zog das Organ aus seinem Ranzen. Ich hatte noch nie eins gesehen, und es stach mir in die Augen, aber Jungfer Pirjo kam mir zuvor und riß es an sich mit den Worten: »Dafür will ich dir so viel zahlen wie jeder andere – so viel du forderst –, denn es ist ausgezeichnet für Liebestränke, und man weiß nie, wenn man es brauchen kann.«

Andy sprach: »Nehmt es als Geschenk, edle Frau, und helft mir lieber mit Eurem Rat; denn wenn ihn einer braucht, so bin ich es.«

Aber Jungfer Pirjo widersprach mit Wärme.

»Die Jungfrau und alle Heiligen mögen verhüten, daß ich aus deiner Einfalt Gewinn ziehe. Wir stehen in deiner Schuld. Der heilige Nikolaus selbst muß dich geschickt haben, Michael in seiner Not beizustehen, und er will euch fürs Leben aneinanderbinden. Du darfst heute hier schlafen, und ich werde dir Nahrung und Kleidung beschaffen, während wir beraten können, wie du und Michael am besten einander dienen könnt.«

»Da gibt es nichts zu beraten!« rief ich aus. »Meister Schwarzschwanz hat einen Schmiedemeister angestellt, der Gehilfen braucht; sie brauchen nicht ausgelernt zu sein, da der Schmied selbst erst unter der Anleitung meines Meisters die Kunst, Kanonen zu schmieden, erlernen muß.«

Von nun an war Andy Karlssons Schicksal mit dem meinen unzertrennlich verbunden.

9

Dieser Vorfall ereignete sich im Jahre 1517, das, wenn ich heute zurückdenke, für die Welt das letzte glückliche Jahr und für mich selbst die glücklichste Zeit war, obwohl die giftige Saat, welche die Menschheit ins Verderben stürzen sollte, schon im Keimen war. Den ersten Hinweis auf die kommenden Dinge erhielt ich aus einem Gespräch zwischen Meister Laurentius und Pater Petrus im Hause Jungfer Pirjos.

Pater Petrus führte aus: »Die Stände Schwedens haben unseren hochwürdigsten Erzbischof von seinem heiligen Amt abgesetzt. Derartiges ist in diesem unserem Reich unerhört, und ich wage mir nicht auszumalen, was der Heilige Vater in Rom dazu sagen wird.«

»Darüber brauchen wir uns die Köpfe nicht zu zerbrechen«, erwiderte Meister Laurentius und rieb sich voll Genugtuung die

Hände. »Das Königreich wird unter das Interdikt gestellt werden: keine Taufe, keine Sakramente, keine eheliche Verbindung, und die Kirchen werden geschlossen sein. Das ist schon bei geringeren Vergehen vorgekommen.«

Hier schaltete ich mich ins Gespräch ein und bemerkte: »Fern sei es von mir, eine gottlose Handlung zu verteidigen, aber ich habe aus verläßlicher Quelle gehört, daß Seine Gnaden der Erzbischof ein überzeugter Parteigänger der Union und somit ein Landesfeind ist. Wir haben mit dem Zaren einen dauernden Frieden geschlossen und ihn mit einem Kuß auf das Kreuz besiegelt, daher ist Dänemark nun unsere einzige Gefahr. Und wir wissen, daß Gefahr im Verzug ist, denn wir erzeugen Schießpulver und schmieden Kanonen, wie ich selbst bezeugen kann, der ich diesen ganzen Sommer vom ersten Hahnenschrei bis zur Vesper geschuftet habe, um die Landesverteidigung zu verstärken – wenngleich mir niemand dafür Dank weiß.«

»Ehr und Lohn der Welt sind nur eitel«, versetzte Pater Petrus fromm. »Am Jüngsten Tag werden wir nach unseren eigenen Verdiensten gewogen und gerichtet werden. Aber das Interdikt! Es würde den gehorsamen Dienern der Kirche große Härten verursachen, wenn sie ihrer rechtmäßigen Gebühren für die ihrer Herde erwiesenen Dienste beraubt würden. Mag sein, daß wir bald in große Not geraten.«

Wieder rieb sich Meister Laurentius die Hände, diesmal noch zufriedener.

»Weinen und Klagen nützen nichts. Wenn sich der Sturm zusammenballt, wird sich der weise Mann rasch entschließen, ob er Jüte oder Schwede, für oder gegen die Union, für oder gegen den Erzbischof sein will, und entsprechend handeln. Das nennt man Politik, und sie ist die größte aller Künste, denn früher oder später wird die Zugehörigkeit zu jeder der beiden Parteien zum selben Ende führen. Ein Mann mag sich entscheiden, wie er will, es muß der Augenblick kommen, der ihm ein Schwert in den Leib, eine Keule auf den Kopf oder einen Strick um den Hals bringt. Nur der Scharfrichter ist unparteiisch, denn seiner bedürfen sowohl der Jüte als auch der Schwede, die kirchlichen Richter ebensosehr wie die weltlichen. Er hat keinen Grund, über Zeiten zu klagen, in denen die größte Nachfrage nach ihm herrscht.«

Jungfer Pirjo setzte den silbernen Becher und den hölzernen

Krug beiseite und bemerkte: »Behaltet solche angenehme Dinge für Euch, Meister Laurentius. Seht Ihr nicht, daß der Junge leichenblaß geworden ist und selbst dem einfältigen Andy die Haare zu Berge stehen? Wir sind wenigstens so glücklich, in Frieden zu leben, fern von den Ränkespielen und dem Gezänk der Vornehmen. Wir begnügen uns damit, Könige und Regenten zu ernennen oder abzusetzen, wie Stockholm verfügen mag. Den Leuten gilt es gleich, ob sie die Steuern dem Jüten oder dem Schweden zahlen, solange sie in Ruhe ihren Lebensunterhalt verdienen können. Wir in diesem mittellosen Lande sind glücklich; wir können zusehen und unsere Zeit abwarten, bis eine Partei siegt und wir uns entscheiden können, auf welche Seite wir uns schlagen sollen. Ich bin froh, daß Michael den Gänsekiel dem Schwert vorgezogen hat, denn wer zum Schwert greift, wird durch das Schwert umkommen, wie die Heilige Schrift sagt.«

Meister Laurentius behauptet hartnäckig, daß die Welt sich geändert habe und jetzt ein Strich mit der Gänsefeder dem Scharfrichter mehr Arbeit verschaffen könne als Schwerterklirren und Büchsengeknall; allein ich war zu jung, um zu verstehen, was er meinte. Jungfer Pirjo stellte die Schüssel mit Haferbrei auf den Tisch und legte ein Stück Butter mitten darein. Wir bekreuzigten uns und langten zufrieden mit den Löffeln in die Schüssel. Die Welt konnte nicht so schlecht sein, wenn arme Leute Haferbrei mit Butter zu essen hatten.

Allein mit den letzten Schiffen, die im Hafen anlangten, bevor die See zufror, kamen seltsame Nachrichten aus Deutschland. Man sprach von einem großen Aufruhr unter den Mönchen wegen eines gewissen Doktor Luther, der an eine Kirchentür in Wittenberg eine Liste von fünfundneunzig Thesen angeschlagen habe, darin er unter anderem den Ablaßhandel verdammte, womit er das weltliche Erbe des Heiligen Vaters als des einzigen Bewahrers der Schlüssel zum Himmelreich verdächtig machte. Doch erblickte ich in diesen Gerüchten nur den Beweis dafür, daß die Deutschen ein rastloses, unzufriedenes Volk seien, eine Tatsache, die ich bereits im Verkehr mit Meister Schwarzschwanz bemerkt hatte. Ich ließ mir nie träumen, daß ein vernünftiger Mensch die von der heiligen Kirche geoffenbarten Glaubensartikel bezweifeln konnte, die das Leben so einfach machten und der Menschheit viel unnötiges Denken ersparten.

ZWEITES BUCH

DIE VERSUCHUNG

1

An einem milden Tag im neuen Jahr schickte Magister Martinus seine Schüler heim und bat mich zu sich auf seine Zelle. Er setzte sich an seinen Tisch, rieb sich die schmale und stets tropfende Nase mit Daumen und Zeigefinger, sah mich forschend an und sprach feierlich: »Im Namen des Vaters, des Sohnes und des Heiligen Geistes. Michael, mein Sohn, was willst du werden?«

Seine Worte trafen mich ins Herz. Ich fiel weinend vor ihm auf die Knie und antwortete: »Pater Martin, meine innigste Hoffnung war stets, mich dem Dienst der heiligen Kirche zu widmen, und es fiel mir wie Wermutstropfen auf die Seele, daß viele, die ihre ersten Lektionen bei mir erlernten, heute Priester sind und die Tonsur tragen. Zwar bin ich jünger als diese meine Kameraden, so glaube ich wenigstens, aber ich bin bereit, Tag und Nacht in heißem Bemühen mein Wissen zu erweitern. Und doch sagt man mir, mein Hoffen und Mühen sei vergeblich. Ich habe schon versucht, ins Kloster einzutreten, so daß ich nach dem einjährigen Noviziat den schwarzen Habit nehmen und der Kirche mein Leben lang dienen könnte, aber Pater Petrus hat mir davon abgeraten. Er meint, im Kloster hätte ich nur die Stelle eines Laienbruders zu erwarten – wenn ich überhaupt aufgenommen würde –, da ich keine irdischen Güter besitze, auf die ich verzichten könnte.«

»Michael«, versetzte Magister Martinus ernst, »wer redet aus dir: der Herrgott oder der Teufel?«

Seine Frage verwirrte mich. Er ließ mich eine Weile nachdenken und fuhr dann fort:

»Du bist ein begabter Junge, aber deine Neigung, dich unbekümmert in die tiefsten Dinge zu stürzen und Fragen zu stellen, die den Gelehrtesten verwirren können, hat mir viel Sorgen gemacht. Ich glaube, in dir ist nicht christliche Demut, sondern ein höchst verdammenswerter Stolz am Werke, wenn du in der Disputation deinen Präzeptor in seinen eigenen Worten wie in Schlingen zu fangen und ihn zu beschämen versuchst, wie neulich bei der Geschichte von Jonas und dem Walfisch.«

»Pater Martin, ich bin nicht so schlecht, wie Ihr meint, und mein Herz ist weich wie Wachs. Gewährt mir Hoffnung, und ich will mich bessern; ich will barfuß im Schnee gehen und Woche für Woche fasten, um Eures Segens würdig zu werden.«

Er seufzte schwer, doch als er wieder zu sprechen anhob, lag ein zorniger Ton in seiner Stimme.

»Ich zweifle nicht, daß du alles tun würdest, um deinen krankhaften Ehrgeiz zu befriedigen und deine Kameraden zu übertrumpfen. Jahr um Jahr habe ich auf ein Zeichen von oben gewartet, das mir deinen richtigen Platz im Leben weisen sollte, aber keines wurde mir zuteil. Jahre vergehen, deine Abkunft gerät immer mehr in Vergessenheit, und bald wird niemand mehr leben, der deine Mutter noch gekannt hat. Ist es nicht am besten für dich, wenn du den dir vorgezeichneten Lebensweg beschreitest und lernst, eine weltliche Stelle in Ehren auszufüllen?«

»Ihr stoßt mich also aus, Pater?« rief ich in großer Angst, denn die Schule war der einzige feste Halt in meinem Leben, und ich fürchtete mich trotz allen Murrens, sie verlassen zu müssen.

»Ich stoße dich nicht aus, du halsstarriger Kerl! Im Gegenteil, ich habe immer eine unvernünftige Neigung für dich empfunden, weil deine Leidenschaft für Bücher und dein feuriger Enthusiasmus mich an meine eigene Jugend erinnern. Der Pfad der Gelehrsamkeit ist mit Dornen übersät. Ich mußte mein Erbe verkaufen, um an der Universität Rostock studieren zu können; doch war mein Wissensdurst so brennend, daß mir kein Opfer zu groß war. Daher verstehe ich dich, Michael. Aber sieh mich heute an und sieh, was daraus geworden ist: Ich bin nur ein übellauniger Greis, der vom vielen Lernen in seiner Jugend bald erblinden wird. Im Tode wird mein einziger Trost der sein, der jeder Seele, Priester wie Laien, geboten wird, das heißt, die Letzte Ölung und die Vergebung der Sünden. Darin bin ich nicht besser als der geringste Kuhhirt, trotz aller meiner Talente. Und zu deinem eigenen Besten sage ich dir: Du gewinnst nichts, indem du dich so verzweifelt an die Wissenschaft klammerst. Es wäre weiser, wenn du dich bescheiden deinem Schicksal unterwürfest, dich irgendwelchen nützlichen Schreibarbeiten widmetest und aufhörtest, nach den Sternen zu greifen.«

»So sei es«, antwortete ich bitter, die Augen randvoll von heißen Tränen. »Ich will hingehen und ein Kuhhirt werden, wenn dies nun einmal die ganze Weisheit ist, die Euch das Leben gelehrt hat, Pater!«

Da bereute er seine Worte. Er tätschelte mir mit seiner blaugeäderten, zitternden Hand die Wange und bemerkte: »Eine weltliche Stelle läßt dir die Freiheit, die Freuden dieses Lebens zu genießen. Du kannst dir eine Feder auf den Hut stecken, dich unter den Mädchen umtun und später an der Seite einer braven Frau und inmitten gehorsamer Kinder dich des Lebens freuen.«

Ich versetzte mürrisch, daß mich weder eine Heirat noch ein Haufen schreiender Bälger in einer armseligen Schreiberhütte anziehen könne.

»Und außerdem«, fügte ich hinzu, »hat jeder Priester — ja selbst jeder Bischof — eine Geliebte und Kinder, und niemand erblickt darin eine Sünde. Sie genießen alle Vorteile der Ehe und haben unter ihren Nachteilen nicht zu leiden. Nur eine heimliche Ehe gilt als unverzeihlicher Fehltritt für den geweihten Priester. Doch das sind nicht die Gründe, warum ich den Priesterberuf anstrebe. Für einen armen Burschen wie mich ist die Priesterweihe der einzige Weg zur Fortsetzung des Studiums und vielleicht zu irgendeiner Lehrstelle an einer Universität und dem Genuß einer Pfründe.«

Kaum hatte ich diese Worte gesprochen, errötete ich vor Verlegenheit, denn mit dieser unüberlegten Enthüllung meiner geheimsten Träume hatte ich Magister Martinus triftige Gründe in die Hand gegeben, mich eines gottlosen Ehrgeizes zu zeihen.

Allein mein Lehrer und Beschützer tadelte mich nicht weiter. Er sprach traurig: »Siehst du nicht ein, Michael, wie unrecht du tust, die Kirche und den Priesterstand nur als Mittel zur Befriedigung deines Wissensdurstes zu betrachten? Es ist Sache der Kirche, ihre Diener auszuwählen, und deine eigenen Worte haben dich als kleinlichen Glücksjäger und Heuchler erwiesen. Du würdest selbst die Monstranz zum Schemel deiner Füße machen, wenn sie dich nur eine Elle höher emporheben könnte. Du wirst dies zur rechten Zeit einsehen lernen und dich schämen.«

»Pater Martin«, erwiderte ich, »ich besitze nichts auf der Welt als meinen Kopf und meine Hände – und die heilige Kirche, die stets meine einzige untrügliche Hoffnung war. Warum sollte sie mich verschmähen, wo viele, die törichter sind als ich, für würdig befunden werden? Warum werde ich zurückgewiesen, einfach deshalb, weil ich weder Güter noch Familie noch irgendwelche Verwandte habe, die mir am päpstlichen Gerichtshof die Dispens für die Sünde meiner Mutter erkaufen könnten? Warum?«

»Bezweifelst du jetzt die Lehre der Kirche?« versetzte er streng. »Wer bist du, nichtiger Wurm, dich zu erheben und ihre Entscheidungen anzufechten? Ich warne dich, Michael, du bist nicht weit von der Ketzerei!«

Diese furchtbaren Worte erschreckten mich, und ich war gedemütigt, obwohl der Trotz in meinem Herzen weiterbrannte. Dennoch stellte sich schließlich heraus, daß Magister Martinus mich nicht von der Schule vertreiben wollte. Er versprach mir sogar Bezahlung, wenn ich weiterhin die jüngeren Scholaren in der Grammatik unterrichten würde, und sicherte mein Entgelt durch eine großmütige Empfehlung an Lars Goldschmied als Hauslehrer seiner beiden Söhne.

2

Mit dem Auftauen der See im Frühling kamen beunruhigende Nachrichten. Wir erfuhren damals von der Absicht König Christians II., nach Stockholm zu segeln, den Erzbischof wiedereinzusetzen, die schwankenden schwedischen Herren zu bestrafen und sich selbst die Krone des Königreiches Svea, sein rechtmäßiges Erbe, aufs Haupt zu setzen. Ein Teil der Besatzung von Abo schiffte sich nach Stockholm ein, um den Regenten Sten Sture zu unterstützen, und das Schloß wurde in den Verteidigungszustand versetzt. Doch war man allgemein überzeugt, daß Abos Widerstand nutzlos sein würde, wenn Stockholm fiele, und nur zu Chaos und Vernichtung führen würde. Man sprach nun weniger von der Grausamkeit der Jüten, und das Volk zog es vor, das Ereignis schweigend abzuwarten. Aber ich sehnte mich nach einem Krieg, denn er kam mir gerade recht. Was hatte ich schon zu verlieren?

Zur Sonnenwende, am Feste des heiligen Johannes des Täufers, ging ich zur Kirche — was ich lange nicht mehr getan hatte —, um die Mutter Gottes anzuflehen, mir zu einem besseren Leben zu verhelfen. Ich war bis zum Rathaus gekommen, als ich Andy aus den Gewölben unter dem Rathaus kläglich nach mir rufen hörte. Er klammerte sich mit beiden Händen an das Gitter, so daß ich sein zerrauftes Haar und sein breites Gesicht sehen konnte, das von Beulen und Blut so entstellt war, daß ich ihn kaum erkannte.

»Jesus, Maria!« rief ich erschrocken. »Was hast du denn gemacht?«

»Das möcht' ich auch wissen«, jammerte er. »Ich muß stockbesoffen gewesen sein. Wer hätte gedacht, daß der Branntwein einem ruhigen Burschen wie mir so mitspielen kann? Ich bin am ganzen Leibe braun und blau. Aber ich kann nicht der einzige gewesen sein — es müssen auch andere mitgerauft haben, denn ein Mensch allein könnte sich nie so viel Schaden tun, selbst wenn er kopfüber einen felsigen Hang hinabstürzte.«

»Ich will zur Kirche laufen und beten, daß du nicht am Schandpfahl endest oder wegen Totschlags den Krähen zum Fraße dienest«, schlug ich vor, um ihn zu trösten.

Aber Andy antwortete grimmig: »Was geschehen ist, ist geschehen, und Winseln nützt nichts. Sei ein Christ, Michael — hol mir Wasser und einen Bissen zu essen. Mein Magen gleicht einem leeren Backofen, und der liegt mir näher als meine Haut.«

Die Stadtknechte waren nicht zu sehen, und ich brachte ihm Wasser in einem Eimer. Er konnte ihn jedoch durch das Gitter nicht erreichen, und sein Durst war so grimmig, daß er seine ganze Kraft einsetzte und die Gitterstangen auseinanderbog, um das Gefäß dazwischen durchzuzwängen.

Ich war entsetzt, als ich den Mörtel abbröckeln sah, und bemerkte: »Du darfst städtisches Eigentum nicht beschädigen, Andy, sonst wird man dich noch schwerer bestrafen. Wenn du aber entkommen willst, dann ist jetzt der richtige Augenblick; du könntest dich vielleicht durch das Loch zwängen, das du gemacht hast.«

»Ich will gar nicht entkommen«, entgegnete Andy von oben herab. »Ich will diese Beleidigungen und diese wohlverdiente Strafe in christlicher Demut ertragen und vor Gott und den Menschen meine Selbstachtung wiedergewinnen.«

Ich hatte ein paar Münzen in meiner Börse, weil ich beabsichtigt hatte, eine Kerze für den heiligen Johannes den Täufer zu entzünden, den tugendhaften Mann, der sich lieber enthaupten ließ, als der buhlerischen Herodias zu Willen zu sein. Ich lief ins Wirtshaus Zu den Drei Kronen und kaufte eine irdene Schüssel voll Rüben und Heringe und einen Armvoll Brot. Aber ich konnte Andy nicht länger Gesellschaft leisten, denn nun kamen allmählich die Bürger auf dem Weg zum Hochamt am Rathaus vorbei.

»Kopf hoch«, ermahnte ich ihn. »Ich will versuchen, mich heute abend zurückzuschleichen und dir mehr zu essen zu bringen.«

»Kopf hoch! als ob das so leicht wäre, wo die Frösche auf mir herumhüpfen und die Ratten mich jedesmal in die Nase beißen, wenn ich ein wenig zu schlafen versuche! Immerhin, vielleicht sieht die Welt ein bißchen rosiger aus, wenn ich erst den Magen voll hab'!«

Dann verließ ich ihn und eilte zum Dom; aber der Satan legt seine Schlingen schlauer aus, als wir glauben. Als ich zerknirscht und reuevoll aus der Messe kam, hielt mich am Kirchentor ein junger Mann an, dessen Wangen schwarz gefleckt waren, als wären sie einmal mit Schießpulver gepfeffert worden. Als er sein Schwert gürtete, redete er mich deutsch an und meinte, er habe viel Gutes von mir gehört. Er sei fremd in der Stadt und wohne mit seiner Schwester in der den Drei Kronen benachbarten Taverne. Er sagte mir, er bedürfe der Hilfe eines aufgeweckten Jünglings, und bat mich, ihn am Abend zu besuchen. Er meinte, ich würde es nicht bereuen. Er hatte ein verdächtig glattes Benehmen, aber ein gewinnendes Lächeln, trug enganliegende Beinkleider und ein samtenes Wams mit silbernen Knöpfen, und ich dachte, ich könnte nichts verlieren, wenn ich seiner Einladung folgte.

Als Jungfer Pirjo von Andys Nöten hörte, machte sie ihm einen Sack voll Proviant zurecht, und als der Abend hereinbrach, trug ich ihn zum Rathaus. Dort traf ich im Hof den Büttel, einen einbeinigen alten Soldaten, der mich gelehrt hatte, ein Schwert zu führen.

»Du darfst hinein«, meinte er freundlich. »Du bist nicht der erste Besucher.«

Ich stieg in den Keller hinab, der jetzt von einem munter

flackernden Talglicht erhellt wurde. Da saß die Wirtin von den Drei Kronen, hatte Andys Kopf im Schoß, streichelte ihm die Wangen und sprach ihm liebevoll zu.

»Michael«, sagte sie ernst, als ich eintrat, »man möchte wohl schwer einen besseren, edelmütigeren Jungen finden als deinen Freund Andy. Als ich gestern nacht nach dem Sonnwendfeuer zum Schlafen nach Hause gekommen war, wurde ich in der Dämmerung durch einen schrecklichen Lärm geweckt. Eine Schar betrunkener Lehrlinge hatte die Tür eingetreten und war ins Haus gedrungen. Sie warfen meinen armen Gemahl in einen leeren Backtrog und häuften Steine auf den Deckel; hierauf zwangen sie mich, ihnen Bier, Branntwein und Essen vorzusetzen. Dieser gute Junge hier kam zufällig herein, sah meine Not und ging mit bloßen Fäusten allein die Kerle an, wie der heilige Samson an den Mauern von Jericho; und er warf sie hinaus, obwohl sie mit Prügeln, Pfählen und Scheitern über ihn herfielen und er sich kaum auf den Beinen halten konnte, weil er doch von den Verrichtungen der Sonnwendfeier müde war. Als schließlich die Stadtknechte auftauchten, tadelte sie mich sehr frech, daß ich zu verbotener Stunde Kunden bedient hätte, und dieser junge Mann hier mißverstand ihre Absicht und warf sie auch hinaus, um den Frieden meines Hauses zu schützen. Dann schlief er erschöpft auf dem Fußboden ein, aber die Wächter kamen zurück, stießen und schlugen ihn und schleppten ihn fort ins Gefängnis, da sie sonst niemand fanden, den sie hätten festnehmen können. Für diese Schurkerei werden sie teuer bezahlen, so wahr mir Gott helfe! Das meint auch mein Alter, den ich bis heute früh vergessen hatte, herauszulassen.«

Sie streichelte Andy die Wange und setzte hinzu: »Du bist in guten Händen, mein Freund, denn so wahr ich mit Genehmigung des Rats eine Schenke führe und Steuern zahle, will ich dich hier herauskriegen. Daher trink dieses Bier aus — es ist mein bestes —, damit du wieder zu Kräften kommst.«

Da ich sah, daß es Andy an nichts mangelte, er wohl betreut wurde und meine Gegenwart überflüssig war, ging ich auf eine Quart Bier in die Drei Kronen, wo der Wirt seines Weibes Erzählung Wort für Wort bekräftigte.

Das starke Bier erfrischte mich und machte mir Mut, die andere Taverne aufzusuchen und nach dem Fremden zu fragen, der dort mit seiner Schwester wohnte. Er stand anscheinend im Rufe eines reichen und freigebigen Mannes, denn man führte mich ohne Zögern auf seine Kammer. Beim Eintritt schlug mir zugleich der angenehme Duft von Siegellack entgegen; auf dem Tisch, an dem der Fremde saß und schrieb, brannte eine Kerze. Er benützte ein feines Schreibzeug, das in einer Kupferbüchse am Gürtel zu tragen war. Er erkannte mich, erhob sich mit freundlichem Gruß vom Tisch und ergriff meine Hand. Das war schmeichelhaft, denn er trug das gefällige, vornehme Gebaren wirklicher Herren zur Schau, denen ein feines Quartier, täglich Wein, prächtige Kleider und gute Bedienung selbstverständlich waren.

Er sagte mir, er heiße Didrik Slaghammer und sei der Sohn eines Kölner Kaufmanns, der vom Kaiser geadelt worden sei. Seit seiner Jugend sei er stets in fremden Ländern gereist und habe kürzlich in Danzig und Lübeck Handel getrieben. Geschichten von den heiligen Stätten Finnlands, die an der ganzen Ostsee berühmt seien, hätten ihn nach Abo gelockt; denn er habe zwar in seinen jungen Jahren ein wüstes Leben geführt, sei jedoch seit seinem dreißigsten Lebensjahr besonnener geworden und finde nun Vergnügen an lobenswerten Handlungen, wie etwa Wallfahrten nach heiligen Stätten, wenn sie nicht allzu schwer zugänglich seien. Er gab mir zu verstehen, daß er mich auf diesen Wallfahrten als Führer und Dolmetsch benötige.

Hocherfreut erzählte ich ihm von der Straße des heiligen Heinrich, von der Sonne von Nadendal, vom Heiligen Kreuz zu Anianpelto, von der von Riesen erbauten Kirche zu Reso und vielen anderen heiligen Stätten. Seine Gedanken schweiften ab, während ich sprach. Er unterdrückte ein Gähnen, das sein katzenartiges Raubtiergebiß bloßlegte, und begann mit einem Dolch zu spielen, der auf dem Deckel seines Reisekoffers lag.

»Man hat versucht, mich mit Geschichten über dieses wilde Land und seine reißenden Tiere und Räuber zu schrecken«, bemerkte er, »daher habe ich ein paar dieser neumodischen Halfterpistolen mitgebracht, die mir schon aus manchem schlimmen Gedränge herausgeholfen haben.«

Er zeigte mir kurzläufige Waffen in einer doppelten Pistolenhalfter, die man über den Pferderücken legen konnte, so daß die schweren, bleibeschlagenen Griffe leicht zur Hand waren. Doch schien mir sein Interesse an solchen Dingen kaum zu seiner erklärten Frömmigkeit zu passen.

Plötzlich fragte er mich, ob ich gehört hätte, daß König Christian gegen Schweden rüste, und was das finnische Volk davon halte. Ich erwiderte, diese Gerüchte hätten dem Handel schweren Schaden zugefügt. Die Kaufleute von Abo wagten aus Furcht vor dänischen Kriegsschiffen nicht, ihre Schiffe auf die offene See zu schicken. Sie müßten durch gefährliche Küstengewässer Kurs auf Lübeck nehmen, wo sie oft Gegenwinden zum Opfer und Seeräubern von Ösel und der estnischen Küste zur Beute fielen. Und obgleich diese Handelsleute von Abo sich um Lübecker Geleitschutz bemühten, wollten die Lübecker Bürger ihn nicht länger gewähren, da der Stadtrat von Abo nicht mehr, wie in früheren Jahren, die Hälfte seiner Sitze deutschen Mitgliedern vorbehielt, sondern alle städtischen Ämter mit Männern aus dem eigenen Volk besetzte. Ich prahlte auch mit der Pulvermühle und den Kanonen, die gegossen würden, und meinte, den Jüten würde ein heißer Empfang zuteil werden, wenn sie sich jemals in den Schußbereich der Festung Abo wagen sollten.

Herr Didrik spielte versonnen mit seiner Pistole, zog den Hahn ab und schlug damit helle Funken aus dem Feuerstein. Er bemerkte lächelnd, daß der Krieg ihn nicht schrecken könne, doch müsse er an seine Schwester denken, und es wäre daher für ihn eine Beruhigung, zu erfahren, wie viele Geschütze auf dem Schlosse stünden, welches Kaliber sie hätten, wie stark die Besatzung und wie sie bezahlt sei, wer sie befehlige und woher die Truppen kämen. Es möchte auch ratsam sein, die Namen der hervorragendsten Bürger zu kennen und zu wissen, wieweit man ihnen in Staatsaffären trauen könne.

Er schien ein nervöser Mensch; das ging allein schon daraus hervor, daß er in einer friedlichen Taverne Waffen griffbereit bei sich führte. Ich wollte ihn daher beruhigen und erzählte ihm, was ich von der Besatzung wußte, wobei ich ihn zugleich daran erinnerte, daß ich kein Soldat, sondern nur ein Schreiber war, und ihm riet, meinen guten Freund und früheren Meister, den Kanonengießer, zu befragen. Ja, ich hätte ihn auf der Stelle herbeigeholt, aber der freundliche Fremde beschwichtigte meinen Eifer, da er einen so geachteten Meister nicht am Johannistag stören wolle – noch dazu einen Meister, der gemeinen Undank habe erfahren müssen und daher leicht erzürnt werden könnte. Denn dies habe er über Meister Schwarzschwanz erfahren, und er wisse schon, daß ich sein Sekretär gewesen sei; daher wolle er sich mit dem begnügen, was ich ihm erzählen könne, besonders da er mich verständig finde. Wie viele Bombarden es auf dem Schlosse gebe, wollte er nun wissen; wie viele Kartaunen, Feldschlangen, Falken und Falkonetten, Drehbassen und Arkebusen? Ich suchte in meinem Gedächtnis nach den gewünschten Auskünften, und er notierte sich rasch die Zahlen. Davor kritzelte er nur geheimnisvolle Schriftzeichen. Dies schien mir keine geeignete Beschäftigung für einen Kaufmann oder einen frommen Pilger. Meine Rede wurde einsilbig, und als er fortfuhr, mich über die Ausrüstung der Soldaten und die Abfahrt der Schiffe von Abo auszufragen, gab ich wortkarge Antworten. Seine Neugier schien grenzenlos.

Plötzlich bemerkte er meine Bedenken, raffte seine Papiere zusammen, versperrte sie in seinem Reisekoffer und erklärte lachend: »Ich sehe, Michael, daß Euch meine schrankenlose Neugier befremdet. Aber ich bin schon von Geburt an von einem unersättlichen Durst nach Wissen jeder Art besessen und pflege, wo immer ich hinkomme, brauchbare Nachrichten zu sammeln. Man weiß nie, wann man ihrer bedarf. Aber ich habe Euch lange genug behelligt. Wir wollen essen, trinken und fröhlich sein. Ihr sollt heute abend mein Gast sein.« Er führte mich in einen Nebenraum, wo ein mit erlesenen Speisen beladener und vom weichen Glanz der Wachskerzen erhellter Tisch stand. Doch nicht an diesem Tisch blieben meine Blicke haften. Die lieblichste und reichstgekleidete Frau, die ich jemals gesehen hatte, kam auf mich zu. Ihre Unterröcke raschelten bei jedem Schritt; sie trug das Haupt stolz erhoben, und Herr Didrik beugte sich höflich über ihre Hand und küßte sie. »Agnes, meine liebe Schwester«, sagte er, »erlaube mir, dir den Scholaren Michael vorzustellen, einen fähigen Jüngling, der außer seiner priesterlichen Gelehrsamkeit auch die Kunst der Herstellung von Schießpulver beherrscht und einige Zeit Sekretär eines Kanonengießers war. Er hatte die große Freundlichkeit, uns seine Hilfe zur Vervollkommnung unseres Wissens sowohl zu weltlichem Gewinn als auch um unserer Seele willen zu versprechen.« Darauf schenkte mir die Dame ein warmes Lächeln und reichte mir ihre Hand. Ich hatte noch nie zuvor einer Frau die Hand geküßt, und meine Schüchternheit verbat mir, die

Augen zu ihrem schönen, aristokratischen Antlitz zu erheben. Unbeholfen verbeugte ich mich und berührte mit den Lippen ihre Finger; sie waren warm und weiß und dufteten nach erlesenen Salben.

Mit einem Lachen, das so heiter klang wie das ihres Bruders, wandte sie sich an mich: »Wir wollen nicht förmlich zueinander sein. Wir sind alle jung, und ich habe es satt, in meiner Kammer eingesperrt zu sitzen und heiterer Gesellschaft zu entbehren. Und ich bin kein Wolf, mein Herr, der Euch verschlingen möchte! Ihr mögt ruhig Euer hübsches Antlitz erheben und mir in die Augen schauen.« Ich wurde noch verwirrter, da sie mich als »Herr« ansprach, als wäre ich ein Edler von Geburt gewesen, und mir Schmeicheleien über mein Äußeres sagte. Aber ich schaute auf und in ihre schelmischen braunen Augen und sie lächelte mir so mutwillig zu, daß mir das Blut in die Wangen stieg. In meiner Einfalt merkte ich damals nicht, daß ihre Lippen bemalt, ihre Augenbrauen ausgezupft und ihre Wangen mit weißem Puder gestäubt waren. Im weichen, reinen Licht der Wachskerzen schien sie mir die wunderbarste und schönste Frau.

Wir ließen uns am Tisch nieder zu Ochsenzunge und gerösteter Gans, gewürzt mit Safran und Pfeffer, und tranken süßen spanischen Wein aus den schönsten Bechern, die in der Taverne aufzutreiben waren. Ich hatte nicht die entfernteste Ahnung, wieviel solch ein Mahl kosten mochte, aber alle meine Bedenken schwanden, und ich aß, so fein ich konnte, schnitt das Fleisch mit einem Messer in kleine Stücke, die ich mit den Fingern aufnehmen konnte, anstatt die Knochen nach gemeiner Manier in beide Hände zu nehmen und mit fettigem Mund daran zu nagen. Der feurige Wein stieg mir rasch zu Kopf; ich vergaß all mein Elend und fühlte mich, als wäre ich im Himmel, umgeben von freundlichen Engeln. Und während wir speisten, blies der einäugige Flötenspieler aus den Drei Kronen in der Nebenkammer süße Melodien, bis Herr Didrik ihm Bier schickte und ihn entließ, zweifellos, weil er die miserable Musik nicht ertragen konnte. Statt dessen schlug er vor, zu singen, und wir stimmten ein paar kräftige Studentenlieder über die Eitelkeit irdischer Freuden an.

Die Dame fand die Kammer bald etwas warm, ließ ihren hauchdünnen Schleier fallen und entblößte ihre Schultern. Ihr Mieder aus grünem Samt war mit Perlen bestickt, mit Goldfäden durchwirkt und mit einem Muster von roten Herzen geschmückt, die den Blick unwillkürlich auf ihre Brüste lenkten. Ich hatte noch nie ein so tief ausgeschnittenes Kleid gesehen, und der Beschauer konnte über die Formen der Dame nicht im Zweifel sein, wann immer sie eine unüberlegte Bewegung machte, obwohl sie ab und zu ihr Kleid vorne emporzog.

Herr Didrik folgte der Richtung meines Blickes und meinte lächelnd: »Meine Schwester wurde nach der Heiligen getauft, und wenn wir in heiterer Gesellschaft sind, so möchte ich wünschen, sie würde durch ein ähnliches Wunder wie jene ausgezeichnet werden. Meine Schwester ist eine ergebene Bewunderin der höfischen Mode; aber laßt Euch das nicht anfechten, Michael. In diesen fröhlichen Zeiten kann man von keiner Frau verlangen, ihre schönsten Reize zu verbergen. Ja, die taktvollste Dame wird ermutigt, zu enthüllen, was immer des Enthüllens wert sein mag.«

Mir war ziemlich heiß im Gesicht, und ich fragte, was der heiligen Agnes für ein Wunder widerfahren war. In Finnland war ihr Kult von dem des heiligen Heinrich verdrängt worden, und mir war sie unbekannt. Herr Didrik erklärte mir, daß ein römischer Richter sie nackt in ein Freudenhaus geschickt habe, weil sie als Christin die Hand seines Sohnes verschmäht hatte. Aber der Allmächtige hatte in seiner Gnade das Haar der heiligen Agnes so lang wachsen lassen, daß es einen schützenden Mantel bildete, in den sie sich hüllen und so ihre Keuschheit vor schamlosen Blicken und Händen bewahren konnte.

»Wie Ihr seht, hat meine Schwester ihr Haar nach venezianischer Art rot gefärbt«, fuhr er fort. »Es wäre herrlich, sie in einen so feurigen Mantel gehüllt zu sehen. Aber mir gibt eine Frage zu denken, die nur ein gelehrter Kleriker beantworten könnte. Wenn solch ein Wunder sich wiederholen sollte – was meines Erachtens unwahrscheinlich ist, da meine Schwester nicht besonders schüchtern ist –, wäre ihr Haar dann in seiner ganzen Länge rot, oder würde es nahe dem Haupt seine natürliche Farbe behalten, so daß der dunkle Mantel nur einen breiten roten Saum hätte?«

Ich gestand, die Frage sei für mich bei meiner dürftigen Gelehrsamkeit zu verwickelt, als daß ich mich darüber äußern könnte, obwohl ein vollkommener Gelehrter mit einer Disputation über dieses Thema an jeder Universität den Doktorgrad erwerben könne. Ich wagte jedoch zu behaupten, daß der Welt viel Freude vorenthalten würde, wenn Madame Agnes durch solch ein Wunder ausgezeichnet würde. Sie dankte mir lächelnd für das Kompliment. Herr Didrik sagte: »An Fürstenhöfen sind selbst hochgeborene Damen auf die Kurtisanen neidisch geworden und lassen sich nun von berühmten Malern splitternackt malen, um zu beweisen, daß sie sich keines Mangels zu schämen brauchen. Und was könnte herrlicher sein als das Leben in den Heilbädern, wo Männer und Frauen in aller Ehrbarkeit tagelang zusammen warme Bäder nehmen und nicht mehr als ein Lendentuch tragen — und selbst an schwimmenden Tischen Trick-Track spielen und ihre Mahlzeiten zusammen einnehmen?«

Ich bemerkte, daß in Finnland Männer und Frauen zusammen Dampfbäder zu nehmen pflegten, dies jedoch nur unter dem gemeinen Volk üblich sei und nur um der Reinlichkeit willen, nicht zum Vergnügen. Herr Didrik war neugierig und fragte mich, ob ich oft solche Bäder mit jungen Mädchen nähme, was ich entschieden verneinte. Er sah, daß ich verlegen war, wechselte einen Blick mit seiner Schwester und begann von anderen Dingen zu reden.

Der Tisch war nun abgeräumt. Er drehte seinen Becher in der Hand und fragte: »Michael, was haltet Ihr davon, daß die Stände den Erzbischof von Schweden abgesetzt und eingekerkert haben?«

Diese unvermittelte Frage verblüffte mich, doch antwortete ich vorsichtig: »Wer bin ich, mich über so hohe Dinge zu äußern? Der Erzbischof ist eines Ränkespiels gegen den Staat verdächtig, und die ehrwürdigsten Bischöfe hatten teil an seiner Absetzung; soll ich weiser sein als sie?«

Herr Didrik entgegnete aufgebracht: »So ist in Euren Augen der junge Sten Sture der Staat? Ist es nicht vielmehr so, daß die Anmaßung seiner ganzen Familie sie gelehrt hat, das Königreich für ihr Eigentum anzusehen, ungeachtet der Kalmarer Union, nach der König Christian von Dänemark der einzige rechtmäßige Herrscher ist?«

Ich bemerkte, daß die Jüten dem Königreich Schweden nur Blutvergießen und Verderben gebracht hätten und es keine grausameren und trügerischen Freunde geben könne. Wolle man in Abo ein ungezogenes Kind erschrecken, so genüge es, ihm zu drohen: »Der Jüte wird dich holen!«

Dies überraschte Herrn Didrik, und er versetzte ärgerlich: »Ich hielt Euch für einen verständigen Jungen, Michael, sehe aber, Ihr begnügt Euch damit, nachzuplappern, was andere gesagt haben, ohne einen Versuch, selbständig zu denken.«

Er begann darzulegen, was für ein entschlossener, fähiger und gnädiger Monarch König Christian sei. Er erklärte mir, seine Majestät hasse nichts mehr als die Unterdrückung durch den Adel und ergreife immer die Partei des Volkes gegen ihn. Seine Absicht sei, Lübecks Herrschaft über die Ostsee zu vernichten und Kopenhagen zu einem mächtigen Handelszentrum zu machen; seine Schiffe sollten ungehindert die See befahren, zum Gewinn seiner Untertanen, und es würde nicht lange dauern, bis sein Königreich mächtig und reich sei.

»Es ist nur eine Frage der Zeit«, fuhr Herr Didrik fort, »daß die hochmütigen schwedischen Herren zum Nachgeben gezwungen werden. Der Krieg steht vor der Tür, und König Christian kann jetzt jeden Tag mit seiner Flotte gegen Schweden in See stechen. Der kluge Mann liest die Vorzeichen und sichert sich durch sein gegenwärtiges Verhalten seinen zukünftigen Platz in der Gunst des Königs. Er ist der mächtigste Herrscher im Norden, und ich glaube, er wird als König Christian der Große in die Geschichte eingehen.«

Seine Worte machten auf mich tiefen Eindruck, denn ich hatte noch nie jemand so zuversichtlich über König Christian sprechen hören. Madame Agnes erzählte mir auch viele Beispiele von der Freundlichkeit des Königs gegen die Armen und sagte mir, er leihe dem Rat eines alten holländischen Bauernweibes ein willigeres Ohr als dem seines Hofadels. Dennoch wagte ich es, ihnen von meinen eigenen Erfahrungen von der Grausamkeit der Jüten zu berichten, an die mich die Narbe auf meinem Kopf bis auf jenen Tag erinnerte; und ich setzte hinzu, daß ein unbarmherziger Jüte meine Großeltern ermordet hatte.

Herr Didrik verstand es aber, auch dies ins Gegenteil zu verkehren, und entgegnete: »Wer hat die Dänen gezwungen, die finnischen Küsten zu verheeren? Wer sonst als die halsstarrigen Schweden, die gegen ihren rechtmäßigen König rebellierten? Und die Rebellion hat von einer Generation auf die andere übergegriffen, zum großen Schaden des gemeinen Volkes, das seinen Herren blind folgt.«

Er hob den Becher und sprach unverblümt: »Wir wollen nicht länger die Klingen kreuzen, Michael! Ich weiß mehr über Euch, als Ihr denkt, und das Herz tut mir weh beim Gedanken an die verächtliche Behandlung, die Euch zuteil geworden ist. Sagt an, hat irgendein schwedischer oder finnischer Adeliger Euch jemals eine Gunst erwiesen oder seinen Schutz angedeihen lassen? Die Kirche hat Euch ausgestoßen und die Priesterweihe verweigert — und was ist schon von Prälaten zu hoffen, die ihrem eigenen Erzbischof die Mitra vom Haupte reißen, um sich bei ihren gottlosen Herren einzuschmeicheln? Der gute König Christian wird die Wissenschaft fördern und allen begabten Männern, ungeachtet ihres Standes oder ihrer Geburt, dieselben Möglichkeiten bieten. Er ist ein treuer Sohn der Kirche. Je größer seine Macht, desto größer wird sein Einfluß am päpstlichen Hof sein, so daß selbst ein armer Mann auf ein Wort von ihm es im Priesterstand zu Ehren bringen kann. Denn ich fürchte, daß binnen kurzem in Finnland viele Chorstühle leer stehen werden, um mit Männern, die dem König und der heiligen Kirche ergeben sind, besetzt zu werden.«

Seine Worte erschreckten mich so, daß ich mich umsah, ob uns niemand lausche. »Edler Herr! Madame!« sprach ich mit zitternder Stimme. »Möchtet Ihr mich zum Hochverrat verleiten? Ich bin weder Soldat noch Verschwörer; ich bin ein friedlicher Scholar und verstehe von Politik so wenig wie die Kuh vom neuen Scheunentor.«

Allein Herr Didrik stand auf, hob den Becher und sagte in überzeugendem Ton: »Fern sei es von mir, an irgend derlei zu denken! Aber ist es Hochverrat, dem rechtmäßigen König den Weg in sein eigenes Land zu bahnen? Kann man es Verschwörung heißen, die Kirche gegen Lästerer und Spötter zu verteidigen, die in ihrem selbstsüchtigen Ehrgeiz der Pflichten ihres heiligen Amtes vergessen haben und unwürdig sind, Diener der Kirche zu sein? Nein, Michael. Alles, was ich wünsche und hoffe, ist, daß Ihr gleich einem ehrlichen und rechtdenkenden Mann auf König Christian und seine Ziele und auf Euren eigenen Vorteil jetzt und in Zukunft anstoßt.«

Ich mußte wohl oder übel gehorchen und leerte meinen Becher.

Der schwere Wein strömte mir wie Feuer durch die Adern, und Madame Agnes lachte erregt, schlang mir die Arme um den Nacken und küßte mich auf beide Wangen.

Herr Didrik sprach ernst: »Ich will mich nicht länger verstellen. Als Ehrenmann scheue ich mich nicht, zu gestehen, daß ich mit Leib und Seele zu König Christian stehe und in dieses Land gekommen bin, um in seinem Sinn zu wirken. So sehr vertraue ich Euch; und unter uns kann ich Euch sagen, daß es in Abo mehr geheime Anhänger König Christians gibt, als Ihr denkt. Solltet Ihr Euch aber durch reichen Lohn verführen lassen, mein Vertrauen zu mißbrauen, so laßt Euch gesagt sein, daß Ihr bereits viele militärische Geheimnisse preisgegeben habt und ich leicht beweisen kann, daß Ihr mit mir auf die Gesundheit des Königs getrunken habt.«

»Ich will Euch nicht verraten«, versetzte ich mürrisch. »Aber nun müßt Ihr mich gehen lassen, denn es ist schon spät. Ich habe zuviel Wein getrunken und muß über vieles nachdenken.«

Sie versuchten nicht, mich zurückzuhalten, nachdem wir unsere nächste Zusammenkunft vereinbart hatten; aber es fiel mir schwer, aus ihrer Gesellschaft zu scheiden — das reine Licht der Wachskerzen und den dort zur Schau gestellten irdischen Reichtum zu verlassen. Es war mir, als bänden mich starke Fäden an sie, da ich nicht erkannte, daß das die Fangnetze des Satans waren. Ich glaubte an meine Gastgeber und an ihre Ehre.

Ich brauche nicht weiter auszuführen, wie Herr Didrik und besonders seine Schwester durch Winkelzüge und Versprechungen mich zu einem treuen und gehorsamen Verbündeten machten. Mehrere Monate diente ich ihm als Sekretär und machte mich bei seinen gefährlichen Ränkespielen nützlich. Doch will ich zu meiner Verteidigung anführen, daß ich dabei weniger an meine eigene Zukunft dachte, die mir Herr Didrik in so glühenden Farben ausmalte, als an den Frieden und das allgemeine Wohl, für das ich arbeitete, wie man mir versicherte. Mein Gewissen beruhigte sich auch bei dem Gedanken, daß Herr Didrik sich bald in Abo recht gut eingelebt und selbst die reichsten Bürger für sich gewonnen hatte. Er wurde zu Hochzeiten und Begräbnissen eingeladen und war auch Gast der Dreikönigsbrüderschaft, die höchste Ehre, die einem in der Stadt erwiesen werden konnte. Da also mein Brotgeber das, was er wissen wollte, bereits von anderer Seite erfahren hatte, sah ich in meiner Arbeit nichts Böses.

Er ließ dem St.-Olafs-Kloster und dem St.-Örjans-Hospital reichliche Spenden zufließen, und jedermann rühmte seine Leutseligkeit. Er war nicht zu stolz, sich mit gemeinen Soldaten, Matrosen und Lehrlingen in Gespräche einzulassen; es dauerte auch nicht lange, und er pries offen König Christian und seine vielen edlen Eigenschaften.

Nahm jemand daran Anstoß, so pflegte er ihm frei ins Gesicht zu sehen und zu sagen: »Ich achte jedermanns Ansicht und bin der Meinung, daß jeder das Recht hat, selbständig zu denken. Aber ich fordere dasselbe für mich – mit um so mehr Grund, als ich Ausländer bin. Da ich nun einmal über euren nationalen Streitigkeiten stehe, kann ich die Dinge von einer höheren Warte aus betrachten als jene, die davon betroffen sind.«

Jedermann mußte zugeben, daß er klug und gut sprach, wie es einem so ritterlichen Herrn geziemte; wenn auch die weniger Aufgeklärten hinzufügten, er kenne die Jüten nicht, die verräterisch und falsch seien.

Mir bereiteten unsere Reisen viel Vergnügen, da Herr Didrik, um seine Absichten zu verschleiern, jeden Heiligenschrein der Stadt besuchte. Einmal ritten wir nach Nadendal, wo Madame Agnes Spitzen kaufen wollte, die dort im Konvent hergestellt wurden und von denen es hieß, sie kämen den flandrischen gleich.

Ich brauche nicht zu sagen, wie verblendet und verzaubert ich von ihrer Anmut und Schönheit war; doch war ich mir meiner bescheidenen Stellung bewußt und außerdem zu jung und unerfahren, als daß ich mir auch nur träumen ließ, meine Augen so hoch zu erheben.

Nach unserer Rückkehr von Nadendal wollte ich mich eben am Tor der Taverne verabschieden, als sie mir tief in die Augen sah, schwer seufzte und sprach: »Ich habe diese langweilige Stadt und die Bauerntölpel, die darin leben, satt. Kommt mit herein, Michael, und trinkt ein Glas Wein mit mir. Mein Bruder läßt mich den ganzen Tag allein, und ich weiß nicht, wie ich die Zeit totschlagen soll.«

Sie führte mich auf ihre Kammer, die von Wohlgerüchen so erfüllt war, daß mir war, als schritten wir aus den vielen eklen Gerüchen der Taverne in einen Rosengarten.

Nachdem wir unseren Wein in kleinen Schlucken geleert hatten, brach Madame Agnes leidenschaftlich aus: »Wollte Gott, daß die Angelegenheit so oder so erledigt werden könnte. Dieses ewige Warten bedrückt mich. Mein rastloses Wanderleben ist mir ins Blut geschlagen, so daß ich niemals lange am selben Ort aushalten kann. Ich weiß, ich kann in diesem Lande nicht von Nutzen sein, meine Geschicklichkeit ist überflüssig, da selbst erfahrene Männer aus freien Stücken in die Schlingen meines Bruders tappen. Aber nun weiß ich, daß die Flotte des Königs vor Stockholm liegt und wir jeden Tag Nachricht von der Schlacht erhalten können. Das wird auch hier das Zeichen zum Losschlagen sein, wenn es König Christian nicht gelingt, Blutvergießen durch Verhandlungen zu vermeiden.«

»Madame«, erwiderte ich, »welche Rolle ist mir bei alledem zugedacht? Jeden Morgen erwache ich mit einem tödlichen Schmerz im Herzen, da ich nicht weiß, ob ich recht oder unrecht handle. Ich kann die forschenden, verdächtigen Blicke, die mir allenthalben zuteil werden und mich schmerzen, als wären sie offene Beschuldigungen, nicht mehr lange ertragen. Wenn in meiner Heimatstadt Blut fließt, so wird mich jeder Tropfen auf der Seele brennen. Und ich werde keine friedliche Stunde mehr kennen.«

Sie lachte hell auf, streichelte meinen Hals und meinte: »Ihr habt einen schwachen, schlanken Hals, wie es einem Kleriker geziemt; er ließe sich leicht abschneiden! Aber denkt daran, Michael, wo gehobelt wird, fliegen Späne. Die Staatskunst läßt sich mit der Kunst des Hobelns vergleichen, und wenn dabei überhaupt etwas erreicht werden soll, müssen viele Späne fallen.«

»Das sind unverantwortliche, sündige Worte«, versetzte ich. »Ein Mensch ist kein Span, den man achtlos abhobelt.«

»Nein?« Sie sprach leise und nahm meine Hand in die ihre. »Ihr Finnen seid wirklich ein langsames und lustloses Volk, und ich möchte wissen, ob euch überhaupt etwas in helle Flammen setzen könnte. Auch Ihr, Michael; Ihr seid ja ärger als der keusche Josef! Ich kann nur annehmen, daß ich in dieser verfluchten Stadt alt und häßlich geworden bin, denn jeder andere, der mit mir allein beim Wein säße, hätte anderen Gesprächsstoff gefunden als gerade Hobelspäne. Versteht Ihr nicht, Michael, daß ich mich bis zum Überdruß langweile?«

Ich traute meinen Ohren nicht und fragte: »Ihr meint doch nicht, Madame, daß ich Euer Vertrauen mißbrauchen und Euren Bruder betrügen sollte, der mir Eure Ehre anvertraut hat — daß ich mich an Euch versündigen und Euch in eine Versuchung führen sollte, die für uns beide zu stark sein könnte?«

Sie brach in ein so helles Gelächter aus, daß auch ich trotz meines Unbehagens lächeln mußte. Sie raufte mir mit beiden Händen das Haar und versetzte: »Ihr seid ein ausnehmend tugendhafter Jüngling, Michael; eine beinahe unglaubliche Erscheinung in dieser bösen Welt. Vielleicht trage ich einen Keuschheitsgürtel, um meine Ehre zu schützen. Habt Ihr nicht den leisesten Wunsch, Euch zu überzeugen?«

Am ganzen Leib zitternd, fiel ich vor ihr auf die Knie.

»Madame, Ihr seid schöner und begehrenswerter als alle Frauen, die ich kenne, und Eure vielen guten Eigenschaften haben Euch mein Herz gewonnen. Daher flehe ich Euch an, mich unverzüglich fortzuschicken und mich nicht in Versuchung zu führen — denn ich kann Eurer niemals wert sein noch Euch die Stellung bieten, zu der Euch Geburt, Erziehung und Schönheit berechtigen.«

Sie lachte noch fröhlicher und entgegnete: »Ein kleines Spiel zwischen guten Freunden ist ein unschuldiges Vergnügen und verpflichtet zu nichts. Glaubt mir, die Liebeskunst ist eine hohe Kunst und bedarf, wie alle anderen nützlichen und wertvollen Fertigkeiten, der Auffassungsgabe und vieler Übung. Sie ist die achte der freien Künste, und Ihr, Michael, sollt mein Schüler sein.« Sie sprach so überzeugend und so aufrichtig, daß ich glaube, auch ein klügerer Mann als ich wäre unterlegen; und sie schien in diesem Fach ungewöhnlich tüchtig. Als Lehrerin war sie leicht zu verstehen und beherrschte den Stoff vollkommen. Ihr eigener Leib diente als Schulheft, und sie zauderte nicht, mir selbst die Feder zu führen, wenn ich verlegen schien. Aber wir waren noch nicht über die Anfangsgründe hinausgekommen, als die Kirchenglocken plötzlich erklangen und Lärm und Getümmel vom Hafen herauf an unser Ohr drangen.

Madame Agnes ließ mich sogleich los, stieß mich von sich und begann gelassen ihr Kleid zu ordnen, während ich zitternd und verwirrt mitten in der Kammer stand.

»Es ist etwas geschehen«, sprach sie in kühlem, beherrschtem Ton. In diesem Augenblick hämmerte es an der Tür. Da sie den Riegel nicht gleich zurückzog, fing Herr Didrik unter einem Schwall von Flüchen an, mit dem Schwertknauf gegen die Türfüllung zu schlagen.

»Gott's Blut!« schrie er, nachdem er eingelassen worden war und uns gesehen hatte. »Schaut euch beide an! Schamloses Weib, man sollte dich an den Haaren an den Pranger schleppen. Doch einstweilen genug davon. Wir müssen rasch denken und handeln. Eine schnelle Schaluppe ist eingelaufen mit der Nachricht von König Christians Niederlage bei Brannkyrke, wo immer das auch sein mag; seine Truppen laufen in hellen Scharen zu den Schweden über, und er versucht, so viele wie möglich wieder an Bord zu bekommen. Es läßt sich schwer sagen, wieviel daran übertrieben ist, aber sie singen das Tedeum im Dom, und auf dem Marktplatz nimmt der Pöbel eine bedrohliche Haltung ein, sie warfen mir Mist nach, als ich mir meinen Weg zur Taverne durch sie zu bahnen versuchte. Unsere ganze Arbeit war umsonst, und nun hört man nichts als Singen und ein Geheul: ›Sieg!‹ und ›Lang lebe Sten Sture!‹ und ›Tod den Jüten!‹«

»Herr Didrik«, sagte ich, »was geschehen ist, ist geschehen, und es ist zweifellos Gottes Wille. Aber sowohl in der Stadt als auch auf dem Schloß haben viele Leute auf Eure Kosten auf König Christians Gesundheit getrunken. Wir wollen sie aufbieten und für unsere gute und gerechte Sache einen kühnen Angriff wagen!«

Er knurrte: »Gott hat damit nichts zu tun. Eine Schlacht wird durch die Zahl der Truppen, ihre Waffen und die Geschicklichkeit ihrer Führer entschieden. Sollen wir heil und mit Ehren entkommen, so bleibt uns nichts als die Flucht. Meine Schwester und ich schweben als Ausländer nicht in Todesgefahr – mit dir steht's freilich anders.«

Er setzte sich und leerte das Weinglas seiner Schwester, steckte dann den Knopf seines Schwergriffes in den Mund und sah mich nachdenklich an.

»Mit dir steht's anders«, wiederholte er, »du kennst die Namen aller, die auf des Königs Gesundheit getrunken haben. In deinen Händen, Michael, liegen der gute Name und der Ruf zu vieler Menschen, als daß ich dein Leben schonen könnte.«

»Aber Herr Didrik!« rief ich in bitterer Empörung. »Denkt Ihr, ich würde diese Geheimnisse verraten, um mein Leben zu retten? Wenn Ihr das meint, irrt Ihr ganz und gar und tut mir schweres Unrecht.«

»Ein Mensch ist nur ein Mensch!« versetzte er. »Auf der Welt darf man niemand als sich selbst trauen – und auch sich selbst nur mit Vorsicht. Meine liebe Schwester«, fuhr er fort, indem er sich an Madame Agnes wandte, die bereits ihre Habseligkeiten in ihren Reisekoffer verstaute. »Sei so gut und geh in die anschließende Kammer, oder wende wenigstens deine Augen ab. Ich bin gezwungen, diesen jungen Mann um unserer Sicherheit willen zu töten.«

Sie schien erschrocken, kam jedoch zu mir, tätschelte mir beide Wangen und küßte mich auf die Stirn; in ihren Augen schimmerten zwei helle Tränen.

»Es schmerzt mich, daß wir so auseinandergehen müssen, Michael«, sprach sie, »aber du mußt einsehen, daß mein Bruder weise spricht.«

Über diese plötzliche Wendung der Dinge war ich so verblüfft, daß ich selbst jetzt nicht glauben konnte, sie meinten es ernst.

»Herr!« stammelte ich. »Wollt Ihr mich wirklich kalten Blutes ermorden? Wenn Ihr das Jüngste Gericht und die Flammen der Hölle nicht fürchtet, so denkt wenigstens an die weltlichen und geistlichen Gerichte, die beide Euch zum Tod verurteilen werden.«

Er dachte ein wenig nach, aber seine Schwester fiel eilig ein:

»Ich könnte leicht mein Kleid wieder in Unordnung bringen, es sogar zerreißen, denn ich mag es ohnehin schon lange nicht mehr. Jedermann hörte dich an der Tür poltern und fluchen und wird sogleich denken, daß du den jungen Mann zum Schutz der Ehre deiner Schwester erschlugst, als er sie in einem Anfall von Trunkenheit zu schänden versuchte.«

An diesen schamlosen Verrat konnte ich nicht glauben. Ich konnte nur flüstern: »Jesus Maria!« und sie ungläubig anstarren, als sähe ich sie zum erstenmal. Herrn Didriks pulvergeflecktes Gesicht schien mir nun lasterhaft und bösartig, und seine Schwester Agnes war weder so jung noch so verführerisch, wie ich mir eingebildet hatte, solange ich im Banne Satans stand. Ihr Haar war gefärbt und ihr Gesicht mit Augenbrauenschwärze und Lippenrot verschmiert. Die Männer und die Welt der Männer erschienen mir zum erstenmal in grellem Licht, und ich alterte in jener Stunde um viele Jahre. Aber wenn sie mich mit falscher Münze zu bezahlen gedachten, so konnte ich ihnen wenigstens mit falschem Wechselgeld dienen, nun da mir die Schuppen von den Augen gefallen waren.

Daher goß ich mit zitternden Händen die letzten Tropfen Wein in mein Glas und sagte kühn: »Mein Herr und Madame! Ihr werdet mir gestatten, einen letzten Trunk auf all das Unrecht, die Bosheit und die Verräterei zu tun, in der Ihr mich so wohl unterwiesen habt. Um Euch zu beweisen, daß ich ein gelehriger Schüler gewesen bin, will ich gestehen, daß ich Euch nur mit Vorbehalt getraut habe. Auch denke ich nicht hoch von Madame Agnes' Jungfräulichkeit und Ehre. Nur meine warme Neigung für sie verbietet mir, sie eine gemeine Hure zu schelten.«

Madame Agnes erbleichte, und ihre braunen Augen begannen zu funkeln.

»Zögere nicht, liebster Didrik!« rief sie aus. »Bring dieses schamlose Maul zum Schweigen, denn ich habe mich nie gescheut, Blut zu sehen, und jetzt würde es meine Liebe zu dir verdoppeln.«

Aber Herr Didrik musterte mich nachdenklich und spielte gedankenverloren mit der Schneide seines Schwertes.

»Laß den Jungen reden«, meinte er dann, »ich hab' ihn noch selten so vernünftig gehört, und wenn er auch jung ist, so steigt er doch dadurch in meiner Achtung. Fahrt fort, Michael, Ihr müßt irgendwo einen Trumpf versteckt haben, sonst würdet Ihr eine so kühne Sprache nicht wagen.«

»Herr, da Ihr mich zwingt, will ich offen sein. Für meinen eigenen Seelenfrieden und da ich Euren Beweggründen mißtraute, vertraute ich dem guten Pater Petrus von St. Olaf ein Pergament an, auf dem ich all Eure Taten fein säuberlich aufgezeichnet und die Namen derer angeführt habe, die auf König Christians Gesundheit tranken. Das Beichtsiegel verbietet Pater Petrus, den Brief zu öffnen, aber sollte mir etwas Übles widerfahren, so ist er ermächtigt, den Bischof lesen zu lassen, was ich geschrieben habe. Ich tat das nur, um meine Haut zu retten, wenn unsere Pläne fehlschlügen, doch seh' ich nun, daß das Dokument dringender gebraucht werden kann, als ich dachte.«

»Ist das wahr?« herrschte er mich an. Ich aber sah ihm furchtlos in die Augen und schwieg. Er beurteilte mich nach sich selbst und mußte mir daher wohl oder übel Glauben schenken. Seufzend stieß er sein Schwert wieder in die Scheide und lächelte sauer.

»Ich hoffe, Ihr werde meinen kleinen Scherz vergeben, daß ich Eure Treue auf eine so harte Probe gestellt habe. Ich sehe nun, warum Ihr so sorgfältig Notizen machtet — und selbst, wenn Ihr lügt, kann ich die Gefahr nicht auf mich nehmen, daß es vielleicht doch wahr sei.«

Aber Madame Agnes brach in bittere Tränen aus und sagte: »Er hat uns verraten, der unverschämte Junge. Und eben vorhin hätte er mich beinahe verführt. Ich hätte Euch einer solchen Bosheit nicht für fähig gehalten, Michael. Ich hielt Euch für einen braven, aufrichtigen Jungen und hätte mich gefreut, Euer reines, junges Herz in die Gärten des Paradieses zu führen. Zu spät erkenne ich nun, daß wir eine Schlange an unserem Busen genährt haben.«

Herr Didrik fauchte: »Deck deine Brüste zu und halt den Schnabel, du Dirne! Wir sind Michael großen Dank schuldig, und das Geringste, was wir für ihn tun können, ist, ihn sicher an Bord und aus dem Lande zu schaffen, bis zum Anbruch der neuen Zeit, da er mit Ehren und siegreich in seine Heimat zurückkehren kann. Wir wollen Freunde und Verbündete bleiben, Michael, denn Ihr werdet am Ende finden, daß dies auch Euch den meisten Gewinn bringen wird. Begnügt Euch jetzt mit ein paar Goldstücken, da meine Mittel zur Neige gehen, und ich werde Euch sicher nach dem Festland bringen, wo Ihr an irgendeiner Universität Eure Zeit abwarten könnt. Ich versprech' Euch, mein Bestes zu tun, um König Christian zu überreden, Euch für Euer Studium auszustatten, da Ihr ihm zum Wohl seines Landes von großem Nutzen sein könnt.«

Das war mehr, als ich erwartete; ich hatte gehofft, bloß meine Haut zu retten. Mit einem Seitenblick auf sein Schwert, das mir lose in der Scheide zu sitzen schien, erwiderte ich: »Erhabenster Herr, ich will Euch ewig dankbar sein, wenn Ihr mir wirklich helfen wollt, meine liebsten Wünsche zu erfüllen. Laßt uns also, wie

Ihr sagt, diese Kleinigkeit vergessen und den Staub der Stadt von den Füßen schütteln, solange noch Zeit ist.«

Er antwortete: »Im Hafen liegt ein Schiff aus Lübeck, auf dem ich schon für mich und meine Schwester Plätze genommen habe und das bei günstigem Wetter morgen auslaufen soll. Was ist natürlicher, als daß mein treuer Sekretär mich begleitet? Kommt in der Dämmerung zum Hafen hinab, und wir werden uns, so Gott will, an Bord treffen.«

Er sagte dies in einem so salbungsvollen Ton, daß ich Verdacht schöpfte und rasch einwarf: »Bei Eurer großen Güte, Herr, Ihr spracht von Gold. Gestattet mir, Euch zu gemahnen, daß Ihr es mir auf der Stelle aushändigt, denn es wäre bös um mich bestellt, solltet Ihr Euch verhindert finden und nicht erscheinen.«

Doch ich tat dem Mann unrecht, denn wenn er einmal einen Entschluß gefaßt hatte, hielt er daran fest. Es mußte ja in der Tat ihm ebensoviel daran liegen als mir, mich in guter Stimmung an Bord zu bringen. Er reichte mir ohne Einwände fünf päpstliche Dukaten, drei rheinische Gulden und dazu eine Anzahl Silbermünzen, so daß ich im Handumdrehen reicher als jemals zuvor in meinem Leben war. In gehobener Stimmung verließ ich die Taverne durch die Hintertür, und es gelang mir, unangefochten Jungfer Pirjos Hütte zu erreichen. Ich erklärte meiner Pflegemutter, daß Herr Didrik auf Grund seiner dringenden Geschäfte Abo sofort verlassen müsse, sich jedoch erbötig gemacht habe, mich ins Ausland mitzunehmen, so daß ich irgendeine Universität beziehen könnte. Ich wüßte noch nicht, ob ich mich nach Rostock, Prag oder selbst nach Paris wenden solle. Dies, so versicherte ich ihr, sei der größte Glücksfall, und bat sie, mich eilends für die Reise auszustatten. Sie versuchte nicht, mir meine Pläne auszureden, ja sie schien sogar ein wenig erleichtert, was mich überraschte, da ich nicht geglaubt hatte, sie wüßte von den Winkelzügen meines Herrn.

Um dem siegestrunkenen Pöbel auszuweichen, entlehnte ich ein Boot und ruderte den Fluß hinab zum Kloster, denn mich verlangte vor allem, Pater Petrus zu sehen und mich ihm anzuvertrauen. Ich wollte mein Vaterland nicht mit so schwarzer Seele verlassen.

Es war schon nach der Non, und Pater Petrus kam mir an der Klosterpforte entgegen. Er hatte sich gegürtet, um an den Freudenfeiern teilzunehmen, doch als er von meinem ernsten Anliegen hörte, führte er mich an den Hang hinan und hörte meine Beichte.

Während ich sprach, bekreuzigte er sich oft und bemerkte schließlich: »Ich hielt Herrn Didrik für einen guten Kerl, allein er scheint ein Schurke zu sein. Nichtsdestoweniger hat sich dank des Schutzes der Vorsehung alles zum Besten gewendet, und es scheint, als würden deine Hoffnungen erfüllt werden. Der Weg, der vor dir liegt, ist gewiß rauh und mit mehr Dornen übersät, als du dir vorstellen kannst. Viele sind auf der Suche nach Wissen ins Ausland gegangen und nie zurückgekehrt. Aber du hast sehr töricht gehandelt. Du mußt einsehen, daß es unrecht und eine Beleidigung Gottes ist, Umwälzungen herbeiführen zu wollen, solange alles seinen ungestörten Gang geht. Wir wissen nichts von diesen neuen Ideen, und sie können ebenso zum Bösen wie zum Guten führen. Ich kann jedoch in deinen Taten keine Verfehlung gegen die Kirche erblicken, und es liegt daher in meiner Macht, dir die Absolution zu erteilen – obwohl ich dir um deiner Seele willen aufgebe, an jeder heiligen Stätte unterwegs zu beten.«

Ich war aufrichtig zerknirscht und küßte den fettigen Saum seines Habits. Dann fiel mir ein, daß ich in der Eile die Lektion zu erwähnen vergessen hatte, dir mir Madame Agnes erteilt hatte. Das schien mir die schwärzeste Sünde von allen, und ich beschrieb das Vorgefallene, so gut ich konnte. Pater Petrus stellte viele Fragen, um möglichst helles Licht in die Sache zu bringen. Dann seufzte er tief und sagte: »Du bist einer Verführung zum Opfer gefallen, Michael, und es war kaum zu erwarten, daß ein so junger und unerfahrener Mensch wie du einer so starken Versuchung widerstehen konnte. Selbst ich könnte vielleicht kaum – doch laß uns nun von dem sprechen, was geschehen soll. Ich beschwöre dich, sofort Magister Martinus aufzusuchen und ihn um einen Empfehlungsbrief und ein Zeugnis über deine Studien zu bitten. Dann will ich nach der Vesper sogleich zu Jungfer Pirjo kommen, auf daß wir miteinander wachen und beten, bevor du den Schritt tust, der deinen ganzen Lebenslauf bestimmen wird.«

Sein Rat und Trost läuterten meine Seele, doch sah ich mit Bangen der Aussprache mit Magister Martinus entgegen. Allein auch er empfing mich lächelnd, die bleichen Wangen vom Wein gerötet. Er war erstaunt und erfreut über die Neuigkeiten, die ich ihm überbrachte und die er für so wichtig hielt, daß er sie dem Bischof mitteilen wollte. Ja, er wagte nicht einmal, seinen Namen ohne Erlaubnis des Bischofs unter irgendeinen Empfehlungsbrief zu setzen. Und da Magister Martinus eben zum Bischof unterwegs war, um an einem Bankett zur Feier von Sten Stures Sieg teilzunehmen, hieß er mich ihn begleiten, um mein Anliegen vorzubringen.

Wir schlenderten Seite an Seite am Dom und am Sankt-Örjas-Hospital vorbei, wo die beiden Aussätzigen der Stadt von uns Almosen heischten. Der eine hatte keine Nase, der andere schlohweißes Haar. Mir wurde weh ums Herz bei dem Gedanken, daß ich ihre wohlvertrauten Gesichter nie mehr sehen würde.

Aus dem Hause des Bischofs strömten uns die würzigsten Gerüche entgegen. Ich wartete, die Mütze in der Hand, am Tor, während Magister Martinus eintrat, um für mich zu sprechen. Bald kehrte er zurück und führte mich vor den strengen Kirchenfürsten. Bischof Arvid Kurk war auch in heiterer Stimmung und gedachte sogleich der Zeiten, da er singend Europas Straßen befahren hatte, obwohl er eine einflußreiche Familie und eine Pfründe hinter sich wußte. Seine einzige Sorge war, für mich mit Bedacht die richtige Universität zu wählen. Pater Martin fing an, von Rostock zu sprechen, das am nächsten liege und von wo ich am leichtesten heimkehren könne, wenn ich allzu große Schwierigkeiten vorfände.

Doch der Bischof hieß ihn schweigen und sprach also: »Die Zeiten sind so übel, daß ich keine deutsche Universität empfehlen kann, wo die Irrlehren von Wittenberg jetzt im Schwange sind. An solchen Orten könnte der junge Mann an seiner Seele Schaden leiden. Nein, Michael, wenn du Mittel hast, solltest du versuchen, an die Universität Paris zu gelangen, wo ich und viele andere, die durch die Gnade Gottes den Bischofsstuhl von Arbo zierten, unser Wissen erworben haben.«

Der gestrenge Bischof hätte sich ohne Zweifel in Erinnerungen verloren, hätte nicht Magister Martinus gewagt, ihn zu unterbrechen und um die Erlaubnis zu bitten, mir an Ort und Stelle einen Empfehlungsbrief auszustellen, da er fürchtete, seine Finger könnten vielleicht nach dem Bankett keine Feder mehr führen. Der Bischof entschied sich ohne weitere Umstände für Paris und diktierte in seinem eigenen Namen den Brief, in dem er meinen Fall den gelehrten Professoren der dortigen Universität unterbreitete.

»Michael«, sagte er, »wenn du einen guten Präzeptor gefunden hast und von ihm als Schüler angenommen bist, wirst du die Rechte und Vorteile der Universität genießen. Aber denke daran, daß viele diesen gefahrvollen Weg gegangen und nie zurückgekehrt sind. Und viele sind zurückgekehrt, gebrochen an Leib und Seele, nachdem sie sich mehr den sieben Todsünden als den sieben freien Künsten gewidmet hatten. Wenn du jedoch dein Bestes tust und ordnungsgemäß dein Bakkalaureat erwirbst, will ich ernsthaft erwägen, was ich für dich tun kann. Dein erstes Examen soll dein Prüfstein sein, an dem du beweisen kannst, daß du vom rechten Schlag bist.«

Mich quälte der Gedanke, was der gute Bischof und mein Lehrer Martin wohl sagen würden, wenn sie von meiner Arbeit für die jütische Sache erführen, denn ich zweifelte nicht, daß sie ihnen bald zu Ohren kommen würde. Nach dem schrecklichen Hangen und Bangen zu Tränen gerührt, stattete ich ihnen meinen bescheidenen und herzinnigen Dank ab, und der gute Meister Martinus weinte mit.

Bischof Arvid blieb selbst seiner Rührung kaum Herr und fuhr fort: »Beruf dich auf mich, armer Junge, wenn du deinen Weg voll Dornen findest oder Krankheit deine Kräfte aufzehrt, denn ich darf ohne Rühmen sagen, daß ich der bekannteste unter den finnischen Studenten der Universität Paris war, und ich zweifle nicht, daß dir mein Name beim ›Haupt des heiligen Johannes‹ oder dem ›Talar des Magisters‹ stets eine Mahlzeit oder ein Glas Wein eintragen wird, obwohl seit jenen Tagen an die zwanzig Jahre verflossen sind. Um dir aber mein Wohlwollen in greifbarerer Form zu beweisen, laß mich einen kleinen Beitrag zu deinem Fundus leisten.«

Mit diesen Worten tat er einen guten Griff in die wohlgespickte Börse und schenkte mir drei Lübecker Gulden, deren einer untergewichtig war. Auch Magister Martinus fühlte sich bewogen, mir drei Silberstücke zu geben. Und so geschah es, daß ich, der ich von Rechts wegen ins Gefängnis oder an den Schandpfahl gehört hätte, überall nur Güte erfuhr. Bittere Reue tilgte den letzten Rest meiner Überheblichkeit aus meinem Herzen, und ich ward von guten Vorsätzen durchdrungen.

In Jungfer Pirjos Hütte herrschte feierliches Schweigen, und der Tisch war mit so vielen erlesenen Speisen bedeckt, daß man die ganze Stadt hätte damit traktieren können. Sie hatte einen großen Sack mit Proviant aller Art gefüllt, packte in eine arg mitgenommene Truhe, die mir Meister Laurentius verehrt hatte, meine Kleider und reichliche Wäsche und legte mein zerlesenen Buch *Ars moriendi* obendrauf. Meister Laurentius saß in einer Ecke, die Ellbogen auf die Knie gestützt. Ich dankte ihm für sein Geschenk, obwohl ich bei dem Gedanken an die Dinge, die er darin von Pfarre zu Pfarre mitgeführt hatte, innerlich schauderte. Ich dachte, er sei wegen meiner Abreise so mürrisch, doch zeigte sich später, daß ihn andere Angelegenheiten beschäftigten.

Nach der Vesper kam Pater Petrus. Er hatte das Siegel des Priors entlehnt und mir im Namen des Klosters einen Geleitbrief an alle Niederlassungen der Dominikaner ausgestellt, so daß ich dort auf dem langen Wege nach Paris überall Abendbrot und Nachtlager erhalten könnte.

»Ich habe meinen eigenen Namen unter das Schreiben gesetzt«, bemerkte er, »daher ist es keine Fälschung, und ich glaube, daß niemand den Prior eines so abgelegenen kleinen Klosters kennt. Der Brief sollte dir viel Kosten ersparen, und du magst ihn in jedem geistlichen Haus vorweisen, gleich welchen Ordens, denn der Herr achtet nicht darauf, ob seine Lämmer schwarz, grau oder braun sind, und du selbst bist ja ein Laie.«

Von diesem kummervollen Abend ist wenig mehr zu vermelden. Wir weinten, und Jungfer Pirjo strich mir übers Haar. Sie hatte mir eine Arzneibüchse in die Truhe gepackt, eine schöne, rot und grün bemalte Büchse, die ihre stärksten Geheimmittel gegen Fieber, Schüttelfrost, Husten und zehrende Krankheiten aller Art enthielt. Bärenfett und Hasenfett waren nicht vergessen; auch kostbarer Theriak war dabei.

Von einem kleinen Horn, das mit einer stark riechenden Flüssigkeit gefüllt war, flüsterte sie mir zu: »Ich weiß nicht, ob ich damit recht oder unrecht tue, aber Männer sind Männer, und ich habe das Horn mit dem stärksten Liebestrank gefüllt, den ich kenne. Ein paar Tropfen davon, in Wein oder Milch aufgelöst, lassen die tugendhafteste Frau hinschmelzen.«

Nach vielen Ratschlägen und Ermahnungen schenkte sie mir fünf große Silberstücke und trug mir auf, sie in einem der angeseheneren Kaufhäuser Lübecks in Gold einzuwechseln; ich solle mich hüten, schadhafte Münzen anzunehmen, wofür die Geldwechsler berüchtigt seien.

Ich schäme mich nicht, zu gestehen, daß mir angesichts der Güte, die mir ganz unverdient von jedermann zuteil wurde, gar jämmerlich zumute war. Zur Stunde des Nachtoffiziums waren wir noch immer wach und beteten; die Laudes fanden freilich Pater Petrus und Meister Laurentius auf Jungfer Pirjos Bett schlummernd vor, während Andy verschwunden war.

Als das erste fahle Licht der Herbstdämmerung durch die grünen Glasfenster drang, waren wir reisefertig. Pater Petrus und Meister Laurentius schwankten gemeinsam mit meiner Truhe dem Hafen zu. Jungfer Pirjo trug mein Bündel, und ich nahm den Proviantsack. Im Osten rötete sich der Himmel, als sie mir unter vielen Segenswünschen ins Boot des Schiffes halfen. Von Bord sah ich sie immer noch winken. Ich sah den mächtigen Domturm über die niedrigen Häuser emporragen, sah die blaugrünen Kohlbeete und die langen Reihen der Hopfenstangen am Hügelhang. Das große Schiff glitt den Fluß hinunter, und als wir die düsteren Schloßmauern hinter uns hatten, betete ich und nahm Abschied von meinem früheren Leben, da ich einem ungewissen Schicksal entgegenging.

DRITTES BUCH
DIE UNIVERSITÄT

1

Meine Reisegefährten hatten ihre eigene Kajüte auf einem Deck im hochragenden Heck des Schiffes, ich aber mußte sehen, wo ich blieb. Herr Didrik riet mir, mit dem Zahlmeister Freundschaft zu schließen, und dieser stiernackige Lübecker räumte mir eine Vorratskammer neben der Kombüse ein. So brauchte ich nicht mit den Matrosen auf dem Vorderdeck zu schlafen – selbst wenn ich unter ihnen Platz gehabt hätte. Mir war es gleich, wo ich lag; denn nachdem wir das Inselmeer erreicht hatten und auf glatten, grünen Wogen dahinglitten, blies mir die frische Meeresbrise alle düsteren Gedanken hinweg, und ich fühlte, wie sich mein Herz freudig und mutig weitete.

Groß war jedoch mein Schrecken, als ich meinen Freund Andy Karlsson aus einem der zahllosen Winkel des Schiffes hervorkriechen sah; er kratzte sich das verfilzte Haar und sah sich verblüfft um.

»Jesus, Maria!« rief ich. »Was tust du denn hier? Hast du dich an Bord geschlichen, um dich auszuschlafen? Rasch, spring über Bord und schwimme an die Küste, solange wir uns noch inmitten der Inseln befinden.«

Doch er versetzte: »Ich bin rechtmäßig an Bord gegangen, um mir die Überfahrt als Bootsmannsmaat zu verdienen. Ich dankte meinem Meister, daß er mich das Wenige, was er von seinem ehrbaren Handwerk verstand, gelehrt hatte, und gab ihm mein Wort, ihm seine Mühe zu lohnen. Ich habe auch die anderen Lehrlinge dem Schutz Gottes empfohlen – den sie bitter nötig haben – und ihnen verboten, mich in meiner Abwesenheit zu verleumden. Vielleicht hätte ich ihnen einen Abschiedstrunk vorsetzen sollen, doch es war schon spät, und Jungfer Pirjos Bier war mir in den Kopf gestiegen. Es ist an der Zeit, daß ich in die Welt gehe, um mich in dem allerwichtigsten Handwerk zu vervollkommnen. Deshalb verlasse ich mit dir mein Heimatland, und zwar ohne unziemliche Reue, denn dieses Land hatte für mich stets mehr Hunger als Brot und mehr harte Worte als trauliche Plätzchen am Herdfeuer.«

»Andy, du Narr! Kehr sogleich um. Wenn du bescheiden genug bittest, mag es sein, daß man dir immer noch verzeiht.«

Doch Andy erwiderte halsstarrig: »Ich will keine Kugel in die Brust. Meine Angelegenheiten nahmen eine schlimme Wendung, und der Wirt Zu den Drei Kronen ist vom Teufel geblendet worden. Er dürstet nach meinem Blut. Er hält hinter der Theke eine geladene Flinte und eine glimmende Lunte für mich bereit.«

»Aber warum?« forschte ich verwundert. »Ich hielt dich für ihren besten Freund! Die Herrin des Hauses streichelte dir jedesmal die Wangen, wenn sie dich sah, und gab dir, was die Gäste nicht verzehrt hatten.«

Andy maß mich ernst mit seinen ehrlichen grauen Augen und antwortete: »Michael, wenn dir dein Leben lieb ist, laß dir nie von einer Frau die Wangen streicheln, denn dabei kann nichts Gutes herauskommen. Ich wurde in aller Unschuld der Freund der Wirtin Zu den drei Kronen – besser gesagt, sie bewarb sich um meine Freundschaft, seit ich sie vor den Einbrechern errettet hatte. Und ich sah nichts Böses darin, bis sie mich, gleich der Frau des heiligen Potiphar, aufforderte, mit ihr schlafen zu gehen, als ihr Gatte gerade wegsah.«

»Andy!« rief ich. »Ehebruch ist eine Todsünde. Ich hätte nie gedacht, daß du so verworfen sein könntest.«

Doch er entgegnete in beleidigtem Ton: »Wie hätte ich das wissen können? Ich bin ein gehorsamer Bursche und tue, was man mir sagt. Unglückseligerweise überraschte mich der Wirt, als ich dem Befehl seines Weibes gehorchte; was blieb mir anderes übrig, als ihn in denselben Backtrog zu stecken, aus dem ich ihn einst befreite? Und er geriet, obwohl er ein klapperdürrer kleiner Kerl ist, in so blinde Wut, daß ich ein Faß gesalzenes Fleisch auf den Deckel des Trogs stellen mußte. Darüber erboste er sich noch mehr, und kaum war er wieder draußen, entlehnte er vom Stadtrat eine Flinte, ›um Fremdlinge am Pflügen und Säen in seinem Acker zu hindern‹, wie er es nannte, und ich mußte mich rar machen. Sein Weib gab mir mit Tränen in den Augen einen wohlgefüllten Ranzen, so daß ich auf See nicht verhungern werde. Und an Land kann ein starker Mann immer sein Auskommen finden.«

Ich ließ ab, ihm Vorwürfe zu machen, denn das Geschehene war nicht wiedergutzumachen, und am klügsten war es nun, an die Zukunft zu denken. Ich konnte nur staunen, wie wundersam unsere Schicksale miteinander verkettet waren. Am selben Tag, und vielleicht zur selben Stunde, war Andy dem Tode so nahe gewesen wie ich vor Herrn Didriks Klinge. Es schien in der Tat in der Absicht unseres Schöpfers zu liegen, daß wir zusammen reisten. Wir besiegelten dies Übereinkommen mit einem Händedruck, doch konnten wir beide nicht voraussehen, wie unzertrennlich und wie lange uns dieser Pakt aneinanderbinden sollte.

2

Von der Reise will ich nur sagen, daß wir in den folgenden drei Wochen zweimal in Stürme gerieten – welche die Matrosen leichte Böen nannten – und daß wir zwar andere Schiffe sichteten, doch keinen Piraten begegneten, von denen es zwischen Gotland und Ösel wimmeln sollte. Daher legten wir rechtzeitig und wohlbehalten in Lübeck an.

Herr Didrik, nun wieder voll Liebenswürdigkeit, versuchte mich zu bewegen, mit ihm nach Kopenhagen weiterzureisen, und versprach mir mit schönen Worten Ehre, Reichtum und die Gunst König Christians. Doch ich war gewarnt, und das gefährliche Leben eines Abenteurers konnte mich nun, da sich vor meinem geistigen Auge das Tor zur Wissenschaft auftat, nicht locken. Daher dankte ich ihm und sagte ihm Lebewohl, und er versprach, meiner in besseren Zeiten zu gedenken. Aus Sorge für mein Gepäck überredete ich einen Zug von Kaufleuten, mich mitzunehmen, und sie luden meine Truhe und meinen Vorratssack gegen gutes Geld auf ihre Wagen. Es dauerte etwa einen Tag, bis ich erkannte, daß sie meine Habseligkeiten auch umsonst gerne mitgeführt hätten, da sie wertvolle Handelsware geleiteten und zu ihrer Sicherheit ein möglichst starkes Gefolge wünschten. Da war es freilich zu spät, meinen Fehler wiedergutzumachen.

Bald lag auch Hamburg hinter uns, und wir zogen durch gelbe Felder und überquerten viele Flüsse. Tag für Tag lächelte uns das Land milder im Schein der Herbstsonne, und ich wurde nicht müde, die Fruchtbarkeit des Bodens und den Reichtum und die Anzahl der deutschen Städte zu bestaunen. Wir konnten kaum eine Tagesreise zurücklegen, ohne an einem Galgenhügel vorüberzukommen, der uns verkündete, daß wir uns einem volkreichen Orte näherten, wo man die Gesetze zu achten wußte.

In der guten Stadt Köln am mächtigen Rhein hielten wir uns wegen schlechten Wetters einige Tage auf. Ich segnete diesen Aufenthalt, der mir erlaubte, meine Füße zu behandeln und durch Gebete im Dom einen hunderttägigen Ablaß zu gewinnen. Andy und ich hatten bereits große Städte und Kirchen in reicher Zahl gesehen, allein der Anblick dieses herrlichen Gotteshauses ließ uns beide verstummen. Wir fühlten uns wie Würmer, wenn wir die Augen zu den wolkenverhangenen Türmen in schwindelnder Höhe über uns erhoben. Es schien mir, als hätte die ganze Stadt Abo unter seinem Dach Raum. Ich wunderte mich nicht, daß die Kranken, die Blinden und die Krüppel geheilt worden waren, nachdem sie hier gebetet hatten, denn ich habe selten, wenn überhaupt jemals, die Majestät Gottes näher gefühlt als in diesem mächtigen Dom. Man konnte sich schwer vorstellen, daß ihn Menschenhände erbaut hatten.

In Köln vertraute ich meinen Reisekoffer einem Kaufmann an, der einen längeren Weg nach Paris einschlagen wollte als wir, während Andy und ich mit Gottes Hilfe unsere Reise allein fortsetzten, denn der Herbst war nun weit vorgeschritten. Wir gelangten nach Burgund und Frankreich, und die ersten Sprachschwierigkeiten stellten sich ein, doch traf ich überall in Stadt und Dorf gottesfürchtige Priester und Mönche, die uns gerne berieten, da ich Latein sprach. Die Not erwies sich als gute Lehrmeisterin. Mit meiner Begabung für fremde Sprachen merkte ich bald, daß das Französische eine Tochtersprache des Lateinischen ist, wenngleich ihre Verkleidung mich anfangs etwas in Verlegenheit brachte. Wir wanderten durch helle Buchenwälder, und an schönen Tagen schien die Sonne durch einen Nebel, der die Landschaft in einen traumhaften Schleier hüllte. Am Allerseelentag standen wir auf dem Hügel von Montmartre und sahen auf die Türme und Dächer von Paris nieder, das, umschlossen von den grünen Armen der Seine, zu unseren Füßen lag. Wir fielen auf die Knie und dankten Gott, daß er uns wohlbehalten ans Ende unserer langen, langen Reise geführt hatte. Dann eilten wir beschwingten Schrittes den Hang hinab, und ich wußte nun, wie Moses zumute war, als er vom Gipfel des Berges ins Gelobte Land blickte.

Aber wir hatten Gott zu früh gedankt, und unser Schicksal sollte dem des Moses, der Kanaan nie betreten hatte, noch ähnlicher werden, denn ein Haufen Bettler und Diebe stürzte aus einem Versteck unter einigen Kastanienbäumen an einer Straßenbiegung hervor und überfiel uns mit Knüppeln, Steinen und Messern. Sie hätten uns zweifellos kaltblütig erschlagen und ausgezogen und unsere nackten Leichen unter den Büschen, wo niemand nachgeforscht hätte, versteckt, hätte Andy nicht solche Riesenkräfte besessen, daß er sie mit einigen Stockhieben verjagte. Sie machten sich kreischend und heulend aus dem Staub, überzeugt, daß sie an den leibhaftigen Satan geraten waren. Ich aber lag blutüberströmt auf der Straße und konnte mich nicht erheben, da mich ein Stein am Kopf getroffen hatte. So rettete Andy mir zum zweitenmal das Leben.

Ich war so benommen, daß ich keinen besonderen Schmerz fühlte, und mir war, als hörte ich nur Glocken läuten und die Engel singen. Das zeigt am deutlichsten, wie nahe ich der Pforte des Paradieses gekommen war. Gestützt auf Andy humpelte ich weiter; ein Stück Weges trug er mich auf seinen starken Armen.

Am Stadttor wollte uns die Wache nicht einlassen, weil ich verletzt und mein Kopf blutig war. Die Schwachköpfe hielten mich für einen Raufbold. Ich erzählte ihnen meine Geschichte immer wieder und versuchte vergeblich, ihr Mitleid zu erwecken; sie hätten uns ohne Zweifel eingesperrt, wäre uns nicht ein alter Barfüßermönch zu Hilfe gekommen. Der nahm Einsicht in meine Papiere und verbürgte sich bei der Wache für meinen rechten Glauben und meinen guten Ruf. Er führte uns überaus freundlich auf die Insel jenseits des Flusses hinüber, wo das Universitätsviertel lag, und zeigte uns eine bescheidene Schenke am Ufer, wo wir die Nacht verbringen könnten.

Die schlampige Wirtin schien an den Anblick zerdroschener Schädel gewöhnt. Sie holte unaufgefordert warmes Wasser und Tücher und kratzte auf meinen Wunsch aus abgelegenen Winkeln Spinnweben und Meltau zusammen, um sie auf die Wunde zu legen. Nach einem Glas Wein fühlte ich mich besser und nicht mehr schwindlig, obwohl mir der Gesang der Engel noch viele Tage im Ohr blieb.

Die gute Frau, die viele Studenten verköstigt und beherbergt hatte und wußte, wie ich es anstellen sollte, in die Universität aufgenommen zu werden, ging mir in vielem hilfreich an die Hand. Zuerst müsse ich einen Präzeptor finden, so daß ich nach angemessener Frist durch eine Disputation in seiner Schule den ersten wissenschaftlichen Grad erwerben könne. Die Vorrechte der Universität genoß nur, wer von einem Präzeptor betreut wurde. Meine Nation war die Alemannische oder Germanische, der alle jenseits der französischen Grenze Geborenen angehörten. Ich mußte daher einen englischen oder deutschen Präzeptor wählen, wenn ich keinen Schweden oder Dänen fand. Solche Männer, die den Grad eines Magisters erworben hatten, mußten nach den Statuten an der Artistenfakultät zwei Jahre lang unentgeltlich lehren und daneben ihren eigenen Studien an einer der drei höheren Fakultäten obliegen. Von solch ausländischen Heiden aber, wie Schweden oder Dänen, hatte die Wirtin noch nie gehört.

»Je weiter die Studenten von ihrer Heimat entfernt sind, desto mehr trinken sie und desto schlimmer benehmen sie sich«, bemerkte sie düster. »Wenn Ihr wirklich so weit hergekommen seid, wie Ihr sagt, so wundert es mich keineswegs, daß Ihr mit zerschlagenem Kopf hier angekommen seid. Ein armer Sterblicher muß die Prüfungen, die Gott schickt, ertragen — und die Studenten sind weiß Gott nicht die Geringsten davon! Diese weit hergekommenen, blonden Burschen sind außen kalt und innen heiß, wie alle Bewohner kalter Länder, und müssen daher mehr Flüssigkeit an Bord nehmen als die Dunkelhäutigen. So viel Naturbetrachtung kann selbst ein einfacher Mensch im Quartier Latin lernen.«

Ich war verletzt. »Gute Mutter«, sprach ich, »ich habe mich nur mit ehrbaren Absichten und um der Wissenschaft willen nach dieser Königin der Universitäten aufgemacht. Von nun an soll mein Trank Wasser und meine Speise verschimmeltes Brot sein, bis ich an der Schwelle zur hohen Wissenschaft stehe. Denn frei heraus, ich bin arm, wenn auch wohlerzogen und von angenehmer Gemütsart, ob Ihr's nun glauben wollt oder nicht.«

Darauf seufzte die Wirtin tief und verlor alles Interesse an mir. Sie gab uns zwar Nahrung und ein Bündel Stroh als Lagerstatt, doch im übrigen hätten wir ebensogut ein paar Ratten sein können, die dort ihr Unwesen trieben.

Am nächsten Morgen wollte ich mich eilends aufmachen, um einen Präzeptor zu finden, da die Vakanz längst vorüber war und das Semester begonnen hatte, doch Andy hielt mich zurück mit den Worten: »Bruder Michael, der gute Gott hat zwar die Zeit, doch keineswegs die Eile erschaffen – das heißt, wenn wir die Predigten der Dominikaner richtig verstanden haben. Es schickte sich nicht, wenn du mit einem blauen Auge und verbundenem Kopf vor deinem gelehrten Professor erscheinen würdest, und er möchte gar leicht einen falschen Eindruck von deinem Charakter erhalten.«

Ich hatte mich bei einem Geldwechsler auf der Brücke mit einer Handvoll Pariser Deniers versehen und merkte bald, daß das Leben in dieser unruhigen Stadt, verglichen mit den Verhältnissen meiner armen Heimatstadt, sehr teuer war. Blieb ich weiter in der Schenke wohnen, so würde ein Denier im Tage nicht einmal für eine armselige Mahlzeit und ein Bündel Stroh unter den anderen Gästen der Schlafkammer reichen. Ich versuchte, eine schwedische oder dänische Burse zu finden, doch hatte niemand von einer solchen Anstalt je gehört. Dänische Studenten hatte man schon seit zwanzig Jahren nicht mehr gesehen, und der Bettler erzählte mir, Dänen dürften seit der Gründung der Universität Kopenhagen nicht mehr im Ausland studieren. Dieser hochachtbare und weise Greis war der einzige, der mir in diesen ersten Tagen vernünftigen Rat erteilte. Er sprach fehlerlos Latein und war, wie er mir sagte, seinem Gewerbe an der Dombrücke seit mehr als fünfzig Jahren nachgegangen.

Ein betrunkener Student ließ sich zu einem Gespräch mit mir herab, als ich ihm trotz meiner beschränkten Mittel Wein anbot, doch alles, was er tat, war, mich ein französisches Gedicht zu lehren, das in Scherzreimen viele Pariser Straßennamen aufzählte. Meine Kenntnis des Französischen war noch so gering, daß ich den Inhalt des Gedichts nicht voll erfaßte, doch lernte ich es ihm zu Gefallen auswendig. Es kostete mich einen Abend und zweieinhalb Deniers, und erst viel später entdeckte ich zu meiner Empörung, daß dieses Gedicht in seinen achtundvierzig Versen nur solche Straßen erwähnte, in denen Freudenhäuser standen.

Aber diese meine ersten Ausflüge waren gleichsam das Schulgeld, das jeder neuangekommene junge Student zahlen muß.

In den nächsten paar Tagen wanderte ich eifrig umher und erwarb mir einen gewissen Überblick über das Quartier Latin und die Universitätsgebäude sowie die vielen Kirchen und Klöster. Es gab an die sechstausend Studenten, doppelt soviel also, wie Abo Einwohner zählte. Die verschiedenen Nationen und einige fromme Stiftungen besaßen zusammen wenigstens dreißig Bursen, doch konnte darin nur ein Bruchteil der Studenten untergebracht werden, und es war vergebens, um Aufnahme darin anzusuchen, da das Semester am Vortag des Festes des heiligen Dionysius begonnen hatte und es nun beinahe Weihnachten geworden war.

Nachdem sich meine Freude über unsere glückliche Ankunft etwas gelegt hatte, begann ich mir ernste Sorgen zu machen, daß ich immer noch an der alleruntersten Sprosse der Leiter stand. Glücklicherweise heilte meine Kopfwunde binnen wenigen Tagen, so daß ich den Verband abnehmen und mein Äußeres herausputzen konnte. Mein Reisekoffer traf mit dem guten Kölner Kaufmann ein; ich warf mich in meine stattlichsten Gewänder und sprach kühn beim Quästor der Alemannischen Nation vor, um mich von ihm über meinen Studiengang beraten zu lassen. Dieser jugendliche Gelehrte tadelte mich vorerst streng, weil ich ein halbes Semester vergeudet hatte, doch als er Bischof Arvids Empfehlungsbrief gelesen hatte, räumte er ein, daß ich eine lange und beschwerliche Reise hinter mir hatte. Der Brief und mein gefälliges Äußeres mußten ihn zu dem Glauben verleitet haben, ich sei reich, denn er fragte sogleich, ob ich meinen Präzeptor zu bezahlen gedächte. Grundsätzlich, so erklärte er mir, werde aller Unterricht unentgeltlich erteilt. Doch sei es klar, daß die unbezahlten Magister der Artistenfakultät sich Schülern, die ihnen Geschenke machen könnten, eifriger widmen würden. Er sei Holländer von Geburt und könne mir auch gleich einen holländischen Präzeptor verraten, einen gewissen Magister Pieter Monk, der augenblicklich nur wenige Hörer habe und unter dessen Anleitung ich daher außergewöhnlich rasche Fortschritte in der Vorbereitung auf das Examen machen sollte. Er gab mir Magister Monks Anschrift in der Rue de la Harpe und seinen Segen.

Es war ein Glück, daß ich so klare Weisungen erhalten hatte, denn ich hatte den Quästor kaum verlassen, als mich im Vorraum zwei Männer, das Barett der Magister auf dem Kopf und gefolgt von einer Schar Studenten, überfielen und geräuschvoll ihre eigenen Verdienste und die ihrer Präzeptoren anpreisen. Als ich ihnen mitteilte, ich sei zu Magister Monk unterwegs, warnten sie mich einstimmig vor ihm und ziehen ihn der übelsten Eigenschaften, wie der Trunkenheit, der Völlerei, ja selbst der Ketzerei, so daß ich meiner Begegnung mit ihm beinahe ängstlich entgegensah. Dennoch vertraute ich dem Wort des Quästors mehr als diesen aufdringlichen Werbern.

Die Rue de la Harpe lag nicht weit vom Fluß und der Schenke, wo ich immer noch wohnte. Ich eilte in mein Quartier und legte meine schlichten Reisekleider wieder an; nur meine guten Schuhe behielt ich an den Füßen; ich wollte nämlich dem Magister keine übertriebene Meinung von meinem Reichtum einflößen. Der Gelehrte wohnte im Hause eines Graveurs; es war eng und hatte mehrere Stockwerke. Der Graveur wies mir die oberste Treppe im dunklen Stiegenhaus, und endlich fand ich in einem kalten, schmutzigen Kämmerlein den Gelehrten, der an einem wackeligen Tisch schrieb. Er war jung, bleich und halb verhungert und trug sein Barett und seine ganze Garderobe mehr um sich zu wärmen, als um seine Würde zu betonen. Er blickte mich aus müden Augen forschend an. Aufrichtig und ehrerbietig legte ich ihm mein Anliegen vor, wies auf meinen Wissensdurst und meine schmale Barschaft hin und versprach, ihm gehorsam und treu zu dienen, wenn er mich als Schüler annähme.

»In diesen harten Zeiten, Michael«, erwiderte er, »ist die Königin der Wissenschaften eine böse Stiefmutter geworden, die ihren Kindern oft statt Brot Steine reicht. Ich bin erst fünfundzwanzig, doch habe ich schon Steine gekaut, daß mich die Zähne schmerzen. Offen gesagt, ich habe erst im Vorjahr meine *licentia docendi* erworben. ›Gestern Bakkalaureus, heute Magister, morgen Doktor‹ heißt das Sprichwort. Aber diese Tage sind so lang wie Jahre und erfüllt von unaufhörlichen Ängsten, Kämpfen und geistigem Ringen. Im Winter friert man, im Sommer atmet man den üblen Gestank der Straßen. Schlechtes Essen und faule Eier sind das Erbe der Gelehrsamkeit, und der einzige Lohn des Fleißigen sind hohle Zähne und ein auf Lebenszeit verdorbener Magen. Doch sehe ich aus dem Blick deiner Augen, daß dich die Sehnsucht nach der Wissenschaft erfüllt und du vor schwerer Arbeit, schlaflosen Nächten und sorgenvollen Tagen nicht zurückschrecken wirst. Soweit die Warnung, die ich dir erteilen will. Ich will mein Bestes tun, deine Studien entsprechend deinen Mitteln zu fördern.«

Er prüfte mich dann eine Stunde lang eingehend, so daß mir nachher zumute war, als hätte er mich wie einen Handschuh umgestülpt und wisse nun mehr von meinen Kenntnissen als ich selber.

Doch er meinte kopfschüttelnd: »Michael, mein Sohn, du lernst leicht und bist in der aristotelischen Logik wohlerfahren. Allein dein Wortschatz ist veraltet, dein Wissen eignet sich besser für einen Mann der Kirche als für einen Gelehrten. Es liegt auf der Hand, daß dir neue Bücher und Kommentare noch nie zugänglich waren. Doch wenn du meine Vormittagsvorlesungen regelmäßig besuchst und jede Woche den Disputationen beiwohnst, können wir vielleicht noch heuer so weit kommen, daß du deine Thesen wählen und sie in der Disputation mit meinen anderen Schülern verteidigen kannst. Ich zweifle nicht, daß du nach einem Jahr eifrigen Studiums es wagen kannst, vor den ernannten Examinatoren zu erscheinen, um das Bakkalaureat zu erwerben. So viel will ich dir versprechen, obwohl mein eigenes Fortkommen von deinem abhängt, weil man ja einen Lehrer nach seinen Schülern beurteilt.« Er hieß mich, am folgenden Morgen nach der Messe zur Kirche St. Julien le Pauvre zu kommen, und setzte zögernd hinzu: »Michael, es ist üblich, daß ein Schüler seinem Lehrer ein seinen Mitteln angemessenes Geschenk macht. Ich habe nicht die Absicht, dich zu berauben, aber ich habe, offen gesagt, heute nichts zu essen, bis der Drucker mir die Bogen, die ich hier korrigiere, bezahlt hat; und dein Kommen hat meine Arbeit unterbrochen.«

Er zeigte mir das Manuskript und die noch druckfeuchten Bogen. Es war eine Flugschrift eines ungarischen Gelehrten; eine grausige Schilderung der Gefahr, die der gesamten Christenheit seit dem Vorjahr drohte, als der grausame, blutdürstige türkische Sultan Selim Ägypten eroberte und die Handelsstraßen nach Indien in seine Gewalt bekam. Selim hatte sich den ganzen Orient unterworfen und konnte nun seine Kräfte zum Sturz des Christentums sammeln. Magister Monk begann in einiger Verlegenheit mir den Inhalt der Schrift zu erklären, um mir Zeit zur Überlegung zu lassen, wieviel ich aufwenden konnte.

Ich kämpfte einen harten Kampf mit mir selbst und konnte dabei wenig auf seine Worte achten, doch schließlich reichte ich ihm eine meiner wenigen Goldmünzen, einen vollgewichtigen rheinischen Gulden.

»Magister Pieter, mein guter Präzeptor«, sprach ich freimütig, »nehmt hin, solange ich noch Geld besitze, denn das ist gewiß das Beste und Klügste, was ich damit anfangen kann. Will's Gott, so wird es mir reiche Zinsen tragen. Dafür bitt ich Euch, der Ihr selbst Not gelitten habt, mich zu beraten, wie ich am billigsten essen und wohnen kann, und mir vielleicht ab und zu das eine oder andere Eurer Bücher zu leihen. Denn mein Hunger nach Büchern ist größer als mein leiblicher Hunger, und ich schwöre, sie wie meinen Augapfel zu hüten.«

Magister Monk wurde dunkelrot im Gesicht und machte viele Ausflüchte, bevor er schließlich meinen Gulden nahm. In mir festigte sich mehr und mehr die Überzeugung, daß ich unter allen gelehrten Raben, die sich auf neue Studenten wie auf eine Beute stürzten, einen guten und ehrenhaften Präzeptor gefunden hatte. Er versprach mir, ich könne seine Bücher nach Belieben entlehnen, ja sie selbst auf seiner Stube lesen, wenn ich keinen anderen ruhigen Ort dafür fände. Es zeigte sich, daß viele seiner Schüler im selben Hause wohnten, da der Graveur seine Stuben an Studenten vermietete. Der Magister war froh, sie auf diese Weise um sich versammelt zu haben, denn er hatte im Gegensatz zu seinen älteren Kollegen keinen bestimmten Hörsaal.

»In der Jugend begnügt sich ein Mensch mit wenigem und versagt sich gern manches, doch diese Selbstzucht hat eine Grenze, dei man nicht ohne gesundheitlichen Schaden überschreitet. So mancher Gelehrte muß für die Nöte und Härten seiner Jugend mit lebenslangem Leiden und einem frühen Tod bezahlen. Der Winter steht vor der Tür, Michael, und daher brauchst du wenigstens einen Teller heiße Suppe täglich. Ich will sehen, ob nicht drei oder vier meiner Schüler bereit sind, ihre Kammer mit dir zu teilen; sie würde dadurch billiger und zugleich wärmer — denn im Winter ist es am besten, wenn viele in einer Kammer schlafen. Du mußt auch auf deine Gesundheit achten, und wenn es ganz schlimm kommt und dein Geld früher, als du erwartest, zur Neige gehen sollte, so werden wir wohl Mittel finden, dir zu helfen, da ich mich von nun an für dein Wohlergehen verantwortlich fühle.«

3

So begann einer der glücklichsten Abschnitte meines Lebens, denn ich war noch jung und reinen Herzens und hatte eine strenge und heilsame Warnung vor weltlicher Versuchung erhalten. Das unendliche Reich der Wissenschaft tat sich mir auf, und mir standen nun als freiem Studenten Tore offen, durch die wenige auch nur einen verstohlenen Blick erhaschen konnten. Mich berauschte das Gefühl, daß dem Menschengeist keine Grenzen gezogen und Wissen die höchste Macht sei. Einige meiner Gefährten waren ebenso jung, arm und hingerissen wie ich. An den Abenden unterhielten wir uns, weiteten unseren Geist, schärften unseren Verstand und fühlten, wie wir im geistigen Wachstum die engen Grenzen unserer fernen Heimatländer überwanden und in die große Brüderschaft einer gemeinsamen Sprache und einer gemeinsamen weltweiten Kultur eintraten.

Mag sein, daß ich in jenem Winter Kälte und Hunger litt, doch weiß ich nichts mehr davon. Ich erinnere mich nur an den Zauber des Studiums. Mag sein, daß ich zusammen mit der wahren Wissenschaft auch Steine zu kauen begann, doch hatte ich das feste Gebiß der Jugend und wußte nicht, was zweifeln heißt.

Wir glichen einer Horde dürftiger Spatzen, wenn wir uns in der Dämmerung, mit höchstens einem Schluck Wein und einem Stück Brot im Magen, zitternd vor Kälte vor unserer Kirche versammelten, um unseren Meister zu erwarten und uns mit ihm auf die Suche nach einem leeren Raum zu machen. Die älteren und berühmteren Präzeptoren an der Artistenfakultät zählten ihre Hörer nach Hunderten, unser hingegen waren niemals mehr als zwanzig. Doch kam uns dies um so mehr zustatten, als unser lieber holländischer Magister auf diese Art unser Freund wurde.

Wir waren aus vielen Ländern eines zerrissenen und aufgewühlten Europas gekommen. Es hatte uns von fern und nah wie die Tauben an der größten Schule aller Zeiten zusammengetragen. Die erhabene Theologie, die Königin der Wissenschaften, regierte hier — das meisterlich ausgearbeitete Ergebnis jahrhundertelanger Entwicklung. Sie schloß alle Fragen, menschliche wie göttliche, ein und hatte im Rahmen kirchlicher Billigung erschöpfende, auf frühere Fälle und auf Tradition gegründete Antworten auf jede vernünftige Frage bereit. Allein nur ein vollendeter Magister, der die weltliche Philosophie schon vollkommen beherrschte, wurde für reif zum Studium der Theologie befunden; so hatten wir fünf bis sechs Jahre vor uns. Ich gelangte nie so weit, wie ich noch berichten werde, doch erkannte ich, daß Menschengeist nie zuvor ein so vielfältiges und erhabenes Gebäude aufgeführt hatte — und vielleicht nie wieder aufführen würde — wie die Theologie meiner Zeit, die ihren Höhepunkt unmittelbar vor dem großen Abfall erreichte.

Die Jugend ist begierig und verschlingt ohne Unterschied alles Wissen, das ihr vorgesetzt wird, und ich machte mir Magister Monks Erlaubnis, seine Bücher zu lesen, in gefährlichem Maße zunutze. Er lieh mir zwei Werke seines Landsmannes Erasmus von Rotterdam, so daß ich neben meinen eigentlichen Studien etwas Anregendes zu lesen hatte. Ein Buch hieß *Morie Encomium* oder »Das Lob der Narrheit«, das zweite *Colloquia* oder »Gespräche«; das zweite nahm sich wie ein harmloses lateinisches Lesebuch aus. Beide Werke waren in vollendetem Latein geschrieben, und ich verschlang sie an wenigen Abenden. Von dem Aufruhr, die sie in meinem Inneren wachriefen, drohte mir der Kopf zu zerspringen, und ich saß bis in die späte Nacht bei meinem Rüböllämpchen.

Es waren die verwirrendsten Bücher, die ich je gelesen hatte. Die beißende Ironie des Verfassers wirkte auf mich wie Gift und erweckte Zweifel in meinem Herzen. Denn der gelehrte Humanist kehrte mit seinem Lob der Narrheit das Oberste zuunterst und bewies überzeugend, daß Menschenweisheit und Menschenwissen bloße Hirngespinste — und noch dazu kalte und schreckenerregende Hirngespinste — seien. Nur ein schickliches Maß an Narrheit verleihe dem Tun und Ringen des Menschen Wesen und Würze. Er behauptete, nur ein Narr könne in allen seinen Wünschen und Taten glücklich sein, und brachte dafür mit erstaunlicher Eindringlichkeit Beweise vor. Er lehrte mich in meiner eigenen Umgebung und unter den feierlichsten Umständen die Fratze der Frau Narrheit erkennen. Aber die *Colloquia*, die erst jüngst die Druckerpresse verlassen hatten, waren noch schlimmer. In seinen fingierten Gesprächen zögerte er nicht, selbst die Wirksamkeit der Sakramente für jene, die nicht selbst in sich gingen und ihr Leben besserten, anzuzweifeln. Er ging so weit, zu behaupten, daß wenige Zeilen des Heiden Cicero die Seele besser nährten und erfrischten als alle Lehren der Schulmeister. Denn, so führte er aus, klares Denken läßt sich auch klar ausdrücken.

Nach der Lektüre dieser Bücher fühlte ich mich klüger als je zuvor, hatten sie doch Gedanken in mir geweckt, die ich selber nicht zu denken gewagt hatte. Mich erfüllten glühende Bewunderung und beklemmende Zweifel. Ich verehrte ihn als einen großen Lehrer und Menschenfischer; doch ließ es mir keine Ruhe, bis mir Magister Monk versichert hatte, Erasmus sei Priester und ein gehorsamer Sohn der Kirche, und der Heilige Vater selbst habe seine Bücher mit Wohlgefallen gelesen.

Jeden Sonntag nach der Messe sammelten wir uns um unseren guten Präzeptor und verzehrten gemeinsam das schmackhafteste Mahl der Woche in einer kleinen Taverne in unserer eigenen Straße. Ich erinnere mich noch an einen frühen Frühlingstag, als die Sonnenstrahlen bereits ein wenig Wärme verbreiteten. Ich sehe das schmale, verzückte Gesicht meines Lehrers unter seinem schwarzen Barett vor mir. Ich sehe das eigensinnige Gesicht eines baskischen Jungen, den blassen, schwachen, jungen englischen Adeligen, der am meisten bezahlte und der Lieblingsschüler war, und ich sehe den sommersprossigen Sohn eines holländischen Webers.

Der Engländer hatte Wein für die Runde bestellt, und unser Magister erhob sein Glas und sprach: »Möge die Seele des dahingeschiedenen Kaisers in Frieden ruhen! Nun laßt uns auf das Glück und Gedeihen des jungen Königs Karl trinken: Möge er, der schon die Kronen von Spanien und Burgund trägt, noch die Kaiserkrone dazu erwerben und der mächtigste christliche Herrscher aller Zeiten werden, der die Türkengefahr abwenden und die Ketzerei ausrotten wird!«

Der Engländer entgegnete: »Die Höflichkeit erfordert, daß ich mich eurem Trinkspruch anschließe. Doch auch mein eigener König, Heinrich VIII., bewirbt sich um die Kaiserkrone, und unsere Achtung vor der guten Stadt Paris und dem König von Frankreich gebietet uns, nicht zu vergessen, daß auch er dieselbe Ehre anstrebt.« Der junge Baske warf ein: »Ich schulde König Karl geringen Dank, da die heilige Inquisition in meinem Land das Leben für einen freien Gelehrten, der die jüdische und arabische Medizin zu studieren wünscht, unerträglich gemacht hat. Doch dies muß mein Abschiedstrunk sein, denn mein Geld ist dahin und ich will nach Spanien zurückkehren, um mich als Feldscher jenseits des Ozeans anwerben zu lassen. Ich habe gehört, daß ein gewisser Cortez kühne Burschen sucht, die ihm die Neue Welt erobern helfen. Er verspricht jedem Soldaten so viel Geld, wie er tragen kann.«

Der holländische Bürgerssohn versetzte: »In der Neuen Welt ist noch niemand reich geworden, und selbst Columbus kam von dort als armer Mann und in Ketten zurück. Aber ich wünsche dir eine gute Reise, da du lieber auf alte Weiber als auf vernünftigen Rat hörst.«

Der Engländer fragte: »Werden wir also auf die vorgeschlagene Meinung trinken oder nicht? Den Wein zahle ich, und unnützes Reden dörrt die Kehle aus.«

Wir stießen gemeinsam darauf an und drückten die fromme Hoffnung aus, daß der erwählte Kaiser sich als Segen für die Christenheit erweisen würde; doch nannten wir keinen Namen. Dies gefiel einem unweit sitzenden Scholaren nicht, der uns insgeheim belauscht hatte, während er mit tintenbekleckten Fingern ein Gedicht hinkritzelte.

Dieser Mann, der einem Trunkenbold nicht unähnlich sah, trat an unseren Tisch und fragte: »Hab' ich recht gehört, können Fremde, denen aus purer Gefälligkeit die Vorrechte dieser Stadt und ihrer Universität eingeräumt wurden, so bar allen Anstandes sein, daß sie zaudern, ihr Glas auf den edlen König Franz und seine Hoffnungen auf die Kaiserkrone zu erheben? Er ist ihrer am würdigsten. Und er hat ein Recht auf mehr Ehrerbietung von Leuten, welche die Vorrechte, die er ihnen gnädig zu gewähren geruht, nach Kräften nutzen – obwohl, nach euren Reden zu schließen, ihre Talente keinen Pappenstiel wert sind.«

Magister Monk entgegnete tief gekränkt: »Ich bin ein Mann des Friedens und halte es unter meiner Würde als Gelehrter und Priester, einen Landstreicher zurechtzuweisen, der das bißchen Witz, das er je besaß, offenbar im Wein ersäuft hat. Doch wenn irgendeiner von euch ihm eine Abfuhr erteilen will — in aller Besonnenheit und Höflichkeit —, so will ich euch nicht hindern, sondern euch den Schutz meiner Autorität angedeihen lassen.«

Wir sahen einander zweifelnd an, und der Engländer sprach ernst: »Ich bin schuld, da ich so unüberlegt auf dem Trinkspruch bestand. Ich zweifle nicht, daß wir gemeinsam den schamlosen Kerl hinauswerfen und ihn für seine Frechheit ordentlich züchtigen können. Doch ist das Ganze eine sehr verzwickte Frage politischer Natur, denn dieser schlaue Tintenkleckser gibt vor, die Ehre seines Königs zu verteidigen, wodurch er uns in eine sehr peinliche Lage bringen kann. Wir sind natürlich verpflichtet, einem Herrscher, dessen Wohlwollen und Schutz wir genießen, die gebührende Achtung zu erweisen. Daher scheint mir die einfachste Lösung ein neuer Trinkspruch zu sein. Ich erhebe mein Glas auf den edlen und ritterlichen König Franz: Sein Glück und sein Wohl! Wir wollen diesen Herrn bitten, mit uns darauf anzustoßen, wenn er uns zuerst in angemessener Weise für seine Beleidigung um Verzeihung bittet.«

Er hatte kaum ausgesprochen, als sich das wunderliche, vom Trunk entstellte Gesicht des Fremden in grinsende Falten legte. Er hob beschwörend die tintenbekleckster Hände und erwiderte: »Verehrter Magister! Gelehrte Scholaren! Ich sehe, daß ich einen schweren Fehler begangen habe, und bereue tief die Worte, die ich in übereiltem Groll herausstieß. Ich ließ mich nur vom Gedanken an meinen König leiten und wollte keineswegs einen Streit vom Zaun brechen.«

Ohne erst um Erlaubnis zu fragen, ließ er sich an unserem Tisch nieder, obwohl wir ihn wegen seines üblen Geruches angewidert betrachteten. Er fühlte sich bewogen, unsere Abneigung zu überwinden, und begann, mit seinen vielen Reisen in fremde Länder zu prahlen und mit den vielen sonderlichen Gönnern, die er durch eine Pechsträhne verloren habe, so daß er nie den Frieden gefunden habe, sondern ein ewiger Wanderer geblieben sei.

»Doch«, sagte er, »drückt mich mein Unglück nun weniger als zuvor, weil nunmehr Unheil über die ganze Welt hereinzubrechen droht. Wenn ihr es wissen wollt, wir haben höchstens noch fünf Jahre zu leben. Darüber bin ich gar wohl unterrichtet, da ich erst kürzlich aus der großen Stadt Straßburg zurückgekehrt bin.«

Er verstummte, guckte verblüfft in sein leeres Glas und begann seine Lippen zu bewegen, als sei ihm die Zunge plötzlich am Gaumen kleben geblieben. Doch hatte er unsere Neugier geweckt, und der Engländer füllte auf ein Zeichen von Magister Monk bereitwillig des Fremden Glas.

Der fuhr fort: »Ich will eure Ohren nicht mit der Geschichte meines Unglücks behelligen. Niemand entgeht dem Geschick, das ihm in den Sternen geschrieben steht, und ich betrachte nun seit vielen Jahren in Stunden der Niedergeschlagenheit den Galgen als meine einzige Braut hienieden, die eines Tages meinen armseligen Leib mit offenen Armen aufnehmen wird. Doch wenn ihr dem, was ich euch jetzt erzählen will, Glauben schenken möget, müßt ihr wissen, daß ich Julien d'Avril heiße. Ich bin im April geboren, und mein Leben war so ungewiß und launenhaft wie dieser Monat. Während meines Aufenthaltes in Straßburg las ich zufällig eine gedruckte Prophezeiung, die sich auf eine Konstellation der Planeten stützte, welche im Februar des Jahres 1524 eintreten soll. Nach dieser Prophezeiung steht der Welt eine zweite Sintflut bevor. Ich habe die Sache weiterverfolgt und gefunden, daß viele Gelehrte – von denen ich nur den Hofastrologen zu Wien und einen Sternkundigen aus Heidelberg, dessen heidnischen Namen ich nicht behalten habe, wie auch Thriremus selbst in seinen Schriften zu erwähnen brauche – auf diese Planetenkonstellation hingewiesen und ihre Deutung vorgeschlagen hatten. Kurz, ich bin überzeugt, daß alle Planeten sich dann im Zeichen der Fische treffen werden, und bereite gegenwärtig meine eigenen Ansichten über dieses Ereignis zum Druck vor.«

Magister Monk nickte und bemerkte: »Ich habe von dieser bemerkenswerten Konstellation gehört, und sie deutet zweifellos auf Umwälzungen hin, doch kann ich nicht damit übereinstimmen, daß diese die Form einer Sintflut annehmen, weil dies gegen die unzweideutige Verheißung der Bibel spräche, an die uns der Regenbogen beständig erinnert.«

Julien d'Avril stimmte bei und fuhr fort: »Es gibt Leute, die den Sinn dieser Planetenkonstellation am besten mit Hilfe von Bildern auslegen zu können glauben. Sie sagen, daß die Welt dann kochenden Wassern gleichen wird, und meinen, daß Kaiser und Fürsten stürzen, die Geringsten in allen Ländern gegen die Mächtigsten aufstehen und die Fischteiche der Klöster und der

Vornehmen leeren werden, doch können wir, wenn wir die Zeichen richtig lesen, eine einfachere Erklärung finden, und es wundert mich, daß noch niemand darauf verfallen ist.« Er streckte unaufgefordert seine Hand nach dem Weinkrug aus, füllte sein Glas von neuem und begann wieder: »Der schrecklichste und gar unmenschliche Großtürke Selim hat in Syrien, Persien und Ägypten Krieg geführt und den Orient unter seinem Banner vereinigt. Sein höchster Ehrgeiz ist es, das Gebot seines Propheten Mohammed zu erfüllen und die christlichen Völker zu vernichten, welche die Türken Ungläubige nennen, obwohl sie selbst einem falschen Propheten folgen. Die Venezianer werden nicht müde, die grenzenlose Grausamkeit und den Blutdurst der Türken auszumalen, doch sind diese Eigenschaften vor allem dem Verbot ihres Propheten, Wein zu trinken, zuzuschreiben. Die blutdürstigen Anhänger des Islam müssen sich mit Wasser begnügen, daher leuchtet es mir wenigstens ein, daß sie im Zeichen der Fische stehen.«

»Das ist in der Tat *sat sapienti*«, warf Magister Monk eifrig ein. Er hatte diese Dinge aus der ungarischen Flugschrift kennengelernt.

»Ja, nicht wahr?« stimmte Julien d'Avril bei, geschwellt vom Wein und seiner Weisheit. »Im Februar des Jahres 1524 werden die Planeten ihre gemeinsame Kraft den Fischen verleihen; das bedeutet, daß die Welt in die Gewalt der Türken geraten wird. Es ist ein fürchterlicher Gedanke, doch können wir nicht bezweifeln, was klar in den Sternen geschrieben steht, und es wird klug sein, wenn wir geeignete Maßnahmen ergreifen. Ich beispielsweise will die Winzer Frankreichs anhalten, so viele Fässer wie möglich einzulagern und zu verstecken, damit die Christen während der ersten Jahre der Türkenherrschaft nicht vor Durst umkommen müssen. Man könnte vielleicht sogar die Türken für einen mäßigen Weingenuß gewinnen, wodurch ihre Macht geschwächt würde.«

Der Engländer entriß dem Fremden den Weinkrug und goß die letzten paar Tropfen in sein eigenes Glas.

Zitternd vor Erregung bemerkte er: »Britannien ist eine Insel und braucht nichts, was unter dem Zeichen der Fische eintritt, zu fürchten. Ihr Herren, ihr dürft mir glauben, daß England jedem Angriff auf seine Küste Widerstand leisten wird, selbst wenn der Kaiser stürzen und ganz Europa unterliegen würde.«

Höflich entgegnete Julien D'Avril: »Gott verhüte, daß ich unseren guten Gastgeber, der uns diesen erfrischenden Wein vorsetzt, im geringsten beleidige. Ich gestehe gern, daß sich die Türken höchstwahrscheinlich im Nebel verirren würden, wenn sie je versuchten, eure Hauptstadt im Sturm zu nehmen.«

Der Wein unseres gastfreien englischen Bruders war auch mir zu Kopf gestiegen, und es dünkte mich, daß das Streben nach Wissenschaft ja in der Tat vergeblich sei, wenn die Welt einer großen Katastrophe entgegengehe.

Der junge Baske sagte: »Herr, ich danke Euch für Eure Prophezeiungen, denn sie bestärken mich nur in meinem Entschluß, so schnell wie möglich heimzukehren und in der Neuen Welt Dienste zu nehmen. Mir ist, als schlingerten wir hier in der Alten in einer verschimmelten, wurmstichigen Arche, die jeden Augenblick sinken kann. Was kann ich erhoffen in einer Welt, wo die Fürsten keine Ehre und die Frauen keine Tugend haben und wo die heilige Kirche zum Götzendienst entartet ist und sich zu Taschenspielerkunststücken herabläßt?«

Magister Monk legte dem Jungen die Hand auf den Mund, hieß ihn schweigen und drohte ihm mit seinem Unwillen. Nachdem er den Jungen beschwichtigt hatte, blickte er jedem von uns ernst in die Augen und sprach: »Jeder echte Christ mag in seinem Herzen die gegenwärtige Erniedrigung der heiligen Kirche betrauern, doch ist es nicht unsere Aufgabe, das Schlechte durch offenen Tadel noch schlimmer zu machen. Wir müssen ergeben hoffen, daß die erforderliche Säuberung von oben kommt, wenn die Zeit reif ist. Wir wollen alle Buße tun und im eigenen Herzen nach dem Rechten sehen, denn dessen bedarf ein jeder von uns. Durch unser eigenes Leben und Handeln müssen wir unseren Seelenfrieden und immerwährende Freude finden.«

»Amen. So sei es«, antwortete Julien d'Avril ehrerbietig. »Doch möchte ich zu bedenken geben, daß eine lange Wallfahrt oft von Nutzen ist, wenn unsere bösen Taten allzu schwer auf uns lasten oder wenn wir von unserem Nächsten unterdrückt werden. Ich war oft gezwungen, mich dieses erprobten Mittels zu bedienen. Nehmt diesen Vorschlag an Stelle eines Geschenkes von mir an.«

So wurde ich mit Julien d'Avril bekannt. Es war ein zweifelhaftes Vergnügen, doch lernte ich viel aus seinen endlosen Geschichten.

Ich sah den Frühling in Paris anbrechen, als die Blütenkerzen der Kastanien an den Ufern der grünen Seine weiß schimmerten. Doch noch schöner als der Frühling waren für mich die Universität und ihre Weisheit, und meine einzige Sorge war die Angst vor der bitteren Armut. Das Schuljahr schloß Ende Juni, am Feste des Martyriums der Heiligen Petrus und Paulus. Der gute Magister Monk kehrte nach Holland heim, und meine Gefährten zerstreuten sich in alle Winde. Aber der Weg nach Abo war zu weit und beschwerlich, als daß ich ihn hätte einschlagen können. Außerdem hatte ich eine heilsame Angst davor, daß man mich einkerkern und mir als Anhänger König Christians und der Union den Prozeß machen würde.

In jenem Sommer wurde meine karge Börse um den letzten Pfennig erleichtert. Von Andy hatte ich nicht viel gesehen, denn er arbeitete in einer Glocken- und Kanonengießerei weiter unten am Fluß. Er hatte mich ab und zu an Feiertagen besucht, doch ich war so angelegentlich in meine Studien vertieft, daß ich mich nur vergewissern konnte, daß er genug zu essen hatte.

Doch einmal kam ein sonniger Morgen, als ich auf meiner Strohmatratze liegen blieb, zu schwach, um aufzustehen und die Messe zu hören. Der Aasgeruch, den der Sommer mit sich brachte, drang durch das Fenster herein, und ich hätte damals nicht viel für mein Leben gegeben. Viele Tage hatte ich nur Wasser und Brot gehabt, und um auch nur dies kaufen zu können, hatte ich mein bestes Wams verkaufen müssen, von dem ich mich lieber trennte als von meinen Büchern. Andy betrat meine Kammer, schnupperte und sagte in seiner rauhen Art: »Was ist los – hast du gestern abend zu viel getrunken? Oder warum liegst du da mit grünem Gesicht? Schau mich an, einen ehrlichen Handwerksmann, frisch wie der junge Tag und schon beim Hahnenschrei auf den Beinen, um dich zu besuchen; das ist der Lohn dafür, daß man starken Getränken aus dem Wege geht und selbst schwachen Tafelwein für mehr Brot hingibt.«

»Bruder Andy«, begann ich und brach in Tränen aus, »du bist gerade rechtzeitig gekommen, um meine letzten Wünsche zu hören. Mich hat nicht das Trinken zugrunde gerichtet, sondern der Hunger und zuviel Studium, und ich sehe nun, daß ich um meiner Sünden willen unter Fremden in einer fremden Stadt sterben muß. Gib mir ein christliches Begräbnis, und Gott und seine Heiligen werden dir's lohnen.«

Andy sah ängstlich drein. Er befühlte mir Hals und Handgelenke mit seiner rauhen Hand.

»Du gleichst einem gerupften Vogel«, meinte er. »Ein Wunder, daß dir deine Rippen nicht Löcher in die Haut gemacht haben. Aber sind wir denn unter den Heiden? Gibt es keinen Christen in dieser ganzen schönen Stadt, der Mitleid mit dir hätte und dir zu essen gäbe?«

»Wozu?« fragte ich kläglich. »Mit dem Brief von Pater Petrus habe ich mir bei den Dominikanern so viele Mahlzeiten ergattert, daß ich mich dort nicht mehr zu zeigen wage. Und der Wirt ›Zum Engelskopf‹ hat mir so lange auf Pump zu essen gegeben, daß ich auch dorthin nicht gehen kann. Ich bin immer noch zu gut gekleidet, um in den Straßen zu betteln — und warum sollte ich mein Elend noch verlängern? Ich will hier liegen bleiben und demütig mein Ende erwarten.«

Andy antwortete: »Mir will es töricht erscheinen, daß du die Flinte ins Korn werfen willst, solange sie noch geladen ist. Doch du bist klüger als ich, Michael. Sonst hätte ich dich gerne zu einem bescheidenen Essen beim ›Engelskopf‹ eingeladen, denn so viel kann mein Beutel gerade noch ertragen, meine ich.«

Rasch erhob ich mich und kleidete mich an.

»Bruder Andy«, sagte ich, »warum sollte ich mich weigern? Bin ich nicht dein einziger Freund in dieser fremden Stadt, der noch dazu deine Muttersprache spricht? Eilen wir daher zum ›Engelskopf‹, denn ich habe eine volle Schüssel Suppe gar nötig.«

Der Schenkwirt grüßte mich ungeachtet meiner Schuld bei ihm herzlich, vielleicht weil er fürchtete, daß er durch einen kühlen Empfang sein Geld ganz verlieren könnte. Und dort trafen wir Julien d'Avril, der daselbst häufiger Gast war, wenn er nicht gerade von den Stadtknechten für unverschämtes Betragen und Lärmen in den Straßen in Gewahrsam genommen war.

Er grüßte Andy höflich und bemerkte zu mir: »Euer Kamerad scheint ein starker, gutmütiger Bursche zu sein und wird mir ohne Zweifel eine Kanne Wein bezahlen, wenn er erfährt, daß ich Gelehrter und Astronom sowie Verfasser eines gedruckten Buches bin. Sagt ihm, daß ich ganz und gar nicht wählerisch bin und mich mit dem Bodensatz begnügen will, den unser Wirt vom Boden der Fässer abzapft und für einen Stüber verkauft.«

Der Schenkwirt brachte jedem von uns eine Schüssel voll guter kräftiger Suppe und einen Keil Brot, und da Sonntag war, bestellte Andy Wein.

Ich war so schwach, daß mir selbst die Suppe zu Kopf stieg, und sagte zu Julien d'Avril: »Gelehrter Bruder, ratet mir, was ich tun soll, denn die Not klopft an meine Tür, und nur mein natürliches Mißtrauen hindert mich daran, mein Elend zu offenbaren.«

Julien d'Avril antwortete empört: »Ei, Ihr Narr, warum habt Ihr mir das nicht früher erzählt? Wir hätten gemeinsam nach Frankfurt reisen und uns ein wenig an der Wahl des Kaisers beteiligen können. Meine Erfahrung und Euer argloses Gesicht hätten Wunder gewirkt. Nun aber ist Karl V. auch ohne unsere Hilfe Kaiser geworden. Wenn wir unsere beiden klugen Köpfe zusammenstecken sollen, Michael, so müßt Ihr alsogleich einsehen, daß Leute unseres Schlages nicht reich werden können, wenn sie dem schmalen, dornigen Pfad der Tugend folgen. Ihr müßt eine breitere Straße einschlagen, wenn Ihr im Sommer genug verdienen wollt, um den nächsten Winter in dieser knickerigen Stadt durchstehen zu können.«

Auch Andy warf ein, er habe bemerkt, daß niemand durch ehrliche Arbeit Geld verdiene, obwohl man daraus viel Nützliches lernen könne.

Julien fuhr fort: »Wenn es nur darum ginge, Euch am Leben zu erhalten, so könnte ich ohne Zweifel irgendeinen ehrsamen Bürger überreden, Euch seine Kinder lesen lehren zu lassen und Euch dafür zu verköstigen; doch ein solcher Ausweg wäre nicht von dauerndem Nutzen. Wir haben natürlich den Zahn des Bischofs, der ein wirksames Mittel gegen Zahnschmerzen ist, wie ich bemerkt habe, und viele andere heidnische Medizinen aus Eurer Heimat; doch wolltet Ihr Euch als Quacksalber betätigen, so gerietet Ihr dabei in Streit mit der medizinischen Fakultät, die ihre Privilegien eifersüchtig hütet. Euer starker Gefährte hingegen könnte Schlösser aufbrechen, und Euer schlanker Körper könnte sich durch die schmalsten Fenster zwängen, wollte ich Euch die Häuser weisen, wo Silberlöffel zu finden sind; doch ich fürchte, Eure Frömmigkeit würde Euch verbieten, Hand an Eures Nächsten Gut zu legen. Ich habe jedoch im Laufe dieses Sommers gewisse löbliche Pläne ausgebrütet, zu deren Ausführung Ihr mir behilflich sein könnt. Ich werde allmählich allzu gut bekannt in dieser Stadt, und es wäre gesünder für mich, meinen Wohnsitz zu wechseln. Die Weinernte naht heran, und mich hat die Sehnsucht erfaßt, die lächelnden Weingärten Frankreichs zu sehen. Überdies pflegen Bauern wie Winzer um diese Jahreszeit bei guter Laune zu sein, und die Gesellschaft Eures starken Freundes wäre ein Schutz gegen Gewalt.«

Ich fragte ihn, welcher Art diese löblichen Pläne wohl seien, und er erwiderte: »Als ich mein Buch geschrieben und bemerkt hatte, mit welcher Ehrfurcht einfache Leute das gedruckte Wort lesen und glauben, begann selbst ich die Türkengefahr zu fürchten, die ich darin beschrieben hatte. Ich habe mich daher entschlossen, nach dem Osten zu reisen und mein Leben der Bekehrung des Islam zu widmen. Ich will die Türken an den Genuß des Weines gewöhnen und dadurch ihr wildes Wesen besänftigen, bevor die Schicksalsstunde über uns hereinbricht. Um aber dieses fromme Ziel zu erreichen, bedarf ich der Unterstützung aller guten Christen.«

Darauf versetzte ich: »Gelehrter Bruder, solche Lügen würden nicht einmal den dümmsten Bauern rühren, geschweige denn ihn bewegen, seinen Beutel zu öffnen.« Doch Julien schüttelte den Kopf.

»Ihr seid jung, Michael. Ihr habt keine Ahnung, wie gern die Menschen die größten Lügen glauben. Gerade die Frechheit dieser Lügen ist es, die sie täuscht.«

Je weiter er diese seine Pläne entwickelte, desto mehr verwirrte er mein gesundes Urteil. Den schwerfälligen Andy kitzelte er mit Geschichten von den Schlachtfesten im Herbst und dem Überfluß, der dann in den ländlichen Gegenden herrsche, und – ich weiß heute noch nicht, wie er es zuwege brachte – schon am nächsten Tage zeigte er mir ein Pergament mit vielen kirchlichen Siegeln, in dem alle echten Christen aufgefordert wurden, ihm zu helfen und seine fromme und lobenswerte Sendung, die der gesamten Christenheit von großem Nutzen sein sollte, zu unterstützen. Er kleidete sich in ein Pilgergewand und gürtete seine Lenden mit einem Strick, und vom Drucker kaufte er – auf Borg – einen Korb voll Exemplare seines eigenen Buches. Meine Aufgabe sollte es sein, sie an den Mann zu bringen. Andy hüllte er in ein absonderliches Gewand, welchen Aufzug er als den eines türkischen Kriegers erklärte.

Zwei Tagesreisen von Paris stellte sich Julien d'Avril vor einer ärmlichen Dorfkirche auf und wandte sich mit lauter Stimme an das Volk. Der biedere Pfarrer kam herbei, segnete unseren Eifer und kaufte ein Exemplar der Prophezeiung; ein anderes erstand der Wirt zum Vorlesen für seine Gäste. Julien hielt eine Rede und stellte Andy als türkischen Janitscharen vor, den er zum Christentum bekehrt habe, hieß ihn ein paar Worte in seiner Muttersprache sagen und erklärte, das sei türkisch. Hierauf vollführte Andy einige Kraftstückchen, worüber die Zuschauer sich andächtig bekreuzigten, während Julien mit großem Stimmaufwand fragte, was sie wohl gegen eine Horde solcher Geschöpfe zu unternehmen gedächten, wenn diese das Abendland gleich Heuschrecken überfluteten. Wenn die Zuschauer samt und sonders ihr Scherflein zur guten Sache beisteuerten, würde diese schreckliche Gefahr abgewendet werden.

Doch die Dorfbewohner waren arm und konnten nicht viel springen lassen, obwohl sie mit Essen und Trinken nicht geizten. Am Abend führte uns der Pfarrer auf das Schloß und stellte uns dem Schloßherrn und seinen Damen vor, und dort ergatterten wir ein Goldstück. Der Schloßherr erzählte uns, er sei in Venedig gewesen und habe dort in einer Schenke Türken gesehen. Er versicherte uns, sie seien wie Andy gekleidet gewesen und ihre Sprache habe wie die seine geklungen, was Julien baß verwunderte.

Ich erzähle nicht gern von unserer Reise, die zwei Monate währte und uns nach Südfrankreich und wieder zurück führte. Die Bewegung, die frische Luft und das gute Essen kamen meiner Gesundheit zustatten, doch litt ich unter der beständigen Angst vor Entdeckung. Julien d'Avril hingegen wurde angesichts seines fortgesetzten Erfolges immer unverschämter, bis er zuletzt selbst anfing, an die geplante Mission nach dem Osten zu glauben – so stark, daß er bittere Tränen vergoß, wenn er auf herzzerreißende Weise die Leiden ausmalte, die ihm in den Händen der Türken drohen könnten.

In den größeren Städten pflegte er eilends dem höchsten kirchlichen Würdenträger seine Aufwartung zu machen. Einem alten Bischof verehrte er ein Stückchen Erde mit der Versicherung, er habe es selbst aus dem Heiligen Land mitgebracht. Wo kein Geld zu ergattern war, begnügte er sich mit anderen Gaben. Am Ende besaßen wir zwei Pferde, die eine bunte Fülle von Proviant und Kleidern zu tragen hatten. Sein eigenes Reittier war ein Esel, denn er betrank sich jeden Abend sinnlos und konnte am nächsten Tag nicht gehen. Doch blieb er nie länger als einen Tag am selben Ort und ließ uns versprechen, ihm jeden Morgen mit der Peitsche in den Sattel zu helfen, falls er nicht imstande sein sollte, sich selber darin zu halten.

Das Fest des heiligen Dionysius nahte, und wir schlugen den Weg nach Paris ein. In den letzten Tagen unserer Reise bettelten wir zu meiner Erleichterung nicht mehr und beeilten uns sehr, denn Julien d'Avril sagte mir, er habe einen bösen Traum gehabt, den er für ein Vorzeichen halte. Als wir uns Paris auf eine Tagereise genähert hatten, stiegen wir für die Nacht gleich anderen friedlichen Reisenden in einer Schenke ab. Hier brach Julien einmal mit seiner Gepflogenheit, sich toll und voll zu saufen.

Er schien ernst und gedankenvoll: »Bruder Michael und mein guter Sohn Andreas, morgen müssen wir unseren Erlös teilen und voneinander Abschied nehmen, doch möchte ich euch heute schon für eure Freundschaft und redliche Fürsorge auf dieser unserer Reise danken. Laßt uns nun frohen Herzens zur Ruhe gehen und uns von den Anstrengungen des Tages erholen, denn morgen werden wir die vertrauten Türme von Notre Dame sehen.«

Andy und ich schliefen gut und tief, hatten wir doch unsere Pferde eine Tagereise lang geführt. Als wir erwachten, war Julien d'Avril verschwunden und hatte unsere gemeinsame Rechnung auf Heller und Pfennig bezahlt. Der Schenkwirt reichte uns seinen Brief, darin zu lesen stand:

»Mein lieber Sohn Michael!

Die bitteren Gewissensbisse, die mich heute die ganze Nacht gequält haben, zwingen mich, meine Reise unverzüglich fortzusetzen, und ich habe nicht das Herz, Euch und Euren Kameraden zu wecken, da Ihr den tiefen Schlaf der Jugend unter dem Schutz der Heiligen schlaft. Ich lasse eines der Pferde zurück, da es hinderlich ist, zwei zu führen, wenn man einen Esel reitet. Ich hoffe, Ihr werdet mir nicht gram sein, daß ich das Geld mitnehme, und

Trost finden in dem Gedanken, daß Ihr mir eine unbezahlbare Lektion verdankt, nämlich die, daß man auf der breiten Straße Geld leicht verdient und ebenso leicht verliert. Sollte mein Drucker Euch wegen der Bezahlung der Bücher behelligen, so tröstet ihn damit, daß ich sobald wie möglich zurückkehren will, um meine Schuld zu begleichen; glaubt er's, um so besser für Euch. Ich will Eurer stets in meinen Gebeten gedenken; daß Euch dieselbe Einfalt des Herzens immer erhalten bleibe, hofft Euer

Julien d'Avril.

Ins Herz getroffen, las ich Andy den Brief vor. Nachdem wir seinen Inhalt überdacht hatten, saßen wir da und glotzten einander an.

Endlich bemerkte Andy: »Das besoffene Schwein hat uns betrogen! Wir wollten doch das Geld teilen?«

»Ja, das wollten wir«, antwortete ich. »Doch wir sammelten die ganze Zeit für seine Reise und können nur hoffen, daß er sich wirklich zur Bekehrung der Türken aufmacht. Aber ich gestehe, daß ich ab und zu ein paar Silberstücke für mich zurückbehalten und darüber unnötige Gewissensqualen erduldet habe.«

Andy fiel ein: »Es war ohne Zweifel mein Schutzpatron, der heilige Andreas, der mich meine Hände in Juliens Beutel stecken ließ, wenn ich ihn nachts zu Bett brachte, denn er war oft so betrunken, daß er nicht wußte, wieviel er eingenommen hatte.«

Wir zählten unsere Ersparnisse und fanden uns im gemeinsamen Besitz von 10 Goldstücken und eines Stoßes Silbermünzen. Es gelang uns, das Pferd zu verkaufen, und der Proviant reichte mir für einen Monat. Gold und Silber teilten wir redlich, und als mein Geld zu Ende war, borgte ich allwöchentlich von Andy. Durch einen bescheidenen und fleißigen Lebenswandel gewann ich Magister Monks aufrichtige Achtung, so daß er mir nach Weihnachten erlaubte, vor die sechs erwählten Examinatoren zu treten. Ich beantwortete alle vier Fragen richtig und zu ihrer Zufriedenheit und erhielt mein Diplom mit dem Siegel der Fakultät, zum Zeugnis, daß ich nun das Bakkalaureat erworben hatte.

Nun lag das erste Hindernis auf dem Wege zu höheren Gelehrsamkeit hinter mir. Doch wollte dies wenig bedeuten, da mein Name noch nicht in den Büchern der Universität verzeichnet stand. Es bedurfte weiterer vier bis fünf Jahre Studierens, bevor ich selbst fähig war, zu lehren, die *licentia docendi* zu erhalten und den Grad eines *magister artium* zu erwerben. Dann erst konnte ich mein Studium an einer der drei höheren Fakultäten beginnen. Und wenn ich Doktor der Theologie werden wollte, so mußte ich mit wenigstens 15 Jahren rechnen. Doch daran dachte ich nicht, denn mich erfüllte unbändige Freude über diesen ersten Erfolg, und ich fühlte mich für alle meine Mühen und Gewissensnöte reichlich belohnt.

Wenige Tage später wurde ich meiner Hoffnungen grausam beraubt durch einen Brief von Pater Petrus, der im vorigen Herbst geschrieben worden war. Er besagte, daß es in diesen Zeiten der Heimsuchung klug wäre, wenn ich Finnland meide, und daß der gute Bischof Arvid gegen mich sehr aufgebracht sei. König Christian breite einen neuen Feldzug vor. Er hebe Truppen zum Angriff auf Schweden aus, und alle Einwohner Abos, die als Anhänger der Union verdächtig seien, würden verfolgt.

Ich hatte alle meine Hoffnungen auf die Möglichkeit gegründet, nach meinem Examen heimzukehren, demütig vor dem Bischof auf die Knie zu fallen und ihn um Vergebung für die Jugendtorheiten zu bitten, zu denen Herr Didrik mich verleitet hatte. Diese Hoffnungen waren nun eitel, mein Geld war zur Neige gegangen, und ich konnte von Woche zu Woche mein Leben nur fristen, indem ich von Andy borgte. Auch der Alemannischen Nation schuldete ich sechs Deniers und lief Gefahr, meine Studienprivilegien zu verlieren.

In meiner Verzweiflung konnte ich nicht einmal vor dem Altar der Allerseligsten Jungfrau im Dom von Notre Dame knien, um meine Seele zu läutern; denn als der Prior mir den Brief Pater Petrus' aushändigte, blickte er mich argwöhnisch an und fragte: »Michael de Finlandia, seid Ihr nicht schwedischer Untertan?«

Ich bejahte ehrerbietig, fügte jedoch hinzu: »Wenn es auf die Hilfe ankommt, die wir aus jenem Land erhalten, so könnte ich ebensogut ein Spatz im Schnee sein; ich habe keinen einzigen einflußreichen Gönner. Mein einziger Freund ist der gute Pater Petrus, der mir schreibt.«

Der Prior versetzte: »Obwohl Ihr an Eurem Land weder Freude noch Gutes erlebtet, mögt Ihr doch wenigstens seine Prüfungen teilen. Ich habe gehört, daß über die halsstarrigen Schweden das Interdikt ausgesprochen wurde und der Heilige Vater den guten König von Dänemark ermächtigt hat, dem Bann zu seiner Wirkung zu verhelfen. Es ist meine Pflicht, Euch zu erklären, daß Ihr als schwedischer Untertan unter diesen Bann fallt. Ihr dürft keine Kirche betreten, Ihr dürft das heilige Sakrament nicht empfangen. Eure bloße Anwesenheit entweiht schon das Gebäude und würde eine sehr kostspielige Neuweihe nach sich ziehen. Ich bin aber überzeugt, daß Ihr Euch Dispens erkaufen könnt, und rate Euch, dies so rasch wie möglich zu tun, denn es ist für einen Christen schrecklich, von den Sakramenten ausgeschlossen zu sein.«

»Jesus Maria!« rief ich voll Schrecken und Bestürzung aus: »Ich habe kein Geld! Ja, ich bin so arm, daß ich mich gern erkühnt hätte, von Euch noch eine Schüssel Suppe zu erbetteln, denn ich habe heute nichts gegessen.«

Er fühlte mit mir und sprach nach langem Nachdenken: »Michael de Finlandia, ich weiß nichts, was gegen Euch spräche, oder wenigstens nicht mehr als gegen jeden anderen Studenten, obgleich ich höre, daß Ihr Griechisch studiert, was einen üblen Beigeschmack von Ketzerei an sich hat. Ich will nicht hart sein gegen Euch, doch Ihr müßt rasch fort von hier und dürft nicht zurückkehren, um das Kloster nicht zu entweihen. In meinen Augen ist der einzige Ausweg für Euch, demütig um den Sieg des guten Königs Christian über die Feinde der Kirche zu beten — wenn nämlich Gott die Gebete derer, die unter dem Interdikt stehen, erhört.«

4

Der Winter ging zu Ende, und die unbarmherzige Kälte und der schleichende Hunger erhöhten mein Elend und meine Verzweiflung. Doch hatte ich mich seit dem vorigen Winter geändert und war nicht mehr gewillt, mich meinem Schicksal so ergeben zu unterwerfen. Es gab Zeiten, da ich Julien d'Avril trotz seines falschen Spieles vermißte, denn die Laune jenes fröhlichen Galgenvogels war mir oft wie ein frischer Wind durch die Seele gefahren, wenn das Mitleid mit mir selbst allzu schwer drückte. Rebellische Gedanken und wilde Zweifel begannen in meinem Herzen aufzukeimen wie geiles Unkraut, das bald alle nützlichen Pflanzen erstickt, und sie hätten keinen besseren Boden finden können als Hunger, Kälte und Einsamkeit. Ich fing an, meine Studien zu vernachlässigen, und suchte allzuoft Vergessen in Trinkgelagen mit fröhlichen Kumpanen. Bisher hatte ich mich mit dem Rausch des Lernens begnügt, nun aber war mein Blick geschärft, und ich sah sowohl die verschwenderische Herrlichkeit als auch das düstere Elend der Stadt. Der Pfad des Wissens war lang, und die Hindernisse am Wege waren unüberwindlich für einen armen Mann, dessen einziger Lohn Tränen und ein früh gebeugter Rücken waren. Die Reichen hingegen konnten leicht die Bischofswürde um ihre Einkünfte kaufen und der Papst seinen fünfzehnjährigen Lieblingssohn zum Kardinal ernennen.

Als der Frühling kam, als es taute und die Straßen aufgeweicht waren, zwangen mich der Hunger und die Nachwirkungen eines Trinkgelages, mitten in der Woche von Andy Hilfe zu holen. Sein Meister hatte ihn nach der Eskapade des vergangenen Sommers wieder in Dienst genommen, weil Andy ein geschickter Handwerker war und auch weil er seine Gesellen bestochen hatte, ihm beizustehen und für ihn einzutreten. Ich trottete den ganzen Weg bis Saint-Clud und wurde beim Meister zu Tisch geladen. Während die anderen nach dem Mahl ein Schläfchen hielten, begleitete mich Andy ein Stück heimwärts, bis wir unvermerkt Paris erreicht hatten. Da entschloß sich Andy, nicht an seinen Arbeitsplatz zurückzukehren. Die Sonne schien hell nach einem bewölkten Morgen, die Felder wurden grün, und die schwarzen Linden hatten begonnen, sich in einen blassen Nebel zu hüllen. Das Eis an unseren fernen baltischen Küsten war noch nicht aufgebrochen, doch plagte uns beide das Heimweh gar grausam.

Es war beinahe dunkel, als wir die Stadt erreichten; auf der Straße stießen wir auf einen Wagen, der ein Rad verloren hatte. Ein Kutscher mit stumpfem Gesicht versuchte vergeblich, das Rad wieder an seinen Platz zu bringen, und neben dem Wagen stand eine verschleierte Frau, schön gekleidet und in Pelze gehüllt; sie schien sehr erregt zu sein.

Sie sprach uns an mit den Worten: »Um Gottes willen, gute Freunde, helft mir und verschafft mir eine Sänfte, daß ich meinen Weg fortsetzen kann.« Ich sagte ihr, sie käme zu Fuß schneller ans Ziel, als wenn wir nach Einbruch der Dunkelheit versuchten, eine Sänfte aufzutreiben, doch sie erklärte uns, daß der Mann beim Pferd bleiben solle, sie keinen anderen Begleiter habe und es für eine Dame nicht ratsam sei, nachts allein in den Straßen von Paris zu gehen — übrigens bei Tag ebensowenig.

Darin mußte ich ihr beipflichten und sprach: »Ich bin ein armer Bakkalaureus, und mein Bruder hier ist ein Gelbgießer; doch wenn Ihr Euch uns anvertrauen wollt, so wollen wir Euch sicher heimgeleiten, und wenn Ihr fürchtet, Eure Schuhe und Eure Kleider zu beschmutzen, so können wir Euch über die schmutzigsten Stellen tragen.«

Sie zögerte und maß uns prüfend durch ihren Schleier, doch ihre Eile siegte über ihre Bedenken, und sie erwiderte: »Mein Gatte wird sich sehr um mich sorgen, denn ich hätte um die Vesperzeit von dem Besuch, den ich meiner alten, kranken Amme abstattete, zurück sein sollen.«

Der Diener gab uns eine Fackel, und wir brachen auf; ich trug die Fackel und Andy die Frau, bis wir in trockenere und besser beleuchtete Straßen kamen. Wir mußten bis zum St.-Bernards-Kloster gehen, bis die Frau mit einem Seufzer der Erleichterung vor einem festgefügten Steinhaus hielt und mit dem Klopfer an die eisenbeschlagene Tür pochte.

Andy wischte sich den Schweiß von der Stirn und wandte sich zu mir: »Gott sei Dank, daß wir da sind! Den ganzen Weg hat mich der Satan mit Versuchungen gequält, denen ich nur widerstehen konnte, indem ich viele Ave Maria hersagte.«

»Ist sie denn so schön?« fragte ich, obwohl mir die Jugend und Schönheit der Frau nicht entgangen waren.

»Und wenn schon«, versetzte Andy. »Nein; als ich sie trug, hörte ich das Klirren und Klingeln von viel Schmuck, und ich glaube, daß sie hundert Dukaten in Gold und Edelsteinen auf dem Leibe trägt. Ich kann mir nicht denken, daß eine feine Dame Samt und Juwelen zum Besuch ihrer alten Amme anlegen sollte. Aber jedes Land hat seine Sitten, und fern sei es von mir, mich zum Richter aufzuwerfen. Jedenfalls versuchte mich Satan gar grausam und zeigte mir, wie wir im Handumdrehen die Fackel auslöschen, ihr die Juwelen entreißen und sie in den Fluß hätten werfen können. Das hätte im Nu vorüber sein können, und du und ich wären reich genug gewesen, um jahrelang ein ehrbares Leben zu führen.«

Ich begann die Dame mit anderen Augen zu betrachten, aber

im selben Augenblick öffnete sich die Tür unter dem Geräusch vieler Riegel, die zurückgezogen wurden, und sie begann nach Art der Frauen ihres Schlages den Pförtner für seine Säumigkeit zu schelten.

Dann lud sie uns ein, einzutreten. »Mein Gatte wird Euch gewiß für Eure bereitwillige Hilfe danken wollen.«

Allein ihr Gatte, ein kleiner, reizbarer Greis mit wirrem Bart und geschwollenen roten Augenlidern, wußte uns keinen besonderen Dank. Er schüttelte den Stock gegen sein Weib und bellte: »Wo bist du gewesen? Was bringst du mir Diebe und Schurken ins Haus? Schau nur deinen Aufzug an! Wahrlich, Gott hat mich in meinem Alter bestraft, daß er mir ein Kreuz wie dich zu tragen auferlegte.«

»Edler Herr«, versetzte Andy, »ein solches Kreuz ist leicht und angenehm zu tragen. Viele Menschen haben ein schlimmeres als Ihr, wie Armut, Hunger und Durst, die meinen Bruder und mich quälen; denn wir haben einen weiten Umweg gemacht, um Eure schöne Frau sicher heimzugeleiten. Dennoch wollen wir, so Ihr es wünscht, Euch mit Freuden von diesem Kreuz befreien und es dahin zurücktragen, wo wir es fanden.«

Der boshafte Alte stieß seinen Stock auf den Boden und schoß tückische Blicke auf seine weinende Gattin, auf uns und wieder auf sie. Schließlich griff er in seine Börse und bot Andy und mir einen Denier für unsere Mühe; doch darauf schluchzte seine Gattin noch bitterlicher und fragte ihn, ob ihm ihre Ehre nicht mehr wert sei. Der Auftritt endete damit, daß er uns ungeachtet seiner Entrüstung zum Abendbrot einlud, das schon seit geraumer Zeit bereitstand. Während des Essens beschrieb die Dame ihr Abenteuer sehr ausführlich und erzählte viel von der kranken Amme, wobei sie uns zu Zeugen für die Wahrheit ihrer Worte anrief. Bald strahlte und lachte sie, was mich gar lieblich dünkte, so daß ich rasch von ihr sehr eingenommen war. Auch ihren Gatten besänftigte sie; er lächelte zahnlos in seinen Bart und nannte uns anständige Kerle. Nach dem Essen setzte er uns süßen Likör vor, wie ihn die Mönche machen, und richtete persönliche Fragen an uns.

Besonders entzückt war er von Andys Körperkraft. Er meinte: »In diesen gottlosen Zeiten sind Redlichkeit und Tugend unter den jungen Leuten selten geworden. Ich brauche einen starken, verläßlichen Burschen, der mein Haus bewacht und mich auf meinen langen Reisen begleitet, denn Diebe und Raufbolde umlauern meine Wohnung und bedrohen meine Habe in jeder Schenke.«

Andy erwiderte bescheiden, der Feldzeugmeister der königlichen Artillerie habe ihm drei Golddukaten monatlich versprochen, wenn er in die Dienste des Königs trete. Der Greis bekreuzigte sich vor Schrecken und wandte ein, Andy müsse die gute Kost und das schöne Quartier, die Kleider, die Sicherheit und den Seelenfrieden eines Lebens inmitten wundertätiger Reliquien von seinen Forderungen abziehen; denn mit solchen Dingen handelte unser Gastgeber Hieronymus Arce.

»Die lieben Heiligen müssen uns zum Schutz Eurer edlen Frau herbeigeführt haben«, entgegnete Andy. »Mein Kamerad Michael und ich, wir gehören zusammen, und wenn auch er gleich mir Euer gutes Essen und neue Kleider bekommt, so will ich gerne Euer Haus bewachen, zumindest für einige Zeit. Freilich weiß ich nicht, wie lange wir hier bleiben werden, denn ich muß ja mein Handwerk erlernen.«

Dies sagte er scherzend, doch Meister Hieronymus ging zu meiner Überraschung bereitwillig darauf ein und besiegelte den Handel mit einem Handschlag.

Seine Gemahlin, die schöne Madame Geneviève, setzte ihrerseits hinzu:

»Wenn dieser junge Student seine Mahlzeiten in unserem Hause einnehmen soll, so wird er mich hoffentlich oft unterhalten und mir die Zeit durch Vorlesen erbaulicher Heiligenlegenden vertreiben. Auch möchte ich selbst gerne lesen lernen, wenn er meinen armen Weibsverstand dessen für fähig hält.«

So wurde Andy Pförtner in Meister Arces Haus und trug ein hübsches blaues Wams mit Silberknöpfen. Ihm hatte ich es zu verdanken, daß ich täglich mit den anderen Dienern essen durfte, und Madame Geneviève rief mich oft in die inneren Gemächer, damit ich ihr aus dem einen oder anderen der vielen französischen Bücher, die der Greis besaß, laut vorläse. Meister Hieronymus schlurfte in Filzpantoffeln durch das Haus und achtete sorgfältig darauf, daß die Tür zum Gemach seiner Frau stets offenstand, wenn ich bei ihr weilte. Ab und zu spähte er durch den

Türspalt, beruhigte sich aber, als er sah, daß ich nichts Böses im Schilde führte.

Er führte eine umfangreiche Korrespondenz mit fremden Ländern. Zum Lohn dafür, daß ich ihm seine Briefe schrieb, nahm er mich eines Tages in seine feste Schatzkammer im Keller mit. Kaum öffnete sich die Tür mit den vielen Schlössern und Eisenbeschlägen, roch ich auch schon den Weihrauch und stand förmlich geblendet vor der Fülle an Schätzen, die er dort zusammengetragen hatte. Der kostbarste darunter war eine echte Kreuzpartikel. In einem goldenen Kästchen mit Glasdeckel lagen ein paar gelbliche Staubkörner – die Überreste zweier Tropfen von der Milch der Allerseligsten Jungfrau.

Er zeigte mir auch einen anderen sehr merkwürdigen Gegenstand, ein Stück einer Planke des Bootes, in dem die Apostel saßen, als sie Unseren Herrn auf dem Meer wandeln sahen. Meister Hieronymus verhandelte gerade über den Verkauf dieser Reliquie an einen reichen Reeder, der gerne erproben wollte, wie sie sich als Talisman für Schiffe in Seenot bewähren würde. Ferner hing in jener Kammer eine Elle des Strickes, daran Judas sich erhängt hatte, und zwei schöne Hahnenfedern von dem Hahn, der für St. Petrus gekräht hatte.

Ich hatte meine guten Gründe, daß ich Meister Hieronymus behilflich war und in seinem Hause verweilte, war ich doch von dem Augenblick an, da ich Madame Geneviève zum erstenmal gesehen hatte, ihrem Zauber verfallen, und neben ihr zu sitzen hieß für mich in hellen Flammen stehen. Ihr dunkler Blick, ihr müder Mund und ihre wohlgerundeten Schultern hatten mich bezaubert, und ich konnte an nichts anderes denken. Sie ließ sich von mir alle erdenklichen leichtfertigen Geschichten vorlesen, die alles eher als erbaulich waren, und während ich las, seufzte sie gar oft tief auf, stützte das Kinn in die Hand und sah vor sich hin.

Unsere Bekanntschaft hatte etwa eine Woche gedauert, als sie die Abwesenheit ihres Gemahls benützte und mich fragte: »Michael, mein Freund, kann ich Euch vertrauen?«

Ich versicherte ihr, das könne sie voll und ganz, denn ich achte und bewundere sie von ganzem Herzen und dächte an sie wie an die heilige Genoveva selbst.

Darauf seufzte sie und sprach: »Ihr mögt wohl anders denken, wenn ich mich Euch geoffenbart habe. Aber ist es nicht unrecht, daß eine junge, schöne Frau wie ich durch das Band der Ehe an einen häßlichen, mißgelaunten Greis wie Meister Hieronymus gekettet ist?«

Ich entgegnete, darüber hätte ich mich selbst schon gewundert und angenommen, daß vielleicht Eltern und Verwandte sie zu dieser unnatürlichen Verbindung gezwungen hätten.

Darüber war sie jedoch beleidigt und versetzte beinahe entrüstet: »Niemand hat mich gezwungen. Ich tat selbst mein Bestes, ihn zur Ehe zu verlocken, da er unermeßlich reich und freigebig genug ist, mir viele wertvolle Edelsteine und schöne Kleider zu schenken. Aber man hatte mir eingeredet, kränkliche Greise in seinem Alter lebten nie länger als drei Jahre, wenn eine junge, heißblütige Frau ihnen nach Kräften zu Gefallen sei und alle ihre Wünsche erfülle. Ich kann Euch versichern, ich habe getan, was ich konnte, aber zu meinem Kummer ist er dadurch nur jünger und lebendiger geworden und ist heute gesünder als damals, als ich ihn heiratete, obwohl ich ihn viele Nächte hindurch wachgehalten habe. Ich kann nur annehmen, daß er irgendeine heimliche Reliquie besitzt, die ihm diese Stärke verleiht. Heute ist mir schon eine bloße Berührung verhaßt. Und was noch schlimmer ist, vor einigen Monaten stieß mir ein Unglück zu, dessen ich mich nicht versah, als ich die Ehe einging, und das quält mich Tag und Nacht. Es ist, als krabbelten mir unaufhörlich helle Scharen von Ameisen über den ganzen Körper.«

»Guter Gott, Madame!« rief ich zutiefst erschüttert aus. »Ich habe gehört, daß die französischen Blattern – oder die spanischen Blattern, wie die Franzosen sie lieber nennen – oft mit solchen Symptomen einsetzen.«

Sie bedeutete mir zornig, den Mund zu halten und keinen Unsinn zu reden.

»Ich bin verliebt, Michael«, sagte sie und schaute mir tief in die Augen. »Ich bin die Sklavin meiner Leidenschaft für einen edlen Ritter aus des Königs Gefolge geworden. Ich wäre ihm nie begegnet, hätte er nicht von meinem Gemahl Geld geborgt – denn seine Finanzen sind, wie bei den meisten tapferen Rittern, hoffnungslos zerrüttet. Ich kam nicht von meiner kranken Amme, als ich Euch auf der Straße begegnete. Ich hatte meinen Geliebten besucht und dabei meinen Ruf ernstlich gefährdet.«

Es schmerzte mich in der Seele, und meine Augen füllten sich mit Tränen, als ich mir Madame Geneviève in den Armen des Ritters vorstellte, obwohl ich doch auf Meister Hieronymus nicht im geringsten eifersüchtig sein konnte.

Ich machte ihr Vorwürfe und sprach: »Madame, seht Ihr nicht, welch lästerliche Sünde das ist? Indem Ihr Euren Gatten hintergeht, stürzt Ihr Eure Seele ins Verderben!«

Sie antwortete, das müsse sie selbst am besten wissen, und ihr Seelenheil gehe nur sie und ihren Beichtiger an.

»Das hat mit meinem Seelenheil nichts zu tun. Ihr könnt Euch nicht vorstellen, was für ein Liebhaber er ist. Er hat mich in seinen Armen in den siebenten Himmel versetzt, und ich schmelze am ganzen Körper hin wie Wachs, wenn ich ihn nur erblicke. Aber ach, er liebt mich nicht . . .«

Hier brach sie in Tränen aus, legte ihr Haupt auf meine Knie und schluchzte, wobei sie mir die Strümpfe benetzte.

»Wie ist es möglich, daß er Euch nicht liebt?« fragte ich, im Innersten aufgewühlt. »Wer muß Euch nicht lieben, wenn er Euch einmal gesehen hat?«

»Er verführte mich nur, um zu Geld zu kommen. Er dachte, ich könne meinen Gatten überreden, ihm mehr Geld zu leihen. Einmal gelang es mir auch – aber nur einmal. Nun verachtet er mich und entzieht mir seine Gunst. Bei unserer letzten Zusammenkunft schloß er mich kein einziges Mal in seine Arme, sondern beschimpfte mich mit rauhen Worten und sagte, er wünsche mich nie mehr zu sehen. Ich kann ihn verstehen, denn es liegt auf der Hand, daß ein hochgeborner Ritter wie er viel Geld braucht. Doch könnte man eher aus Granit Geld pressen als aus meinem Gatten, wo kein angemessenes Unterpfand vorhanden ist. Mein Gatte will sein Wort nicht annehmen – obwohl mein Geliebter seine Ehre als Edelmann als Sicherheit für die Anleihe verpfändet hat – und erklärt, auf eine so armselige Sicherheit wolle er keinen einzigen Denier vorstrecken.«

»Aber was kann ich tun?« fragte ich verwundert.

Madame Geneviève packte mich am Arm und bat: »Ihr sollt ihm in meinem Namen einen Brief schreiben und überbringen. Ihr müßt ihm sagen, daß ich durch viele Ränke meinem Gatten fünfzig Golddukaten ablisten konnte und demütig bitte, meinen edlen Geliebten noch einmal sehen und ihm den Betrag eigenhändig überreichen zu dürfen, obwohl ich mich dieser so kargen Summe schäme. Wenn er mir nur Zeit und Ort nennen will, so will ich zu ihm eilen, und sei es durch das Feuer der Hölle.«

Ihre Not erweichte mich. Ich wußte, wie ihr zumute war, war ich doch selbst ein Liebender.

»Madame«, sagte ich, an allen Gliedern zitternd, »welchen Lohn wollt Ihr mir gewähren, wenn ich ihn zwinge, Euch zu lieben?«

Sie lachte.

»Ihr sprecht von unmöglichen Dingen, Michael, aber wenn Ihr es wirklich vermöchtet, würde ich Euch alle Tage und Nächte meines Lebens in meine Gebete einschließen und Euch nichts versagen, was zu schenken in meiner Macht steht.«

»Madame, dies ist Zauberei, und es mag sein, daß ich mich dem Bösen ausliefere, wenn ich Euch helfe. Aber ich habe einen Liebestrank, der nach den Worten meiner Pflegemutter unwiderstehlich ist. Reicht ihn ihm verstohlen bei Eurer nächsten Zusammenkunft!«

Sie erbleichte, und ihre Augen wurden dunkel und glänzten. Dann legte sie mir die Arme um den Nacken und küßte mich auf den Mund.

»Michael, wenn das wahr ist, so dürft Ihr alles von mir erbitten, und ich will Euch nichts abschlagen.«

Ich küßte ihr zitternd das Gesicht und die bloßen Arme und sagte: »Ich schäme mich, Euch mein Verlangen zu gestehen. Aber ich habe seit dem ersten Augenblick, da ich Euch sah, keine Ruhe gefunden, und ich träume nachts von Euren Augen, die dunklen Veilchen gleichen. Ich sehne mich von ganzem Herzen nach Euch, obwohl das eine schwere Sünde ist – eine größere vielleicht als die, durch Zauberei eine Liebe zu entfachen.«

Sie löste erschreckt ihre Umarmung und wies mich zurecht.

»Michael, ich habe mich in Euch arg getäuscht und verstehe nicht, wie Ihr es wagen könnt, so zu einer ehrbaren Frau zu sprechen. Aus Eurem Benehmen muß ich schließen, daß Ihr ein sündhaftes Verlangen nach mir tragt, was ich nie vermutet hätte.«

Ich sah, wie tief sie mich verachtete, allein ihr Widerstand entflammte mich noch mehr und ließ sie in meinen Augen noch begehrenswerter erscheinen. Sie war in der Tat schön, als sie mich so maß, leichte Zornesröte auf den Wangen, die Hände wie zum Schutz auf dem Rücken verschränkt.

»Madame Geneviève«, versetzte ich ehrerbietig, »denkt daran, daß es in meiner Macht liegt, das edle Herz Eures Geliebten zu bezaubern, so daß er ohne Euch nicht mehr leben kann und Eure liebsten Wünsche erfüllen wird. Denkt daran, daß Euer Brunnen nicht versiegen wird, wenn Ihr einen armen Verschmachtenden daraus trinken laßt – und im übrigen braucht es keiner zu wissen.«

Die Versuchung war groß. Sie begann verzweifelt die Hände zu ringen und versuchte, mich mit zärtlichen Worten von meinem Vorhaben abzubringen. Sie liebkoste mir die Wangen und sah mir tief in die Augen, aber ich vergaß keinen Augenblick, daß ich mein Seelenheil gefährdete, wenn ich ihr mit Hilfe der Schwarzen Kunst beisprang, und bestand daher auf meinem Lohn, der ihr in meinen Augen nicht schwerfallen konnte.

»Ich will Euch den Liebestrank geben«, sprach ich. »Wir wissen beide nicht, wie er sich bewähren wird, aber meine gute Pflegemutter hat mich nie belogen, daher habe ich allen Grund, ihr auch in dieser Sache zu vertrauen. Sollte er sich wirksam erweisen, so wird Euer Glück so groß sein, daß Ihr mir einen Bruchteil davon nicht mißgönnen werdet. Wenn Ihr Euren Geliebten trefft, bittet ihn um einen Trunk. Dann schüttet heimlich ein paar Tropfen des Elixiers in das Glas und ersucht ihn, mit Euch daraus zu trinken.«

Unwirsch hieß sie mich schweigen; sie wisse recht wohl, was sie zu tun habe. Das machte mich froh, bewies es mir doch, daß sie sich anschickte, in den Handel zu willigen. Ich schrieb den verlangten Brief und machte mich damit selbst auf den Weg, nachdem sie mir sorgfältig eingeschärft hatte, wo er wohnte und wie er anzusprechen sei.

Der Liebhaber stand in seinem Garten und dressierte eben einen jungen Falken, dessen Lider zusammengenäht waren. Der Vogel saß hilflos auf des Falkners Handschuh und wagte nicht, seine Schwingen zum Fluge zu breiten. Ich gestehe, daß mich der Anblick des vornehmen Herrn verblüffte, denn er war schmächtig gebaut und kleiner als ich, und aus seinen rotseidenen Kniehosen ragten ein paar dünne und krumme Beine hervor. Seine hochmütigen Züge waren durch schwarze Muttermale entstellt, und auf seinem Kinn sproßte schütterer Bart.

Er las das Schreiben zu Ende und schickte seinen Diener fort. Dann warf er mir einen bösen Blick zu und herrschte mich an: »Weißt du, was dieser Brief enthält?«

Ich sagte ja, ich hätte ihn selbst geschrieben.

Zornrot schleuderte er Handschuh und Falken zu Boden und rief aus: »Fünfzig Dukaten! Ein Tropfen Speichel auf einen rotglühenden Ofen! Deine Herrin muß den Verstand verloren haben, mich mit solchen Kleinigkeiten zu behelligen. Sagt ihr, sie soll mir auf der Stelle mehr Geld schicken und sich dann in die finstere Hölle scheren, denn ich will sie nie mehr sehen. Ihre bloße Anwesenheit würde mich anekeln, da sie mich so bitter enttäuscht hat, als ich ihr so sehr vertraute.«

Ich entgegnete, seine Worte seien zu rauh und unbarmherzig für die Ohren einer Frau, und gab ihm zu verstehen, daß er ja nichts verliere, wenn er wenige Minuten seiner kostbaren Zeit opfern wollte, um die fünfzig Dukaten aus den Händen der Dame zu empfangen, da sie ihm etwas Wichtiges mitzuteilen habe.

Als er erkannte, daß er nur auf diese Weise in den Besitz des Geldes kommen konnte, stieß er die fürchterlichsten Verwünschungen aus, lästerte die Dreifaltigkeit und bezweifelte selbst die Jungfräulichkeit Mariens. Schließlich schleuderte er mir den Brief ins Gesicht, hieß mich meine Herrin – die er eine Hure und Jezabel nannte – grüßen und ihr sagen, sie dürfe das Geld am Nachmittag des folgenden Tages bringen.

»Freundlichkeiten braucht sie aber für fünfzig Dukaten nicht zu erwarten«, setzte er hinzu: »Ja, wenn es fünfhundert oder tausend wären – versuch jedenfalls, sie zu bewegen, mir hundert aufzutreiben.«

Er suchte in der Geldkatze an seinem Gürtel nach Lohn für mich, fand sie aber leer und versicherte mich daher nur seiner Gewogenheit, womit er mich ziehen ließ. Zur Sicherheit hob ich den Brief wieder auf, damit er nicht in unrechte Hände gerate, und wanderte den langen Weg zurück zur Stadt und zum Hause des Reliquienhändlers. Madame Geneviève umarmte mich und küßte mich auf beide Wangen, als sie von meinem Erfolg hörte, und ich konnte nur staunen über die Wesensart und die absonderlichen Launen der Frauen.

Am selben Abend kehrte Meister Hieronymus in Begleitung Bewaffneter von einer seiner Reisen zurück. Er war ungewöhnlich heiterer Laune. Er schenkte mir ein Goldstück, und seiner Frau hatte er einen Beutel Dukaten mitgebracht, mit denen sie ein Stück Schmuck beim Goldschmied am Pont Neuf erstehen sollte. Meister Hieronymus hatte nämlich endlich eine Schuld von neuntausend Dukaten bei einem Kunden eintreiben können, dem von einem entfernten Verwandten in der Normandie eine unerwartete Erbschaft zugefallen war. In seiner Freude über diesen unvorhergesehenen Glücksfall hatte der Schuldner stracks seine Verpflichtungen beglichen. Meister Hiernonymus, nicht weniger erfreut, vergaß seine übliche Vorsicht. Es war ergreifend, zu sehen, wie er an jenem Abend vor seinen Goldstücken saß, sie wog und aufstapelte und winzige Unebenheiten von den Rändern entfernte.

Am nächsten Morgen hatte er nichts einzuwenden, als seine Frau ihre kranke Amme besuchen wollte; er riet ihr im Gegenteil, zur Nacht dortzubleiben und sich nicht den Gefahren der Straße nach Einbruch der Dunkelheit auszusetzen.

Madame Geneviève wusch sich wieder und wieder am ganzen Leibe, rieb sich mit duftenden Salben ein, kleidete sich in ihre kostbarste Robe und legte ihren schönsten Schmuck an.

Ich staunte, daß diese Vorbereitungen Meister Hieronymus nicht stutzig machten, aber er bewunderte nur die Erscheinung seiner Frau und meinte: »Sie ist noch jung und hat selten Gelegenheit, ihre besten Kleider zu tragen, da ich mir aus Gesellschaft nicht viel mache und es nur wenige Leute gibt, mit denen ich gerne einen Abend verbringen möchte. In meinem Alter ist ein Mann der Gesellschaft überdrüssig geworden, und alle ihre Mitglieder gelten ihm gleich. Es ist nur natürlich, daß meine Frau sich ab und zu in der Öffentlichkeit zu zeigen wünscht, und ich habe keine Angst, solange dein wackerer Bruder Andy sie begleitet, um sie vor Straßenräubern zu schützen.«

5

Den ganzen Nachmittag schrieb ich Briefe, die mir mein Herr diktierte. Er bemühte sich, sein neuerworbenes Geld in irgendeiner wertvollen Reliquie anzulegen, und verhandelte außerdem mit dem Herzog von Sachsen, der ebenfalls ein begeisterter Sammler geweihter Gegenstände war. So hatte ich alle Hände voll zu tun.

Andy kam heim, während ich in der Küche mein Abendbrot verzehrte, und bemerkte: »Hierzulande muß der Beruf einer Amme gut bezahlt sein. Ich wünschte fast, ich wäre als Weib geboren worden. Stell dir vor, was für eine unvergleichliche Amme ich abgegeben hätte! Die Amme unserer Herrin wohnt in einem Haus mit einer Mauer rundherum und ist so vornehm, daß ich sie gar nicht zu Gesicht bekam, sondern nur ihre Diener. Sie trugen alle buntfarbige, geschlitzte Gewänder und stolzierten wie die Hähne vor ihrer Tür auf und ab. Meine Herrin gab mir ein Goldstück, damit ich es niemand erzähle und auf Befragen eine ganz andere Geschichte zum besten gebe. Aber du zählst ja nicht mit, und die Sache mutete mich so seltsam an, daß ich dir davon berichten mußte.«

Am nächsten Morgen machte sich Andy auf, Madame Geneviève zu holen. Als sie zurückkehrte, war sie leichenblaß und schien vollkommen erschöpft. Die Augen sahen ins Ungewisse und blickten abwesend; darunter hatte sie dunkle Ringe. Sie glich einer Schlafwandlerin; sie sprach zu niemand ein Wort, sondern ging stracks in ihr Gemach, warf sich auf das Bett und schlief wie ein Klotz.

Unser Herr war äußerst besorgt und fürchtete, sie sei krank geworden; aber Andy beruhigte ihn.

»Ich glaube, meine Herrin bedarf einfach des Schlafes. Sie ist an ein behagliches Bett und ein bequemes Leben gewöhnt. Eben erzählte sie mir, sie habe kein Auge zugetan und sei von Ungeziefer am ganzen Leibe gebissen worden.«

Dem war wirklich so, denn als Meister Hieronymus uns in die Schlafkammer einließ, damit wir seine schlafende Gemahlin betrachteten, sahen wir, daß ihr Hals und ihre Schultern von roten Flecken übersät waren. Allein sie schlief ruhig und tief und hielt ein Kissen zärtlich ans Herz gedrückt.

Meister Hieronymus deckte sie sachte zu, um sie unseren neugierigen Blicken zu entziehen, und meinte: »Möge ihr dies eine Lehre sein, ein anderes Mal nicht im Hause ihrer Amme zu schlafen.«

Den ganzen folgenden Tag wartete ich ungeduldig auf eine Gelegenheit, sie zu sprechen. Doch sie wich mir aus, und ich konnte sie erst allein sehen, nachdem Meister Hieronymus zur Segensandacht gegangen war.

»Ich beschwöre Euch, Madame, bei allen Heiligen, sagt mir, was Euch widerfahren ist! Ich bin krank vor Sorge und habe die ganze Nacht wach gelegen, aus Angst, daß ich Euch einen Schaden zugefügt habe.«

Sie antwortete freimütig: »Mein edler Geliebter empfing mich in seinem Gemach und bot mir zuerst nicht einmal einen Stuhl an. Als ich ihm aber einhundertfünfzig Dukaten überreichte, ließ er sich beschwichtigen und sandte seinen Diener nach dem Glas Wein, darum ich gebeten hatte. Wie es das Glück wollte, begannen seine Hunde im Garten herumzublagen, und als er sich entfernte, um sie durchzubleuen, konnte ich den Liebestrank mit dem Wein mischen, wie Ihr mich gelehrt hattet. Auf meine Bitte trank er aus dem Glas, wenn auch unwillig, und hatte kaum die letzten paar Tropfen getrunken, als er müde und schläfrig wurde. Er fing an zu gähnen, öffnete den Fensterladen, um ein wenig frische Luft einzulassen, und sagte, sein ganzer Körper brenne.

Ich versuchte ihm die Zeit bis zur Wirkung des Mittels zu vertreiben, indem ich ihm erzählte, mein Gatte sei mit neuntausend Dukaten heimgekehrt; doch hatte ich kaum ausgesprochen, als er mich leidenschaftlich in seine Arme riß und mir gestand, sein Leib werde von so schrecklichen Flammen verzehrt, daß er sich entkleiden und in den Brunnen stürzen müsse, um sich abzukühlen. Mir ging es nicht besser, obgleich mir die weibliche Scham verbietet, mich darauf näher einzulassen. Aber ich versichere Euch, er stürzte sich so oft in den Brunnen, daß ich es nicht mehr zählen konnte und die Besinnung verlor, und er ließ mir die ganze Nacht keinen Augenblick Ruhe. Ich glaube, keine Frau hatte je einen feurigeren Liebhaber. Als ich Abschied nahm, versicherte er mich nochmals seiner Leidenschaft und zwang mich zu dem Geständnis, daß ich ihn liebe — aber ich muß über dies alles nachdenken, und mich schmerzt der Kopf, und ich bin müde. Ihr sollt mich in Ruhe lassen, Michael.«

Ich wagte, sie an das zu erinnern, was sie mir schuldete; sie antwortete: »Ja, ja, Michael, Ihr sollt Euren Lohn haben; aber Ihr hättet eine bessere Zeit wählen können, ihn einzufordern. Mich schmerzt mein ganzer Körper, und an die bloße Berührung eines Mannes kann ich nur mit Widerwillen denken. Verschont mich jetzt, und Ihr sollt für Eure Mühe und Eure Mäßigung belohnt werden.«

Damit stieß sie mich mit beiden Händen von sich und zwang mich zur Entsagung.

Am nächsten Tag nahm mich Meister Hieronymus auf eine langgeplante Reise nach Chartres mit. Er hatte beabsichtigt, seine Gattin mitzunehmen, damit sie vor dem wundertätigen Bilde der Heiligen Jungfrau bete, da ihre Ehe kinderlos war; doch sie war noch müde und bat ihren Gemahl, ihr die Strapazen der Reise zu ersparen.

Irdische Gelüste können einen Menschen so vollkommen verblenden, daß ich von dem wunderbaren Dom zu Chartres nur mehr weiß, daß seine großen Türme voneinander ganz verschieden sind und einen denkwürdigen und ehrfurchtgebietenden Anblick gewähren. Der Rauch zahlloser Kerzen hatte die wundertätige Madonna so geschwärzt, daß sie einem Mohren glich, allein ich konnte vor ihr nicht mit der schuldigen Andachtsglut beten. Meine Gedanken kreisten stets um die Schönheit Madame Genevièves, nach der mein Verlangen durch die Abwesenheit nur brennender wurde. Am Abend des dritten Tages kehrten wir, hungrig und durstig, nach einem scharfen Ritt nach Paris zurück. Andy erwartete uns mit niedergeschlagener Miene vor dem Haus.

Er trat heran und sprach: »Meister Hieronymus, mein guter Herr, ein großes Unglück hat Euer Haus heimgesucht, und ich muß wirklich ein schlechter Diener sein, daß ich Euren Besitz nicht besser bewachte. Madame Genevièves kostbarstes Samtkleid ist während Eurer Abwesenheit verschwunden.«

Der Reliquienhändler las aus Andys Miene, daß noch Schlimmeres geschehen war, und schickte sich an, ins Haus zu treten. Aber Andy hielt ihn zurück und sagte: »Das ist nicht alles. Madame Geneviève steckte darin.«

So schonend teilte Andy seinem Herrn das Vorgefallene mit. Dann erzählte er ihm, daß die Dame alle ihre Kleider und ihren Schmuck mitgenommen habe und das Tafelsilber dazu.

»Mit meinen eigenen Händen trug ich die Truhe voll Gold aus dem Keller zum Wagen, der sie abholte«, fuhr er gelassen fort. »Sie war so schwer, daß zwei gewöhnliche Männer sie kaum von der Stelle gerückt hätten; aber meine gute Herrin vertraute auf meine Kraft, und ich wollte ihr nach besten Kräften dienen, wie ihr mich geheißen habt.«

Meister Hieronymus verstummte vor Schreck und brachte kein Wort hervor.

Andy fügte hinzu: »Die Kellertür hielt fest, denn Ihr hattet vergessen, meiner Herrin die Schlüssel zu geben, aber ich entlieh einen Schmiedehammer und konnte mit großer Anstrengung Schloß und Angeln zertrümmern. Ihr habt mich geheißen, meiner Herrin stets so zu gehorchen wie Euch selbst.«

Nun erst erfaßte ich das ganze Ausmaß des Unheils. Tränen stiegen mir in die Augen, und ich rief: »Lieber Meister Hieronymus, Euer falsches, treuloses Weib hat uns betrogen und unser Vertrauen mißbraucht. Möge der liebe Gott einen Donnerkeil vom Himmel schleudern, um ihr verräterisches Haupt zu zerschmettern, und mögen die Köter ihren buhlerischen Leib zerfleischen!«

Auch Meister Hieronymus weinte bittere Tränen, doch er sprach: »Nicht so, nicht so. Gottes gerechte Strafe für meine Blindheit ist über mich gekommen.«

Er raufte sich den Bart, schleuderte seine Mütze zu Boden, ergriff seinen Stab und bearbeitete damit Andy, der sich der wohlverdienten Züchtigung kleinlaut unterzog.

Als der Händler aber müde war, ließ er den Stock sinken und sagte in tiefster Niedergeschlagenheit: »Schläge und Tränen nützen wenig, und du kannst nichts dafür, da du ein einfältiger Junge bist und ich in meiner Torheit dich hieß, meinem Weibe zu gehorchen.«

Unsicheren Schrittes trat er ins Haus; es griff mir ans Herz, seinen gebeugten Rücken zu sehen. Mehr tat ich mir aber selbst leid, denn Madame Geneviève hatte ihr Versprechen gebrochen, und ich wußte, ich würde sie nie wiedersehen.

Daher goß ich die Schale meines Zornes über Andy aus, der ruhig erwiderte: »Madame Geneviève ist eine schöne, launenhafte Frau, und es ist schwer für einen gewöhnlichen Diener, ihr nicht zu Willen zu sein. Das solltest du besser wissen als ich, denn ihre Berufung auf dich war es ja, die meine Bedenken überwand. Sie sagte mir, du unterstütztest ihren Plan aus der großen Liebe heraus, die du zu ihr empfändest. Sie meinte, sie habe dir ihr Glück zu verdanken und wolle dir zahlen, was sie dir schulde, wann immer du es fordern wolltest. Aber da ich noch immer zögerte, gewährte sie mir eine kleine Abschlagszahlung – und muß sagen, sie ist eine freigebige Frau, die ihre Schulden mit Zinsen abstattet!«

»Andy«, rief ich und wollte meinen Ohren nicht trauen. »Warst du so vermessen, deine Augen zu Madame Geneviève zu erheben und ihrer in deinem Herzen zu begehren?«

»Dergleichen wäre mir nie in den Sinn gekommen«, versetzte Andy ernsthaft, »aber als ich sah, wie gut du begonnen hattest, hielt ich es nur für recht, wenigstens einen Teil deiner Forderungen einzutreiben, damit nicht das Ganze verlorengehe.«

Die Vorstellung, daß Andy in ihren Armen gelegen hatte, erfüllte mich mit so blinder Wut, daß ich ihn mit beiden Fäusten zu traktieren begann und ihm alle Schimpfworte, die mir einfallen wollten, an den Kopf warf. Er ließ mich gewähren, bis mein Zorn verraucht war, und entrang mir dann das Geheimnis von Jungfer Pirjos Liebestrank.

Als ich ihm alles erzählt hatte, sah er mich mit seinen treuherzigen Augen an und fragte: »Warum reichtest du ihr nicht das Mittel im geheimen, wenn dein Herz wirklich so an ihr hing? Du hättest sie für dich gewinnen können, und die neuntausend Goldstücke obendrein.«

Mir fiel es wie Schuppen von den Augen, und ich konnte nicht begreifen, wie ich so einfältig hatte sein können. Andy wollte ich dies aber nicht eingestehen und antwortete daher: »Ich widerstand der Versuchung um meiner unsterblichen Seele willen. Hätte ich sie durch Zauberkraft für mich gewonnen, so hätte ich mich in die Fallstricke des Teufels verwickelt.«

»Saure Trauben«, erwiderte Andy. »Ich für meinen Teil möchte gerne viele solcher Fallstricke auf meinem Pfad finden, wenngleich ich gestehe, daß es schwierig sein kann, sich daraus wieder zu befreien, wenn man einmal tüchtig darein verwickelt ist.«

Wir wagten beide nicht, Meister Hieronymus aufzusuchen. Wir ließen ihn mit seinem Gram allein, denn wir hatten ihn in seiner Kammer weinen, seufzen und beten gehört.

Zwei Tage darauf rief er uns zu sich und sprach: »Ich hoffe, daß ihr über alles Vorgefallene reinen Mund halten werdet. Ich bin ein alter Mann, und mein großer Irrtum war die Hoffnung, an einer zu jungen Frau eine liebevolle Gefährtin zu gewinnen. Laßt mich versuchen, das Vergangene zu vergessen. Ihr werdet mich verstehen, daß ich keinen von euch jemals wiedersehen will, da euer bloßer Anblick mit beständig an meine Gemahlin erinnern muß. Glaubt nicht, ich schickte euch im Zorn fort und trüge euch etwas nach. Ich verzeihe im Gegenteil von ganzem Herzen jeden Schmerz, den ihr mir zugefügt haben mögt, und gebe jedem von euch fünf Goldstücke, um euer Schweigen zu erkaufen.«

In seinen rotgeränderten Augen standen bei diesen Worten die Tränen; er zählte uns das Geld auf die Hand, glättete mit zitternden Händen seinen Bart und entließ uns. In seinem Schmerz war er klüger und edler, als er in den Tagen seines trügerischen Glückes gewesen war, und ich schlich wie ein Hund aus seinem Haus, reuevoll und schuldbewußt. Doch tröstete ich mich bei dem Gedanken, daß ihm ein Unglücksfall dieser Art früher oder später auch ohne mein Zutun hätte widerfahren müssen und der Schmerz Arznei für seine Seele war, da er ihn Demut und Weisheit lehrte.

Wir wanderten schweigend das grüne Flußufer entlang, hielten an der Brücke an und blickten lange auf die leuchtendweiße Fassade von Notre Dame.

Andy sagte unvermittelt: »Bruder Michael, nimm dieses Geld. Es brennt mir seltsam auf der Hand, und ich glaube, es würde mir kein Glück bringen.«

Ich staunte über seine Worte, beeilte mich aber, das Geld einzustreichen, bevor er sich anders besinnen konnte. Ich dankte ihm warm und versprach ihm eine gute Mahlzeit beim Engelskopf, wo wir uns beraten wollten, was nun zu tun sei.

Doch brauchten wir über unsere Zukunft nicht zu beraten; das Schicksal hatte dies schon für uns besorgt. Bei unserer Rückkehr in die Rue de la Harpe sahen wir Herrn Didrik über die Abfallhaufen auf uns zustolpern. Er war schmuck in die dänischen Farben gekleidet, trug ein Schwert am Gürtel und einen Federhut auf dem Kopf.

Er begrüßte mich, als wären wir erst am selben Morgen auseinandergegangen. »In was für einem Schmutzloch haust ihr denn, und was treibt ihr denn tagsüber? Ich bin schon zweimal hier gewesen, um euch ausfindig zu machen. Sagt mir rasch, wo es eine Quart Wein zu trinken gibt, denn ich habe euch etwas mitzuteilen.«

»Herr Didrik!« rief ich und bekreuzigte mich. »Hat Euch der Teufel hergesandt?«

»Der Teufel oder der König von Dänemark – es kommt auf dasselbe heraus«, meinte er. »Ich erhielt eure Adresse von der Alemannischen Nation. Wind und Wetter trieben mich nach Rouen mit einer Schiffsladung Franzosen voller Wunden und Frostbeulen, und ich soll an ihrer Statt frische Leute anwerben, denn der König hat ein Bataillon Franzosen in Sold. Und ihr – ihr müßt euch beeilen, wenn ihr euren Anteil und Gewinn an den guten Zeiten einfordern wollt, denn der hochmütige Sten Sture ist gestürzt, und es ist nur eine Frage der Zeit, bis der edle König ganz Schweden in seiner Gewalt hat.«

Diese Nachricht begeisterte mich so, daß ich ihn in den Engelskopf einlud und ihn und Andy festlich bewirtete. Ich erkannte natürlich, daß er sich nie bemüht hätte, mich aufzusuchen, wenn er sich nicht selbst Gewinn davon versprochen hätte. Doch hatten wir gemeinsame Ziele, und je mehr er mir erzählte, desto fester wuchs die Überzeugung in mir, daß die Stunde meines Glückes endlich geschlagen hatte und ich meinen Lohn für meine Arbeit im Dienste König Christians erhalten würde, wenn ich nur zur Verteilung der Beute zurecht käme.

»Der Widerstand des Feindes schmilzt wie Schnee dahin«, sagte er. »Festungen kapitulieren, ohne einen Schuß abzufeuern. Der Papst unterstützt den König, der den Kaiser zum Schwager hat und den Fugger im Austausch gegen schwedische Kupferbergwerke mit Geld versehen hat. So war es ihm möglich, schottische Söldner anzuwerben, die solche Draufgänger sind, daß sie noch in Kopenhagen aufeinander selbst losgingen. Einer von ihnen erhielt einen tödlichen Dolchstoß und versuchte sich zu retten, indem er unter das Pferd des Königs kroch. Das habe ich mit eigenen Augen gesehen. Als ich Schweden verließ, sprach man schon von einem Waffenstillstand. Daher tätet ihr klug daran, eure Bücher in die Ecke zu werfen und sogleich mit mir nach Kopenhagen und von dort nach Schweden in See zu gehen.«

Nach stürmischer Seereise erreichten wir Anfang Mai Kopenhagen, wo wir erfuhren, daß König Christian erst vor wenigen Tagen abgesegelt war, um die Belagerung Stockholms zu leiten und die Stände zu empfangen, die er für Anfang Juni zu sich beschieden hatte. Wir faßten neuen Proviant, nahmen weitere Ladung ein und setzten unsere Reise die schwedische Küste hinauf fort.

Auf der ganzen Reise, ausgenommen an den Tagen, wo er seekrank war, sang Herr Didrik das Lob des Königs und sagte uns eine goldene Zukunft voraus. Wenn ich je an der Union gezweifelt hatte, so wurden meine Bedenken durch die neuesten Siegesbotschaften zerstreut. Und als wir Mitte Mai vor Stockholm ankerten, war ich fest überzeugt, daß die große Zeit des Nordens angebrochen war. Selbst der alte Doktor Hemming Gadh — ein Aufwiegler und der erbittertste Feind Dänemarks – hatte die Zeichen der Zeit erkannt und war zu König Christian übergegangen. Nun bemühte er sich nach Kräften, das Reich ohne unnützes Blutvergießen für seine Majestät zu gewinnen.

Mein Blick fiel auf das junge Grün der Silberbirken; zum erstenmal sah ich nun die Türme Stockholms über den Wassern emporragen. Wir segelten mit dem Frühling, und Frühling war es auch in meinem Herzen, als ich den Mastenwald der königlichen Flotte und die zahllosen weißen Zelte der Belagerer überschaute. Von König Christian und der Belagerung Stockholms aber will ich in einem neuen Buche berichten.

VIERTES BUCH

ERNTEZEIT

1

Aus der Ferne betrachtet, mag ein Feldlager im Frühlingssonnenschein für den jungen Beschauer seine Reize haben, doch wer sein tägliches Leben mitmacht, muß gewahren, daß es keine gefährlichere Brutstätte des Schmutzes, der Wollust, der Ausschweifung und der Unordnung gibt. Der scharfe Geruch nach Unrat, das Klirren der Waffen, laute Flüche, der Lärm und das Gebrüll besoffener Soldaten beleidigen die Sinne auf Entfernung von hundert Ellen und mehr, und hier drangen sie bis an die Küste. Ich bin überzeugt, daß die Streitkräfte des Königs sich während der dreimonatigen Belagerung selbst mehr Schaden zufügten, als dies den Verteidigern jemals gelang.

Herr Didrik war überzeugt, daß die Stadt kapitulieren würde, sobald die Stände der Einberufung durch den König Folge geleistet hätten. Dieser Meinung waren auch die Söldner, die den Feldzug für beendet hielten. Sie waren keineswegs erpicht darauf, sich in ernsthafte Feindseligkeiten einzulassen, und begnügten sich damit, im Laufe eines ganzen Tages nur ein paar Schüsse abzufeuern, gleichsam, um die Belagerten daran zu erinnern, daß Kriegszustand herrschte. Ich war völlig von Herrn Didrik abhängig und heftete mich an seine Fersen, bis »die Gelse«, wie er mich nannte, ihm lästig fiel. Er erreichte nichts, da der König mit wichtigeren Angelegenheiten beschäftigt war und ihn nicht empfangen konnte. Ich geriet jedermann in den Weg, und mein Geld ging zur Neige, da ich für meine Verpflegung und meine Schlafstelle auf dem Stroh die in den Kriegsartikeln niedergelegten hohen Lagersätze zu erlegen hatte. Ich mußte mir meinen Unterhalt irgendwie beschaffen, bis man meiner bedurfte. Andy fehlte es als gelerntem Handwerker an nichts; er war sofort bei einem deutschen Stückmeister in Dienst getreten. Ich dachte ernstlich daran, seinem Beispiel zu folgen, doch als ich ihn eines Tages zu den Geschützstellungen begleitete, pfiff eine Kugel an mir vorüber und schlug in meiner Nähe ein, so daß mir die Erde ins Gesicht spritzte. Sie durchschlug den starken hölzernen Schutzschild des Geschützes, und es wäre wohl um mein Leben geschehen gewesen, wäre das Rohr nicht verschlossen gewesen, während die Kanoniere die Ladung zurichteten. Dies war eine heilsame Lehre; ich war nicht zum Soldaten geboren und erkannte, daß ich meinen Unterhalt besser auf andere Weise verdienen sollte. Ich ließ Andy bei seinen Geschützen und kehrte eilig an das Südende des Lagers zurück, wo ich bei einem dänischen Marketender wohnte. Unterwegs traf ich einen deutschen Söldner, der mit dem Ausdruck äußerster Verblüffung auf dem Gesicht dahinstolperte, ein abgehauenes Ohr in einer Hand, während er mit der anderen versuchte, den Blutstrom an der Stelle, wo es gesessen hatte, einzudämmen. Er war so betrunken, daß er kaum aufrecht gehen konnte, und sein Wams war zur Hälfte mit geronnenem Blut verklebt. Er sah meinen Talar, hielt mich für einen Wundarzt und rülpste: »Bei allen Heiligen, edler Doktor, näht mir das Ohr wieder an, sonst wird man mich verspotten und bespucken, wenn ich in mein Dorf zurückkomme.«

Ich geleitete ihn zu einer Scheune, die als Hospital diente, während er immer noch krampfhaft das Ohr festhielt, aus Angst, es zu verlieren.

Ein Mann von etwa fünfunddreißig Jahren saß auf der Schwelle und kratzte mit der Spitze seines Schwertes geheimnisvolle Zeichen auf ein Brett. Er fluchte über unsere Ankunft und starrte uns mit seltsam hellen, durchdringenden Augen an. Er war ein kleiner, aber sehniger Mann mit schweren Tränensäcken unter den Augen und fing, wenngleich noch jung an Jahren, schon an, kahl zu werden, was ihn als Gelehrten auswies.

»Wohlgeborener, gelehrter und edler Doktor«, sagte der Deutsche, indem er ihm unterwürfig das Ohr in seiner schmierigen Faust hinhielt, »möge es Euch gefallen, mein Ohr wieder anzunähen und mich zu kurieren, denn mich hat ein Unheil heimgesucht, das nur Eure teuflischen Künste zu heilen vermögen.«

»Vollkommenes Wissen kommt von Gott, unvollkommenes vom Teufel«, entgegnete der Arzt. »Du besoffenes Schwein, du! Wirf das Ohr in den Eimer mit den abgenommenen Gliedmaßen. Ich kann deine Wunde verbinden, aber das ist alles.«

Der Deutsche brach in jämmerliches Klagen aus, aber der Doktor erwischte das Ohr und warf es in den Eimer. Dann hieß er mich den Kopf des Burschen halten, wusch die Wunde, säuberte sie mit einer Salbe und verband sie geschickt mit reinen Leinenlappen. Dann forderte er sein Scherflein von dem Soldaten und wies an, in einigen Tagen wieder zum Verbinden zu erscheinen. Seine Redeweise und sein Benehmen stachen durch eine so ungewöhnliche und herrische Entschiedenheit hervor, daß ich es nicht über mich brachte, ihn zu verlassen, sondern stehenblieb und wie verzaubert in seine hellen scharfen Augen blickte.

Er fragte: »Was fehlt Euch?«

»Gelehrter Meister«, versetzte ich, »ich bin ein armer Student, der auf Befehle des Königs wartet – und während ich warte, leide ich Not. Meister, nehmt mich als Euren Schüler auf und lehrt mich Eure Kunst, denn ich bin von Kindesbeinen mit Kräutern vertraut und kann Euch wohl von Nutzen sein.«

Er lachte verächtlich.

»Was kann ein so junger Spund für mich tun? Wißt Ihr nicht, wer ich bin? Ich bin der große Doktor Theophrastus Bombastus Paracelsus von Hohenheim. Ich habe an den Universitäten Italiens und Frankreichs studiert, aber sie konnten mich nichts lehren. Ich habe Spanien, Granada, Lissabon, England und Holland und viele andere Länder gesehen. Mein Wissen kommt aus der Natur, mein Buch ist das große Buch der Natur, und mein Licht ist das Licht der Natur – daher fürchten mich die Menschen und nennen mich einen schwarzen Magier, Teufel und Zauberdoktor.«

Ob dieser machtvollen Worte fürchtete und verehrte ich ihn zugleich; er war besessen von einem unerschütterlichen, brennenden Glauben an sich selbst, der mich wie ein dürres Blatt im Winde mit sich riß. Er verfiel in nachdenkliches Schweigen und meinte dann: »Wenn ich es recht bedenke, so brauche ich wirklich einen Gehilfen, der die Landessprache beherrscht und mir hilft, mich mit Feldschern, weisen Frauen, Zigeunern und Scharfrichtern zu unterhalten; denn wertvolles Wissen läßt sich oft in dunklen Winkeln finden. Jedes Land hat seine besonderen Krankheiten, die man studieren muß, und seine besonderen Heilmittel dagegen.«

Er ließ mich in die Scheune treten, öffnete seine Arzneitruhe und zeigte mir viele Kräuter, wovon ich einige kannte. Dann befragte er mich über ihre Eigenschaften und verglich meine Antworten mit seinen Aufzeichnungen.

So wurde ich auf kurze Zeit Schüler des Doktor Paracelsus und lernte ihn und seine Art kennen, die ich nicht ganz untadelig fand. Er suchte die Gesellschaft des Pöbels und war oft so betrunken, daß er völlig angekleidet auf sein Bett fiel. Er hätte ebensogut mit den Gelehrten, ja selbst mit den Adeligen verkehren können, da sein Ruf als Arzt täglich zunahm, doch zog er andere Gesellschaft vor. Er anerkannte niemand als seinen Herrn, er war selbst, wie Gott, Herr und Heiler der Menschheit. Er war ein anstrengender Lehrer, denn wenn er seine unruhigen Stunden hatte, so pflegte er mitten in der Nacht aufzustehen, um Kräuter zu sammeln, wenn die Aspekte der Planeten günstig waren, oder mit Gespenstern am Grabesrand Zwiesprache zu halten. Gegen Ende des Sommers bewunderte er die hellen Nächte, wenn die Stämme der Silberbirken in der Dämmerung leuchteten und die Vögel Tag und Nacht hindurch sangen. Er fürchtete weder die Würmer noch den Gestank der Begräbnisstätte, sondern stand dort in den finstersten Stunden und beschwor die Geister der Toten, bis mir kalte Schauer über den Rücken liefen.

In dieser Sache pflegte er mich so zu unterweisen: »Der Mensch hat einen irdischen und einen Astralleib, die sich zugleich auflösen. Während aber der irdische Leib zu Staub wird, zieht es den Astralleib zu den Sternen zurück. Aus diesem Grunde kann ein Mensch mit scharfen Augen diese Astralgestalten in allen Stadien der Auflösung um die Gräber schweben sehen, und das am leichtesten an den Begräbnisstätten derer, die im Kampfe gefallen sind oder einen anderen plötzlichen Tod gefunden haben. Das Tageslicht läßt sie verschwimmen, aber nachts werden sie sichtbar. Diese hellen nordischen Nächte eignen sich wohl für ihre Beobachtung.«

Ich glaubte ihm, denn nachdem ich lange genug in die Dunkelheit über der Begräbnisstätte gestarrt hatte, konnte ich schwebende menschliche Gestalten in dem aus den Gräbern aufsteigenden Dunst erkennen. Doch konnte ich nicht verstehen, welchen Nutzen er daraus zog, und haßte es, den Schlaf einer Nacht zu verlieren.

2

Während dieser Zeit traten die Stände des schwedischen Reiches zusammen und unterzeichneten den Friedensvertrag. Dadurch anerkannten sie den König Christian als Herrscher Schwedens und kamen in den Genuß der von ihm verheißenen Amnestie für alle, die sich unterwarfen. Soweit hätte alles recht gut sein können, aber sie waren nicht vollzählig, da sich aus Finnland trotz der königlichen Ladung keine Vertreter eingefunden hatten. Palast und Stadt Stockholm leisteten weiter Widerstand. Die Witwe Sten Stures, Frau Christina, wollte mit den Ständen nichts zu tun haben und sich noch viel weniger ihrer Entscheidung unterwerfen. Die Stadt war mit Proviant und Waffen wohlversehen, und die Söldner empfanden nicht den geringsten Wunsch, ihre Mauern zu stürmen, die jedesmal Feuer spieen, wenn sie sich allzu nahe hinwagten. Die Söldner freuten sich, bei diesem warmen Sommerwetter im Lager herumzulungern und dafür bezahlt zu werden. Aber jeder Tag, der verging, kostete den König ungeheure Summen, und seine Majestät mußte bald nach Dänemark zurückkehren, um neuen Nachschub zu beschaffen und Anleihen zur Besoldung des Heeres aufzunehmen. Doktor Paracelsus schickte sich zu einem Besuch der schwedischen Bergwerke an, wo er die besonderen Krankheiten der Bergleute studieren wollte, und ich hätte ihn zweifellos begleitet, hätte mich nicht Herr Didrik zu Doktor Hemming Gadh beschieden.

Herr Didrik fluchte: »Eine Schande, daß die Halsstarrigkeit eines einzigen Weibes diesen glücklichen Ausgang verzögert! Die Edlen und Bürger Stockholms tanzen wie die Kinder nach Frau Christinas Pfeife, statt den Tönen aus des Königs Horn zu lauschen! Alles hätte nun schon vorüber sein können.«

Ich antwortete: »Der König hat allen, die sich unterwerfen, Gnade verheißen, und es ängstigt mich, wenn ich dänische Hauptleute sich beklagen höre, es gebe noch immer nicht genug reiche Witwen für sie zum Heiraten, und der schwedische Bauer müsse lernen, sein Feld einarmig und einbeinig zu bestellen. Dies ist hoffentlich nicht mehr als ein rauher Scherz? Denn seine Majestät hat bereits Salz verteilen lassen und versprochen, alle zugefügten Schäden zu vergüten.«

Herr Didrik entgegnete: »Die Union besteht nun seit hundert

Jahren. Diese ganze Zeit hindurch herrschten nichts als Aufruhr und Blutvergießen, einfach, weil die großen schwedischen Adeligen sich nicht dazu verstehen wollen, den König als ihr Oberhaupt anzuerkennen, sondern ihm bei jeder Gelegenheit in den Rücken fielen. Der Krieg hat bereits so viel verschlungen, daß Dänemark verarmt ist. Wir Dänen, die wir dem König Gut, Blut und Leben geopfert haben, haben ein Recht auf vollkommene Entschädigung und müssen sichergehen können, daß Schweden nach dem Krieg nicht wieder von der Union abfällt. Wir werden kein Aufmucken dulden, wenn einmal der Friede erklärt ist und alle Städte und Schlösser in der Hand des Königs sind. Aber das dürft Ihr Doktor Hemming nicht sagen; der ist ein alter Schwachkopf.«

Mir wurde bei seinen Worten nur noch schwerer ums Herz. Wie er sagte, war Doktor Hemming ein schwachköpfiger Greis. Er hatte Sporen und Federhut, die er in seinen besseren Tagen getragen hatte, abgelegt und sich in das Priesterkleid gehüllt.

Mich redete er freundlich an: »Herr Didrik hat mir von Euch erzählt; ich höre, Ihr seid ein Mann des Friedens, der in seiner Heimat als Vorkämpfer für die Sache der Union Schweres erdulden mußte. Wir müssen jetzt die Vergangenheit vergessen und nur an das Wohl unseres Volkes denken. Ich habe mein ganzes Leben lang gegen die Union gekämpft, bis mir schließlich die Augen aufgingen, und heute sehe ich, daß es nutzlos ist, mit dem Kopf durch die Wand zu rennen. König Christian hat eine unüberwindliche Armee, und ich bin von seinem guten Glauben und seinen hohen Zielen überzeugt.«

»Dem ist in der Tat so«, versetzte ich. »Herr Didrik hat mir dies alles erläutert. Doch auf welche Weise kann ich Euch dienen?«

»Ich habe einen langen Brief an Bischof Arvid geschrieben, in dem ich ihn beschwöre, sich zu unterwerfen, solange noch Zeit ist. Ihr sollt meine Botschaft überbringen. Da Ihr aus Abo gebürtig seid, müßt Ihr zur Ratsversammlung und zum Volke sprechen und ihnen klarmachen, daß Widerstand vergeblich und schädlich ist.«

»Ehrwürdiger Vater«, erwiderte ich hastig, »meine Zunge ist ungelenk und ich bin zu jung und ganz ungeeignet für eine so wichtige Sendung. Überdies hat mir der gute Bischof Arvid einen

Halskragen aus geteertem Hanf versprochen, wenn ich jemals nach Abo zurückkehre.«

»Bescheidenheit ist die Zier der Jugend«, antwortete er, »aber wer gewinnen will, darf nicht bescheiden sein. Herrn Didriks Auskünfte über Euch genügen mir vollkommen, und die Botschaft, die ich Euch mitgeben will, soll Euch freies Geleit sichern. Vollführt Ihr diesen Auftrag zur Zufriedenheit, so kann ich Euch die Gunst des Königs versprechen und will auch mit dem päpstlichen Legaten ein Wörtlein für Euch sprechen, daß Ihr Dispens für Eure uneheliche Geburt erhaltet. Ein Federstrich von ihm, sein Siegel auf dem Wachs, und Eurer Weihe steht nichts mehr im Weg. Ich denke, Bischof Arvid wird es Euch mit einer fetten Pfründe in Finnland lohnen.«

»Vater Hemming, ich werde Euch stets dankbar sein, wenn Ihr mich in Eurer Güte dessen für wert haltet und beim Legaten ein gutes Wort für mich einlegt. Aber ich verstehe nicht, was das mit meiner Reise nach Abo zu tun haben kann, denn dort werde ich als Lump und Verräter bespien werden und den Freunden meiner Kindheit nicht ins Gesicht sehen können.«

Doktor Hemming fuhr heftig auf, wurde zornrot, und das hitzige Temperament seiner jüngeren Jahre brach hervor.

»Habe ich nicht durch meine Taten und durch das Opfer meines eigenen Blutes bewiesen, daß ich der beste Patriot bin? Wenn meine grauen Haare die törichten Anschuldigungen ertragen können, dann werden sie gewiß auch auf Euren jungen Schultern nicht zu schwer lasten. Wollt Ihr meinen Auftrag ausführen, oder muß ich Euch nur für einen lauen Anhänger unserer Sache halten? Wenn dem so ist, dann kann Euch weder die heilige Kirche noch der König brauchen. Für die Lauen ist weder im Krieg noch in der Politik Platz; darin setzt ein Mann alles aufs Spiel, was er hat.«

Seine Worte machten mir Mut; sie waren ja auch die klügsten, die er je gesprochen hatte. Daher nahm ich den Brief und dazu ein paar Goldstücke, die er mir auf die Reise mitgab.

Die Reise war viel weniger gefährlich, als ich erwartet hatte, denn ich wurde unweit von Nadendal an die Küste gesetzt, wo man mich an einer vereinbarten Stelle mit einem Pferd für den Ritt nach Abo versah. Überall, wo ich Rast machte, lauschte das Volk begierig den Verheißungen König Christians und meinte, ein magerer Friede sei besser als der fetteste Krieg. Niemand wolle ja den Krieg, nur die Adeligen, die ihre Güter und Vorrechte zu verlieren fürchteten.

Am Stadttor von Abo wurde ich nicht eingelassen, und die Wächter hießen mich nach Kustö weiterreiten, wo Bischof Arvid die Verteidigung leitete. Ich setzte meine Reise unverzüglich fort und traf dort am Abend desselben Tages ein. Die Arbeit an den Befestigungsanlagen ging trotz des Einbruchs der Dunkelheit weiter, die Männer bauten, sägten und hämmerten beim Scheine von Fackeln und Kienspänen. Bischof Arvid, der seinen Talar mit einem schimmernden Küraß vertauscht hatte, schritt zwischen den Schmieden und Zimmerleuten hin und her und drängte zur Arbeit. Ich grüßte ihn ehrerbietig und teilte ihm ohne weitere Einleitung mit, ich käme aus Stockholm mit einem Brief von Doktor Hemming. Er nahm das Papier entgegen, hob aber zugleich die Fackel und blickte mir ins Gesicht.

Er erkannte mich sogleich und rief dem Generalprofos zu: »Ergreift diesen Kerl und hängt ihn auf zur Warnung für alle Verräter, denn es ist Michael der Hurensohn, Michael der Meineidige, aus der Stadt Abo!«

Ich dachte, mein letztes Stündlein hätte geschlagen, fiel vor ihm auf die Knie und flehte: »Vater Arvid, wollet den Brief des guten Doktor Hemming lesen, denn er ist zugleich mein Geleitbrief; ich bin sein Bote. König Christian wird meinen Tod durch Erhängen streng rächen. Wenn Ihr mich aber gut behandelt, so kann ich Euch und dem ganzen Lande einen guten Dienst erweisen.«

Bischof Arvid blieb hart wie Granit. Pferd und Schwert wurden mir abgenommen; man ließ mich an einem Seil ins Gefängnis der Festung hinab, wo ich auf verfaultem Stroh unter Ratten, Kröten und Unrat aller Art schmachten sollte. Hier hatte ich Muße, über König Christians Macht und Doktor Hemmings Weisheit nachzudenken. Um die Dämmerstunde hätte ich weder für das eine noch für das andere einen roten Heller gegeben. Doch ein wenig später öffnete sich die Falltür, und die Wächter ließen das Tauende herab und zogen mich empor, um mich vor Bischof Arvid zu führen. Ich war von meinem Aufenthalt dort unten so durchnäßt und schmutzig, daß der gute Bischof die Nase rümpfte und befahl, mir sogleich ein Bad zu bereiten und andere Gewänder zu leihen, während meine eigenen gereinigt wurden.

Im Dampfbad wurde mir schon viel wohler zumute, und nachdem ich eine Schüssel Suppe und einen Holzbecher Wein genossen hatte, war ich wieder kühn geworden und überlegte bei mir, daß ich nichts zu verlieren und alles zu gewinnen hatte.

Wieder trat ich vor den Bischof, wobei ich krampfhaft meine entlehnten Hosen, die mir viel zu weit waren, festhielt, und warf ihm unverfroren seine schändliche Behandlung des Gesandten des Königs vor, von der ich Seiner Majestät zu berichten drohte. Der gute Bischof nahm mir meine freimütigen Worte nicht übel.

Er saß über Doktor Hemmings Brief gebeugt. Der Brief war vollkommen zerknüllt; er glättete ihn wieder, las ihn von neuem und sprach: »Michael, mein Sohn, mir ist schwer und düster ums Herz. Vergebt mir gütigst den rauhen Empfang, den ich Euch in meinem unbesonnenen Zorn bereitete; wir wollen ihn als Sühne für Euer Eintreten für die Sache des Königs gelten lassen. Wenn sich ein Mann wie Doktor Hemming zu seinem Handlanger erniedrigt, so mag einem schwachen, unbeständigen Jüngling wie Euch vergeben sein, daß er dasselbe tut. Erzählt mir alles, was Ihr von der Stärke des Heeres und der Flotte des Königs, von der Lage in Schweden und der Verteidigung Stockholms wißt.«

Ich erzählte ihm, was ich wußte, wie mich Doktor Hemming geheißen hatte, während der Bischof seufzend auf und ab schritt.

Schließlich sagte er: »Ich muß Euch glauben. Doktor Hemming erzählt mir dasselbe, und er würde einen alten Freund nicht belügen. Aber wie kann er den Dänen trauen? Wir wissen nur zu gut, wie sie ihre Worte und ihre Eide brechen und die Gesetze und Bräuche Schwedens verletzen, wann immer sie die Macht ergreifen. Ich sehe, daß ich für eine verlorene Sache kämpfe, doch bin ich stets Frau Christinas Bundesgenosse gewesen und kann mich nicht ergeben, solange sie noch aufrecht steht. Zum Dank für meine Treue muß sie vom König für mich und gewisse andere finnische Herren Straflosigkeit erwirken.

Ihr sollt sogleich nach Stockholm zurückkehren und mit Doktor Hemmings Erlaubnis einen Brief von mir an Frau Christina überbringen. Sprecht in meinem Namen mit Doktor Hemming und durch ihn auch mit dem guten König Christian. Beschreibt die militärischen Vorbereitungen, die Ihr hier gesehen habt, und versichert ihnen, daß ich mein Leben so teuer wie möglich verkaufen will, wenn der König mir die Straflosigkeit verweigert.«

Dann überreichte mir Bischof Arvid einen Geleitbrief und sandte mich auf mein eigenes Ersuchen nach Abo. Dort sollte ich warten, bis er sein Antwortschreiben entworfen hätte, denn er wünschte zuerst andere Führer zu befragen. Man gab mir mein Pferd zurück, und als ich mich über meine mageren Mittel beklagte, schenkte er mir auch ein neues Gewand an Stelle des anderen, das beim Waschen eingegangen war, und zwei Lübecker Gulden obendrein. Ich machte mich, gleich einem vornehmen Herrn von Reisigen begleitet, auf den Weg, und es schmeichelte mir, wenn die Leute auf der Straße stehenblieben und mich anstarrten.

Aber als der mächtige Domturm vor mir aufragte und ich die Dohlen mit heiseren Schreien gleich gemarterten Seelen um ihn flattern sah, erfüllte mich heilsame Demut. Ich stieg ab, reichte die Zügel einem Knecht und trat in den Dom, um zu beten. Bischof Arvid hielt nämlich, dem päpstlichen Interdikt zum Trotz, seine Kirche offen und feierte dort Messen, als ob nichts geschehen wäre.

Als ich wieder an die frische Luft heraustrat, sah ich plötzlich, wie klein und arm die Stadt meiner Kindheit war, verglichen mit den großen Städten der Welt. Ich wollte sie nicht prahlerisch durchqueren; ihr stand vielleicht wegen der blinden und törichten Treue vieler Menschen zu einer verlorenen Sache Schweres bevor. Während meine Begleiter mein Pferd in den Stall des Bischofs führten, ging ich zu Fuß in Jungfer Pirjos kleine Hütte. Wie niedrig sie war, wie krumm das Rasendach, wie moosbewachsen der alte Birnbaum! Heiße Tränen raubten mir die Sicht, als ich über die Schwelle taumelte und mit der Stirn gegen den geschwärzten Türpfosten stieß. Jungfer Pirjo saß, grau und gebeugt, über einer Arbeit in der Stube. Ihr Kinn schien länger und knochiger als früher, als sie ihre durchdringenden Augen auf mich richtete.

»Meine liebe Pflegemutter und Wohltäterin, Jungfer Pirjo«, sagte ich mit unsicherer Stimme. »Ich bin es, Michael, ich bin heimgekehrt.«

»Wisch dir die Füße ab, putz dir die Nase und setz dich. Hast du schon gegessen, oder soll ich dir etwas Mettwurst aufschneiden oder Haferbrei richten? Du bist zaundürr geworden, scheinst aber gesund, und der Kopf ist heil, also darf ich dich wohl nicht zu sehr schelten.«

Sie trat zu mir und befühlte mir Wangen und Schultern, und

ihre Hand war hart wie ein Brett. Plötzlich brach sie in Tränen aus, und unter Tränen kamen die Worte:

»Unser guter Bischof hat geschworen, dich hängen zu lassen — und unser geliebter Sten Sture ist im vorigen Winter auf dem Eis vor Stockholm seinen Wunden erlegen — und das Salz ist teurer als jemals seit dreißig Jahren — die arme Frau Christina eine Witwe, und noch so jung — so schlimme, schreckliche Zeiten habe ich noch nie erlebt — es heißt, das ist das Ende der Welt, und eine neue Sintflut wird kommen — ich kann dich im Keller verstecken und wie ein Schwein im Stall mästen, und niemand wird dich dort finden und dir an deinen armen, dürren Hals können.«

»Jungfer Pirjo«, entgegnete ich mit verletztem Stolz, »ich bin kein Schwein, sondern ein Bakkalaureus Artium der gelehrten Universität Paris und genieße die Gunst seiner Majestät und Doktor Hemmings. Außerdem komme ich geradewegs von dem guten Bischof, der mir dies neue Wams und zwei Goldstücke geschenkt hat; Ihr braucht also keine Tränen um mich zu vergießen.«

Sie fragte: »Was sagtest du doch gleich, daß du bist?«

»Ein Bakkalaureus Artium.«

»Meinetwegen magst du ein Eimer voll Spülicht sein, aber du bist dürr wie eine Stange und fährst bei jedem Geräusch zusammen. Iß und schlaf lieber, bis ich dir ein paar spitzenbesetzte Hemden genäht habe, die sich für deinen Rang schicken.«

Aber als ich nun wohlbehalten heimgekehrt war, fand ich keine Ruhe, bis ich die Aufgabe zu Ende geführt hatte, die mir Doktor Hemming gestellt hatte. Zuerst wollte ich Pater Petrus aufsuchen, der mich über die Lage in der Stadt am ausführlichsten unterrichten konnte; sonst lief ich Gefahr, trotz des Geleitbriefes des Bischofs eine wohlbemessene Tracht Prügel zu beziehen, wenn ich mich an den Falschen wandte. Ich sandte eine Nachricht ins St.-Olafs-Kloster, und Pater Petrus kam herbeigeeilt, die Schöße seines Habits hochgerafft, und seine haarigen Beine flogen gleich Trommelschlegeln. Er langte schwitzend, atemlos und sehr durstig an, aber Jungfer Pirjo hatte kein Bier im Haus. Wir ließen sie allein, damit sie uns ein Mahl bereite, und schlugen eilends den Weg nach den Drei Kronen ein. Die Wirtin war dicker und schwermütiger als früher, denn ihr teurer Gatte war auf der steilen Kellerstiege ausgeglitten und hatte sich den Hals gebrochen.

Sie weinte, als sie mich sah, tätschelte mir die Wangen und brachte ihr bestes Lübecker Bier herbei. Während ich Pater Petrus von den Fortschritten der Belagerung Stockholms erzählte, sammelte sich eine Menge Leute um uns, lauschte, seufzte und begleitete die Erzählung mit Zwischenrufen. Um meine Zeche brauchte mir nicht bange zu sein, denn sie nötigten mich, mir auf ihre Kosten die Kehle zu netzen und noch mehr zu erzählen. Bald rückte auch der Stadtschreiber an. Er wandte sich mit Anstand an mich und sagte, der Bürgermeister würde sich freuen, mich zu empfangen.

Ich blieb einige Tage in Abo und wartete auf den Brief des Bischofs. Reichlicher Trunk und fettes Essen jagten mir das Blut schneller durch die Adern, und es schmeichelte mir, daß die Leute – zwar nicht ohne Gemurmel – meinen Worten aufmerksam folgten und sich bemühten, umdenken zu lernen. Sie hatten so viele Brandreden gegen Grausamkeit und Verrat der Jüten gehört, daß ihnen das in Fleisch und Blut übergegangen war. Daher waren sie jetzt nicht wenig verblüfft, daß sie nun von den Jüten nur Gutes halten sollten. In ihrer Verlegenheit begnügten sie sich damit, von König Christian das Beste zu hoffen. Der Glorienschein, der seine Gestalt umfloß, erhellte auch die mehr düsteren Gestalten der Jüten und breitete den Schleier des Vergessens über das Sengen und Brennen der Soldaten. Was konnte man denn von gottlosen Söldnern anderes erwarten? Viele Gläser erhoben sich damals in Abo auf den Frieden und auf König Christian, und mein Kopf schwebte beständig im Weindunst – ein Umstand, der meiner Gesundheit gar nicht förderlich war.

3

Zu Ende des Monats Juli war ich wieder im Lager des Königs. Bischof Arvids Brief übergab ich Doktor Hemming, der ihn selbst Frau Christina überbrachte, ohne einen Geleitbrief oder eine Geisel zum Schutz seines Lebens zu brauchen. Der Brief des Bischofs und der anderen finnischen Führer tat ohne Zweifel seine Wirkung. Wenige Tage später wurde ein Dokument unterzeichnet und besiegelt, das Frau Christina und allen jenen Bischöfen, die sich mit ihr verbündet hatten, für ihren Widerstand und ihre früheren Vergehen volle Straflosigkeit zusicherte.

Die Kirchenglocken läuteten, Bürger in Festkleidung drängten sich in den Straßen, als der König in seine Stadt einritt, und es war eine Freude, zu sehen, mit welch nichtsahnender Heiterkeit er empfangen wurde. Am Tor nahm er die Schlüssel entgegen, die ihm Mitglieder des Stadtrats auf einem Samtkissen überreichten. Die schönsten Jungfrauen Stockholms streuten, festlich gekleidet, unter Flöten und Fanfaren Blumen auf seinen Weg. Doch konnte ich inmitten all dieser Freude das unbehagliche Gefühl nicht loswerden, daß ich geprellt worden war, denn Doktor Hemming hielt mich nicht für würdig, mich seinem Gefolge einzureihen, und der gemeinste Söldner war ein Herr und Eroberer gegen mich, der ich mitten im Volksgetümmel stehen und zusehen mußte.

Doch wenige Tage später bedurfte man meiner wieder, als der König Kriegsschiffe nach Finnland entsandte, um sich der dortigen Schlösser zu bemächtigen, und Doktor Hemming beauftragte, die Verhandlungen zu führen. Als man nach mir sandte, erkannte ich, daß man mich benötigte und heischte Lohn und Anerkennung für meine dem König geleisteten Dienste. Doktor Hemming bat mich um Vergebung; er sei ein vielgeplagter, zerstreuter Greis, der an nichts als an das Wohl seines Landes denke. Er habe vergessen, dem Legaten von mir zu erzählen, wolle dies aber bei der nächsten Gelegenheit nachholen; er stellte mich einem hochmütigen Junker vor, der die Einschiffung der Pferde überwachte. Dieser Offizier und Edelmann stand da, die Hände in die Hüften gestemmt, und schnarrte durch seine Stumpfnase. Er war ein Deutscher namens Thomas Wolf und zum Schloßhauptmann von Abo bestimmt. Auf Doktor Hemmings Empfehlung nahm er mich wegen meiner Kenntnis seiner Sprache zum Sekretär an. So waren mir Nahrung und Kleidung und drei Silbergroschen monatlich sicher. Auf der Reise lernte ich Junker Thomas näher kennen und fand an ihm einen ungebildeten Mann, der kaum seinen eigenen Namen schreiben konnte. Doch war er zweifellos ein tüchtiger Kommandant, denn er pflegte bei den geringsten Anlässen die fürchterlichsten und unchristlichsten Flüche auszustoßen.

So nahmen wir Kurs auf Abo. Leuchtfeuer verkündeten von Insel zu Insel unser Herannahen mit schwarzen Rauchsäulen, und als das Schiff im Fluß Anker warf, lösten sich donnernd die Salutschüsse von der Festung. Bischof Arvid empfing seinen verbrieften Pardon, der Stadtrat erhielt ähnliche Dokumente, und das Schloß wurde Junker Thomas mit militärischen Ehren unter dem Spiel von Pfeifen und Trommeln übergeben. Junker Thomas besetzte die Feste mit seinen eigenen Leuten und überprüfte sorgfältig die Vorräte. Dann fragte er, wo er einen tüchtigen Henker herkriegen könne, und ich empfahl ihm warm den Meister Laurentius, der herbeigeholt und auf die Probe gestellt wurde, indem man ihm zwei Reisige zu hängen gab — Kerle, die bei den Drei Kronen Lärm geschlagen hatten, an achtbaren Bürgern handgreiflich geworden waren und ein Mädchen vergewaltigt hatten. Diese Hinrichtung erfüllte die Stadt mit größter Genugtuung; man pries Junker Thomas' Strenge und Gerechtigkeit.

Doktor Hemming jammerte, daß er seine alten Knochen den Strapazen der Reise aussetzen sollte, nun, da die Herbstkälte die Felder heimsuchte; doch es war nicht zu vermeiden, denn die Statthalter auf den verschiedenen Schlössern zeigten keine Neigung, sich bei ihm zu Friedensverhandlungen einzufinden, wie er gehofft hatte. Er mußte mit einer Kavallerie-Eskorte nach Tavastehus reiten und von dort weiter nach Viborg, um Tönne Eriksson für den Frieden zu gewinnen. Ich begleitete ihn bis Tavastehus, wo er Ake Jöransson traf und viele Tage lang die Zweifel dieses mürrischen Herrn zu zerstreuen hatte. Von hier sandte mich Doktor Hemming nach Abo zurück mit einer Botschaft an Junker Thomas, des Inhalts, daß die Verhandlungen bisher günstig fortgeschritten seien. Von Tönne Eriksson aus Viborg kam die Nachricht, er wolle sein Schloß übergeben, sobald er des Königs Pardon aus Doktor Hemmings Hand entgegengenommen habe. Junker Thomas sandte mich mit dieser guten Nachricht nach Stockholm zurück. Seine Majestät sollte dort feierlich gekrönt und als Schwedens gesalbter König begrüßt werden, und ich brannte vor Begierde, dem Feste beizuwohnen. Doch keiner der finnischen Herren folgte der Einladung, daran teilzunehmen, und selbst Bischof Arvid kränkelte und mußte zu Junker Thomas' großer Entrüstung zu diesem ungeeignetsten Zeitpunkt das Bett hüten.

Ich traf am Allerheiligentag in Stockholm ein und sah die Stände ihren König mit Prunk und Pomp am Brunkeberghügel begrüßen, auf dem es von bunten Bannern wimmelte. Sie hatten auf ihr seit undenklichen Zeiten genossenes Recht, ihren Herrscher zu wählen, verzichtet und ihr Land zum ewigen Herrschaftsgebiet König Christians und seiner Erben erklärt. Das Ereignis war in der Tat der stattlichsten Feier würdig. Durch Erfahrung gewitzigt, hatte ich mich des Kredits bedient, den meine Entsendung nach Abo mir eingebracht hatte, und mich mit schönen Kleidern versehen. Ich trug einen Strauß Federn am Hut, ein Schwert an der Seite, Spitzenmanschetten und rote Schuhe mit silbernen Schnallen.

Da jeder Mann von Stand wenigstens einen Diener in seinem Gefolge haben mußte, hatte ich Andy ausfindig gemacht und ihn auch in passende Gewänder gesteckt; daher wurde ich allerorten auf eine Weise empfangen, die meinem Rang als Sekretär des Schloßhauptmanns von Abo und sein Vertreter bei der Krönung entsprach. Am nächsten Tag, als seine Majestät in der St.-Nikolaus-Kirche zu Stockholm feierlich gesalbt und gekrönt wurde, schaffte ich mir mit den Ellbogen Platz unter meinen Standesgenossen und konnte so die Zeremonie mit ansehen, die der wiedereingesetzte Erzbischof Trolle so vollendet vornahm, als hätte er nie etwas anderes getan, als Könige mit heiligem Öl gesalbt und sie mit den Abzeichen ihrer Macht bekleidet.

Im Laufe der etwas langen Feierlichkeit hatte ich genug Muße, König Christian eingehend zu betrachten, und erkannte, daß ich einem edlen Herrn diente. Er hatte ein längliches Gesicht, gerade, schwarze Augenbrauen, und sein Blick hinter den müden Lidern war zugleich leuchtend und schwermütig. Als er zur Salbung auf dem Thron saß bemerkte ich, wie kräftig sein bis zur Hüfte nackter Körper gebaut war, die schwellenden Muskeln der Unterarme und den Anflug schwarzen Haares auf seiner Brust. Dann wurde ihm die Krone Schwedens aufs Haupt gesetzt. Er geruhte, eine große Zahl dänischer und deutscher Adeliger zu Rittern zu schlagen. Die schwedischen Herren sahen erbittert zu, empört, daß der König keinen einzigen von ihnen für wert befunden hatte, die Krönungsinsignien zur Kirche zu tragen, geschweige denn, in den Ritterstand erhoben zu werden. Schließlich hängte der Gesandte des Kaisers Seiner Majestät den Orden vom Goldenen Vließ um den Hals.

So wurde ich Zeuge eines großen geschichtlichen Ereignisses –

der Geburt eines Vereinigten Nordens unter dem Zepter eines einzigen Königs.

Am vierten Tage lag ich in meinem Quartier und kühlte meinen Kopf mit feuchten Umschlägen. Jeder Hufschlag auf den Pflastersteinen, der von der Heimreise der Krönungsgäste zu mir heraufdrang, weckte schmerzlichen Widerhall in meinem Schädel. Ich lag und stand Qualen aus, konnte weder essen noch sonst etwas tun, als an einem Salzhering saugen und aus einem Krug in großen Zügen Wasser trinken, um meinen schrecklichen Durst zu löschen. Andy trat in meine Kammer; sein Wams hing zerrissen herab. Er hielt sich den Kopf mit den Händen und schwor bei allen Heiligen, er wolle niemals wieder einen starken Trunk verkosten.

»Immerhin stecke ich lieber in meiner eigenen Haut als in der der vornehmen Herrschaften«, fuhr er fort. »Es gehen seltsame Gerüchte um. Der König gibt, wie es scheint, Frau Christina und vielen großen Herren einen Empfang — einen recht sonderbaren, denn an den Türen stehen bewaffnete Posten, und der Erzbischof selbst soll denen, die sich gegen ihn vergangen haben, Besserung predigen.«

Ich erwiderte, diese alten Verstöße seien vergeben und vergessen, und Andy solle still sein und mich schlafen lassen. Doch noch am selben Abend stellte sich heraus, daß er wahr gesprochen hatte. Frau Christina wurde zusammen mit einer stattlichen Schar führender Kirchenfürsten und Adeliger im Palast unter Hausarrest gestellt. Im Haus Frau Christinas hatte man eine Mauer niedergerissen und dahinter ein Dokument entdeckt, darin der geheime Staatsrat und die Wortführer der Stände gemeinsam den Erzbischof verurteilten, seine Ernennung für nichtig erklärten und einander ihren Beistand im Kampf gegen das päpstliche Interdikt, das als Strafe für diese Tat zu befürchten stand, versprachen. Frau Christina, die ihre Verteidigung auf dieses Dokument stützte, erklärte, daß kein einzelner für die Entlassung des Erzbischofs verantwortlich gemacht werden könne, für die das ganze Volk und nicht ihr verstorbener Gatte allein haften müsse. Doch konnte ich nicht verstehen, wie man irgend jemand Handlungen zur Last legen konnte, die der König zu vergeben und vergessen versprochen hatte. Am nächsten Morgen wurde mir die Sache klargemacht von Herrn Didrik, der mich vor dem Hahnenschrei aufsuchte.

»Erhebt Euch sogleich, Michael«, sagte er eilig. »Der König ist gegen seinen Willen gezwungen, ein kirchliches Untersuchungsgericht gegen angebliche Ketzerei einzuberufen, und dieser Gerichtshof braucht einen Schreiber. Die hohen Herren können wohl schwer einen Mann von hinreichender Bildung finden, der nicht gerade anderswo dringend beschäftigt ist. Aber Ihr seid ein studierter Mann, ein tüchtiger Lateiner, von vortrefflichem Charakter, unparteiisch und ein Finne. Packt das Glück beim Schopf und eilt in den Palast.«

Er zog mich, schlaftrunken wie ich war, aus dem Bett und stellte mich, bevor ich noch erfaßte, worum es ging, im Palast dem alten, scheeläugigen Meister Slagheck vor, der mich in meinen Pflichten unterwies. So fand ich mich ganz unerwartet in der erlauchten Gesellschaft der geistlichen Fürsten, dreier Bischöfe, acht Kanoniker, eines Dominikanerpriors, die sich alle kummervoll hinter verschlossenen Türen gleich einer eingeschüchterten Herde zusammengefunden hatten, und des Erzbischofs selbst. Seine Gnaden der Erzbischof erkundigte sich nach meinen geistigen Fähigkeiten und war erstaunt, zu hören, daß ich nicht dem Priesterstand angehörte. Ja, er war der Meinung, dies müsse unverzüglich behoben werden und weihte mich an Ort und Stelle mit einer hastigen Handauflegung zum Priester. Ich wußte nicht, ob ich auf den Beinen oder auf dem Kopf stand, und konnte nicht glauben, daß infolge einer so einfachen Handlung von nun an Brot und Wein in den Leib und das Blut Christi verwandelt würden, wenn ich die Wandlungsworte sprach. Als ich aber wagte, dies dem Erzbischof anzudeuten, der im vollen bischöflichen Ornat erschienen war, entgegnete er scharf, davon verstehe er mehr als ich. Ich schwieg wohlweislich.

Die Versammlung schien den Prälaten, die lieber ungestört die Nachwirkungen der vergangenen Feiern ausgeschlafen hätten, nicht zu behagen. Die meisten von ihnen konnten immer noch ihre Gedanken nur schwer sammeln, um eine so ernste Angelegenheit zu erörtern. Der Erzbischof riß sogleich die Führung an sich, entfaltete die Anklageschrift, die er am Vortage gegen die schwedischen Adeligen entworfen hatte, und auch das geheime Dokument, dessen Versteck Frau Christina mit weiblicher Gedankenlosigkeit preisgegeben hatte, um die Ehre Sten Stures, ihres dahingeschiedenen Gemahls, zu verteidigen. Dieses Dokument, so bemerkte der Erzbischof kummervoll, erschwere die Schande und Erniedrigung, deren Opfer er geworden war, noch weiter, da es enthülle, daß überraschend viele Herren in hoher Stellung, darunter der Bürgermeister und der Stadtrat von Stockholm, in diese abscheuliche und ketzerische Verschwörung gegen die heilige Kirche verwickelt seien. Es ginge nun nicht länger darum, die Verstöße gegen ihn, den Erzbischof, wiedergutzumachen. Als König Christian den Eid abgelegt habe, habe er geschworen, die Rechte der Kirche zu schützen, und es sei daher seine Pflicht, aufzudecken, wie weit sich das Übel der Ketzerei in seinem Reiche verbreitet habe. Dieser Gerichtshof nun sei eingesetzt worden, die Angelegenheit zu untersuchen und seine Erkenntnisse niederzulegen.

Der erste Punkt, den Seine Gnaden zur Debatte stellte, war die Frage, ob irgendeiner der Unterzeichner von der Anklage freizusprechen sei, und die Versammlung erklärte einstimmig, daß Bischof Hans Brask von Linköping unverzüglich von jeder Mitschuld freizusprechen sei, da er unter Zwang unterschrieben habe.

Über den Wortlaut des Berichtes folgte eine allgemeine Debatte, über die Erkenntnisse selbst hingegen war man einer Meinung. Die Verschwörer hatten sich in Gegensatz zur Kirche und zur Autorität des Papstes gestellt und waren dadurch in Ketzerei verfallen.

Bischof Jens, ein guter, aufrechter Mann, erläuterte dies und fügte hinzu: »Unsere Aufgabe ist schmerzlich. Wir wollen uns jedoch mit dem Gedanken trösten, daß wir kein Urteil fällen und uns daher nicht verantwortlich zu fühlen brauchen für die Maßnahmen, zu denen sich der König bewogen fühlen mag. Mit der Ketzerei muß man freilich streng verfahren; aber die große Zahl der Angeklagten, ihre hohen Stellungen und Seiner Majestät beschworener Eid, frühere Vergehen zu vergessen, bieten eine ausreichende Gewähr seiner Milde.«

Der Erzbischof entgegnete scharf: »Es ist nicht unsere Sache, von Bestrafung zu reden. Wir müssen uns darauf beschränken, die uns auferlegte Aufgabe zu erfüllen. Die Milde, von der Ihr sprecht, hat hier nichts zu besagen, da der König nicht die Macht hat, Verstöße gegen die Kirche zu vergeben. Wir haben schon viel Zeit mit unnötigem Reden vergeudet. Wir wollen nun unseren Bericht diktieren und unterzeichnen und Seiner Majestät die Entscheidung über die nötigen Schritte überlassen. Wir sind nicht seine Ratgeber.«

So wurden schließlich die Erkenntnisse zu Papier gebracht, und ich schrieb sie in meiner schönsten Handschrift ins reine. Die Unterzeichner jenes Dokuments wurden darin einzeln und namentlich angeklagt, und der Gerichtshof erkannte, daß sie alle, ausgenommen Bischof Hans Brask, notorische Ketzer waren. Daher übergab der Gerichtshof sie dem weltlichen Arm. Ich gestehe, daß diese schrecklichen Worte mir das Blut in den Adern stocken ließen, denn die kanonische Tradition ließ sowohl die Untersuchung als auch die Entscheidung in entsetzlichem Lichte erscheinen, und mir war, als nähme ich schon den Brandgeruch des Scheiterhaufens wahr.

Die Mitglieder des Gerichtshofes unterzeichneten verdrossen und schweigend ihre Erklärung; obenan der Erzbischof. Ich zündete die Kerzen auf dem Tisch an, damit die Würdenträger Wachs schmelzen und ihre Siegel anbringen konnten. Dann nötigte Seine Gnaden lächelnd die Versammlung zu dem Mahle, das sie so wohl verdient hatte. Er ließ sich sogar herab, mir auf die Schulter zu klopfen und mich mit einzuladen, da ich nach meiner erschöpfenden und wichtigen Arbeit sehr hungrig sein müsse. Seine Leutseligkeit ermutigte mich, ihn nochmals zu fragen, ob ich nun wirklich geweihter Priester sei, und er erwiderte, ich könnte nun mit gutem Gewissen die Tonsur nehmen und meine Bestallungsurkunde vom Domkapitel anfordern. Als ich zu erwähnen wagte, daß ich das kanonische Alter noch nicht erreicht und nicht einmal ehelicher Abkunft sei, lächelte er sauer und meinte, solche Dinge hätten angesichts des großen Dienstes, den ich der Kirche an diesem Tage erwiesen hätte, wenig zu bedeuten.

Fröstelnd und hungrig ließen wir uns an einem langen Tisch in einem behaglichen Speisesaal nieder, den ein helles, prasselndes Feuer erwärmte. Man setzte uns heiße Suppe, Blutwurst und die verschiedensten Leckerbissen vor, die von den Gastereien der drei Tage übriggeblieben waren. Allein das Gespräch schleppte sich trotz des starken Bieres nur mühsam fort, und wir aßen in gedrücktem und drückendem Schweigen. Draußen fielen spärliche Schneeflocken vom grauen Novemberhimmel, und ich war keineswegs glücklich, obwohl meine heimlichsten Wünsche so rasch in Erfüllung gegangen waren. Alles war so plötzlich gekommen, daß ich immer noch die Bedeutung dessen, was ich getan hatte, kaum erkannte, und ich glaube, auch die Bischöfe hatten – bis die Wärme und das Bier die Geister auftauten – die weitreichenden Folgen ihres Vorgehens nicht klar erkannt. Denn nach dem alten Kirchenrecht ist der Tod die einzige Strafe für unverbesserliche Ketzerei, und es würde dem König außerordentlich schwerfallen, selbst beim besten Willen und trotz aller seiner Versprechungen dieses Gesetz zu umgehen.

Während der Mahlzeit drangen ferne Hornstöße an unser Ohr, allein wir beachteten sie nicht. Schließlich erhoben wir uns von der Tafel. Bischof Jens hatte gerade ein kurzes Tischgebet zum Dank für die guten Dinge, die wir genossen hatten, gesprochen, als ein Diener erregt ins Zimmer stürzte und rief, die Bischöfe Matthias und Vincentius würden soeben aus dem Palast zur Hinrichtung auf den Großen Platz geführt.

Wir standen starr vor Schreck; aber der Erzbischof beruhigte uns: »Der Kerl ist verrückt.«

Der gute Bischof Jens setzte hinzu: »Gott verhüte, daß wir Seine Majestät für fähig halten sollten, daß er einen Finger gegen solche Männer rührt.« Und als er sich von seinem Schrecken ein wenig erholt hatte, fuhr er lachend fort: »Wir wissen, daß niemand in Schweden seit der Kapitulation so viel für den König getan hat wie Bischof Matthias von Strängnäs. Seine Majestät hätte ohne seine Hilfe kaum gesiegt.«

Aber die geistlichen Fürsten waren nun ernstlich verstört; sie gingen hin und her und versuchten, durch die Fenster zu spähen. Der gute Bischof Jens hieß mich nachsehen, was vorgehe, und ich schlüpfte hinaus und eilte hinunter in den Hof, wo ein Haufe deutscher Söldner mich brüllend wieder ins Haus jagte. Der König hatte eben verkünden lassen, daß jedermann im Palast und in der Stadt innerhalb seiner vier Wände bleiben solle. Aber in diesem Augenblick öffnete sich eine Tür, und die Bischöfe Matthias und Vincentius schritten zwischen Wächtern auf den Hof. Beide Männer waren vor Schmerz und Übernächtigung bleich, aber als der Generalprofos vortrat, um sie zu geleiten, versuchte Vincentius zu lächeln und fragte ihn scherzend, was er tun solle.

Der Soldat grüßte ihn mit einer tiefen Verbeugung und antwortete ehrfurchtsvoll: »Nichts Gutes, edler Herr! Ich bitte Euch um Vergebung, aber der Befehl ist ergangen, daß Euer Gnaden Haupt verfallen ist.«

Ich denke nicht, daß sie ihm glaubten, sondern daß sie gleich mir, der ich den sonderbaren Humor der Deutschen kannte, seine Worte für einen grimmigen Scherz nahmen. Wie dem auch sei, die Bischöfe wurden aus dem Palast geführt, und die Soldaten drängten mich wieder hinein. Ich kehrte in den Speisesaal zurück, erzählte, was ich gehört und gesehen hatte, und setzte hinzu, daß es gewiß irgendein rauher Spaß sei. Doch viele der Prälaten erbleichten. Bischof Jens drückte die Hand an die Brust und klagte über Atemnot, während ein paar andere einem plötzlichen Unwohlsein zum Opfer fielen. Diese wies der Dominikanerprior, der im Palast Bescheid wußte, an einen stillen Ort. Als nach ihrer Rückkehr alle wieder im Speisesaal versammelt waren, kam einer von Bischof Matthias' Dienern herbeigelaufen, der bitterlich weinte, seinen Rock zerrissen hatte und dem Blut aus der Nase floß, und erzählte uns, daß auf dem Großen Platz ein Blutgerüst und ringsherum eine Anzahl Galgen errichtet worden seien. Die beiden Bischöfe, sagte er, knieten eben vor dem Block, und viele andere Gefangene seien dahin unterwegs.

Darüber schrien viele Herren vor Schreck auf und vergruben das Gesicht in den Händen.

Bischof Jens aber sprach: »Eilen wir zum König und flehen wir ihn an, die Schuld einer solchen Greueltat nicht auf sich zu laden!«

Bis auf den Erzbischof verließ alles eilends den Raum, und ich folgte ihnen, stumm vor Schreck. Aber Meister Slagheck trat uns mit ausgebreiteten Armen entgegen und untersagte uns mit vielen deutschen Flüchen, Seine Majestät zu stören, die schon von Kummer über die Maßnahmen geplagt werde, die der kirchliche Gerichtshof sie zu unternehmen gezwungen habe.

Den Prälaten blieb nichts anderes übrig, als in den Speisesaal zurückzukehren, wo sie laut zu Gott um Gnade beteten. Sie wagten nicht, einander ins Gesicht zu sehen, und mir ging es nicht besser; eisige Schauer und brennende Hitze überliefen mich abwechselnd, und ich erkannte nun, warum es so schwer gewesen war, einen Schreiber zu finden, der die Erkenntnisse des Gerichtshofes niederlegte. Doch konnte ich das Schlimmste nicht glauben und bildete mir ein, der König wolle die Adeligen nur erschrecken – er wolle einige enthaupten und die anderen ziehen lassen. Davon wollte ich mich selbst überzeugen und suchte zu diesem Zweck Meister Slagheck auf. Er schlug mir kräftig auf die Schulter und hieß mich unter schallendem Gelächter guten Mutes sein; nur Schurken sollten ihre wohlverdiente Strafe erhalten. Auf meinen Wunsch befahl er einem Hellebardier, mich zu geleiten, so daß ich sicher und unbehelligt auf den Großen Platz gelangen und dort das Urteil vollstrecken sehen könnte.

Zu Tode erschrocken, trottete ich hinter dem Fußsoldaten durch verlassene Seitengäßchen auf den Platz, wo eine große Volksmenge entgeistert wartete. Rings um das Blutgerüst, hinter einem Wald von Lanzen, standen die Adeligen Schwedens. Die Zahl der Verurteilten nahm ständig zu, denn viele, welche die Stadt schon verlassen hatten, kehrten zurück, nur um am Tor aus dem Sattel gezerrt und auf den Platz geschleppt zu werden. Auch viele Bürger waren darunter, die man bei ihrer ehrlichen Beschäftigung ergriffen hatte, den einen an seinem Pökelfaß, den anderen an seiner Waage. Viele hatten noch ihre Lederschürzen um und die Hemdärmel hochgekrempelt. Auf dem Balkon des Rathauses standen einige Ratgeber Seiner Majestät, die hin und wieder dem Volke zuriefen, sich über die Strafe, die Verbrecher, Verschwörer und Ketzer treffen sollte, nicht zu entsetzen. Doch viele Bürger unter den Angeklagten riefen dagegen, dies sei Lüge und Verrat.

»Ihr guten, ehrenwerten Männer Schwedens!« riefen sie. »Nehmt euch das Unrecht und die Ungerechtigkeit, die uns widerfährt, wohl zu Herzen, denn dasselbe Schicksal erwartet alle, die den Worten von Gewaltherrschern Glauben schenken und sich schändlich betrügen lassen. Schlagt diesen Tyrannen zu Boden! Wir werden im Himmel um Kraft für euch beten, und aus den Rinnsteinen Stockholms wird unser Blut nach Rache schreien!«

Dem Generalprofos mißfielen die fortgesetzten Aufschreie, und er ließ die Trommler einschlagen, um sie zu übertönen, wodurch er die Gefangenen ihres Rechtes, vom Blutgerüst zum Volk zu sprechen, beraubte. Selbst das heilige Sakrament verweigerte man ihnen; sie mußten allein beten und ihre Seelen der Gnade des Allmächtigen empfehlen. Sie sahen nicht wie Ketzer aus, denn viele von ihnen knieten fromm im Gebete; die Starken trösteten die Schwachen, die Alten stärkten die Herzen der Jungen.

Doch durch das Stimmengewirr und die Trommeln hindurch hörte man den Aufprall des Fallbeiles, und die Plattform wurde schlüpfrig von Blut, das in Strömen auf den Platz niederfloß. Körbe wurden mit den Köpfen der Opfer gefüllt und die Leichen in Haufen zu beiden Seiten des Gerüstes aufgeschichtet. Gemeine Leute aber, deren Rang sie nicht zur Enthauptung berechtigte, wurden an den ringsum errichteten Galgen aufgeknüpft.

Als ich versuchte, die Hingerichteten zu zählen, fand ich zu meinem Erstaunen, daß der Henker viel mehr erschlug als jene, die der kirchliche Gerichtshof namentlich genannt hatte. Der Dunst des warmen Blutes hing schwer in der kalten Novemberluft, und bald wurde die Verwirrung so groß, daß viele, die durch Zufall auf den Platz geraten waren, ohne viel Federlesens, sei es irrtümlich oder absichtlich, ins Jenseits befördert wurden. Dieses entsetzliche Schauspiel lähmte die Menge so, daß keiner versuchte, Widerstand zu leisten. Die Opfer ließen sich die Stufen des Blutgerüstes hinaufführen wie die Lämmer zur Schlachtbank; und ich glaube, daß jeder, der auf dem Großen Platz zugegen war, sich nicht weniger schuldig fühlte als sie, denn die Verurteilten hatten nichts Schlimmeres getan als die anderen auch. Menschen, die man aus der Menge heraus auf das Gerüst schleppte, zeigten keinerlei Überraschung; sie beeilten sich nur, in ihren Börsen nach Geld für den Henker zu suchen, damit er sein Geschäft an ihnen schnell und geschickt verrichte.

Durch dieses Blutvergießen wurde ich so betört und entrückt, daß ich nicht einmal meinen Namen murmeln konnte, als zwei Schergen des Generalprofosen in der Menge Umschau hielten, mich erspähten und fragten: »Wer ist dieser Grünschnabel mit den tintenbekleckststen Fingern und dem Gesicht eines Scholaren? Er muß zur schwedischen Partei gehören. Er hat Spitzen an den Ärmeln, daher gehört er hinter die Spieße.«

Sie bahnten sich einen Weg durch die geschlossenen Reihen der Söldner, um mich zu ergreifen, und ich wäre gewiß den Verurteilten zum Hängen oder Enthaupten beigesellt worden, hätte nicht Doktor Paracelsus in der Nähe gestanden. Er bemerkte meine verzweifelte Lage, eilte herbei und schlug den Schergen mit der flachen Klinge über die Finger. Er trat für mich ein und sagte ihnen meinen Namen, und ein Engel vom Himmel hätte mir kaum willkommener sein können, denn die Deutschen fürchteten ihn als berüchtigten Zauberer und ließen sogleich von mir ab. Der Reisige, der mich vom Palaste hierhergeleitet hatte, war längst von meiner Seite gewichen, um sich unter den anderen gottlosen Söldlingen herumzudrücken und den blutüberströmten und kopflosen Leichen Geldbörsen, Ringe und Schnallen abzunehmen. Ich stützte mich auf den Arm meines Retters und erbrach all das gute Essen, das ich genossen hatte; doch tat es mir nicht leid darum, da es mich vergiftet hätte, wäre es in meinem Magen geblieben. Ich habe all dies nur deshalb ausführlich erzählt, um das herrschende Durcheinander und die allgemeine Verwirrung zu schildern, und keineswegs, um mich meiner wunderbaren Errettung zu rühmen.

Um diese Zeit begann es zu dunkeln, und mit der hereinbrechenden Abendkühle nahm der Gestank rings um den Block des Scharfrichters zu. Schneeflocken glitten mir über die Wange. Ich war empört, den Balkon des Rathauses und die Tore vieler Häuser immer noch mit Wacholder zur Feier der Krönung geschmückt zu sehen. So gewiß, wie König Christian seinen Gästen drei Tage üppiger Unterhaltung bereitet hatte, so gewiß kredenzte er ihnen nun einen Trunk, der ihnen das darauffolgende Kopfweh nehmen, ja sie von allen anderen irdischen Leiden befreien sollte.

Nachdem ich mich etwas erholt hatte, wollte ich den Platz verlassen, aber Meister Paracelsus hielt mich fest, weil er mit dem Scharfrichter sprechen wollte, wenn das blutige Fest vorüber wäre.

»Ich bin kein Prophet«, sagte er, »nur ein Arzt; aber genauso wie diese meine Augen, geschärft vom Licht der Natur, den unermeßlichen Erzreichtum in den Eingeweiden der Erde entdecken konnten – denn ich war bei den Bergleuten und habe ihre Krankheiten studiert –, so deutlich sehe ich auch, daß König Christian mit jedem Schwerthieb des Scharfrichters seine eigene herrliche Krone in Trümmer schlägt. Ich bemerkte auf meinen Reisen, daß sich Männer in den Wäldern versteckt halten – Männer, die dem versprochenen Pardon des Königs nicht trauen –, und wenn sich unter ihnen ein geeigneter Führer findet, so werden sie ihn zu ihrem König wählen. Er braucht keine Nebenbuhler zu fürchten; König Christian in seiner Torheit hat sie ihm alle aus dem Wege geräumt.«

Ich antwortete, daß nun an keinen anderen Monarchen mehr

zu denken sei, wo König Christian gekrönt und gesalbt war und die Stände mit Eid und Siegel Schweden auf immer zu seinem und seiner Erben Besitz erklärt hatten.

Und ich setzte hinzu: »Das Volk mag saure Gesichter ziehen, aber es hat sich die Suppe selbst eingebrockt und muß sie nun auslöffeln.«

Meister Paracelsus maß mich in der zunehmenden Dämmerung mit den schrecklichen Augen des Sehers und bemerkte: »Ich möchte ganz gerne wissen, welches Süpplein Ihr habt mitkochen helfen, Michael Pelzfuß! Vergeßt nicht, wenn man dem Teufel den kleinen Finger reicht, nimmt er die ganze Hand!«

Seine Bemerkung ließ mich verstummen, und ich bekreuzigte mich mehrmals. Doch nun schwiegen endlich die Trommeln, die Menge verlief sich und der Scharfrichter sank, keuchend vor Anstrengung, auf die Stufen des Blutgerüstes. Er war vom Scheitel bis zur Sohle blutgetränkt und mußte seine Schuhe ausziehen, um sie zu leeren. Selbst die Söldner wichen angewidert vor ihm zurück.

Aber Doktor Paracelsus führte mich vor ihn und sagte: »Verkauft mir Euer Schwert, Meister Jörgen, auf daß ich eine kostbare Erinnerung an Schweden besitze. Ich verspreche, es nach Gebühr in Ehren zu halten, denn es gibt gewiß in der ganzen Christenheit kein Schwert, das so voller Kraft steckt wie Eures jetzt!«

Meister Jörgen betrachtete die Waffe, einen breiten Bihänder mit Kreuzgriff und einem großen, runden Knauf obendrauf.

»Offen gesagt«, erwiderte er, »ich bin ein gottesfürchtiger Mensch, und wenn ich nun darüber nachdenke, so fürchte ich mein eigenes Schwert, weil ich ahne, daß in ihm alle Geister und Kräfte wohnen, die es heute losgelassen hat. Es ist auch schartig, und wenn ich es an den Schleifstein hielte, so würde es mir, fürchte ich, die Finger abbeißen. Nehmt es, Meister Paracelsus, und tragt es im Gedenken an mich. Ich will kein Geld, nur ein anderes, ähnliches und frisch geschliffenes Schwert. Doch darüber können wir später reden. Meine Kleider fangen an, mir am Leibe anzufrieren, und ich werde mir den Tod holen, wenn ich nicht in die Badestube eile und trockene Sachen anlege!«

So erwarb Doktor Paracelsus das Henkerschwert, das in so viel Kraft getaucht war und das er bis an sein Lebensende trug. Ihm verschlug es nichts, daß man ihn wegen dessen Länge verspottete, die ihn beständig darüber stolpern ließ, denn er behauptete, der Klinge wohne Zauberkraft inne. Viele haben sich schon über das Geheimnis dieser Waffe den Kopf zerbrochen; daher habe ich getreulich berichtet, wie sie in seinen Besitz gelangte.

Aber ich erkrankte, und als ich endlich ins Bett kam, übergab ich mich fortwährend, und ein heftiges Fieber schüttelte mich. In jener Nacht wurde in Stockholm kaum ein Auge zugetan. Aus jedem Haus hörte man es schluchzen. Söldner erbrachen die Häuser der Gerichteten, zwangen die Frauen, die Schlüssel herauszugeben, und plünderten dann Kasten und Truhen, so daß die Witwen und Waisen nun auch der bitteren Armut preisgegeben waren. Ich glaube jedoch nicht, daß dies auf Befehl des Königs geschah, wie viele behaupteten, die ihm nun an allem die Schuld zuschreiben wollten.

Den ganzen nächsten Tag lagen die geköpften Leichen auf dem Großen Platz, zum größten Entsetzen der Bevölkerung; aber der König ließ Holz in die südlichen Vorstädte schaffen und dort zu einem Stoß aufschichten. Am Samstag wurden die Toten auf Karren geladen und zur Verbrennung dorthin geschafft. Auch Sten Stures Leiche wurde ausgegraben, um mit den übrigen Ketzern verbrannt zu werden. Die Absicht des Königs war, darzutun, daß es sich um die von der Kirche für Ketzerei vorgesehene Strafe und keineswegs um einen persönlichen Racheakt handelte. Seine Anhänger bemühten sich nach Kräften, diese Auslegung im Volk zu verbreiten, und es dauerte nicht lange, bis viele Bürger zueinander bemerkten, daß sie jenen hochmütigen Adeligen wirklich nichts zu danken hätten; hatten jene doch nichts anderes getan, als sie unterdrückt und ihre Rechte beschnitten. Ein großer Trost lag in dem Gedanken an die vielen städtischen Ämter, die nun in der schönen Stadt frei geworden waren.

4

Ich begann wieder Mut zu fassen, aber der Gedanke, dem Domkapitel meine Aufwartung zu machen, widerstrebte mir. Ich wollte sie nie wieder sehen. Doch wagte ich nicht, auf eigene Faust das Priesterkleid anzulegen oder die Tonsur zu nehmen. Am

Sonntagabend jedoch wurde ich geholt und in ein Zimmer des Palastes geführt, wo Meister Slagheck eben dabei war, Bischof Vincentius' Mitra anzuprobieren. Er hatte sich die Gewänder des guten Bischofs gesichert, um die Auslagen für neue zu ersparen.

Bei meinem Eintritt unterbrach Meister Slagheck diese ruchlose Beschäftigung, legte die Mitra beiseite und sprach: »Nun, Michael! Seid Ihr ein aufrichtiger Mann des Königs oder ein müßiger Taugenichts? Antwortet, damit ich weiß, wie man mit Euch verfahren soll!«

Ich erwiderte, ich hätte nun einmal auf des Königs Pferd gesetzt und müsse wohl trachten, im Sattel zu bleiben, wie halsbrecherisch die Reise auch dahingehen möge.

Dies gefiel ihm gar wohl, und er sprach: »Seine Majestät wünscht Euch zu empfangen und Euch mit einer wichtigen Aufgabe zu betrauen. Ihr braucht den Weg, den Ihr eingeschlagen habt, nicht zu bereuen, sondern sollt der Gunst des Königs versichert sein, solange Ihr Eure Pflicht treu und redlich erfüllt.«

Er ging mir voraus, über eine Treppe in der dicken Mauer, die in ein geheimnisvolles Gemach führte, wo der König selber mit gerunzelten Brauen saß und offenbar gewaltig unter den Nachwirkungen der Festlichkeiten litt.

Seine Majestät wandte sich an mich mit den Worten: »Ihr seid ein Finne, nicht wahr? Ihr ward der Schreiber des kirchlichen Gerichts, das mich in die peinliche Notwendigkeit versetzte, die Häupter der edelsten Familien Schwedens abschlagen zu lassen. Wenige Könige sind je zu einem grausameren Entschluß gezwungen worden. Doch glaube ich, daß alle rechtdenkenden Menschen meine schwierige Lage verstanden haben und mich unterstützen werden.«

Ich antwortete, ich für meinen Teil verstünde vollkommen und böte ihm als treuer Untertan meine Dienste an.

Allein ich fügte hinzu: »Da ich durch die Gunst des Erzbischofs geweihter Priester bin, sehe ich mich als gehorsamer Sohn der Kirche gezwungen, darauf hinzuweisen, daß die Bischöfe Matthias und Vincentius heilige Männer waren, die selbst das kirchliche Gericht für schuldlos befand. Es war daher eine große Sünde und ein Verbrechen gegen die heilige Kirche, sie hinrichten und ihre Leichen verbrennen zu lassen, ohne ihnen auch nur den

Empfang der Sakramente oder eine Verteidigung vor Gericht zu gestatten.«

Der König warf mir aus seinen großen Augen einen feindseligen Blick zu und rief: »Ich wünsche keine Antworten auf Fragen, die ich nicht gestellt habe, und Ihr werdet gut daran tun, das nicht zu vergessen. Diese Herren, die Ihr heilig nennt, waren Mitglieder einer Pulververschwörung gegen mein Leben; und das mögt Ihr allen in Finnland erzählen, die Euch fragen. Doch erzählt es mit gebührender Vorsicht als ein Geheimnis, da eine solche Bedrohung meines Lebens unter den königstreuen Bürgern Unruhe hervorrufen könnte.«

Über diese Neuigkeit war ich redlich bestürzt und erkannte, daß die beiden Bischöfe in der Tat ihr Schicksal verdient hatten, wenn sie die Pflichten ihres heiligen Standes so sehr hatten vergessen können. Dafür hatte ich keinen weiteren Beweis als das Wort Seiner Majestät und die Grimassen von Meister Slagheck; doch brachte ich es nicht über mich, zu glauben, daß mir der König mit einer wissentlichen Lüge auf den Lippen so ruhig in die Augen hätte sehen können.

Er beobachtete aufmerksam die Wirkung seiner Worte auf mich und fuhr fort: »Eine Königskrone ist keine leichte Last, und viele Sorgen machen sie noch schwerer. Gott – und nur Gott allein – muß ich Rechenschaft über alle meine Handlungen ablegen. Als Schreiber des Gerichtes werdet Ihr wissen, daß Electus Hemming Gadh Namen und Siegel unter jenes ketzerische Dokument setzte; das hat mich tief erschüttert. Ich wünschte, von ihm wegen seines Eifers für meine Sache meine gute Meinung behalten zu können. Allein er ist offensichtlich ein Erzketzer. Ich habe Grund, anzunehmen, daß sein Eifer nur das Ergebnis einer ketzerischen Neigung zu Ränkespielen war, und bin gezwungen, ihm zuvorzukommen und ihm eine Pfründe im Himmel zu verleihen, bevor die Nachricht von den bedauerlichen Vorfällen hier in Stockholm ihn erreichen kann. Nehmt diesen versiegelten Haftbefehl mit nach Finnland, macht den Mann unverzüglich ausfindig, und laßt ihn ohne Zögern enthaupten. Mein Befehl sichert Euch jede Unterstützung bei der Ausführung Eures rechtmäßigen Auftrages, und Meister Slagheck wird Euch zehn Silbermark für Eure Auslagen überreichen.«

»Eure Majestät belieben zu scherzen!« rief ich starr vor

Schreck. »Doktor Gadh ist ein Diener der Kirche und ein warmer Freund der Union. Eure Majestät hätten ohne seine Überredungsgabe und das Vertrauen, das er genießt, die finnischen Schlösser nie gewonnen. So hervorragende Dienste können niemals einen so fürchterlichen Lohn verdienen.«

Der König erwiderte ungeduldig: »Als Diener der Kirche ist es Eure Pflicht, die Ketzerei auszurotten, wo immer Ihr sie findet. Und an seine Dienste braucht Ihr mich nicht zu erinnern. Gott weiß, ich kenne sie zu wohl, als daß ich ihn nach allem, was vorgefallen ist, mit seinem weitverbreiteten Einfluß am Leben lassen könnte. Auf dieselbe rasche und leichte Art, mit der er die finnischen Herren zur Übergabe überredete, könnte er sie gegen mich aufhetzen. Ich muß schweren Herzens meine Pflicht tun und ihn zum Tode verurteilen, und mein einziger Trost ist, daß Doktor Gadh ein Greis ist, der mehr als sein gerüttelt Maß an irdischen Freuden genossen hat.«

Weitere Einwände hätten mich vielleicht den eigenen Hals gekostet und dennoch nichts genützt, da der König leicht einen anderen Boten für seine traurige Sendung finden hätte können. Daher nahm ich den versiegelten Hinrichtungsbefehl und das Begleitschreiben des Königs entgegen, das mich berechtigte, Hilfe zu fordern und zu erhalten, wenn ich sie brauchte, durfte Seiner Majestät die Hand küssen und wurde entlassen. Meister Slagheck begleitete mich zum Schatzmeister und ließ mir dort zehn Mark in reinem Silber auszahlen – eine hübsche pralle Börse, mehr als ich je zuvor in Händen gehabt hatte, die meine Niedergeschlagenheit und meine Gewissensbisse zerstreuen half.

Als ich wieder an die frische Luft kam, war mir, als wäre ich aus einem Verlies oder einem Grabmal aufgetaucht, und ich fühlte mit der Hand unbehaglich nach meinem Hals, der sehr zerbrechlich und schlank war. Nach der Rückkehr in mein Quartier beeilte ich mich, mich von Doktor Paracelsus, der bald nach Polen aufbrechen sollte, zu verabschieden, und dann bestiegen Andy und ich ein Schiff nach Abo.

Wir hatten eine schlimme Überfahrt bei dem schlechtesten Wetter, das ich jemals erlebte, und es dauerte eine ganze Woche, bevor wir, mehr tot als lebendig, in Abo an Land gingen. Die Nachricht vom »Stockholmer Blutbad« war uns in Form von Gerüchten vorausgeeilt und hatte sich im Lande wie Feuer verbreitet, trotz Junker Thomas' Bemühungen, die Geschichte als Lüge und Verleumdung abzutun.

Deshalb setzte ich meine Reise unverzüglich fort, obgleich ich immer noch fast zu krank war, um zu reiten, und ließ Andy in Abo zurück. Geleitet von zwei Reisigen, die mir Junker Thomas beigestellt hatte, traf ich zwei Tage später in Raseborg ein, wo Doktor Hemming sich vorübergehend beim Schloßhauptmann Nils Eskilsson Banér aufhielt.

Das Herz wurde mir angesichts der schwarzen, von der Brandung umspülten Schloßmauern schwer wie Blei, und mir war in der Tat elend zumute. Die Zugbrücke wurde ungeachtet meiner Rufe nicht herabgelassen, und das Tor blieb geschlossen, bis der Schloßhauptmann selbst auf der Mauer erschien, um nach dem Ankömmling zu sehen. Er rief mir einen Gruß zu und erklärte, daß die üblen Gerüchte aus Stockholm es nötig machten, die Tore gegen mögliche Störungen geschlossen zu halten. Dann befahl er dem Pförtner, mich unverzüglich einzulassen.

Die Zugbrücke fiel krachend und das große Tor knarrte in den Angeln. Als ich die hallenden Torbogen durchschritt, betete ich ein Ave, ein Paternoster und ein Credo, um mir Mut zu machen. Sobald ich den inneren Schloßhof erreicht hatte, ließ ich sogleich das Tor schließen und rief den Hauptmann der deutschen Söldner herbei, dem ich des Königs Siegel und Brief vorwies und befahl, mir alle nötige Hilfe zur Ausführung der königlichen Befehle zu gewähren. Er nickte und ließ sogleich seine Trommler Alarm schlagen. Darauf kam Schloßhauptmann Nils barhaupt in den Hof gestürzt und schrie, was in Teufels Namen vorgehe und ob er nicht mehr Herr im Schlosse sei. Er beruhigte sich aber beim Anblick des königlichen Siegels und Briefes, den er eine Weile unentschlossen in Händen hielt. Schließlich führte er uns hinein, obgleich ich kein sehr willkommener Gast mehr war.

In der großen Halle, wo Doktor Hemming saß, brannte ein gewaltiges Feuer. Er humpelte auf mich zu, und als er sah, wer gekommen war, streckte er die Hand segnend aus, was Schloßhauptmann Nils gegen mich freundlich stimmte. Ich hatte kaum Zeit, das Bier zu kosten, das sie mir brachten, als auch schon beide mit Fragen über mich herfielen: Was war in Stockholm geschehen? War es wahr, daß der und der heimtückisch gemeuchelt worden war? Wieviel von allen diesen fürchterlichen Gerüchten sollten sie glauben?

Ich dachte eine Weile nach, unschlüssig wie ich vorgehen sollte, sah aber keinen Ausweg, erhob mich und sprach: »Dies alles ist wahr und noch mehr, aber wir haben keine Zeit, es zu erörtern. Lieber Doktor Hemming, es wird am besten für Euch sein, wenn Ihr Eure Gedanken von weltlichen Dingen abwendet und Eure Seele Gott empfehlt. Seine Majestät König Christian hat Euch eine schöne Pfründe zugedacht – aber im Himmel. Noch diese Nacht sollt Ihr in die Freuden des Paradieses eingehen. Mir wurde der Auftrag, Euch auf den Weg zu helfen, obwohl ich es schweren Herzens tue. Ihr seid stets so freundlich zu mir gewesen und habt mich besser behandelt als mancher Vater seinen eigenen Sohn.«

Obwohl ich so sanft und höflich wie möglich gesprochen hatte, war Seine Ehrwürden Electus Hemming sehr erbost und rief: »Dies ist ungeheuerlich, unmöglich! Ich weigere mich, an solch schwarzen Verrat zu glauben, denn ich besitze Seiner Majestät Geleitbrief und verweise Euch darauf.«

Ich reichte ihm den Haftbefehl und den schriftlichen Befehl Seiner Majestät, ersuchte den Schloßhauptmann, sie auch zu lesen, und entgegnete: »Die Sache verhält sich so wie ich sagte: Doktor Hemmings Hinrichtung muß unverzüglich erfolgen, und der Schloßhauptmann ist verpflichtet, mich dabei zu unterstützen. Dennoch will ich Doktor Hemming gern gestatten, vor diesem schmerzlichen Ereignis, das uns alle, die wir seine Freunde sind, mit Kummer erfüllt, die Sakramente zu empfangen. Er soll auch ein ehrenvolles Begräbnis erhalten, da ich keinen ausdrücklichen Auftrag habe, seine Leiche verbrennen zu lassen. Ich beschwöre Euch beide, rasch zu handeln, um mir meine bittere Pflicht nicht noch schwerer zu machen.«

Der Schloßhauptmann erwiderte fluchend, er wolle lieber selber am Galgen baumeln, als einem so schändlichen Befehl gehorchen. Er zog das Schwert und hätte mich gar wohl durchbohren können, hätte Doktor Hemming ihn nicht zurückgehalten, und ich war über sein törichtes und ungebärdiges Verhalten sehr entsetzt. Er begann nach seinen Dienern zu schreien, hieß sie Waffen nehmen und das Schloß verteidigen; aber niemand gehorchte ihm, denn der gute Söldnerhauptmann Gissel hatte bereits seine Leute an ihre Plätze gestellt. Seine fünf Arkebusiere waren im Schloßhof und auf der Treppe postiert, ihre Waffen auf der Gabel und mit brennender Lunte, bereit, auf jeden zu schießen, der Widerstand versuchte. Als Hauptmann Gissel die Wutschreie des Schloßhauptmannes hörte, trat er in die Halle und hieß ihn sein Schwert übergeben und den Befehlen Seiner Majestät gehorchen. Aber selbst dann verstand Nils Eskilsson noch nicht und schwor, er wolle lieber alle echten Männer zum Aufruhr aufhetzen und seine Haut so teuer wie möglich verkaufen, statt einem so treulosen Herrscher zu gehorchen.

Und er fügte hinzu: »Es ist eine Freude, an den Preis zu denken, den jener blutige Tyrann für seinen Verrat wird bezahlen müssen.«

Der gute Hauptmann mußte zwei Reisige herbeiholen, die Nils in einer Ecke stellten; erst dann löste er seinen Gürtel und ließ sein Schwert zu Boden fallen.

Da erbleichte Doktor Hemming und sprach mit ruhiger Stimme zu ihm: »Wenn man bis an den Hals im Sumpf steckt, hilft es nichts, um sich zu schlagen. Ihr hättet meinen Rat befolgen, Eure Besatzung entlassen, die Schloßverteidigung selbst in die Hand nehmen und abwarten sollen, ob die Gerüchte sich bestätigen oder als haltlos herausstellen. Dann hätten wir über unsere Zukunft selbst bestimmen können. Nun aber sind wir an Händen und Füßen gebunden und werden wie Herdentiere zu Paaren getrieben. Seid klug; ergebt Euch und bittet diese guten Männer, Eure voreiligen Worte zu vergeben und zu vergessen. Was mich betrifft, so fühlt mein graues Haupt bereits die Kälte des Todes, die es umschwebt.«

Zu mir und Hauptmann Gissel gewandt, fuhr er in ehrerbietigem Ton fort: »Nehmt mein altes Haupt, wenn Ihr wollt; es ist des Bösen und der Treulosigkeit überdrüssig, die heute auf der Welt blühen. Aber verschont diesen Mann, denn er ist noch jung und von edler Abkunft, und es wäre nicht recht, ihn für ein paar unbedachte Worte leiden zu lassen.«

Der Kapitän ließ Nils auf sein Gemach gehen und dort bewachen. Ein Dominikanerbruder vom Kloster Viborg war zufällig im Schloß und hörte sogleich Doktor Hemmings Beichte, erteilte ihm die Lossprechung und spendete ihm das heilige Sakrament. Es gab keinen Henker in Viborg. Aber ein deutscher Söldner erklärte sich für das übliche Entgelt von drei Silbergroschen freiwillig zur Exekution bereit. Ein schwerer Birkenklotz wurde eine Anhöhe in der Nähe des Schlosses hinaufgerollt, und darum versammelte sich eine Menschenmenge – Diener, Dienstmädchen und Leute vom benachbarten Markt. Viele weinten bitterlich, denn der gute Doktor erfreute sich allgemeiner Achtung und hohen Ansehens im ganzen Land.

Er trat allein und ungeleitet an den Block, leerte den Becher des Scharfrichters und sprach zur Menge.

»Weint nicht um mich, ihr guten Leute! Ich empfange nicht mehr als die verdiente Strafe dafür, daß ich den schönen Versprechungen eines Königs mehr traute als meinem eigenen Herzen und meiner Erfahrung mit den Eiden der Fürsten. Zu meiner Verteidigung habe ich nichts zu sagen, als daß ich glaubte, ich brächte den Frieden statt des Schwertes und ein Freundschaftsbündnis statt unaufhörlichen Blutvergießens. Aber die Ereignisse haben mich eines Besseren belehrt: es kann keine Versöhnung mit einem Feind geben, der stets sein Wort bricht. Weint lieber um unser armes Land, denn solange dieser Mann auf dem Thron sitzt, wird keines Menschen Hals sicher sein, sei er hoch oder niedrig, arm oder reich; zum Zeichen dessen werdet ihr mein weißes Haupt in den Staub rollen sehen, obwohl ich ein Mann Gottes bin und unter dem Schutz der heiligen Kirche stehe.« Er hielt inne, um Atem zu schöpfen, richtete sich zu seiner ganzen Größe auf, und nun erkannte ich in ihm den Führer, der er in den Zeiten seiner Stärke gewesen war.

Er hob das Antlitz zum düsteren Dezemberhimmel und donnerte mit schrecklicher Stimme: »Höre mich, Gott in Deinem Himmel! Möge mein Blut von der Erde zu Deinem leuchtenden Thron aufschreien! Denn hier, wo ich stehe, verfluche ich König Christian, diesen Mann des Blutes, für alles Übel, das er verbrochen hat. Ich verfluche ihn mit all der geistlichen Gewalt, die Deine heilige Kirche auf Erden mir verliehen hat; und vor Deinem Angesicht, Allmächtiger Gott, rufe ich aus: Mag er hier in diesem Leben die Strafe für seine Ungerechtigkeit erleiden! Mag er seine Länder und die Krone verlieren, die er entehrt hat. Mag er als armer Mann in Elend zugrunde gehen, verfolgt von allen und verleugnet von Dir! Möge ihm dies alles nach seinen Verdiensten widerfahren. Höre mein Rufen, Allerheiligster Gott!«

Seinem Fluch wohnte so viel Würde und Kraft inne, daß sich selbst die Söldner bekreuzigten und alle Leute nach oben blickten, als erwarteten sie, daß sich der Himmel öffne. Auch ich blickte auf nach irgendeinem Zeichen, sah aber nur den grauen Winterhimmel. Als Doktor Hemming geendet hatte, reichte er dem Henker seine Börse und kniete bescheiden in den Staub, indem er die Schöße seines Talars unter seine Knie steckte. Dann legte er den Kopf auf den Block und schloß die Augen. Der Deutsche hob das Schwert mit beiden Händen und trennte mit einem Hieb den Kopf so säuberlich ab, daß er auf den Boden rollte. Dann wurden Kopf und Körper in Tücher gehüllt und zur Kapelle getragen, wo der Dominikaner die Totenmesse las.

Hauptmann Gissel betrachtete sich nun als Schloßhauptmann und bat mich, für ihn bei Junker Thomas ein gutes Wort einzulegen, daß er die Ernennung bestätige. Wir nahmen gemeinsam ein reichliches und wohlverdientes Mal ein, sprachen mit Gefühl von Doktor Hemming und seinen Vorzügen und bedauerten, daß ein so guter und gelehrter Mann ein so trauriges Ende finden sollte. Aber der Ex-Schloßhauptmann hämmerte an seine Tür und störte uns. Und nachdem wir einen Humpen seines besten Weines geleert hatten, sprach Hauptmann Gissel traurig:

»Was sollen wir mit diesem Verrückten tun? Lassen wir ihn ziehen, so werden wir seinen Anhang gleich einem Hornissenschwarm auf dem Hals haben, und Junker Thomas wird böse sein. Halten wir ihn unter Arrest, wird er eine ständige Gefahr bilden, da ich nur einige zwanzig habgierige Söldner befehlige, die man leicht bestechen kann. Was sollen wir mit ihm tun?«

»Das wüßte ich wirklich nicht zu sagen«, erwiderte ich freimütig. »Und ich wünsche nicht, mich in Euer Amt einzumengen, obwohl ich gestehe, daß meine Ankunft Euch in eine schwierige Lage versetzt hat.«

Er seufzte.

»Gelehrter Herr, Ihr habt des Königs Befehl. Ich muß Euch allen nötigen Beistand gewähren. Aber das Ausmaß der Euch übertragenen Gewalt ist nicht klar begrenzt, da natürlich viel Euch selbst überlassen bleiben muß. Ich bin verpflichtet, Euch in allem zu gehorchen, und wolltet Ihr, sagen wir, befehlen, Meister Nils um einen Kopf kürzer zu machen, so bliebe mir keine andere Wahl, als zu tun, was Ihr mich heißt. Die Sache würde ohne Verzug und, wie ich gestehen will, zu meiner großen Genugtuung besorgt werden, da sie eine ausgezeichnete Lösung dieser schwierigen Frage darstellen würde.«

»Geehrter Herr«, rief ich entsetzt. »Gott verhüte, daß ich einen so verruchten Befehl erteile. Ich habe kein Recht dazu.«

»Und doch habt Ihr den würdigen Herrn schwören hören, er wolle Euch den Bauch aufschlitzen, wenn er Euch wieder begegne, denn Ihr seid, wie er sagt, ein Verräter und ein Schakal des Tyrannen. Er rannte in sein Unglück, weil er nicht auf Doktor Hemmings Rat hörte. Tut Ihr nicht dasselbe, indem Ihr nicht auf mich hört, solange Ihr des Königs Ermächtigung habt zu handeln? Sollte man später irgendwelche Fragen stellen, so will ich mich verpflichten, Euch zu unterstützen und zu sagen, daß wir diesen Schritt nach reiflicher Überlegung und ausschließlich im Interesse Seiner Majestät unternahmen, da dieser eine Hals es uns ersparen wird, viele Hunderte abzuschneiden.«

Ich mußte gestehen, daß er vernünftig sprach, doch war es schrecklich, die Verantwortung für eine Tat zu übernehmen, die gutzuheißen allein der König das Recht hatte. Ich will dieses düstere Gespräch nicht weiter ausführen; es endete damit, daß Hauptmann Gissel bei vorgerückter Stunde die Trommler bestellte und den gefangenen Meister Nils in seinem Gemach in Eisen legen ließ. Dies gelang erst nach heftigem Ringen. Im Hofe wurden zwei Fackeln entzündet, und derselbe deutsche Soldat verrichtete sein Geschäft so säuberlich, daß das Opfer kaum Zeit hatte zu erfassen, was geschehen sollte. Ich bedauere, sagen zu müssen, daß Meister Nils in allen seinen Sünden ohne Reue und verhärteten Herzens dahinfuhr und bis zuletzt Verwünschungen gegen mich, Hauptmann Gissel und den König ausstieß. Ich war nun so müde von meiner Reise und dem genossenen Wein, daß ich mich auf die für mich bereitete Kammer zurückzog und bis spät in den nächsten Morgen hinein wie ein Klotz schlief.

Obwohl ich von meinem Ritt noch steif war, schickte ich mich sogleich zur Rückkehr nach Abo an, da ich in jener düsteren Festung keineswegs länger verweilen wollte. Ich ritt im Schritt über den halbgefrorenen Kot der Straßen, aber zuletzt brach die Sonne durch und mir wurde das Herz mit jedem Schritt von jenen finsteren Wällen hinweg leichter. Auf den Rastplätzen hatte ich Gelegenheit, mit vielen redlichen Bauern zu sprechen, die alle

Junker Thomas verwünschten, weil er sie bei der Verpflegung der Armee so ausgepreßt hatte. Und während sie über die Enthauptung der schwedischen Adeligen nicht über Gebühr betrübt schienen, seufzten sie tief über ihr Vieh und Getreide und murmelten: »Es sieht schlimm aus – sehr schlimm!«

Als ich in Abo ankam, fand ich es so verlassen und öde wie Stockholm bei meiner Abreise. Menschen mit rotgeränderten Augen schlichen hart an der Mauer entlang und fuhren beim leisesten Geräusch zusammen. Ich spürte keine Lust, hier zu verweilen und nach Neuigkeiten zu fragen, und ritt daher geradewegs zur Festung weiter. Junker Thomas bereitete mir einen herzlichen Empfang, und nachdem er alles Vorgefallene gehört hatte, lobte er meine Kaltblütigkeit und Geistesgegenwart und sagte viel Gutes über Hauptmann Gissel.

»Auch ich habe mich bemüht, die Befehle des Königs weit auszulegen und kleinliche Maßnahmen zu meiden«, sagte er. »Schädliches Unkraut muß ausgejätet werden, bevor es zu üppig wird und heilsamere Gewächse erstickt. Ich glaube, ich kann sagen, daß diese ganze Gegend nun ruhig ist und dem König oder seinen treuen Dienern keine Schwierigkeiten mehr machen wird.«

Er blies durch die behaarten Nasenlöcher und stand starr wie ein Fels, während ich nach seinem Diktat einen Bericht an Seine Majestät schrieb über die großen Dienste, die Junker Thomas ihm erwiesen hatte.

Als ich aber am Ende war, wandte ich mich ehrerbietig an ihn: »Der gute Erzbischof Gustaf hat mir die Hand aufgelegt und mich geweiht, und es ziemt sich daher nicht länger, daß ich als gewöhnlicher Sekretär diene. Ich hoffe, Bischof Arvid wird mir eine geeignete Pfründe übertragen, so daß ich nach Gottes Willen meine Studien fortsetzen kann.«

Junker Thomas lachte laut.

»Ihr mögt nach Hause zurückkehren, wenn ihr wollt, und mein Auge und Ohr in der Stadt sein, aber die Herde muß dorthin ziehen, wo sich Weideplätze finden, und Ihr werdet bald merken, wo Euer Vorteil liegt.«

Ich machte mich daher auf, um mit dem Bischof zu sprechen. Aber unterwegs verließ mich der Mut, und ich trat auf einen Humpen Bier in die Drei Kronen. Als ich die behagliche Schenke betrat, erstarb das Gespräch. Ein Gast nach dem anderen legte seine Münze auf den Tisch, erhob sich und ging, so daß der Raum in wenigen Augenblicken leer war, zur großen Entrüstung der Wirtin.

Sie begrüßte mich und meinte: »Ich weiß nicht, was heute mit den Leuten los ist. Einige sind verstimmt, weil Junker Thomas auf dem Marktplatz Galgen errichten ließ. Das ist früher nie geschehen. Es macht den Leuten nichts aus, zum Galgenhügel hinauszupilgern, um dem Hängen zuzusehen. Aber ich bin so glücklich, weil Euer Freund Andy zurückgekehrt ist und nun bei mir wohnt. Vielleicht wird er auf dem Schloß Stückmeister und ein feiner Herr sein, denn er hat auf seinen Reisen in fremden Ländern viel gelernt. Doch vielleicht kommt Ihr zur Hintertür herein, Michael, und setzt Euch zu Andy in die Küche, damit Ihr meine Gäste nicht verscheucht. Die Leute sind in den letzten Tagen gar sonderbar geworden.«

Ihre gedankenlosen Worte verletzten mich, aber von einer törichten Schenkwirtin war wohl nichts Besseres zu erwarten, daher versetzte ich heiter und gelassen, ich wolle mein Bier lieber im Gasthaus trinken, als meinen Rang in zweifelhaften Gaststätten aufs Spiel zu setzen.

So ging ich ins Gasthaus, aber der Wirt schien keineswegs erfreut, mich zu sehen. Er hub sogleich an, über die schlechten Zeiten und die matten Einnahmen zu klagen. Der Kellnerjunge setzte mir schales Bier vor und brachte es zuwege, mir die Hälfte davon in den Schoß zu schütten, so daß ich größte Mühe hatte, mich für den Besuch beim Bischof wieder zurechtzumachen.

Der Wirt wischte mir mit der Schürze die Knie ab und bemerkte: »Gelehrter Herr, nehmt einem alten Mann seine Worte nicht übel. Aber viele haben gedroht, Euch zu verbleuen und in den Fluß zu werfen, und ich wäre froh, wenn Ihr mich nicht zu oft besuchen wolltet, da es Händel setzen könnte. Niemand würde ein Wort verlieren, wenn ich Junker Thomas bediente, denn er ist ein Fremder und hat sich mit Haut und Haaren dem König verschrieben. Aber Ihr, Michael, seid in unserer guten Stadt geboren; Ihr seid unter uns aufgewachsen und tragt einen finnischen Namen, obgleich Gott weiß, woher Euer Vater kam. Und so können die Leute nicht verstehen, warum Ihr vor dem König schweifwedelt und seine Aufträge zum großen Verdruß Eurer Landsleute so beflissen ausführt.«

Ich war eine Weile um eine Antwort verlegen. Erst auf der Treppe fiel mir ein, was ich hätte sagen sollen, und ich murmelte ein paar mörderische Worte, als ich das Haus verließ. Brennend vor Empörung, schritt ich an der Kirche und am St.-Örjans-Hospital vorbei und zog den Klopfer am Tor des Bischofs so kräftig, daß drinnen der Hof widerhallte. Der Diener, der herbeigeeilt kam, mir zu öffnen, war weiß im Gesicht, und Bischof Arvid empfing mich sogleich. Seine Hände zitterten, als ich in seine Studierstube trat.

»Wer glaubt Ihr denn, daß Ihr seid?« rief er. »Wozu diese Gewalttätigkeit? Wir leben in schlimmen Zeiten, und nicht einmal eines Bischofs Leben ist sicher.«

»Gnädiger Herr«, antwortete ich, »jeder Ehrenmann, jeder Anhänger der Union genießt volle Sicherheit unter dem Schutz unseres guten Königs, und nur wer etwas zu verbergen hat, sieht Gespenster am hellichten Tage.«

»Ihr habt recht«, sagte der Bischof hastig, »und ich habe natürlich nichts zu verbergen. Setzt Euch, Michael, mein lieber Sohn, und sagt mir, womit ich Euch am besten dienen kann.«

Er bat mich, ihm alles zu erzählen, was ich wußte, und war tief entsetzt über Doktor Hemmings trauriges Ende zu Raseborg.

»Gott sei gelobt, daß ich in keinerlei Verbindung mit ihm stand«, sagte er, »Doktor Hemming hat mich im Zorn verlassen. Es steht mir nicht zu, über das Vorgehen Seiner Majestät zu urteilen. Aber in diesem Fall hat er recht gehandelt, denn Doktor Hemming war ein Schelm, der sein Mäntelchen nach jedem Winde hängte, und ich kann nur meinem Schöpfer danken, daß er mich vor dem Netz seiner Ränke bewahrte.«

Ich erzählte ihm ferner, wie Seine Gnaden, der Erzbischof, begleitet von drei Bischöfen und acht Kanonikern, mich zum Priester geweiht hatte, betonte aber, daß es mir eine Beruhigung wäre, wenn diese Weihe durch den guten Bischof Arvid selbst im Dom zu Abo unter den üblichen Zeremonien bestätigt würde. Auch hoffte ich im Vertrauen auf seine Gunst und seinen guten Willen, daß er mir eine bescheidene Pfründe verschaffen würde, die mir die Fortsetzung meiner Studien an der Universität Paris ermöglichte, da ich keinen sonderlichen Wunsch verspürte, in meinem Heimatland zu bleiben.

Darüber wurde der Bischof jedoch verlegen und meinte: »Das

ist eine komplizierte theologische Frage, die ich überdenken und mit meinen guten Kanonikern besprechen muß.«

Ich fragte etwas entrüstet, ob er sich für klüger halte als den Erzbischof. Er erwiderte: »Zeigt mir Seiner Gnaden schriftliche Bestätigung Eurer Weihe oder wenigstens ein Dokument vom Domkapitel, und die Sache ist geregelt. Vorläufig habe ich nur Euer Wort, und wenn ich auch von Eurer Redlichkeit überzeugt sein mag, reicht Eure unbekräftigte Aussage doch nicht zur Lösung einer schwierigen theologischen Frage hin, die selbst die gelehrten Doktoren der Universität in Verlegenheit brächte.«

Ich beharrte nicht ohne Hitze auf meinem Wunsch und drohte ihm sogar mit der Ungnade des Erzbischofs, aber er blieb unerbittlich. Er versicherte mich jedoch seiner Bereitwilligkeit, mir zu helfen, wenn ich zuerst die erforderliche schriftliche Bestätigung von Upsala besorgte. Ich sah keine andere Wahl, als Bischof Slagheck einen demütigen Brief zu schreiben und ihn zu bitten, seinen Einfluß für mich zu verwenden.

Der Brief ging vor Weihnachten ab, jedoch unmittelbar darauf fror die See zu, und ich hatte Zeit genug, meine Angelegenheiten zu überdenken, während ich auf Antwort warten mußte. Ich wollte nicht auf die Festung und in den Dienst von Junker Thomas zurückkehren, da mir seine Gesellschaft zuwider geworden war, und mußte mich daher in meinem früheren und einzigen Heim, bei Jungfer Pirjo, niederlassen. Sie betreute mich und nahm mich in Schutz, denn sie kannte die Reinheit meiner Beweggründe. Auch Pater Petrus verließ mich nicht in meiner Not, sondern besuchte mich oft und tröstete mich mit lehrreichen Geschichten über die Vergänglichkeit irdischen Glücks. Manchmal pflegte auch Meister Laurentius, seiner alten Gewohnheit getreu, die Hütte aufzusuchen, um aus dem abgewetzten silbernen Becher würzigen Glühwein zu trinken und von der Unsterblichkeit und von Gespenstern zu reden. Aber diese beiden guten Männer waren meine einzigen Gefährten, denn alle meine anderen früheren Bekannten verabscheuten meine Gesellschaft und nützten jeden Vorwand, rasch weiterzugehen, wenn wir einander zufällig auf der Straße trafen und sie mich, der Höflichkeit gehorchend, grüßen mußten.

5

Was Wunder also, daß ich jenen langen Winter hindurch in schwärzeste Melancholie verfiel! Ich verlor meinen Trieb nach Geselligkeit und war zufrieden, allein zu sein. Wäre ich unverfroren und aufdringlich zu Werke gegangen, so hätte ich zweifellos den Stadtrat bewegen können, mir eine Stelle zu verschaffen. Aber ich wünschte nicht, aus schnöder Erpressung Nutzen zu ziehen, da mich die Haltung der Leute und ihre Verkennung meiner guten Absichten noch tief verletzten. Ich sagte mir, daß sie sich in den vor uns liegenden schlimmen Zeiten vielleicht an mich wenden und meine Hilfe und Gunst erbitten würden, und dieser Gedanke tröstete mich. Größeren Trost aber fand ich in den Büchern, denn der gute Bischof gestattete mir den Zutritt zu seiner Bibliothek, um mich mit wenig Aufwand bei guter Laune zu halten. Um mich auf den heiligen Beruf, der mir stets vor Augen schwebte, vorzubereiten, las ich mit gebührender Demut die Werke der Kirchenväter, darunter die *Summa* des heiligen Thomas von Aquin, die schon klügeren Männern als mir manch harte Nuß zu knacken gab.

Die Tage wurden länger, die Schneewehen schmolzen, aber mit dem Frühling kamen beängstigende Nachrichten, welche die Skiläufer und Robbenfischer des Bottnischen Meerbusens von der schwedischen Küste mitbrachten. Es hieß, daß ein feuriger Jüngling namens Gustaf Eriksson, dessen edler Vater in Stockholm zusammen mit anderen seinesgleichen als Ketzer enthauptet worden war, das Banner des Aufruhrs zu Dalarna gehißt und eine große Schar von Bauern um sich gesammelt hatte, die sich weigerten, ihre Waffen den Beamten des Königs auszuliefern, und die die hohen Steuern haßten. Diese Bauern hatten bereits eine Anzahl königlicher Offiziere und harmloser Steuereinnehmer getötet, und kein Däne konnte zwischen zwei schwedischen Festungen ohne bewaffnetes Geleit reisen.

Auch in Südfinnland, in der Gegend von Wanda und Raseborg, wo noch Schnee lag, begannen wendige Skiläufer die Steuerbeamten zu überfallen und pflegten schwerbewaffnete Reiter mit Pfeilen anzugreifen, wohl wissend, daß die Reiterei Seiner Majestät ihnen in ihre Schlupfwinkel in den Wäldern nicht folgen konnte. Die Skiläufer raubten ganze Wagenladungen von Steuergeldern und sperrten einmal einen Richter mit seinem ganzen Gefolge im Gerichtssaal ein, verriegelten Fenster und Türen und verbrannten ihn und alle seine Leute bei lebendigem Leibe. Niemand wußte, woher diese schnellen Läufer kamen oder wohin sie gingen. Vermutete es einer, so wagte er es doch nicht anzudeuten, aus Angst, daß man ihm in einer dunklen Nacht die Kehle durchschneiden oder seine Hütte anzünden könnte. Infolgedessen lebten alle friedlichen, gesetzestreuen Bürger in ständiger Angst und fürchteten die schnellen Skiläufer der Wälder ebensosehr wie Junker Thomas' Reiter, deren jeder ein geschmeidiges Seil um den Sattelknopf geschlungen trug.

Die Skiläufer wagten sich bis Abo vor. Eines Morgens fand man eine Kundmachung an die Domtür genagelt, des Inhaltes, daß die dänische Tyrannei und Unterdrückung bald vorüber sein würde und jeder, der den Dänen mit Wort oder Tat helfe, seinen Hals aufs Spiel setze. Die Geistlichkeit des Domes fürchtete sich anscheinend, dieses aufrührerische Dokument abzureißen, und ließ es nicht nur bis zum Hochamt an Ort und Stelle, sondern las es sogar laut denen vor, die nicht lesen und schreiben konnten, denn am Domtor hatte sich eine große Menge Neugieriger versammelt und begaffte die Kundmachung. Junker Thomas hörte erst zur Essenszeit davon und sandte seine Reiter im Galopp durch die Stadt, um den verächtlichen Wisch abzureißen. Dennoch liefen ein paar ungehobelte Lehrlinge ihren Meistern davon und verschwanden, und einige Bürgersöhne folgten, ungeachtet der Tränen und Warnungen ihrer Eltern, ihrem Beispiel. Jeder trug in jenem Frühling irgendeine versteckte Angst mit sich herum, und blickte man den Leuten in die Augen, so sah man es unter der toten Asche glühen. Ich konnte mich der Furcht nicht erwehren, daß Kummer und Verwüstung folgen mußten.

Auf Bischof Slaghecks Brief mußte ich bis zum Sommer warten. Er hatte in großer Eile geschrieben und bedauert, meiner Sache nicht dienen zu können, denn Erzbischof Gustaf sei ein Verrückter, mit dem kein vernünftiger Mensch verhandeln könne; kein Wunder, daß ihn die schwedischen Herren seines Amtes entkleidet hatten. Der Erzbischof habe sich nun mit Bischof Jens gegen Meister Slagheck verbunden und höre, in seinem steten, brennenden Wunsch, in Schweden Hahn im Korb zu bleiben, nicht im geringsten auf seine, Meister Slaghecks, Warnungen und Ratschläge.

Doch habe ein neuer Hahn daneben zu krähen begonnen; der junge Emporkömmling Gustaf habe das Volk so verderbt, daß Meister Slagheck gezwungen war, den Bischofsstab mit dem Schwert zu vertauschen und an der Spitze eines Heeres gegen ihn zu ziehen. Diese Schlacht hätte mit einer Niederlage nicht nur des genannten Gustaf, sondern auch Meister Slaghecks selbst geendet, der den Spießen und Pfeilen der Bauern nur mit Mühe entgangen war. Es sei nicht nötig, davon in Finnland zu erzählen, und Meister Slagheck erwähne es nur, um mir klarzumachen, daß er an andere Dinge zu denken habe als an mein Priesterkleid. Übrigens müsse ich, wenn ich nicht für mich selbst sorgen könne, es nur meiner eigenen Torheit zuschreiben, und er gedenke nicht, mich mit Gewalt in hohe Stellungen zu befördern, wenn es mir an Witz fehle, selbst dahin zu kommen.

»Aber«, so schloß er, »wenn Ihr nicht ein größerer Narr seid, als ich glaube, so müßt Ihr schon den Rahm von der Schüssel abgeschöpft haben, die ich Euch vergangenen Winter vorsetzte, und jetzt ein reicher Mann sein. Ich will mich daher begnügen, Euch meinen Segen zu senden und auch Erfolg in allen Euren Unternehmungen zu wünschen.«

Als ich diese Zeilen las, fiel es mir wie Schuppen von den Augen, und ich fühlte eine so große Leere in mir, wie damals, als Julien d'Avril zur Bekehrung der Türken aufgebrochen war und mich in der kleinen Schenke vor Paris mit seinem Abschiedsbrief hatte stehenlassen. Auch verstand ich nicht, was Meister Slagheck mit dem »Rahm« meinte. Ich hätte ihn mit Freuden gezwungen, all den Rahm zu lecken, den man mir in jenem Winter zu Abo vorgesetzt hatte, wo mir Laien wie Geistlichkeit nichts als Spott und bösen Willen entgegengebracht hatten.

6

In diese düsteren Überlegungen war ich an jenem Abend versunken, als Andy eintrat. Er nahm ohne ein Wort des Grußes die Mütze ab, setzte sich in eine Ecke, stützte das Kinn in die Hand und seufzte tief auf. Ich seufzte ebenso tief zur Antwort, um ihm zu zeigen, daß ich meine eigenen Sorgen hatte. Aber als wir einige Zeit seufzend beisammengesessen hatten, wurde ich ungeduldig und fragte ihn, warum er gekommen sei, mich so zu plagen.

»Sei nicht böse, Michael«, antwortete er. »Ich habe den Hals in der Schlinge und bin am Ende meiner Weisheit, wie ich ihn herausziehen soll. Du bist klüger als ich und überdies ein Gelehrter; du mußt mir aus der Patsche helfen. Diesen ganzen Winter hindurch hat mich die Wirtin Zu den Drei Kronen liebevoll betreut, wie du weißt, und bisher hatte ich nicht zu klagen. Aber nun hat sie mich in die Enge getrieben; sie will, daß ich sie heirate!«

Dies hörte ich mit Staunen, wünschte ihm aber von ganzem Herzen Glück dzu.

»Andy, du Liebling Fortunas! Die Drei Kronen sind die beste Schenke in Abo, und die Witwe kann ihr Gold mit der Schaufel zählen. Überdies ist sie in ihrem Gewerbe wohlerfahren und eine gesprächige, umgängliche Frau.«

Aber Andy entgegnete: »Ach, wenn es nur ums Essen ginge, wollte ich nicht klagen. Aber eine Heirat — davor hab' ich mich immer gedrückt. Ich bin noch jung, und sie ist doppelt so alt wie ich. Mir ist, als wolle sie mich mit vorgehaltener Pistole an den Altar bugsieren ... Und der Frühling hat mich aufgestört. Ich kann nicht länger hier herumlungern, obwohl ich mir jeden Morgen und Abend und besonders zu den Mahlzeiten sage, wie gut es ist, unter alten Freunden zu sein, die eine christliche Sprache reden.«

Seine trübsinnigen Worte stimmten mich nachdenklich, und ich entgegnete nach tiefem Grübeln: »Es liegt auf der Hand, Andy, daß uns beiden in den Sternen ein gemeinsames Schicksal geschrieben steht, denn wenn du Angst und Kümmernis ausgestanden hast, so ist auch mir zumute wie einem, der ohne Hosen auf einem Ameisenhaufen sitzt. Mir sind schwere Bedenken über König Christians Beweggründe aufgestiegen; jedenfalls zahlt er aber einen gar schäbigen Lohn. Und somit wäre auch ich reif zur Entlassung und zum Aufbruch, wäre es nicht so beschwerlich, als armer Mann zu reisen. Und ich kann mir nicht denken, wie ich meinen Beutel füllen soll.«

Andy warf mir einen forschenden Blick zu und meinte: »Gestern abend kam ein seltsamer Gast in die Drei Kronen; als er hörte, daß ich ein ausgebildeter Kanonier sei, begann er, mich mit einer sehr verlockenden Beschäftigung zu versuchen. Er gehört, scheint's, zu Grabbacka Nils' Leuten, und die Arbeit, die er für mich hat, wäre ein Posten auf einem Kaperschiff, wo ein kluger Mann auch bald ein reicher ist.«

»Andy, Andy«, warnte ich ihn. »Du sprichst von gottlosen Dingen – und zum Seemann bist du nun einmal nicht geboren. Junker Thomas hat geschworen, Nils am Nock seines Schiffes, des ›Finnischen Prinzen‹, aufzuhängen. Außerdem ist Grabbacka Nils ein blutdürstiger Mann, der Häuser voller Menschen in Brand gesteckt und selbst Kirchen ausgeraubt hat.«

»Aber«, versetzte Andy nachdenklich, »er will nur junge, unverheiratete Männer in seinen Diensten, und das spricht für ihn. Der Kerl bei den Drei Kronen kann seine Schlauheit nicht genug loben. Nils erklärte, er beraube die Dänen im Namen Gottes und seines Landes und aller guten Menschen. Zu Junker Thomas' Drohungen meinte er, so sicher es noch Gerechtigkeit und Gottesfurcht auf der Welt gibt, so sicher soll Junker Thomas noch früher baumeln als er. Unter seinen Leuten sind Kleriker und Bürgersöhne, und er braucht, wie andere hohe Offiziere, einen Schiffskaplan, der Latein schreiben und seinen deutschen und dänischen Gefangenen die Sakramente spenden kann, bevor er sie hängt, was beweist, daß er ein frommer Mann und kein Heide ist.«

»Fern sei es von mir, an so etwas zu denken«, rief ich. »Ich würde ihm nicht zusagen, denn in seine Dienste treten heißt, beim Teufel selbst Kaplan werden. Jedenfalls würde er mich unverzüglich aufknüpfen, denn er gehörte zu Nils Eskilssons Zechkumpanen zu Raseborg und hat geschworen, dessen Tod zu rächen.«

Andy erhob sich und vergewisserte sich, daß niemand an der Tür horchte. Dann sah er mich unverwandt an und sagte ernst: »Du brauchst ihm nie unter die Augen zu kommen, denn Grabbacka Nils kann auch ungesehene Männer brauchen, die ihm Nachrichten zukommen lassen können. Er will wissen, welche Schiffe von Abo in See gehen, was sie geladen haben und wie sie bestückt sind, Einzelheiten über die Dienstwege der Steuereinnehmer – wann sie die Stadt verlassen und wann sie zurückkehren – und viele andere Dinge, die einem Mann von seinem Beruf nützlich sein können. Mein Kumpan zeigte mir einen breiten Spalt in der Dommauer gegenüber dem St.-Örjans-Hospital. Wenn irgendein kühner Mann bisweilen einen Brief in diesen Spalt stecken sollte, so könnte dieser selbe Mann seinen Lohn an demselben Orte finden. Aber da ich selbst ein unwissender Kerl bin, will ich in die Wälder gehen und Tannenzapfen sammeln, um den Ehebanden zu entgehen.«

»Gott und die Heiligen mögen dich schützen, Andy! Du willst mich zu schnödem Verrat verleiten. Schon bei dem bloßen Gedanken fühle ich die Schlinge um den Hals.«

»Es wäre am sichersten für dich, ins Schloß zurückzukehren und wieder in Junker Thomas' Dienste zu treten, wenn du nicht mit mir in die Wälder gehen willst; sonst hast du vielleicht eines schönen Tages ein Messer zwischen den Rippen. Grabbacka Nils scheint außer sich vor Wut über den Tod seines Freundes. Aber selbst im Schloß hättest du gewiß im Dom und im Hause des Bischofs zu tun, und unterwegs könntest du den Spalt in der Mauer untersuchen. Hab keine Angst; die Leute, denen ich gehorche, sollen den Verfasser der Briefe nie kennenlernen.«

Er hörte nicht auf meine Warnungen, sondern verließ in jener Nacht heimlich die Stadt, zum großen Kummer der Witwe Zu den Drei Kronen. Doch er hatte wahr gesprochen, denn schon am nächsten Abend wurde ich auf dem Heimweg von der Vesper überfallen und hielt es daher für das klügste, zu Junker Thomas zurückzukehren und ihm zu sagen, daß ich in Abo nicht mehr sicher war. Er empfing mich freundlich, da er seines neuen Sekretärs Mans bereits überdrüssig geworden war, eines einfältigen schwedischen Schreibers, der aus seiner Feindschaft gegen die Dänen nie ein Hehl machte. Aber zu mir hatte Junker Thomas Vertrauen, und mir teilte er alle seine Pläne mit.

Träge verrann die Zeit auf dem Schloß; Gefallen fand ich weder an der Gesellschaft des Schreibers Mans noch des Kaplans, der lieber mit den Söldnern Bier trank und Würfel spielte, als sich über geistliche Dinge zu unterhalten.

Zum Zeitvertreib stellte ich eine ausführliche Liste aller aus Abo auslaufenden Schiffe auf, mit einer Beschreibung ihrer Ladung und Bestückung, den Namen der Kapitäne und der Stärke der Besatzungen. Ich hielt auch die Verstärkungen fest, die Junker Thomas nach Raseborg entsenden wollte, das nun von Seeräubern bedroht war. Auf meinem Weg zur Bibliothek des Bischofs, daraus ich die *Summa* des heiligen Thomas von Aquin entlehnen wollte, ließ ich das Papier in den Spalt gegenüber der kahlen Mauer des Hospitals gleiten. Ob ich nun die Hand im Spiel hatte oder nicht – viele Nachschubtransporte nach Stockholm wurden auf der Höhe der Alandinseln angegriffen und versenkt. Die schwedischen Provinzen konnten die Hauptstadt nicht länger mit Nahrungsmitteln versorgen, und so mußte Junker Thomas diese Lebensbedürfnisse unter großen Schwierigkeiten in den schon ausgeplünderten Pfarren der Umgebung von Abo zusammenkratzen.

Als ich später nach dem Hause des Bischofs unterwegs war, um die Kommentare zurückzustellen, hielt ich inne, um an der Kirchenmauer mein Geschäft zu verrichten, und steckte zugleich die Hand in den Spalt. Auf dem Grunde des Loches lag ein weiches, schweres Säcklein, das ich frohen Herzens in meinen Beutel gleiten ließ. Ich eilte in Jungfer Pirjos Hütte, zählte das Geld darin und fand große und kleine Silberstücke, Münzen von Stockholm und Abo, einige Lübecker Gulden und einen glatten Dukaten. Wieder einmal fühlte ich mich reich; dies Geld würde für eine Reise von vielen Monaten reichen. Zur Sicherheit vergrub ich es unter einem flachen Stein am Birnbaum.

Mir war zumute, als breche die Sonne durch und als tue sich nach langen, schweren Regenschauern der blaue Himmel auf. Ich sagte mir, das Leben sei ein Glücksspiel, das auf lange Sicht nur der gewinnen könne, der leichten Herzens mit falschen Würfeln spiele und sich dabei nicht erwischen lasse. König Christian und Meister Slagheck hatten mich in meiner Vertrauensseligkeit für einfältig gehalten und mich in Kummer und Qualen gestürzt. Ihnen verdankte ich nichts, und Junker Thomas noch weniger, denn der war ein grausamer Mann. Bisher war ich ein Schaf unter Wölfen gewesen, und sie hatten mich mit falschen Versprechungen geschoren. Nun wollte ich mir unter der geschorenen Wolle die Wolfshaut wachsen lassen.

Während des Sommers reiste ich oft nach der Stadt und fand es nicht schwer, ab und zu die Hand in den Spalt zu stecken. Seltsame Vögel begannen sich von Abo nach allen Verstecken auf den Inseln und anderswo zu schwingen, und sie kehrten beständig wieder und legten in der Mauer goldene und silberne Eier.

Inzwischen brachten Schiffe aus Stockholm schlimme Kunde. Es hieß, der Bauernhaufe des jungen Gustaf nähere sich der Hauptstadt und schließe sie ein, während aus den Schlössern und festen Städten des Königs die Flüchtlinge unter Gustafs Banner strömten. Die Schweden hatten ihn zu ihrem Regenten gewählt, und er warb mit Lübecker Geld deutsche Söldner an, die ein starkes Rückgrat seines Heeres bilden sollten. Junker Thomas konnte sich nur wundern, daß die Seeräuber vor den finnischen Küsten so kühn geworden und über seine Pläne so wohl unterrichtet waren. Dänische Schiffe mußten nun in Geleitzügen nach Stockholm fahren, was viel Zeit kostete.

Ich hatte beabsichtigt, in jenem Herbst den Staub der Stadt von den Füßen zu schütteln, ins Ausland zu reisen und es den Kämpfenden zu überlassen, ihren Streit zu schlichten, so gut sie konnten. Ich war ein Gelehrter und meine einzige Waffe der Gänsekiel. Aber ich verschob meine Reise nach Paris, denn es ging das Gerücht, der König von Frankreich rüste gegen den Kaiser, und ich wollte nicht aus dem Regen in die Traufe geraten. So weilte ich im November, als Gustafs Streitkräfte landeten und sich mit denen Nils Grabbackas vereinigten, immer noch in der Festung Abo.

FÜNFTES BUCH

BARBARA

1

Die Belagerung Abos zu schildern lohnt sich nicht, denn sie machte beiden Seiten wenig Ehre. Die Belagerer hatten keine Artillerie, lungerten die meiste Zeit in den Hütten herum und tranken Bier, während die unfreiwilligen Schloßbewohner in ihren Rüstungen dahindösten und untereinander zankten und tranken. Sie waren schwer zu befriedigende Gäste; an Ausfällen beteiligten sie sich nur höchst widerwillig, und beim ersten Schuß, der aus den hölzernen Brustwehren der Belagerer fiel, pflegten sie mit Roß und Wagen davonzusprengen, während die Fußsoldaten sich keuchend an die Schweife ihrer Pferde klammerten.

Der gute Bischof Arvid zeigte sich endlich in seiner wahren Gestalt und lieh den Belagerern seine eigenen Reisigen und Feldschlangen, Pferde, Munition und Proviant, denn Gustafs Anhänger waren arme Leute. Sie trieben sich mit Freuden müßig in den warmen Hütten umher und bekleckten ihre Wämser mit dem bißchen Proviant, den Junker Thomas den Städtern gelassen hatte. Als Gustafs Leute zuerst in Abo einzogen, hießen die Bürger sie mit Freudentränen willkommen, läuteten die Kirchenglocken und sangen Gott Loblieder. Aber noch vor Weihnachten begannen sie zu seufzen und sich zu fragen, ob es nicht besser wäre, Junker Thomas' wenige Wölfe zu füttern als die zahllosen, räuberischen Ratten Herrn Gustafs.

Es war nicht schwer, über die Stärke, die Bewaffnung und die Moral der Angreifer im Bilde zu bleiben, weil das einzige Ziel unserer Ausfälle war, irgendeinen armen Teufel gefangenzunehmen. Junker Thomas hieß alle Gefangenen mit gleicher Genugtuung willkommen, und nachdem er sie nach besten Kräften ausgepreßt, durchgewalkt und geröstet hatte, hängte er sie alle an den Wällen auf, ungeachtet ihres Ranges und ihrer Verfassung.

In der Festung herrschte wenig Weihnachtsfreude, und Junker Thomas sah nur mürrische Gesichter und abgewandte Blicke um sich. Dennoch war er ein hervorragender Führer, wenn auch ein bißchen rauh und allzu rasch bei der Hand. Bevor die Küste einfror, schickte er seine Kriegsschiffe und übrigen Fahrzeuge weg, damit sie sich denen unter Admiral Severin Norby von der königlichen Flotte anschlössen und nicht in Feindeshand fielen. Er verpflichtete sich, die Festung bis zum Frühling zu halten, und bekam schon im Januar zum Lohn für seine Bemühungen die Zusage rascher Hilfe. Seine Majestät war über den Aufruhr sehr erbost und trug ihm auf, alle Schweden oder Finnen, die sich zufällig im Schlosse aufhielten, zu hängen, und fügte hinzu, daß er allen Offizieren im schwedischen Reich denselben Befehl erteilt hatte.

Über diesen Brief war Junker Thomas sehr erfreut und segnete König Christian; er meinte, er habe die sauren Gesichter rings um sich satt, und seine einzige Sorge sei die, daß zu wenig Galgen vorhanden sein könnten. Er konnte kaum den nächsten Tag erwarten, bis die Zimmerleute sie aufgerichtet hatten, und ließ dann alle Schweden und Finnen hängen, wie der König befohlen hatte. Darunter waren zwei kleine Jungen von edler Abkunft, die seine Leute von den Rockschößen ihrer Mütter wegschleppen mußten. Selbst der Schreiber Mans fand eine Schlinge um seinen Hals; Junker Thomas fürchtete, der könne ihn verraten, obwohl Mans viel zu albern war, um ein Verräter zu sein. Er tat mir leid, mehr noch bangte ich aber für mich selbst, überzeugt, daß mir dasselbe Schicksal blühte. Ich war gebürtiger Finne wie die anderen, und als ich sie alle Seite an Seite auf den Wällen baumeln sah, packte mich die Angst so heftig, daß ich Junker Thomas aufsuchte und ihn geradeheraus fragte, wann ich an die Reihe käme.

Er hörte mich verblüfft an, bekreuzigte sich aber nach einigem Nachdenken fromm und sagte: »Zum Teufel mit dem gottlosen Gedanken! Ich kann nicht einen hängen lassen, den der Erzbischof selbst zum Priester geweiht hat. Ich bin ein gläubiger Mensch und halte die Sakramente in Ehren.«

2

Es war ein milder Winter, und bald kam der Frühling. Die See warf ihre eisigen Fesseln ab, und es dauerte nicht lange, bis die sorglosen Belagerer durch einen furchterregenden Anblick aufgescheucht wurden. Norby, der fröhliche Admiral, lief mit dem Wind im Rücken in die Flußmündung ein. In der Stadt herrschte ein heilloses Durcheinander. Gustafs Leute flohen in solcher Hast, daß ich im Hause des Bischofs einen halbgeleerten Suppenteller auf dem Tisch vorfand. Sonst fand ich freilich wenig, denn Nils Arvidsson, der sein Pulver in einem Steinhaus am Nordufer aufgespeichert hatte, sprengte es vor seiner Flucht in die Luft und entfachte dadurch ein Feuer, das einen großen Teil der Stadt zerstörte. Bauten aus Stein, wie der Dom, das Kloster, das Haus des Bischofs und das Hospital, blieben unversehrt; aber selbst dort flogen die bleigefaßten Fensterscheiben unter dem Druck der Explosion in Stücke. Der gute Bischof und die Bürger hatten ihre Habe schon lange vorher in Sicherheit zu bringen gewußt, und so wütete das Feuer meist in leeren Häusern. Doch sowohl Admiral Norby als auch Junker Thomas erhitzten sich über den Brand und hielten wenig von Nils Arvidssons Feldherrnkunst.

Ich eilte als einer der ersten in die Stadt, während das Feuer noch wütete, und lief zu Jungfer Pirjos Hütte, für den Fall, daß sie eines Schutzes gegen Plünderer bedurfte. Die Hütte stand noch, die Fenster freilich waren eingeschlagen und die Tür aus den Angeln gerissen worden. Als ich eintrat, sah ich, daß alle brauchbare Einrichtung entfernt und das übrige zerbrochen war. Andy lag dort auf einer Schütte Stroh. Neben ihm auf dem Boden saß die Wirtin von den Drei Kronen, ihre Röcke um sich gebreitet; es lief ihr aus Augen und Nase wie aus einer Traufe.

»Gott segne Euch, Michael!« sagte sie. »Meine Schenke steht in Flammen, aber ich konnte eben noch Euren Bruder hierherschleppen – denn ich ahnte, daß Ihr kommen würdet, und Ihr seid seine einzige Hoffnung.«

Ich hörte die Soldaten auf der Straße toben und lärmen und wußte im Augenblick nichts Besseres zu tun, als Andys Gesicht mit der Tinte aus meinem Schreibzeug zu besprengen.

Als gleich darauf die Soldaten hereinstürmten, hielt ich sie an und sagte: »Hier liegt ein Mann an den Blattern in den letzten

Zügen; und hier ist nichts mehr übrig, was des Mitnehmens wert wäre, wie ihr seht.«

Sie bekreuzigten sich mehrmals und drängten eilig zur Tür hinaus, denn Andy bot mit seinen schwarzen Flecken im Gesicht und den erschreckten Grimassen, die er schnitt, in der Tat einen furchterregenden Anblick.

Als sie draußen waren, wandte ich mich an ihn.

»Was ist dir widerfahren? Wo ist die gute Jungfer Pirjo? Und warum bist du zurückgeblieben, daß man dich aufhängt, du Narr? Deine Freunde hätten dir helfen können, oder du hättest wenigstens vor dem Altar Asyl gefunden.«

Andy erwiderte traurig: »Ich habe keine Freunde auf dieser elenden Welt außer dir, Michael, und dieser guten Witwe, die wie eine Klette an mir hängt. Ich habe mich mit meinen Kameraden gezankt, und sie haben mich so zugerichtet.«

»Du mußt freilich ein rechter Streithans sein, wenn du nicht einmal mit deinen Waffengefährten in Frieden leben kannst. Zweifellos warst du besoffen. Der Suff wird noch dein Tod sein – wenn du durch ein Wunder dem Galgen entgehst.«

Schwach wie er war, entgegnete Andy doch entrüstet: »Ich wollte, ich wäre besoffen gewesen, so daß ich mich besser hätte wehren können, denn wenn ich nüchtern bin, bin ich so schwach wie ein Lämmlein. Sie haben mich beinahe umgebracht, als ich versuchte, deine gute Pflegemutter zu retten. Sie ist tot.«

Die Wirtin Zu den Drei Kronen putzte sich die Nase und bestätigte diese Nachricht. Als sie mich vor Entsetzen sprachlos sah, fuhr sie eifrig fort und erzählte mir, daß es den Bürgern vor einigen Tagen eingefallen war, Jungfer Pirjo der Zauberei anzuklagen. Mit Hilfe der verrückten Soldaten warfen sie sie von der Brücke in den Fluß, aber sie trieb dank ihrer umfangreichen Unterröcke wieder schön ans Ufer wie eine wirkliche Hexe. Daher steinigten sie sie zu Tode und steckten sie in einen alten Korb, damit sie flußabwärts und ins Meer hinaus getrieben werde, möglichst weit weg von der guten Stadt Abo, der sie zweifellos schon lange Unheil gebracht hatte.

»Sie schalten sie, daß sie eine solche Teufelsbrut wie Euch, Michael, zur Welt gebracht und Euch in ihrem Hause beherbergt habe«, fuhr sie behaglich fort. »Sie rächten sich an ihr, da Ihr ihnen entwischt ward. Als aber Andy hörte, was geschehen war, stürzte er wie ein wilder Stier auf ihre Angreifer los. Einem drosch er den Schädel ein, einen anderen ersäufte und viele weitere verletzte er, bevor der Pöbel ihn überwältigen konnte. Sie hätten ihn gewiß um einen Kopf kürzer gemacht, wäre ich nicht dazugekommen und hätte ihn nicht mit Bier und gutem Silber losgekauft.«

Andy aber meinte: »Nimm es nicht allzu schwer, Michael. Jungfer Pirjo bittet dich, ihr Los nicht zu bejammern, denn du könntest nichts dafür. Sie sagte, sie habe dich immer wie ihren leiblichen Sohn geliebt. Den Tod schien sie nicht zu fürchten. Sie blieb hart und unerschütterlich bis zum letzten Atemzug und rief, ihre Peiniger, die sie steinigten, würden bald in der Hölle braten. Der Bischof stand auf der Brücke und sah zu, ohne einen Finger zu rühren, und ihm rief sie zu, er werde die Vogelkirschenblüte nicht mehr erleben.«

Diese entsetzliche Geschichte verstörte mich so, daß mir die Knie wankten und ich zu Boden sank. Ich konnte nur den Kopf hin und her wenden, und darin brannte nichts als glühender Haß gegen die Stadt Abo und alle ihre Bewohner. Kein Zweifel, sie hatten selbst das Verderben über sich gebracht, als sie eine wehrlose alte Frau steinigten, die ihnen so wenig Böses zugefügt hatte! Mein einziger Trost war, daß Jungfer Pirjos Zorn nun seine Macht erwies, denn wenige Tage nach ihrem Tod ereignete sich die Explosion und brach das Feuer aus, das die halbe Stadt eingeäschert hatte. Auch Bischof Arvid konnte ihrem Fluch nicht entrinnen, das wußte ich, obwohl er geflohen war.

Doch nun galt es, keine Zeit zu verlieren, denn der Wind sprang um. Als ich aus der Tür blickte, sah ich Rauchsäulen, Funkenwirbel und die Straße schwarz von Ratten, die aus den brennenden Häusern davonstoben.

Der Allmächtige war mit Andy, denn aus den Rauchschwaden tauchte ein dänischer Soldat mit schweren Verbrennungen heulend vor uns auf. Er riß sich den heißen Helm von der Stirn und warf ihn von sich. Er hatte sich auf der Suche nach Beute zwischen den Hütten verirrt, und es war ein leichtes, ihm mit einer Stange eins über den Kopf zu hauen. Ich nahm seinen Helm und Küraß und stattete Andy damit aus; dann band ich ihm Schärpe und Schwert des Dänen um. Mit großer Mühe gelang es der Witwe und mir, ihn bis ans Flußufer zu bugsieren, wo wir ihn in ein

Boot legten. Dann ruderte ich ihn zum Kloster hinüber, wo Pater Petrus ihn im Keller zwischen Fässern und Speckseiten verbarg. Pater Petrus und ich fielen einander um den Hals, weinten und beklagten Jungfer Pirjos trauriges Los, und er schmähte den hartherzigen Kirchenfürsten, der tatenlos zugesehen hatte, wie der Pöbel sie steinigte. Er sagte mir, daß der Bischof im Hafen Raumo ein mit seinen Kostbarkeiten beladenes Schiff liegen habe und nach Schweden fahren wolle, um sich dort unter Gustafs Schutz zu stellen.

Auf diese Nachricht hin eilte ich, entschlossen, mich jedes Vorteils zu bedienen, in die Stadt zurück und bat Admiral Norby um eine Unterredung. Dieser lustige Herr saß auf einem Grabstein vor dem Portal des Domes, von dem seine Leute die Flüchtlinge hinwegzulocken versuchten. Als ich ihm erzählt hatte, was ich von den Schritten des Bischofs wußte, erklärte er hocherfreut, er werde nicht verfehlen, dem würdigen Herrn die Hölle heiß zu machen. Doch wie sich später herausstellte, war Jungfer Pirjos Fluch so wirksam, daß sich ein gewaltiger Sturm erhob und das Schiff des Bischofs mit Mann und Maus darin umkam.

Jungfer Pirjos Tod hatte mir unsäglichen Gram bereitet, allein mein Wunsch, Andy zu retten, bewahrte mich vor der Stumpfheit der Verzweiflung.

Admiral Norby war sehr gnädig und diktierte mir einen Brief an Frau Christina, die nun mit anderen edlen Frauen in Dänemark gefangensaß. Der Admiral vertraute ihr an, daß er von der stolzen, schönen Witwe, die aus einem der edelsten Geschlechter Schwedens stammte, bezaubert sei und alles tun wollte, was in seiner Macht läge, um ihr zu helfen, ihren Kummer zu vergessen und sich wieder den Freuden dieser Welt zuzuwenden.

Mein Brief gefiel ihm; er nahm ihn mir aus der Hand, blickte mich freundlich an und fragte: »Warum so niedergeschlagen, junger Mann? Kommt mit auf See, und laßt Euch von Eurem Kummer heilen!«

Seine Sorge rührte mich tief; ich antwortete weinend: »Diesen ganzen Winter habe ich nichts als das Aas an den Galgen gerochen, und meine einzige Musik war der heisere Ruf der Krähen. Meine teure Pflegemutter wurde als Hexe zu Tode gesteinigt. Nun ist es mein einziger Wunsch, eine Wallfahrt ins Heilige

Land zu tun, um die Vergebung meiner Sünden zu erflehen und dann Mönch oder Einsiedler zu werden.«

»Jeder nach seinem Geschmack«, meinte der Admiral, bemerkte aber, ich sei jung und gliche einem Heiligen nur wenig. Er sprach auch teilnahmsvoll von Jungfer Pirjo, als ich ihm ihre Geschichte erzählt hatte.

Da ich ihn mir wohlgewogen sah, fuhr ich bescheiden fort: »Ich habe einen Pflegebruder, einen brauchbaren, ehrlichen, wenn auch beschränkten Burschen. Er hat unter Nils Arvidsson als Kanonier gedient, wurde aber verwundet, als er meiner Pflegemutter beisprang. Nehmt ihn in Eure Dienste, Herr, und rettet ihm das Leben, denn wenn Ihr aus Abo auslauft, wird Junker Thomas ihn ohne Zweifel hängen lassen, und er hat niemand, der ihm helfen könnte, da seine eigenen Kameraden sich gegen ihn gewendet haben.«

Der Admiral dachte eine Weile nach und erwiderte: »Einen solchen Burschen könnte ich brauchen. Die schlauen Lübecker rüsten zum Krieg. Einige ihrer Kriegsschiffe sind bereits ausgelaufen, aber meine Spione, die ich in jener Stadt unterhalte, sind entweder unfähig oder betrunken, weil ich keine Nachrichten von ihnen bekomme. Wenn Ihr mir helfen wolltet, so würde ich Euch und Euren Pflegebruder anwerben, da er etwas von Geschützen versteht – denn Ihr, denke ich, versteht von Kriegsschiffen weniger als die Sau von Schüsseln und Pfannen.«

»Wie komme ich nach Lübeck?« fragte ich. »Und wenn ich mein Geschäft dort besorgt habe, darf ich dann den Pilgerstab nehmen und ins Heilige Land ziehen?«

Er lachte.

»Ihr seid so recht ein Mann nach meinem Herzen, Michael, denn Ihr wißt, was Ihr wollt. Ich versichere Euch, Ihr werdet meinetwegen so frei sein wie der Vogel in der Luft, selbst wenn ich von Euch nur die eine Nachricht erhalten hätte, daß die Sau achtzehn Junge geworfen hat; ich werde dann wissen, daß die Lübecker Flotte, achtzehn Schiffe an der Zahl, ausgelaufen ist. Ohne brauchbare Nachrichten gleich dieser sitze ich hier fest, als hätte ich den Kopf in einen Sack gesteckt.«

Er wies mich an, in den Hafenschenken Lübecks nach einem Mann mit einer Hasenscharte und nur drei Fingern an der rechten Hand Ausschau zu halten. Ihn könne ich getrost mit eingehenden Nachforschungen über die Lage auf dem Schweinemarkt betrauen. Hätte den schon der Henker geholt, so solle ich einen Fischer bestechen, nach Visby in Gotland zu fahren und die Schweine dort zu verkaufen. Die Fischer und andere arme Leute in und um Lübeck seien auf den anmaßenden Stadtrat nicht gut zu sprechen; daher sollte es mir nicht schwerfallen, einen willigen Boten zu finden.

So geschah es, daß uns Admiral Norby beide an Bord seines Flaggschiffes nahm, als er wieder in See stach, um die Lübecker Flotte zu vernichten, wo immer er ihrer ansichtig würde. Bevor wir aber in See gingen, suchte ich die Stelle auf, wo Jungfer Pirjos Hütte gestanden hatte, und grub dort unter dem verkohlten Birnbaum nach meinem Geld. Dann stieg ich in den Keller und holte mir eine Menge ihrer Arzneien, damit ich in Lübeck als Arzt auftreten könnte. Es schien mir klüger, offen, gleichsam mit fliegenden Fahnen und klingendem Spiel, in die Stadt einzuziehen, als dort gleich einem verdächtigen Ausländer herumzuschleichen.

3

Von Junker Thomas nahm ich leichten Herzens Abschied. Wir kreuzten einige Tage in Lübecker Gewässern; dann sandte uns unser gutmütiger Admiral an Land, bevor er seinen Stützpunkt in Gotland wählte, wo er Nachrichten über die feindlichen Bewegungen abwarten wollte. Ich machte mich sogleich auf den Weg gen Lübeck, gefolgt von Andy, der mein Gepäck auf dem Rücken trug. Wir gesellten uns unangefochten zu anderen Reisenden; am Stadttor brauchte ich nur zu erklären, ich sei der Doktor Illustrissimus Michael Pelzfuß, um unverzüglich eingelassen zu werden; unverfälschtes Silber beantwortete alle übrigen Fragen. Der edle Admiral hatte mich mit deutschen Münzen und Florentiner Golddukaten wohl versehen, damit ich mich nicht durch in Abo oder Schweden geschlagene Münzen verriete.

Ich schlug meinen Wohnsitz in einer guten Taverne auf, wie es einem Manne meines Standes zukam, und ließ sofort durch einen Trommler öffentlich verkünden, daß ich eine Heilpraxis eröffnet hätte und alle Beschwerden heilen würde, selbst die, deren die einheimischen Ärzte nicht Herr würden. Sofort belagerte mich eine Horde Unheilbarer mit ihren Angehörigen, während zugleich die Ärzte der Stadt den Stadtrat mit Geschichten von einem ausländischen Quacksalber bestürmten, der ihnen ihre Vorrechte streitig machen wolle. Bevor ich noch Zeit fand, meinen ersten Kranken zu untersuchen, schleppte man mich wegen gesetzwidrigen Verhaltens vor die Richter, verlangte mein Diplom zu sehen, brummte mir eine Geldstrafe auf und hieß mich ein geschriebenes Gesuch einbringen, wenn ich zu Lübeck als Arzt praktizieren wolle. Wie ich gehofft hatte, fiel es niemand ein, daß ich ein anderer und gefährlicherer Geselle sein könnte.

Daher trat ich gefaßt und selbstsicher vor die Schranken des Gerichts. Unter den versammelten Ärzten in ihren pelzverbrämten Talaren erregte ich mit meinen Studien an der Universität großes Aufsehen; unter anderem erwähnte ich, daß ich unter dem weitberühmten Doktor Theophrastus Bombastus Paracelsus gearbeitet hatte. Die Ärzte erklärten einstimmig, ich sei zu jung, als daß ich meine medizinischen Studien hätte beenden können, und forderten mich zu einer Disputation über einige heikle Fragen heraus.

Ich aber wandte mich an den Rat: »Die Wissenschaft des Arztes beruht nicht auf seinem Latein, sondern auf seinem Vermögen, zu heilen. Ich fordere die Ärzte auf, sich darin mit mir zu messen. Laßt mich einen Kranken behandeln, den sie als unheilbar aufgegeben haben, und wir wollen sehen, wer von uns mehr vermag.«

Darauf wurden die Ratsherren kleinlaut, konnten sie doch nicht glauben, daß einer eine so kühne Sprache wagen würde, der seiner Sache nicht sicher sei; sie betrachteten mich mit einer gewissen Ehrfurcht.

Die Doktoren aber waren höchst erbost. »Gelten den Herren vom Rat Leben und Gesundheit der guten Leute von Lübeck so wenig, daß sie dies einem Quacksalber anvertrauen würden? Solch einem Mann mag hie und da etwas gelingen, indem er sich zur Linderung der Schmerzen eines Unheilbaren teuflischer Künste bedient; doch ist das reines Blendwerk, und wir verdächtigen diesen Mann als Spagyristen, Häretiker und Nekromanten.«

Nach einer lärmenden Wechselrede wurde mir verboten, als Arzt in Lübeck zu praktizieren, außerdem wurde ich zur Bezahlung der Prozeßkosten verurteilt. Eine Geldstrafe jedoch blieb mir erspart, denn der Tavernenwirt konnte bezeugen, daß ich nicht Zeit gehabt hatte, jemand zu behandeln. So gewannen die Ärzte ihren Prozeß, und ich behielt einen guten Ruf.

Sogleich nach dem Prozeß erbat einer der Ratsherren meinen ärztlichen Rat, denn, so meinte er, weder Gesetz noch Brauch könnten mir verbieten, Leute unentgeltlich zu behandeln; auch untersage das Gesetz den Kranken nicht, mir Geschenke zu machen, wenn es ihnen beliebe. Im Laufe unseres Gespräches, während dessen wir vom Krieg und den schurkischen dänischen Seeräubern sprachen, welche die dortige Küste heimsuchten, erwähnte er, daß Lübeck zehn vollbestückte Kriegsschiffe an Gustaf Eriksson verkauft und von ihm dafür eine Reihe schwedischer Schlösser zum Pfand erhalten habe.

Ich kehrte in die Taverne zurück. Während die wartenden Kranken noch ihrer Erbitterung Luft machten, daß ich sie dank der Eifersucht meiner Kollegen nicht behandeln durfte, lenkte die Ankunft einer reichgekleideten Dame meine Aufmerksamkeit von ihnen ab. Ihr Haar war auf venezianische Art gefärbt; ihre braunen Augen weiteten sich vor Erstaunen, als sie meinem Blick begegneten. Mir war, als zöge sich eine Schlinge um meinen Hals zusammen; sie tat aber, als kenne sie mich nicht, und schritt geradewegs in ihr Gemach. Ich fragte den Wirt, wer sie wohl sei, und erfuhr, sie sei eine reiche schwedische Witwe aus vornehmem Geschlecht, die in Lübeck den Frieden abwarte, um nach Schweden zurückkehren und ihre Güter wieder in Besitz nehmen zu können, die der harte König Christian ihr gestohlen habe, nachdem ihr Gatte im Kampfe gegen die Jüten gefallen sei.

Diese Geschichte beruhigte mich, deutete sie doch darauf hin, daß auch Madame Agnes ein Doppelspiel spielte. Ich ging eben mit mir zu Rate, ob ich sie besuchen, offen mit ihr sprechen und mich ihres Schweigens vergewissern sollte, als Andy stockbesoffen vom Hafen zurückkehrte. Ich hatte ihn dorthin gesandt, damit er die Schenken nach einem Mann mit einer Hasenscharte und drei Fingern an einer Hand absuche, und nun brannte er darauf, gleich wieder hinunterzugehen, wenn ich ihm mehr Geld gäbe. Ich hatte vollauf zu tun, ihn zu beschwichtigen, aber schließlich schlug er lang auf den Boden hin und blieb wie ein Toter liegen. Das erboste mich so, daß ich nach dem Schlafenden trat, bei welch löblichem Tun mich Madame Agnes überraschte; sie schlüpfte in meine Stube, schlang mir die Arme um den Hals und sagte, sie habe mich immer vermißt.

»Bist du es wirklich, Michael?« rief sie. »Wie mich das freut! Doch sehe ich mit Schmerz, daß deine Stirn gefurcht und du nicht mehr das flaumige Kücken von damals bist, als wir uns zum erstenmal begegneten. Aber Michael, mein Liebster, du darfst mich hier in dieser bösen Stadt nicht kennen; das würde mir schaden. Hier weiß niemand, daß Herr Didrik mein Bruder ist, und ich führe ein tugendsames Leben, in der Hoffnung, einen guten Mann zu finden, der um mich freit.«

»Ich teile Euren Kummer, Madame Agnes«, versetzte ich. »Ich höre, Ihr seid eine reiche Witwe aus vornehmem Hause und von brennendem Rachedurst gegen den bösen König Christian erfüllt. Daher laßt Ihr Euch über die militärischen Unternehmungen zu Lübeck berichten, und alle Eure Verehrer sind hohe Seeoffiziere.«

Sie errötete anmutig und erwiderte: »Habt Ihr die Unverschämtheit besessen, mir nachzuspionieren? Und Ihr – was führt Ihr im Schilde? Ihr werdet am Galgen enden, wenn auch nur ein Mensch entdeckt, daß Ihr in Eurer Jugend der dänischen Sache dientet.«

»Ich bin nicht mehr jung«, gab ich zurück, »sondern ein ehrwürdiger Arzt, und niemand weiß, daß ich Finne bin. Mein Name ist Michael Pelzfuß. Ihr und ich, wir sitzen im selben Schifflein, schöne Madame Agnes, und ich trage kein Verlangen danach, Euch zu kennen, wenn Ihr es nicht wünscht. Soll ich aber an den Galgen, so sollt Ihr, bei allem, was heilig ist, an meiner Seite baumeln.«

Sie preßte die Hand an den Mund und murmelte schaudernd: »Sprecht nicht von so fürchterlichen Dingen! Legt Eure Arme um mich – seid zart mit mir, denn ich bin eine einsame Frau und leide große Angst vor den Gefahren, denen mein heimtückischer Bruder mich ausgesetzt hat. Habt Ihr Geld?«

Ich sagte ihr, ich hätte genug für ein bescheidenes Leben auf einige Zeit; darüber sichtlich erfreut, meinte sie: »Gebt mir zehn Goldstücke, und ich will Euch an niemand verraten. Als Pfand dürft Ihr von mir fordern, was Ihr wollt, selbst das Opfer meiner Tugend und meines guten Namens, wenn Ihr es übers Herz bringt, eine so grausame Forderung zu stellen.«

Dies lehnte ich jedoch aufrichtigen Herzens ab; ihre Pfänder seien für mich wertlos.

»Die Wahrheit zu sagen«, fuhr ich fort, »ich war eben daran, Euch aufzusuchen und Euch im Gedenken an die alten Zeiten selbst um eine Anleihe von einigen Goldstücken zu bitten. Ich will ins Heilige Land ziehen, um Vergebung meiner Sünden zu erlangen, und Ihr würdet ein gottgefälliges Werk tun, wenn Ihr mir helfen wolltet.«

Sie versetzte kopfschüttelnd: »Der Kerl, den Ihr da bei Euch habt, brüllte wie ein Stier, und ich hörte ihn von einem Mann mit einer Hasenscharte und drei Fingern reden, den Ihr im Hafen sucht. Wollt Ihr mir ein Goldstück geben, wenn ich Euch sage, wo er ist?«

»Gott vergebe uns unsere Sünden!« platzte ich erstaunt heraus. »Wir beide dienen offenbar demselben Herrn, Madame Agnes. Ihr sollt das Goldstück haben, wenn Ihr den Kerl herbringt. Jeder Vagabund in Lübeck weiß Dinge, von denen sich der dänische Admiral nichts träumen läßt.«

Die schöne Agnes wollte zuerst das Goldstück sehen, schloß ihre zarte Hand darum und meinte unschuldig: »Ich kann ihn nicht herbringen; Ihr müßt ihn selber suchen. Ihr werdet ihn am Tor des Zeughauses finden; dort hängt er gevierteilt an der Wand.«

Ich mußte ihr glauben und war erbittert über den Verlust eines ganzen Dukatens sowie des Silbergeldes, das Andy vertrunken hatte. Da mir keine andere Wahl blieb, als ihr zu vertrauen, fragte ich sie, wie es ihr mit dem Schweinehandel gehe, da die Muttersau schon lange geworfen habe. Sie erwiderte, der Handel sei in die Brüche gegangen, da die Ferkel dem Koben entlaufen seien und der Admiral in Finnland zu lange gezögert habe, um sie in seinem Sack zu fangen. Die Mächtigen Lübecks hätten ihre Ohren in jeder Schenke, und als sie zum Krieg rüsteten, war das erste, daß sie jeden, der ihren Kriegsschiffen übertriebene Beachtung geschenkt hatte, ins Gefängnis werfen oder hinrichten ließen.

»Mir ist, als hätte ich den Kopf im Rachen eines Bären stecken«, jammerte sie. »Es war nie möglich, eine einzige brauchbare Nachricht nach Visby gelangen zu lassen; hier sitze ich nun mit all meinen Neuigkeiten wie der Geizige über dem Gold, das er nie ausgeben wird. Ich meine jedenfalls, daß König Christian das Spiel verloren hat. Lübeck hat Truppen gegen ihn ausgehoben, und sein lieber Onkel, der Herzog von Holstein, will sich seinen Feinden anschließen. Es wäre klug, andere Jagdgründe aufzusuchen. Der Kaiser und der König von Frankreich führen gegeneinander Krieg und brauchen Diener ihrer Sache, und Heinrich VIII. hat Frankreich den Krieg erklärt, wofür ihm der Papst den Titel ›Schirmherr des Glaubens‹ verliehen hat.«

Sie erzählte mir von den Ereignissen in Europa so viel Neues und Erstaunliches, daß mir war, als hätte ich zu lange in einem finsteren Loch gehaust. Ich bestellte Wein und Speisen auf meine Stube und verbrachte einen angenehmen Abend in Madame Agnes' Gesellschaft, während Andy auf dem Boden schnarchte. Sie erzählte mir, daß der türkische Sultan Selim Belgrad erobert habe und Ungarn bedrohe, wobei er die Zwietracht im Lager der Christenheit, die schlimmer sei als je zuvor, geschickt ausnütze. Dem Kaiser sei es auf unlauteren Wegen gelungen, seinen unnachgiebigen holländischen Lehrer auf den Stuhl des heiligen Petrus zu bringen, und dieser neue Papst nenne sich Hadrian VI. Madame Agnes erzählte mir ferner viele schlüpfrige Histörchen vom französischen Hof und den Mätressen Franz' I. Sie entfaltete allen Witz und alle Bosheit, doch von Zeit zu Zeit tat sie einen sehnsüchtigen Seufzer und ließ ihre braunen Augen auf mir ruhen.

Schließlich sagte sie: »Ihr seid jung, Michael, jünger als ich, und ich komme mir neben Euch wie eine Greisin vor, obwohl ich noch nicht fünfundzwanzig bin – oder wenigstens noch nicht dreißig. Ihr seid viel männlicher geworden, als ich Euch in Erinnerung habe. Ich finde Eure Selbstbeherrschung und Eure dunklen Augen richtig verwirrend.« Sie maß mich neugierig. »Woran denkt Ihr?«

»Ich fragte mich eben, wie wir entwischen könnten, solange noch Zeit ist, und mich quält der Gedanke an die vielen Spione, die vielleicht ebenso müßig wie wir in dieser guten Stadt herumlungern, nun da Admiral Severin sich trotz all seiner Klugheit lächerlich gemacht hat.«

»Genug für heute . . .! Es ist Abend geworden. Das Schnarchen Eures Dieners stört mich; wir wollen unser Gespräch in meinem Gemach fortsetzen.«

Andys mächtiges Schnarchen störte auch mich, und ich folgte

ihr. Beim Duft ihrer Salben und Wohlgerüche wurden schmerzliche Jugenderinnerungen wach. Ich hatte zwar den Entschluß gefaßt, mich nie wieder einer Frau zu nähern, doch wurde ich daran schneller zum Verräter, als man ein Ave hersagen kann. Das einzige, was ich zu meiner Verteidigung vorbringen kann, ist, daß sie ausnehmend zugänglich war und mich vieles verstehen lehrte, was mir an den oft absonderlichen Wünschen der Frauen rätselhaft gewesen war.

Trotz ihres Flehens blieb ich jedoch nicht die Nacht über bei ihr; wußte ich doch, wie wenig ihr zu trauen war. Ich raffte Kleider, Gürtel und Börse zusammen und kehrte auf meine Stube zurück, wobei ich die Tür sorgfältig hinter mir versperrte. Andy lag und schnarchte so kräftig wie je; ich aber konnte keinen Schlaf finden, so müde ich auch war. Wach und angespannt lag ich auf meinem Bett.

Allmählich verrauchte der Weindunst. Durch die offenen Fensterläden drang der Duft feuchten Grases aus dem Kräutergarten der Taverne, und das fahle Dämmerlicht des Morgens stahl sich in die Stube. Mir war, als stünde ich mit einem Fuß an der Schwelle des Todes und blickte auf vergeudete Tage zurück. All jene Pläne, im Dienste Admiral Severins weltliche Erfolge und Ehren einzuheimsen, erschienen nun als leere und trügerische Hirngespinste. Dachte ich an das politische Ränkespiel, so sah ich nichts als den grauen Himmel, die grauen Schneeflocken und den Dampf, der vom warmen Blut auf dem Marktplatz von Stockholm aufstieg. Dachte ich an mein Heimatland, so sah ich Schwärme glänzend schwarzer Krähen schwirren und Mutter Pirjo, die Arme schützend gegen den sausenden Steinhagel erhoben. Für mich gab es kein Zurück, und dieser Gedanke erfüllte mich mit namenlosem Leid. In mir wohnte weder Bitterkeit noch Haß, nur die Überzeugung, daß der Mensch der schlimmste Feind des Menschen ist.

Dann fiel mir die heilige Kirche ein, und ich erkannte im kalten Licht meiner eigenen inneren Leere, daß ich nur aus krankhaftem, selbstsüchtigem Ehrgeiz nach der Priesterwürde getrachtet hatte. Ich hatte diese heilige Berufung nie mit den Augen eines zukünftigen Dieners der Armen angesehen. Mir hatte sie sieben, zehn, vielleicht gar zwanzig Silbermark jährlich bedeutet, wovon ich nach eigenem Belieben leben und studieren, höhere Grade erwerben und dadurch emporkommen könnte. Überdies machte mir mein Studium keine Freude, da ich alles, was man mich lehrte, unterwürfig hinnahm und nie wagte, eine eigene Frage zu stellen, aus Angst, die Kirche anzugreifen – dazumal das Los eines jeden, der die menschlichem Wissen gesetzten kanonischen Grenzen übertrat.

In der fahlen Morgendämmerung überfiel mich nach jener Nacht der Anspannung und verzehrenden Leides eine leibliche Müdigkeit und in ihrem Gefolge ein seltsamer, schmerzlicher Rausch. Die Mauern, die mich umgaben, stürzten ein, und plötzlich wußte ich, daß Gott und Satan in meinem Herzen wohnten und darin unermeßliche Kräfte zum Guten wie zum Bösen schlummerten. Außerhalb meines eigenen Herzens jedoch gab es weder Gott noch Satan, sondern nur eine verrückte, sinnlose Welt, deren Bewohner einander in einem abscheulichen, aus Begierde und Todesangst geborenen Ringen bekämpften. Gott und Satan waren in uns verborgen und hatten außerhalb unseres innersten Herzens keine Macht; dort aber offenbaren sie sich. Alles andere war Brauch, Sitte, Übereinkommen; ein Gebäude, das der Mensch in Wollust und Angst aufgeführt hatte. Der Sohn Gottes war Mensch geworden, und wenn er die Sünden der Welt mit seinem Blut gesühnt hatte, welches Recht hatte dann die Kirche, sein Fleisch und Blut für Gold zu verschachern? Wo immer zwei oder drei versammelt waren, um Gott in ihren eigenen Herzen zu suchen, da konnten sie ja das Brot brechen und den Wein segnen, die unter ihren Händen so gewiß in das Fleisch und Blut Christi verwandelt wurden wie in den Händen eines geweihten Priesters.

So wurde ich mir plötzlich aller ketzerischen Gedanken bewußt, die in meinem Inneren so lange in der Stille herangereift waren. Doch war ich ungeachtet meiner Verzückung darüber entsetzt, denn diese Gedanken waren eine zu starke Kost für mein altes Ich, das sich so lange von jedem Windstoß hatte treiben lassen.

Als ich aber am Morgen erwachte, war mir, als hätte ich nur einen bösen Traum gehabt, und der Anblick Andys, der auf dem Boden lag und stöhnend den Kopf mit den Händen hielt, rief mich mit Gewalt in den Alltag zurück.

Ihn ob seiner Dummheit zu schelten war zwecklos; daher wanderte ich selbst zum Hafen hinunter, um Mittel und Wege zu finden, dem Admiral eine Nachricht zukommen zu lassen. Allein mein Gang blieb vergeblich. Jeden Morgen liefen die Fischerboote mit ihren Netzen aus, aber Wachboote folgten ihnen und ließen kein einziges Segel aus den Augen. Ich selbst wurde nicht verdächtigt, weil ich verlauten ließ, ich warte auf eine Gelegenheit zur sicheren Überfahrt nach Danzig; außerdem aß und trank und zeigte ich mich oft mit Madame Agnes – die mich jetzt beschwor, sie auf meiner Weiterreise wenigstens bis Venedig mitzunehmen –, so daß der Wirt glaubte, ich machte der schönen, reichen Witwe ernstlich den Hof.

Eines Tages kehrte Andy vom Hafen zurück und berichtete: »Da hockt ein Kerl mit einem Glasauge schon seit vier Tagen unten am Tor des Zeughauses. Er versucht, seine Schweine an die Schiffe zu verkaufen, fordert aber einen so hohen Preis, daß sie keiner kaufen will, obwohl er weint und jammert und alle Vorübergehenden anfleht, in Gottes Namen zu kaufen, sonst werde ihn seine gestrenge Herrin zum Krüppel schlagen.«

Ich stutzte. Das Glasauge mochte gar wohl ebenso wie die Hasenscharte ein Einfall von Admiral Severin sein, denn es konnte nicht einmal einem Fremden entgehen.

So ging ich stracks zum Hafen, trat an den schmierigen, übelriechenden Sauhändler heran und sprach zu ihm: »Bist du von Sinnen, Kerl? Heute sitzt du den vierten Tag hier und versuchst, deine Schweine um einen Schandpreis an den Mann zu bringen. Weißt du nicht, daß der Rat der Stadt solche Händel verboten hat? Bald werden die Hellebardiere hier sein, dich durchwalken und deine Schweine konfiszieren, ohne dir einen Pfennig dafür zu zahlen. Verkauf die Schweine sogleich mir, und du wirst einen guten Kunden finden.«

Das Glasauge seufzte und weinte: »Der Rat hat nur die Preise für geschlachtete Tiere und gesalzene Fische festgesetzt. Für Lebendgewicht darf man fordern, soviel man will, und meine Herrin heischt einen hohen Preis für diese Tiere, denn sie sind ein guter Schlag und gut zu mästen. In Stockholm würde man sie mit Gold aufwiegen; ich höre, man verzehrt dort schon Ratten und Katzen.«

Ich meinte: »Mein Diener soll ein Weilchen auf deine Schweine achten. Komm mit mir in die Kirche, wo wir die Sache in Ruhe besprechen können.«

Er tat, wie ich ihn geheißen hatte. Wir knieten wie zum Gebete; dann murmelte er: »Der edle Herr, dessen Namen ich nicht nennen darf, hieß mich nach einem Manne Ausschau halten, der trotz seiner Jugend aussieht, als hätte er seine Butter verkauft und den Erlös verloren. Zweifellos seid Ihr jener Mann, und ihr müßt mir sogleich erzählen, was Ihr wißt, denn ich gehe heute abend in See. Ich soll Euch ein Goldstück für jedes Schwein geben, von dem Ihr wißt, oder aber auch ein Messer in den Leib rennen, ganz wie ich es für richtig halte.«

Ich teilte ihm alles mit, was ich entdeckt hatte, und bat ihn eindringlich, eine gewisse gutunterrichtete, vornehme Dame mitzunehmen, denn ich sah keinen anderen Weg, Madame Agnes loszuwerden. Während wir noch sprachen, huben die Glocken zu läuten an, und siegestrunkene Menschen strömten in die Kirche, um Gott zu loben.

Ich fragte sie, was geschehen sei, und sie antworteten: »Es hat eine große Seeschlacht vor Stockholm stattgefunden, und die stolzen Lübecker Mannen, die unter Herrn Gustaf dienen, haben ein starkes dänisches Geschwader vernichtet, das aus Finnland zur Befreiung Stockholms unterwegs war. Kein einziges Schiff entkam, und Gustaf hat den Admiral hängen lassen, einen gewissen Junker Thomas, der kein besseres Los verdiente.«

Glasauge seufzte tief und sprach: »Nun habe ich mehr als genug zu erzählen, und der Admiral wird mich für die schlimmen Nachrichten auch noch hängen lassen. Doch es ist hoch an der Zeit, daß ich gehe; und ich kann keine Unterröcke an Bord brauchen, denn sie bringen Unglück auf See, und die Fahrt wird beschwerlich und gefahrvoll sein.«

Ich bat und flehte und versprach ihm schließlich, er könne alles Gold, das mir zugedacht sei, behalten, wenn er nur Madame Agnes mitnehmen wollte.

Darauf besann er sich eines Besseren und meinte fromm: »Wenn sie als Nonne verkleidet ist, kann ich sie aus der Stadt schmuggeln, ohne Verdacht zu erwecken; eine solche Verkleidung könnte überdies die Sturmgeister täuschen, so daß sie uns eine glückliche Reise gewähren. Ich werde sie nach dem Abendgottesdienst vor der Liebfrauenkirche erwarten.«

Madame Agnes jedoch war gar nicht erbaut, als sie von der bevorstehenden Reise hörte. Sie weinte und rang die Hände, zieh mich der Treulosigkeit und meinte, sie habe auf mein Versprechen gebaut, sie nach Venedig mitzunehmen.

»Liebe Madame Agnes«, entgegnete ich, »Ihr habt mich ganz und gar mißverstanden. Ich versprach nur, Euch aus Eurer schwierigen Lage zu retten und Euch zu helfen, Euren wohlverdienten Lohn vom Admiral einzuheimsen. Der ist übrigens ein hübscher Bursche, dem keine Frau widerstehen kann. Er ist eben daran, zu Visby die ganze Beute zu sichten, die er auf den aufgebrachten Schiffen gemacht hat, und dort werdet Ihr, wie mich dünkt, wenige Nebenbuhlerinnen haben.«

Wir stritten noch eine Weile, dann seufzte sie und sagte: »Es scheint also, daß ich die Reise nach Venedig wegen Eures kalten, harten Herzens aufgeben muß, Michael. Ohne Zweifel steht mir dies Schicksal in den Sternen geschrieben, obwohl ich nie gedacht hätte, daß ich jemals gezwungen würde, Schleier und Habit einer Nonne zu tragen.«

Ich wünschte ihr Glück für die Reise; sie umarmte mich und versuchte dabei, mit einem kleinen Messer die Schnüre zu durchschneiden, mit denen meine Börse an meinem Gürtel befestigt war. Doch ich hielt die Geldkatze mit der freien Hand fest, während ich sie küßte, und ihre Augen füllten sich mit Tränen ungeheuchelter Enttäuschung. Sie drückte die Hoffnung aus, daß ich auf meinem Weg ins Heilige Land den Türken in die Hände fallen möge, und so schieden wir.

Nachdem sie gegangen war, sagte ich zu Andy: »Wir haben unsere Aufgabe wie ehrenhafte Männer erfüllt, und es steht uns nun frei, nach Belieben zu kommen und zu gehen. Wir wollen nach dem Süden reisen, in fremde Länder unter anderen Sternen. Wir wollen unsere schmerzlichen Erinnerungen zurücklassen und von Venedig ins Heilige Land fahren, um dort Vergebung unserer Sünden zu erlangen.«

Andy fragte, ob es nach dem Heiligen Land weit sei; er glaubte nicht, daß seine Sünden schon so groß seien. Dennoch wollte er möglichst viele Meilen zu Wasser wie zu Land zwischen sich und die Witwe Zu den Drei Kronen legen. Ich zog meine schönen Kleider und damit meinen alten Adam aus und legte dafür den grauen Pilgermantel an; die Lenden gürtete ich mit einem groben Strick. Ich verkaufte alles überflüssige Gepäck und behielt nur meine Arzneitruhe, die Andy den ganzen Weg bis ins Heilige

Land tragen konnte, wie er mir versicherte. Als wir die Stadttore hinter uns hatten, schnitt ich mir einen Eschenstab. Die Masten, die grauen Wälle und schlanken Türme Lübecks versanken hinter uns, als wir uns gen Süden wandten. Das Korn stand hoch und reifte der Ernte entgegen; heiteres Wetter begleitete uns auf der ganzen Reise. Sommer und Vogelsang folgten uns; der Herbst blieb im dämmernden Norden zurück.

Die Strauchritter der Landstraße behelligten uns nicht, da sie mich im Pilgerkleid sahen und für arm hielten und Andys breite Schultern und derber Stock ihnen heilsamen Respekt einflößten. So wanderten wir sechzig Tage, nicht zu hastig, doch auch nicht zu gemächlich. Endlich ragten vor unseren Augen über grünen Weingärten die Alpen gleich schimmernden blauen Wolken zum Himmel empor.

Der Anblick stimmte Andy bedenklich; er riß die Augen auf und meinte: »Das nenn' ich mir einen guten, starken Zaun! Ob wir ihn wohl erklimmen können, ohne uns die Hosen zu zerreißen?«

Und in der Tat, ich zerriß sie mir, bevor wir noch an den Fuß jener Bergketten gelangten.

4

Wir verbrachten die Nacht in einer ummauerten Stadt. In der Schankstube des Wirtshauses saß ein reizbarer Mann, der das Kreuz der Johanniter auf dem Mantel trug. Beim Anblick meines Pilgerhabits wollte er wissen, wohin ich zöge; als er von meinem Ziel gehört hatte, erklärte er entschieden, meine Wallfahrt sei ein vergebliches Beginnen.

»Wißt Ihr nicht, Freund«, sagte er, »daß die Türken die Festung Rhodos belagern? Sollte dieses Bollwerk der Christenheit fallen, so können die Galeeren unseres Ordens die Pilgerschiffe nicht länger schützen. Sie werden erbeutet und die Pilger in eine grausame Sklaverei geschickt werden. Daher wagt heute kein Schiff von Venedig nach dem Heiligen Lande auszulaufen, das wir nun zum letztenmal verloren haben, da die frommen Männer, die in den Kirchen und Klöstern vom Heiligen Grab ihren Dienst versehen, auf die Gaben der Pilger angewiesen sind, um die vom Sultan geforderte erdrückende Steuer von achtzigtausend Dukaten jährlich aufzubringen.

Doch bricht die Christenheit in Wehklagen aus über die Gefahr, die Rhodos droht, oder nimmt sie das Kreuz, oder stattet sie wenigstens eine Flotte zur Verteidigung der Insel aus? Weit gefehlt! Der Kaiser des Heiligen Römischen Reiches und Frankreichs Allerchristlichste Majestät liegen sich in den Haaren und kümmern sich keinen Deut um die Gebete und Hilferufe des Papstes. Und doch: fällt Rhodos, so fällt die Christenheit mit ihm, und die Christen müssen strenge Strafe für ihre Ketzerei und wachsende Gottlosigkeit erdulden. Ich weiß, was ich sage, denn ich bin der Schatzmeister meines Ordens und kann nur unter größten Schwierigkeiten den Jahreszins von unseren Besitzungen eintreiben.

Auch Venedig hat die christliche Sache verraten, da es mit dem Sultan Frieden schloß. Die Venezianer fordern Wucherpreise für eine Überfahrt ins Heilige Land, und das Geld findet seinen Weg in die Truhe des Sultans. Nehmt meinen guten Rat an, laßt ab von Eurem Vorhaben, und opfert Eure Barschaft gegen Siegel und Quittung von mir als Beitrag zum Entsatz von Rhodos.«

Ich entgegnete vorsichtig, ich sei ein armer Mann, der kaum eine Schütte Stroh zum Schlafen und einen Bissen Schwarzbrot erschwingen könne; dennoch wolle ich ihm ein Silberstück für die gute Sache verehren, wenn er mir noch mehr von Rhodos erzähle. Er teilte mir also mit, die türkische Flotte – insgesamt dreihundert Schiffe – liege vor Rhodos und die Türken führten schweres Belagerungsgeschütz mit sich. Der Sultan selbst sei an der Spitze eines Heeres von hunderttausend Mann in Rhodos eingetroffen.

Der untersetzte Johanniter leerte sein Glas, warf bei einer raschen Wendung mit seinem schmutzigen Mantel die Flasche auf dem Tisch um, so daß sie in Stücke zersprang, und donnerte: »Hier frönt alles dem Suff, dem Würfelspiel und der Hurerei, ohne an das Morgen zu denken! Hättet Ihr aber Ohren zu hören, so würdet Ihr den Kanonendonner von Rhodos über Land und Meer vernehmen und die gellenden Schreie der Ungläubigen, wenn sie die Wälle stürmen und zu ihrem falschen Propheten um Hilfe rufen! Das ist die Strafe für die Sünden der Christenheit und die lutherische Irrlehre, die in jedem Dorf von abtrünnigen Mönchen und verheirateten Priestern gepredigt wird – obwohl Luther selbst sich dem Bann durch eilige Flucht entzogen hat. Oder vielleicht hat ihn schon der Teufel geholt.«

Der Wirt wischte den Tisch mit seinem Schurz und brachte dem Ritter ein neues Glas; dieser fuhr ruhiger fort: »Allerorten rühren sie die Werbetrommeln, weil die Kaiserlichen mehr Söldner brauchen; wer aber vom Johanniterorden auch nur spricht, stößt auf taube Ohren. Aber der Tag wird kommen, da die Türken diese tauben Ohren öffnen und sie abschneiden werden — und die Nasen dazu, wahrhaftig! Da sie Männer bei lebendigem Leibe schinden, Kinder auf Lanzen pfählen, Weiber in die Sklaverei verkaufen und ihre Männer kastrieren werden! Dann wird es zu spät sein, über die Torheit der Vergangenheit zu jammern und zu klagen, denn sie haben unseren Orden in seinem Verzweiflungskampfe im Stich gelassen — einem Kampf für die Christenheit und die Freiheit des Mittelmeeres.«

Als wir zur Ruhe gegangen waren, fragte Andy mich, ob ich ganz sicher sei, daß wir nicht im falschen Boot säßen. Venedig selbst, das lasse sich nicht leugnen, sei eine sündige, lasterhafte Stadt; wir aber wollten noch weiter: ins Heilige Land, dessen Sitten und Bräuche so ganz anders seien als die unsrigen, und wo die Zubereitung der Speisen gewiß auf absonderliche Weise vor sich gehe und wohl gar unserer Gesundheit schaden könne. Er schlug vor, wir sollten uns lieber als Söldner ausstaffieren und unter des Kaisers Fahnen Dienste nehmen, da der Kaiser nach den Worten der Werber bereits Mailand erobert habe und nun ganz Frankreich unterwerfen wolle. So möchten wir gar wohl zu Ehren kommen: ich könnte ein Herzogtum erwerben und er Stückmeister Seiner Kaiserlichen Majestät werden.

Ich fragte ihn, ob er noch nicht genug Krieg und Blutvergießen erlebt habe, und erklärte ihm, es sei besser, Christi Wunden zu betrachten und an seine eigene unsterbliche Seele zu denken, als von Beutezügen zu träumen. Wenn er aber das Kreuz nehmen und gegen die Türken auf Rhodos kämpfen wolle, so sei dies ein löblicher Entschluß, der ihn überdies, wenn er ihn ausführe, schnurstracks ins Paradies bringe. Außerdem liege darin offenbar der einzige Weg, ins Heilige Land zu gelangen.

Wir wurden jedoch eines weiteren Wortwechsels enthoben, denn es zeigte sich, daß ich in jenem Wirtshaus mit meiner Börse zuviel Aufsehen erregt hatte. Als wir am nächsten Tag in der

Dämmerung unsere Reise zum »starken Zaun« fortsetzten, befiel uns das Unheil. Andy hatte über Magenverstimmung geklagt und sich hinter einen Haselstrauch zurückgezogen, um sich da zu erleichtern. Als ich auf der Straße seiner harrte, kamen zwei Reiter von der Stadt her im Galopp auf mich zu. Der eine hieb mich über den Kopf, der andere, der Schatzmeister aus Rhodos, versetzte mir einen Hieb in den Nacken und warf mich über seinen Sattel — so glaube ich wenigstens; denn ich wußte nichts mehr von mir, bis ich am Mittag in einer von Gesträuch bewachsenen Mulde tief im Walde die Besinnung wiedererlangte. Ich hatte eine tiefe Wunde am Kopf und fror erbärmlich, denn der Mann hatte mich splitternackt ausgezogen, und die dichten Zweige, mit denen sie mich bedeckt hatten, spendeten keine Wärme. Ich hatte nicht nur meine Börse, sondern auch einige Goldstücke, die ich aus Angst vor Räubern mühsam in mein Gewand eingenäht hatte, verloren.

Das Lied eines Vogels weckte mich. Er sang einfache Worte in meiner Muttersprache: »Nichts nutz, nichts nutz, wieder heim, wieder heim!« So bildete ich mir ein, ich sei wieder ein kleiner Junge, und erwachte eben aus dem Schlaf auf dem Anger vor Abo, wo ich Jungfer Pirjos Schweine hütete. Dann fühlte ich die Eiseskälte und den Schmerz in der Wunde, schob die Zweige beiseite und versuchte, mich aufzurichten.

Da hörte ich eine liebe Stimme sagen: »Gott sei gelobt, daß Ihr lebt, schöner Jüngling! Ich bin all die Zeit bei Euch gesessen, betend und flehend, Ihr möget dem Leben wiedergeschenkt werden, obgleich ich Euch für tot hielt. Aber schont meiner Sittsamkeit und schiebt die Zweige nicht weg; ich habe Euch schon zu lange betrachtet.«

Ich konnte mir nicht denken, wo ich mich befand oder wie ich in den Wald gekommen war, und hatte im Augenblick selbst vergessen, wer ich war und wohin ich wollte. Da ich eben den Vogel zu mir sprechen gehört hatte, war mir, als käme diese liebe Stimme aus der uralten Eiche zu meinen Häupten und als verstünde ich die Stimmen der Vögel so gut, wie wenn ich die Zunge eines weißen Raben verschluckt hätte. Da es mir aber trotz des Schwindels und der heftigen Schmerzen gelang, den Kopf zu wenden, erblickte ich eine Frau, die neben mir auf dem Waldboden kniete und ihre rotgestreiften Röcke anmutig um sich gebreitet hatte.

Sie schien ganz jung zu sein und sah mich aus ihren gelbgrünen Katzenaugen hingebungsvoll an.

Ich schämte mich meiner Blöße und breitete eilends die Zweige wieder über mich; dann fragte ich: »Wo bin ich, und was ist geschehen? Wer seid Ihr? Was tut Ihr hier im Wald, und wie heißt Ihr?«

Sie antwortete: »Ich bin Barbara Büchsenmeisterin, das Kind ehrlicher Eltern aus der guten Stadt Memmingen, wo mein Vater Büchsenmacher ist. Ich bin hierhergekommen, um meinen lieben Onkel zu besuchen. Wir sind nicht fern von der Stadt, und ich sammle Wermut hier im Wald. Wer seid Ihr? Seid Ihr ein Mensch oder ein heidnischer Waldelf, der Menschengestalt angenommen hat, um mich zu verführen?«

Sie streckte die Hand aus und berührte mich an der Schulter, um sich zu vergewissern, daß ich wirklich ein Wesen von Fleisch und Blut sei; ihre Berührung war nicht unsanft.

»Ich bin ein Mensch«, erwiderte ich, »und heiße Michael Pelzfuß – so glaube ich wenigstens, obwohl ich mich im Augenblick nur schwer besinnen kann. Ich bin geschlagen, ausgeraubt und im Wald ausgesetzt worden, so nackt, wie mich der Herrgott geschaffen hat – und wohl auch so arm und ebenso des Mitleids bedürftig.«

Die Frau faltete die Hände, lobte und dankte Gott und sprach: »So hat der allmächtige Vater mein Gebet erhört, und mein Traum ist in Erfüllung gegangen. Schon lange plagt mich die Unruhe, und deshalb kam ich hierher, um meinen Onkel in dieser Stadt zu besuchen, in der Hoffnung, hier einen Gatten zu finden, denn in meinem Heimatstädtchen, wo alle mich kennen, fand ich keinen. Doch wollte es mir auch hier nicht gelingen, da ich meine besten Jahre hinter mir habe. Neulich träumte mir nun, mir werde geheißen, in den Wald zu gehen, um einen Gatten zu finden, und so wanderte ich tagein, tagaus hierher und redete mit den Kohlenbrennern und Holzfällern. Und so fand ich Euch. Der Schöpfer hat Euch ohne Zweifel zu meinem Gemahl bestimmt, da er Euch nackt und bloß, krank und hilflos hier liegen ließ, so daß Ihr mir nicht weglaufen könnt wie die anderen. Und ich habe Euch schon ins Herz geschlossen und an meine Mitgift gedacht, obgleich weibliche Scham mir verbat, Euch allzu genau zu betrachten.«

Ich versetzte: »Barbara Büchsenmeisterin, Gott und seine Heiligen waren es ohne Zweifel, die Euch zu mir führten, daß ich nicht erfrieren oder von Wölfen zerrissen werden sollte. Das will ich nicht leugnen. Dennoch solltet Ihr Euch nicht in nutzlose Pläne verlieren, denn ich bin ein Kleriker auf der Wallfahrt und kann nicht ans Freien denken. Sobald ich mich erholt habe, werde ich mich wieder auf den Weg machen.«

Sie nahm meine Hand, drückte sie innig an ihre Brust und rief: »Euer Gedächtnis läßt Euch im Stich, Michael Pelzfuß; ihr seid noch schwindlig von dem Hieb. Ihr tragt keine Tonsur und habt auch sonst nichts von einem Kleriker an Euch, obwohl diese Eure Hände gewiß nie schwere Arbeit verrichtet haben. Überdies predigen nun gewisse Priester und Mönche die neue Lehre, und die heiraten ungehindert. Ich will, wenn nötig, diese neue Lehre mit Freuden annehmen, und wir werden gewiß irgendeinen wandernden Ordensbruder treffen, der uns zusammengibt, sobald ich Euch geheilt und Kleider für Euch gefunden habe.«

Mir wurde schwindlig und schwarz vor den Augen, und ich zitterte am ganzen Leibe bei dem Gedanken an mein verlorenes Geld und an die Reise, die zu machen ich nun außerstande war. Ich tobte und übergab mich und schrie nach Andy; erst drei Tage später erlangte ich nach vielen Alpträumen und Gesichtern von Dämonen, die mich in ihren Klauen hielten, die Besinnung wieder; diesmal in einem großen vierpfostigen Bett. Ich blickte in Barbaras gelbgrüne Augen, und sie hielt meine Hände. Ich war so schwach, daß ich kaum einen Finger rühren konnte, doch der Schmerz war gewichen, und ich fühlte mich nach dem hitzigen Fieber kühl und erfrischt.

Als Barbara sah, daß ich wach war, beugte sie sich über mich, küßte mich scheu auf die Lippen und sagte: »Mein lieber Bräutigam, Ihr seid wieder wohlauf und bei klaren Sinnen. Drei Tage und Nächte habe ich um Euer Leben gekämpft und kaum ein Auge zugetan. Ich mußte Euch mit Gewalt im Bett niederhalten, und der Barbier hat Euch zur Ader gelassen; Ihr seid nun bleich wie ein Gespenst. Aber die Krankheit ist vorüber. Nun will ich Euch füttern und kleiden. Wenn Ihr wollt, so könnt Ihr mit Eurem Gefährten sprechen, der um Euch bangt. Sagt ihm, es stehe ihm frei, zu gehen, wohin er will, da wir, Ihr und ich, verlobt sind. Ich will für Euch sorgen, bis wir vor dem Altar meiner Heimatkirche vereint werden.«

Sie rief Andy. Er trat ein, nagte an einer Brotkruste und maß mich neugierig.

»Einen seltsamen Kopf trägst du da auf den Schultern«, bemerkte er. »Er hält die schlimmsten Hiebe aus. Ich hätte schwören können, du würdest sterben. Aber du lebst und hast selbst Zeit gefunden, dir ein Liebchen zu ergattern. Mir bleibt nichts übrig, als dir Glück und Gedeihen zu wunschen. Vielleicht tust du klüger daran, als ins Heilige Land zu ziehen und in die Sklaverei unter den Ungläubigen. Und doch kann ich mir nicht für mein Leben vorstellen, was du in Jungfer Barbara siehst oder wie du ihr so plötzlich zum Opfer fallen konntest.«

»Das Reden führt zu nichts, Andy, und Geschehenes ist nicht zu ändern. Wieviel Geld hast du noch?«

Er fuhr mit der Hand in den Beutel, zählte die Münzen darin und meinte glücklich: »Nicht ganz einen Gulden. Das kommt davon, weil du selbst das ganze Geld tragen wolltest! Ich wünschte nur, ich hätt's versoffen – das war's ja, was du fürchtetest –, denn du hast's im Handumdrehen verloren. Ich dachte, Gott hätte dich an den Haaren in den Himmel entrückt, als ich auf die Straße zurückkam und dich nicht mehr vorfand. Ich hörte Pferdegetrappel und lief ihm nach, bis ich außer Atem war, mußte aber schließlich sorgenvoll in die Stadt zurückkehren und wollte dem Pfarrer von diesem Wunder erzählen. Am Stadttor aber sah ich dich in den Armen deiner Liebsten auf einem Heuwagen. So folgte ich dir in dieses ehrenwerte Haus, dessen einzige Schattenseiten schmale Kost und strenge Zucht sind.«

»Bruder Andy«, antwortete ich, »es ist ohne Zweifel der Wille des Schöpfers, daß ich unter dem Schutz dieser tugendsamen Jungfrau bleibe. Ohne Geld kann ich meine Pilgerfahrt nicht fortsetzen, und ich bin so schwach, daß ich kaum einen Finger rühren kann. Sollte sie von mir ein Entgelt für Unterkunft, Kost, ärztliche Betreuung und Aderlaß fordern, so bleibt mir keine andere Wahl, als sie zu heiraten. Ich verdanke ihr mein Leben. Es ist die einfachste Lösung aller meiner Sorgen, denn im Augenblick sehne ich mich nur nach Ruhe. Daher mußt auch du hingehen und dir ein gutes Weib suchen, ein Heim gründen und deiner ehrlichen Arbeit nachgehen.«

Andy hob abwehrend die Hände. »Ich sehe, dein Verstand ist noch ein wenig verwirrt. Deinen Bruder in dieselbe Grube zu locken, in die du gefallen bist, ziemt sich nicht. Sorge dich nicht um mich; auch ich hab' ein Liebchen und muß dir Lebewohl sagen, um ihm zu folgen.«

Erst auf eindringliche Fragen erfuhr ich, daß Andy Jungfer Barbaras schmale Kost sattbekommen und sich in eine Schenke gestohlen hatte, wo er von einem Werber drei Gulden angenommen hatte. Die hatte er mitsamt seinem eigenen Geld vertrunken, und der Werber hatte ihm so erstaunliche Geschichten von Italien und dem Herzogtum Mailand erzählt, daß er darauf brannte, diese Wunder mit eigenen Augen zu sehen.

»Verzeih mir«, meinte er, »daß ich lieber neben meiner Kanone als neben einer bösen Sieben liege.«

So geschah es, daß Andy den kaiserlichen Fahnen nach Italien und Frankreich folgte, während ich unter Jungfer Barbaras Obhut zurückblieb. Sie pflegte mich liebevoll und wollte mich kein Stündlein aus den Augen verlieren. Sobald ich wieder gehen konnte, setzte sie mich in einen Ochsenwagen auf ihren Reisekoffer und brachte mich in ihr Elternhaus in der guten Stadt Memmingen. Barbara war das fünfte und jüngste Kind des Büchsenmachers und seine einzige Tochter. Ihre drei älteren Brüder standen als Kanoniere in kaiserlichen Diensten; der vierte, ein mürrischer Bursche, war Lehrling bei seinem Vater und sollte einmal als Meister das Geschäft übernehmen.

Ich war immer noch benommen und konnte mich nur an weniges aus meiner Vergangenheit erinnern, die mir allmählich erst wieder zu Bewußtsein kam. Barbara ging sanft, aber entschieden vor; sie traf alle Anstalten für mich, so daß ich um meinen Lebensunterhalt nicht zu sorgen brauchte. So vergingen zwei Monate, und das Laub im Garten färbte sich rot.

Eine Tages näherte sich mir Barbara scheu und zögernd, heftete ihre grünen Augen auf mich und sagte: »Ihr seid nun wieder wohlauf und stark, Michael, und müßt mir sagen, was Ihr tun wollt. Als Fremder könnt Ihr nicht gut weiterhin im Hause meiner Eltern wohnen und ihr Brot essen. Es steht Euch frei, uns zu verlassen, und ich fordere keinen Lohn. Doch ich bin einsam und verlassen. Warum solltet Ihr nicht bleiben und meine Verlobungsgeschenke annehmen, so daß wir am Allerheiligentag getraut werden können?«

Sie reichte mir ein Hemd, das sie mit eigener Hand schön bestickt hatte; um den Hals hängte sie mir eine Kupfermünze, daran ein Heiligenbild hing. Ihre Hände lagen zögernd auf meinen Schultern, ihr Gesicht war meinem nahe. Ihr wurde warm. Sie errötete so, daß ihre Gesichtszüge weich wurden. Ihre Sommersprossen verschwanden, und ich sah nur ihre grünen, zwingenden Augen, die mir alle Kraft raubten und sie begehrenswert machten.

Ohne recht zu wissen, wie mir zumute war, umarmte ich sie, drückte sie an mich, küßte sie auf den Mund und sagte: »Ich bin in deiner Macht, Barbara; mir bleibt keine Wahl. Ich sehne mich, das Brautbett mit dir zu teilen, wenn du dein Schicksal an meines ketten und es nicht bereuen willst – denn es mag wohl sein, daß ein Fluch auf mir liegt, der denen Unheil bringt, die ich liebe.«

Sie küßte mich leidenschaftlich viele Male und sprach: »Ich freue mich von ganzem Herzen, daß du mich zur Frau gewählt hast, und verspreche, dir ein gutes und treues Weib zu sein. Nun mußt du sogleich mit meinem Vater meine Mitgift regeln, und ich will für dich sprechen, denn du bist scheu und nicht wortgewandt.«

So empfing ich ihre Verlobungsgeschenke. Und ich bereute es nicht, obgleich ich noch oft, bevor Allerheiligen herannahte, sie von der Seite betrachtete und nur zu deutlich bemerkte, daß sie nicht mehr jung war. Doch dann brauchte sie nur ihre gelbgrünen Katzenaugen auf mich zu heften, und ich war verwandelt: dann war sie hübsch, ihre harten Züge gemildert, die Sommersprossen schienen verschwunden, ihre Zähne fleckenlos, und ich hing wie gebannt an ihren Augen.

5

Eines Tages, als im Hause des Büchsenmachers die Vorbereitungen für unsere Hochzeit in vollem Gange waren, drückte mir Barbara, zum ersten Male ungeduldig, eine Silbermünze in die Hand und hieß mich beim Wilden Eberfang Bier trinken, statt den Frauen im Wege zu sein. Ich gehorchte nur zu gern und machte mich auf den Weg zur Schenke, die neben dem Rathaus lag und im Sommer kühl, im Winter warm war, wie eine richtige Schenke sein soll.

Ich hatte so lange abgeschieden gelebt, daß ich aus der Fassung geriet, als das Stimmengewirr verstummt und alle Augen auf mich gerichtet waren. Aber ich trug das stattliche Gewand, das Barbara mir hatte machen lassen; so ließ ich mich am Ende des Tisches nieder und bestellte beim Wirt einen Humpen seines besten Bieres. Er zögerte und wischte gemächlich den Tisch mit seinem Schurz, bevor er das Bier abzapfte. Dann setzte er den Humpen so unsanft vor mich hin, daß mir der Schaum auf die Knie spritzte. Die jungen Männer am selben Tisch fingen untereinander zu flüstern an, und einer von ihnen spuckte giftig auf den Boden, als mein Blick auf ihn fiel. Ich beachtete ihn jedoch nicht, da er, nach seiner Kleidung zu schließen, ein gewöhnlicher Lehrjunge war.

Eingehender betrachtete ich einen anderen Burschen, der inmitten der Gruppe saß, ein offenes Buch vor sich. Er trug ein kupfernes Schreibzeug am Gürtel und neumodisch geschlitzte Puffärmel. Er hatte ein offenes, entschlossenes Gesicht; unter seinen schwarzen Brauen leuchteten ein Paar große Augen, die einen Mann von Geisteskraft verrieten. Ich trank mein Bier, während er seine Kameraden schweigen hieß und fortfuhr, aus seinem Buch laut vorzulesen, wobei mein Eintritt ihn unterbrochen hatte. Ich hörte aufmerksam zu. Das Thema war mir vertraut, doch dauerte es ein Weilchen, bis ich erkannte, daß er das Evangelium auf deutsch las. Der Schreck fuhr mir in die Glieder, so daß ich auffuhr und mich unwillkürlich bekreuzigte.

Daran nahm der Vorleser Anstoß; er hielt wieder inne, warf mir einen finsteren Blick zu und sprach: »Wenn Ihr ein Fremder seid in der Stadt Memmingen und Euch fürchtet, dem heiligen Gotteswort zu lauschen, so hält Euch nichts, auszutrinken und hinzulaufen, um mich anzuzeigen. Und damit Ihr wißt, über wen Ihr Eure Märchen erzählt, laßt Euch sagen, daß ich Sebastian Lotzer, der Sohn des Kürschners, bin. Ich arbeite in seiner Werkstatt, wenn ich nicht ehrlichen Männern Gottes Wort in einer Sprache erkläre, die sie verstehen können.«

Seine Gefährten stießen einander an und meinten: »Wir wollen diesen mönchischen Lauerer hinauswerfen und ihm die Knochen brechen! Es ist der käsegesichtige Kerl, der mit Barbara Büchsenmeisterin verlobt ist, und wer weiß, unter welchem Teufelsschwanz er hervorgekrochen ist!«

Der Lärm verstimmte und beleidigte mich, und ich zog mich an die Tür zurück, da Wirtshausgezänk unter meiner Würde war.

Doch ergriff ich das Wort zu meiner Verteidigung und sprach: »Mein Name ist Michael Pelzfuß, und ich bin ein Bakkalaureus Artium der hohen Universität Paris. Ihr habt keinen Grund, mich zu hassen. Aber ich bin eben erst von langer Krankheit genesen, und eben vorhin wollte es mir scheinen, als läset Ihr, Sebastian Lotzer, Gottes heiliges Wort aus einem deutsch gedruckten Buche vor, obwohl Ihr das Gewand eines Laien tragt und ein Kürschner sein wollt. Daher kann ich nur vermuten, der Teufel will meinen Glauben auf die Probe stellen und hat mir das Gehör verwirrt und den Blick verblendet.«

Sebastian Lotzer lächelte mir zu und erwiderte: »Eure Krankheit muß fürwahr lange gedauert haben, wenn Ihr die Zeichen der Zeit noch nicht erkannt habt. Setzt Euch zu uns und hört mir beim Lesen zu, denn meine Kameraden und ich haben zum Kaufe dieses heiligen Buches zusammengesteuert — es kostete so viel wie ein gutes Pferd —, auf daß wir unsere Heilserwartung allein auf die Worte der heiligen Bibel gründen und durch sie allein die Dinge und Geschehnisse um uns bewerten können. Dies Buch ist das Neue Testament, von Doktor Luther ins Deutsche übertragen, und kein Blendwerk des Teufels. Ja, der Satan versuchte ihm mit Hörnern und Klauen beizukommen, um ihn zu stören und an seiner Übersetzerarbeit zu hindern, so daß der Doktor sein Tintenfaß dem Bösen in die Fratze schleudern mußte. Doch nun ist das Buch, den Anschlägen der Teufel und der Priester zum Trotz, gedruckt. Von nun an kann jeder ehrliche Mann den Text lesen und erklären, und ich habe in dem ganzen Werk keine Zeile, ja kein Wort gefunden, das einem Laien verböte, das zu tun.«

Aber Sebastian Lotzers Gefährten warnten ihn: »Er soll nicht bei uns sitzen, denn er ist ein Käsegesicht und will die rothaarige Barbara heiraten. Aber wenn er schon unserer evangelischen Brüderschaft beitreten soll, so soll er wenigstens eine Runde für uns alle berappen.«

Auf diese Weise wurde ich mit Sebastian Lotzer bekannt und

hörte ihn die Bibel in einer Art auslegen, die von der rechtgläubigen grundverschieden war. Ihm und seinen Freunden ging es nicht so sehr um die Erlösung durch die Bibel; sie wollten vor allem herausfinden, ob sie den Zehnten rechtfertigte, die Heiligenverehrung, den Glauben an Fegefeuer und Fürsprache für die armen Seelen, und ob Mönche und Nonnen das Recht hatten, mit den armen Weberinnungen in Wettbewerb zu treten, ohne dem Stadtsäckel Steuern oder andere Abgaben zu leisten. Sebastian Lotzer erklärte kühn, keiner brauche etwas zu zahlen oder zu glauben, das nicht in der Bibel ausdrücklich gefordert werde. Er erklärte auch, in der Heiligen Schrift stehe kein Wort von Klöstern. Die habe vielmehr der Teufel erfunden, um die ehrlichen Handwerker und die Armen zu plagen und zu unterdrücken. Die Weber könnten sich und ihre Familien nicht mehr erhalten, da sie gegen die großen Webereien der Klöster zu kämpfen hätten, die von allen Steuern befreit seien.

Sebastian Lotzer setzte hinzu: »Die Gerechtigkeit Gottes ist größer als die Gerechtigkeit der Kirche oder des Kaisers, denn die Kirche ist eine Einrichtung von Menschen, und der Kaiser wird vom Volke gewählt. Daher will ich Tag und Nacht ringen, um Gottes Gerechtigkeit zu erkennen, so daß ich zu gegebener Zeit anderen davon Zeugnis ablegen kann durch die klaren Worte der Bibel, die jedermann erfassen kann. Gewiß war es nie Gottes Ratschluß, daß die Mönche in ihren Klöstern prassen und fett werden sollten, während Bauern und Städter sich für ein Stück trockenes Brot abmühen und plagen müssen. Nein, wir müssen alledem ein Ende machen, denn Christi Blut hat alle armen Sünder erlöst; vor dem Angesicht Gottes sind sie alle gleich. Gott kennt weder Bischöfe noch Priester, weder Mönche noch adelige Herren; vor ihm genießen alle gleiche Rechte. Das Volk muß die Zeichen der Zeit verstehen lernen, denn die Geduld der Armen hat ihre Grenzen.«

Der Wirt zum Wilden Eberfang hatte ehrfürchtig gelauscht; nun aber wurde es ihm unbehaglich. Er nahm unsere leeren Krüge fort, wischte den Tisch ab und sagte: »Ich kann Euch nicht länger ankreiden, Sebastian – und wenn Euer Vater Euch hörte, würde er Euch verdreschen, daß Ihr nicht mehr stehen könntet. Setzt Eure Lesung anderswo fort, denn die guten Bürger werden bald zur Chorprobe hier eintreffen – und da heißt es für die

Lehrlinge verschwinden, ob das nun in der Bibel steht oder nicht.«

Sebastian Lotzer wickelte das kostbare Buch in ein Stück Zeug und nahm es unter den Arm. Wir verließen zusammen die Schenke, und er wandte sich an mich: »Wir wollen Freunde sein, Michael Pelzfuß, denn ich habe keinen Menschen meines Standes, mit dem ich all die brennenden Gedanken, die auf mich einstürmen, erörtern könnte. Und ich möchte mich mit Euch auf lateinisch unterhalten. Ich habe diese Sprache aus eigenem studiert, und wenn ich sie auch nur radebrechen kann, so las ich doch einen großen Teil der Bibel darin, bevor dieses unvergleichliche Buch aus der Druckerpresse kam.«

Ohne Zögern führte er mich ins Haus seines Vaters, in eine Stube, darin der hochgewachsene Kürschnermeister stand und mit sicheren, raschen Schnitten wertvolle Felle zerschnitt, um daraus Pelzverbrämungen für die Mäntel vornehmer Kunden zu machen. Vater und Sohn glichen einander, und ihre großen, hellen Augen lagen gleich weit auseinander.

»Ich habe einen Freund gefunden«, sagte Sebastian, als er mich seinem Vater vorstellte. »Er ist ein Fremder in dieser Stadt, aber ein gelehrter Jüngling von feinen Sitten. Seid ihm gut, Vater — und grollt mir nicht, wenn ich mich heute mit ihm unterhalte, statt Euch beim Zuschneiden zu helfen.«

Meister Lotzer schenkte mir einen langen, abschätzenden Blick.

»Willkommen in meinem Hause, Michael Pelzfuß«, sagte er schließlich. »Bringt kein Unheil über meinen Sohn. Er ist ein junger Hitzkopf, und Ihr müßt ihn festigen. Ich weiß, er ist nicht zum Kürschner geboren, denn seiner Hand liegt der Gänsekiel besser als das Messer. Ich hoffte, er würde sich der Rechtspflege widmen, und verschaffte ihm die Stelle des hiesigen Gerichtsschreibers, allein er verlor sie durch seine Überheblichkeit und seine Neigung zu kecker Widerrede. Ich bin ein freisinniger Mann und möchte jeden denken lassen, was ihm beliebt — aber mein junger Sohn kennt den Unterschied zwischen Denken und laut Denken noch nicht.«

Sebastian umarmte seinen Vater und lächelte strahlend. Sein stolzes Haupt und seine edle Haltung zeigten mir, daß weder sein Vater noch sonst jemand Sebastian wirklich grollen konnte, sondern seine unbedachten Worte immer wieder verzeihen mußte. Er führte mich auf seine Stube, in der es viele Bücher und einen graublau gekachelten Ofen gab; auf dem Bett lag eine Decke aus schimmernden Pelzen. Ich erkannte, daß er der verwöhnte Sohn eines wohlhabenden Mannes war, der noch nie Kälte oder Not gelitten hatte. Aus diesem Grunde konnte er leicht mit Gedanken liebäugeln, die andere um Kost und Quartier und vielleicht auf den Scheiterhaufen bringen konnten. Er sprach mit großer Begeisterung und ließ mich kaum ein Wort einwerfen.

Als er schließlich schwieg, sagte ich: »Sebastian, Ihr wißt, daß ich am Samstag Barbara, des Büchsenmachers Tochter, freien soll. Als Fremdling habe ich hier keinen Freund, der mich zum Altar geleiten könnte. Wenn Euch, wie Ihr sagt, an meiner Freundschaft liegt, so seid mein Beistand und dann mein Gast im Hause, so daß ich mich vor all den Leuten nicht zu schämen brauche.«

Ein Schatten flog über sein Gesicht; er biß sich auf die Lippen und wandte den Blick ab. Nach einer kleinen Weile meinte er: »Michael, wißt Ihr auch, was Ihr da tut? Wißt Ihr überhaupt etwas über die rothaarige Barbara und ihre Familie? Sie hat einen üblen Ruf – schlimm genug, um zwischen ihren Eltern und allen anderen Bürgern eine Scheidewand zu errichten. Sie mußte einst vor dem geistlichen Gericht den Reinigungseid leisten. Glaubt mir, sie hat in dieser Stadt einen üblen Leumund, und niemand kann glauben, daß sie einen Mann wie Euch auf natürliche Weise für sich gewonnen hat. Ich sage Euch dies zur Warnung, damit Ihr ganz erfaßt, was Ihr tun wollt.«

Seine Worte erklärten mir vieles, was ich wohl bemerkt, in meiner Krankheit aber wenig bedacht hatte. Doch bedrückte mich diese Warnung auch, da ich mich bereits mit dem Glauben abgefunden hatte, die Vorsehung habe mich zu ihrem Gatten bestimmt. So erzählte ich ihm von unserer ersten Begegnung im Wald, soviel ich für gut hielt, und fragte dann Sebastian nach Gründen für seine schlechte Meinung von ihr.

Er erwiderte zögernd: »Sie ist von Kindesbeinen an anders als andere Leute, und niemand kann sich die geheimnisvolle Macht erklären, die sie über ihre Eltern hat.«

Ich befühlte die Kupfermünze, die Barbara mir geschenkt hatte, und erwiderte: »Auch Ihr seid anders, Sebastian. Ihr habt eine erstaunliche Macht über Euren Vater. Er schilt Euch nie, obwohl er gute Gründe dazu gehabt haben muß.«

Sebastian mußte lachen, fuhr aber fort: »Ihr versteht mich nicht oder wollt mich nicht verstehen. Einmal verhexte Barbara einen Jungen. Alle anderen Kinder gingen ihr aus dem Weg, schlugen sie und zogen sie an den Haaren, wenn sie mit ihnen spielen wollte. Diesen Jungen erschlug der Blitz. Ihr bloßer Blick kann die Brüste einer jungen Mutter versiegen lassen. Und einmal, als Barbara sich mit dem Weib des Gewürzkrämers gezankt hatte, streckte sie die Hand aus, und auf dem Arm der Frau erschienen drei schwarze Flecke. Daher wagt ihr niemand in die Augen zu sehen; und ihre Augen haben Euch, Michael, gewiß bezaubert. Hat sie doch ihre besten Jahre weit hinter sich; außerdem ist sie häßlich, hat rotes Haar und wurmstichige Zähne.«

»Das mag alles zutreffen, Sebastian«, antwortete ich. »Doch ist vielleicht auch die gewöhnliche Liebe nichts anderes als Blindheit und Zauberei, denn eine Mutter wird noch ihr häßlichstes Kind lieben und es hübsch finden. Jedes Eurer Worte trifft mich ins Herz, denn in meinen Augen ist Barbara nicht häßlich. Für mich ist ihr Gesicht warm und weiß; ich liebe ihre grünen Augen. Ich trachte auch nicht nach dem Geld ihres Vaters; ich will für sie sorgen, wie es einem Gatten geziemt, sobald ich eine Arbeit gefunden habe, die meinen Gaben entspricht. Wenn Ihr mein Freund sein wollt, Sebastian, so müßt Ihr für Eure verletzenden Worte Sühne leisten. Züchtigt mich mit Schimpfworten, heißt mich ein Käsegesicht und einen Dahergelaufenen; aber nicht Barbara, die mein Weib werden soll.«

Eine wahre Verzückung überkam mich, als ich so zu Sebastian sprach. Erst als er von meiner Verlobten Übles redete, erkannte ich, wie innig ich sie liebte. Ich sehnte mich nach ihr und wollte mein Leben mit ihr teilen, wenngleich es mich selbst seltsam dünkte. Und Sebastian konnte mir nicht widerstehen; sein warmes Herz siegte über seinen Verstand; er umarmte mich und versprach mir, mich in seinen besten Gewändern zum Altar zu geleiten und nachher dem Fest als mein Gast beizuwohnen. Er lieh mir sogar seinen Samtmantel mit dem Silberfuchskragen für den Hochzeitszug, da es kalt geworden war und ein eisiger Wind von den Alpen her wehte.

Von meiner Hochzeit will ich nur sagen, daß ich wie blind und glücklich war und keiner schlimmen Vorzeichen achtete, obwohl die Menge den Hochzeitszug mit scheelen Augen betrachtete und uns keinen der üblichen Segenswünsche zurief. Barbaras Mitgift reichte aus, mich mit allen notwendigen Kleidern, mit Wäsche und Haushaltsgegenständen zu versehen; überdies zählte mir der alte Büchsenmacher bedächtig fünfzig rheinische Gulden in einen Lederbeutel. Ich wollte ihn als meinen Vater umarmen, er aber stieß mich grob beiseite, und kaum war eine Woche vergangen, mußte ich erkennen, daß sowohl er als auch sein Sohn uns entschieden aus dem Hause haben wollten.

Ich bemühte mich um eine angemessene Beschäftigung für mich, gehörte aber keiner der städtischen Innungen an und war ortsfremd. Viele kurz angebundene und demütigende Abweisungen verbitterten mich. Ich kam mir vor wie ein dahergelaufener Straßenjunge, den ehrliche Leute aus ihrer Gesellschaft ausstießen. Sebastian war mein einziger Freund, doch er besuchte mich nur, um mit mir Fragen zu erörtern, die sich auf seine große Leidenschaft, die Gerechtigkeit Gottes, bezogen. Da ich hingegen an theologischen Fragen mehr Anteil nahm als an juristischen, redeten wir oft aneinander vorbei, wenn wir die klaren Worte der Bibel auszulegen versuchten. Seine Gefährten, die unwissenden Weberlehrlinge, wichen mir aus und beneideten mich um seine Freundschaft; sie nannten mich auch weiterhin das Molkengesicht, obwohl ich meine Kraft und meine gesunde Farbe wiedergewonnen hatte.

Unter diesen Demütigungen litt mein Stolz. Ich suchte ohne Sebastians Wissen seinen Vater, den Kürschner auf und bat ihn, mich als Lehrling anzunehmen. Er aber reichte mir das Messer und ein Maulwurfsfell und sah zu, wie ich mich damit redlich abmühte; schließlich aber nahm er mir das Messer aus der Hand und meinte, ich sei nicht zum Kürschner geboren. Dafür empfahl er mich einem Apotheker; der aber war ein geiziger, unwissender Bursche, der seine Tränklein in aller Heimlichkeit mischte. Ich bin überzeugt, daß er seine Kunden mit wertlosen Mittelchen abspeiste und daher keinen Gehilfen wünschte. Auch als Arzt konnte ich mich nicht niederlassen, obwohl ich ohne Zweifel meinen Patienten nicht mehr Schaden zugefügt hätte als die zugelassenen Ärzte, solange ich mich an die einfachen Prinzipien von Doktor Paracelsus hielt.

Das waren harte Zeiten. Das Reich führte unablässig Krieg gegen das reiche und mächtige Frankreich. Aus der Schweizer Eidgenossenschaft und aus dem Norden kamen die streitsüchtigen Stimmen von Häretikern, die eine Säuberung der Kirche forderten. Die kleine Stadt Memmingen wurde von diesen stürmischen Wogen überspült und hart mitgenommen. Fast jeden Tag stand ein Mönch, der aus seinem Kloster entlaufen war, oder ein wandernder Schusterlehrling auf dem Marktplatz und predigte gegen die heiligen Bräuche der Kirche und das Mönchswesen. Dann pflegte er Almosen zu erbetteln, um seine beschwerliche Reise in andere Städte fortzusetzen. Gottes Blitze streckten diese Aufwiegler nicht zu Boden, und aus Angst vor Unruhen wagten weder kirchliche noch weltliche Gerichte, ihnen eins am Zeug zu flicken.

Die aufwieglerischen Ansprachen dieser Wanderprediger verbreiteten eine Pest über das ganze Reich hin, so, wie die wirkliche Pest aus trockenem Staub entsteht und durch den bloßen Hauch übertragen wird, daß niemand vor ihr sicher ist. Die Leute hörten diesen zerlumpten Brüdern lachend oder gleichgültig oder mit offenen Mäulern zu. Aber die Worte steckten ihre Gemüter an und zehrten an ihnen, wie die Irrlehre es eben tut, und die Kenntnis der Bibel verbreitete sich in den niedrigen Ständen auf erschreckende Weise. Jedermann hatte, je nach Vermögen und Gelegenheit, begonnen, von der verbotenen Frucht zu essen, und es dauerte nicht lange, bis jedermann glaubte, sich zur Rechtfertigung seiner bösen Begierden auf die Bibel berufen zu können.

Sebastian hatte mich bei dem ältlichen Stadtpfarrer eingeführt, der aus St. Gallen in der Schweiz stammte. Der war leider ein empfindlicher, ungeschlachter Geselle und offensichtlich von häretischen Gedanken angekränkelt, obwohl er sie nie offen zu bekennen wagte. Doch war er um so eifriger bestrebt, junge Männer an sich zu ziehen, indem er sie zu Diskussionen und zum Biertrinken in sein Haus einlud. Und dort unterstützte er seine Argumente, indem er mit der Faust auf des Erasmus lateinische Bibelübersetzung drosch. Er hatte freilich für Luther nichts übrig, dafür aber in seiner eigenen Heimat, in der Stadt Zürich, einen Lehrer gefunden, der ein noch viel schlimmerer Ketzer war.

Sebastian und der Stadtpfarrer reisten zu Neujahr nach Zürich und hätten mich mitgenommen; allein mir fehlten die Mittel zur Reise. Ich blieb also, wo ich war, und vertrieb mir die Zeit, indem ich einen kleinen grünen Vogel in einem Weidenkäfig fütterte und aus dem Fenster über die Nachbardächer hinstarrte.

Schließlich überwältigte mich die Verzweiflung. Ich legte den Kopf in den Schoß meines Weibes und jammerte bitterlich: »Verlassener, unnützer Unglückswurm, der ich bin! Niemand spricht mit mir; nicht einmal meine eigene Frau kann ich erhalten. Du hast es schlecht getroffen, Barbara, als du mich zum Manne nahmst. Es wäre besser, ich verschwände aus dieser Welt so, wie ich zur Welt kam.«

Sie strich mir mit ihrer schmalen Hand übers Haar und sprach: »Quäle dich nicht, Michael. Ich habe einen Plan. Der Steuereinnehmer des Rates ist ein Trunkenbold. Seine Hände zittern, und er wird bald verunglücken. Dann wirst du, meine ich, seine Stelle kaufen können. Mittlerweile mach ihn dir zum Freund, und gehe ihm unentgeltlich an die Hand; so werden sich die Ratsherren an deinen Anblick gewöhnen und dich nicht mehr verabscheuen.«

Als sie mir das Haar streichelte, erfüllte mich ein tröstliches, wenn auch trügerisches Gefühl der Geborgenheit, und ich achtete nicht sonderlich auf ihre Worte. Ich suchte jedoch des Einnehmers Gesellschaft, und das war einfach: ich lud ihn beim Wilden Eberfang zum Bier ein. Von da an nahm er mich oft in seine Schreibstube oder zu Ratsversammlungen mit und ließ mich beim Entwurf der Protokolle helfen, damit er um so eher ins Wirtshaus zurückkehren konnte. Ich lernte mit den Siegeln umgehen und wurde in die allerhäufigsten Streitsachen über falsche Gewichte und Maße zwischen den Kaufleuten und in die Überwachung der Preise zur Verhinderung unlauteren Wettbewerbs eingeführt. Ich dachte keinen Augenblick daran, wie eintönig und langweilig diese Beschäftigung war, sondern träumte von den Freuden eines friedlichen Lebens und eines leichten Berufes – wie ich an der Seite meines guten Weibes in Ehren alt werden würde und Bücher und die Gesellschaft guter Freunde als irdische Freuden genießen könnte. Ich tat mein Bestes, die Gunst der Ratsherren zu gewinnen, begrüßte sie mit tiefen Bücklingen, erschien immer säuberlich gekleidet und faßte alle Dokumente in meiner schönen Handschrift ab. Auch das schäbige, schlampige und vom Bier entstellte Äußere meines Dienstherrn schreckte mich nicht; in ihm erblickte ich keineswegs ein Abbild meiner eigenen Zukunft im Dienste der Stadt. Ich neidete ihm seine Stellung, und im innersten Herzen wünschte ich ihm Böses.

Sebastian und der Stadtpfarrer kehrten, trunken vor Eifer und

Siegeszuversicht, aus Zürich zurück und wurden sogleich von dem evangelischen Pöbel belagert, der sowohl Neues von der Reise als auch weitere Weisungen heischte. Der Stadtpfarrer von Zürich, Ulrich Zwingli, hatte siebenundsechzig Thesen über die Freiheit des Christen von kirchlicher Unterdrückung mit solchem Erfolg verteidigt, daß niemand sie im Ernst widerlegen hatte können.

»Ist es möglich«, rief ich aus, »daß Gott diesem Aufwiegler mehr Gnade zuteil werden ließ, als er den großen Kirchenvätern und allen Heiligen verlieh, die um seinetwillen Folter und Martyrium erduldet haben? Ich kann es nicht glauben, denn Zwingli ist der Sklave seines Fleisches, da er den Zölibat aufgegeben und ein Weib genommen hat. Auch in anderen Punkten ist er kein ausgeprägter Heiliger.«

Sebastian entgegnete: »Ihr hättet ihn sehen und ihm in die Augen schauen sollen! Dann hättet Ihr gewußt, daß der Heilige Geist aus ihm redet. Er begnügt sich auch nicht mit dem, was er schon geleistet hat. Er hat seinen engsten Anhängern mitgeteilt, daß er erst zufrieden sein wird, wenn alle Heiligenbilder in den Kirchen als Götzenbilder zerstört, alle Klöster in Schulen und Werkstätten verwandelt sein werden. Luther ist ein lauer Beschwichtiger gegen Zwingli; denn Luther erlaubt alles, was die Bibel nicht ausdrücklich verbietet, während Zwingli alles verbieten will, was die Bibel nicht ausdrücklich fordert.«

»Das glaube ich wohl«, versetzte ich, »denn wenn wir einmal das Tau fahren lassen und den Rettungsanker der Kirche, so haben wir keinen Grund, anderen nutzlosen Ballast noch mitzuführen. Werfen wir daher gleich die heiligen Sakramente über Bord, und lassen wir Satan mit aller Macht in die Segel blasen.«

Ich sagte dies spöttisch; Sebastian aber blickte mich mit Augen an, in denen die Verzückung brannte. Er antwortete: »Ihr sprecht wahrer, als Ihr denkt! Es ballt sich ein Ungewitter zusammen, dessen dumpfes Grollen jetzt schon vernehmlich ist. Der Sturm wird alles Alte und Verbrauchte hinwegfegen, auf daß das Gottesreich auf Erden gegründet werde.«

Stadtpfarrer Christoph sagte: »Der Papst selbst unternahm es, Zwingli zu versuchen und zu bestechen, indem er Reformen innerhalb der Kirche versprach; allein es ist vergeblich, ein zerfallenes Haus reinigen zu wollen. Es muß niedergerissen werden. Zwingli nimmt die Offenbarung des heiligen Johannes zum

Zeugnis, daß die vom Papst regierte Kirche der Antichrist ist, und eindeutige Vorzeichen kündigen ihren bevorstehenden Untergang an. Als nämlich Papst Hadrian im pestverseuchten Rom die Weihnachtsmesse feierte, löste sich ein großer Stein aus einer der Säulen und stürzte auf den Altar vor ihm. Das ist ein Zeichen, das jeder wahre Christ versteht, obwohl der Papst es anders erklären möchte, nämlich als ein Zeichen des Falles von Rhodos, da gerade am Weihnachtstage die Ungläubigen die Stadt mordend, brennend und plündernd durchzogen, obwohl Rhodos schon kapituliert hatte.«

Darauf erhob ich mich und sprach: »Ich glaube wahrhaftig, daß der Antichrist auf die Welt gekommen ist und der Satan den Menschen den Blick getrübt hat, wenn der Heilige Vater schon geschmäht, die Heiligenbilder Götzenbilder genannt werden und ihr nicht länger die Türkengefahr fürchtet, die der ganzen Christenheit droht! In elfter Stunde schürt ihr Zwietracht und Streit, und es scheint, als würdet ihr erst bereuen, wenn der Hufschlag der türkischen Horden in euren Straßen erklingt und ihre Priester den Namen ihres falschen Propheten von den Kirchtürmen der Stadt rufen!«

Einige Weber sprangen auf und redeten auf Sebastian ein: »Dieser Michael Pelzfuß ist von mönchischem Firlefanz besessen und verachtet die klaren Worte der Bibel, die jeder verstehen kann. Sollen wir ihm nicht mit den Fäusten die Augen öffnen, ihm die Papisterei aus dem Leibe treten und so seine unsterbliche Seele retten, bevor er in unserer evangelischen Bruderschaft Zwietracht säen kann?«

Sebastian aber trat für mich ein, und ich konnte unbehelligt, aber in tiefer Sorge über alles Gehörte, nach Hause zurückkehren. Am nächsten Tag besuchte mich Sebastian, ungeachtet des üblen Rufes unseres Hauses, in der Hoffnung, meine Bedenken zu zerstreuen. Barbara lauschte schweigend, indem sie uns mit ihren gelbgrünen Augen abwechselnd ansah.

Allein ich widersprach Sebastian: »Die heilige Kirche steht nun seit fünfzehnhundert Jahren festgefügt und siegreich durch das Blut ihrer Heiligen und Märtyrer. Papst Hadrian ist ein strenger, frommer Mann, der nichts sehnlicher wünscht, als die Kirche zu reinigen und die Geldwechsler aus dem Tempel zu jagen. Doch ist die Kirche verloren, wenn jeder Schuster und Schmiedelehrling die Bibel auf seine eigene Art liest und sie nach seiner Unwissenheit auslegt.«

Sebastian entgegnete: »Auch die heiligen Apostel waren unwissende Fischer, und Gott ließ seinen eingeborenen Sohn als Kind eines gewöhnlichen Zimmermanns zur Welt kommen. Die Kirche und die Universitäten haben die einfache Botschaft der Heiligen Schrift nur verwirrt.«

»Sebastian«, beharrte ich, »wenn die Menschen den Glauben an die heilige Kirche und die Sakramente verlieren, so auch an alles übrige; das Ende wird Sünde, Verderben und der Untergang der Christenheit sein. Selbst heute gibt es schon Leute, welche das Fastengebot schamlos übertreten, heilige Dinge lästern und ihre Sünden mit Bibelstellen reinwaschen wollen. Knicker und Geizhälse bekennen sich zum Evangelium, um sich um den Zehnten zu drücken. Die Weber fordern die Auflösung der Klöster, weil die Weberinnung verarmt ist. Söldner tragen die Bibel im Ränzel als Freibrief, Kirchen zu plündern und Nonnen zu vergewaltigen. Die Bibel ist eine fürchterliche Waffe in der Hand des Unwissenden, wenn er darin nicht das Heil, sondern die Befriedigung seiner Begierden sucht. Glaubt mir, Sebastian, der Satan ist der eifrigste Bibelleser!«

Sebastian maß mich von oben bis unten, und seine Stirn stand rein und fest über seinen weit auseinanderliegenden Augen.

»Michael, Gott hat dem Menschen ein schönes Land als Wohnstätte bereitet und ihm Macht über alle Tiere des Feldes, alle Vögel der Luft und alle Fische im Wasser verliehen. Mit dem Blut seines einzigen Sohnes hat er die Menschheit erlöst. Er sieht nicht auf den einzelnen Menschen. Das — und das allein — ist die wahre Lehre. Und doch muß der Bauer wie ein Sklave für seinen Herrn schuften, und der Schweiß des Handwerkers kommt nur dem reichen Kaufmann zugute. Der Bauer wird in Eisen gelegt, und man läßt ihn im Burgverließ schmachten, wenn er auch nur einen Fisch für sein krankes Weib aus dem Fluß holt. Der Weber verliert sein tägliches Brot und wird aus der Stadt gejagt, wenn er in seinem Hunger die Faust gegen die großen Webereien der Klöster schüttelt. Das kann nicht Gottes Wille sein. Daher muß die Bibel unsere Waffe sein, wenn das Gottesreich auf Erden gegründet wird.«

Ich saß und betrachtete Sebastian. Doch nun sah ich in ihm

nicht den Freund, sondern ein schönes, reißendes Raubtier mit seidig-glattem Fell. Sein Wams zierten Silberknöpfe, und der weiche Pelzkragen seines Samtmantels streichelte ihm bei jedem heftigen Nicken, mit dem er seine Worte unterstrich, die Wangen. Ihm blieben die Sünde, das Leid und die Erlösung der Menschheit fremde Dinge; er suchte in der Bibel nicht den Weg zum Himmelreich, sondern eine irdische Umwälzung.

So meinte ich denn: »Erasmus hat das Ei gelegt, Luther hat es ausgebrütet, und nun kräht Zwingli wie ein ausgewachsener Hahn. Ihr aber habt einen Funken geschlagen und eine Fackel entzündet, die gar wohl den ganzen Hof in Flammen aufgehen lassen kann. Warum tut Ihr das, und was quält Euch im innersten Herzen? Euch gebricht es an nichts, was ein Mann sich billig wünschen könnte. Ihr seid jung und gesund, kommt aus gutem Hause, und alle Türen stehen Euch offen.«

Er wich meinem Blick aus, errötete und sprach: »Es gibt Türen, die sich mir nicht auftun, obwohl ich mir die Knöchel daran wundschlage. Wir wollen sie aber bald mit Pulver aufsprengen; dann wird es niemand wagen, auf mich herabzusehen.«

Hier mischte sich Barbara ins Gespräch und warf heiter ein: »Sebastian, Ihr braucht wegen Eures Liebeskummers nicht die Welt in Trümmer zu schlagen. Kauft einen bewährten Liebestrank, und Ihr werdet keine Bibel brauchen. Eure Sehnsucht wird gestillt werden und Euer Herz für ein paar Goldmünzen Frieden haben.«

Sebastian sprang wie gestochen auf und brüllte mit vor Haß zitternder Stimme: »Du Hexe, du Schindmähre, du Weibsbild mit dem bösen Blick! Wir haben hier zu Memmingen genug gelitten um deinetwillen, und dein Reinigungseid wird dir nicht mehr lange nützen! Eines schönen Tages wirst du auf dem Scheiterhaufen verbrannt werden und so für deine Schlechtigkeit büßen!«

Ich glaube kaum, daß Barbara absichtlich Boshaftes hatte sagen wollen; als aber Sebastian sie so beschimpfte, erhob sie sich und ihre grünen Augen funkelten vor Wut. Ihre Wangen wurden plötzlich so bleich, daß die Sommersprossen als dunkelbraune Flecken hervortraten. Einen Augenblick starrte sie Sebastian unverwandt an, bezwang sich aber dann und verließ ohne ein Wort die Stube. Sebastian bereute seinen Ausbruch sogleich und bekreuzigte sich mehrmals. Empört über seine Heftigkeit, verhöhnte ich ihn.

»Wenn Ihr Unserem Herrn gemäß den eindeutigen Vorschriften der Bibel folgen wolltet, so solltet Ihr hingehen und alles verkaufen, was Ihr habt, und den Erlös den Armen geben — denn wenn irgendeiner der reiche junge Mann ist, so seid Ihr es, und der heilige Franziskus tat nichts Geringeres.«

Da erbleichte Sebastian und antwortete: »Ihr habt recht, Michael, wenngleich ich nicht denselben Fehler begehen will wie der heilige Franziskus, der den Himmel jenseits des Grabes suchte. Nein, ich will ihn hier auf Erden suchen. Ich will die Reichen und die Klöster zwingen, ihren Reichtum mit den Armen zu teilen und sich mit dem wenigen zu begnügen, das ich selbst besitze.«

Mit diesen Worten schleuderte er den kostbaren Samtmantel zu Boden, trampelte darauf herum und riß die Silberknöpfe ungestüm von seinem Wams. Er warf sie in die Stube hierhin und dorthin und schrie: »Von nun an will ich mich kleiden wie ein armer Lehrling. Ich will mein Brot mit meiner Hände Arbeit verdienen und mich mit der Kost des ärmsten Jungen im Hause meines Vaters begnügen; von keinem Menschen will ich irgendeine Gunst erbitten.«

Nachdem er seine kostbaren Kleider in Fetzen gerissen hatte, wobei er heiße Tränen vergoß, stürzte er aus der Stube und aus dem Haus, bevor ich ihm Lebewohl sagen konnte. Ich schloß daraus, daß er an einem heimlichen Kummer litt, den mitzuteilen ihm sein Stolz verbot.

Barbara kehrte, immer noch blaß, zurück. Sie hob den Samtmantel vom Boden auf und bürstete ihn, sammelte die Silberknöpfe und meinte bitter: »Sebastian hat leicht reden; er ist eines reichen Mannes Sohn und niemand wagt, einen Finger gegen ihn zu rühren. Wolltest du so reden und dich gebärden wie er, man würde dich aus der Stadt jagen. Und doch hat Sebastian keine Sorgen, außer daß eine hochgeborene Dame ihn verschmäht hat, weil er bürgerlicher Abkunft ist. Und sein Vater ist nicht so reich, daß er gleich Jakob Fugger vom Kaiser eine Grafenkrone kaufen könnte.«

Mir schien ein neuer Ton in ihrer Stimme zu liegen, und ich fragte: »Möchtest du denn, daß ich rede wie er und den Umsturz der Welt predige?«

Sie wich zum erstenmal meinem Blick aus und erschien mir plötzlich hager und häßlich, mit spitzen Backenknochen und das Gesicht von Sommersprossen übersät.

»Wenn du den Glauben hättest, Michael, würdest du mich nicht um Rat fragen«, antwortete sie. »Aber du hast keinen Glauben, obwohl du weißt, daß die Kirche oft grausam, die Priester faul und die Mönche habgierig und unwissend sind. Weihwasser und Wachs kann man zu schlimmen wie zu guten Dingen brauchen. Vielleicht bist du von dieser Art, Michael, und auch ich, obschon du es vielleicht nicht weißt. Aber mein Weibsverstand sagt mir, daß man die Welt nicht ändern kann – daß es immerdar Reiche und Arme, Mächtige und Unterdrückte geben wird, genauso wie Weise und Narren, Starke und Schwache, Gesunde und Kranke. Daher liebe ich die Menschen nicht und wünsche ihnen nichts Gutes. Sie wünschen es mir ja auch nicht, wie du von Sebastian hörtest. Du bist der einzige, den ich liebe, Michael. Wir wollen im Verborgenen leben und kein böses Blut erregen, indem wir verraten, daß wir beide aus verzaubertem Wachs geformt sind.«

Ich vergaß jedoch ihre rätselhaften Worte, als sie mich wieder anblickte, die grünen Augen leuchtend von zärtlicher Liebe. Sie war plötzlich schön. Ich zog sie an mich, und die Begierde überlief mich gleich einer Woge. Wir erfreuten uns aneinander, obwohl es heller Tag war. Ich sagte mir, die Welt, in der wir leben, mochte freilich ein sinkendes Schiff sein; ich aber war nicht berufen, sie zu retten, noch wollte ich ein Loch in ihren Rumpf bohren. Es sollte kein volles Jahr mehr vergehen, bis sich die Planeten im Zeichen der Fische treffen sollten.

6

Meine Freundschaft zu Sebastian wurde nun kühler. Er hielt aber Wort und lebte fortan wie ein armer Junge im Hause seines Vaters; die Mahlzeiten nahm er am Tisch der Lehrlinge ein. An den Abenden las er die Bibel und verfaßte lange Traktate über die Freiheit des Christenmenschen; es gelang ihm, einige davon drucken zu lassen. Ich wollte ihn nicht wiedersehen, denn die

Ratsherren hatten gegen ihn Verdacht geschöpft. Er zog sich einen üblen Leumund zu, und sein eigener Vater beklagte seine Halsstarrigkeit und war nahe daran, ihn für verhext zu halten. Ich selbst fand die Veränderung, die mit ihm vorgegangen war, nicht gar so unvermittelt, hatte er doch eine lange Zeit der Gärung hinter sich. Sein Vater jedoch, der unfähig war, seinem Sohne ins Herz zu schauen, konnte nur den äußeren Wandel bemerken und bejammern. Es dauerte denn auch nur wenige Wochen, und Sebastian war ebenso schlampig, hager und hatte denselben brennenden Blick wie nur irgendein Wanderprediger.

Um diese Zeit ereilte den Steuereinnehmer des Rates ein Unglück, das Barbara vorhergesagt hatte. Er stürzte auf der Treppe, als er versuchte, in sein Quartier hinaufzukriechen, und brach den rechten Arm, so daß er auf lange Zeit keine Feder führen konnte. Mit Genehmigung des Rates ernannte er mich zu seinem Gehilfen und teilte sein Gehalt mit mir. Das hieß, daß er die Arbeit ganz aufgeben konnte, obwohl er, um den Schein zu wahren, sich ab und zu auf dem Rathaus einfand, um mir seine Weisungen zu erteilen. Sein Arm wollte und wollte nicht heilen, und er erklärte mir, daß er gerade den linken brauche, um seinen Humpen bis zur Neige leeren zu können.

Wenn ihm das Bier zu Kopfe stieg, pflegte er zu sagen: »Ich weiß, was ich weiß, Michael – mich könnt Ihr nicht für dumm verkaufen! Ihr junger Fuchs! Ich weiß, wessen Künsten ich meinen Sturz auf der Treppe zu verdanken habe! Aber ich bin Euch nicht gram, denn mein Leben ist dadurch um so schöner geworden. Immerhin tätet Ihr klug daran, der rothaarigen Barbara zu sagen, daß Euer irdisches Heil ganz und gar von mir abhängt, denn Ihr könntet als Fremder und als ihr Gemahl nie aus eigener Kraft eine Stelle erringen. Daher würde mein Tod Euch weiß Gott nichts nützen, Euch im Gegenteil zugrunde richten. Daher vergeudet Eure Zeit nicht mit Schweifwedeln vor den Ratsherren. Vertraut mir und vergeßt nicht, Eurem Weibe mitzuteilen, was ich gesagt habe.«

Er redete in Geheimnissen, und seine Botschaft an Barbara schrieb ich seiner Trunkenheit zu.

Ich hatte das totenstille Haus des Büchsenmachers und die niedrigen Stuben, in denen ich eine fortwährende schleichende Gefahr zu verspüren meinte, mehr als satt. Ich wußte gar wohl, daß der wortkarge Büchsenmacher und vor allem sein mürrischer Sohn mich und Barbara ans Ende der Welt wünschten. Auch der Anblick der wassersüchtigen und fast stets bettlägerigen Mutter behagte mir gar nicht. Wenn ich mich um die Gunst des Rates bemühte, so geschah es nicht, um meinen Freund und Beschützer, den Steuereinnehmer, zu verletzen, sondern weil im Kellergeschoß des Rathauses zwei kleine Stuben lagen, in denen es uns, wie ich hoffte, verstattet werden mochte, unseren eigenen Haushalt einzurichten. Im Laufe der Zeit erlaubte mir denn auch einer der Ratsherren, dem ich besonders eifrig gedient hatte, diese Kellerräume in Besitz zu nehmen, wenn ihre derzeitigen Bewohner auszögen. Auf Barbaras Geheiß suchte ich diese, einen Gerichtsdiener und sein pockennarbiges Weib, auf und bot ihnen ein Goldstück, wenn sie ziehen wollten. Das Weib, dessen Wortschatz gewaltig war, ließ eine Flut von Schimpfworten über mich ergehen; der Gerichtsdiener aber war sogleich dabei, schweren Herzens ihre Habseligkeiten zu packen, und hieß sie schweigen und kein Unheil über sie beide heraufbeschwören, indem sie mich verfluche.

Auf diese Weise erwarben Barbara und ich unser erstes und einziges Heim. Ein Jahr lang lebten wir dort wie kleine Mäuse und verbargen uns vor dem aufziehenden Unwetter und der Bosheit unserer Mitmenschen. An den Abenden, wenn das Rathaus leer stand, säuberten wir seine großen, widerhallenden Säle, fegten die Steinböden und scheuerten die Treppen. Im fahlen Morgenlicht des Winters heizte ich die großen Kamine. Tagsüber ging ich still und unaufdringlich meinen Schreiberpflichten nach, ohne einem Menschen ein böses Wort zu geben. Unser Gönner, der Trunkenbold von Steuereinnehmer, behelligte uns zu jeder Abendmahlzeit. Barbara bemühte sich nach Kräften, ihm zu Diensten zu sein, und ich holte tagaus, tagein einen ungeheuren Krug des stärksten Bieres für ihn aus der Schenke. Unser Gast war sich seines Vorteils wohl bewußt und hegte gewiß keinen Groll gegen uns; je länger er aber die Wahrheit auf dem Boden seines Humpens suchte, desto griesgrämiger, mürrischer und verschlagener wurde er. Seine wissenden Anspielungen und Winke trieben Barbara oft die Tränen in die Augen; sie biß sich dann auf die Lippen und das Blut stieg ihr ins Gesicht.

Doch wozu von unangenehmen Dingen sprechen? Wir waren

sehr glücklich zusammen und wünschten uns während jener ganzen Zeit nichts Besseres. In unseren Augen hingen jene feuchten, triefenden Mauern voll herrlicher Wandteppiche; der trübe Schein der Rüböllampe wurde zum strahlenden Glanz eines vielarmigen Leuchters, und nachts war mir, als schlösse ich Barbara auf seidenem Pfühl im Lichte vieler Wachskerzen in die Arme. Sie schien mir lieblicher als eine Königin, obgleich schwere Arbeit ihre Hände rot und rauh und ihr Leben in halbdunklen Stuben ihre Wangen noch bleicher gemacht hatte als zuvor.

Sie drang oft in mich, die Gesellschaft von Freunden oder auch von Büchern aufzusuchen, denn sie fühlte, daß ich nicht geboren sei, auf immer ein solches Leben zu führen, und das Schicksal größere Aufgaben für mich bereithielt. Doch zwischen Sebastian und mir war eine Entfremdung eingetreten, und die Ratsherren hätten mich gar ungern in seinem Gefolge von Fanatikern und Ketzern gesehen. Statt dessen nahm ich mein Studium des Griechischen wieder auf, freilich ohne die überschäumende Begeisterung meiner Studentenzeit.

Barbara verließ nur selten unseren schützenden Keller, und dann nur nach Einbruch der Dunkelheit, als fürchtete sie sich vor den Leuten und wolle bei ihnen ganz und gar in Vergessenheit geraten. Diese ihre sonderbare Scheu steckte auch mich an, so daß mich bisweilen eine schmerzliche, unbestimmte Angst vor dem Leben überhaupt befiel. Ich tröstete mich lieber mit der Überzeugung, es sei alles am besten, wie es sei; jede Veränderung könne nur Unheil bringen. Und ich kann reinen Gewissens vor Gott und allen seinen Heiligen beschwören, daß ich während der ganzen Zeit, die wir in unserem seltsamen kleinen Heim hausten, Barbara kein einziges Mal etwas Verdächtiges tun sah oder irgend etwas, das auf Zauberei auch nur hätte schließen lassen. Wenn sie sich jemals mit solch dunklem Treiben abgab, so bin ich überzeugt, daß sie nach unserer Hochzeit davon abließ und sich von allem Bösen freizumachen wünschte.

Was den Hund anbelangt, so tauchte er auf ganz natürliche Weise in unserem Heim auf. Wir sahen ihn eines Tages im Hof spielen, und kein Besitzer kam, der sich seiner angenommen hätte. Es war ein ganz gewöhnlicher junger Hund – ein schwarzer, zottiger, kleiner Ball von der Rasse, die man beim Troß gerne hält. Die kurzen Beine dieser kleinen Hunde ermüden auf langen

Märschen; im Lager aber sind sie sehr gut zu brauchen, denn sie wachen über ihre schlafenden Herren und schrecken die Beutelschneider ab.

Später, gegen Abend, begann der Hund vor unserer Tür vor Hunger zu jaulen, und ich brachte ihn Barbara herein, die ihn fütterte und wieder hinausließ. Doch niemand kam, um ihn zu holen, und mir tat das hilflose Tierchen leid. Überdies hätte, so dachte ich, Barbara an ihm einen Gesellschafter; sie war ja den ganzen Tag in den düsteren Stuben allein.

So nahmen wir den Hund gleichsam an Kindes Statt an; Barbara streichelte ihm sanft das weiche, schwarze Fell, als er auf ihrem Schoß schlief, und sprach dazu: »Dein Name sei Azrael. Mögest du als Hund so gewaltig sein wie Azrael als Engel, denn dein Fell macht dich zu einem echten Alraunenhund. Du sollst Michael und mich so reich machen, daß wir diese unfreundliche Stadt verlassen und in die warmen Länder im Süden ziehen können. Spute dich mit dem Wachsen, kleiner Azrael, und such uns die Alraune, koste es auch dein Leben, und wir wollen dem Alräunchen Kinderkleider anlegen und es für ein Vielfaches seines Gewichtes in Gold verkaufen, wenn wir es nicht lieber selbst behalten, auf daß uns alle unsere Unternehmungen zum Guten ausschlagen und wir schnell reich werden, ohne einen Finger rühren zu müssen.«

Sie lächelte in sich hinein und streichelte mit ihrer hageren Hand immer noch das Tier. Dann wandte sie mir ihre großen, grünen Augen zu und sagte: »Sei nicht ungehalten über meine Worte, Michael. Ich scherze nur. Aber ich glaube, ich kenne einen Ort, tief im Wald, wo einst ein Mann gehängt wurde, und dort wächst ein Kraut, das eine echte Alraune sein könnte. Wer sie aus der Erde heben will, gefährdet sein Leben; doch würde ich mich nicht fürchten, wenn du bei mir wärest – und dann sollte es uns zeit unseres Lebens an nichts fehlen. Ein schwarzer Hund kann sie uns ausreißen. Er kann dabei sein Ende finden, uns aber geschieht kein Leid, wenn wir uns die Ohren mit Wachs verstopfen; denn eine Alraune, die entwurzelt wird, tut einen so gräßlichen Schrei, daß jeder, der ihn hört, tot umfallen oder tollwütig werden kann.«

»Barbara«, erwiderte ich, »nenne den Hund nicht so. Azrael ist ein zu gewichtiger Name für das Tierchen. Und ich wünsche ihm nichts Böses. Ich sah einst unter den Schätzen eines Reliquienhändlers in Paris eine Alraune. Aber sie ist sehr selten, und Betrüger haben sie in Verruf gebracht, indem sie gewöhnliche Wurzeln zu Menschengestalt zurechtschnitzten und sie dann zu schwindelerregenden Preisen als echte Alraunen verkauften.«

Wir sprachen später noch ein paarmal scherzend von Alraunen und fragten uns, was wir wohl täten, wenn wir eine fänden und ihre Ausgrabung überlebten; bald aber vergaßen wir die Sache. Wir begannen das Hündchen, unseren Gefährten und treuen Freund, zu lieben. Sein Name wurde bald zu Rael, und ich vergaß, glaube ich, ganz das Zauberwort, dessen Abkürzung er war.

Wir waren sehr glücklich, und doch quälte mich manchmal des nachts ein unaussprechlicher Druck, der mir selbst den Atem stocken ließ. Auch Barbara fühlte ihn; oft kam sie dann zu mir und drückte ihr Gesicht an meinen Hals. In solchen Nächten lagen wir schweigend und eng umschlungen im Bett, als fürchteten wir insgeheim, einander zu verlieren. Wenn ich freilich heute daran denke, so will mir scheinen, als wären dies unsere allerbesten Stunden gewesen, da wir einander so nahekamen, wie es zwei Menschen nur vergönnt sein kann, obgleich wir kein Wort sprachen.

So verging das Jahr. Wir waren nicht die einzigen, welche die Zukunft fürchteten, doch die großen Planeten trafen sich im Februar, ohne daß sich etwas Nennenswertes ereignete. Grün lachte der Frühling rings um die Stadt, und die Sonnenstrahlen leuchteten auf dem Zinngeschirr auf dem Marktplatz. Ich war noch jung und vergaß meine schlimmen Vorahnungen. Ich freute mich des Lebens, wenn es auch gar karg und dürftig war und zuweilen bitter schmeckte. Aber diese rasch dahineilenden Frühlingswochen nahmen meine letzte glückliche Zeit mit sich hinweg. So will ich denn dieses Buch mit dem Frühling des Jahres 1524 beenden und das sechste beginnen – das bitterste von allen.

SECHSTES BUCH

DER SCHEITERHAUFEN AUF DEM MARKTPLATZ

1

Ich habe im Laufe meines Lebens viel Seltsames und Unerklärliches gesehen und möchte nicht leugnen, daß es so etwas wie Hexerei wirklich gibt. Ich habe gewisse Erfahrungen meiner Kinderzeit in Jungfer Pirjos Hütte nicht vergessen. Überdies liegen zu viele Bestätigungen aus verschiedenen Ländern vor, als daß ein denkender Mensch sie einfach abtun könnte. Der überzeugendste Beweis ist vielleicht der, daß selbst der Erzketzer Doktor Luther mit dem Papst darin einer Meinung ist. Doch über die beste Art der Untersuchung, des Urteils und der Strafe kann man geteilter Meinung sein, und ich werde bis ans Ende meiner Tage behaupten, daß die von der heiligen Kirche angewandten Methoden falsch und grauenvoll sind, wenn ich auch selbst für diese Überzeugung auf dem Scheiterhaufen enden sollte.

Ferner glaube ich, daß vieles, was in der Regel für Hexerei gehalten wird, ein bloßer Ausdruck der ewigen menschlichen Sehnsucht nach einem Abkürzungsweg ist – einer Sehnsucht, die in uns allen schlummert und mit seelischem Leid erwacht. Sie verdient daher meiner Meinung nach weder Verdammung noch Strafe; keineswegs aber die grausamen Strafen, welche die Kirche auferlegt. Der vermeintliche Abkürzungsweg ist nämlich eine Täuschung, und Täuschungen verdienen ebensowenig Strafe wie Träume.

Aber Barbara war keine Täuschung. So ist es leicht, mich wegen meiner ketzerischen Gedanken zu verlachen und zu verspotten, zu erklären, ich sei selbst der beste Beweis dafür, daß es wirklich Hexerei gebe, da Barbara mich bezaubern konnte, so häßlich, rothaarig und sommersprossig sie war.

Später erkannte ich, daß die heilige Kirche ihres Todes bedurfte, um ihre Macht zu erweisen. Aber sie starb nicht als Märtyrerin, sondern als Hexe, da sie die Schwarze Kunst geübt habe.

Und dies erkläre ich für ein schreiendes Unrecht und eine Schande für die Kirche, obwohl es mir heute fernliegt, die Kirche anzuklagen, und mich mit der Feststellung begnügen will, daß sie schlechte Diener hatte. Freilich fällt es mir schwer, Pater Angelo, den ich kannte, zu tadeln, denn ich bin überzeugt, daß er bei der Ausübung seines schweren Amtes in gutem Glauben handelte.

Ich habe nie entdecken können, ob die ganze Sache schon in der Kurie oder bloß am Hof des Fürstbischofs geplant wurde, bin aber überzeugt, daß der Kirche in ihrer Gesamtheit daran lag, angesichts der ketzerischen Prediger, die eine immer zügellosere Sprache führten, ein Exempel zu statuieren. Sebastians Lehre von Gottes Gerechtigkeit war in aller Munde und die evangelische Irrlehre bereits so weit verbreitet, daß es niemand wagte, die Schuldigen zu verurteilen, weil das die Verhaftung und Hinrichtung der halben Diözese und damit offenen Aufruhr nach sich gezogen hätte. Hexerei aber zu verurteilen war das anerkannte Recht und die anerkannte Pflicht der Kirche, wie selbst der verbohrteste Ketzer zugegeben hätte. So kamen der Fürstbischof und seine Richter und vielleicht auch die vermögenden Bürger der Stadt zu dem kaltblütigen Schluß, der Geruch versengten Fleisches würde eine heilsame Wirkung auf die erregte Bevölkerung ausüben. Diesem schlau ersonnenen Plan fiel mein Weib Barbara zum Opfer; der Erfolg jedoch rechtfertigte die Mittel nicht. Selbst heute, da ich die Angelegenheit unparteiisch betrachten kann, kann ich nicht zugeben, daß jene Herren sehr weitblickend waren. Ich hasse sie so grimmig und bitter wie nur je, obwohl sie zweifellos überzeugt waren, recht und zum Besten der heiligen Kirche zu handeln.

2

Ich war es selbst, der den graugekleideten Mann mit dem Rattengesicht, dessen Ruf ich nicht kannte, in den Ratssaal einließ. Er redete mich freundlich an und klopfte mir auf die Schulter, während er unaufhörlich den Kopf hierhin und dorthin wandte und seine grausamen kleinen Augen überallhin blickten, als seien sie beständig auf der Suche. Äußerlich schien er unbedeutend, und ich konnte mir nicht erklären, warum die Ratsherren ihn so ehrerbietig empfingen und sogleich alle Türen zu einer geheimen Sitzung, zu der ich keinen Zutritt hatte, zu schließen befahlen. Es dauerte nicht lange, bis die Türen sich wieder öffneten, der Mann auf mich zutrat und, gefolgt von zwei Ratsherren, meinem Blick etwas befangen auswich.

»Euer Name ist Michael Pelzfuß, nicht wahr?« forschte er freundlich. »Ich bin Meister Fuchs, komme vom Vorstand dieser Diözese und möchte gerne Euer Weib Barbara sprechen. Ich habe ihr etwas mitzuteilen. Seid so gut und führt mich zu ihr.«

Immer noch arglos — sein freundliches Wesen war so trügerisch —, wollte ich vorauseilen und Barbara den Besuch ankündigen; er aber packte mich am Arm und hielt mich fest. So mußte ich ihn und die beiden Ratsherren unangemeldet in unsere Behausung führen, obwohl ich mich unserer Armut schämte und es lieber gesehen hätte, wenn Barbara sich hätte umkleiden können, um sie zu empfangen.

Es war ein heller Frühlingstag, und nach der dunklen Kellertreppe schienen die Stuben erfüllt vom Sonnenschein, der durch die kleinen Fenster unter der Decke einfiel. Barbara rührte eben im Schmortopf, als wir eintraten. Überrascht blickte sie auf.

»Bist du es, Michael?«

Dann fiel ihr Blick auf den Fremden, und sie fuhr sichtlich zusammen. Ihre Hand, die noch den Löffel hielt, sank herab; sie trat einen Schritt zurück. Ihr Gesicht wurde weiß, ja beinahe durchsichtig, so daß die häßlichen gelbbraunen Sommersprossen auf ihren Backenknochen hervortraten.

Der Fremde musterte sie forschend mit seinen grausamen Augen. Dann lächelte er, wobei er zwei gelbe Rattenzähne freigab.

Er wandte sich an die Ratsherren und meinte: »Das genügt. Wir können gehen.«

Die Herren waren überrascht. Der eine warf mir einen mitleidigen Blick zu und fragte: »Wollt Ihr die Stuben nicht durchsehen, Meister Fuchs?«

»Das genügt«, wiederholte er, indem er Rael, der unschuldig herbeigeeilt war, um ihn zu begrüßen, einen Tritt versetzte. Dann wandte er sich zum Gehen. Die Ratsherren folgten ihm schweigend, und ich schloß mit einer tiefen Verbeugung die Tür hinter ihnen. Dann wandte ich mich voller Staunen an Barbara.

»Was soll das heißen?«

Sie stand da, den Löffel in der Hand, starrte in die Ferne und schwieg eine Weile. Die Suppe lief über und ergoß sich ins Feuer. Wir beachteten es nicht, und Rael begann leise zu jaulen, als fühle er ihre Beklemmung. Barbara beugte sich zerstreut zu ihm nieder und streichelte ihn.

»Ich muß fort, Michael«, sagte sie. »Je weniger du von dieser Sache weißt, desto besser. Mein einziger Trost ist, daß sie dir nichts anhaben können. Aber was auch geschieht – selbst wenn wir uns nie wiedersehen sollten –, ich bitte dich, glaube nichts Böses von mir, liebster Michael. Ich habe immer dich, und nur dich geliebt und werde dich immer lieben.«

Mir krampfte sich das Herz bei diesen Worten zusammen.

»Wer war der Mann?« fragte ich.

»Fuchs, der Kommissär des Bischofs«, antwortete sie, als erklärte der Name schon alles. Als sie aber meinen ratlosen Blick bemerkte, lächelte sie leise und dünkte mir plötzlich wieder schön.

»Ich vergaß, daß du ein Fremder bist, Michael, obwohl du natürlich dadurch zu meinem Freier wurdest. Meister Fuchs ist des Bischofs Hexenhäscher. Er brüstet sich, er könne Hexen schon auf eine Meile riechen und sein bloßer Blick kommt einem Urteil gleich. Ich bin schon einmal durch ihn gezwungen worden, den Reinigungseid zu leisten, aber damals wohnte ich im Hause meines Vaters, und sein guter Name und seine Zunft schützten mich. Nun aber gibt es keinen, der mich schützen könnte, und ich muß fort.«

Die volle Bedeutung ihrer Worte leuchtete mir plötzlich ein. Unsere Absonderung, meine trüben Ahnungen, Sebastians Worte – alles paßte zusammen und ließ in mir eine unerschütterliche Überzeugung reifen.

»Du hast recht, Barbara. Wir müssen fliehen. Vielleicht können wir eine eidgenössische Stadt erreichen, wenn wir die Wälder und Berge zu Fuß durchqueren. Und wenn wir dem Rhein folgen, können wir über den Fluß ans französische Ufer gelangen.«

»Möchtest du wirklich mit mir gehen? Selbst wenn ich eine Hexe wäre und unsere Flucht auch dich als Schwarzkünstler überführte?«

»Natürlich«, versetzte ich ungeduldig. »Aber du bist keine

Hexe; reden wir daher keinen Unsinn mehr, sondern laß uns von unseren Habseligkeiten so viel packen, wie wir tragen können. Nach Einbruch der Dunkelheit wollen wir uns aufmachen.«

»Ich liebe dich, Michael«, sagte Barbara. Sie küßte mich sanft; ihre Lippen verschmolzen mit meinen. »Aber du bist halsstarrig. Ich weiß, ich kann dich nicht hindern, mich zu begleiten, auch wenn es dein Unglück sein sollte; wir wollen daher unsere Flucht wohl überlegen und keinen Verdacht erwecken. Vor allem mußt du wie gewöhnlich deiner Arbeit nachgehen, während ich unsere Reise vorbereite. Sollte aber etwas Unvorhergesehenes eintreten und uns zwingen, getrennt fliehen zu müssen, so wollen wir uns im Wald vor der Stadt treffen, wo mein Onkel wohnt, an der Stelle, wo ich dich damals gefunden habe.«

Sie muß, als sie so sprach, gewußt haben, daß die Flucht ein hoffnungsloses Unterfangen war. Ihr einziger Gedanke war, mich nicht in die Sache zu verwickeln und in Sicherheit zu bringen. Als ich spät an jenem Nachmittag über meiner Abschrift saß, hörte ich Lärm und Aufruhr vom Marktplatz herauf. In tödlicher Angst stürzte ich hinaus und sah, wie Meister Fuchs Barbara an einem Strick führte. Ihre Hände waren auf dem Rücken gebunden, und ihre beiden Büttel wehrten den heulenden Pöbel ab, der sie mit Kot und Mist bewarf.

Meister Fuchs schwenkte triumphierend ein kleines Bündel über dem Kopf und rief: »Ich erwischte sie, als sie fliehen wollte – und warum wollte sie fliehen? Kein Unschuldiger flieht vor mir!«

»Hexe, Zauberin, Vettel!« kreischte das Volk. Sie stießen die Spieße der Büttel zur Seite, um mein Weib Barbara treten, schlagen und anspeien zu können. Mit verzweifelter Anstrengung bahnte ich mir einen Weg zu ihr. Nun war ich an der Reihe, Meister Fuchs am Arm zu packen.

»Laßt sie frei, Meister Fuchs«, schluchzte ich. »Sie ist mein Weib, und ich, ihr Gatte, werde wohl wissen, daß sie keine Hexe ist.«

»Fort, Michael, fort!« schrie Barbara und zerrte an ihren Fesseln, als wollte sie mich wegstoßen.

Aber nun hatte der Pöbel mich entdeckt und heulte: »Der Fremde, der Fremde! Nehmt ihn fest, Meister Fuchs! Er ist ebenso schlecht wie sie.«

Meister Fuchs lächelte geschmeichelt und hob die Hand zum

Zeichen, daß er zum Volke reden wollte. Der Lärm legte sich; einige riefen: »Hört ihn, hört ihn!«

Als es still geworden war, erhob Meister Fuchs seine Stimme und sprach: »Ihr guten Leute, ich verstehe eure Empörung gar wohl, doch kommt es euch nicht zu, dies Weib zu schmähen und zu mißhandeln. Die heilige Inquisition wird eine gerechte Untersuchung veranstalten und sie nach Verdienst beurteilen. Stellt sich heraus, daß sie Not und Elend unter euch verursacht hat, so seid versichert, daß sie tausendmal mehr leiden wird, bevor sie im feurigen Wagen ihres Herrn und Meisters zur Hölle fährt. Wißt, ihr guten Leute, daß Pater Angelo, der Dominikaner, jüngst am Hofe des Fürstbischofs eingetroffen ist; er bringt die unumschränkte päpstliche Vollmacht für Prozesse gegen die Zauberer und Hexen mit, die in den vergangenen Jahren so schändlich in der Diözese gehaust haben.«

Plötzlich gellte eine gewaltige Stimme über den Marktplatz: »Zur Hölle mit Papst und Mönchen!«

Augenblicklich fiel alles in diesen Ruf ein; sie riefen über Papst und Mönche das Verderben so grimmig herab, wie sie eben noch gegen Barbara gezetert hatten.

Ein zerlumpter, langhaariger Kerl, den ich nie gesehen hatte, erklomm den Stand des Zinngießers, schwenkte die Arme gleich Dreschflegeln und brüllte mit glühenden Augen aus Leibeskräften: »Liefert uns die Hexe aus, Meister Fuchs, und nieder mit Papst und Mönchen! Wir können unsere Hexen auch ohne ihre Hilfe verbrennen. Schafft Holzbündel herbei, gute Leute; wir wollen das Übel aus unserer Mitte ausmerzen!«

Meister Fuchs sah nachdenklich drein und warf mir einen verstohlenen Blick zu. Plötzlich rief er den Reisigen einen Befehl zu und begann, Barbara zum Rathaus zu schleppen. Es gelang mir, mit Hilfe der Büttel die heranbrandende Horde abzuwehren, Barbara hineinzustoßen und das schwere Tor zu versperren, das den Schlägen, die von außen darauf niederprasselten, gar wohl standhielt. Ich kniete neben der ohnmächtigen Barbara nieder, löste den Strick um ihre Handgelenke und wischte ihr das Blut und den Schmutz vom Gesicht. Meine Tränen fielen auf ihre Wangen und erweckten sie aus ihrer Ohnmacht. Sie schlug die Augen auf.

»Euch merkt man das Alter an, Meister Fuchs!« rief einer der niederen Ratsherren nicht ohne Spott. »An der Art, wie Ihr die

Sache handhabt, kann ich nichts von der unvergleichlichen Geschicklichkeit entdecken, für die Ihr berühmt seid. Das kann Euch teuer zu stehen kommen.«

Meister Fuchs lachte kühl.

»Ihr habt recht«, stimmte er bei. »Es wird Unannehmlichkeiten geben, wenn der gute Fürstbischof und Pater Angelo davon erfahren. Auch die Stadt wird vielleicht nicht billig davonkommen. Horcht!«

In diesem Augenblick klirrte die erste zerbrochene Fensterscheibe zu Boden, und ein Stein polterte herein. Draußen forderte der Pöbel, im Chor brüllend, die Auslieferung der Hexe, um sie zu verbrennen.

»Hat dir der Teufel selbst den Gedanken eingegeben, am hellichten Tage zu fliehen, du Hexe?« fragte Meister Fuchs die hingestreckte Barbara, wobei er ihr einen leichten Tritt versetzte. »Ich wollte dich nach Einbruch der Dunkelheit holen, denn ich kenne alle eure Mätzchen.«

Er sprach dies jedoch ohne ausgeprägte Bosheit; er trug eher Neugierde zur Schau, als sei ihm etwas Neues in seinem Beruf vor Augen gekommen. Zwei kostbare Buntglasfenster zerschellten in Trümmer, und die Ratsherren rangen die Hände. Meister Fuchs blieb gelassen.

»Die Zeiten sind schlecht«, bemerkte er. »Wäre es nicht am besten, wenn einer von Euch, Ihr Herren, auf den Söller hinausträte und das Volk beschwichtigte? Sagt ihnen, ich hätte die Hexe zur Hintertür hinausgeführt und wir galoppierten nun im Hexenkarren aus der Stadt. Dann werden wir heute abend unbehelligt aufbrechen können.«

Aber keiner dieser würdigen Herren zeigte besondere Neigung, vor das Volk in den Steinhagel hinauszutreten. Der spöttische Herr, von dem ich wußte, daß er insgeheim mit den Lutheranern liebäugelte, erbleichte und sagte plötzlich: »Meister Fuchs, liefert sie ihnen aus. Wir dürfen die Rechte Memmingens als einer freien Stadt nicht beschneiden. Barbara Pelzfuß ist hier geboren und aufgewachsen und darf nicht ohne die Zustimmung des Rates weggebracht werden.«

»In einem Fall wie dem vorliegenden untersteht die Gerichtsbarkeit eines Stadtrates — ja, des Kaisers selbst — der kirchlichen«, antwortete Meister Fuchs. »Auf jeden Fall trage ich, wenn

Ihr Euch erinnert, die schriftliche Vollmacht des Rates in der Tasche. Heute früh stimmtet Ihr alle überein, daß sie mir ausgeliefert werden sollte. Seid versichert, daß Pater Angelo sie Euch nur zu gerne ausliefern wird, wenn es an der Zeit ist, daß Ihr das Urteil vollstreckt. Der Prozeß gegen sie aber ist Sache der heiligen Inquisition. Das ist der Kern der Sache, und Leute von Verstand, wie Ihr, sollten das einsehen.«

Die Herren vom Rat einigten sich nach kurzer Wechselrede, daß Meister Fuchs klug gesprochen habe. Aber keiner von ihnen wollte sich auf den Söller wagen; sie fingen an, einer den anderen vorzuschieben. Meister Fuchs betrachtete sie ein Weilchen voll Verachtung; dann wandte er sich zu mir, der ich immer noch auf dem Boden saß, Barbaras Haupt im Schoß.

»Michael Pelzfuß!« sprach er. »Wo Leben ist, da ist auch Hoffnung. Bald wird der Pöbel hier einbrechen, und Ihr wißt, was dann mit Eurem Weib geschieht. In den Händen der heiligen Inquisition hingegen wird sie vollkommen sicher sein, bis der Beweis ihrer Schuld durch Zeugenaussagen und ihr eigenes Geständnis erbracht ist. Der Prozeß kann mehrere Monate dauern, und ich versichere Euch, daß Pater Angelo ein frommer und rechtschaffener Mann ist, dem niemand Böses nachsagen kann. Aus diesem Grunde wurde er ja mit der schweren und überaus ernsten Verantwortung eines Inquisitors betraut. Lauft hinauf und auf den Söller hinaus, Michael Pelzfuß, und sagt ihnen, ich hätte Euer Weib weggebracht.«

Unschlüssig, was ich tun sollte, hob ich Barbaras Haupt. Sie schlug die grünen Augen auf und flüsterte: »Liebster Michael, stoß mir das Messer ins Herz. Ich werde in deinen Armen sterben und keine Schmerzen fühlen.«

Doch ich war ein Feigling, ein erbärmlicher Feigling, und klammerte mich an den Strohhalm, den Hoffnungsschimmer, der in Meister Fuchs' trügerischen Worten zu liegen schien.

»Du bist keine Hexe«, flüsterte ich ihr ins Ohr. »Die heilige Kirche kann kein falsches Urteil fällen. Ich will selbst mit Pater Angelo sprechen.«

Ihre Antwort war ein schwaches Kopfschütteln. Sie versuchte sich an mich zu klammern; ich riß mich jedoch aus ihren Armen los und stürzte ins Obergeschoß hinauf, stieß die Tür zum Söller auf und lief, schreiend und gestikulierend, hinaus.

»Ergreift ihn, ihr guten Leute! Er hat meine Frau zum Hintertor hinausgeführt. Rettet sie aus der Gewalt der Inquisition – rettet sie, denn sie haben das Stadttor noch nicht erreicht!«

Ich brüllte und fuchtelte mit den Armen, bis der Lärm erstarb und sie meine Worte hören konnten. Als der erste die Seitenstraße hinablief, folgten ihm die übrigen auf den Fersen – eine heulende, gedankenlose Horde. Bald war der Marktplatz leer; nur Hüte, Stöcke, Scheiter und Steine lagen herum.

Nach meiner Rückkehr ins Erdgeschoß mußte ich die übliche Rechnung für Dienstleistungen an die Stadt ausstellen:

»Eine Hexe zum üblichen Preis erlegt ... 7 Gulden.«

Meister Fuchs unterzeichnete die Quittung mit vielen kunstvollen Schnörkeln, und der Schatzmeister zählte ihm widerwillig die sieben Goldstücke auf die Hand. Der Kommissär ließ sie in die Börse an seinem Gürtel gleiten und wandte sich an mich.

»Wir müssen uns die Zeit bis Mitternacht vertreiben«, bemerkte er, »denn es wäre kaum ratsam, früher aufzubrechen. Glücklicherweise ließ ich den Hexenkarren in einem Stall vor der Stadt zurück, um kein Aufsehen zu erregen. Nichts hindert uns, den Abend in Eurem Heim zu verbringen, und Euer Weib Barbara kann uns das Abendbrot bereiten. Ihr wollt sie gewiß bis zum Gefängnis begleiten. Ich habe nichts dagegen, weil ich ja bewaffnetes Geleit anfordern will. Und Pater Angelo wird Euch gewiß unverzüglich vernehmen wollen.«

Wir ließen die Ratsherren, die händeringend die Sache mit den zerbrochenen Fensterscheiben erörterten, stehen und stiegen die Kellertreppe zu unserer bescheidenen Behausung hinab, die so sicher war wie nur irgendein Teil des Rathauses. Rael lief uns freudewinselnd entgegen, und Meister Fuchs setzte sich, nahm den Hund auf den Schoß und streichelte ihn. Er hatte den Reisigen befohlen, vor der Tür Wache zu stehen, und Barbara kochte genug Suppe, daß sie auch für sie reichte. Es war eine gute Suppe, hatten wir doch keinen Grund, mit unseren Vorräten sparsam umzugehen. Meister Fuchs sprach fromm das Tischgebet und aß für zwei; mir aber war die Kehle wie zugeschnürt, und ich brachte nur wenige Löffel voll über die Lippen. Ich sah mich in unserem kleinen Heim um, und es war mir noch nie so traut, so lieb und so sicher erschienen wie in jenen letzten Stunden vor unserer Reise ins Reich des Schreckens.

Nachdem die Wächter die Mitternachtsstunde ausgerufen hatten, schlichen wir geräuschlos aus dem Hof und die Gasse entlang, durch die Barbara zu fliehen versucht hatte. Niemand behelligte uns, und der Wache am Viehtor hatte der Rat geheime Weisung erteilt, uns unverzüglich und ungefragt passieren zu lassen. Bald ratterten wir im Hexenkarren über die tief ausgefahrene Landstraße zur Stadt des Fürstbischofs. Es war eine würzige Frühlingsnacht. Wir saßen auf Stroh und auf dem Boden des Karrens. Meister Fuchs hielt Rael auf dem Schoß und kniff den Hund ab und zu nachdenklich ins Ohr. Wäre Barbara gesund und bei Kräften gewesen, so hätten wir versuchen können, trotz der Gitterstäbe des Karrens, die uns wie ein Käfig umgaben, in die Dunkelheit zu entkommen. Aber sie war schwindlig und wäre nicht weit gekommen. Überdies ließ ich mich von der Hoffnung täuschen, Pater Angelo, dessen Frömmigkeit und Gerechtigkeit Meister Fuchs gepriesen hatte, würde sich von Barbaras Unschuld überzeugen und sie bald freilassen, obwohl ich freilich viel Schlimmes über die Hexenprozesse gehört hatte. Ein Fluchtversuch hätte sehr belastende Beweise gegen sie geliefert.

Die Nacht war dunkel, der Wind seufzte, die Glühwürmchen leuchteten gespenstisch im Gras, und der gedämpfte Hufschlag des Pferdes auf der Straße vor uns hörte sich wie eine Prophezeiung an. Es war eine Nacht für Hexen. Ich versuchte, meine Gedanken zu ordnen und mich zu fragen, ob ich im innersten Herzen an Barbaras Unschuld glaubte. Sie hatte ihr Haupt auf meinen Armen ruhen und umschlang krampfhaft meine Knie; bisweilen schüttelte ein tiefes Aufschluchzen ihren ganzen Körper.

Um mich von allen Zweifeln zu befreien, legte ich meine Lippen an ihr Ohr und flüsterte: »Barbara!« Als sie sich regte, flüsterte ich abermals: »Barbara! Wenn du wirklich eine Hexe bist, kannst du dich nun retten!«

Allein sie schluchzte nur und umklammerte noch verzweifelter meine Knie. Und ich erkannte; sie konnte weder eine Hexe noch im Bunde mit dem Teufel sein, denn der Teufel hätte gewiß für die Seinen gesorgt.

3

Die Sonne ging auf, als wir uns der Stadt näherten, und ich weiß nicht, ob ich die Welt je so jung und schön gesehen habe wie an jenem Morgen. Die schneebedeckten Gipfel in der Ferne erhoben sich am Horizont gleich blauen Wolken, das Gras in den Tälern stand in frischem Grün, und der Fluß zog mit weißen Schaumkronen über die glatten, grauen Steine seines Bettes dahin. Die Weingärten leuchteten goldbraun, knospendes Laub überzog die dunklen Zweige der Eschen und Linden mit blaßgrünen Schleiern, und vor uns ragten die Türme der Bischofsstadt empor. Da und dort klebten die überhängenden oberen Stockwerke der Häuser gleich Schwalbennestern über der Stadtmauer, und die dünne, klare Stimme der Klosterglocke rief eben die Brüder zum Gebet.

Der Wächter am Tor erkannte Meister Fuchs und ließ den Karren durch den Torbogen ein. Dienstmädchen und Handwerker die schon früh aus den Federn waren, blieben stehen und gafften dem gelbgestrichenen Hexenkarren nach. Bald hatten wir ein kleines Gefolge von Mädchen, Lehrjungen und Kindern. Das müde Pferd klapperte im Schritt durch die engen Straßen, bis wir den Gefängnisturm neben dem bischöflichen Palast erreichten. Hier weckte Meister Fuchs den Schließer und übergab Barbara in seine Obhut. Dann packte er zu meinem Erstaunen Rael am Genick und nahm ihn in die Arme, so daß der Hund vor Schmerz kläffte.

»Für den werde ich sorgen«, sagte er. »Pater Angelo muß entscheiden, ob er nur als Zeuge gebraucht oder auch der Hexerei angeklagt werden soll.«

Rael versuchte sich freizustrampeln und winselte kläglich nach Barbara, die immer noch unter der Gefängnistür stand. Der fürchterliche Gestank aus dem Verlies mischte sich mit der frischen Morgenluft, als der untersetzte Schließer stehenblieb, um Barbara boshafte Blicke zuzuwerfen und mit Meister Fuchs zu besprechen, wie man sie in Gewahrsam halten sollte. Ich gab ihm einen ganzen Gulden und bat ihn, mit Speise und Trank nicht zu sparen. Doch durfte ich jenen dunklen Turm nicht betreten. Meister Fuchs begleitete allein den Schließer; er trug immer noch den armen Hund. Sie stießen Barbara vor sich her, und die schwere Tür fiel ins Schloß.

Bald darauf kreischte sie wieder ächzend in den Angeln, und Meister Fuchs trat ans Tageslicht heraus; er wischte sich die Hände an den Schößen seines grauen Rockes ab.

»Ihr braucht Euch nicht zu fürchten«, meinte er zum Schließer. »Pater Angelo wird Euch Weihwasser und Wachs geben, und solange Ihr der Hexe nicht in die Augen schaut und nicht zu beten vergeßt, kann Euch nichts Böses widerfahren. Sie ist jetzt harmlos.«

»Was habt Ihr meinem Weib getan, Meister Fuchs?« rief ich schreckensbleich.

»Wir haben sie in den Stock gelegt«, antwortete er, »und dann untersuchte ich sie, wie es meine Pflicht vorschreibt, um mich zu vergewissern, daß sie nicht in ihren Kleidern oder am Leibe einen verfluchten Talisman verborgen trägt, der diesen guten Mann und seine Familie in Gefahr bringen könnte.«

Ich starrte in seine Augen, sein Gesicht und auf seine grausamen Hände; grenzenloser Abscheu und Ekel packten mich. Doch war nichts gewonnen, wenn ich ihn erzürnte.

So bezähmte ich meine Gefühle und sagte demütig: »Lieber Meister Fuchs, ich bin ein unerfahrener Jüngling und verstehe nichts von Prozessen. Sagt mir, was ich für mein Weib tun soll. Und um Zeit zu sparen, wollen wir in einer nahen Taverne ein Glas würzigen Glühweins verkosten, um uns nach unserer beschwerlichen Reise zu wärmen.«

»Ein angebrachter Vorschlag, Michael Pelzfuß«, versetzte er. »Laßt uns also gehen und zusammen einen Becher leeren; zugleich kann ich Euch meine Reiserechnung vorlegen.«

Er rieb sich die Nase und maß mich von oben bis unten, wobei er meine Barschaft abschätzte.

»Ihr seid nicht reich«, fuhr er fort, »und ich will mäßige Forderungen stellen. Aber das erörtern wir am besten beim Wein.«

Am Hoftor wagte ich ihn zu fragen: »Was habt Ihr mit dem Hund gemacht, Meister Fuchs?«

»Der sitzt gefesselt und gebunden in seiner eigenen Zelle«, erwiderte er. »Sorgt Euch nicht um ihn, Michael, denn er hat Wasser, und die Kinder des Schließers werden ihm Knochen und Brot bringen. Er ist ein freundliches Tierchen, und ich wünsche ihm nichts Böses, obgleich es meine Pflicht war, ihn einzusperren.«

Wir gingen weiter, und nach einer kleinen Weile fügte er hinzu: »Ich mag Tiere sehr gern, besonders Vögel. Zu Hause habe ich viele schöne Vögel in Käfigen.«

Wir traten in eine behagliche Taverne, wo ich heißen Gewürzwein, frisches Backwerk und Apfelschnitten bestellte. Meister Fuchs zählte immer noch an seinen Fingern, während wir unseren Morgentrunk schlürften, und meinte schließlich, er wolle sich angesichts meiner Jugend und Armut mit dreieinhalb Gulden begnügen. Ich wußte, daß er mich ausplünderte, allein das war sein Recht, und ich hatte sein Wohlwollen verzweifelt nötig. Ich wußte, daß ich die Prozeßkosten und die Zeugengelder würde bestreiten müssen, ob Barbara freigesprochen würde oder nicht. Ich fragte aber nicht nach den Kosten und hoffte nur, mein Geld werde reichen.

Auf die Fragen, mit denen ich ihn überschüttete, teilte er mir mit, diesmal könne es bei einer bloßen kanonischen Sühne keineswegs sein Bewenden haben.

»Versucht doch, die Lage zu verstehen, Michael«, sagte er geduldig. »Hexerei ist ein *crimen exceptum* wie Majestätsverletzung, Hochverrat und Falschmünzerei, aber von weit schlimmerer Natur. Der Richter in einem solchen Prozeß muß mit besonderer Gewalt ausgestattet sein, hat er doch nicht allein mit der Hexe, sondern mit Satan selbst zu ringen, dem Vater der Lügen, der ungesehen hinter dem Angeklagten steht, um das Auge des Richters zu blenden, das Gedächtnis der Zeugen zu verwirren und alle Anwesenden großen Gefahren auszusetzen. Es liegt daher auf der Hand, daß die Namen von Zeugen und Anzeigern bisweilen geheimgehalten werden und besondere Methoden angewandt werden müssen, um ein Geständnis zu entreißen. Alle Mittel sind erlaubt, wenn sie nur Licht in die Sache bringen und die Wahrheit offenbaren können. Wenn Ihr es recht und ehrlich betrachtet, Michael, so müßt Ihr gestehen, daß es nur recht und billig ist.«

Ich stimmte ihm gerne zu, blieb aber dabei, Barbara sei unschuldig. Ich, ihr Gatte, müsse das gewiß besser wissen als jeder andere. Und ich setzte hinzu, der Teufel hätte eine glänzende Gelegenheit gehabt, Barbara in der vergangenen Nacht zur Flucht zu verhelfen, wenn sie wirklich mit ihm im Bunde gewesen wäre.

»Ich dachte gestern nacht auch daran, und mir war recht unbehaglich zumute«, erwiderte Meister Fuchs. »Aber der Teufel ist unendlich schlauer, als wir denken, und hielt es zweifellos für günstiger, sie in das Kleid der Unschuld zu hüllen und sie der Gewalt des Gerichtes auszuliefern. Aus diesem Grunde nehme ich an, daß der Satan sie gewisse Kniffe gelehrt hat, mit deren Hilfe sie sich stählen kann, obschon ich keinerlei unheilige Werkzeuge an ihr entdecken konnte. Die heilige Inquisition hat jedoch Mittel zur Verfügung, die Euch zu enthüllen mein Eid mir verbietet.«

»Ich hoffe wenigstens, daß man sie nicht Folterqualen unterwirft, die eine zarte Frau nicht ertragen kann«, versetzte ich, starr vor Schreck bei dem bloßen Gedanken daran. Aber Meister Fuchs beruhigte mich mit freundlichen Worten.

»Nichts dergleichen wird geschehen; auch ist es immerhin gar nicht sicher, ob sie überhaupt der Befragung unterworfen wird. Sollte es jedoch soweit kommen, so dürfen die Examinatoren der Angeklagten keinen leiblichen Schaden zufügen. Es ist im Gegenteil in unzweideutigen Ausdrücken festgelegt, daß die Untersuchung keinen dauernden leiblichen Schaden verursachen darf. Auch darf sie nicht über die Kräfte der Angeklagten gehen. Es ist natürlich ab und zu vorgekommen, daß Satan selbst einen Zauberer oder eine Hexe getötet hat, wenn er sah, daß ihr Widerstand nachließ, doch ist das nicht weiter schlimm, da ja ein solcher Tod den zwingenden Beweis liefert, daß es sich um Hexerei handelte. Dasselbe gilt von jedem Todesfall, der im Gefängnis eintritt.«

Der gute Gewürzwein brannte mir wie Galle in der Kehle, als ich diese Worte hörte, doch bestellte ich noch ein Glas für ihn. Er fuhr fort und nannte mir viele Beispiele für das Wirken des Teufels unter seinen Anhängern im Gefängnis. Er erzählte mir von einem zwölfjährigen Mädchen, das der Böse in der Zelle geschwängert hatte und die ihren nächtlichen Umgang mit ihm gestand. Sowohl sie als auch ihre Mutter wurden auf dem Scheiterhaufen verbrannt.

»Meister Fuchs«, sagte ich, »ich sehe, beim Teufel ist alles möglich. Aber Eure Geschichten erschrecken mich, und ich würde mich freuen, Pater Angelo so bald wie möglich aufsuchen zu können, auf daß ich ihm die ganze Sache vortragen und an seine Gerechtigkeit appellieren kann.«

Meister Fuchs vermittelte mir diese Vorsprache höchst zuvorkommend, und am selben Nachmittag suchte ich Pater Angelo in seiner schmucklosen Zelle im Dominikanerkloster auf.

4

Meine Angst war groß; aber als ich im Inneren der Klostermauern dahinschritt, in ihrem Schweigen den vertrauten Geruch nach Weihrauch und schweißigen Mönchskleidern atmete und dem Laienbruder über die kalten Steinfliesen folgte, wurde mir leicht ums zerrissene Herz.

Hier ist das Haus Gottes, dachte ich. Jahrhunderte des Gebets, der Abtötung und frommer Betrachtung haben es geheiligt. Es gibt gute und schlechte Mönche, aber das Haus Gottes steht hier als ein Unterpfand, daß Barbara nichts Böses wiederfährt.

Als ich die Zelle betrat, erhob sich Pater Angelo, der vor dem Bilde des Gekreuzigten auf den Knien gelegen hatte. Ich warf mich ihm zu Füßen und küßte den Saum seines schwarzen Habits. Er trug keine Sandalen; an seinen knorrigen Füßen traten die Adern hervor; ich sah, daß er das ganze Jahr über barfuß gehen mußte. Dennoch waren seine Füße ganz rein, und als ich den Blick erhob, merkte ich, daß auch sein Gesicht rein und strahlend war. Fasten und Andachtsübungen hatten es abgezehrt; und Güte leuchtete daraus, als er sich niederbeugte, um mich aufzuheben.

»Kniet nicht vor mir, Michael Pelzfuß«, sagte er, »sondern nur vor Gott und seinen Heiligen. Verehrt in mir nicht den Menschen, sondern die ewige und unerschütterliche Gerechtigkeit der Kirche, welche die Schuldigen verdammt und die Unschuldigen freiläßt. Setzt Euch, mein Sohn. Seid getrost und erzählt mir alles, was auf Eurem Gewissen lastet, denn dadurch werdet Ihr Euch und Eurem Weibe am besten helfen.«

In seinen Worten lagen so viel Freundlichkeit und Trost, daß ich, durch die lange Qual der Angst, des Fastens und der Schlaflosigkeit geschwächt, in Tränen ausbrach. Er beruhigte mich und ließ mich auf einem niedrigen Schemel neben seinem Stuhl sitzen, und unter seinen mitleidigen Worten schmolz der Panzer um meine Seele. Ich schilderte ihm mein ganzes Leben, gestand, daß ich unehelicher Abkunft war, und sprach von meinem ernsten Verlangen, der Kirche zu dienen. Ich zeigte ihm mein zerknittertes Diplom von der Universität Paris und erklärte, daß mich die harten Schläge des Schicksals zur Reue über meine Sünden und zu einer Wallfahrt zum Heiligen Grab unseres Erlösers bewogen hatten; daß ich aber unterwegs überfallen, ausgeraubt und im Wald wie tot liegen gelassen worden war.

»Barbara Büchsenmeisterin war es, die mich in diesem trostlosen Zustand fand, und es schien, als hätte Gott sie auf seinen geheimnisvollen Wegen zu mir geführt«, fuhr ich fort. »Barbara war freundlich und zärtlich. Sie pflegte mich gesund und kleidete mich, denn ich hatte nicht einmal ein Hemd am Leibe. Mein Herz neigte sich ihr zu, und wir hielten Hochzeit, um bis ans Ende unserer Tage gemeinsam leben zu können. Wir führten ein karges Leben voll schwerer Arbeit und taten niemand ein Leides. Nur die Bosheit unserer Mitmenschen, die Barbara wegen ihres Äußeren von Kind auf quälen, ließ diesen fürchterlichen Verdacht entstehen, dem sie nun zum Opfer gefallen ist. Aber ich, ihr Gatte, kenne sie am besten, und ich schwöre bei Gott selbst und bei den heiligen Sakramenten, daß sie schuldlos ist an dem abscheulichen Verbrechen, dessen man sie anklagt!«

Pater Angelo saß gelassen und unbeweglich in seinem Stuhl und betrachtete mich mit klaren, forschenden Blicken. Er stützte seine schönen, schlanken Hände auf die Armlehnen und ermutigte mich durch kurze Fragen, wenn ich zögerte. Ich erzählte ihm alles, was mir widerfahren war, wahrheitsgetreu und ohne Vorbehalt. Als ich geendet hatte, saß er lange Zeit ruhig da, während er mich mit seinen klaren Augen immer noch ansah.

Schließlich sprach er mit einem tiefen Seufzer: »Michael Pelzfuß, ich glaube, was Ihr sagt, und will gut von Euch denken, da Ihr ja zur Sühne für Eure Sünden ins Heilige Land unterwegs ward, als die Hexe Euch fand und Euch in ihre Gewalt brachte. Aber Euch gebricht es an Erfahrung, und Ihr könnt die schreckliche Natur der Sache, mit der wir es nun zu tun haben, nicht verstehen. Dennoch hoffe ich, wir werden mit Gottes Hilfe alles zu einem glücklichen Ende führen können, und ich muß Euch daher einige Fragen stellen.«

Seine Haltung versteifte sich; er saß wie aus Stein gehauen. Die sanften Augen standen plötzlich mit dem kalten, harten Blick eines Richters über mir.

»Michael Pelzfuß«, hub er an, »glaubt Ihr an Hexen und Hexerei?«

Ich schlug ein Kreuz und antwortete: »Gott verhüte, daß ich an irgend etwas zweifle, was die Kirche lehrt; ich bin ja kein Ketzer.

Natürlich gibt es Hexen, allein mein Weib Barbara ist unschuldig.«

Er entgegnete: »Glaubt Ihr, daß die von der heiligen Kirche verurteilten Hexen schuldig waren und nur die gerechte Strafe für eine überaus abscheuliche Sünde erlitten?«

Ich senkte den Blick und dachte nach, mußte aber schließlich mit leiser Stimme erwidern: »Ich muß es glauben, denn die heilige Kirche kann nicht irren.«

Aber in den geheimen Tiefen meiner Seele regte es sich, und ich konnte ihm nicht in die Augen sehen, als ich die Antwort gab.

Er sank in seinen Stuhl zurück, und wider leuchtete Wärme aus seinen klaren Augen.

»Michael, mein Sohn, Ihr habt den wahren Glauben und seid kein Ketzer. Daher müßt Ihr auch glauben, daß Gerechtigkeit und nichts als Gerechtigkeit geschehen wird. Die Überführung von Hexen ist eine schwere und schreckliche Aufgabe, welche die geistige Kraft des Richters auf die Probe stellt. In meiner Schwäche habe ich tausendmal über das furchtbare Amt gestöhnt, mit dem der Heilige Vater mich betraut hat. Der Satan packt mich an meinen schwächsten Stellen; nur durch unablässiges Gebet und Abtötung des Leibes kann ich die Zweifel überwinden, die er mir ins Ohr flüstert. Betet daher ebenfalls, Michael — betet um Eurer Seele willen —, betet, daß ich meine Schwäche überwinde und gleich einem echten Richter Satans Ränke aufdecke, wenn ich diesen schlimmen Fall untersuche.«

Seine Bitte legte Zeugnis ab von einem so schmerzlichen Seelenkampf, einer solchen Seelenreinheit und Festigkeit, daß meine eigene Furcht neben der geistigen Angst dieses heiligen Mannes zur Bedeutungslosigkeit herabsank.

»Pater Angelo«, meinte ich demütig, »ich will aus ganzem Herzen beten, daß Gott Euch helfen möge, die Wahrheit zu finden. Am inbrünstigsten aber will ich für mein Weib Barbara beten, auf daß ihr nichts Böses widerfahre.«

Pater Angelos Antwort war ein leichtes Kopfschütteln.

»Michael, mein Sohn, mit Gottes Hilfe werde ich die Wahrheit finden. Doch stand ich noch nie vor einer so schweren Aufgabe, denn ich muß sowohl die Hexe mit zwingenden Beweisen überführen als auch zugleich Eure verblendete Seele von Zweifeln befreien, so daß Ihr in vollem Vertrauen auf die Gerechtigkeit der heiligen Kirche fromm gestehen könnt, daß Gerechtigkeit gewaltet hat, und Ihr dies nicht allein mit den Lippen, sondern aus innerstem Herzen bekennt.«

Dann stellte er mir viele eingehende Fragen, wie Barbara mich gefunden, wie sie mich während meiner Krankheit gepflegt und wie wir Mann und Weib geworden seien. Er fragte auch nach unserem Hund und wollte wissen, wie sich der Steuereinnehmer den Arm gebrochen hatte, woraus ich erkannte, daß er über uns sehr wohl unterrichtet war. Allein ich beantwortete alle seine Fragen freimütig und offen und widersprach mir kein einziges Mal, wenn er sie in verschiedenem Wortlaut stellte.

Schließlich fragte er: »Gingt Ihr beide regelmäßig zur Messe und zur Beichte, und empfingt Ihr gemeinsam das heilige Sakrament?«

Ich mußte gestehen, daß wir unsere religiösen Pflichten etwas vernachlässigt hatten, jedoch nur, weil Barbara unter der Feindseligkeit der Mitmenschen litt und es scheute, sich in der Öffentlichkeit zu zeigen. Ich versicherte ihm, daß wir unsere Gebete nie vergessen und alle Fasttage eingehalten hatten.

Ich setzte hinzu: »Ich bereue unsere Nachlässigkeit tief und sehe ein, wir hätten dem Übelwollen der Leute Trotz bieten und unsere Christenpflichten sorgfältiger erfüllen müssen, wie wir es ja in der Tat halten wollten.«

»Die Unschuldigen fürchten weder ihre Mitmenschen, noch meiden sie sie«, sagte Pater Angelo. »Hexen haben triftige Gründe, der Messe fernzubleiben, und daß sie die Sakramente vernachlässigt hat, wiegt als Beweis noch schwerer. Freilich ist Satan so ränkevoll, daß ich es als ebenso schwerwiegenden Umstand betrachtet hätte, wenn sie eine fleißige Kirchengängerin und Kommunikantin gewesen wäre.«

»Meine Gemahlin ist keine Hexe«, erklärte ich, denn ich wußte nicht, was ich sonst hätte sagen sollen.

»Ihr freitet Barbara Büchsenmeisterin. Ist sie denn schön in Euren Augen?«

»Ich finde sie schön«, entgegnete ich.

Da fiel mir ein, wie sie im Stock, im Schmutz und Gestank des Gefängnisturmes lag, und ich rief: »Pater Angelo, in meinen Augen ist sie die lieblichste Frau, und ich liebe sie mehr als alles auf der Welt!«

Pater Angelo fuhr heftig auf und bekreuzigte sich.

»Es ist genug«, sagte er. »Von nun an müßt Ihr Euch unablässigem Gebete, der Abtötung und Buße widmen. Ich habe die Hexe Barbara noch nicht gesehen, weiß aber, daß sie häßlich ist. Sie ist älter als Ihr und hatte ihre besten Jahre zum Freien hinter sich, als sie Euch begegnete. Von nun an dürft ihr keinen Schritt mehr aus den Klostermauern tun. Ich will Euch unter die Aufsicht des Priors stellen, so daß ihr beten und Buße tun könnt, bis alle Zeugen versammelt sind und der Prozeß beginnen kann.«

»Vater«, rief ich und fiel vor ihm auf die Knie. »Ich wünsche nichts sehnlicher, als zu beten und das Fleisch zu kasteien, aber erlaubt mir, mein Weib im Gefängnisturm zu besuchen und sie in ihrer Einsamkeit zu trösten, denn mir brennt das Herz beim Gedanken an ihre fürchterliche Lage.«

Meine Bitten ließen ihn ungerührt, ja, meine Hartnäckigkeit hatte angefangen ihm lästig zu fallen. Daher schwieg ich. Er führte mich zum Prior. Zur Complet gab man mir eine Kerze in die Hand und steckte mir geweihtes Salz in den Mund, während die Mönche sangen, um mir den Teufel auszutreiben, und Pater Angelo und andere gute Patres heiße Gebete für mein Seelenheil aufopferten. Diese erschöpfende Zeremonie beruhigte mich so weit, daß ich in einen todesähnlichen Dämmerschlaf versank. Doch drei Stunden später schüttelten und weckten mich die Mönche zum Nachtoffizium.

Diese Behandlung wurde tagein, tagaus fortgesetzt, und das beständige Wachen und die Bußkost hielten mich in einer wohltuenden Betäubung. Doch ab und zu erhellte klares Bewußtsein mein Inneres, und wenn ich an Barbara und ihr Leben im Gefängnis dachte, war mir, als hätte man mir ein Messer in die Brust gestoßen. In meinem Schmerz schrie ich auf und beschwor die Brüder, mich mit geknoteten Stricken und Dornen zu züchtigen, auf daß meine leiblichen Schmerzen die anderen, die ich um meine Geliebte erlitt, ertöten möchten. Und die guten Mönche schlugen mir den Rücken wund, um mir den Teufel auszutreiben.

Fast zwei Monate vergingen, und rings um die Stadt des Fürstbischofs stand der Sommer in Blüte. Ich aber wußte nichts vom Sommer, denn meine Wohnung war eine kahle Zelle, mein Bett die Steinfliesen und mein einziger Weg der gewölbte Gang zur Kirche. Allmählich legte sich der Aufruhr in meinem Inneren, und als der gute Prior sah, daß ich von meinem Leiden geheilt war, gewährte er mir eine Erleichterung der harten Klosterzucht. Man gab mir meine eigenen Kleider zurück, setzte mir nahrhafte Kost vor, und nach wenigen Tagen war mein Kopf wieder klar, ich wieder ich selbst. Daraus schloß ich, daß der Prozeß bald beginnen sollte, und wurde von großer Ungeduld erfüllt.

Eines Tages bat ich den Prior um die Erlaubnis, mir in der Stadt das Haar schneiden lassen zu dürfen, erhielt sie auch und ging geradewegs zum Gefängnis. Ich wagte nicht, den Türhüter anzusprechen, trat aber in den Hof, um wenigstens den starken Turm zu sehen, in dem Barbara lag. Bei seinem Anblick vergoß ich bittere Tränen. Plötzlich sah ich Barbaras Vater, den Büchsenmacher, vom Tor des bischöflichen Palastes auf das Hoftor zugehen. Ich lief ihm nach und begrüßte ihn, so herzlich ich konnte; er zeigte zwar kein sonderliches Vergnügen, mich zu sehen, hatte aber Wein getrunken und brauchte jemand, mit dem er reden konnte. So lud er mich nach einigem Zögern in eine Taverne ein. Als er sich erst auf die Holzbank niedergelassen hatte, löste sich seine Zunge, und er begann des langen und breiten über die schlechten Zeiten im allgemeinen und ihre schlimmen Folgen für sein eigenes Gewerbe im besonderen zu jammern.

Schließlich übermannte mich meine Ungeduld; ich unterbrach ihn mit hastiger Zustimmung und Anteilnahme an seinen Sorgen und fragte: »Aber Ihr wißt nichts Neues von Eurer Tochter Barbara, mein lieber Vater?«

Er blickte mich von der Seite an und begann zu kichern.

»Ich habe meine Aussage gemacht und mein Kreuz hinter meinen Namen geschrieben«, meinte er. »So bin ich sie endlich los und habe die unumschränkte Gewähr, daß weder ich noch meine Familie ihretwegen jemals wieder in Schwierigkeiten oder Unannehmlichkeiten geraten. Unser guter Name ist wiederhergestellt, und niemand kann uns etwas nachsagen. Dies ist der glücklichste Tag meines Lebens, und der ist mir noch einen Humpen wert; denn nun kann mein Sohn sein Leben von vorne beginnen, und all die drückenden Jahre liegen hinter uns.«

»Habt Ihr gegen Eure eigene Tochter ausgesagt?« rief ich schreckensbleich. »Könnt Ihr Euer eigenes Fleisch und Blut so verabscheuen? Dann ist die Welt in der Tat verrückter, als ich dachte.«

Er setzte seinen Humpen auf den Tisch, um ihn aufs neue füllen zu lassen, und erwiderte: »Michael, ich grolle Euch nicht, aber zahlte ich Euch nicht an Eurem Hochzeitstag fünfzig Gulden, um die Hexe aus unserer guten Stadt wegzubringen? Doch Ihr habt Euch zum Bleiben entschlossen und müßt die Folgen tragen. Ich wasche mir die Hände in Unschuld, und mein Weib und mein Sohn desgleichen. Ihr fragt, ob ich meine Tochter hasse. Nun, da mich jene verdammten grünen Augen nicht mehr anstarren, laßt Euch sagen, daß ich sie seit ihrer Geburt hasse. Ich glaube übrigens, sie ist nicht meine Tochter, sondern irgendeine Teufelsbrut hat in Gestalt eines Inkubus meiner armen Frau beigewohnt.«

Ich betrachtete ihn, seine mürrischen Blicke, seine feuchten, vom Trunk verschwommenen Augen. Ich sprang auf, schüttete ihm das Bier ins grobe Gesicht, stürzte aus der Taverne und schlug die Tür hinter mir ins Schloß.

Aber mein Zorn war schnell verraucht. Meine hilflose Wut konnte Barbara nichts nützen, und ich würde klüger daran tun, eine höfliche Sprache zu führen, wenn ich hoffte, ihr dienen zu können. So legte ich das Kleid der Bescheidenheit wieder an und kehrte ruhig ins Kloster zurück. Kaum hatte ich meine Zelle betreten, als auch Pater Angelo schon nach mir sandte. Er saß hinter einem dicken Stoß von Papieren.

»Stählt Euer Herz, mein Sohn Michael, auf daß Ihr die Wahrheit ertragt«, sagte er freundlich. »Der Prozeß beginnt heute, und Ihr müßt stark sein. Um Euch auf die Dinge vorzubereiten, die Ihr zu erdulden habt, werde ich Euch das gesammelte Beweismaterial vorlegen, obwohl dieser Schritt nicht mit der angebrachten Gerichtspraxis in Einklang steht. Ich tue ihn um Eurer Seele willen. Wisset denn, Euer Weib ist eine Hexe.«

Das hatte ich erwartet; daher antwortete ich nicht, sondern neigte nur den Kopf und schlug ein Kreuz, um ihm zu gefallen. Dann fragte ich ruhig: »Darf ich sie beim Prozeß sehen?«

Pater Angelo seufzte.

»Wir können es nicht hindern, und Eurem Seelenheil wird es nützen, wenn Ihr anwesend seid. Doch wenn Ihr diese beschworenen Aussagen gelesen habt, werdet Ihr keine Zweifel mehr hegen. Später will ich Euch bitten, Eure eigene Aussage zu unterzeichnen, die vom Sekretär des Inquisitionsgerichtes nach meinem Diktat niedergeschrieben wurde.«

Er reichte mir die Papiere, und ich begann sie aufmerksam durchzulesen, obwohl ich bisweilen einen zornigen oder erstaunten Ausruf nicht unterdrücken konnte. Doch bezähmte ich mich und hielt die Augen gesenkt, so daß Pater Angelo ihren Ausdruck nicht bemerken konnte. Sein forschender Blick ruhte unverwandt auf mir, und die Überzeugung hatte sein schönes, gedankendurchfurchtes Gesicht in Stein verwandelt.

Ich will nur einige jener Aussagen erwähnen. Eine stammte von den Eltern eines früheren Freiers um Barbara. Darin wurde beschrieben, wie sie auf einer Wiese außerhalb der Stadt mit dem Jüngling heftig gezankt habe. Sie habe Gebärden gegen den Himmel gemacht, worauf ein fürchterliches Unwetter hereingebrochen und der Jüngling vom Blitz getroffen worden sei, obwohl er unter einem Baum Schutz gesucht habe, während Barbara auf freiem Feld stand. Die Zeugen waren der Meinung, daß sie mit Hilfe des Teufels den Blitz auf ihren Sohn gelenkt und sich dabei ihres eigenen Namens bedient habe, da die heilige Barbara die Menschen vor dem Blitzschlag schützt.

Eine Frau erklärte, die Milch in ihren Brüsten sei nach einem Streit mit Barbara versiegt. Mein Freund, der Steuereinnehmer, bezeugte, daß Barbara ihn mit ihrer Schwarzen Kunst auf der Treppe stolpern und den rechten Arm brechen ließ, den er zu seiner Arbeit brauchte. Das tat sie, um seine Stelle für mich zu erhalten. Des weiteren hatte sie ihn jeden Tag zum Abendessen bei sich verlockt, um den Arm nicht heilen zu lassen. Der Gerichtsdiener erklärte, wir hätten ihn und sein Weib aus ihrem behaglichen Heim getrieben, um es selbst in Besitz zu nehmen, und wies darauf hin, sie wären nie ausgezogen, hätten sie nicht befürchtet, Barbara könne ihnen durch Zauberkraft Schaden zufügen. Die Ratsherren führten an, wie Barbara schon von Kind auf eine bekannte Hexe gewesen sei und bereits einmal den Reinigungseid habe leisten müssen. Schließlich bezeugte ihr eigener Vater, daß einmal, als Barbara seine Werkstätte betrat, der Schmelzofen am selben Tag mit fürchterlichem Getöse zersprungen sei und großen Schaden angerichtet habe.

Solcherart waren die Aussagen, die ich voll bitterster Entrüstung las; doch sank mir bei jeder der Mut. Das letzte Papier war noch nicht unterzeichnet, und ich fing an, es zu lesen, ohne gleich zu erkennen, daß es meine eigene Aussage enthielt.

Ich, Michael Pelzfuß, oder Michael de Finlandia, Bakkalaureus der Universität Paris, sagte darin aus, wie mich Barbara auf geheimnisvolle Weise zerschlagen und ausgeraubt in einem Wald gefunden hatte, und daß nur der Teufel selbst sie zu dem Versteck geführt haben konnte, wo die Buschklepper mich wie tot hatten liegen lassen. Im Laufe meiner Krankheit hatte mir Barbara bittere Tränklein eingeflößt, deren Zusammensetzung mir unbekannt war. Sie waren zweifellos nach irgendeinem magischen Rezept gebraut, denn bald darauf verliebte ich mich in Barbara, ungeachtet ihrer Häßlichkeit, und freite sie. Während unserer ganzen Ehe fuhr sie fort, mich zu behexen, so daß ich sie immer noch für die lieblichste aller Frauen hielt. Nun aber, da mir die Wahrheit offenbart worden war, widersagte ich ihr und allen Werken des Teufels und gestand, daß ich mich nur durch Zauberei hatte verleiten lassen, sie zu heiraten.

Als ich das fürchterliche Dokument gelesen hatte, hob ich den Blick und sprach mit fester Stimme: »Pater Angelo, diese Aussage werde ich nie unterzeichnen, denn sie ist unwahr.«

Er machte eine ungeduldige Bewegung, bezwang sich aber und fragte in versöhnlichem Ton: »Sind das nicht die Worte, die Ihr zu mir gesprochen habt? Seht Ihr nicht ein, daß ihre Hexenkünste Euch an sie banden? Denn kein vernünftiger Mensch könnte sie für die lieblichste Frau der Welt erklären.«

Ich weigerte mich aber trotz seiner Überredungsversuche, die Aussage zu unterzeichnen. Schließlich ließ er sie neu aufsetzen, und ich erzählte darin, wie Barbara mich im Wald gefunden und gesundgepflegt hatte, daß ich sie aus freien Stücken geheiratet hätte und sie nun mehr als jemand anderen auf der Welt liebte. Als ich aber hinzufügen wollte, daß ich während unserer Ehe kein einziges Mal etwas bemerkt hatte, was auf Zauberei schließen ließe, fiel er mir ins Wort und sagte, nicht mir käme die Entscheidung über Schuld oder Unschuld Barbaras zu, sondern den Richtern, die ihre Schlüsse aus dem gesammelten Beweismaterial, darunter meiner eigenen Aussage, ziehen würden. Zu spät erkannte ich nun, daß er meine Aussage gegen Barbara verwenden wollte. Doch unterzeichnete ich das Dokument, weil sein Wille stärker war als meiner und weil ich hoffte, dem Prozeß beiwohnen und ihn an der Verdrehung meiner Worte hindern zu können; er nahm die unterzeichnete Aussage entgegen. Nun war er wieder ruhig und gelassen, und Schönheit und Mitleid leuchteten aus seinem Gesicht, als er mich ansah.

»Glaubt mir, Michael«, sagte er, »auch ich bin nur ein Mensch, und die Last, die man mir auferlegt hat, scheint mir oft zu schwer, als daß ich sie tragen könnte. Doch muß ich meine Schwäche überwinden, wenn ich der Kirche treu dienen will. In einem Fall wie diesem ist selbst das Mitleid eine grausame Waffe, die der Teufel selbst führt, um mich zu versuchen, seine Anhänger zu retten.«

»Ich glaube nicht, daß mein Weib eine Hexe ist, was immer für Klagen man gegen sie vorbringen mag«, versetzte ich.

Pater Angelo stützte das Haupt in die Hände, seufzte schwer und sandte ein stilles Gebet gen Himmel.

»Michael«, sagte er, »ich bin schwach. Seit meiner Kinderzeit leide ich unter dem bloßen Anblick von Tränen; das Leiden anderer macht mich krank. Eben wegen dieser Unvollkommenheit wurde ich für diese Aufgabe ausersehen, auf daß ich meine menschlichen Schwächen überwinde und dadurch Gott verherrliche. Seine Kirche steht und wird immer stehen, Michael. Ihre Pfeiler, ihr Dach werden immerdar unser Schutz sein. Irdischer Tand wird vergehen, aber die heilige Kirche besteht.«

Seine Worte trafen mich wie Keulenschläge, sagten sie mir doch, daß die heilige Kirche mit dem ganzen Gewicht ihrer Tradition und ihrer großen, ehrwürdigen Väter Barbara feindlich gegenüberstand. Sie stand allein und hatte niemand, der sie verteidigen konnte. Selbst ich, ihr Gatte, hatte eine Aussage unterzeichnet, die zu einer Waffe in den Händen ihrer Feinde werden sollte.

5

Der Gerichtshof trat im Gefängnisturm des bischöflichen Palastes zusammen, in einem kahlen Raum, der durch Schießscharten in den dicken Mauern notdürftig erhellt wurde. Als ich die ehrwürdigen Väter erwartete, spähte ich durch diese schmalen Öffnungen und sah zu meinem Erstaunen, daß außerhalb der Stadt der Sommer regierte, die Bäume in dichtem Laub standen und ringsum alles grün war; denn das Turmgemach lag hoch über den

Stadtmauern und bot eine großartige Aussicht bis zu den Alpen, die wolkengleich in der Ferne aufragten.

Pater Angelo, dem Vorsitzenden des Gerichtshofes, standen zwei andere Dominikaner zur Seite, deren einer die Anklageschrift verlas. Meister Fuchs war der Ankläger. Sonst durfte niemand zugegen sein. Als Barbara vorgeführt worden war, mußten die Wachen und selbst der Schließer draußen vor der verschlossenen Tür bleiben.

Barbara hatte man gewaschen und gekämmt und in einen rauhen, sauberen Kittel gekleidet – das einzige, was sie am Leibe trug. Ich hatte diese Begegnung gefürchtet und mir die Schrecken und die Qual ihres Gefängnislebens ausgemalt, bemerkte aber keine Spuren von Mißhandlung, und ihr Anblick beruhigte mich. Dennoch war sie merklich schlanker geworden, und am Mundwinkel hatte sie eine Narbe; sie schien mir nun auffallend häßlich. Ihr Haar war rostfarben und stumpf, und als sie versuchte, sich mit zusammengekniffenen, blinzelnden Augen an das Licht zu gewöhnen, sah ich die gelben Sommersprossen, die ihr Gesicht bedeckten. Ich glaube, es dauerte wohl ein Weilchen, bis sie überhaupt sehen konnte, denn sie rieb sich ab und zu die Augen, als schmerzten sie.

Das Verhör dauerte mehr als zwei Stunden. Pater Angelos Anklage auf Hexerei und Bündnis mit dem Teufel wies Barbara gelassen zurück. Dann verlas der Sekretär mit eintöniger Stimme die verschiedenen Aussagen, und Barbara beantwortete die Fragen des Inquisitors einmal mit Ja, dann wieder mit Nein. Ich war erleichtert, sie immer noch schlagfertig und entschlossen zu finden, denn sie bejahte alles, was wirklich geschehen war und bewiesen werden konnte, wie ihren Streit mit dem Freier und mit der jungen Mutter, das Zerspringen des Schmelzofens und den Armbruch des Steuereinnehmers. Sie bestritt aber entschieden, bei diesen Unglücksfällen irgendwie die Hand im Spiel gehabt zu haben. Ihre Anwesenheit und ihr überzeugendes Verhalten verfehlten ihren Eindruck auf mich nicht, so daß sie meine heimlichen Zweifel zerstreute und ich aufrichtig an ihre Unschuld glaubte.

Als endlich meine Aussage verlesen wurde, hatten sich ihre Augen an das Licht gewöhnt, und sie sah mich in meiner Ecke sitzen. Ein Leuchten ging über ihr schmales Gesicht, sie war plötzlich schön in meinen Augen, und Entzücken erfüllte mein Herz.

Nachdem alle Aussagen verlesen waren und die Mitglieder des Gerichtshofes sie Punkt für Punkt erörtert hatten, sprach Pater Angelo mit kalter, strenger Stimme also: »Hexe Barbara! Im Licht dieser unbestreitbaren und einander ergänzenden Aussagen findet dich das Gericht der heiligen Inquisition schuldig der Hexerei in allen vorerwähnten Fällen, die unschuldigen Leuten viel Schaden und Not bereitet haben. Da es keine Hexerei ohne die Hilfe des Teufels gibt, betrachtet das Gericht auch diese weitere Anklage als voll erwiesen. Willst du daher deine Schuld freimütig bekennen oder weiterhin auf Satan vertrauen und bei deinem Leugnen verharren?«

»Ich bin keine Hexe«, rief Barbara, »und ich bin nicht mit dem Teufel im Bunde, was immer die Leute hinter meinem Rücken reden mögen. Seit meiner Kindheit haben die Menschen mich gehaßt, weil ich häßlich bin und anders als sie.«

»Auf die deutliche Aufforderung zum freiwilligen Geständnis wies die Hexe störrisch die Anklage zurück«, diktierte Pater Angelo, »gestand jedoch, sie sei seit ihrer Kindheit anders als andere Leute.«

Er wandte sich aufs neue an Barbara.

»Sowohl während deiner Haft als auch jetzt vor diesem Gericht habe ich mein Bestes getan, dich zu einem freiwilligen Geständnis zu bewegen«, sagte er. »Aber du bleibst verstockt. Daher wird sich das Gericht auf zwei Stunden vertagen; dann wird der Prozeß in Übereinstimmung mit der Praxis der Inquisition mit der Folter fortgesetzt. Glaube nicht, meine Tochter, daß der Teufel, dein Verbündeter, dir dann helfen kann! Gestehe und spare uns diese schmerzliche Pflicht, die weder uns noch dich freuen wird!«

»Aber ich bin keine Hexe«, jammerte Barbara und brach in Tränen aus. Pater Angelo übersah ihre Tränen und befahl dem Schließer, sie in ihre Zelle zurückzuführen.

»Pater Angelo«, flehte ich, »laßt mich mit meinem Weibe sprechen und sie überreden, daß ein Geständnis das Beste für sie ist, wenn sie schuldig ist, denn ich kann den Gedanken an ihre Leiden nicht ertragen.«

»Das ist unmöglich, Michael«, versetzte er ungehalten. »Sie

würde Euch nur wieder behexen, wie Euch schon der eigene Verstand sagen muß.«

Er wies mich an, zur Küche des Fürstbischofs zu gehen und dort zu essen. Ich hatte aber keinen Appetit und schritt zwei lange Stunden im Hof auf und ab. Ich versuchte den Schließer zu bestechen, mich zu Barbara einzulassen; der aber, habgierig wie er war, wagte es doch nicht, durch Ungehorsam gegen Pater Angelos ausdrücklichen Befehl seine Haut aufs Spiel zu setzen. Zum Dank für das Geld, das ich ihm bot, versprach er jedoch, ihr eine gute Mahlzeit zu bringen.

Als die ehrwürdigen Väter weingerötet aus den Gemächern des Fürstbischofs zurückkehrten, sich den Mund wischten und eifrig miteinander sprachen, näherte ich mich noch einmal Pater Angelo und beschwor ihn, mich zum nächsten Abschnitt des Prozesses zuzulassen.

Diesmal war er umgänglich und entgegnete: »Ich habe Eure Bitte vorausgesehen und die Frage mit dem Fürstbischof erörtert. Dergleichen ist bisher noch nie erlaubt worden; allein dies ist ein ganz außergewöhnlicher Fall, und ich glaube kaum, daß Ihr aus dem Bann befreit werden könnt, in den sie Euch versetzt hat, wenn Ihr nicht das Geständnis aus ihrem eigenen Mund hört. Daher dürft Ihr dank der Gunst des Fürstbischofs zugegen sein, doch nur unter der Bedingung, daß Ihr weder mit Worten noch Gebärden in den Gang der Untersuchung eingreift, sondern ruhig auf Eurem Platz bleibt. Auch müßt Ihr den üblichen Eid ablegen, keinen der Anwesenden zu hassen oder ihm Böses zu wünschen, noch irgend jemand zu versuchen, verleiten oder bestechen, in Eurem Auftrag Rache zu nehmen, sondern Euch mit dem abzufinden, was vorgeht.«

Wir kehrten ins Turmgemach zurück, wo ich den Eid ablegte, den mir Pater Angelo vorsprach. Dann ging es im Gänsemarsch die Treppe zur Folterkammer hinab, die fensterlos war und ein gewölbtes Dach hatte. Den Raum erhellten zwei Fackeln, in deren Licht man den Scharfrichter und seinen Gehilfen erkennen konnte. Sie waren in schmuckes Rot gekleidet, wie ihr Gewerbe es vorschreibt, obwohl sie bei einer Folter weder Blut vergießen noch bleibende Verletzungen zufügen dürfen. Als ich mich in diesem Keller umsah, versuchte ich mich mit dem Gedanken zu trösten, daß keine jener abscheulichen Kneifzangen und Daumenschrauben gebraucht würden; aber eine Leiter, die auf einem Gestell ruhte, ein Seil, das von einem Rad in der Decke herabhing, und schwere Steingewichte reichten hin, mir den Angstschweiß hervortreten zu lassen. Die guten Väter ließen sich hier und dort nieder und klagten über die schlechten Sitzgelegenheiten.

Dann wurde Barbara, schreckensbleich und zitternd, hereingebracht; aber als der Scharfrichter auf Pater Angelos Befehl erklärte, wie seine Werkzeuge angewandt würden, bestritt sie immer noch mit demütigen und flehenden Worten ihre Schuld und sagte, sie könne nicht eingestehen, was sie nicht getan habe. Pater Angelo seufzte nur und wies Meister Fuchs an, mit der Untersuchung zu beginnen.

Dazu nahmen die Henkersknechte Barbara den Kittel ab. Sie stand nackt da. Sie warfen sie zu Boden und banden sie mit Händen und Füßen an die Leiter. Sie war sehr schlank geworden, aber ihr gründlich gewaschener Körper war weiß, und die einzigen sichtbaren Spuren ihrer Haft waren die dunklen Ringe, die der Stock an den Fußknöcheln und Handgelenken hinterlassen hatte. Sie stöhnte einige Male, als sie ihr das Haar bis auf die Haut abschnitten und nicht das kleinste Büschel stehen ließen. Dann trat Meister Fuchs vor und begann sie gründlich nach irgendeinem teuflischen Talisman zu untersuchen, der sie gegen Schmerz unempfindlich machen könnte. Pater Angelo zog es in seiner Schamhaftigkeit vor, diesem Vorgang keine Aufmerksamkeit zu schenken; er unterhielt sich leise mit den anderen Würdenträgern. Ich hielt diese freilich grausame und schamlose Behandlung dennoch nicht für unerträglich, denn ich segnete jeden Augenblick, der Barbara wirklich Schmerzen ersparte.

»So manche Hexe hat sich gerühmt, sie könne ganz unempfindlich bleiben, wenn sie nur einen winzigen Lappen ihres Gewandes behalten dürfe«, bemerkte Meister Fuchs. »Aber wenn diese hier jetzt nicht vollkommen machtlos ist, dann will ich nicht länger fähig sein, mein Amt zu verwalten.«

Er zog sich zurück, und die guten Väter traten unter laut gesungenen Gebeten an die nackte Barbara heran. Sie besprengten sie mit Weihwasser und steckten ihr geweihtes Salz in den Mund. Diese Reinigungszeremonie erhöhte noch die Vorsicht der Henkersknechte; sie hatten sich schon verstohlen bekreuzigt, während sie Barbara an Händen und Füßen banden. Ich erkannte, daß selbst die guten Väter sie in diesem dumpfen, von Fackeln erleuchteten Kellergewölbe fürchteten, und dieser Anblick erfüllte mich mit Verzweiflung, zeigte er doch, daß sie in gutem Glauben handelten und von ihrer Schuld überzeugt waren.

Pater Angelo befahl Meister Fuchs, die Nadelprobe zu machen. Er nahm eine lange, scharfe Nadel und begann damit nach einem unempfindlichen Hexenmal an Barbaras Körper zu suchen. Die guten Väter beugten sich neugierig vor, um diesen Vorgang zu verfolgen, und seufzten jedesmal tief, wenn sie aufschrie und Blut floß. Meister Fuchs untersuchte jeden winzigen Leberfleck gründlich, ja selbst ihre Brustwarzen, so daß sie vor Schmerz kreischte. Schließlich fand er ein großes Muttermal auf der Hüfte, das nicht blutete, als er hineinstach; es schien sie auch nicht zu schmerzen. Das war zweifellos das Mal, das der Teufel ihr aufgedrückt hatte, zum Zeichen, daß sie zu den Seinen gehörte. Ich war überaus bestürzt und entsetzt, hatte ich doch in leidenschaftlichen Augenblicken dies Mal, das ich für einen Leberfleck hielt, oft geküßt.

Der Sekretär nahm das Ergebnis der Nadelprobe zu Protokoll; sie hatte eine hufeisenförmige, unempfindliche Stelle auf der Haut der Hexe, einen Zoll oberhalb des rechten Hüftknochens, enthüllt. Pater Angelo ließ Barbara von der Leiter losbinden; dann wurde sie gewogen. Keinen überraschte es, daß sie gute zehn Pfund leichter war, als eine Frau von ihrem Wuchs und ihrer Gestalt hätte sein sollen. Das bestärkte nur die allgemeine Überzeugung von ihrer Schuld, da Hexen weniger wiegen als andere Leute und im Wasser an der Oberfläche treiben.

Pater Angelo ließ Barbara ihren Kittel wieder anziehen und forderte sie erneut zu einem Geständnis auf. Sie aber stand gesenkten Hauptes und gab keine Antwort, worauf Pater Angelo mit sichtlichem Widerwillen dem Mann befahl, seine Pflicht zu tun. Er ergriff sie, während sein Gehilfe ihr die Hände auf dem Rücken band. Dann wurde das Seil, das von dem Rad herabhing, um ihre Handgelenke gebunden; sie wurde bis zur Decke hochgezogen; dort ließ man sie mit äußerst unnatürlich ausgerenkten Schultergelenken hängen. Dann lockerte der Scharfrichter das Seil und ließ sie fallen, fing sie aber wieder auf, bevor sie den Boden erreichte, und entrang ihr dadurch einen herzzerreißenden Schrei, da ihr die Arme beinahe aus den Gelenken gerissen wurden.

»Michael«, schrie sie, »Michael!«

Mir lief der Schweiß übers Gesicht, und ich erhob die Hand gegen Pater Angelo. Aber im Lichte der Fackeln sah ich ihn Barbara mit verzerrten Zügen anstarren; große Schweißtropfen glitzerten auf seiner reinen, hohen Stirn. Er litt wie ich unter diesem schauerlichen Anblick, und meine Hand sank kraftlos herab. Der Scharfrichter wiederholte dies einige Male, dann ließ er Barbara auf den Boden herab, wo sie, das Gesicht auf den Steinen, liegen blieb. Pater Angelo fragte sie unbarmherzig, ob sie nun gestehen wolle.

Barbara stöhnte, rief laut zur Muttergottes um Hilfe und sprach: »Was habe ich zu gestehen? Ich weiß nicht, was ich sagen soll. Um Gottes willen, martert mich nicht länger, edle Herren!«

Pater Angelo nickte erbittert dem Manne zu, der nun ein zwanzigpfündiges Steingewicht herbeischleppte. Er band Barbara die Füße zusammen und befestigte das Gewicht an ihren Zehen. Als sie nun wieder emporgezogen wurde, schrie sie gar jämmerlich, ihre Schultern krachten, ihre Zehen dehnten sich immer weiter. Beim ersten Fallenlassen wurden ihr die Schultern ausgerenkt, so daß sie mit nach hinten gedrehten, gerade über den Kopf gestreckten Armen hängen blieb. Sie stieß einen fürchterlichen Schrei aus, der in einem leisen, fortgesetzten Wimmern erstarb, das mich auffahren und wie in Krämpfen erzittern ließ. Pater Angelo fragte mit harter Stimme, ob sie jetzt gestehen wolle; als sie aber zu sprechen versuchte, schwanden ihr die Sinne. Darauf wurde sie herabgelassen; der Scharfrichter rieb ihr mit einem essiggetränkten Lappen die Schläfen und befeuchtete ihr die Lippen mit Branntwein.

Meister Fuchs warf eifrig ein: »Ehrwürdiger Vater, habt Ihr bemerkt, daß sie keine einzige Träne vergossen hat? Hexen können nicht weinen, und das ist der dritte Prüfstein!«

Die Tatsache wurde zu Protokoll genommen. Barbara erlangte das Bewußtsein wieder und stöhnte leise, aber als sich Pater Angelo über sie beugte, um ihr ein Geständnis zu entringen, schien sie die Gabe der Rede verloren zu haben; sie konnte nur den Kopf bewegen.

Um die Sache zu beschleunigen, hieß Pater Angelo den Scharfrichter das Gewicht vermehren, setzte aber hinzu: »Kneble sie, denn sie macht uns taub mit ihrem Geheul, und es ist nicht nötig, diese Untersuchung für die ehrwürdigen Väter und mich selbst so anstrengend zu machen.«

Der Mann schob Barbara einen hohlen, birnenförmigen Holzknebel zwischen die Zähne; der hielt ihr den Mund offen und dehnte die Wangen, hinderte sie aber nicht am Atmen. Als er das Gewicht beinahe verdoppelt hatte, zog er sie mit Hilfe seines Gefährten wieder empor, machte das Seil fest und blieb wartend stehen.

Eine Weile herrschte Schweigen in der Folterkammer. Nur das Knistern der Fackeln und das leise Fließen des Sandes, der durch das Stundenglas des Sekretärs lief, waren zu hören. Barbara hatte aufgehört zu stöhnen, aber ihre Brust hob und senkte sich keuchend. Ich sah ihre schlanken Zehen gräßlich gestreckt; ihre Schultern schwollen an und wurden an den Gelenken blau und schwarz. Der Scharfrichter holte einen Krug Bier aus einer Wandnische, trank daraus und bot ihn seinem Gehilfen. Einer der Dominikaner fing an Gebete zu murmeln und ließ die braunen Perlen seines Rosenkranzes durch die Finger gleiten. Schließlich konnte ich mich nicht länger beherrschen. Ich brach in heftiges Schluchzen aus, stürzte auf Barbara zu und versuchte, ihr die Last jener schrecklichen Gewichte abzunehmen.

»Gestehe, Barbara, gestehe!« flehte ich in meiner Feigheit. »Gestehe um unserer Liebe willen, denn ich kann es nicht länger ertragen!«

Ihre grünen Augen öffneten sich und starrten ausdruckslos auf mich herab; allein ihr Blick hatte nun keine Gewalt mehr über mich; ich empfand nur den gespenstischen Schrecken dieser Folterung, als ich ihre schlanken Beine in meinen Armen emporhob.

Pater Angelo trat auf mich zu und löste meinen Griff, so daß Barbaras zuckender Körper wieder herabsank und in seinen gemarterten Schultergelenken hing.

»Gestehst du, Hexe?« fragte er, indem er ihr einen Faustschlag gegen die Brust versetzte. »Wenn nicht, so wirst du deinen Gatten Michael mit dir ins Verderben reißen!«

Da bewegte Barbara den Kopf zum Zeichen, daß sie sprechen wollte. Der Scharfrichter erstieg die Leiter, um ihr den Knebel aus dem Mund zu nehmen. Die Mundwinkel waren ihr aufgerissen worden, und Blutgerinnsel sickerten ihr über das Kinn.

»Vielleicht bin ich eine Hexe«, keuchte sie, »aber laßt Michael aus dem Spiel. Er weiß nichts von mir.«

Mit einem Seufzer der Erleichterung befahl Pater Angelo dem Scharfrichter, das Seil nachzulassen, bis die Gewichte auf dem Boden ruhten, so daß Barbara leichter sprechen konnte. Dann wurde sie über jede Aussage einzeln befragt; sie erklärte sie alle für zutreffend.

Pater Angelo diktierte ins Protokoll: »Frage: Gestehst du, daß du dem Blitz gebotest, deinen Verlobten zu töten? Antwort: Ja. Frage: Gestehst du, daß du durch Zauberkraft und Hexerei dem Steuereinnehmer den Arm gebrochen hast? Antwort: Ja.«

Ich werde nicht alle Fragen und Antworten hier aufzählen, möchte aber erwähnen, daß ich aus ihrem eigenen Munde vernahm, sie habe mich, vom Satan geführt, im Wald gefunden und mich mittels eines Zaubertrankes gezwungen, ihr Gatte zu werden. Hier warf mir Pater Angelo einen Seitenblick zu und erhaschte gewiß den Schatten eines Zweifels in meinen schreckgeweiteten Augen, denn er änderte den Wortlaut der letzten Frage.

»Woraus war der Trank zusammengesetzt, mit dem du ihn betörtest?«

Barbara zögerte, und ihr stumpfer Blick irrte ziellos umher; schließlich aber keuchte sie: »Weihwasser, Mutterkorn und Bilsenkrautsaft.«

Dadurch wurde ich gezwungen, zu glauben, daß sie mich behext hatte.

Kaum hörbar setzte sie hinzu: »Verzeih mir, Michael!«

Nun fragte Pater Angelo: »Gestehst du, daß du den Teufel verköstigt und beherbergt hast, und zwar in Gestalt eines schwarzen Hundes, den du zu deinen teuflischen Künsten verwendetest?«

Barbara riß die Augen weit auf und rief: »Nein! Rael ist ein ganz gewöhnliches Hündchen und hat nichts Böses getan.«

»Wir werden sehen. Nun überlege wohl und wäge deine Worte sorgfältig, Hexe, denn ich muß wissen, wann, wo und wie du den Bund mit dem Teufel geschlossen hast. Ferner muß ich wissen, wann, wo und wie er sein Mal auf deinen Leib drückte und in welcher Gestalt oder unter welchen Gestalten er dabei erschien. Beantworte diese Fragen, und man wird dich in Frieden lassen. Wenn du dem Teufel und allen seinen Werken abgeschworen hast, wird dich die heilige Kirche wieder in ihre Hürde aufnehmen, dir deine Sünden vergeben und deine unsterbliche Seele vor dem Feuer der Hölle retten. Antworte, Hexe!«

Aber Barbara schwieg und starrte Pater Angelo nur erstaunt und verwirrt an. Das erboste ihn, und er wiederholte seine Frage, die Barbara nur damit beantwortete, daß sie jeden Bund mit dem Teufel entschieden in Abrede stellte und um Gnade flehte, denn sie wisse nicht, was er meine. Aufs neue zog der Folterknecht sie empor, und ich mußte mir die Ohren zuhalten, weil ich die fürchterlichen Schreie, die man ihr entrang, nicht ertragen konnte.

»Sie soll hier hängen bleiben, bis ihr Gedächtnis wieder klar ist«, sagte Pater Angelo zornig. »Mittlerweile können wir den Hund untersuchen.«

Auch Pater Angelo hielt die Hände an die Ohren und floh die Treppe hinauf. Alle folgten ihm, bis auf den Gehilfen des Scharfrichters, der, bleich vor Schrecken, allein bei Barbara und seinem Bierkrug zurückblieb.

In der frischen Luft und der Helle des Turmgemaches wurde mein Kopf wieder klar, und ich zitterte vor Kälte, da meine schweißgetränkten Kleider mir an der Haut klebten. Der Schließer brachte Wein, den wir alle gar nötig hatten. Pater Angelo leerte seinen Becher und sank mit einem Seufzer der Erleichterung in einen bequemen Stuhl zurück.

»Bringt den Hund herein, Meister Fuchs«, befahl er.

Als aber Meister Fuchs zurückkehrte und den widerstrebenden Rael an einer Leine nach sich zerrte, erkannte ich meinen eigenen Hund kaum wieder. Man hatte ihm das glänzende schwarze Fell weggeschoren, und die graue bloße Haut war über und über mit eitrigen Wunden bedeckt. Rael witterte mich und versuchte kläffend und winselnd, mir zuzulaufen. Meister Fuchs ließ ihn auf meinen Schoß springen, wo er zitternd und winselnd saß, mir das Gesicht leckte und dann die Schnauze an die Schulter drückte, während ich bittere Tränen auf seine Wunden vergoß. Das Hündchen wenigstens war unschuldig, das wußte ich.

»Dieser Hund heißt Rael«, bemerkte Meister Fuchs, »und das ist zweifellos ein ungewöhnlicher und heidnischer Name. Er beherrscht auch viele Kunststückchen. Dasselbe läßt sich freilich auch von den dressierten Hunden auf den Märkten sagen. Ich habe, wie mir die Pflicht gebot, das Tier nach bestem Können untersucht und versucht, es zum Sprechen zu bringen, denn wäre es eine Inkarnation des Teufels, so könnte es das gewiß. Ich habe den Hund mehrmals am Tag gepeitscht und schwefelgetränkte Federn auf seinem Rücken verbrannt, konnte ihm aber keinen Laut entlocken, den man für menschliche Rede hätte nehmen können. Auch die Nadelprobe verlief ergebnislos.«

Pater Angelo sah voll Widerwillen auf den Hund und hielt sich die Nase zu, denn die Geschwüre der armen Kreatur stanken erbärmlich. Er wurde der folgenden Diskussion bald müde und befahl dem Scharfrichter, mit der Untersuchung fortzufahren, denn er war nicht so tierliebend wie Meister Fuchs. Der Hund wurde grausam verbleut; ich mußte unter Tränen zusehen. Schließlich sagte mir mein gesunder Verstand, daß man zwar Barbara durch die Folter zum Geständnis hatte zwingen können, jedoch nicht die grausamsten Martern das arme Hündchen zum Sprechen bringen würden.

»Pater Angelo!« rief ich, »Ihr werdet diesen Hund nie zum Sprechen zwingen, und wenn Ihr ihn zu Tode martert. Und mein Weib ist schon verurteilt.«

Meister Fuchs stimmte mir bei.

»Meine ganze Erfahrung spricht für die Unschuld des Hundes. Es wird besser sein, sich seiner nur als Zeugen gegen die Hexe zu bedienen und ihn dann freizulassen.«

Pater Angelo und die übrigen Mitglieder stimmten zu, und Meister Fuchs holte eine Schüssel mit Wasser, das Rael gierig aufleckte. Der Scharfrichter nahm die Leine.

Durch das Wasser erfrischt, hob der Hund seine Augen zu Pater Angelo, als dieser ihn förmlich mit folgenden Worten anredete: »Hund, wer immer du auch seist! Das Gericht der heiligen Inquisition fordert dich auf, Zeugnis abzulegen. Ich möchte dich an die Rechte und Pflichten eines Zeugen erinnern und befehle dir, anzugeben, ob in diesem Gemach ein Zauberer anwesend ist oder nicht, und wenn ja, ihn anzuzeigen!«

Der Scharfrichter machte die Leine los, worauf Rael mit leisem Knurren auf Meister Fuchs losstürzte und ihn in die Wade biß. Meister Fuchs schleppte und stieß den Hund über den Boden, aber Rael wiederholte die Attacke, und das Opfer hatte zu tun, sich zu verteidigen, bis der Scharfrichter das Tier wieder angebunden hatte. Ich kann nicht leugnen, daß dieser unerwartete

Vorfall auf uns alle tiefen Eindruck machte. Der Scharfrichter bekreuzigte sich und sah Meister Fuchs mit eigentümlichen Blicken an; dieser rieb sich das Bein, fluchte und schmähte den Hund wegen seiner Undankbarkeit gegenüber einem Mann, der für ihn eingetreten sei und ihm das Leben gerettet habe.

Zu Pater Angelo bemerkte er: »Dies Zeugnis ist wertlos, und ich bitte um meines guten Namens willen, daß man es nicht ins Protokoll aufnehme. Diese Kreatur ist mir übelgesinnt, weil meine Pflicht mich zwang, sie zu foltern. Ich verlange, daß die Probe in Gegenwart der Hexe wiederholt werde, die man auf den Boden niederlassen soll, damit der Hund ihre Witterung aufnehmen kann.«

Die würdigen Väter erörterten dies untereinander und waren der Meinung, Meister Fuchs habe weise gesprochen. Der Vorfall wurde im Protokoll mit keiner Silbe erwähnt. Dennoch warf Pater Angelo verstohlene Blicke auf Meister Fuchs, als wir in den Keller zurückgekehrt waren und der Scharfrichter Barbara auf den Boden herabgelassen hatte. Der Hund begann sogleich zu winseln, und nachdem Pater Angelo ihn nochmals aufgefordert hatte, ohne Rücksicht auf Verwandtschaft, Freundschaft oder Feindschaft Zeugnis abzulegen, stürzte er freudig auf Barbara zu und fing an, ihr Hals, Hände und Gesicht zu lecken. Es wurde ein entsprechender Vermerk niedergelegt, des Inhalts, daß der Hund aus freien Stücken seine Herrin als Hexe angezeigt habe. Die Anklage gegen ihn wurde sogleich zurückgezogen und der Hund freigesprochen.

Raels eifrige Zärtlichkeit hatte Barbara einigermaßen aus ihrer Ohnmacht erweckt. Sie schlug die Augen auf und stöhnte. Aber ich war am Ende meiner Kräfte. Mir wurde schwarz vor den Augen, und ich wußte nichts mehr von mir, bis ich im Turmgemach die Besinnung wiedererlangte, wo mir der Gehilfe des Scharfrichters die Glieder rieb und mir Branntwein in die Kehle schüttete.

»Was ist geschehen?« fragte ich mit schwacher Stimme.

»Die Hexe hat alles gestanden«, antwortete der Mann. »Der dritte Grad war zuviel für sie, und sie schwor dem Teufel ab. Sie sagte, sie sei zweimal im Jahr auf einem Schürhaken nach dem Brocken geflogen, wo sie mit dem Teufel Beilager hielt, der manchmal als schwarzer Bock und manchmal als Mann mit weißem Gesicht erschien. Mir lief es beim Zuhören kalt über den Rücken. Und dann sandte mich Meister Fuchs hierherauf, um Euch wieder auf die Beine zu bringen; dadurch habe ich viel versäumt.«

Bald darauf kam Pater Angelo ins Turmgemach herauf. Schweißtropfen standen ihm auf der Stirn; er zitterte vor Erregung.

»Die Hexe hat gestanden, Michael! Schon mit zwölf Jahren gab sie sich dem Teufel und empfing sein Mal. Ihre Lehrmeisterin war eine gewisse Hexe, die vor zehn Jahren verbrannt wurde. Merket wohl, Michael, wenn es jemals den leisesten Zweifel an der Möglichkeit eines Bundes mit dem Teufel gab, so beweist die einhellige Übereinstimmung der Aussagen aus verschiedenen Ländern – die Ähnlichkeit selbst der geringfügigsten Einzelheiten – das Bestehen solcher Bündnisse über jeden Zweifel hinaus. Dies Geständnis ist ein weiteres Glied in der Kette, welche die heilige Kirche nun seit Jahrhunderten rund um das Reich des Teufels schmiedet.«

»Guter Gott im Himmel!« rief ich. »Foltert Ihr sie denn immer noch? Hat sie noch nicht genug gestanden?«

Er sah mich an, als zweifle er an meinem gesunden Verstand.

»Sie muß natürlich die Namen ihrer Spießgesellen nennen«, versetzte er. »Das ist der schwierigste Abschnitt aller Untersuchungen, und ich fürchte, man wird sie dem vierten und fünften Grad unterwerfen müssen, bis man ihr alle erforderlichen Aussagen abgerungen hat. Aber wir sind entschlossen, nötigenfalls die ganze Nacht hindurch fortzufahren. Hören wir nämlich jetzt auf und warten wir bis morgen, so kann sie widerrufen, wie Hexen es oft tun, wenn sie während der Nacht von Satan neue Kraft erhalten haben. Ich glaube an Eure Unschuld, Michael, aber wir müssen sie natürlich auch über Euch befragen und von ihr auch die Namen all derer erfahren, die sie an den Hexensabbaten auf dem Brocken erkannte. Das wird Zeit und Geduld erfordern.«

Bei diesen Worten schwanden mir wieder die Sinne, und ich blieb in einer wohltuenden Ohnmacht bis spät abends liegen. Als ich erwachte, stand Pater Angelo, eine Fackel in der Hand, über mich gebeugt.

»Erwache, mein Sohn. Alles ist vorüber. Wir haben eine glänzende Schlacht geschlagen und haben gesiegt. Ihr seid für unschuldig an allen Vergehen befunden worden, und wenn Ihr wollt, dürft Ihr Euer Weib sehen, um ihr Lebewohl zu sagen. Sie kann Euch nicht mehr schaden. Das Gericht hat ihr angesichts ihres vollen Geständnisses und ihrer Reue Gnade erwiesen. Daher werden wir, wenn wir sie dem weltlichen Arm ausliefern, fordern, daß ihr zuerst das Genick gebrochen werde, bevor sie verbrannt wird, und ihr so die Qualen des Feuers erspart bleiben.«

Er ging, und ich taumelte mit zitternden Knien die steile Treppe hinab, Rael unter dem Arm, und betrat aufs neue den Keller — jenen Keller, den ich in Angstträumen bis heute immer wieder vor mir sehe. Denn wenn schon die körperlichen Schmerzen der Folter gewaltig sind, so ist die Seelenqual dessen, der die Folterung eines ihm teuren Menschen hilflos mit ansehen muß, vielleicht noch schrecklicher.

Auf dem offenen Herd der Folterkammer brannte ein Feuer, und der Scharfrichter betreute mit geübter Hand Barbara, während er sie mit freundlichen Worten zu trösten versuchte. Sie weinte leise, unaufhörlich und untröstlich, obwohl er ihr die Schultern wieder eingerenkt und sie mit schmerzstillenden Essigverbänden umgeben hatte. Auch der Schließer war zugegen; ich drückte ihm Geld in die Hand und heischte Speise, starken Wein und mehr Wasser für den Hund.

Barbara schlug die Augen halb auf; ich fühlte, wie ihr Herz wild gegen die Rippen schlug. Als ich ihre gemarterten Knöchel und Zehen zart liebkoste, fuhr sie vor Schmerzen auf. Gleich darauf erschien der Schließer wieder und brachte in zwei dampfenden irdenen Schüsseln das Abendbrot. Er trug auch einen Zinnkrug voll Wein unter dem Arm, was den Scharfrichter so von Herzen erfreute, daß er mich einen edlen Herrn nannte und mir dankte, daß ich ihm nicht gram sei.

»Ich habe einen Eid geschworen, mich nicht zu rächen«, sagte ich, »und Euch fällt das Geschehene in keiner Weise zur Last. Ihr tut Eure Pflicht gegenüber Euren Herren — und ich sehe, Ihr habt ein gutes Herz, denn Ihr arbeitet so sorgfältig und sachte wie ein Arzt, um die Verheerungen, die Ihr angerichtet habt, wiedergutzumachen. Eßt und trinkt, Freund. Ihr habt ein hartes Tagewerk hinter Euch, das Euch gewiß kein Vergnügen bereitete. Dann laßt uns allein.«

Ich versuchte, Barbara Speise und Trank zu reichen, doch sie konnte nur eine Schüssel Suppe und etwas Wein zu sich nehmen. Rael aber fraß heißhungrig, bis seine mageren Flanken sich rundeten, und er war so glücklich, wieder mit uns vereint zu sein, daß er immer wieder im Fressen innehielt und herbeigelaufen kam, um Barbara die Hand zu lecken oder sich an meinem Knie zu reiben.

Nachdem der Scharfrichter seine Mahlzeit beendet hatte, meinte er etwas mißtrauisch und unter vielem Rülpsen, da ich nun einmal hier sei, möchte es mir etwa genehm sein, ihn zu entlohnen. Er schwatzte viel von seiner Armut und seiner zahlreichen Familie, wagte mir aber nicht in die Augen zu sehen, als er vier Gulden forderte, wovon einer für seinen Gehilfen bestimmt sei.

Um ihn loszuwerden, gab ich ihm fünf, was den armen Teufel vor Entzücken fast von Sinnen brachte. Er kniete nieder, küßte mir die Hand und rief Gottes Segen auf mich und Barbara herab. Überdies ließ er mir seine Salben und Arzneien und wies mich an, was zu tun sei, wenn das Fieber stiege. Er versicherte mir auch, wenn ihm, wie er hoffe, die Aufgabe zufalle, Barbaras Urteil zu vollstrecken, wolle er ihr den Kopf so rasch und geschickt vom Rumpf trennen, daß sie es kaum merken würde. Als er sich eben anschickte, uns zu verlassen, fiel mir ein, daß ich Meister Fuchs seit dem Erwachen aus meiner Ohnmacht nicht mehr gesehen hatte; da ich fürchtete, er könnte kommen, Barbara von mir trennen und sie die Nacht über in den Stock legen, fragte ich, was aus ihm geworden sei.

Der Scharfrichter rieb sich verlegen die ungefügen Hände und vertraute mir schließlich im Flüsterton an, Meister Fuchs sei in Haft und liege im Stock im Verließ unter dem Turm.

»Es war so«, erklärte er. »Wir hatten eben mit dem fünften Grad begonnen, und ich dachte schon, meine ganze Geschicklichkeit sei vergeblich, als die Hexe — ich meine die edle Frau hier — begann, die Namen ihrer Bundesgenossen zu nennen. Sie leugnete auch weiterhin, daß Ihr, Herr, an dem Verbrechen irgendwelchen Anteil gehabt hättet. Dafür erklärte sie, sie habe mehrmals zu Weihnachten und in der Johannisnacht Meister Fuchs auf dem Brocken gesehen; und er muß allem Anschein nach ein besonderer Günstling Satans gewesen sein, denn er wies den anderen Zauberern und Hexen ihre Aufgaben zu und feierte auch die Schwarze Messe. Dann schwor sie bei allen Heiligen, Meister

Fuchs sei der größte Hexenmeister, der je in deutschen Landen aufgetreten sei. Daher ließ ihn Pater Angelo trotz einiger Bedenken und ungeachtet der Schwüre und Beteuerungen Meister Fuchs' festnehmen und in den Stock legen. Dieser gescheite kleine Hund hier hatte ihn, wie Ihr Euch erinnern werdet, schon angeklagt. Und als man ihn abgeführt hatte, war uns, als fiele es uns wie Schuppen von den Augen, und wir gedachten aller kleinen Absonderlichkeiten in Meister Fuchs' Gebaren in den vergangenen Jahren, und ich zweifle nicht, daß es Pater Angelo gelingen wird, überreiches Beweismaterial gegen ihn zu sammeln. Das erklärt auch, wieso Meister Fuchs zu seinem reichen Wissen über die Hexenkunst kam.«

Diese Geschichte erstaunte und verwirrte mich so, daß ich mich dem Wahnsinn nahe fühlte. Wie konnte er, als unermüdlicher Hexenverfolger seit zwanzig Jahren in Amt und Würden, dieses Verbrechens schuldig sein? Aber der Scharfrichter zuckte nur die Achseln und erwiderte, des Teufels List gehe über den menschlichen Verstand.

6

Endlich waren Barbara und ich zusammen allein, und ich fand einen schwermütigen Trost darin, wenngleich die Luft im Gewölbe voller Schweiß und Pein hing und die fürchterlichen Folterwerkzeuge rings um uns noch immer von Barbaras langen Leidensstunden zeugten. Auf dem Herd brannte ein starkes Feuer; ich hatte für sie meinen Mantel auf dem Boden ausgebreitet und hielt nun ihr geschorenes Haupt in meinen Händen. Ihre weitgeöffneten Augen leuchteten beim Schein des Feuers, und ich fühlte, daß ihr Fieber im Steigen war.

Nach einer kleinen Weile sagte sie: »Michael, ich glaube nicht mehr an Gott.«

Ich bekreuzigte mich und hieß sie nicht so Schlimmes reden, sondern ruhig sein und an ihr Seelenheil denken, nun da die Kirche ihr vergeben habe – und sie bald sterben solle. Sie fing zu lachen an, zuerst leise, dann schrill und mißtönend, bis ihr ausgemergelter Körper in Krämpfen zu liegen schien.

»So hältst selbst du mich für eine Hexe und glaubst mich im

Bunde mit dem Teufel! Warum hältst du mich dann in deinen Armen und tröstest mich?«

Mir wollte lange keine schlüssige Antwort einfallen. Schließlich sagte ich aufrichtig: »Ich weiß es nicht. Vielleicht, weil ich dich in der Zeit unseres Glücks so hielt und nun, in dieser schweren Stunde, mich danach sehne, dich in meinen Armen zu bergen, obwohl ich aus deinem eigenen Munde vernommen habe, du seiest eine Hexe.«

In dem schwermütigen Blick, den sie auf mich richtete, brannte das Fieber.

»Du wirst mir nicht glauben, Michael, aber ich liebe dich und habe nur dich geliebt, seit ich dich zum erstenmal sah. Denke nicht zu schlecht von mir, jetzt da ich sterben soll und wir einander nie mehr sehen werden. Aber welche Eide sind heilig genug, mich in deinen Augen reinzuwaschen? Keine. Ich kann nur schwören, daß ich, so wahr ich nicht mehr an Gott, die heilige Kirche und die Sakramente glaube, keine Hexe bin und niemals mit dem Teufel im Bunde war, obwohl ich gesündigt und mit Dingen gespielt habe, mit denen man nicht spielen soll. Von bösen Kräutern und deren Gebrauch erfuhr ich durch alte Weiber und Kohlenbrenner. Dem Steuereinnehmer wünschte ich Böses um deinetwillen – vielleicht wünschte ich auch anderen Böses, wenn sie mich erzürnt hatten –, und mein böser Wille war, wie es scheint, stärker als der anderer Leute. Das ist meine ganze Hexerei. Eines wünschte ich mir aus ganzem Herzen, mit meinem ganzen Willen und meiner ganzen Kraft: daß du mich lieben solltest. Und du liebtest mich. Doch daran war keine Hexerei, das schwöre ich.«

In ihren Worten und Blicken lag so viel Ernst, daß ich ihr glauben mußte.

»Ich glaube dir, Barbara«, erwiderte ich. »Daß du aber einen Unschuldigen mit dir ins Verderben reißen konntest und mit dieser Sünde auf dem Gewissen sterben willst! Wenn du jetzt wahr sprichst, dann hast du ja nie Meister Fuchs auf dem Brocken gesehen und falsches Zeugnis wider ihn abgelegt. Und nach allem, was ich heute abend hier gesehen habe, wird Pater Angelo ihm gewiß ein Geständnis erpressen, das Meineid sein und seine Seele zur Hölle verdammen wird.«

Barbara lachte leise und berührte mit der Hand meine Wange.

»Du bist ein großer Einfaltspinsel, Michael. Aber das habe ich immer gewußt, und vielleicht liebe ich dich eben darum. Wenn du alle Höllenqualen hier auf Erden erduldet hättest, wie ich es getan habe, würdest du nicht solchen Unsinn sprechen. Pater Angelo hätte nicht von mir abgelassen, solange noch ein Fünkchen Leben in mir Todesqualen leiden konnte, wenn ich nicht den Namen irgendeines Spießgesellen genannt hätte. Ich nannte Meister Fuchs nicht nur aus persönlicher Rache, sondern weil mir die Scharen von armen Teufeln einfielen, die er auf den Scheiterhaufen gebracht hat, und die Hunderte Unschuldiger, die er zu Bettlern gemacht hat, indem er ihnen den Reinigungseid abverlangte. Meister Fuchs hat sich selbst die Grube gegraben. Aber vielleicht meinst du, ich hätte meinen Qualen ein Ende machen sollen, indem ich dich als meinen Helfershelfer nannte – denn das war das zweite Geständnis, das Pater Angelo so eifrig von mir erzwingen wollte!«

Das hatte ich vergessen; und beim Gedanken daran, was hätte geschehen können, wenn Barbara mich nicht so innig geliebt hätte, brach mir der kalte Schweiß aus allen Poren.

»Verzeih mir meine Einfalt«, sprach ich demütig. »Du bist gut und treu und klüger als ich. Daß du solche Todesqualen ausstehen konntest, ohne mich zu nennen! Ich an deiner Stelle hätte dich gewiß verraten.«

Da lächelte Barbara und küßte mir mit heißen, trockenen Lippen die Hand.

»Was soll das törichte Gerede? Die Sanduhr läuft ab. Sei gut zu mir, Michael, wie in den Tagen unseres Glückes. Halte mich fest, denn das Fieber ist gnädig und ich werde die Schmerzen nicht fühlen; und ich fürchte mich hier im Dunkeln . . .«

7

Schwermütiger Friede erfüllte mein Herz, als ich tags darauf Pater Angelo aufsuchte. Meine Angst war wie abgestorben, fühlte ich doch, daß alles, was Barbara noch zustoßen konnte, nur gut sein konnte, verglichen mit dem, was sie durchlitten hatte. Auch ist dem Fühlen und Leiden des Menschen eine Grenze gesetzt. Ist die einmal überschritten, so bricht der Schmerz die Dämme der Seele und ergießt sich hinaus in eine weite, stille See. Dann ist alles Leid vorbei.

Ich kann mir meine Ruhe an jenem heiteren Morgen nicht anders erklären. Mit Barbaras Tod hatte ich mich abgefunden, und die Gewißheit, daß weder Macht und Reichtum der Welt noch selbst ein kaiserliches Gebot ihrem Schicksal Einhalt gebieten konnte, wenn sie einmal in den Händen der heiligen Kirche war, stärkte meinen Seelenfrieden.

Allein Pater Angelo war alles andere als ruhig und gefaßt. Er schritt aufgeregt im Arbeitszimmer des Bischofs auf und ab, hager vor Schlaflosigkeit und Angst. Nachdem wir einige Worte über Barbara gewechselt hatten, überwältigten ihn seine eigenen Sorgen und seine Müdigkeit aufs neue.

Er brach in Tränen aus und sagte: »Michael, Michael, ich bin verloren! Mein Eifer für die Kirche hat mich zugrunde gerichtet. Meister Fuchs, mein verläßlicher Mitarbeiter, ein Zauberer! Zuerst konnte ich es nicht glauben und hielt es für eine Vorspiegelung des Teufels, eine Schwäche meines Gehirns; aber nun sind mir die Augen aufgegangen. Ich sehe nun die ganze Schwere und die Folgen dieser so entsetzlichen Geschichte.«

»Doch warum war Meister Fuchs dann ein so unerbittlicher Hexenverfolger? Warum verriet er sie? Man könnte ebensogut den Fürstbischof selbst verdächtigen. Meister Fuchs ist sein ergebener Diener.«

Pater Angelo wischte sich den Schweiß von der Stirn, schneuzte sich in seinen weiten Ärmel, sah unruhig um sich und erwiderte: »Meister Fuchs war als Stellvertreter des Teufels zweifellos mit der unmittelbaren Verfolgung und Verhaftung aller Hexen betraut, die aus irgendeinem Grunde seine Majestät, den Satan, beleidigt hatten. Von nun an werde ich es nicht mehr wagen, irgend jemand zu trauen. Selbst Euer Hinweis auf seine bischöfliche Hoheit beunruhigt mich, denn gestern abend benahm er sich mir gegenüber keineswegs so, wie es einem Kirchenfürsten geziemt.«

Ich fragte mißtrauisch, ob Meister Fuchs allein auf Grund von Barbaras Anklage überführt werden könnte, und er erinnerte mich, daß ihre Aussage durch das Gebaren des Hundes bekräftigt worden war. Überdies hatte eine nächtliche Haussuchung bei Meister Fuchs nur zu deutlich weiteres Beweismaterial zutage gefördert. Man hatte dort eine Wollpuppe gefunden, die vom vielen Gebrauch arg mitgenommen war; ferner einen bunten Vogel in einem Käfig, der wie ein Mensch redete und immerzu kreischte: »Eine Kanne Bier! Eine Kanne Bier!«, bis ihm einer der Suchenden, ein einfältiger Reisiger, den Hals umdrehte.

»Aber seine Hoheit der Fürstbischof ist sehr unzufrieden mit mir«, fuhr er fort. »Hauptsächlich deshalb, weil ich es versäumte, allen Anwesenden einen Eid abzunehmen, zu schweigen. Bald wird die ganze Diözese wissen und tuscheln, daß Meister Fuchs der Zauberei überführt worden ist. Der Bischof sagt, das werde der Kirche unausdenkbare Schande und Unehre eintragen und die Störungsversuche der Ketzer begünstigen; und schließlich drohte er mir mit einer Anzeige bei der Kurie. Mir blieb zuletzt keine andere Wahl, als ihn an die Vollmacht zu erinnern, die mir der Heilige Vater selbst übertragen hat. Das ernüchterte ihn glücklicherweise, und er sagte nichts mehr.«

Pater Angelo durchmaß nun das Gemach mit großen Schritten und rang die Hände.

»Michael, mein Sohn, Ihr wißt, ich suche nur die Wahrheit, und wenn Meister Fuchs wirklich ein Zauberer ist, so muß er als solcher verbrannt werden, ungeachtet weltlicher Verhältnisse und Ereignisse – obwohl ich erkenne, daß es, wie die Dinge heutzutage liegen, der Kirche mehr schaden als nützen wird. Die Kirche muß sich bei der Behandlung weltlicher Angelegenheiten stets einer gewissen Diplomatie befleißigen; doch die ist Sache der päpstlichen Legaten. Ich kann nur den Geboten meines Gewissens folgen, wohin sie mich auch führen mögen. Soll doch irgendein schlauer Legat den Knoten entwirren, den ich geschlungen habe, und ich will in den Klosterfrieden zurückkehren und dort arbeiten wie der niedrigste Laienbruder bis ans Ende meines Lebens.«

Mit einigem Zögern fragte ich ihn, ob er glaube, daß ein Geständnis auf der Folter alle dazugehörigen Mühen und Leiden wert sei.

Dies ließ ihn seine Schritte hemmen; er starrte mich an, als wäre ich nicht ganz richtig im Kopf, und fragte: »Michael, glaubt Ihr an Gott?«

Ich bekreuzigte mich und bekannte meinen Glauben.

»Dann müßt Ihr erkennen, welch schreckliche Sünde es wäre,

eine Seele in die siedenden Kessel der Hölle fallen zu lassen, wenn sie durch körperliche Qualen – die im Vergleich dazu für nichts zu halten sind – für den Himmel gerettet werden kann. Wenn ich arme Menschen den Qualen der Inquisition unterwerfe, so wird mir meine schwere Aufgabe erleichtert durch die Überzeugung, daß ich ihnen den besten Dienst tue, den ein Mensch dem anderen erweisen kann.«

Ich bedauerte ihn in seiner ehrlichen Not und konnte ihn nicht hassen, sah ich doch, daß er in gutem Glauben handelte.

Ich fragte ihn, ob ich Barbara vor ihrer Hinrichtung wiedersehen dürfe; er verbot es aber streng und sagte: »Ich glaube an Eure Redlichkeit und Eure edlen Beweggründe, Michael Pelzfuß, aber Euer Weib darf nicht länger durch weltliche Gedanken abgelenkt werden. Sie muß die Zeit, die ihr noch bleibt, in Gebet und Bußakten verbringen. Der Tag der Hinrichtung hängt vom Fürstbischof allein ab, der entscheiden muß, ob er in der ganzen Diözese oder nur in Eurer Stadt verkündet werden soll, so daß die Leute sich um den Scheiterhaufen sammeln und zu ihrer Erbauung die unerschütterliche Macht der Kirche betrachten sowie über ihre eigene seelische Verfassung meditieren können.«

Auf meine Frage nach den Gesamtkosten erwiderte er: »Die Summe soll so bescheiden wie möglich sein. Ich selbst verlange nichts als Eure Gebete; freilich dürft Ihr, wenn Ihr es wünscht, dem Kloster in meinem Namen ein bleibendes Memento spenden. Die beiden anderen Mitglieder des Gerichtes müssen ihr festgesetztes Honorar erhalten, und die Rechnung des Sekretärs wird, wie ich fürchte, ziemlich hoch ausfallen, da er für das Protokoll viel Tinte und Papier verbrauchte. Ich werde jedoch versuchen, einen Teil der Kosten vom Vermögen Meister Fuchs' abzuziehen. Dann ist das Urteil zu bezahlen, außerdem die Unterschrift des kaiserlichen Gesandten; abgesehen davon wird es, meine ich, wohl keine weiteren Auslagen geben, außer Kost und Quartier für Euer Weib im Gefängnis bis zum Tag der Hinrichtung, und natürlich den Preis einer Wagenladung besten Birkenholzes. Nüchtern gerechnet, werden wohl fünfundzwanzig Gulden ausreichen.«

Daraus ersah ich, daß ich genug Geld besaß, alle Schulden zu begleichen. Ich seufzte erleichtert auf und küßte ihm in meiner Dankbarkeit den Saum seines Habits. Es hätte mir ganz und gar widerstrebt, Barbaras Vater um Hilfe zu bitten. Noch einmal bat ich um Erlaubnis, mein Weib zu besuchen, und noch einmal wurde ich abgewiesen. Dann fragte ich, ob ich mit Meister Fuchs sprechen dürfe. Pater Angelo war über dies Ansinnen zunächst entsetzt, nach einigem Nachdenken aber billigte er mein Vorhaben, weil es zu einem freiwilligen Geständnis führen könne. Als ich eben gehen wollte, packte er mich am Arm.

Die Züge zu einer schrecklichen Grimasse entstellt und dicke Schweißperlen auf der Stirn, stieß er heiser hervor: »Wartet! Mir ist ein Gedanke gekommen – ob von Gott oder vom Teufel, weiß ich nicht –, aber ich sehe eine Möglichkeit, die Kirche vor offener Schande zu bewahren. Mir fiel ein, daß wir ein Stück Strick oder ein Messer ins Gefängnis schicken könnten ... Sollte er sich selbst aus dem Weg räumen, so würde das sowohl seine Schuld beweisen als auch unliebsames Aufsehen vermeiden. Ich zittere bei dem Gedanken, wohin der Weg, den ich betreten habe, mich führen wird! Sollte aber Meister Fuchs auf Anraten des Teufels noch vor morgen Selbstmord begehen, so werdet Ihr, Michael, sieben Gulden verdient haben.«

Ich versprach, für die gute Sache zu tun, was ich könne, und Pater Angelo reichte mir den Strick von seiner Hüfte und ein kleines, scharfes Federmesser vom Schreibtisch des Bischofs.

Als ich auf den Hof hinaustrat, verspürte ich gewaltigen Hunger. So trat ich vor meiner Rückkehr zum Gefängnis in die Küche des Bischofs, wo eine hübsche Magd mir auf ein freundliches Wort Brot, Käse, ein halbes kaltes Rebhuhn und einen Humpen schäumenden Biers vorsetzte. Dann überquerte ich den Hof. Auf mein Klopfen öffnete der Schließer das eisenbeschlagene Tor, nahm eine Hornlaterne und führte mich hinab zu Meister Fuchs durch die stinkende Finsternis des Gefängnisses.

8

Wir kletterten und stolperten über Haufen von Unrat, und ab und zu hörte ich Ratten davonspringen und in die Pfützen planschen. Es war vielleicht gut, daß die Laterne so wenig Licht gab, denn die Öffentlichkeit erregte mir schon genug Schaudern, und da ich aus der frischen Luft kam, fürchtete ich, in dem scheußlichen Gestank zu ersticken.

Endlich hob der Schließer die Lampe, und ich erblickte Meister Fuchs auf dem Boden, Arme und Beine ausgestreckt und in die schmalen Löcher des Stocks gezwängt. So war er hilflos, hatte sich beschmutzt und saß in seinem eigenen Unrat. Ich empfand aber nicht viel Mitleid mit ihm, als ich daran dachte, wie Barbara wochenlang unter denselben Härten und Beschwerden im Dunkeln gesessen hatte. Ja, der Gedanke ließ mich so zittern, daß ich kaum meiner Stimme Herr wurde.

»Seid Ihr es, Michael Pelzfuß?« fragte er zornig. »Seid Ihr gekommen, mich in meiner Erniedrigung zu verhöhnen? Ist es Morgen oder Abend? Nehmt mir die Börse aus dem Gürtel und besorgt mir Speise und Trank, denn ich bin halb verhungert, obwohl ich dachte, ich könnte keinen Bissen anrühren, so groß war meine Erbitterung und meine gerechte Empörung.«

Unter Berufung auf Pater Angelo befahl ich dem Schließer, die Hände des Kommissärs freizugeben. Der Mann murmelte etwas, drehte aber an den rostigen Schrauben. Gemeinsam hoben wir den oberen Balken des Stocks, damit der Gefangene seine Hände zurückziehen konnte. Er rieb sich die Gelenke, stieß ein paar grobe Flüche aus und zeigte uns, wie die Ratten während der Nacht seine Fingerspitzen angenagt hatten. Sie waren so wund, daß er seine engverschnürte Börse nicht öffnen konnte.

Ich half ihm, sandte den Beschließer nach Speise und Bier und sagte: »Es steht schlimm, Meister Fuchs. Man sammelt schreckliche Aussagen gegen Euch. Man nennt Euch den Statthalter und Oberpriester des Teufels, und nichts kann Euch vor dem Scheiterhaufen retten.«

Er bekreuzigte sich mit einem düsteren Fluch und versetzte: »Das habe ich befürchtet; ich glaube, ich muß des Teufels Brühe mit gutem Anstand schlucken. Aber bei meiner Seele, ich möchte wissen, was für Beweise man gegen mich erbracht hat.«

»*Pro primo*«, entgegnete ich, »ist da das Zeugnis meines Hundes.«

»Und das ist der Dank dafür, daß ich versuchte, ihm das Leben zu retten! Ich glaube wirklich, das Tier ist trotz allem besessen.«

»*Pro secundo* das Zeugnis meines Weibes, ihr abgepreßt unter dem fünften Grad, wie Ihr wohl wißt.«

Darauf antwortete er nicht, sondern steckte das Ende seines Bartes in den Mund und begann, in fiebriger Erregung daran zu kauen.

»*Pro tertio* wurde, sorgfältig in Eurem Haus verborgen, ein Menschenbild aus Wolle gefunden, das offenbar zu teuflischen Zwecken verwendet worden war.«

»Das war eine Puppe – eine Puppe, die meiner kleinen Tochter gehörte, welche an den Blattern gestorben ist. Meine jüngste und liebste Tochter – sie hieß Margaretha – ich bewahrte sie auf zum Andenken . . .« Tränen erstickten seine Stimme.

»Ferner wurde in Eurem Haus gefunden ein Dämon in Gestalt eines sprechenden Vogels, der von den Reisigen des Bischofs eine Kanne Bier verlangt haben soll, von denen einer ihm im Schreck den Hals umdrehte. Dafür gibt es viele Zeugen.«

Meister Fuchs weinte noch bitterlicher und sagte: »Mein schöner Papagei! Haben die Kerle ihn umgebracht? Ich kaufte ihn von einem wandernden Spanier, der behauptete, er habe ihn in einer Stadt in Columbus' Indien ergattert, wohin er mit einem Burschen namens Cortez gekommen sei – dort gebe es Pyramiden, so sagte er, und eine Million Menschen mit Federn auf dem Kopf . . . Aber ich habe noch andere Vögel, Michael. Wer wird sie jetzt füttern und tränken?«

»Das kann ich für Euch tun. Aber Ihr müßt einsehen, daß all diese Beweise gleich einer Lawine anschwellen und Euch erdrücken werden. Pater Angelo ersucht Euch, freiwillig zu gestehen, so daß er Euch nicht ungebührlich zu foltern braucht.«

Meister Fuchs dachte eine Weile nach, seufzte schwer und meinte schließlich: »Holt mir Feder, Tinte und Papier. Ich kenne mein Geschick und weiß, daß es unvermeidlich ist. Doch werde ich Trost finden, indem ich mich jeder Menschenseele erinnere, die mir je Böses zugefügt hat. Deren gibt es viele, Michael, denn das Leben eines bischöflichen Kommissärs ist kein Rosenbett. Ich will nun jeden anführen, der mich geschlagen, beim Handel oder mit falschen Würfeln betrogen, mir seinen Humpen ins Gesicht geschüttet oder sich auf andere Weise meinen Haß zugezogen hat. Vor allem werde ich seiner Hoheit des Fürstbischofs gedenken, der mich so niederträchtig meinem Schicksal überlassen hat, und vieler anderer kirchlicher Würdenträger, die Hand an meinen gerechten Anteil am Vermögen der Hexen gelegt haben. Ich habe vieles anzuführen, Michael Pelzfuß, und brauche daher Feder und Tinte. Ich bin nicht mehr jung und kann mich daher nicht mehr ganz auf mein Gedächtnis verlassen, und ich will keinen einzigen übergehen.«

»Jesus, Maria!« rief ich. »Meint Ihr, Ihr wollt den Fürstbischof selbst des Bundes mit dem Teufel beschuldigen?«

»Gewiß. Zuerst aber will ich gegen Pater Angelo aussagen, denn er ist es, der auf gemeine und heimtückische Weise dies Unglück über mich gebracht hat.«

Ich keuchte und preßte die Hände an die Stirn, um meine Gedanken wieder zu sammeln. Nun erst erkannte ich die ganze Tragweite der Angelegenheit. Ich sah, daß Pater Angelo einen Stein ins Rollen gebracht hatte, den er nicht mehr aufhalten konnte – den Beginn eines Erdrutsches, der den letzten Rest des Ansehens der Kirche in einem Land, in dem evangelische Gedanken schon brodelten, überwältigen und begraben würde. Es war klar, daß dieser schreckliche Skandal um jeden Preis vermieden werden mußte und daß Pater Angelos Eingebung in elfter Stunde noch alles retten konnte.

Hier kehrte der Schließer mit Speise und Trank zurück, und Meister Fuchs aß mit gutem Appetit. Tiefe Züge starken Bieres erfrischten sein Gedächtnis, und ab und zu schlug er sich an die Stirn, wenn ihm ein bisher vergessener Name wieder einfiel.

Als er sich satt gegessen hatte, legte ich ihm zitternd die Hand auf die Schultern und sprach: »Meister Fuchs, was wollt Ihr mir zum Dank für eine schmerzlose Erlösung – eine Rettung vor Folter und Scheiterhaufen –, durch die Ihr als reuiger Sünder Eure Seele der Gnade Gottes empfehlen könnt, geben?«

Er antwortete ruhig: »Michael Pelzfuß, für einen solchen Dienst würde ich Euch segnen bis zu meinem letzten Atemzug. Ihr habt wenig Grund, mir dankbar zu sein – obgleich Euer Weib ganz zweifellos eine Hexe ist und an mir schrecklichere Rache geübt hat, als man hätte denken können. Aber vielleicht ist mein Segen nicht viel wert; so will ich Euch sagen, Ihr werdet unter einem losen Ziegel im Boden meines Kellers eine Börse mit fast siebzig Goldstücken finden; darunter einige gute rheinische Gulden und venezianische Dukaten. Ich hoffe um Euretwillen, daß die Rauhbeine des Bischofs dies Versteck nicht entdeckt haben – und wenn Ihr in meinem Heim sonst etwas Brauchbares findet, nehmt es als Zugabe. Wenn sie aber an meiner Tür schon das bischöfliche Siegel angebracht haben, so seid vorsichtig, damit man Euch nicht des Diebstahls anklagt. Versprecht mir, für meine Vögel zu sorgen und sie entweder braven Kindern zu schenken oder freizulassen, wie Ihr es am besten findet.«

Er sprach immer ernster und schien zu fürchten, ich quälte ihn mit falschen Hoffnungen aus Rache für das Böse, das er mir angetan hatte. Er sprach von einer herrlichen Hakenbüchse von dem neuen Muster des kaiserlichen Heeres, die er besitze und die ich nehmen dürfe, wenn ich wollte, dazu auch einige silberne Trinkbecher und eine lateinische Bibel. Aber ich fürchtete, in ernste Schwierigkeiten zu geraten, wenn ich an mich nahm, was nun Kirchengut war, und es kostete ihn einige Mühe, meine Bedenken zu zerstreuen. Er versprach, mir eine schriftliche Vollmacht auszustellen, Güter im Werte bis zu fünfzig Gulden aus seinem Haus wegzuschaffen, und gab mir auch manchen klugen Rat.

Sein Angebot begeisterte mich jedoch nicht allzusehr, denn irdische Güter schienen mir nun, da Barbara sterben sollte, eitler Tand. Doch sagte mir die Vernunft, die Zeit würde vergehen, und ich würde bald Geld brauchen. So dankte ich ihm denn, und er stellte mittels des Schreibzeugs, das ich am Gürtel trug, die versprochene Vollmacht aus. Ich gab ihm Pater Angelos Strick und des Bischofs Messer und sagte ihm, er könne seine Todesart wählen – er könne hängen oder sich die Pulsadern aufschneiden. Er habe bis zum Morgen Zeit zur Entscheidung.

Meister Fuchs packte mit einer Hand den Strick, mit der anderen das Messer.

»Ihr habt mir da eine harte Nuß zu knacken gegeben, Michael!« rief er. »Ich weiß nicht, was ich wählen soll. Ein gewöhnliches Hängen ist unmöglich, da meine Füße im Stock festgeschraubt sind. Das langsame Erkalten durch Verbluten ist auch nicht gerade anziehend. Wenn ich ein Schaff mit heißem Wasser haben und die Hände hineinhalten könnte, während ich mir die Adern öffne, wäre es nicht so schlimm – aber ich habe ja, wie Ihr sagt, Zeit genug, die Sache zu überlegen, und das wird mir die Stunden bis zum Hahnenschrei vertreiben!«

Ich wollte ihn eben seinen Gedanken überlassen, als er mich, von plötzlicher Angst gepackt, zurückhielt. Sein Mut war ihm vergangen, und ich sah nur einen schmutzigen erschreckten Greis, dessen Bart beim Sprechen zitterte.

»Selbstmord ist eine Todsünde, Michael. Aber die Folter, die mir bevorsteht, ist den Höllenqualen vergleichbar, was ich, der ich sie so oft mit ansah, wissen muß. Sagt, daß Ihr glaubt, Gott wird mir verzeihen, wenn ich mir aus menschlicher Schwäche selbst das Leben nehme – sagt, daß Christus selbst mich durch sein Blut erlöst hat, wie alle anderen armen Sünder!«

Ich erwiderte, ich glaubte an die Gerechtigkeit Gottes, da man sich das Leben ohne sie schwer ausmalen könne, und setzte hinzu, Christus sei am Kreuz für ihn so gut wie für jeden anderen gestorben. Das erleichterte Meister Fuchs.

»Ja fürwahr«, fügte er hinzu, »mein Anteil am Glück dieser Welt war wahrhaftig gering, da ich in einer einzigen Woche alle meine Kinder durch die Blattern verlor. Und wenn ich, wie Ihr sagt, der Hölle entrinne und durch das Fegefeuer in das Licht des Himmels emporsteige, so wird es sein, als hätte ich zweimal sechs gewürfelt. Betet für mich, Michael, wenn ich tot bin, und laßt mir eine Seelenmesse lesen. Das könnt Ihr jetzt erschwingen.«

Als ich an die frische Luft in den Hof hinaustrat, war mir, als führe ich aus der Unterwelt ins Paradies. Der Schließer öffnete mir, und ich hörte zu meiner großen Freude von ihm, daß Barbara schlief und die Schwellung an ihren Gelenken dank den ausgezeichneten Salben des Scharfrichters schon etwas zurückgegangen seien. Ich gab ihm noch einen Gulden, was ihm Tränen des Dankes in die Augen trieb. Doch schien er verstört, als ich ihm befahl, einen Eimer heißen Wassers für Meister Fuchs zu holen, der sich waschen wolle. Das hielt der Mann für einen erdrückenden Beweis der Schuld von Meister Fuchs, galt doch das Waschen für unnatürlich und ungesund. Ich wollte mit ihm darüber nicht streiten, da es sich um eine viel erörterte Frage handelte, über die selbst die Gelehrten uneins waren. Ich wiederholte meinen Befehl mit strengen Worten und eilte zu Pater Angelo, den ich im Arbeitszimmer des Bischofs, in seine Andachtsübungen versunken, antraf.

Er unterbrach das Gebet, erhob sich von den Knien und begrüßte mich in brennender Angst und Ungeduld. Ich hielt es für geraten, ihn vorerst in heilsamer Ungewißheit zu lassen, und meinte daher, ich hoffe, Meister Fuchs noch vor dem nächsten

Morgen überreden zu können, vernünftig zu sein, diese Welt aus freien Stücken zu verlassen und so seine Schuld einzugestehen.

»Er ist in der Tat ein gefährlicher Zauberer«, sagte ich, »und ich schaudere bei dem Gedanken an die Enthüllungen, die er machen kann, wenn man ihn befragt. Halb Deutschland mag in Aufruhr geraten, wenn man seine Geständnisse zu Protokoll nimmt.«

»Michael«, sagte Pater Angelo, »wenn Ihr in dieser Sache Euer Bestes für die heilige Kirche und für mich tut, so schwöre ich, werde ich barfuß nach Rom pilgern, dort alles dem Heiligen Vater vorlegen und die Strafe, welche die Kirche über mich verhängt, annehmen. Dieser Mann muß aus dem Weg geräumt werden.«

Ich zeigte ihm Meister Fuchs' Vollmacht, daß ich gewisse Güter aus seinem Hause fortschaffen dürfte, aber er äußerte Bedenken. Es stehe dem Fürstbischof zu, sie zu genehmigen, und seine Hoheit sei gegenwärtig infolge dieser Krisis unpäßlich. Erst nach vielem Hin und Her konnte ich ihn überreden, eine Audienz für mich zu erbitten. Endlich ging er, und ich hörte durch mehrere dicke Mauern hindurch seine Hoheit brüllen, ich solle mich sogleich ihm vorstellen. Als ich sein Gemach betrat und mich dem Bett näherte, schlug er die Vorhänge zur Seite und steckte sein zornrotes Gesicht heraus.

»Meister Fuchs war der beste Hexenkommissär in allen deutschen Staaten und trug gehörig zu den Einkünften dieser Diözese bei«, schrie er. »Er war unersetzlich, und wäre er tausendmal ein Knecht des Teufels. Wenn wir die Sache für fünfzig Gulden bereinigen können, so wollen wir es tun. Reicht mir eine Feder!«

Ich tauchte eilig meine Feder in das Tintenhorn und reichte sie ihm. Wutschnaubend kritzelte er seine Unterschrift auf Meister Fuchs' Vollmacht und fauchte den Sekretär an, mir fünf Gulden für das Siegel abzunehmen. Als ich ihm die Hand küssen wollte, versetzte er mir eine brennende Ohrfeige.

»Seht zu, daß alles, was dieser Kerl mit seinen schmutzigen Schuhen an sich nimmt, in Gegenwart eines Notars geschätzt wird«, sagte er. »Und was immer über fünfzig Gulden hinausgeht, hat er in meine Kasse gegen Empfangsbestätigung einzuzahlen. Ein Inventar von Fuchs' Habseligkeiten muß unverzüglich angelegt werden. Und nun dürft ihr euch alle in die unterste Hölle scheren und mich allein lassen, damit ich in Ruhe Gott bitten kann, die heilige Kirche von solchen Dummköpfen wie Pater Angelo zu erlösen!«

Der Sekretär wollte die fünf Gulden nicht annehmen, sondern bat, mich zum Hause des Kommissärs begleiten zu dürfen, um das Inventar anzulegen. Er war ein angenehmer junger Mann mit hungrigen Augen und schien geneigt, meine Interessen zu fördern. Wir unterhielten uns unterwegs recht gut und kehrten in eine Taverne auf ein Glas Wein ein, bevor wir zu Meister Fuchs' kleinem Heim gingen, dessen Giebel zwischen zwei große Kaufhäuser eingezwängt war. Wir schickten die Wachen des Bischofs weg, damit sie auf unsere Kosten Bier trinken konnten, und traten ein. Aus den Stuben über uns schallte uns Vogelgezwitscher entgegen. Da hingen in den Fenstervertiefungen viele Käfige aus Zweigen oder Golddraht, darin die Vögel lustig auf ihren Stangen auf und ab hüpften. Das Bettzeug hatte man auf den Boden auf einen Haufen geworfen, die Kissen aufgerissen und die Schlösser der Truhen aufgesprengt. Der Sekretär des Bischofs schüttelte angesichts dieser Verwüstung den Kopf und begann geistesabwesend einen silbernen Humpen zu liebkosen, der ihm aufgefallen war.

Ich erklärte, ich wollte für die Vögel Samen und Wasser holen und erwähnte im Weggehen, Meister Fuchs habe mir eine lateinische Bibel versprochen. Darauf meinte der Sekretär eifrig, er wolle anfangen, danach zu suchen. Ich stieg mit einer Kerze in den Keller hinunter und fand bald den losen Ziegel und die Börse darunter. Mit einem Seufzer der Erleichterung nahm ich sie an mich und kehrte in die Küche zurück, wo ich viele Sorten Vogelsamen, jede in einer eigenen kleinen Schachtel, entdeckte.

Die schönsten Vögel schenkte ich zwei wohlgekleideten Kinderchen, die ich auf der Straße lachen und spielen hörte. Sie schlugen vor Freude die Hände zusammen und versprachen, gut auf sie zu achten. Die übrigen ließ ich aus dem oberen Fenster fliegen, wenngleich sie ihrer Freiheit nicht recht froh schienen und erst wegflogen, als ich die Käfige geschüttelt hatte.

Der Silberhumpen war vom Bord verschwunden, allein ich bemerkte eine Ausbuchtung von entsprechender Größe im Talar des Sekretärs. Daher steckte auch ich kurzerhand zwei kleine Silberbecher und ein abgenütztes Weinglas mit eingraviertem Wappenschild zu mir. Dann machten wir uns an die Untersuchung der auserlesenen Garderobe des Kommissärs, wobei wir es vermieden, einander anzusehen. Schließlich packte der Sekretär den Stier bei den Hörnern und führte aus, wenn alle diese kostbaren Kleidungsstücke, ganz zu schweigen von einer wertvollen Sammlung von Zinngeschirr, im Inventar angeführt würden, würde man uns sogleich verdächtigen, etwas gestohlen zu haben. Meister Fuchs hatte, so setzte er hinzu, wegen seines düsteren Berufes ein sehr einsames Leben geführt, daher könne niemand Umfang und Art seines Besitzes kennen. Die Wachen des Bischofs, die hier bereits das Unterste zu oberst gekehrt hatten, hätten allen Grund, zu schweigen, da die Geldtruhe erbrochen worden war. Eine Münze war nirgends zu sehen, von den Kerzenleuchtern, die aus Silber gewesen sein mußten, keine Spur. Er erwähnte ferner, ein ihm bekannter Jude würde gerne viel von dem Vorhandenen in flüssiges Silber verwandeln und könne auch den Mund halten, obwohl er habgierig und bösartig sei.

Ich billigte seine vernünftige Einsicht, und so entwarfen wir, nicht ohne gewisse Einschränkungen, das Inventar, in dem meine Erbschaft im Wert von fünfzig Gulden gebührend vermerkt wurde. Mir fielen die erwähnten silbernen Gefäße, ein Talar aus Wolle, die lateinische Bibel, die große Hakenbüchse und das übrige zu. Dazu kamen Kugelbeutel, Pulvermaß und das silberbeschlagene Pulverhorn, auch ein Gürtel mit Holzbechern daran, in denen Pulverladungen im voraus nach neuzeitlicher Art abgemessen werden konnten. So konnte man die Büchse siebzehnmal hintereinander laden. Abgesehen von diesen im Inventar angeführten Gegenständen nahm ich einen kostbaren Pelzmantel an mich. Für etliche andere Gewänder, das Zinn, das Federbett und ein Paar schöne Stühle zahlte uns der Jude, den wir herbeigeholt hatten, zweiundsiebzig Gulden, nachdem er sich viele Male das Haar gerauft und Abraham angerufen hatte. Von diesem Betrag erhielt ich die Hälfte und wurde so mit einem Schlag ein wohlhabender Mann.

Mit vereinten Kräften gelang es uns, ein ansehnliches und glaubhaftes Inventar anzufertigen. Es fehlte nichts, was ein alleinstehender Mann brauchen konnte; es stellte auch niemand je seine Genauigkeit in Frage. Darüber und über dem Feilschen mit dem Juden war es Abend geworden; nun kehrten wir gemeinsam als guter Freund in den Palast des Bischofs zurück. Hier lud mich der Sekretär zu einem erlesenen Abendessen ein, dankte mir für meinen Takt und mein feines Empfinden und bot mir ein Lager für die Nacht an und dazu jedes beliebige Mädchen aus der Schar der Mägde des Bischofs, das ich haben wollte. Ich dankte ihm; ein Nachtlager genügte mir. Ich stillte meinen Hunger und ließ ihn mit dem Mädchen, das uns bedient hatte, allein. Reichlich angeheitert eilte ich mit einem Körbchen voll Birnen, Pfirsichen und Trauben, die ich für Barbara von der Tafel mitgenommen hatte, zum Gefängnis und begab mich sogleich zu Meister Fuchs, um ihm mitzuteilen, daß ich seine Vögel betreut hatte.

Meister Fuchs hatte sich mit glänzender Beleuchtung versehen und schämte sich nicht der acht Wachskerzen, die rings um ihn brannten. Vier waren mit geschmolzenem Wachs am Oberbalken des Stocks befestigt, die anderen vier standen zwischen den Schüsseln und auf dem Rande des Eimers. Er hatte ein reichliches Mahl genossen und war sinnlos betrunken; er schluckte so heftig, daß es ärger klang, als wenn er geflucht hätte. Ich riet ihm, kein Bier mehr zu trinken, da sein Schlucken unser Gespräch störe; er nahm meinen Rat bereitwillig an, und wir tranken gemeinsam Wein aus einem Zinnkrug.

Als der Boden dieses Kruges zum Vorschein kam, wagte ich es, ihn taktvoll daran zu erinnern, daß der Morgen nahe sei und man bald den Hahn im Hof krähen hören würde. Er dankte mir, daß ich ihm diese unangenehme Sache ins Gedächtnis rief, erklärte aber in seiner gehobenen Stimmung, er wage es nicht, die Todsünde des Selbstmordes zu begehen und freue sich im übrigen schon auf das peinliche Aufsehen, das er bei dem Prozeß erregen werde, und auf das lange Gesicht, das der Bischof ziehen werde, wenn er ihn des Bundes mit dem Teufel bezichtige.

Ich war verzweifelt. Die Trunkeheit des Kommissärs hatte, wie es schien, alle meine Anstrengungen zunichte gemacht. Ich redete ihm lange nach Leibeskräften zu und sprach von dem letzten großen Dienst, den er der Kirche erweisen und mit dem er seine mehr als zwanzigjährige treue Arbeit in ihrem Dienste krönen könne, und daß er selbst seine unsterbliche Seele zu retten und seine Buße im Fegefeuer abzukürzen vermöchte. Meine Worte verfehlten ihre Wirkung nicht. Allein er war nun rührselig geworden und jammerte, ihm fehle der Mut, und Strick und Messer seien ihm gleichermaßen zuwider.

»Wenn Ihr aber wirklich wollt, Michael, daß ich sterben soll«, setzte er schlau hinzu, »so erledigt das Geschäft für mich. Keiner wird je davon erfahren. Man wird glauben, ich hätte mir selbst das Leben genommen, und nur der Allmächtige Gott wird wissen, daß ich nicht des Selbstmordes schuldig bin.«

Sein Vorschlag jagte mir zuerst Entsetzen ein; allein ich war nun sinnlos betrunken, und die erstaunliche dialektische Beredsamkeit des Weines überzeugte mich, daß sein Ansinnen nur recht und billig sei. Er steckte seine Hände ins Wasser, und ich öffnete ihm die Pulsadern. Er fuhr zurück und schrie auf; dann war der Schmerz vorbei. Er dankte mir. Ich hob ihm den Humpen zu einem letzten Zug an die Lippen; dann bat er mich, ihn im Gebete zwischen seinen Kerzen allein zu lassen. Und so sagte ich ihm Lebewohl.

9

Tagelang fühlte ich mich krank und von Gott und der Welt verlassen. Zwar härmte ich mich nicht ungebührlich über Barbaras Schicksal, wußte ich doch, daß der Tod als Erlösung von ihren Leiden kommen würde; allein ich vermißte sie unsäglich und hätte alles darum gegeben, in diesen letzten Tagen bei ihr sein zu dürfen. Aber Pater Angelo blieb hart wie Granit. Er und die beiden anderen Patres, die Barbara auf ihren Tod vorbereiteten, waren ihre einzige Gesellschaft. Alles, was ich für sie tun konnte, war, ihr gutes Essen, Kuchen, Süßigkeiten und Wein zu schicken, die ihr der Schließer abends, wenn die Mönche ins Kloster zurückgekehrt waren, brachte. Ich schrieb ihr nicht, da sie nicht lesen konnte; hoffte aber, daß die guten Dinge, die ich ihr sandte, ihr, wenn sie auch kein Gelüst danach verspüren mochte, doch zeigten, daß ich an sie dachte und sie liebte.

Ich wohnte nun im Schwarzen Schwan, wohin mein Gepäck samt meinem Anteil an Meisters Fuchs' Habe gebracht worden war. Ich hatte den Großteil meines Geldes — zusammen etwa hundert Gulden — bei dem Vertreter des großen Hauses Fugger angelegt. Ich brauchte nicht lange zu warten, denn der Rat der

Stadt Memmingen teilte mit, der Fürstbischof müsse selbst, gemeinsam mit dem Vertreter des Kaisers, die Verantwortung für Barbaras Hinrichtung übernehmen, weil in Memmingen so viel Haß gegen die Kirche aufgespeichert sei, daß der Rat keine feierliche Hexenverbrennung vorzunehmen wagte. In Zukunft würde Memmingen sein Vorrecht als freie Stadt ausüben und gegen seine eigenen Hexen selbst und ohne fremde Einmischung vorgehen. Von nun an habe des Bischofs Kommissär dort nichts mehr verloren.

Seine Hoheit, dadurch erzürnt, verfügte, Barbaras Hinrichtung solle unter religiösem Zeremoniell am folgenden Sonntag nach dem Hochamt als warnendes Beispiel für das Volk auf dem Domplatz stattfinden. Am Samstag beobachtete ich von meinem Fenster aus, wie man das Birkenholz aufschichtete und das Blutgerüst errichtete. Am Sonntagmorgen durfte ich Barbara in ihrer Zelle besuchen, aber nur in Anwesenheit Pater Angelos und der beiden anderen Mitglieder des Gerichtshofes. Ich konnte nichts tun, als sie umarmen und meine Tränen mit den ihren vereinigen.

»Michael, mein Liebster, weißt du noch, was ich dir gesagt habe?« fragte sie.

»Ich weiß es«, antwortete ich; aber in diesem Augenblick trennte uns Pater Angelo mit der Mahnung, wir sollten uns lieber gemeinsam freuen, statt zu trauern, nun da die Kirche Barbara wieder in ihren Schoß aufgenommen habe und ihr die ewige Seligkeit verbürge. Sie schickten mich fort, und während die Mönche im Hofe Psalmen sangen, hörte Pater Angelo ihre Beichte und erteilte ihr die Lossprechung. Dann spendete er ihr die Sterbesakramente und die Letzte Ölung, die Domglocken begannen zu läuten, und sie wurde ins Freie hinausgeführt.

Es war Herbst. Die Obstbäume bogen sich unter der Last der Früchte, der blaue Himmel verschwamm ins Unendliche und war erfüllt von Licht. Barbara und ihr schwarzes Gefolge von Mönchen nahmen sich in meinen Augen klein aus, als sähe ich sie aus der Ferne oder von oben. Ich weinte nicht mehr, sondern folgte ergeben am Ende der Prozession. Barbara, das geschorene Haupt entblößt und auf dem Leibe das rauhe Büßerhemd, stützte sich auf dem kurzen Weg vom Hofe zum Domplatz auf Pater Angelo. Die Mönche sangen in wunderschönen Harmonien, und eine große Menge Volkes hatte sich versammelt, darunter Landsleute aus den umliegenden Bezirken, die ängstlich und schweigend standen, weil des Bischofs Reiter und Fußvolk den Marktplatz umstellt hatten, um feindselige Kundgebungen zu verhindern.

Das Volk sah Hexenverbrennungen gern, aber die Gewänder der Priester erregten seinen Abscheu. Ein Murmeln ging durch die Menge, als die Kanoniker, angeführt vom Fürstbischof, in prächtigen roten und blauen kirchlichen Gewändern und funkelnde Edelsteine an Krummstab und Brustkreuz, aus dem Tor traten.

Die heilige Kirche war in all ihrer Majestät zugegen, um Barbaras Hinrichtung unter den mächtigen Domtürmen zu sehen. Sie aber bestieg allein das Gerüst. Ich stand nahe genug, um die Züge ihres blassen Gesichtes zu erkennen und zu bemerken, daß sie, schwindlig von der ungewohnten frischen Luft und dem Gang vom Gefängnis her, strauchelte. Ich glaube, sie war benommen und wußte kaum, was vorging. Doch blickte sie über die Menge hin, als suche sie etwas. Ich hob beide Arme hoch. Sie sah mich, lächelte und nickte leicht, und zum letztenmal sah ich ihre grünen Augen, nun schöner als je zuvor. Wieder erschien sie mir als die lieblichste der Frauen. Unendlicher Schmerz durchflutete mich; ich erkannte, daß ich sie nie mehr in den Armen halten würde.

Dieser Augenblick war jedoch nur kurz. Der Scharfrichter trat hinter ihr auf das Gerüst, band ihr die Hände und hieß sie am Block niederknien. Der Fürstbischof versuchte, ihm ein Zeichen zu geben, aber der Bursche schien blind und taub zu sein. Mit einem Schlag trennte er Barbaras Haupt vom Rumpf, so daß ihr jeder Schmerz erspart blieb; so erfüllte der Gute sein Versprechen. Man hatte beabsichtigt, daß sie stehend hätte zuhören sollen, wie Anklage und Urteil allen Anwesenden vorgelesen wurden; diese Prüfung aber hatte der Scharfrichter ihr erspart, wofür ich ihm innig dankbar war und ihm mehr bezahlte, als er verlangte.

Verspätet hastete der Herold die Stufen empor und verlas eine sehr lange und eintönige Kundmachung, während Barbaras Blut auf das Steinpflaster des Marktplatzes niederfloß.

In meinem Herzen brannte der Haß – ein so grimmiger, so kalter Haß, daß er mich selbst verwunderte. Ich haßte weder Pater Angelo noch die schwarzgekleideten Mönche noch den Fürstbischof in seinem Glanz und seiner Pracht. Nein, sie trugen keine Schuld. Schuld trug die heilige Kirche durch grausamen Mißbrauch der Macht. Der Papst allein war schuld an Barbaras Leiden und Sterben. Während der Herold die Kundmachung verlas, bahnte ich mir einen Weg nach vorne an das Gerüst und fing in meinen Händen Barbaras letzte Blutstropfen auf. Und ich schwor in meinem Herzen einen fürchterlichen Eid, daß ich des Papstes Macht bis zum letzten Atemzug bekämpfen und mir nicht Ruhe gönnen würde, bis Clemens VII. vom päpstlichen Thron vertrieben und ein heimatloser, schutzloser Flüchtling geworden sei und die Macht Roms im Staube läge.

Ich weiß nicht, ob Gott oder der Satan mir diesen Eid eingab. Nie zuvor hatte ich solche Gedanken genährt. Doch ich glaube, er kam von Gott, denn er ließ es zu, daß ich ihn vollführte, und mein Wunsch sollte in Erfüllung gehen, bevor noch drei Jahre vergangen waren.

Damals aber konnte ich das nicht wissen, und ich fühlte mich allein und ohnmächtig in meinem Haß, als der Scharfrichter Barbaras Leichnam auf den Scheiterhaufen hob und ihr den Kopf zwischen die Knie legte. Das Feuer erfaßte das Birkenholz, und der Geruch, der sogleich bis zu mir drang, raubte mir die Kraft. Ich fiel auf den Steinen in die Knie und barg das Gesicht in den Händen.

SIEBTES BUCH

DIE ZWÖLF ARTIKEL

1

Ich hatte meine Schulden an Bischof und Rat beglichen und dem Scharfrichter seinen Lohn entrichtet. Nun stand es mir frei, die Stadt zu verlassen, und ich hoffte, ihre Türme nie wieder zu erblicken. Ich holte meinen Hund vom Schließer, der ihn betreut hatte, und mietete einen Wagen, der uns samt meinem Reisekoffer nach Memmingen bringen sollte.

Mein armer Hund war außer sich vor Freude, mich zu sehen. Er hatte, während mein Weib im Fieber lag, treu zu ihren Füßen gelegen, bis die guten Väter ihn vertrieben. Barbara hatte seine Geschwüre mit den Heilsalben des Scharfrichters behandelt, und er hatte sich zusehends erholt. Auf der geschorenen Haut wuchs ihm ein neues Fell, doch war es nicht mehr schwarz, sondern grau, und das Tier war noch so schwach, daß es lieber auf meinem Schoß lag als die Straße entlangzulaufen und nach guten Gerüchen zu schnuppern. Als ich das arme Tier in den Armen hielt, fühlte ich, daß Barbara uns nahe war, und so trösteten wir einander in unserem Elend.

Doch in meinem Kummer und meiner Einsamkeit sehnte ich mich nach einem Freund, mit dem ich offen reden und bei dem ich Trost finden konnte. Zum erstenmal seit vielen Monaten dachte ich an Andy, der in des Kaisers Dienste getreten und nach Italien gezogen war. Obgleich seine Dienstzeit längst abgelaufen war, war er noch nicht zurückgekehrt. Wenn irgend jemand, so war er es, der mich trösten konnte, sprach er doch meine Muttersprache. Freilich war er ein närrischer Kerl, der ohne meine Führung zweifellos Hals über Kopf dem Tod in die Arme gerannt sein mochte.

In Memmingen angekommen, machte ich mich unverzüglich auf den Weg zu Sebastian Lotzer; doch traf ich nur seinen Vater an, der sehr um ihn bangte. Er verachtete mich nicht, obwohl mein Weib als Hexe verbrannt worden war.

»Wir leben in einer schlimmen Zeit, Michael Pelzfuß«, sagte

er, »und die Bauern rotten sich, wie Ihr wißt, in vielen Bezirken gegen ihre Herren zusammen. Sie haben selbst Klöster und Konvente geplündert. Die Reden und das Gebaren meines irregeleiteten Sohnes haben mich so in Verruf gebracht, daß ich ihm die Tür weisen mußte. Ich weiß von ihm nur, daß er in die Dörfer hinausgezogen ist, mit Luthers Ketzerbibel unter dem Arm und einem Bettelstab in der Hand, unter Drohungen und Scheltworten gegen seinen alten Vater. Die Zeit steht kopf. Ihr seid stets ein anständiger und wohlgesitteter junger Mann gewesen, Michael Pelzfuß, aber ich verstehe nicht, warum die Jugend heute so auf den Umsturz der alten Ordnung versessen ist. Seit heidnischer Zeit haben unsere Ahnen sich abgemüht, unsere so vollkommene Gesellschaftsordnung zu errichten, in der jedem sein bestimmter Platz zukommt. Der Sohn übernimmt das Gewerbe seines Vaters; Gesetz, Brauch und Zunftregeln bestimmen das Leben eines Menschen von der Wiege bis zum Grab, und die heilige Kirche sorgt für unsere arme Seele. Alles hat seinen Preis. Die Bauern zahlen Steuer und Zehnt und leisten ihren Frondienst, und selbst die Sünden haben ihren von der Kirche genau festgesetzten Wert — auch Stoff und Schnitt unserer Kleider sind durch die Gesetze über den Luxus jedermann nach seinem Rang und Stand vorgeschrieben. Keiner braucht im Laufe seines ganzen Lebens über irgend etwas den geringsten Zweifel zu hegen. Und nun müssen ein paar Heißsporne versuchen, dies alles umzustürzen.«

Ich bemerkte, die Welt sei keineswegs ein so wohlbestellter Ort, wie Meister Lotzer offenbar glaube, und ich hätte schon zu viel Gewalttat, Schmerz, Armut und Verzweiflung miterlebt.

Er pflichtete mir bei, setzte jedoch hinzu: »Eine von Menschen gemachte Ordnung ist natürlich fehlerhaft und unvollkommen, selbst wenn ihre Grundlagen göttlichen Ursprungs sind; wir können eine gewisse Unruhe von Zeit zu Zeit ebensowenig vermeiden, wie wir der Krankheit und dem Tode entrinnen können. Aber solche Störungen sind geringfügig, verglichen mit den Segnungen, die unsere große Gesellschaftsordnung uns beschert. Nichts kann törichter sein, als die Kirche samt ihren Lehren zu untergraben, denn die Kirche ist unser Fundament. Fällt sie, so stürzt alles ein, und das Jüngste Gericht ist da.«

Ich wollte mit Meister Lotzer nicht streiten, sondern nur das

Gespräch fortführen, denn ich war einsam und verlassen, und seine Stube bot eine warme und sichere Zufluchtsstätte in jenem rauhen Herbstwetter. Daher sprachen wir eine Weile über diese Dinge, bis ich aus Gründen der Schicklichkeit nicht länger bleiben konnte; dann nahm ich Abschied.

Der Gerichtsdiener und sein Weib waren wieder in den Ratskeller eingezogen und hatten sich unser Bett und die paar übrigen Möbelstücke angeeignet. Ich machte ihnen aber keine Vorwürfe, brachte ich's doch nicht übers Herz, auch nur einem Menschen einen Vorwurf zu machen; sie beherbergten mich in der Güte ihrer Herzen für die Nacht. Es schmerzte mich, zu sehen, wie Rael sich über die Rückkehr ins alte Heim freute und wie er eifrig nach Barbara suchte, bis er ermüdet an meiner Seite einschlief.

Ich beschloß, Memmingen zu verlassen. Meinen Reisekoffer vertraute ich der Obhut des Gerichtsdieners an, der mir versprach, ihn zu hüten, aus Dank, daß ich ihm und seinem Weib keine Unannehmlichkeiten bereitete. Als ich aber vor dem Verschließen des Koffers meine Sachen musterte, stieß ich auf einen venezianischen Spiegel, den ich aus des Kommissärs Haus mitgenommen hatte. Darin sah ich, daß mein Haar verfilzt, meine Wangen eingefallen waren und meine Augen starr blickten; ich wunderte mich denn auch nicht länger, daß sich die Leute auf der Straße umwandten und mir nachsahen.

»Michael Pelzfuß«, sprach ich zu meinem Spiegelbild, »wer bist du, was willst du und wohin des Weges?«

Mein Spiegelbild aber schwieg. Statt seiner antwortete ich: »Michael Pelzfuß, du bist ein ehrloser Schwächling von unlauterer Abkunft, aus dem fernen Abo. Allen, die dich liebten, hast du nur Unheil gebracht; du bist verflucht, ob mit Recht oder Unrecht. Deine Mutter ertränkte sich, weil sie die Schande deiner Geburt nicht überleben wollte, und wenn du heimkehrst, so wird dich nur der Galgen freudig willkommen heißen, weil du leichtgläubig warst, ehrgeizigen Männern dientest und den Traum vom geeinten, mächtigen Norden träumtest. Was willst du also, Michael Pelzfuß?«

Rael spürte meine Verzweiflung, kam herbei und legte seine Schnauze an meinen Arm; und des Hundes Mitleid rührte mich so, daß ich den wertvollen Spiegel in Trümmer schlug. Ich drückte das Gesicht an Raels warmen Pelz und weinte gar bitterlich, während er mir tröstend Ohr und Hals leckte.

»Wohin nun, Kleiner?«, fragte ich ihn. Da ich aber nur einen verwunderten Blick als Antwort bekam, fuhr ich selbst fort: »Wir wollen deine Herrin suchen; die wird uns wohl guten Rat wissen.«

Ich hatte Geld genug, eine Universität zu beziehen und zwei Jahre oder länger bescheiden davon zu leben. Allein das wollte mir nicht mehr schmecken. Ich hätte auch meine unterbrochene Pilgerfahrt wiederaufnehmen können; das war aber seit dem Fall von Rhodos ein Glücksspiel geworden; auch fehlte mir, seit ich jenen unbesonnenen Eid am Blutgerüst geschworen hatte, der rechte Wille dazu.

Ich verschloß meinen Koffer und machte mich auf den Weg, Barbara zu suchen. Nur die Kleider, die ich am Leibe trug, etwas Wäsche zum Wechseln, die lateinische Bibel und Meister Fuchs' Flinte nahm ich mit. Ich dachte kaum daran, daß ich nicht der einzige war, der in jenen Spätherbsttagen so ziellos umherwanderte. Sebastian war diesen Weg vor mir gegangen, und viele verließen Heim, Werkstatt, Schule und Pflug, ohne recht zu wissen, was sie trieb.

Zuerst zog ich zur Stadt, in der Barbaras Onkel wohnte und wo sie mich gesundgepflegt hatte, und von dort in den Wald und an den Ort, wo sie mich gefunden hatte. Der Boden war mit Eicheln übersät, im Dickicht grunzte ein Wildschwein. In der Luft lag die Feuchtigkeit des Herbstes. Dort im Wald rief ich laut Barbaras Namen. »Barbara, mein Liebstes, mein Alles — komm zurück! Du hast versprochen, wir wollten uns hier treffen, was immer auch geschähe, und ich bin gekommen, dich zu suchen . . .«

Doch nur das Echo antwortete meinen Rufen, und Rael winselte kläglich und ließ das schaurige Heulen des Todes hören, als er Barbaras Namen von meinen Lippen vernahm.

Unweit stand eine verlassene Kohlenbrennerhütte, und dort richtete ich mich für den Winter ein. Wenn ich gerade daran dachte, pflegte ich zur Stadt zu pilgern, um Proviant einzukaufen. Meist aber saß ich über meiner lateinischen Bibel. Zuweilen schlich eine Wildkatze an die Hütte heran, erkletterte einen Baum, auf dem Rael sie nicht erreichen konnte, und starrte aus ihren leuchtenden, gelbgrünen Augen auf uns herab; dann nannte ich sie Barbara. Ich kam in jenem Winter wohl ganz von Sinnen, achtete ich doch weder Hunger noch Kälte. Ich ließ mir den Bart wachsen, und bald waren meine Kleider schmutzig und zerlumpt.

Ab und zu fiel Schnee; selbst Wölfe hörte ich im Wald heulen. Dann schmolz der Schnee, die Frühlingswinde setzten ein, und auf den Lichtungen sproßten weiße Blumen. Ich war nun ruhiger geworden und unternahm lange Wanderungen, suchte aber Barbara nicht mehr. Und nun kam sie zu mir. Ich fühlte ihre Nähe im Seufzen des Windes, ihre weichen Lippen, wenn ich ein Blumenblatt zum Munde führte; sie erschien mir flüchtig im traurigen Schein der sinkenden Sonne. Dann weinte ich vor Freude; nun wußte ich mich geheilt. Ich machte mein Äußeres zurecht, so gut ich konnte, und kehrte zu den Wohnungen der Menschen zurück. Um die Mitte des Monats Februar war ich wieder in Memmingen.

2

Ich kam nicht allein. Jene Gegend Deutschlands stand in Aufruhr, und bewaffnete Bauernhaufen ergossen sich allenthalben über die Straßen. Sebastian Lotzer lebte wieder in seines Vaters Haus, und seine Anhänger hatten die Macht in der Stadt an sich gerissen; der Rat hatte nichts zu bestimmen und zu entscheiden, ohne vorher Sebastian oder seine Wirrköpfe von Stellvertretern zu befragen. Als ich des Kürschners Haus betrat, sah ich Sebastian ein rotweißes Seidenbanner entrollen, darauf das Andreaskreuz genäht war.

Er stürzte mir mit offenen Armen entgegen. »Ihr seid zur rechten Zeit gekommen, Michal Pelzfuß, denn heute nageln wir unser Banner an seinen Schaft, auf daß die Welt sich wandle und Gottes Gerechtigkeit in Deutschland herrsche!«

In Lumpen ging Sebastian nun freilich nicht mehr. Er trug wie früher ein samtenes Wams mit Silberknöpfen, obwohl ihn sein Rang nicht dazu berechtigte. Er war sehr hübsch im Feuer seiner Begeisterung, und seine weit auseinanderliegenden Augen leuchteten, als er anfing, die zwölf von ihm entworfenen Artikel zu verlesen und zu erklären. Gestützt auf diese, im Vertrauen auf

Gottes Gerechtigkeit und mit Hilfe von Handwerkern und Bauern wollte er eine neue Ordnung begründen. Ich war nicht sein einziger Zuhörer; in der Stube drängten sich Würdenträger der Stadt, reiche Bauern und die Brüder aus Sebastians evangelischem Kreis. Er las vor:

»Zum ersten soll eine ganze Gemeinde einen Pfarrer selbst erwählen und kiesen, auch Gewalt haben, denselben wieder zu entsetzen, wenn er sich ungebührlich hielte. Der soll uns das Evangelium lauter und klar predigen, ohne allen menschlichen Zusatz, Menschenlehre und Gebot.

Zum anderen soll eines Pfarrers Unterhalt aus dem größeren Kornzehent bestritten und der Überschuß zu Nutz und Frommen der Pfarrarmen verwendet werden.

Zum dritten soll der Viehzehent abgeschafft werden, sintemal Gott der Herr das Vieh dem Menschen zu Nutz hat erschaffen.

Zum vierten soll die Leibeigenschaft, so dem Worte Gottes widerspricht, aufgehoben werden. Christus hat uns alle mit seinem kostbaren vergossenen Blute erlöst und erkauft, den niederen Hirten ebensowohl als den allerhöchsten, keinen ausgenommen. Darum erfindet sich in der Schrift, daß wir frei sind, und wir wollen frei sein und keine Obrigkeit über uns erkennen, ausgenommen, was uns Vernunft und christliche Lehre gebieten.

Zum fünften hat Gott das Wildbret, das Geflügel und die Fische im fließenden Wasser zu des Menschen Wohl erschaffen. Daher soll Jagd, Fischfang und Vogelstellen männiglich verstattet sein.

Zum sechsten sollen alle Wälder einer ganzen Gemeinde wieder anheimfallen, auf daß ein jeder das Brennholz und Bauholz, dessen er bedarf, daraus entnehmen mag.

Zum siebenten ist unsere harte Beschwerung der Dienste halb, welche von Tag zu Tag gemehrt werden und täglich zunehmen. Wir begehren, daß man darin ein ziemlich Einsehen tue und uns dermaßen nicht so hart beschwere, sondern uns hierin ansehe, wie unsere Eltern gedient haben, allein nach Laut des Wortes Gottes.

Zum achten begehren wir, daß die Herrschaft Güter, deren Pachtschilling ungebührlich gestiegen ist, durch ehrbare Leute besichtigen lasse und nach der Billigkeit eine Güte bestimme, damit der Bauer seine Arbeit nicht umsonst tue; denn nach Gottes Wort ist jeder Tagwerker seines Lohnes würdig.

Zum neunten soll an die Statt der gegenwärtig willkürlichen Gerichtsbarkeit die alte geschriebene Straf treten. Auch soll man nicht mehr nach Rang und Stand oder aus großer parteilicher Begünstigung, sondern einen jeden nach Gestalt der Sache gleich bestrafen.

Zum zehnten sollen Wiesen und Äcker, so etliche Herren sich zugeeignet haben, wieder einer ganzen Gemeinde anheimfallen.

Zum elften wollen wir den Brauch, genannt der Todfall, ganz und gar abgetan haben, nimmer leiden noch gestatten, daß man Witwen und Waisen das Ihrige wider Gott und Ehren also schändlich nehmen und rauben soll, wie es an vielen Orten in mancherlei Gestalt geschehen ist.«

Sebastian hielt inne, sah um sich und sprach: »Der allerwichtigste Artikel ist der zwölfte und letzte, denn der soll zeigen, daß wir weder Gewalt noch Aufruhr im Schilde führen, sondern Gottes Gerechtigkeit anerkennen, nicht allein, wo es um unsere Rechte, sondern auch, wo es um unsere Pflichten geht.

Zum zwölften ist unser Beschluß und endliche Meinung: Wenn einer oder mehrere der hier gestellten Artikeln dem Worte Gottes nicht gemäß wären, so wollen wir, wo uns selbige Artikeln mit dem Worte Gottes als unziemlich nachgewiesen werden, davon abstehen, sobald man es uns mit Grund der Schrift erklärt. Ebenso aber behalten wir uns weitere Artikeln vor, sofern sie ihren gerechten Grund in der Schrift finden.«

Die Bauern bemerkten, das sei alles recht schön, aber wie könne man in Gottes Namen die Artikel durchsetzen? Und was würde aus all den Bittschriften, welche die Bauern aus nah und fern ihren Herren unter der Bedingung vorlegen hatten dürfen, daß sie friedlich wieder heimkehrten?

Sebastian entgegnete: »Laßt mich euch als Bruder raten, laßt euch nicht um zeitweiliger Erleichterungen willen auf kleinliches Feilschen ein, denn auf diese Art könnt ihr andere, die unglücklicher und härter unterdrückt sind als ihr, ins Verderben stürzen. Ich habe Hunderte eurer Klagen und Bittschriften gelesen, nein Tausende – und half zuerst manchem armen Mann, sie aufzusetzen, bis ich schließlich erkannte, daß all diese Papiere wertlos sind. Daher werden wir unsere Fahne an den Schaft nageln, aus unserer Mitte einen Hauptmann, einen Leutnant und einen Fähnrich wählen, die Kriegsartikel entwerfen und darauf Gehorsam schwören, wodurch wir Zucht und Ordnung sicherstellen.«

Die Bauerntölpel aber entsetzten sich und murrten. Rechtmäßige Bittschriften einbringen sei etwas anderes als das Banner des Aufruhrs zu erheben. Die Bauern zögen bei einem Scharmützel mit den Herren immer den kürzeren.

Sebastian aber erwiderte: »Was soll es euch nützen, meine armen Freunde, wenn dem einen der Pachtzins herabgesetzt, dem anderen seine Weide zurückerstattet und einem dritten das Recht verliehen wird, seine Schweine im Wald zu füttern, einem vierten, am Freitag für sein schwangeres Weib einen Fisch zu fangen? Eure Beschwerden sind alle in diesen zwölf Artikeln eingeschlossen, wie ihr erkennen würdet, wenn ihr nur euren Verstand brauchen wolltet! Nur durch die Anerkennung von Gottes Gerechtigkeit als Fundament einer neuen Ordnung kann eine dauernde Besserung eurer Lebensverhältnisse herbeigeführt werden. Für diese Sache lohnt es sich wahrhaftig zu kämpfen; noch nie haben arme Leute für eine bessere gekämpft. Wenn ihr wirklich an einen gerechten Gott glaubt, meine Freunde, dann müßt ihr auch glauben, daß Er selbst für Seine Gerechtigkeit kämpft — und in diesem Kampfe seid ihr Seine Waffen!«

Die Bauern murmelten mißtrauisch untereinander, kratzten sich hinterm Ohr und traten von einem Bein aufs andere. Es habe keine Eile, meinten sie, und am besten wäre es, die Sache zu überschlafen, denn sei das Banner einmal entrollt, so gäbe es kein Zurück mehr. Es wäre auch klug, zu hören, was die guten Männer von Baltringen dächten, und die am See, und ob auch sie ihr Fähnlein hissen wollten. Ihre Trägheit erbitterte Sebastian.

»Will es denn nicht in eure dicken Schädel, daß es *jetzt* an der Zeit ist?« rief er. »Der Kaiser hat einen Feldzug begonnen und alle Söldner in Deutschland in seinen Dienst genommen; die deutschen Fürsten können sich daher nur an ihre Handvoll Garnisonstruppen halten. Der französische König belagert mit überlegenen Kräften Pavia in Italien, und Frundsberg hat mit seinen Landsknechten die Alpen überschritten. Wir werden bald hören, daß der Kaiser eine ebenso vernichtende Niederlage erlitten hat wie bei Marignano. Jeder Tag, der vergeht, ist vergeudete Zeit, denn die Fürsten zittern auf ihren Festen, und die Mönche vergraben ihre Schätze. Ihr dürft nicht meinen, die Herren seien so töricht, die Forderungen der Bauern anzuhören, wenn sie nicht durch ihre mißliche Lage dazu gezwungen würden! Indem sie eure Bittschriften annehmen, bestechen sie euch, wieder heimzukehren, und gewinnen dadurch Zeit, sich untereinander zu beraten und Verteidiger anzuwerben.«

Seine Worte verfehlten ihre Wirkung nicht, und seine ländlichen Zuhörer erklärten einstimmig, er rede vernünftig. Nach einigen Wechselreden beschlossen sie, die Bittschriften von vierundzwanzig Dörfern in Sebastians zwölf Artikel einzuschließen, ihr Banner zu entrollen und die Artikel dem Stadtrat zu Memmingen vorzulegen, damit die Gerechtigkeit Gottes als Fundament der neuen ständischen Ordnung unter der Gerichtsbarkeit der Freien Stadt anerkannt werde.

Einige Tage später zogen die bewaffneten Bauern mit ihrem rotweißen Fähnlein in die Stadt ein; Pfeifer und Trommler voran, Lehrjungen und alle ärmeren Leute im Triumph hinterdrein, während die rechtschaffenen Bürger ihre Läden und Werkstätten schlossen und ihre Türen verrammelten. Hundert Wortführer verhandelten mit den Ratsherren im großen Beratungssaal des Rathauses. Sebastian und der Stadtpfarrer sprachen im Namen der Bauern und bewiesen durch Zitate aus der Heiligen Schrift, daß jeder einzelne der zwölf Artikel gerechtfertigt sei. Der Rat wehrte sich mit Zähnen und Klauen und zitierte seinerseits die Schrift; die Bauern aber überschrien die schwachen Stimmlein der Ratsherren; auch waren nur wenige unter ihnen in der Heiligen Schrift hinlänglich bewandert. So geschah das Wunder: der Rat von Memmingen nahm ohne Kampf und Blutvergießen die zwölf Artikel sowohl für die Stadt als auch die Dörfer im Umkreis an. Darüber herrschte auf dem Marktplatz eitel Freude. Viele Bauern tranken, bis sie sinnlos bezecht in der Gosse lagen, und die Lehrlinge und Gehilfen entlehnten eilig Flinten und Bogen, da die Jagd auf das Wild nun allen freistand.

Sebastian aber machte saure Miene dazu. »Mein Banner ist nun unnötig, und ich habe hier nichts mehr verloren. Aber Memmingen ist nur ein Tropfen im großen Ozean dieses Landes, und ich glaube an die zwölf Artikel. Hätte ich Geld, so ließe ich sie drucken und in allen Dörfern, Städten und Fürstentümern verteilen; die Bauern aber sind arm und knauserig, und mein Vater wird mir für solche Dinge kein Geld geben.«

Die Anerkennung der zwölf Artikel durch den Rat hatte auf mich tiefen Eindruck gemacht und mich überzeugt, es wäre eine gute Tat, sie allen zur Kenntnis zu bringen. Bevor ich mich jedoch ganz entschlossen hatte, erhielt Sebastian die Aufforderung, sofort nach Baltringen zu kommen, denn die Nachricht von den Memminger Artikeln hatte sich verbreitet, und der Führer der vereinigten Bauernhaufen verzweifelte unter der Flut der Bittschriften, mit denen seine Anhänger ihn überhäuften.

Wir ritten unverzüglich nach Baltringen und rissen bei unserer Ankunft vor Erstaunen die Augen auf: das hier war kein Kinderspiel. Eine gewaltige Schar Bauern, bewaffnet mit Dreschflegeln, Spießen und Morgensternen, hatte sich in Baltringen und dem anliegenden Bezirk versammelt. Einige sprachen von fünftausend, andere von zehntausend; die genaue Zahl wußten nicht einmal ihre Führer, denn die Burschen kamen und gingen und besuchten von Zeit zu Zeit ihre Anwesen, um Nahrung zu holen. Ihr erwählter Führer aber stand in Unterhandlungen mit Fürsten und Bischöfen und hatte diese bereits bewogen, die Beschwerden der Bauern entgegenzunehmen. Er war ein einfacher, frommer Handwerker namens Ulrich Schmid, der selbst keine Beschwerden hatte. Er stand im Rufe der Beredsamkeit, und die Bauern, die im Wirtshaus seines Dorfes einander ihre Not zu klagen pflegten, wählten ihn zu ihrem Führer, weil er seine Bibel so gut kannte. Ohne selbst recht zu wissen, wie es zugegangen war, war er an der Spitze von zehntausend Bauern zu Baltringen angelangt; sie alle bombardierten ihn mit ihren Forderungen.

Er hatte seinen Sitz im Rathaus aufgeschlagen, wo die fahrenden Söldner und bewaffneten Bauern, die seine Leibwache bildeten, rings um ihn tranken und würfelten und lärmten. Er begrüßte Sebastian unter Freudentränen und ernannte ihn sogleich zu seinem Stellvertreter, mit hilfloser Gebärde auf die Briefe und Schriftbündel hinweisend, die seinen Tisch bedeckten, in allen Schränken steckten und in Stößen auf dem Boden lagen. Es waren alles Beschwerden der Bauern gegen ihre weltlichen und geistlichen Herren.

Sebastian versenkte sich sogleich darein, gab aber das hoffnungslose Unterfangen bald auf und sagte, alle Punkte seien in seinen zwölf Artikeln eingeschlossen. Die las er dem aufmerksam lauschenden Ulrich Schmid laut vor, der sie billigte und meinte,

Sebastian sei zweifellos von Gott gesandt, um Ordnung in sein, Ulrich Schmids, Denken zu bringen. Er ließ sogleich die Trommeln rühren, um die Bauernführer herbeizurufen, denen die Artikel sodann vorgelesen und erläutert wurden.

Eine Woche voller Erörterungen, Gebete und Erläuterungen verging, bis die Bauern klar erkannten, was ihnen vorgelegt wurde. Ulrich Schmid aber, obzwar ein einfacher Kopf, klammerte sich hartnäckig an alles, was ihm klargemacht wurde, und wiederholte es unermüdlich, bis es selbst dem dicksten Schädel einleuchtete und ihn überzeugte. Auf diese Weise fuhren wir fort, bis schließlich alle Bauern Gottes Gerechtigkeit anriefen und ihre eigenen Bittschriften verbrannten. Sie trugen Ulrich Schmid auf ihren Lanzenschäften rund um ihre Lager. Als jedoch Sebastian und ich einander wiedersahen, waren wir stockheiser und konnten kaum flüstern.

»Laßt uns um Gottes willen diese Artikel drucken«, sagte ich und erzählte ihm, daß ich hundert Gulden in Wechseln auf das Haus Fugger besäße und das Geld, so es Gottes Wille sei, seine Gerechtigkeit auf Erden zu verwirklichen, ja irgendeinmal zurückbekommen würde; sei es hingegen nicht sein Wille, so soll es mir gleich sein, ob ich es wiedersähe oder nicht. Sebastian war außer sich vor Freude und versprach bei seinem Glauben an den lebendigen Gott und die göttliche Gerechtigkeit, das Geld würde mir vergütet werden. Er setzte sich sogleich hin, um die Artikel in die endgültige Form zu bringen und jedem einzelnen eine Erläuterung beizufügen. Er verfaßte auch ein Vorwort »An den christlichen Leser«, wo er hervorhob, das Evangelium rechtfertige keineswegs Gewalt und Aufruhr, sondern lehre allein Frieden, Geduld und Eintracht. Da die Bauern durch diese Artikel lediglich ihren Wunsch nach Verwirklichung dieser Lehren ausdrückten, dürften sie nicht des Aufruhrs beschuldigt werden, schrieb er; im Gegenteil, ihre vernünftigen Forderungen zu bestreiten hieße Gottes eigenes Wort bestreiten.

Ich war stets geneigt, anderen mehr zu vertrauen als mir selbst, und wenn man mir etwas klar, überzeugend und oft genug sagt, kann ich nicht umhin, es zu glauben. Es ist daher begreiflich, daß ich an Sebastians Worten Feuer fing und meine Wechsel freudig hingab, welche der Drucker in Zahlung nahm; glaubte ich doch, jenen unterdrückten Bauern einen Dienst zu erweisen. Bald darauf waren die Artikel fertig und berittene Boten sprengten mit den noch druckfeuchten Abzügen nach Nord und Süd, Ost und West. Später veröffentlichte Doktor Luther in Wittenberg einen Kommentar zu Sebastians Artikeln. Er erklärte die Forderungen der Bauern für gerechtfertigt, ermahnte sie aber dringend, sich mit ihren Herren zu vertragen und Gewalttaten und Blutvergießen zu vermeiden.

Die Nachricht von Doktor Luthers Eintreten und von den zahllosen Bauern, die sich landauf, landab zusammengerottet hatten, um seine Lehre in die Tat umzusetzen, ließ nun die Hoffnungen unserer Leute jedes Maß übersteigen, obwohl die Fürsten durch Schmids Abgesandte diesen warnten und ihn an den Frosch erinnerten, der sich aufblies, bis er platzte. Verächtlich fragten sie, ob Ulrich Schmid erwarte, der Allmächtige Gott würde vom Himmel herabsteigen, um als Schiedsherr über diese Artikel sein Urteil zu sprechen. Schmid aber versprach, er würde innerhalb drei Wochen alle berühmten Gelehrten Deutschlands, darunter Luther und Zwingli, auffordern, ihr Urteil abzugeben.

Auf Sebastians Rat versuchte Schmid, aus allen großen Bauernheeren in den verschiedenen Fürstentümern eine christliche Liga zu bilden und sie alle für Gottes Gerechtigkeit als den Schlüssel zu allen Fragen, die sie bewegten, zu gewinnen. Zu diesem Zweck wurde zu Memmingen ein Treffen abgehalten, zu dem selbst die Leute vom See und der große Allgäuer Haufen Vertreter entsandten. Als aber Sebastian seine zwölf Artikel verlas, erhob sich heftiger Streit, denn die Leute vom See wollten ihre gerechten und vernünftigen Forderungen keineswegs zugunsten eines verschwommenen Begriffes, genannt die Gerechtigkeit Gottes, aufgeben, den jeder nach Willkür auslegen konnte.

Aber Essen, Trinken und die Kunst der Überredung überzeugten die Hitzköpfe schließlich, daß ihre einzige Hoffnung auf Erfolg in ihrer Einigkeit liege. Die Verhandlungen dauerten bis zum Abend; dann stimmten die ermüdeten Führer alle für Gottes Gerechtigkeit, freilich mit dem Vorbehalt, daß es jedem verstattet bleibe, dies nach Gutdünken auszulegen. Sie erklärten unverblümt, die Artikel seien reiner Unsinn und gingen am Kern der Sache vorbei. Da ihr erstes Ziel die Sicherung ihrer Stellung sein müsse, wurde ein dreizehnter Artikel gefordert, nach dem alle Klöster und Schlösser eingenommen und entwaffnet werden sollten, wenn ihre Besitzer der christlichen Liga nicht beitreten wollten.

Sebastian meinte verächtlich, ein solcher Artikel sei wertlos, da sie jene Mauern nicht mit ihren bloßen Fäusten einrennen könnten. Darin irrte er aber, denn die meisten Schlösser öffneten freiwillig die Tore, und die Pfeifer und Trommler, die vorher die Gäste beim Festmahl unterhalten hatten, schlossen sich nun freudig den Bauernheeren an und zogen ihnen mit Sprüngen und Scherzen voran. Die Fürsten meinten erbittert, der deutsche Adel benehme sich wie ein Haufen alter Weiber, und es sei leichter, die Bauern zu bekriegen, als ihre Herrschaften zu bewegen, zur Verteidigung ihrer althergebrachten und ererbten Rechte zum Schwert zu greifen.

Von der Zwietracht und dem Gezänk, das mit der Gründung der christlichen Liga endete, will ich nur noch erwähnen, daß die drei Bauernheere, um Sebastian zu gefallen und ihn zu besänftigen, seine rotweiße Fahne mit dem Andreaskreuz zu ihrem Banner machten. Die Leute vom See, aus dem Allgäu und aus Baltringen schworen, einer für alle und alle für einen Gut, Blut und Ehre daranzuwagen. Die Nachricht, daß Ulrich, der frühere Herzog von Württemberg, offen erklärt hatte, er werde ihre Sache unterstützen, schweißte sie noch mehr zusammen. Er hatte mit dem Geld des Franzosenkönigs in der Eidgenossenschaft ein Söldnerheer angeworben und war nun auf dem Marsch in kaiserliches Gebiet, sein Herzogtum zurückzuerobern.

In jenen fieberhaft erregten Frühlingstagen liefen nichts als gute Nachrichten ein, und als die zwölf Artikel unter das Volk verteilt waren, wurde Baltringen zum Treffpunkt der Bauernabgesandten, wo sie ihre gemeinsamen Forderungen einander mitteilten und erörterten. In Süddeutschland gärte es, und die einzigen Streitkräfte, welche die Fürsten und die kaiserlichen Statthalter hatten auftreiben können, zogen nun gegen Herzog Ulrich. Kein Wunder, daß die Bauern frohlockten, sich's in der Frühlingssonne wohl sein ließen und die üppige Gastfreundschaft der Klöster weidlich genossen. Sie vertrauten felsenfest auf ihre Führer; die würden mit den Fürsten schon fertig werden.

So wurde kostbare Zeit vergeudet, bis wie ein Blitz aus heiterem Himmel die Nachricht einschlug, daß der Kaiser nicht, wie erwartet, dem Franzosenkönig bei Pavia unterlegen war, sondern dort den größten Sieg seit Menschengedenken errungen hatte. Die schweizerischen Söldner in Frankreichs Diensten waren aufgerieben und Seine Allerchristlichste Majestät gefangengenommen worden. Das schreckte alle Besonnenen. Die Bauern fingen an, vom Pflügen und von der Frühjahrsaussaat zu sprechen, und die Klügsten verdrückten sich nach Hause. Die Mehrzahl aber verließ sich weiterhin auf Gottes Gerechtigkeit.

Ulrich Schmid und die anderen Abgesandten zogen demütig nach Ulm zu Verhandlungen mit den Fürsten, die nun eine andere Sprache führten. Es waren harte Worte. Sie forderten die vollkommene Unterwerfung der Bauern, die unverzüglich heimkehren und wie früher ihre Zehnten und Dienste leisten sollten. Erst dann wollten ihre Hoheiten einen Ausschuß zur Untersuchung der zwölf Artikel einsetzen und ihre Entscheidung treffen, die für beide Seiten verbindlich sein sollte.

Ulrich Schmid war in vollem Vertrauen auf Gottes Gerechtigkeit nach Ulm gezogen; nun kehrte er als geschlagener, müder Greis zurück und wich unseren Blicken aus. Mit kläglicher Stimme gestand er, daß die Wortführer der Bauern diesen Bedingungen zugestimmt und deren Annahme durch ihre Gefolgsleute zugesichert hatten.

Sebastian schrie: »Seid Ihr von Sinnen, Ulrich Schmid? Habt Ihr Euren Glauben verloren? Wenn wir jetzt auseinandergehen, so ist Gottes Gerechtigkeit wertlos, und alle unsere Nöte werden siebenfach wiederkehren!«

»Ich glaube an Gott, und das ist mein einziger Trost«, versetzte Ulrich Schmid, »aber Ihr wißt nicht alles und könnt die Sache nicht so beurteilen wie ich, denn die Fürsten und ihre kaiserlichen Ratgeber führten eine gar deutliche Sprache mit mir. Sie sagten mir offen, ihre Geduld müsse einmal ein Ende haben, und sie könnten ihre Söldner nicht auf unbestimmte Zeit unter Waffen halten; sie würden gezwungen, gegen uns zu kämpfen und uns alle zu erschlagen, wenn wir uns nicht unterwürfen.«

Da schrien die Bauernführer einstimmig: »Ihr seid ein Narr, Ulrich Schmid! Die Fürsten müssen Euch bestochen haben. Sie haben keine Truppen, und ihr Feldherr Jürgen von Truchseß ist irgendwo in den Pässen Württembergs auf dem Marsch, wo Herzog Ulrichs Schweizer sein kleines Häuflein wie eine Erbse auf dem Amboß zerreiben!«

Ulrich Schmid schüttelte müde den Kopf.

»Ihr wißt immer noch nicht alles. Die Eidgenossenschaft hat vor Schreck über die Niederlage von Pavia ihre Leute aus des Herzogs Heer zurückberufen. Herzog Ulrich ist allein und verlassen nach Frankreich geflohen und hat seine Geschütze als Pfand für seine Schulden zurückgelassen. Jürgen von Truchseß zieht nun in Eilmärschen heran, und wir täten klug daran, auseinanderzugehen und auf das Wohlwollen der Fürsten zu vertrauen, das sie uns bei ihrer Ehre zusagten.«

Da brach ein solches Geschrei aus, daß die Leute von allen Seiten herbeiliefen. Die Bauernführer stießen Beschimpfungen gegen Ulrich aus und hießen ihn einen Feigling, Schlappschwanz und Verräter. Als das Ergebnis seiner Sendung allgemein bekannt wurde, knufften und pufften sie ihn schier zu Tode. Schließlich sprach er unter Tränen, er wolle nichts sehnlicher, als für die gute Sache leben und sterben, und statt den Angriff der Fürsten im Felde abzuwarten, wolle er lieber für Gottes Gerechtigkeit das Schwert ziehen, wenn ihm einer zeigte, wie man es führe.

Allein er hatte bereits verspielt. Schon steckten die besten und erfahrensten Führer mit ihren Leuten die Köpfe zusammen und berieten, was nun zu tun sei. Ihnen schlossen sich alle Landstreicher, beutelüsternen Söldner und rachsüchtigen Bauern an, die von friedlichen Maßnahmen nichts mehr wissen wollten. Es wurde viel von den blutrünstigen Taten erzählt, welche die Bauern sogleich nach der Erhebung ihrer Fahne verübt hätten; ich aber, der dabei war, kann bezeugen, daß wenigstens die aus Baltringen sich bis zu jenem Märztag keiner nennenswerten Gewalttat schuldig gemacht hatten. Erst in jener Nacht wurde Schloß Schemmeringen in Brand gesteckt, und das war meines Wissens das erste, obwohl die Bauernbewegung schon seit sechs Monaten im Gange war. Die Schuld fällt zur Gänze den Fürsten zur Last. Sie begannen den Krieg, nicht die Bauern. Die Bauern wünschten nur den Frieden und Gottes Gerechtigkeit.

Doch schien es, als hätten die Bauern nur auf ein Zeichen gewartet, denn kaum loderten die Flammen von Schloß Schemmeringen zum Himmel, als auch schon Schlösser und Klöster brannten, so weit das Auge reichte. Die Rebellen nahmen für die erlittene Unbill persönliche Rache; so mancher grausame Verwalter mußte Spießruten laufen; mancher Edelmann wurde mit ihnen handgemein und blieb erschlagen liegen.

Selbst die Besonneneren unter den Bauern, die zu Ulrich Schmid gehalten hatten, ließen sich durch den Anblick ihrer betrunkenen Kameraden hinreißen, die aus Schloß und Kloster Wagenladungen voll Beute heimschafften, und Banden von Plünderern suchten das Land bis zum Donautal heim.

Sebastian kehrte bleichen Gesichts von einem solchen Zug heim und bemerkte: »Ich hätte nie gedacht, mich eines Tages in der Gesellschaft marodierender Verbrecher zu finden. Wenn Kerle von diesem Schlag der Welt Gottes Gerechtigkeit bringen sollen, dann kann ich nicht mehr an einen gerechten Gott glauben.«

»Was wollt Ihr tun?« fragte ich ihn.

Er erwiderte: »Ich will zu meinem Vater nach Memmingen zurückkehren, und diese Schurken hier sollen ihre zwölf Artikel anwenden, wie sie wollen. Ich habe lange genug gegen den Willen meines Vaters gekämpft, und die Bibel heißt uns Vater und Mutter ehren. Wenn mein guter Vater immer noch wünscht, daß ich die Rechte studiere, so werde ich ihm wohl gehorchen und die Universität Bologna beziehen, denn der Krieg in Italien ist vorbei.«

»Ihr habt leicht so reden!« versetzte ich. »Ihr könnt in guter Ordnung nach Hause und in die Arme eines reichen Vaters zurückkehren. Wo aber bleiben meine hundert Gulden?«

»Die habt Ihr dem Drucker aus freien Stücken gegeben! Ich sehe, Ihr seid wie die anderen und denkt nur daran, wie Ihr Euren Beutel und Euren Magen füllen könnt – und Ihr braucht auch kein so saures Gesicht zu machen und mir vorzuwerfen, daß ich gehe. Dieser Pöbel kann nichts erreichen. Einst hatten sie ehrliche Bauern von gutem Ruf als Führer und hörten auf gebildete, verständige Männer wie mich. Nun aber folgen sie Schustern, Schneidern, Dieben, Raufbolden und herrenlosen Söldnern, die für zwei Kreuzer die eigene Mutter verkaufen und die zwölf Artikel mit Füßen treten würden. Ich rate Euch, zu fliehen, solange Ihr könnt, denn daraus kann nichts Gutes werden.«

Da lachte ich laut heraus. Mein Blick glitt über sein hübsches Gesicht, seine braunen Augen und das beschmutzte Samtwams mit den Silberknöpfen, und ich schämte mich meiner Zugehörigkeit zum Menschengeschlecht – schämte mich, daß ich den Burschen da für meinen Freund gehalten hatte, wo er doch nichts als der verzogene Sohn eines reichen Mannes war — ein Knabe, der gewöhnt war, Hahn im Korb zu sein und die anderen seinen Launen gefügig zu sehen.

So antwortete ich denn: »Nein, Sebastian, ich werde nicht davonlaufen. Wohin sollte ich übrigens gehen? Meine einzigen Freunde sind ein kleiner Hund und diese gute Büchse hier. Obwohl ein Fremder, stamme ich doch von einem standhaften Menschenschlag, und wenn ich einmal ein Verräter war, so ist einmal genug. Von nun an werde ich mit den Wölfen heulen; ich habe lange genug zu Euren Füßen wie ein Lamm geblökt. Mag sein, daß Wölfe eine neue Ordnung herbeiführen; Schafe werden das nie können, wie Ihr mir bewiesen habt.«

So trennten sich unsere Wege und ging unsere Freundschaft in Brüche. Sebastian verließ das Lager und kehrte heim, und ich vernahm auch bald den Grund für seinen Gesinnungswechsel. Sein Oberbefehl war angefochten worden; die kriegserfahrenen Soldaten hatten ihn satt bekommen und ihm bedeutet, das Maul zu halten und sich nicht in Dinge zu mischen, die er nicht verstehe. Als er aber nicht schweigen wollte, hatten sie ihn auf den Mund geschlagen und mit den Lanzenschäften verjagt. Daher weigerte er sich, noch länger mit Räubern gemeinsame Sache zu machen, und sagte ihnen ein schlimmes Ende voraus.

Als Sebastian weg war, bekam ich meinerseits Ulrich Schmid satt, der in der Tat ein langweiliger, weinerlicher Geselle war, und schloß mich Jürgen Knopf, dem Führer der Allgäuer an.

3

Besagter Jürgen Knopf war ein spindeldürrer Kerl, dessen großer Kopf auf einem dürren Nacken wackelte, als sei er voll Wasser. In seinem Hirn aber war keine Spur von Wasser; er wußte genau, was er wollte, und sein Überfall auf die Residenz des Fürstbischofs war kein unbesonnener Handstreich. Er wählte seine besten Leute aus und nahm einige Feldschlangen mit, die er in benachbarten Schlössern erbeutet hatte, dazu genug Pulver und Munition, um Breschen in die Mauern Seiner Hoheit zu schießen.

»Ich kenne den Gefängnisturm nur zu gut«, meinte er, als wir nebeneinander ritten, »und wäre einmal beinahe dort gehenkt worden. Seit hundert Jahren kämpfen die Bauern dieser Diözese um ihre Rechte und haben alles verloren. Der jetzige Bischof aber ist schlimmer als alle früheren. Er macht sich nichts daraus, einen Mann eigenhändig halb zu erwürgen und ihn beinahe zu Tode peitschen zu lassen. Nun will ich zur Abwechslung einmal *ihm* an die Gurgel. Das wird der glücklichste Tag meines Lebens sein; was dann mit mir geschieht, ist mir gleich.«

Dann neigte er sein schweres Haupt und sagte mit schlauem Lächeln: »Ich kann Euch im Vertrauen eröffnen, Michael Pelzfuß, daß ich Boten nach Thüringen und Böhmen gesandt habe und das beste Pferd in dieser ganzen Gegend unter meinem Stellvertreter nach Pavia und Mailand unterwegs ist, wo dieser mit Frundsbergs Landsknechten verhandeln soll. Das sind unsere Verwandten und Landsleute; sie müssen erfahren, was hier vorgeht. Wenn sie mit uns gehen, haben die Fürsten ausgespielt. Aber wir werden viel Geld brauchen, sie zu entlohnen, und dieses Geld will ich mir vom Bischof holen.

Ulrich Schmid ist ein Narr«, fuhr er fort. »Er versteht nicht, daß, wie die Dinge heute liegen, nur Morden, Gewalttat und Plündern unsere Streitkräfte zusammenschweißen können. Nichts bindet stärker als gemeinsame Verbrechen, denn da gibt es kein Zurück, und nur Folter und Galgen erwarten den, der die Waffen wegwirft und an der Fürsten Milde appelliert.«

In seinen Worten lag zweifellos ein wahrer Kern, obwohl mein Gewissen mir sagte, daß Mord, Brandlegung und Diebstahl kaum die geeigneten Mittel waren, Gottes Gerechtigkeit auf Erden herbeizuführen.

Ich erkannte, daß ich mich in fragwürdiger Gesellschaft befand. Doch wir näherten uns nun der Stadt, und beim Anblick jener wohlbekannten Türme, die in den blauen Märzhimmel ragten, brannte mir das Herz im Leibe, und ich verachtete meine Gesellen nicht mehr und meinte, Gott könne wohl auch unwahrscheinliche Mittel zu seiner Rache verwenden. Ein Jahr war vergangen, seit Barbara und ich im gelbgestrichenen Hexenkarren in diese Stadt eingefahren waren.

Von den Mauern fielen ein paar Schüsse, und weiße Rauchwölkchen hingen im Nebel. Jürgen Knopf aber hatte gut vorgebaut, denn Lehrlinge und ärmere Städter huben zur rechten Zeit auf dem Marktplatz zu rumoren an und jagten so dem Rat, der selbst den Bischof nicht sonderlich liebte, gehörigen Schrecken ein. Bevor wir noch einen Schuß abgegeben hatten, ließen die Ratsherren uns die Tore öffnen; sie schimpften auf Seine Hoheit und liehen uns sogar mehrere Feldschlangen zur Belagerung seines Palastes. Zu unserem Schmerz aber erfuhren wir, daß der Kirchenfürst die Stadt verlassen und in einer Festung auf einem nahen Berg Zuflucht gefunden hatte; seinen eigenen Schatz und auch die kostbarsten Klostergüter hatte er mitgenommen.

Der gute Jürgen Knopf aber ließ sich das nicht verdrießen. »Eins nach dem anderen«, meinte er und zog an der Spitze seiner Truppen zum Kloster, das ich so gut kannte. Hier ereignete sich ein Schauspiel von grimmigster Zerstörung, Räuberei, Fraß und Suff und Ausschweifung, wie ich es noch nie erlebt hatte. Zuerst rollten sie alle Bier- und Weinfässer aus den Kellern auf den Klosterhof, und als die Eindringlinge den ärgsten Durst gelöscht hatten, strömten sie in die Kirche und warfen die goldgestickten Meßgewänder und Altartücher auf den Boden. Der kostbare Reliquienschrein wurde erbrochen. Frauen stießen die heiligen Gebeine mit den Füßen vor sich her, und die mutigsten unter den Männern brachen die goldenen und silbernen Verzierungen ab und hämmerten sie flach. Mittlerweile leerten andere, mit Netzen bewaffnet, die Fischweiher. Die erlesensten Holzschnitzereien und Statuen wurden zu Brennholz zerhackt, und bald sotten die großen Karpfen in Weihwasserbecken und Taufbecken, die man in den Hof hinausgetragen hatte. Aber das trockene Holz brannte wie Zunder, und Trunkene stürmten die Klosterbibliothek, um mit kostbaren Büchern, Manuskripten und zahllosen Pergamentrollen ihr Feuer zu schüren.

Als ein weißhaariger alter Mönch sah, was diesen seltenen Schriften widerfuhr, geriet er so in Wut, daß er ein Kruzifix von der Wand riß und auf die Plünderer eindrang. Die Tränen liefen ihm über die Wangen. Er hieb auf sie ein, während er alle Heiligen um Beistand anflehte. Es gelang ihm, einige von ihnen abzuwehren, denn sie waren im innersten Herzen gute Kerle und wollten ihn nicht verletzen, wenngleich sie über seinen heiligen Eifer lachten. Als aber Jürgen Knopf davon hörte, stürzte er in die Bibliothek und fällte den Alten mit einem einzigen Schwerthieb, so daß er in seinem Blut lag. Nun hielt nichts mehr die betrunkenen Soldaten ab, die Ketten, mit denen die Bücher an den Pulten befestigt waren, zu brechen. Die Brüder flohen entweder oder boten geschäftig ihre Dienste an, bekannten sich als geheime Anhänger Luthers und erklärten ihren Entschluß, so früh wie möglich das Kloster zu verlassen und Frauen zu nehmen.

Die Ausschweifungen und sinnlosen Zerstörungen widerten mich an; mit diesen Wölfen konnte ich nicht heulen. Ich durchschritt die Kreuzgänge und ging ruhlos von einem Lagerfeuer zum anderen. Der Abschaum der Stadt hatte sich ins Kloster ergossen, um sich seinen Anteil an der Beute zu sichern. Einige entkleideten sich splitternackt, warfen sich in Meßgewänder und Dalmatiken und stolzierten zu Pfeifen- und Trommelklang einher. Es herrschten unbeschreibliches Getöse und Durcheinander.

Abseits an einem Feuerchen saß ein bedächtiger alter Bauer. Er besah die Malereien in einem alten Missale. Ich setzte mich zu ihm, weil er ruhig und nicht zu betrunken war. Sein Feuer hatte eine holzgeschnitzte Madonna teilweise verschont, deren trautes, unschuldiges Gesicht, das Künstlerhände vor Jahrhunderten gebildet hatten, mich aus verkohlten Augen vorwurfsvoll ansah.

Seit Jahrhunderten hatte dieses Kloster seine Schätze angehäuft und gepflegt. Des Menschen Hoffnung auf Vergebung und Erlösung hatte die besten Bildhauer, Maler, Silberschmiede, Weber und Sticker angespornt, die heilige Stätte zu schmücken. Und in einer einzigen Nacht hatte ein Haufen unwissender, blindwütiger Bauern alles vernichtet. Ich konnte mir das nur so erklären, daß die Kirche verweltlicht war und Gott die Menschen zu ihrem ursprünglichen, einfachen Glauben an die Erlösung allein durch Christi Blut, ohne die Vermittlung habgieriger Priester und Mönche oder eitler Bildwerke und Reliquien, zurückführen wollte. Als ich aber das erbärmliche Benehmen dieser Bauern beobachtete, konnte ich mich des Gefühls nicht erwehren, Gott hätte bessere Apostel finden können.

Der Bauer neben mir begann die Bilder aus seinem Missale zu reißen und meinte: »Ich bin ein einfacher Mann und kann weder lesen noch schreiben; auch sollte man alle Bücher, ausgenommen die Bibel, lieber verbrennen; aber diese Malereien sind schön, und ich will sie meinen Kindern heimbringen, damit sie auch Bilder ansehen können wie die Fürstenkinder.«

Er faltete sie sorgfältig zusammen und steckte sie in die Börse an seinem Gürtel, warf dann das Missale in das verlöschende Feuer und stieß mit dem Fuß das hölzerne Antlitz der Madonna nach.

»Laßt uns in Gottes Namen schlafen«, sagte er. Dann bekreuzigte er sich und legte sich auf den Boden; den Sack mit seinem kargen Proviant und seiner Beute verwendete er als Kopfkissen.

Am nächsten Tag drangen sie in den Palast des Bischofs ein und plünderten ihn nach kaum nennenswertem Widerstand. Ja, die Wachen machten bald freudig gemeinsame Sache mit den Bauern, aus Angst, mit des Bischofs Farben auf dem Leib würden sie niemals lebend durch das aufgestörte Land entkommen, selbst wenn es ihnen gelang, aus der Stadt zu fliehen.

Jürgen Knopf war erbittert, als er die Schatztruhen leer und die meisten Wertgegenstände nicht mehr vorfand. »Nun müssen wir um jeden Preis jenes Rabennest überfallen und einnehmen, denn wir können nie hoffen, unsere Verwandten in der kaiserlichen Armee für uns zu gewinnen, wenn wir sie nicht reichlich entlohnen können.«

Er sammelte seine Streiter und ließ seine Geschütze auf den Hügelkamm ziehen. Die Kanoniere richteten ein schweres Bombardement gegen die schwächste Stelle in der Mauer. Trotz ihres gewaltigen Aussehens waren diese Mauern aus weichem Stein und bröckelten leicht ab. Allein des Bischofs Kanoniere und Armbrustschützen erwiderten unser Feuer. Als die Angreifer die Kugeln pfeifen hörten und den Staub aus den Furchen, die sie im Boden gerissen hatten, aufwirbeln sahen, zögerten sie und hätten gern von diesem Wespennest abgelassen, um ergiebigere Jagdgründe aufzusuchen.

Ich stand unter den anderen Arkebusieren, trieb meine Büchsengabel in den Boden, lud und feuerte mehrere Schüsse ab, obwohl meine Waffe so heftig stieß, daß ich fürchtete, sie würde mir die Schulter ausrenken. Des Kugelregens nicht achtend, erschien der Fürstbischof in silberglänzender Rüstung auf dem Wall. Er stampfte und brüllte und stieß so fürchterliche Verwünschungen aus, daß wir schon Schwefel zu riechen meinten. Wir trafen ihn nicht, obwohl die Kanonen und Arkebusen zusammen etwa zehn Schuß abfeuerten. Jürgen Knopf gefiel des Fürstbischofs Grimm gar wohl; er meinte, das sei ein Zeichen, daß er in die Enge getrieben sei.

Er sandte dann einige Reisige und Lakaien Seiner Hoheit ins Schloß hinauf, um seine Aufforderung zur unverzüglichen Übergabe zu überbringen; die Belagerer, so erklärte er, seien nur die Vorhut. Zehntausend Pikeniere und schweres Belagerungsgeschütz aus der Eidgenossenschaft seien unterwegs. Er hieß die Herolde auch sagen, Frundsberg habe sich mit den Bauern vereinigt, die Fürsten seien entflohen und Jürgen von Truchseß' Truppen seien bis auf den letzten Mann geschlagen. Würde das Schloß nicht sogleich übergeben, so könne Jürgen Knopf nicht für das Leben der Verteidiger einstehen, denn die erzürnten Bauern würden gewiß so grausame Rache üben, daß niemand verschont bliebe.

Die Boten machten ihre Sache gut, denn in jener Nacht brach im Schloß eine Meuterei aus. Wir hörten Lärm und einige Schüsse; dann fiel die Zugbrücke donnernd herab. Es war den Meuterern gelungen, die Ketten zu beschädigen, so daß die Brücke nicht wieder hochgezogen werden konnte. Doch brachte es der Bischof fertig, die Ordnung wiederherzustellen, und am nächsten Morgen flog eine Anzahl Leichen in den Schloßgraben.

Die herabgelassene Zugbrücke hatte jedoch das Tor freigegeben, und die Stückmeister versuchten, ihr Feuer darauf zu richten. Es war aber ein gutes Stück innerhalb des Torbogens eingebaut, und die Vorwerke hinderten uns daran, unsere Geschütze weiter nach vorne in bessere Stellungen zu schaffen.

Jürgen Knopf murmelte: »Wenn wir nur einen Tapferen unter uns hätten, der eine Petarde an das Tor nagelte, so gehörte die Festung heute noch uns. Ich will tausend Gulden von des Bischofs Geld dem geben, der dort eine Petarde anbringt und abfeuert — und tausend Gulden sind mehr Geld, als ihr alle je gesehen habt. Die Sache wäre schneller vorbei, als man ein Credo beten kann. Das ist die Gelegenheit eures Lebens, gute Freunde und tapfere Soldaten!«

Aber die alten Krieger schüttelten die Köpfe und lachten: »Tausend Gulden nützen einem Toten nichts, wie du wohl weißt, Jürgen Knopf, du alter Fuchs!«

Ich hatte während dieses Gesprächs einen Bauern betreut, dem eine Kanonenkugel das rechte Bein am Oberschenkel abgetrennt hatte. Sein Gesicht war aber schon blaugrau, und ich wußte, daß er im Sterben lag; so mischte ich mich unter die Soldaten.

»Was ist eine Petarde?« fragte ich.

»Stellt Euch einen eisernen Kessel vor«, erwiderten sie, »der natürlich viel stärker ist als ein gewöhnlicher. Ihr füllt ihn mit Pulver und befestigt an den Henkeln quer über dem Kessel eine starke Eichenplanke. Dieses Brett hat Löcher an beiden Enden, durch die man große Nägel in das Tor schlägt, so daß die Petarde daran wohl befestigt ist. Dann brennt Ihr den Zünder an, und das Tor fliegt in Stücke.«

Ich trat an Jürgen Knopf heran.

»Wollt Ihr mir wirklich tausend Gulden geben, wenn ich jenes Tor in die Luft sprenge?«

Er sah mich von der Seite an und wiegte seinen schweren Kopf hin und her, schwor aber beim heiligen Blut, sein Versprechen zu halten, wenn ich die Petarde anbrächte und den Zünder ansteckte. Die alten Soldaten scharten sich um mich und priesen um die Wette meinen Mut; ich erkannte aber, daß sie mich für verrückt hielten und überzeugt waren, ich würde nicht zurückkehren. Ich aber hatte meine besonderen Gründe, es zu versuchen. Als jener stämmige Bauer in meinen Armen seinen letzten Seufzer tat und mit seinen Schwielenhänden an seiner Brust zerrte, hatte ich eine Offenbarung. Ich hatte nach den vielen Sorgen und den widerstreitenden Gedanken, die mich an den Lagerfeuern im Klostergarten heimgesucht hatten, das Leben satt. Ich hatte mich selbst satt, und hier bot sich, wie mir schien, eine Gelegenheit, Gott selbst über mein ferneres Schicksal entscheiden zu lassen. Wenn es Seine Gerechtigkeit nicht gab, so galt mir Leben und Sterben gleich, war ich doch dann nicht mehr als ein seelenloses Tier.

Aber ich hatte heillose Angst. Das Pfeifen jeder einzelnen Kugel ließ mich verstört beiseite springen, und mir brach der Angstschweiß aus, wenn ich das Schloßtor und den Rauch, der aus den Türmen zu beiden Seiten emporstieg, auch nur betrachtete.

Als die Kanoniere erkannten, daß es mir ernst war, liefen sie zu ihren Wagen und holten mir eine Petarde. Sie hatten drei mitgebracht. Die eine, die sie auswählten, war überaus schwer, aber ganz einfach konstruiert. Die Kanoniere maßen eine kurze Zündschnur ab, die so lang brennen würde, als man brauchte, um eilends ein Vaterunser zu beten, um mir Zeit zu geben, vor der

Explosion davonzukommen. Jürgen Knopf versprach, er wolle seine tapfersten Männer mit einem eisenbeschlagenen Rammbalken bereithalten, die sogleich vorstürzen und die Reste des Tores zertrümmern sollten.

Ein freundlicher Söldner begann Harnisch und Beinschienen abzuschnallen, damit ich sie anlege und vor dem feindlichen Feuer einigermaßen geschützt sei. Ich hatte aber das Gewicht der Petarde geprüft und erkannt, daß das allein schon beinahe mehr war, als ich tragen konnte. Meine einzige Hoffnung, durchzukommen, lag in einem todesverachtenden Lauf auf das Tor. Ich steckte einen kurzen Schmiedehammer und zwei große Eisennägel in den Gürtel, nahm die brennende Lunte zwischen die Zähne, hob die Petarde auf und rannte aus den Geschützstellungen auf den Eingang zu.

Ich hatte nur etwa einhundertfünfzig Schritte zu laufen; gebückt unter meiner Last, schien mir der Weg lang genug. Auf halbem Weg war ich außer Atem, der Puls hämmerte mir in den Schläfen, und oben von den Mauern kam das pausenlose feindliche Feuer, da die Verteidiger mich aus allen Waffen, die sie einsetzen konnten, beschossen. Rings um mich wirbelte der Staub auf, aber mehr als Pulver und Kugel fürchtete ich die Pfeile, die mich wie Hornissen umschwärmten, denn mit der Armbrust zielt man weit genauer als mit der Hakenbüchse.

Jürgen Knopf und seine Männer aber richteten schweres Feuer gegen die Wälle, um die Verteidiger abzulenken und außer Gefecht zu setzen, und ich erreichte zu meinem Erstaunen den Eingang und konnte mich kriechend in Sicherheit bringen, wie ich dachte. Als ich eben den schützenden Torbogen erreichte, schütteten die Männer von oben Kessel voll siedenden Bleis herab, wovon einige Tropfen vom Boden wegspritzten und mir die Beine verbrannten. Ich war aber so erschrocken, daß ich dies erst viel später bemerkte, obwohl jene Bleitropfen mich auf Lebenszeit versengten.

Als ich das Tor näher untersuchte, bemerkte ich zu meinem Entsetzen, daß die Mauer zu beiden Seiten Schießscharten aufwies. Als ich die Petarde aufhob, um sie ans Tor zu nageln, schob sich der Lauf einer Hakenbüchse heraus und richtete sich auf mich. Ich ließ die Petarde fallen und warf mich an die Mauer neben dem Schlitz, als der Schuß auch schon erdröhnte. Da erschien ein zweiter Lauf in der Schießscharte gegenüber.

Ich sprang von einer Seite zur anderen, und der kalte Schweiß brach mir aus allen Poren. Allmählich aber wurde ich des Spieles überdrüssig und dachte, wie erbärmlich es um mich bestellt sein mußte, wenn ich Gottes Ratschluß so zu entkommen trachtete. Ich ergriff aufs neue meine Petarde und nagelte sie, ohne umzublicken, mit donnernden Hammerschlägen ans Tor. Die Angst verlieh meinem Arm solche Kräfte, daß die Nägel in das feste Holz wie in Butter eindrangen. Ein Schuß von hinten riß ein faustgroßes Loch neben meinem Kopf in das Tor. Ich nahm die brennende Lunte aus dem Munde und brannte den Zünder an. Als er knisterte und mir die Schwefeldämpfe zu Kopfe stiegen, bekreuzigte ich mich und stürzte ins Freie hinaus.

Ich glaube, niemand hatte erwartet, mich lebend herauskommen zu sehen, denn ich lief fünfzig Ellen weit, bevor jemand auf mich feuerte. Da gab es einen Krach, lauter als jeder Kanonenschuß, und Jürgen Knopfs tapfere Leute rannten mir entgegen, einen Rammbock zwischen sich und gefolgt von einer Schar Pikenieren und Arkebusieren, alle brüllend vor Angst und Wut. Ich mußte umkehren und wie ein gehetztes Wild wieder zum Eingang laufen, um nicht niedergetrampelt zu werden. Das tat ich gar widerstrebend, meinte ich doch, Schonung verdient zu haben. Von den Türmen des Torhauses regnete es geschmolzenes Blei und siedendes Pech, und die Männer am Rammbock stießen Angst- und Schmerzensschreie aus. Mir aber blieb nichts übrig, als blindlings vor ihnen herzulaufen, als führte ich den Angriff an, während ich doch in Wahrheit nichts anderes wollte, als ihnen aus dem Weg gehen,

Die Petarde hatte die eisenbeschlagenen Balken weggerissen, und wenige Stöße mit dem Widder beseitigten die Doppeltüren und gaben den Blick auf den Hof frei, der als heller Fleck am Ende des gewölbten Ganges sichtbar wurde. Jauchzend ließen die Männer den Rammbock fallen und stürzten durch die Einfahrt, und ich mit ihnen. Es blieb uns auch keine andere Wahl, folgten uns doch die scharfen Piken auf dem Fuß. Wir hatten jedoch kaum den Hof erreicht, als wir hinter uns ein furchtbares Krachen vernahmen. Ein starkes, eisernes Fallgitter war niedergegangen, und wir saßen in der Falle. Da wir nicht zurückkonnten, waren wir dem Kugel- und Pfeilregen aus allen hofseitigen Fenstern ausgesetzt. Hinter uns donnerten die Pikeniere vergeblich an das Gitter; von den etwa zwanzig Mann, die in den Hof eingedrungen waren, lagen einige zehn in ihrem Blut, bevor man auch nur einen Segen sprechen konnte. Im nächsten Augenblick erschien der Bischof, befahl seinen Leuten, nicht weiter Pulver und Kugeln zu vergeuden, und schrie uns zu, die Waffen niederzulegen.

Ich besaß keine, die ich hätte weglegen können, brüllte aber zurück: »Wir denken nicht daran, die Waffen niederzulegen, mein lieber Herr Bischof. Das müßt Ihr tun, wenn Ihr Euer kostbares Leben retten wollt, denn wir wollen nicht die Hand gegen den Gesalbten des Herrn erheben. Ich aber kann diese ehrenwerten Männer nicht mehr lange zurückhalten; sie verlangen nicht mehr, als daß Gottes Gerechtigkeit herrsche. Euer Widerstand hat sie in helle Wut versetzt; hört nur, wie sie hinter mir gleich wilden Tieren brüllen!«

Der gute Fürstbischof stampfte mit dem Fuß auf und schrie: »Ich werde Euch Gottes Gerechtigkeit eintränken! Ihr sollt hängen, Mann für Mann! Aber wer bist du, Bursche? Dein Gesicht scheint mir bekannt!«

Ich sah, daß der gute Bischof Angst hatte; er hätte sich sonst nicht in einen Wortwechsel mit mir eingelassen.

Kühn rief ich zurück: »Ich bin Michael Pelzfuß, und Ihr wißt, guter Herr Bischof, ich könnte Euch kein Leides tun! Daher eilte ich vor diesen todesverachtenden Männern herein, um Euer Leben zu retten, wenn ich könnte. Macht diesem grimmigen Gemetzel ein Ende, ehrwürdigster Herr, und ich schwöre Euch bei allem, was heilig ist, Ihr sollt in Frieden abziehen, ohne daß Euch ein Haar gekrümmt wird.«

Die anderen armen Teufel im Hof, die noch lebten, gaben ihre Zustimmung kund und versprachen, er und seine Leute sollten samt ihrem Hab und Gut abziehen. Meine Unverfrorenheit gab dem Bischof ohne Zweifel zu denken, und während er noch überlegte, begannen seine Wachen zu murmeln, die Bedingungen seien vernünftig, und sie wollten es nicht mit Frundsberg zu tun bekommen, wenn der wirklich zu den Bauern gestoßen sei.

Kurz gesagt, seine Hoheit übergab die Festung, sobald Jürgen Knopf unsere Bedingungen anerkannt hatte. Knopf war wütend, daß er seiner eigenen Rache am Bischof beraubt wurde, aber die

Männer, die sich an das Fallgitter drückten, waren ebenso froh wie ich, lebendig davonzukommen, denn zwei oder drei Kanonenschüsse aus dem Hof durch das Gitter hätten uns allesamt vernichtet.

So eroberte Jürgen die Festung und damit unermeßliche Beute. Die persönliche Habe des Bischofs setzte er auf nur zehn Silberbecher, zweihundert gemünzte Gulden und zwei Pferde an, deren eines mit des Bischofs Federbett und Bettzeug beladen wurde. Als Seine Hoheit von dieser Auslegung unserer Bedingungen erfuhr, tobte er und rang nach Atem. Ja, er lief im Gesicht so blau an, daß sein Arzt es für klug hielt, ihn an Ort und Stelle zur Ader zu lassen; er tat dies mit Hilfe zweier stämmiger Kerle, die Seine Hoheit festhielten. Dann wurde er in den Sattel gehoben und durfte von dannen reiten, gefolgt von seinen Soldaten, deren Gepäck, Weiber und Kinder auf Wagen die Nachhut bildeten. Pfeifen erklangen, Trommeln ertönten, und aus den Feldschlangen der Bauern fielen Freudensalven. In den Augen der Reisigen des Bischofs war die Sache für beide Seiten ehrenvoll beigelegt worden.

Ich weiß nicht, wieviel Geld und andere Schätze Jürgen Knopf erbeutete, denn er nahm nur zwei seiner vertrautesten Leute mit sich in die Schatzkammer unter dem Hauptturm. Als seine Leute zu murren begannen, verteilte er an jeden drei Gulden, was dem Vorschuß eines Söldners entsprach, während jene, die in den Hof eingedrungen und lebend davongekommen waren, sechs erhielten. Das beschwichtigte die Männer, und sie trollten sich, um zu essen und zu schlafen. Ich aber ging zu Jürgen Knopf und heischte die versprochenen tausend Gulden.

Er wich meinem Blick aus und seufzte: »Michael Pelzfuß, ich fürchte, Ihr überschätzt, wie alle anderen, des Bischofs Reichtum bei weitem; Ihr dürft auch nicht vergessen, daß wir mehr als dreißigtausend Gulden brauchen, um zehntausend Söldner zu entlohnen. Daher kann ich Euch die ganze Summe nicht sogleich ausfolgen. In Anerkennung Eures Mutes aber sollt Ihr unverzüglich fünfunddreißig Gulden haben, dazu eine schriftliche Anweisung auf den Rest, die ich Euch ausbezahlen will, sobald die neue Ordnung in Kraft ist und Gottes Gerechtigkeit auf Erden herrscht.«

Erbittert über diese Antwort und über die Brandwunden an

meinen Beinen, die nun wie rasend schmerzten, schmähte ich ihn, hieß ihn einen meineidigen Lumpen und forderte wenigstens die Hälfte des Geldes auf der Stelle. Nach vielem Schimpfen und erbittertem Wortgefecht entrang ich ihm hundert Gulden, die Hälfte davon untergewichtig, und dazu eine schriftliche Anweisung auf weitere neunhundert, begleitet von der Mahnung, auf Gott zu vertrauen. Ich habe nie erfahren, was aus dem gesamten Schatz des Bischofs geworden war, denn Jürgen Knopf konnte nur einen Bruchteil davon zur Anwerbung von Söldnern aufgewendet haben, und als man ihn enthauptete, war der Schatz spurlos verschwunden. Allein ein Sperling in der Hand ist besser als eine Taube auf dem Dach, wie die gute Mutter Pirjo zu sagen pflegte, und Knopf gab mir zum Zeichen seines guten Willens noch ein leidlich gesundes Pferd aus des Bischofs Stall. Bei Tagesgrauen, als die hellen Sterne der Sommernacht noch am Himmel standen, ritt ich mit der Botschaft von unserem großen Sieg und der schmählichen Flucht des Bischofs nach Baltringen zurück.

4

Aber Ulrich Schmid war über meine Botschaft nicht sonderlich erbaut; sein Glaube war ins Wanken geraten. Gewalt erzeuge Gewalt, meinte er, und Jürgen Knopf würde durch das Schwert, zu dem er gegriffen habe, umkommen. Ich wurde seiner bald überdrüssig, kehrte in mein Quartier zurück, führte mein Pferd in den Stall und humpelte auf meinen versengten Beinen die schmale Treppe zur Dachkammer empor, die ich glücklicherweise für mich allein hatte behalten können. Meine Wirtin, die biedere Witwe eines Gewürzhändlers, deren Obhut ich meinen Hund anvertraut hatte, hatte mir versprochen, keinen ungebetenen Gast in meine Kammer einzulassen. Man kann sich daher meine Entrüstung ausmalen, als ich eintrat und einen fremden Söldner auf meinem Bett hingestreckt fand, der mit offenem Munde schnarchte. Er trug bunte geschlitzte Hosen; sein Wams stand offen und ließ die behaarte Brust sehen. Selbst im Schlaf umfaßte die eine Hand den Schwertknauf, die andere umklammerte die Börse. Mein Hund lag zusammengerollt auf des Mannes Bauch und erhob sich nicht, mich zu grüßen, sondern wedelte nur mit dem Schweif und blinzelte mir zu, als wolle er sagen, es schicke sich nicht, des Kriegers Ruhe zu stören. Ich erkannte den Schlafenden nicht, obwohl sein breites, einfältiges Gesicht mich bekannt dünkte; in meiner Entrüstung schüttelte ich ihn barsch, um ihn zu wecken. Als er erwachte, redete er in vielen Sprachen, gab einen Feuerbefehl und fluchte auf spanisch.

Als er aber ganz zur Besinnung kam, setzte er sich auf den Rand des Bettes, sah mich an und sprach: »Michael Pelzfuß, mein Bruder! Du lebst also. Warum humpelst du wie ein lahmes altes Weib?«

Nun gingen mir die Augen auf, und ich erkannte Andy, den ich so schmerzlich vermißt und totgeglaubt hatte. Ich weinte vor Freude und umarmte ihn, und er nahm mich wie einst in seine Bärenpranken, daß ich mich krümmte und er mir schier die Rippen brach. Er war größer und breiter geworden; seine ganze Erscheinung hatte etwas von der brutalen Roheit des Söldners angenommen; allein er blickte mich wie einst aus seinen schläfrigen grauen Augen an, und das Haar stand ihm wie gewöhnlich zu Berg. Er sprach nur stockend finnisch und mischte viele fremde Brocken darein; auch ich sprach keineswegs fließend, waren doch viele Jahre vergangen, seit ich in meiner Muttersprache geredet hatte.

»Gott sei gelobt, daß du wieder wohlbehalten bei mir bist!« rief ich. »Nun kann ich für dich sorgen und zusehen, daß du nicht mehr Unfug treibst – und ich habe Geld, so daß es dir an nichts fehlen wird. Wie du diese ganze Zeit über ohne mich zurechtgekommen bist, kann ich mir nicht denken.«

Aber Andy schüttelte stolz seine pralle Börse und sagte: »Ich bin nicht als armer Teufel zurückgekommen. Als ich von den Unruhen in Deutschland hörte, machte ich mich sogleich aus dem kaiserlichen Lager auf, um dich zu suchen, denn meine dreijährige Dienstzeit war um, und der Kaiser schuldete mir mehr als ich ihm. Einen so bettelarmen Kaiser wie diesen hat es nie gegeben! Er schuldet nicht nur allen Königen und Fürsten Europas Geld, sondern auch dem gemeinsten Pikenier und Maultiertreiber in seinem Heer. Sei dem wie immer, ich habe Glück gehabt und kann nicht klagen. Bin froh, daß ich von dem Schlamassel hier hörte, bevor ich all mein Geld versoffen hatte. Ich bin gekommen, weil ich wußte, daß ein frommer Wirrkopf wie du mitten im Hexenkessel landen würde – und nun kann ich dich herausziehen.«

»Du bist so dumm, wie du aussiehst, Andy«, versetzte ich. »Du verstehst nichts davon. Die armen Bauern und Handwerker hierzulande haben sich wie ein Mann erhoben, um eine neue Ordnung auf Grund von zwölf ausgezeichneten Artikeln zu errichten, die ich dir jetzt nicht aufzählen will. Du würdest sie doch nicht verstehen. Ich will dir nur versichern, sie sind vortrefflich; ich selbst half mit, sie aufzusetzen. Gottes Gerechtigkeit soll auf dieser Welt wahr gemacht werden, wenn nötig mit Gewalt, und ich freue mich, daß du gekommen bist, die gute Sache zu unterstützen.«

Andy gähnte und kratzte sich hinterm Ohr.

»Schön; du bist ein Gelehrter und in diesen theologischen Dingen gut beschlagen. Ich habe auf meinem Weg durch das Land auf der Suche nach dir nur bemerkt, daß diese neue Ordnung ihren Schöpfern anscheinend über den Kopf gewachsen ist. Viele, die sich als ihre Vorkämpfer ausgeben, sind alles eher als gute Leute. Eine Teufelsbrut. Ich möchte dich lieber nach Italien mitnehmen, wo die Bäume goldene Früchte tragen.«

Er meinte es gewiß gut. Ich lächelte mitleidig und sagte: »Wir wollen nicht streiten, sondern einander lieber unsere Abenteuer erzählen. Ich bin neugierig zu hören, was du alles unternommen hast und wie du es so weit gebracht hast. Und ich werde dir von meinem Unglück erzählen, damit du erkennst, ich bin nicht mehr derselbe wie damals, als wir uns trennten.«

Doch bei dem Worte »weit gebracht« sah Andy düster drein und entgegnete: »In jedem Becher schwimmt ein Wermutstropfen, und damit meine ich nicht Strapazen, Entbehrungen, Kälte, Hunger, Fieber und Wunden. Die sind in kaiserlichen Diensten unvermeidlich. Ich meine etwas anderes; doch davon später. Du aber brauchst mir von deinen Kümmernissen nichts zu erzählen; ich erfuhr alles auf meinem Weg von Memmingen nach Baltringen auf der Suche nach dir. Ich kenne das Schicksal deines Weibes und teile deinen Schmerz, wenngleich es mich nicht überraschte. Jedermann, ausgenommen ein Argloser wie du, sah, daß sie eine Hexe war. Ich höre auch, du bist ein Anhänger von Luthers Lehre und ein Aufwiegler geworden. Daher hast du mir nichts Neues zu berichten und läßt besser mich reden, da ich dir viel Lehrreiches mitzuteilen habe. Wir könnten uns ebensogut eine Erfrischung gönnen, denn meine Geschichte wird bis zum Abend dauern.«

Solcherart an meine Wirtspflicht gemahnt, eilte ich, meine Müdigkeit vergessend, die Treppe hinab und traf des Gewürzhändlers Weib in der hinteren Küche, wo sie eben frischgebackenes Brot aus dem Ofen nahm. Sie war über die Maßen erbost und gluckte wie eine Henne.

»Meister Michael, guter Herr, ich will von Eurem Freund, der bezahlt, was er trinkt, und gar gesittet zu reden weiß, nichts Schlimmes denken. Aber ich kann ihm nicht erlauben, diese fremdländische Schlampe in mein ehrbares Haus zu bringen. Sie redet eine heidnische Sprache, ist unverschämt, trägt Gewänder, die ihr nicht zukommen, und auf dem Kopf Federn statt der zwiegehörnten roten Kappe, die sie verdient. Diese Schande muß ein Ende haben, und ich hoffe, Euer Freund wird bald zur Vernunft kommen und die Dirne zum Teufel jagen.«

Über ihre Bemerkungen baß erstaunt, rief ich Andy herunter und fragte ihn aus. Er bekreuzigte sich fromm und sagte: »Ich möchte gerade so gern einen Sack voll Wildkatzen bändigen; im Augenblick möchte ich nicht von ihr sprechen und mir dadurch den Appetit verderben. Sie ist der Wermutstropfen im Becher meiner Freuden.«

Er leerte einen Humpen Bier in zwei Zügen und bestellte noch einen.

»Doch sollte man Wermut nicht schmähen«, setzte er hinzu. »Die Italiener brauen ein starkes Getränk aus Wein und Wermut, das schon viele von Magenkrämpfen und Schüttelfrost kuriert hat.«

Ich ermahnte ihn eindringlich, seine Gier nach Bier und Wein zu bezähmen, und erinnerte ihn an die schlimmen Folgen, aber er widersprach mir rundheraus.

»Es ist klar, du hast nie an einem richtigen Feldzug teilgenommen«, bemerkte er. »Ein guter Soldat trinkt niemals Wasser, sondern gibt, wenn nötig, seinen letzten Stüber für Wein oder Bier aus. Ich habe allzu viele Kameraden dahinsiechen und sterben sehen, weil sie abgestandenes Wasser getrunken hatten. Mein Rottmeister traute weder Seen noch Tümpeln noch Flüssen; aber wenn du schon Wasser trinken mußt, so trinke es heiß und mit

Kräutern darin. Diesen guten Rat gebe ich dir weiter, Michael, denn du willst unter die Soldaten, wie es scheint, und in der Stadt haben sich solche Scharen angesammelt, daß uns bald die Pest heimsuchen und die Wassertrinker dahinraffen wird.«

Er sagte dies mit tiefem Ernst, und ich mußte ihm glauben, denn von solchen Dingen verstand er mehr als ich. So trank ich zum Mahle Bier und Wein, und bald saßen wir gar fröhlich zusammen, schlugen einander auf die Schulter und scherzten mit der Witwe des Gewürzhändlers. Sie war höchst freigebig, setzte uns immer wieder neue Speisen vor und bekreuzigte sich vor Staunen über Andys Appetit. Als er den ärgsten Hunger gestillt hatte, hub er an zu erzählen.

»Gott segne unsere gute Wirtin und lohne ihr die Mühe! Ich hatte Oliven und Eselfleisch schon sattbekommen. Zuerst muß ich ein Wort über die Weltpolitik vorausschicken, denn du, Michael, weißt von himmlischen Dingen mehr als von irdischen. Ich aber mußte wohl oder übel einiges davon lernen, denn ein Soldat muß wissen, für wen er seinen Schwertarm verkauft und den Hals riskiert. Deshalb gibt es keinen besseren Ort als ein abendliches Lagerfeuer, um von Kaisern und Königen und ihren Taten zu plaudern, und ich habe aus solchen Gesprächen viel Nützliches gelernt.«

Er leerte ein großes Weinglas, das in seiner stämmigen Pranke ganz verschwand, und bat unsere Wirtin, ihm ein größeres zu holen.

Dann fuhr er fort: »Also, wie du dich entsinnen wirst, trat ich in kaiserliche Dienste und dachte, ich täte klug daran, da unser guter Herr, Kaiser Karl der Fünfte, der größte Herrscher auf Erden ist, Österreich, Neapel, Spanien und die Niederlande besitzt, um nur einige zu nennen, und daneben noch Kaiser von Deutschland, Indien und von Amerika jenseits des Ozeans ist. Und wenn alle Geschichten von der Neuen Welt wahr wären, so wäre er der reichste Mann der Welt. Aber er leidet an immerwährendem Geldmangel. Das beweist, daß die Spanier, welche jene Märchen aus der Neuen Welt mitbringen, die größten Lügner sind, die man je gesehen hat. Ihm kann sich kein anderer Fürst vergleichen, ausgenommen vielleicht Franz von Frankreich – den ich gar wohl kenne, weil ich an seiner Gefangennahme bei Pavia teilnahm – und Heinrich VIII. von England, der durch den Wollhandel reich geworden ist.«

Hier leerte er den zweiten Humpen, wischte sich den Mund und fuhr fort: »Die deutschen Fürsten sind nicht der Rede wert, denn hier schießen Fürsten und Grafen, Bischöfe und Freie Städte allerorten wie die Pilze aus dem Boden. Der Erzherzog Ferdinand, der Bruder des Kaisers, ist der einzige, der unter ihnen hervorragt. Der große Sultan Suleiman, Herr der Türkei, ist ein eigenes Kapitel, und ich will von ihm nur erwähnen, daß böse Zungen von einem Bündnis zwischen ihm und dem französischen König sprechen, das gegen den Kaiser gerichtet sei.«

Das erregte meinen Unwillen, und ich fiel ein: »Als ehemaliger Student der Universität Paris – einer Stadt, die auf der Welt nicht ihresgleichen hat – und Freund Frankreichs möchte ich solche Reden ein für allemal als Lügen und Bosheit brandmarken. Wir sollten es einem edlen, ritterlichen König, der dem Kaiser so tapfer die Stirn bot, dadurch nicht noch schwerer machen; und er bot ihm die Stirn, weil es gewiß nie Gottes Ratschluß war, daß ein Mensch die ganze Welt beherrschen sollte.«

Andy hieb mit einem Wonneschrei die Faust auf den Tisch.

»Du hast den Nagel auf den Kopf getroffen, Michael – darum stehen die beiden auch wie Hund und Katze zueinander und sind uneins, seitdem sie um die Kaiserkrone stritten. Frankreich ist der reichste und mächtigste Staat Europas und das einzige Hindernis für die Ausbreitung der kaiserlichen Macht. Doch nun muß ich die Lage in Italien erläutern. Das ist ein Land, das keinen Herrn über sich dulden will. Der Kaiser und der König von Frankreich haben nie aufgehört, um das Herzogtum Mailand und die fruchtbare Provinz Lombardei zu ringen, aus der ich eben komme. Venedig, Mailands Nachbar, spielt heute dank seiner Besitzungen die Hauptrolle in Italien, obwohl wir den Papst nicht vergessen dürfen, der als Medici sowohl Rom als auch Florenz beherrscht. Ferner ist da das Königreich Neapel, das dem Kaiser gehört, aber auf Grund eines Erbrechts vom Franzosenkönig beansprucht wird.«

»Dies alles macht mich schwindlig im Kopf«, wandte ich ein. »Erzähl uns, was du selbst gesehen und gehört hast. Ich kann nur eines sagen: sowohl der Kaiser als auch der König handeln verbrecherisch, indem sie einander bekriegen, während doch alle ihre Erbschaftsansprüche auf gesetzlichem Wege bereinigt werden könnten, so daß beiden Teilen Gerechtigkeit widerfährt.«

Andy lachte herzlich.

»Die Fragen ihrer Erbschaft und der Bündnisse und Abmachungen ihrer Vorfahren sind so verwickelt, daß nicht einmal der Teufel selbst sie zu entwirren vermöchte, und viele gelehrte Juristen haben darüber den Verstand verloren und sind Mönche geworden. Kaiser und Könige erkennen nur das Recht der Gewalt an; wer die größere Anzahl von Pikenieren, Arkebusieren, Reiterei und Geschützen aufbringt, gewinnt den Prozeß. Das Herzogtum Mailand war der offizielle Vorwand für den Krieg, und es war im Besitz des Franzosenkönigs, als ich und andere tapfere Männer die Alpen überschritten und die Franzosen in die Provence jagten, unterwegs plündernd, vergewaltigend und mordend. Denn unser Führer war der Herzog von Bourbon, Konnetabel von Frankreich, der in seiner Erbitterung gegen König Franz diesem so viel wie möglich schaden wollte.«

Die Witwe des Gewürzhändlers bekreuzigte sich und erklärte, sie könnte Andy nicht solcher Verbrechen für fähig halten. Ich fragte, wie der Konnetabel von Frankreich mit dem Kaiser gemeinsame Sache gegen seinen eigenen König machen konnte.

Andy zerknackte, einigermaßen in Verlegenheit über die Bemerkung der Witwe, einen Knochen zwischen den Zähnen und warf Rael das Mark zu.

Dann versuchte er sich zu entschuldigen. »Das Plündern gehört zum Soldatenhandwerk, und ich habe nie einen zum Vergnügen umgebracht, wie es die Spanier machen. Und was die Vergewaltigungen betrifft, so will ich nur sagen, daß nicht wir den Weibern, sondern eher sie uns nachliefen. Was den Konnetabel von Frankreich anlangt, so verriet er seinen eigenen König und ging zum Kaiser über, um unter dessen Schutz ein eigenes Königreich auf französischem Boden zu gewinnen. Dieser Herzog von Burgund aber führte uns so, daß wir wie Butter an der Sonne zusammenschmolzen, und als wir Marseille einige Zeit belagert hatten, mußte ich meine schönen Feldschlangen in den Händen der Franzosen lassen und mich mit vielen anderen nach Italien durchschlagen. Der König von Frankreich hatte wider alles Erwarten ein ungeheures Heer aus dem Boden gestampft und eilte nun Kopf an

Kopf mit uns um die Wette über die Alpen nach Mailand hinein.«

Andy geriet in Hitze, hieb wieder auf den Tisch, leerte den Humpen und fuhr fort: »Aber ich wollte euch ja von der Schlacht bei Pavia erzählen, und nun helfe mir Gott, daß ich zur Sache komme, denn das war eine Schlacht, die des Erzählens wert ist. Klügere Kerle als ich haben erklärt, sie habe Europas Schicksal entschieden und die kaiserliche Macht auf Hunderte – ja Tausende – von Jahren hinaus gesichert. Der Kaiser braucht nun, so sagen sie, nur den König von Frankreich zu seinem Vasallen zu machen, mit ihm gegen die Türken zu ziehen und Konstantinopel zurückzuerobern, das zu unserer Schande seit einem Menschenalter unter dem Joch der Ungläubigen schmachtet. Doch zurück zu Pavia. Wir, die zerlumpten, halbverhungerten Reste der Kaiserlichen, krochen über die Alpen zurück gleich einer Horde Bettler oder gleich mutterlosen Lämmern. Alles verspottete uns, und unten in Rom brachten sie an einer alten Statue, die sie *pasquino* nennen und wo sie ihre Schmähschriften anbringen, eine Notiz an: ›Verloren, gestohlen oder verlaufen: das kaiserliche Heer. Der Finder wird reichlich belohnt.‹ Aber ihr Spott soll ihnen noch teuer zu stehen kommen. Einen, der auf dem Boden liegt, soll man nicht treten, und ein ehrlicher Soldat muß nicht immer an seinem eigenen Unglück schuld sein, wie wir aus des Franzosenkönigs traurigem Schicksal ersehen.«

Ich bat ihn, doch endlich zur Schlacht von Pavia zu kommen, über die ich gar zu gern einen wahren Bericht hören wollte; er aber versetzte etwas verstimmt: »Wie voreilig du bist, Michael! Dies alles gehört schon zu meiner Geschichte. Ein guter Künstler malt nie die Heilige Familie für sich allein; nein, er fügt einen reichen Hintergrund von fruchtbaren Tälern, Weingärten, Wasserfällen und Städten hinzu. Ich habe in Italien vortreffliche Maler an der Arbeit gesehen und weiß, was ich sage. Du wirst diese Schlacht nie verstehen, wenn ich dir nicht alles berichte, was dazu führte.

Wir stolperten also durch die Lombardei, hungrig und zerlumpt, ohne einen Pfennig in der Tasche, um in Mailand Zuflucht zu finden, da wir wieder starke Mauern um uns haben wollten. Aber in Mailand hatte die Pest gewütet; alle Betten in den verlassenen Häusern waren angesteckt, die Bevölkerung auf ein

Drittel zusammengeschrumpft; vor allem aber gab es dort nichts mehr zu stehlen, denn das hatte die kaiserliche Garnison schon besorgt. Daher verließen wir eilends die Stadt durch das Osttor, während die Franzosen zum Westtor einmarschierten. All dies entmutigte den Herzog von Bourbon gar sehr.

Er dankte uns für unsere treuen Dienste und sagte uns traurig Lebewohl, da er anderswo dringend zu tun habe. In der ummauerten Stadt Pavia ließ er fünftausend deutsche Landsknechte und zweihundert spanische Arkebusiere zurück, die immer noch den Versprechungen des Kaisers vertrauten; er wollte nämlich wenigstens einen Teil des Herzogtums im Namen seines Herrn weiter besetzt halten. Ich aber und viele andere lehnten dankend ab und verbrachten einen traurigen Winter in der Lombardei, zur Verzweiflung der Bevölkerung.

Inzwischen belagerte der Franzosenkönig Pavia, und das war eine härtere Nuß, als er dachte. Doch war er auf die Eroberung der Stadt so erpicht, daß er sogar versuchte, den Fluß umzuleiten, um die Stadtmauer am schwächsten Punkt berennen zu können. Mit den herbstlichen Regenfällen aber stieg das Wasser und schwemmte alle seine Bauten hinweg, und die Sappeure dazu, Gott hab' sie selig. Drei Monate vergeudete er vor Pavia, und seine Streitkräfte waren so zahlreich, daß er einen Teil davon zur Besetzung Neapels entsandte, um Zeit zu sparen. Zu Anfang des Monats Februar aber kehrte der Herzog von Bourbon mit zehntausend Landsknechten unter Frundsbergs Befehl aus Deutschland zurück. So konnten er, der kaiserliche General Marquis von Pescara und der Vizekönig von Neapel, de Lannoy, aus uns wieder eine Art Heer zusammenschweißen. Wir zogen vor Pavia und begannen dort unsererseits den Belagerer, den Franzosenkönig, zu belagern, dessen Truppen sich hinter uneinnehmbaren Feldbefestigungen verschanzt hatten; von dort aus drehten sie uns lange Nasen und machten schnöde Bemerkungen über unsere Tapferkeit, unsere Herkunft und ähnliches.

Wir befanden uns in der Tat in einer recht mißlichen Lage, denn von den Hügeln aus sahen wir, wie die französischen Lagerfeuer einen geschlossenen Ring um Pavia bildeten. Die Kaiserlichen, meinte ich, waren noch nie so übel daran gewesen. Die Übergabe der Stadt war nur eine Frage der Zeit. Die Männer waren seit sechs Monaten nicht entlohnt worden, und wenn ich dir sage, daß sie schon alle Esel, Hunde und Katzen, die dort herumliefen, verzehrt hatten, so wirst du einsehen, daß sie guten Grund hatten, niedergeschlagen zu sein.

Zwei Wochen warteten wir vor der belagerten Stadt, während die Offiziere des Kaisers untereinander berieten, was zu tun sei. Endlich beschlossen sie, dem Glück zu vertrauen und nachts in den Park Mirabello einzubrechen.«

»Einen Park?« rief ich aus. »Was kann ein Park mit der Schlacht von Pavia zu tun haben?«

»Erzählst du diese Geschichte oder ich?« erwiderte er scharf. »Dieser Park, der dem Herzog von Mailand gehörte, war sehr groß und von einer Mauer umgeben. Er lag unmittelbar vor der Stadtmauer. Es gab darin keinen einzigen Hirsch oder Pfau mehr, denn die Franzosen hatten alles Lebendige darin aufgefressen. Der Marquis von Pescara beschloß, wir sollten im Schutz der Nacht unsere gesamten Kräfte nördlich dieses Parks sammeln, einbrechen und die Franzosen überraschen.«

Andy hob nachdenklich die Augen zur Decke, betrachtete dann bewundernd seine riesigen Hände, schüttelte den Kopf und fuhr fort: »Pescara hielt eine Ansprache an die Spanier, und Frundsberg sprach zu uns Deutschen. Er sagte, auf der ganzen Welt gehöre uns nichts als das Fleckchen Erde, auf dem wir ständen, unser Brot gehe am nächsten Tag zur Neige, und der Kaiser sei arm geworden und könne uns nicht entlohnen. Bei diesen Worten weinten viele Männer, und wir fühlten uns wieder wie mutterlose Lämmer. Aber er machte uns Mut, meinte, das Lager des französischen Königs sei voll Wein, Fleisch, Brot und zum Bersten gefüllter Geldtruhen, und dort erwarteten uns die edelsten Herren Frankreichs, deren Lösegelder die, welche sie gefangennähmen, zu reichen Männern machen würden.

Es war eine windige, bedeckte Februarnacht, die ich nie vergessen werde. Nie habe ich so geschwitzt wie damals mit meiner Brechstange an der hohen Parkmauer von Mirabello! Wir hatten Befehl erhalten, weiße Hemden zu tragen, oder wenigstens weiße Armbinden, damit wir im Dunkeln und im Durcheinander des Angriffs die eigenen Leute zu erkennen vermöchten. Das war aber leichter gesagt als getan, denn unsere zerfetzten Hemden waren alles eher als weiß. Wir taten, was wir konnten, und jeder erhielt einen Lappen – bei etwas gutem Willen konnte man sogar sagen, einen weißen Lappen. Diese Vorsicht stellte sich jedoch als nutzlose Verschwendung wertvollen Leinenzeugs heraus, denn die Mauer war stärker, als wir dachten, und der Tag brach an, als wir endlich in den Park eindrangen. Der Feind hatte aber längst Alarm geschlagen, und wir sahen uns dem französischen Heer gegenüber, das in tadelloser Schlachtordnung zum Kampf bereitstand. An der Spitze seiner stahlgepanzerten Ritter saß König Franz selbst in goldverzierter Rüstung auf einem Schimmel. Sie hatten selbst Zeit gefunden, ihre Geschütze in Stellung zu bringen, und wir erhielten einen heißen Willkommenskuß. Die französischen Kanoniere schossen mit mehreren aneinandergeketteten Kugeln, was jeder anständigen Kriegstradition widerspricht. Arme und Beine wirbelten bei der ersten Salve wie die Blätter im Herbst umher, und unsere Vorhut holte sich blutige Köpfe und mußte in den Gebüschen Schutz suchen.«

»Aber war das ein Wunder Gottes?« fragte ich. »Ich verstehe nicht, wie euer kleines Häuflein die unbesiegbarste Armee Europas überwinden konnte.«

Andy erwiderte nach einigem Nachdenken: »Ich glaube, Gott hatte mit der Schlacht bei Pavia nicht viel zu tun, denn dort kämpfte Seine Allerchristlichste Majestät von Frankreich gegen seine Kaiserliche und Katholische Majestät, und der Heilige Vater deckte beide – das heißt, wenn ich die politische Seite der Sache richtig verstanden habe. Ich führe unseren Sieg auf die vollendete Feldherrnkunst Pescaras und unsere eigene Tapferkeit zurück. In jenem Augenblick aber waren wir gar weit vom Sieg. Als die kaiserliche Reiterei mit gefällten Lanzen anritt, stieß die Blüte der französischen Ritterschaft einen fürchterlichen Schrei aus. Der König gab seinem Roß die Sporen, und die stolzeste Reiterei der Welt fegte gleich einer Wetterwolke mit goldenen und silbernen Blitzen einher; ihr donnernder Hufschlag ließ den Boden erzittern. Sie hieben unsere Reiter in Stücke. König Franz durchbohrte einen italienischen Fürsten, dessen Namen ich vergessen habe, mit dem Speer, und er endete unter seinen Hufen. Der König glaubte, die Schlacht sei vorbei; ehrlich gestanden, wir glaubten es auch, als wir ihn nun mit den Piken angingen, während Frundsberg keuchend und mahnend neben uns einherlief. Frundsberg wußte so gut wie wir, daß ein Glied schwerfälliger Pikeniere gegen gepanzerte Reiter wenig zu bestellen hatte – und nun rückten auch schon die Schweizer gegen unsere andere Flanke vor. Die hatten es um so eiliger, als sie die Deutschen haßten und die Siegerehren mit den Franzosen teilen wollten. Dies, glaube ich, war der entscheidende Augenblick der Schlacht, wenngleich wir es damals nicht wußten. Wir zögerten, um ein letztes Gebet zu sprechen und Gott unsere Seelen zu empfehlen, bis der Druck von hinten zu stark wurde und uns vorwärts trieb — was natürlich beabsichtigt war. Um diesen notwendigen Druck zu erzeugen, werden ja die Pikeniere zum Angriff in Vierecken aufgestellt, die zehn Mann tief sind.«

Ich war so sehr in Andys Bericht versunken, daß ich schier zu atmen vergaß, und die Witwe bekreuzigte sich und ließ Ausrufe der Furcht und des Schreckens hören. Andy begann, Brotrinden, Knochen und Messer auf dem Tisch auszubreiten und schob sie im Weitererzählen hierhin und dorthin, ordnete sie auch wieder neu.

»Dieses Vorschneidemesser ist König Franz und seine Reiterei. Dieser fettige Knochen ist der Haufen Schweizer, der jetzt vorrückt. Dies Stücklein Leber aber stellt die schwarzen italienischen Truppen vor; die schäumen vor Wut und stürzen vor die Schweizer, um deren Lorbeeren zu teilen, weil sie denken, der Krieg geht um Italien, und da wollen sie auch ein Wörtlein mitreden. Sie verdecken den französischen Kanonen das Schußfeld, so, und der Seneschall des französischen Königs springt wie verrückt hin und her und reißt sich die Federn aus dem Helmbusch, so. Unsere eigene Vorhut ist bis an die Ritze hier zurückgegangen. Aber jetzt das Weinglas hier — kling klang! — hier kommt der beste Feldherr der Welt, Pescara. Er erkundet das Gelände, sammelt unsere versprengte Reiterei und schickt seine spanischen Arkebusiere, ihrer fünfhundert, gegen die Ritter des Königs. Die kriechen auf beiden Flanken von Gebüsch zu Gebüsch vor, so. Ein paar hundert Deutsche, ausgerüstet mit den neuen Handbüchsen des Kaisers, kriechen ihnen nach. Nun haben diese wohlausgebildeten Spanier ihre Schußgabeln eingerammt — sie laden, feuern und laden mit erstaunlicher Geschwindigkeit von neuem. Jeder Mann kann innerhalb einer Viertelstunde fünf Schuß abgeben! Rauch wirbelt um die Büsche, Schüsse krachen, und die schweren Kugeln durchschlagen die Rüstungen der Franzosen, als wären sie aus Papier. Eine Kugel dringt durch zwei Mann und zwei große

Pferde. Dergleichen hat man nie gesehen. Die Reiter stürzen links und rechts, und ihre riesigen Rosse bäumen sich und sinken schreiend zu Boden.«

»Arme Geschöpfe«, rief die Witwe unter Tränen. »Pferde sind teuer, und man hätte sie besser vor den Pflug gespannt oder verkauft, als sie so grausam und mutwillig in den Tod zu reiten.«

Andy hörte nicht auf sie und fuhr fort.

»Die abgeworfenen Reiter krochen auf allen vieren umher und versuchten sich zu erheben, aber ihre schweren Rüstungen drückten sie nieder. Die anderen rasten ziellos umher und rissen entsetzt aus. Schau, das Vorschneidemesser stürzt sich auf den Knochen – die fliehende Reiterei zertrampelt die Schweizer zu einem heulenden Brei. Im selben Augenblick treffen wir auf die Italiener – hier, das sind wir, dieser Fleischschlegel –, hier bin ich, und hier ist Frundsberg und brüllt aus Leibeskräften. Die hinter uns drücken kräftig nach, aber die Italiener kämpfen wie wilde Eber. Frundsberg haut ihren Führer nieder, ich schwinge meinen Bihänder, haue die Lanzenschäfte ab und bahne unseren Pikenieren den Weg. Aber die Italiener wollen sich nicht ergeben, und wir müssen sie bis auf den letzten Mann niederhauen, bevor wir an die Schweizer herankommen können. Also weg mit der Leber – soll sie der Hund fressen. Er will nicht? Schnüffelt bloß daran! Die Pest über ihn.

Also, wie ich sagte, die Schweizer sind unter die Hufe der französischen Reiterei geraten und können uns nicht standhalten – sie haben keinen Druck hinter sich und wenden sich zur Flucht! Zum erstenmal in der Geschichte zeigen Männer aus der Eidgenossenschaft dem Feind den Rücken. Der König von Frankreich hebt sein goldenes Visier, um besser zu sehen. ›Mon Dieu, mon Dieu‹, schreit er. ›Was soll das heißen?‹ Aber die Schweizer bleiben nicht stehen, um ihn aufzuklären. Und schau – von diesem kleinen Sommerschlößchen Mirabello aus entsendet Pescara eine Abteilung, um die Franzosen zu umgehen –, da plötzlich ein schreckliches Krachen und Donnern in ihrem Rücken! Hier dieser Holzteller ist die Stadt Pavia, und der Spanier Leuva, der Kommandant der Belagerten, führt seine Leute zum Ausfall. Die sind vor Hunger und Beutegier halb verrückt und metzeln die französische Nachhut und die fliehenden Schweizer nieder. Keiner von uns hat je ein solches Blutbad erlebt. Die klaren Bäche des Parkes färbten sich rot, und der Dampf steigt in die frostige Luft wie beim Schweineschlachten.«

»Jesus Maria!« rief die Witwe. »Da fällt mir ein, ich vergaß, euch die Schweinswürste zu bringen, die ich im Backrohr warm gestellt habe.«

Sie eilte, sie zu holen. Andy biß gedankenverloren in eine Wurst und setzte starren Blickes und mit vollem Mund seine Geschichte fort.

»Selbst jetzt könnte sich der französische König noch retten; er hat ja sein Pferd. Aber nein, er hat mit angesehen, wie sich sein sicherer Sieg in die vernichtendste Niederlage aller Zeiten verwandelte, und er schäumt vor Wut. Dieses Vorbild der französischen Ritterschaft kann die Schmach der Flucht nicht ertragen. Rings um ihn fließt das edelste Blut Frankreichs, und er will mit dem Schwert in der Hand fallen. Er spornt sein Pferd, sprengt auf die Lanzen ein – und sein edles Roß bricht unter ihm zusammen. Heulend, fluchend und balgend stürzen wir uns auf ihn, denn noch nie hat ein Söldner einen kostbareren Gefangenen gemacht. Stark wie ich bin, schleudere ich die Spanier gleich alten Handschuhen beiseite und erwische den König an einem Bein, um wenigstens einen Sporn zum Angedenken zu erhaschen. Die übrigen reißen ihm die Rüstung vom Leib, die Zehntausende von Dukaten wert ist.

Wir hätten ihn in unserer Habgier in Stücke gerissen, wäre nicht de Lannoy, der Vizekönig von Neapel, vorgesprengt und hätte uns mit der flachen Klinge verdroschen. Wir machen Platz, König Franz setzt sich auf und wischt sich das Blut vom Gesicht, denn er ist im Gesicht und an einer Hand verletzt. Kein Wunder! Wir rufen unsere Namen und fordern unseren Anteil an dem Preis, de Lannoy aber entwindet einem Spanier des Königs Schwert, reicht es Seiner Majestät, kniet vor ihm nieder und bittet ihn, sich dem Kaiser zu ergeben. Der Herzog von Bourbon sprengt auch im Galopp herbei, aber König Franz spuckt ihm Blut ins Gesicht, ruft ›Verräter!‹ und händigt de Lannoy sein Schwert aus. In zwei Stunden ist alles vorbei. Zwanzigtausend Mann liegen tot im Park, Franzosen und Deutsche, Schweizer und Spanier, Herren und Knechte, Ritter in vergoldeter Rüstung und rauhe Pikeniere, alle kunterbunt durcheinander. Unsere Beute ist riesengroß, unser Sieg noch größer. Wir brüllen, singen, plündern und schwelgen nach Herzenslust, und in unserer Freude vergessen wir unserer Schmerzen und Wunden.«

Andy holte tief Atem, fegte Messer, Gläser und Knochen beiseite, zum Zeichen, daß die Schlacht vorbei sei, und ließ die Hosen herab, um einen gut verheilten Dolchstich in seinem stämmigen Oberschenkel zu entblößen. Die Witwe befühlte, angenehm berührt, den Schenkel und meinte bewundernd, er sei eisenhart.

Andy aber zog die Hosen wieder hoch und fuhr fort:

»Wir hatten so viele Gefangene, daß wir etwa viertausend Schweizer und Franzosen lieber laufen ließen, statt sie durchzufüttern, denn sie waren arm und hätten uns nichts eingebracht. Aber wir fingen auch viele edle Herren, und ich kann mich über meinen Gewinn nicht beklagen. Für den König aber erhielten wir keinen roten Heller, denn Tausende waren bereit, bei der Heiligen Jungfrau zu schwören, sie hätten als erste Hand an ihn gelegt, und so befahl de Lannoy, wir sollten uns alle zum Teufel scheren: *er* habe den König gefangengenommen, und alle Anwesenden könnten bezeugen, daß ihm der königliche Gefangene sein Schwert eingehändigt habe.«

»Ja, ja, man kennt die vornehmen Herren«, warf die Witwe ein. »Von ihrer einem Gerechtigkeit fordern heißt, einen Igel fassen wollen. Es bleiben einem nur die Stacheln in der Hand zurück.«

Andy leerte einen Becher Wein, blickte mich ernsthaft an und bemerkte: »Michael, mein Bruder, ich habe mit dir von der hohen Politik gesprochen und dir von der Schlacht bei Pavia erzählt, in der dreißigtausend wohlausgerüstete, erfahrene Soldaten unter der Führung hervorragender Feldherren eine Armee von fünfunddreißigtausend gegenüberstanden. Ich habe dir das erzählt, um dir zu zeigen, daß im Vergleich mit der hohen Politik und regulärer Kriegsführung dieser sinnlose Bauernaufstand sich ausnimmt wie eine Spinnwebe an der Wand. Ein erfahrener Führer mäht diese Bauern nieder wie die Sichel das Korn. Diese Schlacht hat den Kaiser allmächtig gemacht – und er ist kein Freund der Lutheraner. Er hat geschworen, die Ketzerei in Deutschland auszurotten und dann mit Hilfe der vereinten Christenheit die Türken zu schlagen. Ich beschwöre dich aus tiefstem Herzen, sei vernünftig. Wir wollen hier heraus, solange wir noch können, und uns einen besseren Platz suchen.«

Seine Worte gaben mir viel zu denken, und doch hielt ich ihn nicht für einen geeigneten Ratgeber. Ich war auch etwas betrunken, weil ich in meiner Freude über unser Wiedersehen mehr Wein als nötig zu mir genommen hatte.

So erwiderte ich: »Du bist immer noch derselbe Einfaltspinsel, Andy. Du magst den Bihänder führen können, aber im Wortstreit unterliegst du. Und deiner Beute brauchst du dich nicht zu rühmen; dem Nachbar in die Börse greifen kann bald einer. Du mußt lernen, daß die Gerechtigkeit Gottes mehr ist als die Rechte von Königen; und wenngleich die zwölf Artikel Menschenwerk und daher fehlerhaft und unvollkommen sind, so beruhen sie doch auf dem Wort Gottes, und keine Macht der Erde kann ihre Verwirklichung verhindern, denn der Herr zerschmettert seine Feinde wie Samson die Philister mit dem Kinnbacken eines Esels. Und vergiß nicht, die Bauern sind besser bewaffnet als Samson. Sie haben Lanzen wie die Soldaten, und Rüstungen, und selbst Geschütze . . .«

Aber Andy versetzte zweifelnd und durch seine Kriegserfahrung eitel gemacht: »Ich mag im Vergleich zu dir ein Dummkopf sein, aber der gesunde Verstand sagt mir, daß Gott auf seiten des katholischen Kaisers steht und keineswegs mit ketzerischen Bauern ist. Ich glaube auch, gehört zu haben, daß die Bibel uns Gehorsam gegen unsere Obrigkeit gebietet. Und es steht, glaube ich, auch geschrieben, man solle Gott geben, was Gottes ist, und dem Kaiser, was des Kaisers ist. Wie ich die Dinge sehe, gehören Leben, Ehre und Gut eines Menschen dem Kaiser, seine Seele aber Gott.«

Bevor ich ihm eine vernichtende Abfuhr erteilen konnte, ging die Tür auf. Herein tänzelte ein leichtfüßiges Frauenzimmer mit roten Wangen und lächelndem Mund. Sie trug ein zerlumptes Kleid; eine Feder baumelte ihr am Hut, und im Eintreten summte sie ein melancholisches Liedchen:

»Monsieur de la Palice est mort,
Mort devant Pavie.
Un quart d'heure avant sa mort
Il était encore en vie.«

Die Witwe des Gewürzhändlers schnaubte vor Entrüstung: »Da ist sie, die garstige Dirne, die Meister Andy aus Italien mitgebracht hat. Zeigt ihr den Stock, Meister Michael, und jagt sie aus meinem ehrbaren Haus!«

Als ich aber die Stimme der Frau hörte und ihre Züge erkannte, sprang ich auf, als stünde der Leibhaftige vor mir; denn da stand – leicht schwankend, aber sehr lebendig – Madame Geneviève aus dem Haus des Pariser Reliquienhändlers. Bei meinem Anblick stieß sie einen Freudenschrei aus, umarmte mich und küßte mich auf beide Wangen, bevor ich sie abschütteln konnte.

Aus Andy war alles Leben gewichen. Er schrumpfte förmlich auf seinem Sitz zusammen und sagte kleinlaut:

»Verzeih mir, Michael! Ich konnte es nicht hindern. Seit Pavia hängt sie wie eine Klette an mir. Sie hat mir das Leben so zur Last gemacht, daß ich hoffe, du wirst sie mir abnehmen. Wenn ich nicht irre, hast du sie einmal recht gerne gesehen, und sie steht auch noch in deiner Schuld für gewisse Gefälligkeiten.«

Ich stand wie vom Donner gerührt und brachte kein Wort hervor. Madame Geneviève setzte sich in etwas leichtfertiger Stellung hin, zog ihr Kleid vorne herab, so daß es einiges freigab, und verschlang mich mit Blicken, als wäre sie ein Hund und ich ein Stück Fleisch.

Sie summte ihr Liedchen fort, bis ich mich ermannte und zornig sprach: »Gott helfe uns allen! Ich habe von Pavia mehr als genug gehört, und es reicht mir fürs ganze Leben – und wenn du diese edle Dame als Teil deiner Beute den langen Weg von Pavia hierhergebracht hast, Andy, dann bist du noch dümmer, als ich dachte, und hast mir, weiß Gott, keinen Dienst erwiesen.«

Madame Geneviève dachte offenbar, mir gefiele ihr Liedchen nicht, und sie sagte gekränkt: »Monsieur de la Palice war ein besserer Mann als ihr beiden! Die Franzosen machten dieses Lied auf ihn nach der Schlacht. Umzingelt von mehr als hundert Spaniern, kämpfte er allein bis zum letzten Atemzug, obwohl sein Augenlicht getrübt, ein Arm ihm an der Schulter abgehauen worden war und er eine klaffende Wunde am Oberschenkel davongetragen hatte.«

Ich versuchte, sie zum Schweigen zu bringen, um meine Gedanken zu sammeln; aber ebensogut hätte man ein Mühlrad zum Stehen bringen können.

»Wenn jemand, so kann ich für seine Männlichkeit bürgen, denn er schenkte mir seine Gunst und am Morgen zwanzig Goldstücke in einer herrlich gestickten seidenen Börse. Und, ob ihr's glaubt oder nicht, der König von Frankreich hat mir die Hand – und auch andere Stellen – geküßt, denn er war ein artiger Ritter, der das Lagerleben langweilig fand.«

Sie plapperte noch lange in dieser Tonart weiter und ließ uns keinen Zweifel, daß sie in ihrem erwählten Beruf außergewöhnlich erfolgreich gewesen war.

»An Ritterlichkeit und Freigebigkeit und in den Künsten der Liebe kann sich niemand mit den französischen Rittern messen«, fuhr sie fort. »Und Gott weiß, allein die Söldner haben mir Unglück gebracht, denn sie beraubten mich meiner Kleider, meiner Schönheitsmittel und Salben und aller Habe, welche mir mein Fleiß im französischen Lager eingebracht und die ich gespart hatte, um mir und meinen Kindern ein sorgloses Leben zu sichern.«

»Jesus Maria!« rief ich, ohne auf Andys warnende Grimassen zu achten. »Habt Ihr Kinder, meine liebe Madame Geneviève?«

Andy fiel ein.

»Michael, mein lieber Bruder, ich bitte dich, glaube nicht alles, was diese Frau dir erzählt. Sie will einen Knaben und ein Mädchen haben, die bei Pflegeeltern in Tours untergebracht seien. Der Junge soll bald fünf Jahre alt sein – und obwohl ich's nicht glaube, hat sie mich doch an sich gekettet, weil sie behauptet, er sei mein Sohn.«

»Jeder Irrtum ist ausgeschlossen«, bemerkte Madame Geneviève. »Ich wußte es, sobald er geboren war. Er gleicht Andy aufs Haar, und es kostete mich die größte Mühe, meinem ersten Beschützer einzureden, *er* sei der Vater des Kindes. Ihr entsinnt Euch seiner, Meister Michael, nicht wahr? Er ließ sich jedoch schließlich überzeugen und anerkannte nach vielem Hin und Her das Kind als seinen Bastard. Der Knabe steht nun unter dem Schutz einer edlen Familie, obwohl sein Vater – ich meine natürlich seinen gesetzlichen Vater – ein Verschwender und ein Tölpel war. Friede seiner Asche. Er kam bei Pavia um, wie so viele andere; glücklicherweise ertrank er, während er über den Fluß zu entkommen versuchte, und entging so der offenkundigen Schmach der Feigheit. Ich habe meinen Sohn André Florian genannt, auf daß er die Namen seiner beiden Väter trage, des gesetzlichen und des natürlichen. Oft dachte ich mit Verlangen nach Andys Zärtlichkeiten, wenn ich in den Armen schwächerer und weniger angenehmer Liebhaber lag, bis ihn endlich die göttliche Vorsehung zu meiner Rettung aus der Gewalt der Spanier bei Pavia herbeiführte.«

Madame Geneviève sprach so sanft und überzeugend und warf Andy aus ihren Veilchenaugen so hingebungsvolle Blicke zu, daß ich an ihren Worten nicht zweifeln konnte und anfing zu glauben, Andy hätte doch recht gehandelt, daß er die Mutter seines Sohnes in seinen Schutz nahm, ungeachtet der Mühen und Auslagen, die uns daraus entstehen würden.

Andy aber fragte: »Glaubst du ihr, Michael? Wenn ja, dann ist es deine Pflicht, deinen Anteil an der schweren Last der Vaterschaft auf mich zu nehmen, da der Knabe in Wirklichkeit zur Hälfte dir gehört und eigentlich André Michel Florian heißen müßte!«

Darauf rief ich in größter Überraschung und Entrüstung, daß ich Madame Geneviéve niemals auch nur berührt hätte, obwohl es mir in meiner jugendlichen Torheit am Willen dazu nicht gefehlt habe; daß ihre Falschheit mich gerettet habe, wofür ich Gott nun dankte angesichts der Zwickmühle, in die sie Andy gebracht habe. Andy aber betrachtete mich spöttisch aus seinen ehrlichen, schon etwas umflorten Augen und wies darauf hin, daß sie *mir* schuldig war, was er an meiner Statt an Ort und Stelle eingestrichen hatte, und ich daher an dem Kinde mindestens ebenso schuld sei. Dies konnte ich nicht leugnen, und mich packte eine ohnmächtige Wut. Madame Geneviève legte mein Schweigen als Zustimmung aus und setzte die wehleidige Geschichte ihrer Abenteuer fort: wie sie nach der Schlacht in der Klosterzelle, die ihr Beschützer ihr gesichert hatte, Zuflucht nahm und sich mit all ihren schönen Sachen herausputzte, in der Hoffnung, ein edler Herr käme des Weges und böte ihr seinen Schutz; wie statt dessen ihre Zufluchtsstätte zuerst von einem schmutzigen und blutigen Pöbelhaufen heimgesucht wurde, der ihr alles raubte, und darauf von den Spaniern, die, da sie sonst nichts mehr vorfanden, sie mit Gewalt und nacheinander ihrer Ehre beraubten.

Sie weinte, da sie ihrer üblen Behandlung gedachte, und schloß, als sie endlich mit ihrer Erzählung zu Ende war: »Ihr müßt verstehen, Michael, der Erfolg einer Frau hängt von ihren Kleidern, ihren Schönheitsmitteln und ihrer Haartracht ab. Der Verlust meines Geldes betrübte mich nicht so sehr, denn ich hätte mir bald wieder ebensoviel verdienen können, wenn ich nur die Kleider und die übrigen Gegenstände besessen hätte, die mir erlaubten, mich nach einem hochgestellten Beschützer im kaiserlichen Lager umzusehen. Ohne sie war ich so übel dran wie die gemeinste Dirne. Aber durch die Gnade der Vorsehung fand ich den Vater meines Sohnes, der mich aus dieser schlimmen Lage befreite, obwohl er mir noch nicht die Garderobe verschafft hat, die ich brauche, um in meinen alten Stand zurückzukehren und ehrenhaft für meine Kinder zu sorgen.«

Andy schwor, er würde nie seine sauer verdienten Dukaten für ihren Flitterkram hinauswerfen, und wenn sie tausendmal die Mutter seines Sohnes wäre, allein ich erkannte, wir würden Madame Geneviève nicht früher loswerden, als bis wir sie mit den für ihren Beruf nötigen Effekten versehen hätten. Ich erzählte ihr daher, die Bauern plünderten die Schlösser ringsumher und ihre Weiber spreizten sich in Samt und Seide und Pelzen, und wir könnten gewiß für sie passende Kleider zu mäßigen Preisen auftreiben. Vorläufig aber sei ich müde, und die Brandwunden an meinen Beinen schmerzten mich.

»Gehen wir schlafen«, meinte ich; »hoffen wir, daß das Morgen uns besseren Rat schafft als das Heute.«

Madame Genevièves Augen leuchteten; meine Anspielung auf die Schlafenszeit ganz und gar verkennend, umarmte sie mich und machte sich erbötig, mich ins Bett zu geleiten, wenn ich nicht fest auf den Beinen stehen könne, und meine Wunden zu verbinden. Die Witwe weigerte sich standhaft, ihr ihr eigenes Bett zu überlassen, und sagte uns allen ein schlimmes Ende voraus. So stiegen wir in die Dachkammer empor und lagen zu dritt auf meinem Ruhebett, Madame Geneviève in der Mitte. Andy schlief ein und schnarchte, kaum daß sein Kopf auf dem Kissen lag, worauf Madame Geneviève mich liebevoll umarmte und mir ins Ohr flüsterte. Ich aber widerstand ihren Verführungskünsten, da ich allzu müde war, und schlief ein, ihre weichen Arme um den Hals.

5

Erst am nächsten Morgen kam mir die Unmäßigkeit des vergangenen Tages recht deutlich und kräftig zu Bewußtsein. Ein Morgentrunk kühlen Bieres aber machte mir wieder den Kopf einigermaßen klar, und ich machte mich mühsam auf den Weg zu Ulrich Schmid. Seine Hauptleute berichteten, ein Bauernheer von fünftausend Mann ziehe nach Leipheim an der Donau, wo es ringsum viele reiche Klöster und Schlösser gebe. Ich verkündete, auch ich wolle unverzüglich dahin reiten, denn ich war überzeugt, je eher wir Madame Geneviève loswürden, um so besser für uns. Ulrich Schmid begrüßte meinen Entschluß und beschwor mich in Gottes Namen, den Bauern aufzutragen, so bald wie möglich zum Hauptheer zu stoßen, denn der schwäbische Feldherr Jürgen von Truchseß ziehe in Eilmärschen heran und erschlüge, köpfe, blende und brenne die in vielen verstreuten Haufen Herumziehenden. Deshalb täten die Leipheimer Bauernhaufen gut daran, sich zu sputen.

So brachen wir nach Leipheim auf. Frühlingsregen hatte die Straße aufgeweicht, auf den Wiesen standen wilde Blumen in leuchtenden Farben, und in der Luft hing Lindenduft, obwohl der Monat April kaum begonnen hatte. Wir dachten an unsere karge Heimat, die um diese Jahreszeit noch unter Eis und Schnee lag, mit ihren grauen, unter Schneewehen halb begrabenen Hütten und ließen die Köpfe hängen. Andy erzählte mir, er sei unter den deutschen Söldnern einem dänischen Leutnant begegnet, der seinerzeit unter König Christian gedient hatte. Der habe ihm erzählt, König Christian habe mittlerweile längst Krone und Länder an seinen Onkel, den Herzog von Holstein, verloren und sei nach den Niederlanden geflohen, um bei seinem Schwager, dem Kaiser, Schutz zu suchen. In einem schwachen Augenblick hätten die schwedischen Edlen Gustaf zum König gewählt – Gustaf aus dem Hause Vasa, der Schweden und Finnland so kräftig gegen ihren rechtmäßigen Monarchen aufgewiegelt hatte.

Wir vertrieben uns unterwegs die Zeit mit munteren Reden, und Madame Geneviève unterhielt uns mit vielen unerbaulichen Geschichten vom französischen Hof und den Gewohnheiten des französischen Königs. Als wir das Städtchen Leipheim erreichten, sahen wir, daß die Bauern auf den Hängen um die Stadt ihr Lager aufgeschlagen hatten; dort herrschten Unordnung, Trunkenheit und Schwelgerei – das wohlbekannte Bild. Auf dem Marktplatz der Stadt blühte der Handel; aber die Juden, die aus allen Richtungen dort zusammengeströmt waren wie die Fliegen auf dem Misthaufen, hatten ihre Karren schon mit den wertvollsten Waren beladen, die sie um einen Pappenstiel von durstigen Bauern erworben hatten und nun zu Schandpreisen losschlagen wollten. Wir kehrten dem Markt den Rücken und wanderten im nahen Lager umher, vom Schafstall zum Kuhstall, von der strohgedeckten Hütte zur Scheune; denn an allen diesen Orten hatten die Bauern sich eingenistet. Sie breiteten bereitwillig ihre Beute aus, und wenn ich auf einen ihrer Führer stieß, oder besser auf die, die am lautesten brüllten, gab ich ihnen Ulrich Schmids Rat weiter, nach Baltringen zurückzukehren und ihre Forderungen in friedlichen Verhandlungen mit dem Feldherrn der Fürsten vorzubringen, der unterwegs sei, die Bauern Mores zu lehren. Aber diese Leute waren von ihrer eigenen Stärke und ihren vielen Erfolgen förmlich berauscht und meinten, sie glaubten weder an Verhandlungen noch an Feldherren und schon gar nicht an Ulrich Schmid; der sei ein altes Weib.

Während wir dergestalt verhandelten, entdeckte Madame Geneviève eine Truhe voll herrlicher Gewänder – Seiden, Samte, pelzbesetzte Umhänge, Spitzen und Federn. Sie enthielt auch eine Schachtel mit Salben und Schminke und silbergefaßte Spiegel, Bürsten, Kämme, Zangen und Spachteln, und gehörte zweifellos einer vornehmen Frau, die sie für die Flucht eingepackt hatte. Madame Geneviève schlang die Arme um meinen Hals – sie hätte es mit Andy ebenso gemacht, wenn er sie hätte gewähren lassen – und bat uns, die Truhe samt allem, was darin sei, zu kaufen, denn es sei gerade das, was sie brauche. Sie meinte schäkernd, wir würden sie nicht erkennen, wenn sie die neuen Kleider angelegt und sich das Gesicht geschminkt hätte, und sie trippelte, in der anmutigen Art der Französinnen, so leicht und bezaubernd um uns herum, daß ihr Gebaren und die Frühlingssonne und die grünen, blumenübersäten Hänge mir die Gedanken an meine Jugend wachriefen und ich den Fähnrich fragte, was die Truhe kosten sollte.

Darauf folgte ein langes und auf seiner Seite gar wortreiches Feilschen. Er hätte die Sachen seinem Weib zugedacht und könne keineswegs unter tausend Gulden herabgehen. Selbst die Juden hätten ihm hundertfünfzig geboten. Madame Geneviève flehte mich an und weinte und brachte mich so weit, daß ich ihm schließlich sechzig bot, worauf er den Deckel der Kiste krachend zuschlug und meinte, er wolle kein Wort mehr hören.

Andy hatte mittlerweile auf die Hügel und ins Donautal hinausgespäht. Der Fluß war über die Ufer getreten und hatte das Städtchen in seiner schäumenden Schleife halb eingeschlossen.

»Ich sehe Reiter herankommen«, sagte er. »Sie tragen Rüstungen und führen Lanzen und haben es offenbar recht eilig. Ich halte sie eher für Fürstliche als für Bauern; ihre Pferde sind so wohl gehalten.«

Der Fähnrich wandte sich, schneuzte sich mit den Fingern und sagte: »Unser sind viele, und ich kenne nicht einmal alle meine eigenen Leute. Die dort sind gewiß vom anderen Donauufer gekommen und wollen sich uns anschließen.«

Wir spähten das Tal hinab und sahen die Reiter in vollem Galopp auf ein paar Bauern lossprengen, die Wagen voll Getreide lenkten. Die Reiter durchbohrten sie und ritten sie über den Haufen. Wir hörten schwache Schreie und sahen zwei Zugpferde scheuen und ihre Wagen umwerfen. Doch auf die große Entfernung und durch den Dunst nahm sich der ganze Vorgang wie ein Traum aus, und wir konnten nicht glauben, daß wir recht gesehen hatten.

Andy aber wies auf einen zweiten Reitertrupp, der sich auf einer anderen Straße der Stadt näherte.

»Ich besitze eine gewisse bescheidene Kriegserfahrung«, sagte er, »und es scheint mir hoch an der Zeit, Alarm zu schlagen, denn wenn ich nicht sehr irre, so sind das von Truchseß' Späher, die er zur Aufklärung vorgeschickt hat. Die Hauptmacht kann nicht weit zurück sein, sonst hätten sie sich niemals vor unserer Nase auf ein Scharmützel eingelassen.«

Der Bauernführer lachte Andy aus vollem Herzen aus, doch im selben Augenblick schlugen die Kirchenglocken an. Von allen Toren strömten die Bauern gleich Bienen zur Schwarmzeit herbei und eilten den Hügel hinan, über ihre Lanzen stolpernd. Beide

Reitertrupps hielten, um das Gelände zu überschauen; plötzlich warfen sie die Pferde herum und sprengten im Galopp davon.

Auf unserem Hügel begannen die Trommeln zu dröhnen; aus Schuppen und Speichern krabbelten die Bauern und rieben sich den Schlaf aus den Augen.

Der Fähnrich war blaß geworden, versuchte aber, gute Miene zum bösen Spiel zu machen, und meinte: »Wenn das wirklich die Leute der Fürsten waren, dann waren es nur wenige, und wir werden sie mit Gottes Hilfe in offener Feldschlacht schlagen. Doch wäre es vielleicht klug, unsere Stellung hier zu befestigen. Ich bitte Euch, Herr, als hohen Offizier, uns zu beraten. Unser herkömmlicher Brauch ist es, uns hinter einer ringförmigen Wagenburg zu verschanzen; allein wir würden gerne neuere Methoden erproben, wenn Ihr solche von Euren ruhmreichen Schlachten her kennt.«

Nun wurden Pikeniere sichtbar; sie zogen im Gleichschritt das Tal entlang, von Reitern flankiert.

»Sagtet Ihr sechzig Gulden, edler Herr? Legt noch zehn dazu, und die Truhe gehört Euch.«

Madame Geneviève, unberührt von den Reitern und dem durch das Tal vorrückenden Lanzenwald, hüpfte vor Freude wie ein kleines Mädchen und bat mich, den Handel mit Handschlag zu besiegeln. Andy aber hielt mich zurück.

»Verschiebt euren Handel lieber auf einen günstigeren Zeitpunkt. Mir scheint, wir sind in ein schlimmes Wespennest geraten. Von Truchseß ist offenbar ein tüchtiger Feldherr – natürlich nicht zu vergleichen mit dem Marquis von Pescara –, und ich wette, er will uns in dieser Donauschleife fangen, bevor der Sand im Stundenglas zur Hälfte durchfließt. Da kommen schon Ochsengespanne mit Feldschlangen dahinter, und ich will nun Urlaub nehmen, da ich als Fremder hier nichts verloren habe.«

Die Bauern zogen ihre Wagen in einen Ring, trieben Pfähle in den Boden und spannten Seile dazwischen. Ich sah, daß sie auch zwei kleine Kanonen in Stellung brachten und daß Schützen mit Handflinten unter ihnen waren.

Bei diesem Anblick frohlockte ich und sprach zu Andy: »Geh deines Weges, Andy, wenn du willst, und wenn dein Gewissen dich ziehen läßt. Mein Platz aber und der meiner guten Büchse ist hier unter diesen wackeren Burschen, die, wie es scheint, bereit sind, für Gottes Gerechtigkeit zu kämpfen.

Madame Geneviève weigerte sich unverhohlen, ohne die Truhe auch nur einen Schritt zu gehen, und unterstrich ihre Weigerung, indem sie sich über den Deckel warf und sich mit beiden Händen daran klammerte. Der bäuerliche Eigentümer warf einen hastigen Blick ins Tal, wo Kompanien von Pikenieren zu kleineren Abteilungen abfielen und den Hügel in untadeliger Ordnung einschlossen, und bemerkte eilig, weltliche Eitelkeit bedeute ihm nichts; sein einziger Edelstein sei das Wort Gottes, und er wolle sich daher mit dreißig Gulden begnügen. Dieser vorteilhafte Handel und Madame Genevièves Halsstarrigkeit verblendeten mich, und ich zählte ihm eilends das Geld hin und nahm mir nicht einmal Zeit, die vollgewichtigen von den untergewichtigen Gulden zu scheiden.

Andy aber sagte: »Michael, ich bitte dich um unserer langen Freundschaft willen, komme mit mir. Ich mag einfältig sein, aber die Erfahrung sagt mir, daß dies unsere letzte Gelegenheit ist. Da Madame Geneviève halsstarrig ist, will ich auch die Truhe mitnehmen. Aber wir müssen augenblicklich fort von hier.«

Allein mein Glaube an den Sieg des Rechts über das Unrecht machte mich taub für die Stimme der Vernunft. Ich glaube, meine Heldentat mit der Petarde war mir zu Kopf gestiegen; überdies hatte ich die Bauern noch nie unterliegen sehen.

Ich antwortete verächtlich: »Lauf weg, Andy! Rudere über die Donau, in Sicherheit. Ich werde dich holen, wenn wir des Fürsten Truppen geschlagen haben – und wenn du wieder mit deinen Kriegstaten prahlst, weiß ich, was ich davon halten soll.«

Andy blickte um sich, bekreuzigte sich und meinte: »Zu spät. Wir haben mit dem Gerede die Zeit vergeudet. Ich will bei dir bleiben, da ich den weiten Weg von Italien gekommen bin, eben um dich aus solcher Not zu retten.«

Es war keine Zeit für weitere Worte, denn Hauptleute, Fähnriche und Feldwebel, mit Hahnenfedern als Rangabzeichen auf den Hüten, liefen nun gleich kopflosen Hühnern hin und her und pufften ihre Leute in Stellung. Unter den fünftausend Verteidigern befanden sich etwa dreißig Arkebusiere. Ich trat unter sie, als die Reiter den Hügel heraufkamen, trieb meine Gabel in den

Boden und schüttete, obgleich mir das Herz bis in den Hals herauf schlug, Pulver auf die Pfanne, lud und feuerte. Als die Reiter unsere Waffen aufblitzen sahen, schwenkten sie zur Seite, um das Fußvolk durchzulassen und den Hügel einzukreisen.

Die Pikeniere rückten mit kurzen, festen Schritten vor, den Hügel herauf, und ihre Artillerie unterstützte sie durch schweres Feuer. Die Wagenburg, die wir zu unserer Verteidigung errichtet hatten, wurde zertrümmert und umgeworfen; die Unseren rannten ziellos durcheinander. Als das erste Glied der Pikeniere unsere Verschanzungen erreicht hatte, hieß mich Andy mitten unter sie feuern; er schwang seinen Bihänder. Doch es war vergeblich. Angesichts der langen, gefährlichen Piken kamen den Bauern plötzlich Zweifel an der Gerechtigkeit ihrer Sache, und da sie keinen Druck hinter sich hatten, gaben sie Fersengeld und hasteten zwischen den Vierecken des Fußvolks hügelab, der Stadt zu.

Über diese heillose Flucht lachte Andy und meinte: »Glaubst du mir nun, Michael? Komm, wir müssen laufen. Jetzt gilt's!«

Das brauchte er nicht zweimal zu sagen; wir rannten Hals über Kopf davon; Andy bahnte uns den Weg mit seinem Bihänder, ich mit dem Kolben meiner Büchse. Unsere Pferde waren verschwunden, und Madame Geneviève kreischte, rang die Hände und beschwor uns, ihre kostbare Truhe zu retten; Andy aber schlug ihr eins über den Mund und schleppte sie mit. Wir preschten durch das Gewirr der Flüchtenden; irgendwie gelang es uns, beisammen zu bleiben. Ich hielt mich an Andys Ledergürtel fest, und er schleppte Madame Geneviève dahin, einmal am Arm, dann wieder an den Haaren, wobei er immer noch eine blutige Gasse durch die Masse der Bauern oder die mörderischen, hauenden und stechenden Pikeniere hieb. Wenigstens zweitausend fliehende Bauern fanden an jenen Abhängen den Tod.

Andy führte uns ohne Halt durch die Stadt Leipheim und auf der anderen Seite wieder heraus. Erst am Ufer des Flusses machte er halt, um Atem zu schöpfen und das wirbelnde, grüne Hochwasser zu überblicken. Bauern, die uns gefolgt waren und sich in ihrem hellen Entsetzen in den Fluß stürzten, versanken und wurden stromabwärts getragen; allenthalben sah man die Köpfe sich drehen und die Arme um sich schlagen.

Während Andy wieder Atem schöpfte, verlief sich der Haufen

allmählich. Er erblickte einige Männer weiter oben am Ufer, die ein gestrandetes Boot ans Wasser schleppten. Er zerrte uns dahin und rief ihnen zu, auf uns zu warten. Sie aber dachten nicht daran, und kaum hatten sie ihr Boot im Wasser, als sie sich schon selbst kopfüber hineinstürzten. Das Boot blieb im Schlamm stecken und rührte sich nicht von der Stelle.

Andy ergriff den Achtersteven, setzte seine ganze Riesenkraft ein und zog Boot und Männer ans Ufer. Er sprach gar freundlich zu diesen Flüchtlingen und wollte ihnen das Boot abkaufen; als einzige Antwort erhielt er jedoch einen Schnitt quer über die Hand. Gleichmütig bemerkte er, wenn sie Gewalt lieber hätten als einen redlichen Handel, so sei er ihr Mann. Dann fällte er mit der flachen Klinge den Kerl, der ihm den Schnitt beigebracht hatte, gab mir sein Schwert zu halten, stieg ins Wasser und begann die übrigen über die Schulter in den Fluß zu werfen. Die wirbelnden Wasser trugen sie fort, aber ein schmächtig gebauter Bursche flehte um Gnade und bat uns, ihn über die Donau mitzunehmen. Im Boot war Platz für vier; Andy hieß uns unverzüglich einsteigen, denn aus dem Stadttor strömten uns schon die Leute entgegen, und die feindlichen Reiter kamen näher. Er packte Madame Geneviève an den Haaren, denn sie hatte sich geweigert, ihr Leben einer so lecken, alten Nußschale anzuvertrauen. Ich duckte mich auf den Boden, um meine Büchse zu laden, und der Fremde ergriff die Ruder.

Wir waren keinen Augenblick zu früh daran, denn Andy mußte mehreren Bauern auf die Finger klopfen, die versuchten, ins Boot zu klettern. Nur durch unablässige Schwerthiebe konnte er sich frei machen, das Boot abstoßen und an der Seite herunterkriechen. Viele wateten ins tiefe Wasser und versuchten, den Bootsrand zu erhaschen; wir wären gewiß gekentert, hätte ihnen nicht Andy die Finger abgehauen. Dann trug uns die Strömung fort. Der kleine Fremde begann wacker auf das andere Ufer zuzurudern, und Andy half ihm mit dem Steuerruder, obwohl wir uns ein paarmal gleich einem Kork auf einem Strudel drehten und uns der Mut gar kläglich sank. Aber Andy war nicht froh.

Er starrte düster vor sich hin, murmelte ein kurzes Gebet und sagte: »Möge mir meine Grausamkeit am Ufer vergeben werden, denn ich habe übel daran getan, Unschuldigen Hände und Finger abzuhauen. Aber das Boot konnte nur vier Mann aufnehmen, und ist es nicht besser, daß vier gerettet werden, als daß alle ertrinken?«

Unser armseliges Boot tanzte auf den schäumenden Fluten wie eine Nußschale und leckte so stark, daß wir bis an die Hüften naß waren, als wir endlich das Ufer erreichten. Kaum fühlte ich trockenen Boden unter den Füßen, als mich grimmiger Rachedurst befiel. Ich hatte mein Pulver trockenhalten können, und ungeachtet der Einwände Andys schritten wir stromaufwärts das Ufer entlang und gesellten uns zu einer Gruppe, die gegenüber dem Wassertor der Stadt stand und auf die Ertrunkenen und Ertrinkenden, die vorbeitrieben, sowie auf das entsetzliche Blutbad starrte, das am anderen Ufer begonnen hatte.

Pikeniere und Kürassiere hatten einen nach Tausenden zählenden Bauernhaufen eingeschlossen und machten ihnen nun den Garaus. Ein Stück weiter weg bestieg ein Feldherr in schimmernder Rüstung einen edlen Rappen. An seinen wallenden Federn und der Standarte, die vor ihm wehte, erkannte ich, daß es Jürgen von Truchseß sein mußte. Er hatte das Visier gelüftet, und ich konnte seinen krausen Bart und sein hageres, dunkles Gesicht deutlich erkennen, als er wohlgefällig auf das Blutbad blickte, das seine Leute so meisterhaft anrichteten. Aber die Ritter seines Gefolges drangen in ihn, dem sinnlosen Schlachten ein Ende zu machen, und erinnerten ihn gewiß daran, daß Bauern nicht auf Bäumen wüchsen und man ihrer zum Pflügen und Säen bedürfe.

Schließlich ließ von Truchseß die Trompeten blasen und den Generalprofos herbeiholen, um nach Gebühr Gerechtigkeit walten zu lassen. Er schrie so laut, daß der Wind seine Stimme zu uns herübertrug. Als ich ihn nach dem Scharfrichter rufen hörte, trieb ich meine Gabel in den Boden und schüttete Pulver auf die Pfanne, ungeachtet der Müßiggänger neben mir, die mich baten, nicht zu feuern, und schreckensbleich das Hasenpanier ergriffen. Selbst Andy meinte, es sei unnötig, in ein Wespennest zu stochern. Ich schüttete frisches Pulver auf, zündete die Lunte an, befestigte sie am Hahn, zielte und feuerte. Aber Jürgen von Truchseß traf ich nicht. Meine schöne Büchse zerbarst mit einem Knall. Zweifellos war auf der Überfahrt Wasser in den Lauf geraten, und wie durch ein Wunder Gottes wurden weder ich noch die Umstehenden durch die scharfen Splitter verletzt, obwohl mir das Pulver das Gesicht versengte.

Unser kleiner Gefährte begann aus Leibeskräften zu predigen und behauptete, dies sei ein Beweis, daß die schwäbischen Bauern einer falschen Lehre verfallen seien. Diese Bemerkung verfehlte ihre Wirkung auf mich keineswegs, saß mir doch noch der Schreck in den Gliedern, daß mir meine gute Waffe in der Hand zerborsten war. So fragte ich ihn, wer er sei und warum er die schwäbischen Bauern für verirrte Schafe halte, obwohl sie zu Luther hielten und für Gottes Gerechtigkeit und die zwölf Artikel kämpften. Der Fremde erwiderte, er sei der Geringste und Niedrigste im Land, heiße Jakob der Schneider und stamme aus der guten Stadt Mühlhausen in Thüringen. Er habe den Leuten in dieser Gegend Briefe und Botschaften seines Herrn und Lehrmeisters überbracht, in der löblichen Absicht, sie gegen ihre Herren aufzuhetzen und zum Anschluß an die Auserwählten Gottes zu bewegen. Jakob habe weiterreisen wollen, in Leipheim aber hätten sie ihn nur verlacht und seine Briefe angespuckt, und nun empfingen sie ihre wohlverdiente Strafe; denn Gott lasse seiner nicht spotten.

Es war wahrhaftig eine Strafe. Der Scharfrichter stand bereit. Die Reisigen schleppten die Bauernführer herbei, und dazu einen Priester, den wir auf einem Esel inmitten der Verteidiger hatten reiten sehen. Die Soldaten hatten leichtes Spiel, denn die Niederlage hatte die Bauern gedemütigt, und nun wetteiferten sie miteinander im Angeben ihrer Führer und halfen ihnen mit harten Rippenstößen aus dem Gedränge nach vorn. Köpfe rollten vor die Hufe des Rappen, darunter der des Priesters.

Jakob frohlockte. »Luther ist kein heiliger Prophet«, sagte er, »sondern eher ein Wolf im Schafspelz. Gottes wahres Sprachrohr ist mein Meister und Lehrer, der, wie der heilige Johannes der Täufer, aus der Wüste gekommen ist, um die Gemeinschaft der Auserwählten Gottes und das Tausendjährige Reich zu predigen. Was mich betrifft, so habe ich hier nichts mehr verloren und werde zu meinem Meister zurückkehren. Die Pikeniere suchen scheint's ein Floß, um herüberzufahren.«

Er hatte recht, und wir eilten von dannen; der Schneider führte uns. Jeder Schritt trug uns weiter von Baltringen fort, wo ich Rael unter der Obhut der Witwe zurückgelassen hatte. Aber Baltringen war nun weit weg; zwischen uns und der Stadt lag die Donau und lag der Feind. Es war klar, daß ich Ulrich Schmid nicht weiter von Nutzen sein konnte; er wurde denn auch kaum eine Woche darauf enthauptet. Sein Heer wurde aufgelöst, ohne einen Streich geführt zu haben, und die Bauern kehrten zu ihren verkohlten Türschwellen zurück – denn das war alles, was von Truchseß von ihren Heimstätten übriggelassen hatte. Davon hörte ich aber erst viel später.

Wir keuchten neben dem kleinen Schneider her, über sumpfiges Brachland, an Gräben entlang und durch das dichte Gebüsch, um nicht behelligt zu werden. Madame Geneviève weinte bitterlich und unaufhörlich und machte uns Vorwürfe, weil wir ihre Truhe im Stich gelassen hatten und sie nun ärmer war als zuvor, da sie ihre Schuhe im Schlamm verloren hatte.

Die vielen Zeichen, unsere wundersame Rettung und das Bersten meiner Flinte gaben mir viel zu denken, und ich fürchtete, es könne eine göttliche Absicht dahinter verborgen liegen. Daher befragte ich den Schneider über seinen Glauben.

Der redete ununterbrochen auf dem ganzen Weg, so rasch er Atem schöpfen konnte, und sagte unter anderem: »Mein Meister ist Thomas Müntzer, der jetzt zu Mühlhausen eine Gemeinde der Auserwählten gründet, was er schon an vielen Orten, darunter in der Eidgenossenschaft, getan hat, obwohl er überall vertrieben und ob seines Glaubens grausam verfolgt worden ist. Er ist noch nicht fünfunddreißig Jahre, hat aber schon an vielen Universitäten studiert, spricht griechisch und hebräisch und weiß die Bibel auswendig. In seiner Jugend galt er als der fleißigste Gelehrte Deutschlands. Aber Gott gönnte ihm keine Ruhe, und er hielt es nirgends lange aus. Er wurde Lehrer, Prediger und Beichtvater an vielen Konventen, bis ihm Gottes Wort aus dem Munde eines unwissenden Webers, der die göttliche Gnade empfangen hatte, zuteil wurde. Von da an legte mein Meister all seine akademischen Würden und Titel ab und wurde ein Diener Gottes und der Verkünder des Evangeliums vom Kreuz.«

Als er innehielt, um Atem zu schöpfen, bemerkte ich, auch Luther bringe die Botschaft vom Kreuz. Das aber erzürnte ihn, und er fuhr fort: »Luther wählte den leichten Weg. Aber der Glaube allein gewährt noch nicht die Aufnahme in die Gemeinschaft der Seligen. Der Mensch muß das Kreuz tragen, das Gott ihm auferlegt hat – er muß es tragen, bis sein Herz und seine Seele demütig geworden sind und er nur mehr Mensch ist, bar aller Eitelkeit und allen Stolzes. Und diesem Menschen haucht Gott seinen heiligen Atem ein, und er wird eins mit dem Seligen und Gott spricht aus ihm. Da der Weg beschwerlich ist, ist die Zahl der Auserwählten gering; aber sie sind das Salz der Erde, und der Herr wird ihnen die Gottlosen ausliefern. Ich erkenne in unserer Rettung ein Zeichen vom Himmel – Gottes Finger, der auch auf Euch als seine Auserwählten weist. Daher flehe ich Euch an, kommt mit mir nach Mühlhausen und werdet Jünger meines Meisters. Ihr seid beide starke Männer und kräftiger gebaut als ich, und ich fürchte das Reisen in diesen unruhigen Zeiten, besonders nachts. Gott muß Euch als meine Gefährten und Beschützer gesandt haben.«

Der Abend brach herein, und Andy fand, wir seien nun in sicherer Entfernung von Leipheim. So warfen wir uns mitten im Wald erschöpft nieder. Wir teilten ein Stück Brot untereinander, das Andy in seinem Ränzel fand, und einen Käse, den der Schneider aus seinem Bettelsack hervorholte. Wir aßen jeder ein paar Bissen und brachten sogar ein Feuer zustande, daran wir unsere Kleider trockneten. Dann legten wir uns nebeneinander zur Ruhe, um uns in der kühlen Nacht warmzuhalten.

Am nächsten Morgen mußten wir uns entschließen, wohin wir wollten, denn es ist beschwerlich, ziellos dahinzuwandern. Andy war dafür, nach Frankreich zurückzukehren. Als wir aber die Straße wieder erreicht hatten und die Umgebung klar übersehen konnten, besann er sich angesichts des Kanonendonners und der dicken Rauchsäulen am westlichen Horizont eines Besseren und hielt es für klüger, mit Jakob dem Schneider weiterzuziehen.

So wanderten wir denn weiter wie die Kinder Israels in der Wüste, denn am Tage wiesen uns die Rauchsäulen, bei Nacht die Feuersäulen von brennenden Schlössern und Herrenhäusern den Weg. Bald konnten wir uns wieder tüchtig satt essen, und ich verschlang so viel fettes Hammelfleisch, daß ich daran für mein Leben genug hatte. Ich konnte bald kein Schaf mehr sehen, denn damals gab es riesige Schafherden in Thüringen. Für Madame Geneviève trieben wir schöne Kleider auf, und sie glich nun nicht mehr einem arg mitgenommenen Troßweib, als wir nach zwei Wochen ungestörter Wanderschaft in der guten Stadt Mühlhausen anlangten.

ACHTES BUCH

DAS REGENBOGENBANNER

1

Mühlhausen war eine große Stadt, eine der größten Deutschlands, denn es hatte mehr als siebentausend Einwohner, mehr als innerhalb der Stadtmauern Platz fanden. Die Ärmeren hatten sich in fünf Vorstädten außerhalb der Stadt niedergelassen; dadurch war Mühlhausen doppelt so groß wie etwa Leipzig oder Dresden, die als große Städte galten.

Als wir anlangten, waren die Straßen gedrängt voll. Ich sah viele zertrümmerte Türen und Fensterläden, und an allen Straßenecken standen Gruppen in erhitztem Gespräch über die göttliche Gnade, das Evangelium, die Spendung der Sakramente und das Kreuz, das reich und arm gleichermaßen zu tragen hätten. Obwohl die Stadt überfüllt war, verschafften uns Geld und gute Worte Quartier in einer Taverne. Jakob der Schneider hatte es eilig, zu seinem Weibe heimzukommen, schärfte uns aber ein, wir sollten nach dem Essen den Abendgottesdienst in der Kirche besuchen, damit er uns Thomas Müntzer und dessen Feldhauptmann Heinrich Pfeiffer vorstellen könne.

Ich lud Madame Geneviève und Andy ein, mit mir zu kommen; Andy aber erklärte, er sei müde und wolle nicht zur Empörung der Gläubigen in der Kirche einschlafen, während Madame Geneviève den Wunsch verlauten ließ, sich zu waschen und die Gewänder anzulegen, die wir unterwegs für sie besorgt hatten. So mußte ich wohl oder übel allein gehen. An der Kirche angelangt, konnte ich sie jedoch kaum betreten, weil sich die Menschen drinnen stauten.

Über dem Altar hing ein riesiges Banner — dreißig Ellen schwerer weißer Seide, in den Farben des Regenbogens, darauf die lateinische Inschrift: DAS WORT GOTTES IST EWIG. Ich vergaß jedoch das Banner über meinem brennenden Wunsch, Thomas Müntzer zu sehen. Auf den ersten Blick freilich dünkte er mich ein unbedeutender Mensch. Er war um Haupteslänge kleiner als ich; Nase und Mund waren ohne Schwung, das Kinn klein, die Wangen gelblich wie die eines Gallenkranken oder eines Ausländers, welcher Eindruck durch seine mandelförmigen Augen noch erhöht wurde. Sein Gesicht gemahnte mich, besonders während der Predigt, seltsam an ein aufgescheuchtes Schwein.

Als er aber zu sprechen anhub, vergaß ich sein Äußeres und stand ganz im Banne seiner Augen, in denen ein ungewöhnliches Feuer leuchtete. Ich habe nie eine so eindringliche, so unwiderstehliche Predigt gehört wie diese von Thomas Müntzer. Sein ganzes Wesen war von so unerschütterlicher Überzeugung entflammt, daß man gar wohl meinen konnte, der Heilige Geist wohne darin. Er stieß keine verrückten Schreie aus wie jene zerlumpten Wanderprediger, die jahrelang das Land durchzogen und den neuen Glauben verkündet hatten. Ob er seine Stimme hob oder senkte, man konnte selbst in den hintersten Winkeln der Kirche jede Silbe klar vernehmen.

Er erinnerte die Gemeinde zunächst an seine eigenen Leiden und an das Kreuz, das ihn zu Boden gedrückt und so erlöst hatte, das Wort Gottes zu empfangen und zu offenbaren. Nicht er sei es, der da predige, meinte er bescheiden, sondern Gott spreche durch ihn und tue dem Volke seinen Willen kund; niemand brauche im Dunkel der Unwissenheit zu tappen oder zur Bibel seine Zuflucht zu nehmen. Jeder, der für Müntzer und seine Anhänger nur taube Ohren habe oder sie verlache oder sonstwie die beleidige, die sich verbunden hätten, Gottes Absichten zu verwirklichen, mache sich selbst zum Märtyrer Satans und würde sein eigener Henker sein; denn es komme der Tag des Herrn, da alle Gottlosen vernichtet werden sollten.

Thomas Müntzer sehen und hören hieß, ihm glauben, obgleich ich die Macht, die er ausübte, nicht erklären kann. Nachdem er eine Stunde lang dieselben Worte und Wendungen wiederholt hatte, wandte er sich einem neuen Gegenstand zu. Gott habe ihm seine Absichten in vier Prinzipien offenbart. Erstens dürfe das Wort Gottes von jedermann frei und unbehindert ausgelegt werden, die Zungen der Gottlosen aber müßten zum Schweigen gebracht werden. Zweitens sollten Holz, Fische, Geflügel und Wild, Wiesen und Weiden allen gehören. Drittens müsse der Adel seine Festungen und Burgen schleifen, seine Titel ablegen und Gott allein die Ehre geben. Viertens – und das war mir neu – sollten die Adeligen dafür die Besitzungen der Kirche benützen dürfen und alle Güter, die sie aus Geldmangel zur Deckung von Anleihen hätten verpfänden müssen, ihnen frei zurückerstattet werden.

Bei diesem letzten Punkt lief ein erstauntes Gemurmel durch die Kirche; Thomas Müntzer aber schlug mit beiden Fäusten auf die Kanzel, erhob sich auf die Zehenspitzen und rief, der Herr in seiner Gnade wünsche, die Fürsten sollten sich ihm aus freien Stücken unterwerfen und nicht zum Blutvergießen angestachelt werden.

Nachdem er etwa zwei Stunden über diese Prinzipien gesprochen hatte, steigerte er sich in einen Rausch der Begeisterung und rief alle Anwesenden auf, ihre Herzen zu demütigen und sich bescheiden in einem Bund ewiger Einheit mit dem göttlichen Willen um sein Banner zu scharen. In diesem Bund sei aller Besitz Gemeingut, und jedes Mitglied müsse sich in blindem Gehorsam Gottes Willen unterwerfen, wie er von Zeit zu Zeit durch Thomas Müntzer geoffenbart werde. Wenn er sage: »Schlagt zu!«, so sei es ihre Pflicht, zuzuschlagen. Heiße er sie jedoch abwarten, so müßten sie sich damit begnügen. Sie müßten klug wie die Schlangen und sanft wie die Tauben sein, bis zu dem Tag, da Gott die Schale seines Zornes über die Gottlosen ausgießen würde. Gott aber erwählte seine Diener selbst, weshalb niemand ohne Prüfung seinem Bunde beitreten könne; während dieser Probezeit aber müsse einer seinen Glauben beweisen und seine eigenen Wünsche unterdrücken, auf daß er als würdiges Gefäß des göttlichen Willens befunden werde.

Während Müntzers Predigt erhob sich ein Seufzen und Stöhnen unter der Gemeinde. Viele wackere Männer vergossen Tränen und meinten, die Bedingungen wären hart und Luther führe seine Anhänger weniger mühsam zur Seligkeit. Aber die Geretteten hießen die Zweifler und Kleinmütigen schweigen. Müntzer rief mit erhobener Stimme, jetzt sei keine Zeit zum Heulen und Zähneknirschen; sie sollten lieber frohlocken, denn der Herr werde die Gottlosen seinen Dienern ausliefern und ihre Reichtümer unter sie verteilen – Reichtümer, die nichts anderes seien als der Schweiß und das Blut der Armen. Man solle sich männiglich gegen Satans Ränke wappnen, in die Heerschar der Gläubigen treten und mit ihnen die Statthalterschaft im Reiche Gottes antreten, das bald in seiner ganzen Herrlichkeit auf diese Welt herabkommen werde.

Er stieg von der Kanzel, wischte sich den Schweiß von der Stirn und lauschte den freudigen Zurufen der Menge; seine dunklen Schlitzaugen blickten nüchtern über die Köpfe hin.

Mehrmals erhob er vergeblich die Hand, um Ruhe zu schaffen für Oberst Pfeiffer, der über den langanhaltenden Beifall keineswegs erbaut war. Aber das mürrische Wesen dieses Mannes war wie weggeblasen, als er die Kanzel bestieg; mit gewinnendem Lächeln quittierte er die Begrüßungsrufe und das Gelächter der Gemeinde. Er war offenbar ihr Liebling und von derbem Humor, denn er unterhielt sie auf ihre eigene rauhe Art, und sein Biergesicht strahlte vor Kameradschaft. Seine Reden will ich nicht wiederholen, denn er sagte nichtiges Zeug und gebrauchte Aussprüche, die einem anständigen Mann nicht geziemen, obschon auch Luther selbst bisweilen unflätige Worte verwendete. Ich erkannte bald, daß er die Gläubigen in einem Kreuzzug gegen die Nachbarstädte führen wollte, und er erklärte, die Truppen der Fürsten seien nicht zu fürchten, da sie untereinander uneins seien und ihnen der Schrecken in allen Gliedern säße.

Sein Humor und seine Zuversicht wirkten nach Thomas Müntzers stahlharten Worten befreiend. Immer mehr Gläubige scharten sich um ihn und riefen, sie wollten unter seinem Banner ausziehen. Ich bemerkte jedoch, daß dieser freudige Aufruhr Thomas Müntzer keineswegs behagte; ab und zu war es, als wolle er Pfeiffer von der Kanzel holen. Als dessen Ansprache zu Ende war und die Leute aus der Kirche strömten, entschlossen, gleich morgen zu einem gewinnbringenden und nicht allzu beschwerlichen Feldzug aufzubrechen, erwischte Thomas Müntzer den Feldhauptmann am Kragen und schleppte ihn in die Sakristei. Als die Gemeinde sich allmählich verlief, erblickte ich Jakob den Schneider, der anscheinend nach mir Ausschau hielt, und bahnte mir einen Weg zu ihm. Er schien erleichtert, daß Madame Geneviève nicht mitgekommen war, und führte mich zu seinem Meister, der mich über die Schlacht bei Leipheim befragen wollte, daraus wir vier auf so wundersame Weise entkommen waren.

So stand ich endlich Thomas Müntzer von Angesicht zu Angesicht gegenüber. Er reichte mir nicht die Hand, sondern maß mich nur mit seinen schrägen zornigen Augen. Mir schlotterten die

Knie, als ich meiner Sünden gedachte und mich fragte, wodurch ich ihm etwa mißfallen hatte; allein ich merkte bald, daß seine Wut Pfeiffer galt, der beschämt abseits stand und an seinem Schwert fingerte. Während unseres ganzen Gesprächs ersann Thomas Müntzer immer kräftigere Schimpfwörter, die er aus dem Mundwinkel nach Pfeiffer schleuderte, ohne mich dabei aus den Augen zu lassen. Das machte unsere Unterhaltung etwas verwirrend.

Ich erzählte ihm alles, was ich von den Ereignissen zu Baltringen und anderswo wußte, und gab meine Meinung dahin kund, daß von Truchseß die schwäbischen Bauern mit Leichtigkeit und ohne Verluste, wie bei Leipheim, schlagen würde.

Mein Bericht über diese düsteren und blutigen Ereignisse verfehlte seine Wirkung auf Thomas Müntzer; ja, er wurde ruhiger dabei und sagte schließlich: »Ihr redet recht und weise, Michael Pelzfuß. Gott hat Euch gewiß die Gabe der Vernunft verliehen. Die Bauernführer Schwabens gleichen Wildsäuen im Weingarten des Herrn. Sie haben den Glauben nicht; Jakob den Schneider haben sie mit ihrem Spott vertrieben. Aber was soll aus des Herrn Weingarten werden, wenn diese wilden Bestien auch in meiner Umgebung auftauchen und meine Gläubigen dazu verleiten, mein heiliges Banner zu ergreifen und sich damit in unheilvolle Abenteuer zu stürzen? Meine Aufgabe ist es, aus diesem Bund eine Waffe für die Hand des Herrn zu schweißen, aber meine Ratgeber sind des Satans und haben sich verschworen, mein Werk zu vernichten und sich die Wänste vollzuschlagen und ihre Beutel zu füllen. Steck dein Schwert ein, Pfeiffer, du Kind des Teufels!«

Nun aber war Pfeiffer ergrimmt. Er stieß sein Schwert in die Scheide und entgegnete: »Die Pest an deinen Hals, Thomas Müntzer! Was sind du und ich anderes als arme Teufel, einander gleich vor Gottes Angesicht? Vergiß nicht, du bist schon einmal aus dieser Stadt vertrieben worden. In Mühlhausen habe ich mehr zu sagen als du, und an unserem Banner haben meine Weiber nicht weniger sorgfältig genäht als deine. Ich werde es dorthin tragen, wohin es mir beliebt. Langensalza hat mich so gepeinigt, daß ich es nicht entkommen lassen werde, jetzt, da seine Bevölkerung die Zeichen der Zeit erkannt und mich um Hilfe gebeten hat. Deine Feigheit soll uns nicht hindern, das Banner zu erheben, und wenn auch nur ein Körnchen von einem richtigen Mann in dir steckte, würdest du unseren Haufen gleich einer Lawine anwachsen sehen, wenn wir jetzt marschieren. Bleiben wir, so wird er sich bald ganz verlaufen. Und wenn auch nur ein Mensch einen Finger rührt, um uns zu helfen, wenn wir einmal vor den Scharfrichtern der Fürsten stehen, so will ich so viel Pfund Mist fressen, wie ich schwer bin!«

Sie zankten in immer gröberen Worten fort, bis ich nicht mehr wußte, was ich von ihnen halten sollte. Schließlich brüllte Pfeiffer, er wollte in der Dämmerung zum Sammeln blasen lassen; dann werde man sehen, wem die Gläubigen folgten, Pfeiffer oder Müntzer. Damit verließ er großspurig die Sakristei und schlug die Tür mit einem Knall hinter sich ins Schloß.

Müntzer, jetzt tränenüberströmt und zitternd, meinte, der Tag, an dem er Heinrich Pfeiffer am Galgen baumeln sehe, werde für ihn und für den Herrn ein Freudentag sein. Der kleine Schneider legte ihm den Arm um die Schulter, tröstete ihn und meinte, alles werde nach Gottes unerforschlichem Ratschluß gut ausgehen. Er solle sich nur wappnen und seinem Banner folgen; dann würden ihre Feinde fallen wie die Ähren unter dem Hagelschlag. Auch ich heiterte ihn nach besten Kräften auf, und er bat mich dringend, mich seinem Haufen anzuschließen, damit er wenigstens einen vernünftigen Berater und einen Gesandten habe, der den Fürsten die Briefe überbringen könne, die Gott ihm eingebe, denn er erhalte durch Gottes Gnade wenigstens einmal wöchentlich eine göttliche Botschaft, auf daß sein Mut nicht wanke.

Der Gedanke, ihm als Gesandter zu dienen, entzückte mich nicht sonderlich, obwohl er mir versicherte, daß mir dabei nichts zustoßen könne; ich kehrte nach Einbruch der Dunkelheit in trüber Stimmung in meine Schenke zurück. Müntzers Predigt hatte auf mich freilich tiefen Eindruck gemacht; hinterher aber hatte ich sehen müssen, daß er ein schwacher und verwirrter Mensch war, wie wir anderen auch. Ich atmete die kühle Nachtluft ein und blickte zu den Sternen auf. Die Augen auf den schimmernden Baldachin zu meinen Häupten gerichtet, sah ich mich selbst als ein einsames Fünkchen in der Nacht, das Gottes mächtiger Atem zu irgendeinem unerforschlichem Zweck über den brodelnden Hexenkessel Deutschland geweht hatte.

Mein Kummer drückte mich nun schwerer als seit vielen Monaten, und ich gedachte des kindischen Eides, den ich geschworen hatte, als das Blut meines Weibes Barbara mir warm über die Hände floß. Mir war, als erhebe sich die heilige Kirche in ihrer Majestät vor mir bis zu den Sternen. Seit fünfzehnhundert Jahren hatte sie sich so aus einem Ozean von Sünden erhoben. Gereinigt durch das Blut der Märtyrer, erleuchtet durch den Ruhm der Heiligen, hatte sie durch ihre heiligen Sakramente allen armen Seelen den einzigen Weg zur Erlösung gewiesen. Wer war ich armseliger Wurm, daß ich auch nur das kleinste Steinchen dieses gewaltigen Baues lockern wollte, und wenn ich mich gleich tausendmal mit wilden Propheten der neuen Lehre verband und versuchte, das Reich Gottes auf Erden zu gründen?

Verlassen von Gott und schwach im Glauben stand ich unter dem Sternenhimmel jener Frühlingsnacht. Das Herz tat mir weh; nackt und unbarmherzig quälten mich meine Gedanken. Die ungeschminkte Wahrheit, daß ich nur ein Mensch war, konnte ich nicht ertragen. Ich schlug die Augen nieder und eilte der Wärme, der Helle und den schlichten Gefährten in der Schenke zu. Ein Mensch gehört unter Menschen, und sein unstillbares Weh kann nur der Tod betäuben.

2

Heute sehe ich ein, daß unser Feldzug so wild und sinnlos war wie das Schwanken eines Betrunkenen von einer Schenke zur anderen. Als wir nach Langensalza kamen, stellte sich heraus, daß die Bevölkerung schon ohne fremde Hilfe mit ihrer Obrigkeit fertig geworden war und unsere Einmischung in ihre Angelegenheiten nicht wünschte. So zogen wir weiter und fürchteten nichts, denn bei unserem Herannahen flohen die Adeligen. Es fehlte uns an nichts, denn die Herden und Fischweiher der Klöster verköstigten uns. Aus den Städten und Dörfern, die wir durchzogen, strömten Müntzer täglich neue Anhänger zu und brachten Wagenladungen voll Beute aus früheren Raubzügen mit – Kleider, Waffen, Getreide und Schweinefleisch. Müntzer empfing sie zu Pferd, begrüßte sie als Brüder in Christo und erlaubte ihnen, ihre Beute mit uns zu teilen. Unser Häuflein schwoll gleich einer Lawine an, wie Pfeiffer es vorausgesagt hatte, und Madame Geneviève brauchte sich nicht zu beklagen, denn unser Marsch bei dem schönen Aprilwetter muß ihr wie ein heiterer Spaziergang vorgekommen sein.

Müntzers Zuversicht wuchs von Tag zu Tag; Tag für Tag predigte er auch im Sattel unter dem Regenbogenbanner. Als er aber erfahren hatte, daß Doktor Luther selbst, ergrimmt über Müntzers Ruhm, nach Weimar gekommen war, um Herzöge und Markgrafen zum Krieg gegen ihn aufzustacheln, ließ er mich zu sich kommen und sprach: »Nun hat dieser Doktor Luther, von dem wir soviel hören und den die Vertrauensseligen nachgerade als ihren Herrgott betrachten, endlich Farbe bekannt. Er ist gewogen und zu leicht befunden worden. Seine Zeit ist um, seine eigenen Taten zeugen wider ihn, denn er hat sich mit dem schlimmsten und blutdürstigsten aller Tyrannen verbunden, dem Markgrafen von Mansfeld, der mich von meiner Gemeinde vertrieb und zum Bettler machte. Luther predigt gegen mich und warnt die Leute, sich um mein Banner zu scharen. Das soll er teuer bezahlen. Zuerst aber muß dafür gesorgt werden, daß er nicht Herzog Johann von Weimar gegen mich einnimmt. Ich muß den Herzog vor Luthers abscheulichen Ränken gegen mich warnen und ihn beschwören, nicht auf Menschen, sondern auf Gott zu hören. Ihr müßt nach Weimar reiten, Michael Pelzfuß, und dem Herzog meinen Brief persönlich überreichen. Bringt mir seine Antwort, wo immer ich auch sei – denn mich lenkt nun nicht mehr mein eigener Wille, sondern mein stets wachsendes Heer, wie es Gott gefällt.«

Er zeigte mir die warnende Botschaft, die er an Herzog Johann hingekritzelt hatte, und das Wenige, was ich davon sah, ließ es mir nicht sehr ratsam scheinen, sie einem mächtigen Fürsten zu unterbreiten. Müntzer aber tadelte mich ob meines schwachen Glaubens und schwor, mir könne nichts zustoßen, denn er führte in seinem Haufen viele Geiseln mit, die man unverzüglich töten konnte, wenn mir auch nur ein Haar gekrümmt würde.

So blieb mir denn nichts anderes übrig; ich wählte das beste Pferd und bat Andy, mich durch das aufgewühlte Land zu begleiten. Ich versicherte Madame Geneviève, wir würden kaum länger als vier Tage fernbleiben, und empfahl sie in gewählten Worten der Obhut Jakobs, des Schneiders. Sie aber erwiderte von oben herab, sie brauche keinen Schneider zum Beschützer, und ich erkannte, daß ich mich nicht mehr ihrer uneingeschränkten Gunst erfreute.

So stiegen wir denn in den Sattel, Andy und ich, und machten uns auf den Weg. Städte und dichtbesiedelte Gegenden mieden wir, so gut wir konnten. Am Nachmittag des zweiten Tages waren wir in Weimar, wo viele bewaffnete Reiter versammelt waren. Ich hielt es für ratsam, nicht zu sagen, wer mich gesandt hatte. Als ich daher vor dem Schloß anlangte, erklärte ich dem Offizier der Wache, ich hätte eine dringende Geheimdepesche für Seine Gnaden. Zum Beweis meiner guten Absicht gab ich ihm drei Gulden, die auf ihn tiefen Eindruck machten. Er ließ uns sogleich in den Hof und sandte nach Reitknechten, die unsere Pferde tränken und abreiben mußten. Der Herzog erwartete offenbar schon eine Nachricht, denn bald darauf wurden wir zwischen zwei Wachen ins Schloß geführt. Dann nahm man uns die Waffen ab, darunter selbst mein Tischmesser, woraus ich schloß, daß Herzog Johann ein mißtrauischer Herr sein mußte.

Andy, der gar nicht auf Herzöge und derlei Volk erpicht war, wollte lieber in Reichweite unserer Waffen bleiben und versuchen, eine Mahlzeit zu ergattern. Mich geleitete ein weißhaariger Kämmerer in des Herzogs Studierzimmer, wo ich Seine Gnaden erwartete.

Er kam in einer schäbigen Samtmütze und einem schmierigen Wams. Er schien erregt, fragte mich aber freundlich, wer ich sei und warum ich es für nötig gehalten hätte, einen alten Mann zu stören, statt meinen Brief einem Diener zu übergeben. Ich konnte mich ihm nur zu Füßen werfen, um seine Gnade bitten und gestehen, daß ich einen Brief Thomas Müntzers überbrachte.

Der gute Alte bekreuzigte sich und öffnete den Brief behutsam, als fürchtete er, sich die Finger daran zu verbrennen. Mühsam buchstabierte er ihn zu Ende und sank dann mit einem Seufzer in seinen Lehnstuhl.

»Wer bin ich armer Sterblicher, daß ich Gottes Ratschluß kennen sollte? Anscheinend kennt ihn jeder besser als ich — jeder überhäuft mich mit Ratschlägen! Mein geliebter Bruder, der Kurfürst, liegt in den letzten Zügen, und ich habe mich stets auf sein Urteil verlassen. Als er von dem Bauernaufstand hörte, nahm er seine schwache Kraft zusammen, um mir zu schreiben und von jeder Gewaltanwendung abzuraten. Wer weiß, so meinte er, ob diese armen Teufel nicht gute Gründe für ihr Vorgehen haben? Sowohl die geistlichen als auch die weltlichen Behörden haben sie unterdrückt, besonders dadurch, daß sie die Verbreitung des göttlichen Wortes verhinderten. Wir können nur den Allmächtigen bitten, uns unsere Sünden zu vergeben und ganz auf ihn vertrauen. So schrieb mein lieber Bruder, der Kurfürst. Aber nach den jüngsten Meldungen ist er dem Tode nahe. Bald muß ich die schwarze Fahne auf dem Turm hissen und als neuer Kurfürst das Geschick seiner Lande in meine Hände nehmen.«

Er schwieg und schüttelte das zitternde Haupt; ich redete ihn ehrerbietig an.

»Darf ich es wagen, dies als Eure Antwort hinzunehmen? Darf ich meinem Auftraggeber bestellen, daß der gute Herzog ihm nichts Böses will und nicht beabsichtigt, gegen die Bauern mit Gewalt einzuschreiten?«

Er fiel hastig ein: »Nein, nein! Sagt um Gottes willen niemand, daß ich so gesprochen habe! Doktor Luther ist derzeit mein Gast, und er ist ein strenger und feuriger Diener des Herrn. Erführe er davon, so würde er mir aufs neue seine Bannflüche in die Ohren gellen, und das ist mehr, als ich ertragen kann. Ich habe meine Streitmacht schon aufgeboten, und mein Vetter Herzog Georg hat versprochen, aus Leipzig gegen die Bauern zu reiten. Viele andere haben mir ihre Hilfe angeboten, so daß ich meinen Entschluß nicht mehr ändern kann, selbst wenn ich es wollte. Am besten wird Euch Doktor Luther selbst alles Notwendige mitteilen. Was mich betrifft, so grüßt Thomas Müntzer und heißt ihn für mich beten, wenn er wirklich ein rechter Diener des Herrn ist. Fordert ihn auf, die Waffen niederzulegen und in ein anderes Land zu fliehen, sonst wird er, fürchte ich, ins Verderben rennen und viele mit sich in die Arme des Todes reißen.«

Herzog Johann stand eilig auf, reichte mir die Hand zum Kuß und verließ das Gemach; Müntzers Brief ließ er offen auf dem Tisch liegen, damit Doktor Luther ihn lesen solle. Ich erwartete zitternd die Ankunft des großen Mannes, dessen Ruhm sich in wenigen Jahren durch ganz Deutschland und bis in ferne Länder verbreitet hatte. Diese Begegnung fürchtete ich mehr als die Audienz beim Herzog.

Allein meine Furcht war grundlos. Der große Lehrer trat ein, in Doktorhut und Talar, in der tintenbeklecksten Hand einige eben geschriebene Seiten, die er hin und her schwenkte, damit sie trockneten. Auch im Gesicht trug er Tintenspuren. Er hatte offenbar eine dringende Arbeit unterbrochen, um mit mir zu sprechen, denn er überlas noch das Geschriebene und lachte ein wenig in sich hinein, obwohl das Lächeln nichts Gutes verhieß. Ich konnte ihn ein Weilchen mit Muße beobachten und fand an ihm nicht mehr den schmächtigen, zergrübelten, frühgealterten Mönch, der gegen Papst und Kaiser aufgestanden war und dessen Gesicht jedermann von zahllosen Bildern her kannte. Nein, vor mir stand ein untersetzter, kräftig gebauter Mann auf der Höhe seines Lebens, mit gut gemeißeltem Kinn und rosigen Wangen.

»Ihr armer Junge!« sagte er. »Kennt Ihr die teuflische Falle, in die Ihr geraten seid? Ihr habt ein reines, unschuldiges Gesicht und seid nicht schuld an Eurem Irrtum; der ist vielmehr dem höllischen Wind zuzuschreiben, der jetzt über Deutschland weht.«

Er erblickte Müntzers Brief auf dem Tisch, hob ihn auf und las einige Zeilen. Dann zerriß er ihn, am ganzen Leibe vor Wut zitternd, in tausend Stücke und trat mit dem Fuß darauf.

Seine furchtbaren schwarzen Augen spießten mich förmlich an die Wand, als er sprach: »Das Böse hat sich nun in seiner wahren Gestalt gezeigt, und niemand braucht auf Gnade zu hoffen. Der Tag des Zornes ist gekommen, denn die Bauern wollten nicht auf mich hören und machen auch weiterhin vom heiligen Evangelium ihren eigenen, schmählichen Gebrauch. Ein Christ muß Gewalt und Unrecht leiden und darf sich nicht rächen wollen, indem er Gottes Wort verdreht. Er muß vielmehr die andere Wange hinhalten, damit er für sein langes Leiden den Lohn des Himmels empfange. Habe ich euch nicht gewarnt, ihr halsstarrigen Schurken, ihr Aufwiegler und Räuber? Habe ich nicht gesagt, ich muß euch als Feinde betrachten, weil ihr mein Evangelium abscheulicher bekämpfen und entstellen wollt, als der Papst oder der Kaiser es jemals taten? Ich will kein Mitleid haben; ich sage, was ich denke – ich habe es aufgeschrieben, damit man es in ganz Deutschland wisse. Hört zu, junger Mann, hört zu, und bringt Eurem Meister diese Botschaft als Antwort von Seiner Gnaden!«

Er setzte sich an des Herzogs Schreibtisch, schlug den Talar über die Knie und begann mit lauter Stimme seine Flugschrift vorzulesen, in der er die mordenden und plündernden Bauern verdammte. Er hatte sie so hastig hingeworfen, daß er seine eigene Handschrift nicht immer lesen konnte; so saß er, über das Papier gebeugt, unterbrach sich bisweilen, murmelte eine Korrektur vor sich hin, strich hier eine Zeile aus und fügte dort eine ein, oder er setzte, gleich einem geübten Korrekturleser, ein Kreuz an den Rand und darunter den Zusatz. Diese fortwährenden Unterbrechungen erschwerten es mir, ihm zu folgen, allein über den Inhalt konnte ich nicht im ungewissen bleiben. Da die Bauern gegen ihre rechtmäßigen, von Gott eingesetzten Herren aufgestanden seien, Burgen und Klöster geplündert und sich dann hinter dem Mäntelchen des Evangeliums verborgen hätten, indem sie einander Brüder in Christo nennten, verdienten sie dreifach den Tod des Leibes wie der Seele. Die Zeit der Gnade sei um, der Tag des Zornes und des Schwertes angebrochen.

Den Hauptpunkt las er zweimal, um ihn meinem Gedächtnis unauslöschlich einzuprägen; zuerst langsam, die Feder in der Hand, als wolle er den Ton noch ändern; dann aber rasch, rauh und mit Wohlbehagen:

»Darum soll hier zerschmeißen, würgen und stechen, heimlich oder öffentlich, wer da kann, und gedenken, daß nichts Giftigeres, Schändlicheres, Teuflischeres sein kann denn ein aufrührerischer Mensch. Gleich wie man einen tollen Hund totschlagen muß: schlägst du nicht, so schlägt er dich und ein ganzes Land mit dir.«

Der rachsüchtige Ton schmerzte mich so, daß ich am liebsten gestorben wäre. In jener Stunde sah ich keine brennenden Burgen, keine geplünderten Klöster, keine nackten Leichen; ich dachte nur an die schlichten, frommen Männer, die sich ihr Leben lang abgemüht hatten, ohne auch nur ein paar armselige Gulden ersparen zu können, und die nun in ihrem kindlichen Glauben an das Wort Gottes meinten, Sein Reich werde kommen, und zwar mit ihrer Hilfe.

Meine Angst vergessend, warf ich mich dem Doktor zu Füßen, faßte seinen Talar und flehte unter Tränen: »Gelehrter Doktor Luther, ich bin nur ein armer Sünder, aber glaubt mir, diese Leute sind nicht alle tolle Hunde. Die meisten von ihnen sind schlichte, gottesfürchtige Männer, die Gottes Gerechtigkeit auf Erden verwirklicht sehen wollen. Sie glaubten an Euch und vertrauten Euch, als wäret Ihr Gott selbst gewesen. Ihr schenkt ihnen die Bibel in ihrer Muttersprache, und Ihr könnt sie nun, da die Fürsten gegen sie zum Kriege rüsten, nicht im Stich lassen. Versuchet wenigstens zu vermitteln – versucht wenigstens, ihnen zu vergeben, wenn Ihr schon nicht mit ihnen gemeinsam eine neue, dauernde Ordnung in Deutschland errichten wollt; denn nicht einmal Fürsten können Eurer Kraft und Eurem Geist widerstehen!«

Er aber verschmähte meine Hand und zog die Schöße seines Talars an sich, als wäre ich einer von den tollen Hunden gewesen, von denen er schrieb, und antwortete aufgebracht: »Ich bin weder Euch noch irgend jemandem auf dieser Welt Rechenschaft schuldig; nur dem Allmächtigen und meinem Gewissen. Ich will nicht zulassen, daß ein tollwütiger Pöbel mein Evangelium in Trümmer schlägt. Ich will sie mit Zähnen und Klauen bis zum Ende bekämpfen, wie ich Papst und Kaiser bekämpft habe.«

Ich erkannte, daß Doktor Luther in seinen eigenen Augen schon so erhaben dastand, daß er Nebenbuhler weder in der Gelehrsamkeit noch in der Lehre ertragen konnte und jeden, der an seine Glaubensartikel rührte, als Schwindler und Falschmünzer ansah. Er sagte sich von den Bauern los, weil sie seine Lehre so weit ausgelegt hatten, daß sie sich schließlich entstellten.

Von bitterer Verzweiflung erfüllt, erhob ich mich, blickte ihm kühn ins Gesicht und sagte: »Ich bin ein noch junger Mann und im Vergleich mit Euch ungebildet. Meine Meinung wird auf der Waage der Zeit, darauf Eure Worte und Taten gewogen werden, weniger wiegen als ein Staubkorn. Dennoch tut Euer Gerede von ›*meinem* Evangelium‹ meinen Ohren weh, denn es ist bei Gott nicht Euer Evangelium allein, sondern das Evangelium aller Armen. Und dies, so glaubte ich stets, liege Eurer Lehre zugrunde. Das klare Wort Gottes spricht gegen Euch, und Ihr selbst seid der letzte, der die andere Wange darbieten würde! Überdies verstecktet Ihr Euch lange Zeit vor dem Zorn des Kaisers, während ganz Deutschland nach Euch rief, und nun wollt Ihr, scheint's, wieder auskneifen und Euch diesmal hinter die Fürsten stecken, um ihnen zu schmeicheln!«

Es kam mir freilich nicht zu, zu einem großen Mann so zu sprechen, und er tat recht daran, mir eine heftige Ohrfeige zu versetzen.

In meinem Haß aber spürte ich sie kaum, und mit Tränen der Wut und der Schmach in den Augen fuhr ich fort: »Schlagt mich, wenn Ihr wollt! Die Tinte an Euren Fingern ist das Blut der Unschuldigen, und es trieft von jedem Buchstaben Eurer Flugschrift. Warum solltet Ihr nicht der Fürsten Gunst erwerben, Doktor Luther, und sie zu Bischöfen ihrer eigenen Länder machen, wie Ihr versprochen habt? Sie können Euer Evangelium besser auslegen als unwissende Bauern. Ihr müßt ja gewinnen, wenn Ihr den Adel mit den Ländereien der Kirche bestecht; und dann könnt Ihr um Euer Evangelium festere und höhere Mauern errichten, so daß es nicht mehr das freie Feuer Gottes und eine Gefahr ist, sondern in den Bastionen Eures Willens hübsch eingeschlossen ist. Wie werdet Ihr Euch freuen, wenn Euer Brief laut in allen Kirchen Deutschlands verlesen wird und wenn die katholischen Fürsten – die Euch bisher mehr verabscheuten als den Teufel selbst – Euren Befehl befolgen, indem sie ihre Leibeigenen abschlachten! Vor Gottes Angesicht aber wird Eure unsterbliche Seele wahrlich übel dastehen!«

Doktor Luther sah mich durchdringend an, als wolle er mir auf den Grund meiner Seele sehen, und begann zu sich selbst zu sprechen.

»Es mag wahr sein. Mag sein, daß ich freier und glücklicher in meinem Glauben war, als ich allein dem Scheiterhaufen und dem Kaiser trotzte, als heute, wo mich Satans Listen und Ränke von allen Seiten einengen. Aber kannst du, du bleicher, zorniger Jüngling, die Stimme des Gewissens sein? Nein, nein – du bist nur das jüngste Trugbild des Teufels, das mein klares Denken trüben soll. Fort mit dir, Versucher, zurück in des Teufels Arschloch, dem du entkrochen bist!«

Seine düsteren Augen ruhten auf mir; sein Kinn schien wie aus Erz gegossen. Ich war nicht der Mann dafür, seine Überzeugung auch nur um Haaresbreite ins Wanken zu bringen. Beschämt und kleinmütig schritt ich rückwärts zur Tür und ließ ihn mit seiner Einsamkeit allein.

3

Der weißhaarige Kämmerer hatte an der Tür gelauscht und war keineswegs verlegen, als ich ihn auf frischer Tat ertappte.

»Mein Gehör ist nicht mehr so gut wie früher, lieber junger Herr«, bemerkte er, »und es ist auch keine Sünde, wenn ich lausche, denn einer, der gute Ohren hat, kann den Doktor durch viele Mauern und Türen hindurch hören, wenn er aufgebracht ist. Aber Ihr seid ein tapferer junger Mann, Meister Pelzfuß, daß Ihr ihm nichts schuldig bliebet, und selbst der Herzog wird sich ins Fäustchen lachen, wenn er davon hört. Die Zeiten sind nun freilich nicht zum Lachen, und ich mache mir schwere Sorgen über das Unheil, das der Welt bevorsteht, denn auch ich bin ein Bauernsohn, trotz der hohen Stellung, die ich erlangt habe. Der Herzog, mein Herr, wird von allen Seiten bestürmt – allein man sollte Doktor Luther nicht schmähen, denn er ist ein frommer Mann und der größte Gelehrte Deutschlands, und auch er wünscht, gleich meinem Herrn, nur das Wohl des Landes. Wie steht's mit Euch, Meister Pelzfuß?«

Ich erwiderte, auch ich wünschte nur das Beste und sähe mit tiefer Besorgnis dem Schicksal entgegen, das die Bauern erwarte. Er zog mich an ein Fenster und wies durch die grüne Scheibe auf bewaffnete Reiter und Pikeniere, die unten mit der Genauigkeit eines Uhrwerks exerzierten.

Dann schüttelte er seinen Beutel und bemerkte nachdenklich: »Wir leben in schweren Zeiten, und am herzoglichen Hofe mangelt es an Bargeld. Überdies habe ich Enkelkinder, denen ich ein bescheidenes Vermächtnis hinterlassen will. Ich höre, Ihr habt da dem einen oder anderen Leutnant am Tor eine beträchtliche Summe verehrt, eine Verschwendung Eures guten Geldes, die ich nur beklagen kann. Auch ich habe eine Börse und könnte Euch so manchen nützlichen Rat geben.«

Ich antwortete hastig, ich sei ein armer Mann und könne mir seinen Rat nicht zunutze machen, wie gut er auch sei. Luther habe bereits gesprochen, und unaufhörlich strömten nun frische Truppen in den Hof. Mir bleibe nur übrig, augenblicklich zu Thomas Müntzer zurückzukehren und ihn zu bewegen, sich unverzüglich zur Schlacht zu rüsten.

Der Kämmerer pflichtete mir bei, setzte aber hinzu: »Es wäre fast besser, sie zerstreuten sich und kehrten an ihre Wohnorte zurück, wenn es nicht wegen des Unheils wäre, das die Fürsten ihnen zufügen würden, wenn sie keinen Widerstand vorfinden, ungehindert landauf, landab streifen und ihren Zoll auf dem Rücken der Bauern eintreiben könnten. Die Schwaben am See taten recht daran, auf einem uneinnehmbaren Schroffen ihre Stellung zu beziehen, so daß von Truchseß nicht wagte, sich auf eine Schlacht mit ihnen einzulassen. Die Streitkräfte der Fürsten sind nicht gar so groß; für einen Wissenden wäre es ein leichtes, ihre Stärke und ihre Marschrouten anzugeben, wenn er nur eines gebührenden Lohnes für seine Mühe sicher wäre.«

Unter den grauen, buschigen Augenbrauen warf er mir einen Seitenblick zu. Ich sah, daß er wußte, was er sagte; freilich fiel es mir schwer, an seine Redlichkeit zu glauben, war er doch Herzog Johanns rechte Hand. Ich fragte, was er unter einem gebührenden Lohn verstehe, er aber streckte mir die offenen Hände hin und meinte, er wolle sich mit dem begnügen, was ich ihm bieten könne. Dann führte er mich durch ein Labyrinth von Gängen in ein entlegenes Gemach, wo auf einem Tisch Brot, Käse, Fleisch und ein Krug Bier standen. Er entrollte eine schöngezeichnete, buntgemalte Landkarte und zeigte mir die Sammelpunkte der fürstlichen Truppen.

»Der gute Herzog Johann soll am siebenten Mai mobil machen«, sagte er, »und der Tag ist nicht mehr fern. Der gefährlichste Feind der Bauern aber ist der Vetter Seiner Gnaden, Herzog Georg von Sachsen, dessen Land unter Müntzers Streifzügen am meisten gelitten hat. Er soll nun Leipzig jeden Tag verlassen, kann jedoch, glaube ich, kaum mehr als tausend Reiter und zwei Kompanien Pikeniere aufbieten, einschließlich der Mansfelder, die unterwegs zu ihm stoßen sollen. Der tollkühne junge Markgraf Philipp von Hessen hat versprochen, ihm von der anderen Seite mit vierzehnhundert Berittenen und ebensoviel Fußvolk zu Hilfe zu eilen. Mag sein, daß auch der Herzog von Braunschweig ihn begleitet. Jedenfalls wollen die Fürsten in drei starken Stoßkeilen von Osten, Süden und Westen vorrücken, und wenn sie sich vor der Entscheidungsschlacht vereinigen können, wird ihre Stärke gewaltig sein. Doch wird nicht so heiß gegessen wie gekocht, und die Lage der Bauern ist nicht ganz aussichtslos, wenn sie sich nur bereitfinden, zu verhandeln und ein Übereinkommen zu erzielen.«

Ich aß Brot und Käse und spülte mit des Herzogs gutem Bier nach; dabei sah ich einmal auf die Karte, dann wieder in die lebendigen Augen und auf die buschigen Brauen des Alten.

»Wenn Eure Mitteilungen zutreffen, so sind sie mehr wert als alles Gold der Welt«, versetzte ich, »denn mit Gold kann sich ein

Toter die Freiheit nicht mehr erkaufen. Allein ich bin arm, wie ich Euch schon sagte, und kann Euch nicht mehr bieten als, sagen wir, zehn Gulden. Doch will ich Euer stets im Gebet gedenken.«

Ich entnahm meiner Börse zehn Gulden und gab acht, daß das Übrige nicht klingelte; der Alte war aber wohl nicht so taub, wie er vorgegeben hatte.

Er strich das Geld eifrig mit einem höhnischen Lächeln ein und streckte aufs neue die Hand aus: »Jetzt ist keine Zeit, knauserig zu sein, mein lieber Herr, und ich möchte einem so edlen und hübschen Jüngling nichts Böses widerfahren sehen. Wenn Ihr dies Geschenk etwas nach oben abrunden wolltet, so stände es etwa in meiner Macht, Euch einen von Herzog Johann unterzeichneten Geleitbrief zu verschaffen. Ein solches Papier würde Euch Leben, Ehre und Eigentum schützen, falls die Dinge eine schlimme Wendung nähmen und ihr in die Hände der Fürsten fielet. Bedenket, solche Herren sind gar grausam in ihrem Zorn. Ich glaube, Herzog Johann hat Euer offenes, unschuldiges Gesicht gefallen, und er würde Euch gewiß mit einem Paß versehen, wenn ich mich für Euch verwendete.«

Ich dachte, ein solches Dokument könnte mich zwar vor den Fürsten retten, mir aber ebensoleicht gefährlich werden, wenn die Bauern es bei mir fänden, die mich dann für einen Spion der Herrschaften halten würden. So erwiderte ich nach einigem Nachdenken, der Geleitbrief werde mir wohl wenig nützen, doch ich wolle ihm noch fünf Gulden geben, wenn er ihn mir beschaffen könne. Er versuchte, den Betrag um ein kleines zu erhöhen, allein vergeblich, und verließ schließlich kichernd das Gemach, als wolle er dem Herzog sein Anliegen vorbringen. Gleich darauf kam er jedoch mit dem versprochenen Geleitbrief zurück, der schon angefertigt und gesiegelt war; darin stand schwarz auf weiß, Michael Pelzfuß de Finlandia stehe in des Herzogs Diensten und unter seinem Schutz; jedermann solle ihm bei der Erfüllung seiner Aufgabe Unterstützung und Hilfe gewähren.

Ich erkannte sogleich, daß mich der Alte hineingelegt hatte, das Dokument aus irgendeinem Grund schon vorher ausgestellt worden war und er es schon einige Zeit in der Hand gehabt hatte. Er konnte mir daher die Pläne der Fürsten nur mit der Bewilligung seines Herrn mitgeteilt haben, und der Herzog wollte sich meiner offenbar zu einem seiner eigenen Pläne bedienen. Das erweckte in mir den unbehaglichen Verdacht, daß er als Lockspeise auch ein entsprechendes Reisegeld ausgeworfen haben mußte. Der Kämmerer hatte mich hineingelegt wie einen Bauern, der zum erstenmal auf den Roßmarkt geht. Aber was hatte der Herzog vor, und welche Aufgaben waren mir zugedacht? Ich verschluckte meinen Grimm, so gut ich konnte, rühmte des Alten Schläue und fragte ihn nach der Botschaft Seiner Gnaden an mich. Je besser ich die verstünde, desto besser könne ich ihm zu Diensten sein.

Der alte Kämmerer sah sorgenvoll drein, tätschelte mir mit seiner blutleeren, trockenen Hand die Wange und antwortete: »Ihr findet Euch gar anständig mit der Sache ab, junger Mann. Ja freilich, Geld ist so leicht gewonnen wie zerronnen, guter Rat aber ist wirklich teuer. Was ich Euch mitteilte, trifft zu, soweit das in diesen gefährlichen Zeiten möglich ist. Des Herzogs größter Wunsch ist, den Sturm zu beschwichtigen, wie sein Bruder ihm riet, und er bemüht sich nach Kräften, die Bauern vor einem Zusammenstoß mit einem weitaus überlegenen Gegner zu bewahren. Verhärten sie aber ihre Herzen und wollen sie kämpfen, so soll es ihm auch recht sein. Und wenn die Fürsten ihnen eine Lehre erteilen wollen, so sei es drum. Was immer auch komme, er hofft auf so schwere Verluste auf beiden Seiten, daß sie um so eher einen Ausgleich herbeiführen.«

»Daraus werde ich nicht klug«, wandte ich ein. »Wie kann Seine Gnaden seine Verwandten und Standesgenossen so hintergehen?«

»Wer weiß? Vielleicht sähe Herzog Johann es gar nicht ungern, wenn dem einen oder anderen anmaßenden Herrchen die Flügel gestutzt würden, bevor er selbst mit seiner starken Streitmacht zu Felde zieht. Doch seid versichert, er wird bei diesem gefährlichen Spiel nur gewinnen, wie immer es auch ausgehen mag. Er kann warten.«

Eine so kalte Berechnung dünkte mich schier sündhaft. Aber ich glaubte dem Alten nur zur Hälfte, und da nicht mehr aus ihm herauszubringen war, sagte ich ihm kühl Lebewohl.

Andy saß auf dem Rand eines Futtertrogs, umgeben von gewappneten Reitern und Söldnern, die, auf ihre Lanzen gestützt, ab und zu in brüllendes Gelächter ausbrachen. Im Näherkommen hörte ich ihn von der großen Schlacht bei Pavia und seinen eigenen Heldentaten ebendort sprechen; als er mich jedoch erblickte, wie ich mich ärgerlich durch die Schar seiner Zuhörer zwängte, schaute er rundum und zog sein Pferd an sich. Er legte ihm einen Arm unter die Brust, den anderen unter den Leib und hob das arme Tier empor. Angesichts dieses Kraftstückchens brachen die Soldaten in laute Rufe der Bewunderung aus und machten ihm willig Platz, als er gemächlich mit dem hilflosen Pferd in seinen Armen dem Tor zuschritt. Ich machte mein eigenes Rößlein los und schritt hinter ihm über den Hof. Am Tor setzte Andy sein Tier wieder auf die Beine, klopfte ihm den Hals und kletterte in den Sattel – er war nicht einmal außer Atem – und wir ritten Seite an Seite aus der Festung und winkten den Soldaten zum Abschied zu.

Ich konnte nur glauben, Andy habe sich tüchtig betrunken, denn sonst prahlte er niemals mit seiner Kraft. Gewöhnlich war er eine bescheidene Seele.

Ich wollte nicht einmal mit ihm sprechen, bis wir die Stadttore hinter uns hatten; als wir aber wohlbehalten die Landstraße erreicht hatten, meinte ich erbittert: »Ich schäme mich für dich, Andy. Da zappelte ich in Todesgefahr in Doktor Luthers Krallen und verteidigte mit Klauen und Zähnen unsere Sache, während du dich inmitten unserer Gegner betrinkst und dich nicht entblödetest, vor meinen Augen ein armes Tier zu quälen.«

Er blieb stumm. Sein Schweigen erboste mich so, daß ich meine Vorwürfe in gereiztem Ton wiederholte. Nun erst starrte er mich an und meinte: »Ohne mich dienten wir jetzt im Schloßhof zu Weimar den Krähen zum Fraß.«

Ich versetzte, ich wünschte eine Erklärung, nicht das Gestammel eines Trunkenbolds.

»Ich habe nicht getrunken, Michael. Es geht mir freilich über den Verstand, daß du so streng mit mir sein willst, wo du doch auf eine Pferdelänge nach Bier riechst. Aber als ich auf jenem Futtertrog saß, war mir so unbehaglich wie dem heiligen Petrus am Feuer im Hause des Hohenpriesters. Sie drangen unaufhörlich mit Fragen in mich: wer ich sei, woher ich käme, ich gehöre wohl zu den Mühlhausener Mördern, ich sei ja wohl mit dem gleichen jungen Kerl eingeritten, den man bald zum Hängen herausführen werde? Ich hatte alle Hände voll zu tun, daß sie unsere Pferde nicht stahlen, und mir fiel nichts Besseres ein, als von Pavia zu erzählen, denn das kann ich auswendig, und das Lügen fällt mir nicht leicht. Sie murmelten einander zu, sie wollten am Tor einen Streit vom Zaun brechen und uns beim Wegreiten umbringen. Ich habe keine Ahnung, warum sie das wollten — außer du hast oben im Schloß dummes Zeug dahergeredet. Deshalb hob ich das Pferd auf, um ihnen einen Schreck einzujagen — und so kamen wir durchs Tor. Aber es fehlte nicht mehr viel, und wir hätten den Hahn zum letztenmal krähen gehört; und wenn du, mein Herr und Meister, noch ein Weilchen länger weggeblieben wärest, hätte ich dich beim Kommen vielleicht verleugnet und gesagt: ›Ich kenne den Menschen nicht!‹«

Andys Geschichte stimmte mich gar nachdenklich, und ich fragte mich, ob der Herzog mich etwa mit seinem Geleitbrief auf dem Leib am Tor erschlagen lassen wollte, so daß mein Tod ihm nicht zur Last gelegt werden konnte. Doch dies schien mir ein unnötig abwegiger Plan, selbst für den guten Herzog, und ich kam zu dem Schluß, es müsse an seinem Hof Leute geben, die sein doppeltes Spiel ahnten und es, als sie sahen, daß sein Kämmerer mich ins Vertrauen zog, für das beste hielten, mich abzufangen, bevor ich meine Geheimnisse den Bauern verraten konnte. Noch einige andere Möglichkeiten fielen mir ein, so daß mir der Kopf brummte wie ein Bienenstock. Daher beschloß ich, meinen früheren Plan aufzugeben und Andy alles zu erzählen.

»Verzeih mir den häßlichen Verdacht«, sagte ich. »Ich sehe jetzt ein, daß du überaus geschickt gehandelt hast. Aber was würdest du darum geben, Herzog Johanns freies Geleit unterzeichnet und gesiegelt in der Tasche zu haben, um dich zu retten, wenn wir die Schlacht verlieren und unser Banner in den Kot gezerrt sehen sollten?«

»Daß es zum Kampf kommt, ist sicher, und an der Ausbildung dieser Truppen habe ich erkannt, wie die Schlacht verlaufen wird. Sie haben auch Geschütze. Sei ganz sicher, daß dein Banner in den Kot gezerrt wird; ein Paß des Herzogs kann da ohne Zweifel gute Dienste tun. Aber mir sagt ein Gefühl, daß du Geld verschwendet hast und hoffst, deinen Verlust zur Hälfte bei mir decken zu können.«

Seine Worte verletzten mich um so mehr, als ich in der Tat beabsichtigt hatte, unsere Auslagen auf praktische Weise zu teilen.

Daher erwiderte ich: »Wie kannst du so schlecht von mir denken, mein lieber Andy? In Weimar konnte ich mir viele wertvolle

Hinweise verschaffen, die ich dir mitteilen wollte, wenn du wenigstens fünf Gulden zu meinen großen Auslagen beisteuertest.«

»Der Himmel verzeih dir deinen Geiz«, meinte Andy, fing aber an, die Schnüre seines Geldbeutels zu lösen. »Das soll aber das letztemal sein. Und du mußt schwören, daß du mir, wenn wir trotz alledem hier heil herauskommen, von nun an vertrauen und meinem Rat folgen wirst — und dich vielleicht von mir retten und in ein glücklicheres Land führen läßt —, ohne zu bocken und zu zanken und dich auf die Heilige Schrift zu berufen.«

Das war eine bittere Pille, und wir ritten lange schweigend Seite an Seite durch den dämmernden Maiabend und den schweren, würzigen Duft der Wälder. Aber fünf Gulden waren fünf Gulden und nun obendrein leicht verdient, da ich mich bereits entschlossen hatte, Andy alles zu erzählen, was ich wußte, und im Notfall den Schutz meines Geleitbriefes auf ihn auszudehnen. Die süße Melancholie der Dämmerung über Thüringens grünen Hügeln, die nun das Abendrot verklärte, besänftigte mich.

»Wie du willst, Andy«, sagte ich schließlich. »Ich habe immer gehofft, daß Menschen, die alle gleichermaßen erlöst worden sind, in Frieden zusammen leben würden und keiner zu reich oder zu arm sei. Ich habe daran geglaubt und bin deshalb dem Regenbogenbanner gefolgt. Sollte sich aber mein Glauben als irrig erweisen, so ist mir alles gleich, und ich will gehen, wohin du willst.«

Andy versetzte: »Ich verstehe deine Trauer, Michael. Als ich ein kleiner Junge war, lief ich gern durch die Wälder dem Regenbogen nach, aber er entglitt mir und löste sich auf, gerade als ich ihn festzuhalten meinte. Nun langst du nach deinem Regenbogen — aber glaube mir, hier auf Erden wirst du seiner nie habhaft werden. Aber es gibt viele andere gute und angenehme Dinge auf der Welt. Wir leben in einer Zeit großer Umwälzungen, die wie geschaffen ist für junge Männer, Michael, und die weite grüne Erde lädt uns mit offenen Armen ein. Italien gefiel mir, und es sollte mich nicht wundern, wenn es dort irgendwo ein lächelndes Tal und einen zinnengekrönten Turm gäbe, die ein starker Mann für sich erobern könnte. Es sind schon größere Wunder geschehen, und Leute, die als unwissende Söldner begannen, sind als Feldmarschälle gestorben und von Rittern in goldverzierten Rüstungen und fünfhundert singenden Mönchen zu Grabe geleitet worden. Solche Geschichten wurden mir als wahr erzählt. Ich lauschte ihnen am Lagerfeuer, zitternd vor Kälte und hungrig, und erwärmte mich daran, wenn ich mich in die Welt hinausgestoßen fühlte gleich einem jungen Raben, der aus dem Nest gefallen ist.«

Andy hätte mir solche Pläne wohl nicht anvertraut, wäre der Abend nicht so klar und so zauberhaft schön gewesen. Er vergaß sich und seine Einfalt und glitt, einem Kind gleich, ins Reich der Phantasie hinüber. Ich brachte es nicht übers Herz, ihm weh zu tun, obgleich ich innerlich gar bitter über seine Luftschlösser lachen mußte.

»Es ist wahr, Schmiedejungen sind schon Könige geworden«, sagte ich, »und einer hat sogar den päpstlichen Thron bestiegen. Aber wer von uns beiden greift nun nach dem Regenbogen – du oder ich?«

Andy antwortete milde: »Michael, ein Mensch erreicht alles, was er will, wenn sein Wille stark genug und er bei guter Gesundheit ist. Alles auf *dieser* Welt, meine ich, keine Regenbogen am Himmel. Als ich dies erkannt hatte, brach ich auf, um dich zu suchen, denn ich wollte dich an meinem künftigen Glück teilhaben lassen. Ich brauche dich auch, weil du lesen kannst und gewiß dafür sorgen wirst, daß ich in meinem Streben nach den Gütern dieser Welt meine Seele nicht allzu unbedachtsam gefährde. Mein Seelenheil wäre ein zu hoher Preis selbst für eine Grafenkrone. Das ist der einzige Grund, warum ich dir die fünf Gulden gebe.«

Er streckte den Arm aus, und in der zunehmenden Dunkelheit war mir, als wüchse die Gestalt an meiner Seite, so daß mich eine seltsame Beklemmung erfaßte. Ich beugte mich hinüber und versuchte, seine Züge zu erkennen.

»Bist du es, Andy, oder jemand anders?« stammelte ich; es lief mir kalt über den Rücken.

Aber meine Furcht schwand, als ich Andys warme Faust in der meinen spürte und die fünf guten Gulden obendrein. Wir ritten schweigend weiter, bis wir bei einem verbrannten Gehöft einen leeren Kuhstall fanden. Dort stellten wir die Pferde ein und legten uns müde, wie wir waren, zur Ruhe. Wir ritten noch zwei Tage, vorbei an zerstörten, rauchenden Herrenhäusern und durch die dichten Fliegenschwärme, die sich um die erstarrten Leichen sammelten; dann hatten wir es satt, hinter Müntzer herzuziehen, und beschlossen, geradewegs nach Mühlhausen zu reiten, wohin sein Bauernheer früher oder später zurückkehren mußte.

4

Wir hatten die Vorstädte im Osten der Stadt noch nicht hinter uns, als wir das Regenbogenbanner im frischen Wind flattern sahen, darunter Thomas Müntzer zu Pferd, mit gesenktem Kopf, im Gesicht gelber als je zuvor. Die Schar der Gläubigen war offenbar beträchtlich zusammengeschmolzen; ich zählte nur etwa dreihundert Mann. Zuerst kamen einige zwanzig Söldner mit geschulterten Hakenbüchsen; dahinter trotteten die übrigen, und ihre Spieße schwankten wie das Getreide im Wind. Aber die Gesichter dieser kleinen Schar glühten wie im Fieber; sie sangen aus vollen Kehlen Müntzers Schlachtgesang: »Komm auf uns herab, o Heiliger Geist, komm!«

Wir zügelten unsere müden Pferde und warteten, bis das Banner herankam. Ich sagte: »Was in aller Welt kann nur geschehen sein? Wo ist Pfeiffer?«

Wir wurden nicht lange im Zweifel gelassen, denn als Müntzer uns sah, hielt er sein Pferd mit ungelenkem Zügelruck an und ließ den Zug halten. Er machte mir heftige und böse Vorwürfe wegen meines langen Ausbleibens. Ich aber antwortete begütigend und fragte, wohin es gehe, warum unsere Schar zusammengeschmolzen und wo Pfeiffer sei.

Dieser Name erboste ihn noch mehr. Er erklärte, Pfeiffer sei nichts als ein weiterer Fallstrick des Teufels auf seinem Weg gewesen; er habe endlich mit ihm abgerechnet und ihn ausgestoßen, damit der Satan ihn holen könne. Er, Müntzer, sei nun mit seinen wenigen verbliebenen Anhängern nach Frankenhausen unterwegs – mit dem fruchtbaren Weizen, von dem die Spreu nunmehr gesondert worden sei, und der hundertfältige – nein, tausendfältige Frucht tragen solle. Frankenhausen habe seine vier Artikel angenommen, und dort warteten sechstausend handfeste Bauern auf ihn, daß er komme und das ewige Königreich, die christliche Ordnung und den deutschen Gottesdienst einführe. Ein so großes Heer habe Thüringen noch nie gesehen. Er sehe darin den Finger Gottes und sei daher unterwegs zu ihnen; Mühlhausen überlasse er seiner eigenen Ungerechtigkeit.

Daraus erkannte ich, daß es zwischen ihm und Pfeiffer zum unwiderruflichen Bruch gekommen war, und Pfeiffer ihn vertrieben und die Stadt in Besitz genommen hatte. Ich ritt an seine Seite und befragte ihn vorsichtig nach Madame Geneviève; er aber erwiderte, er habe alle Metzen aus seinem Gefolge ausgestoßen, dem er nun vollkommene Keuschheit geboten habe, damit es sich, rein an Leib und Seele, zum Kampf rüsten und vorbereiten könnte. Ich hieß daher Andy nach Mühlhausen zurückkehren, Madame Geneviève finden und sie heimlich nach Frankenhausen bringen.

Andy wollte davon nichts hören, wandte aber schließlich doch sein Pferd und ritt zurück, wie ich ihn gebeten hatte. Ich ritt neben Thomas Müntzer weiter und erzählte ihm von meiner Sendung nach Weimar, soviel er davon hören konnte, ohne in blinde Wut zu geraten. Luther, so erklärte ich ihm, habe sich gegen die Bauern gewandt und fordere die Fürsten zu einem allgemeinen Blutbad auf, doch könne man sich immer noch vertragen. Auch bitte der gute Herzog Johann ihn, Müntzer, als seinen wahren Boten des Herrn, für ihn zu beten, damit er zu einem weisen Entschluß gelange.

Meine Worte erbitterten aber Müntzer leidenschaftlich; er wollte an Verhandlungen nicht denken, bevor die Fürsten nicht ihre Titel abgelegt und ihre Burgen zerstört hätten. Er könne mit Gottes Hilfe mit nur zwei oder drei Gläubigen zur Seite ein Heer von Hunderttausend besiegen. Er sprach von der neuen Ordnung und der göttlichen Wahrheit, die ihm an eben diesem Morgen geoffenbart worden sei — die seine vier Punkte überflüssig mache und Gottes Ratschluß in drei kurze Worte zusammenfasse. Er sprach auch von seiner Vergangenheit, wie einer, der den Tod nahen fühlt.

»Die Menschen lassen sich von ihren weltlichen Sorgen blind und taub machen«, sagte er. »Sie hören und hören doch nicht, sie sehen und sehen doch nicht. Wir müssen uns unter der Last des Kreuzes beugen, bis wir aller Hoffnung, aller Wünsche und Neigungen — ja selbst aller Enttäuschung ledig sind und einem ausgeblasenen Ei gleichen. Erst dann können wir Gottes Wort in uns aufnehmen. Es mag von den Lippen der Unwürdigen kommen, der Gelehrten oder der Unwissenden, von Kindern oder Narren; ja selbst aus dem Munde eines Menschen, der den Sinn seiner eigenen Botschaft nicht versteht.«

Mich überlief es bei seinen Worten, denn ich wußte, daß er die Wahrheit sprach und ich selbst die Wahrheit seiner Worte erfahren hatte. Ich muß auch heute noch glauben, daß der Mann etwas von einem Heiligen an sich hatte.

Am nächsten Tag langten wir, müde von dem langen Marsch, in Frankenhausen an. Die beiden Hauptleute des dortigen Bauernheeres, der eine ein Bürger, der andere ein Adeliger, der all seine Güter verloren hatte, kamen uns entgegen und grüßten Thomas Müntzer und sein Banner ehrerbietig. Zu meiner großen Freude konnte ich keinerlei Anzeichen von Unordnung bemerken, obwohl über sechstausend Bauern in und außerhalb der Stadt lagerten. Diese ernsthaften, wackeren Männer standen nun in geraden Reihen hinter ihren Führern, sichtlich voll Eifer und Entschlossenheit. Es war der tröstlichste Anblick, den ich während der Verwirrung der vergangenen Monate genossen hatte. Angesteckt von Müntzers Überzeugung, fühlte auch ich, daß alle Verhandlungsversuche töricht wären, und bereute meine Bedenken.

Es war Freitag nachmittag, und Thomas Müntzer hielt trotz der beschwerlichen Reise, die er hinter sich hatte, seinen neuen Anhängern eine so flammende Rede, daß viele niederknieten und ihn als Boten Gottes begrüßten. Die Zeit der Überlegung sei nun vorbei, sagte er; die Gerechten sollten Herz und Sinn wappnen und sich durch Gebet und Fasten zu Kämpfern des Herrn weihen.

Als er einige Zeit gesprochen und sich in leidenschaftliche Erregung gesteigert hatte, rief er mich zu sich, um mir einen Brief an den Markgrafen von Mansfeld zu diktieren, der sich bereits als geschworener Feind Gottes erwiesen habe, indem er seinen Boten mit Schande aus der Stadt Allstedt vertrieben habe. Auf sein Geheiß schrieb ich diesen Brief:

»Ich, Thomas Müntzer, weiland Prediger in der Stadt Allstedt, beschwöre Euch im Namen des lebendigen Gottes, Eurer Tyrannei zu entsagen. Ihr habt begonnen, Christenmenschen zu töten und zu foltern. Ihr habt den Christenglauben kindischem Geschwätz verglichen. Ihr Aas! Wer hat Euch eingesetzt, ein Volk zu regieren, das durch das kostbare Blut erlöst worden ist? Ich fordere Euch auf, vor der Gemeinde der Gläubigen zu beweisen, daß Ihr des christlichen Namens wert seid. Kommt Ihr nicht, so werde ich Euch für vogelfrei erklären, und wer Euch tötet, wird ein gottgefälliges Werk tun. Denn wir erhalten unsere Macht von oben, weshalb ich erkläre: Auf das Geheiß des lebendigen, immerwährenden Gottes werden wir Euch mit Gewalt von Eurem Thron fegen, so Ihr Euch nicht unterwerft. Ihr seid nämlich der Christenheit nicht von Nutzen, sondern vielmehr ein eiterndes Geschwür am Leib des Auserwählten Gottes, weshalb Eure Höhle gesäubert und dem Erdboden gleichgemacht werden muß, spricht der Herr!«

Müntzer las diesen Brief laut den versammelten Bauern vor, die nickten und ihm beipflichteten, der Markgraf von Mansfeld sei ein unbarmherziger Herr und verdiene ein hartes Los. Doch damit nicht zufrieden, ließ Müntzer drei Leute des Markgrafen, die man gefangen hatte, vorführen. Der eine war von edlem Blut, der zweite ein Priester, der dritte ein schlichter Jüngling, der verwirrt die Männer vor sich anstarrte. Mit schriller Stimme rief Müntzer, ob die Diener eines so gottlosen Herrn nicht einen tausendfachen Tod verdienten und ob ihr Tod nicht Mansfeld beweisen würde, daß Müntzer es ernst meine? Und die Bauern, die er mit seiner Predigt bis zur Raserei aufgewühlt hatte, schüttelten ihre Spieße und schrien, diese Männer hätten in der Tat ihr Leben verwirkt. Müntzer ließ sie an Ort und Stelle hinrichten. So wurde zum erstenmal absichtlich Blut unter dem Regenbogenbanner vergossen.

Als er aber das Blut spritzen und die Körper der Hingerichteten vor sich auf dem Boden zucken sah, blickte Müntzer selbst verstört, und sein Gesicht wurde bleich. Er ermannte sich jedoch rasch und begann wieder zu predigen, bis seine Züge verklärt leuchteten und seine Stimme wie Gottes Wind über das Tal hinfuhr. Die vier Artikel, so sagte er, seien nur der erste Schritt auf dem Weg zum ewigen Königreich, darin es weder reich noch arm, weder Fürsten noch Bürger, weder Bauern noch Gesellen, sondern nur Lehensleute Gottes geben solle. Und Gott habe nun seine Wahrheit in drei schlichten Worten geoffenbart, die Müntzer ihnen verkünden wolle, wenn die Zeit reif sei.

Den Bauern zu Frankenhausen war an jenem Abend viel zu denken gegeben worden; als ich jedoch auf Müntzers Geheiß von Lager zu Lager ging, hörte ich sie ihn nur loben und lobpreisen als ein wahrhaftiges Gefäß der Gnade.

5

Am folgenden Tag brachten uns weinende Flüchtlinge die Botschaft, Herzog Georg und die Mansfelder Herren seien auf dem Marsch. Die Flüchtigen trösteten sich aber angesichts unserer großen Zahl, die nach ihren Worten die der Herzoglichen weit überstieg, trotz der Reiter, die Kardinal Albrecht dem Herzog zu Hilfe geschickt hatte.

Dieser Albrecht hatte einst zu Unrecht vom Papst zwei Bistümer und das Erzbistum Mainz – mit Fuggerschem Geld – gekauft, obwohl er das kanonische Alter noch nicht erreicht hatte. Zur Deckung der Anleihe hatte er dem Hause Fugger den Ablaßhandel in seinen Ländern eingeräumt – ein Vorgehen, dem Luther entgegentrat, als er seine fünfundneunzig Thesen an die Kirchentür zu Wittenberg schlug. Die Funken dieser Hammerschläge hatten einen Brand entfacht, der nun einen Großteil Deutschlands verheerte, und deshalb wünschte seine Eminenz ohne Zweifel, die Flammen mit Blut zu löschen. Doch das Erstaunlichste daran war, daß er nun Luther zu seinen Waffengefährten zählte – Luther, den er mehr verabscheute als den Teufel selbst. Die Welt war in der Tat aus den Angeln gehoben, und es war kaum zu glauben, daß erst siebeneinhalb Jahre verflossen waren, seit Luther jene verhängnisvollen Hammerschläge geführt hatte.

Die Bauernführer hatten die Flüchtigen vernommen und exerzierten nun ihre Haufen ein, während die Büchsenschützen eilig Bleikugeln für ihre Waffen gossen. Heiteres, geordnetes Treiben herrschte in Stadt und Lager; es war klar, daß dies kein planloses Ringen würde.

Allein am Nachmittag unterbrach Müntzer diese Vorbereitungen, die er für überflüssig hielt, da er den Herrn auf seiner Seite habe, und ließ die Männer zu einer neuen Predigt erscheinen. Er sprach von der kleinen Schar der Gläubigen Gottes und forderte die anderen auf, ihr beizutreten und die neue Taufe zu empfangen. Viele Bauern traten ehrfurchtsvoll vor. Er hieß sie ihre Kleider ablegen, führte sie zu einem Tümpel am Fuß der Stadtmauer und tauchte sie dort mit eigenen Händen unter das Wasser, obwohl erst Mai und das Wasser noch sehr kalt war. Beim Anblick ihrer vor Kälte zitternden, prustenden Kameraden nahmen viele Taufkandidaten hastig ihre Kleider wieder an sich und versteckten sich hinter den Feldwaibeln. Müntzer aber segnete diejenigen, welche die Taufe empfangen hatten, und bildete aus ihnen eine eigene Fahnengarde, was sie als hohe Ehre ansahen.

Ich fing an, mir über Andys Ausbleiben Sorgen zu machen. Irgendwie war es mir gelungen, in der überfüllten Stadt Quartier für uns beide und Madame Geneviève zu finden. Es war in einer Bäckerei. Wenn auch in unserer Stube tagsüber Brot für das Bauernheer gebacken wurde, so war sie doch nachts geräumig und warm, wenn auch voll Mehlstaub. Ich brauchte Andys Rat in militärischen Dingen, hatte ich doch, abgesehen von der Flucht aus Leipheim, noch nie an einem Feldzug teilgenommen, und diese hatte weder mir noch sonst jemand viel Ruhm eingetragen. Doch war ich mir nun meiner Verantwortung gar wohl bewußt, denn wenn mir Gott vielleicht mehr Verstand und Gelehrsamkeit verliehen hatte als diesen schlichten Hauptleuten, so hatte er mich dadurch verpflichtet, sie für seine heilige Sache voll einzusetzen.

Ich versuchte, mir Andys Lehren ins Gedächtnis zu rufen, und erinnerte mich seines Berichtes von den Verheerungen, welche die kaiserlichen Arkebusen bei Pavia unter der französischen Reiterei angerichtet hatten. Daraus schloß ich, daß das Pikenexerzieren weniger wichtig sei als das Überholen aller Handbüchsen, Falkonetten, Feldschlangen und anderer Geschütze, welche die Bauern von eroberten Schlössern mitgeschleppt und im Hof des Rathauses kunterbunt übereinandergeworfen hatten.

Der bürgerliche Hauptmann war über meinen Vorschlag nicht sehr erbaut und bemerkte, Geschütze seien gefährliche und unzuverlässige Waffen, die oft dem Schützen mehr Schaden zufügten als dem Feind. Der andere Feldhauptmann betrachtete mich mitleidig und meinte, ich könne meine Erbsenschleudern verwenden, wenn ich wolle. Sein Plan sei, eine feste Wagenburg zu errichten, um der Reiterei Halt zu gebieten.

Darob entrüstet, machte ich ihm Vorhaltungen, wurde aber unterbrochen von Thomas Müntzer, der erklärte: »Der Herr ist unser stärkster Schild und mächtiger als die Rüstung unserer Feinde. Auf Ihn vertrauen wir.«

Ich pflichtete ihm bei, bemerkte aber, wir könnten kaum hoffen, von Ihm an den Haaren zum Sieg geschleppt zu werden, wenn wir auch nicht einen Finger rührten, uns selbst zu helfen. Schließlich erlaubte er mir, zu tun, was ich für das beste hielte.

Ich untersuchte zunächst die Geschütze, von denen wenigstens fünf mir unversehrt schienen. Zu ihrer Bedienung würde ich fünfundzwanzig starke Männer brauchen, ferner Zugtiere, Geschirre, Munition, Ladepfropfen, Lunten und vieles andere. Den ganzen Tag bis tief in die Nacht hinein mühte ich mich ab, dies alles zu beschaffen, und trug einigen Frauen auf, Säcke für die Pulverladungen zu nähen. Um Mitternacht war alles geschehen. Ich war todmüde. Nachdem ich meine Leute angewiesen hatte, abwechselnd zu wachen, damit uns die Pferde nicht gestohlen würden, wickelte ich mich in ein paar Mehlsäcke, bat Gott um seinen Segen und schlief ein.

Ich konnte aber kaum die Augen geschlossen haben, als mich Trommelgedröhn und ein fürchterlicher Krach weckten. Schon schüttelte mich jemand und hieß mich aufstehen. In der Wand der Bäckerei klaffte ein großes Loch, durch das ich sah, daß es draußen noch dunkel war; ich erstickte aber beinahe am Staub von eingestürztem Mauerwerk, und immer noch stürzten Ziegel rings um mich herab. Ich fragte, was in Gottes Namen geschehen sei.

»Der Krieg hat begonnen«, sagte Andy, denn er war es. »Ich ritt nur eine Pferdelänge vor der hessischen Reiterei in die Stadt ein. Aber ich wußte nicht, daß sie auf ihren Pferden Geschütze mitführen; das ist mir bei all meiner Erfahrung neu. Ich wollte dich eben wecken, als diese Kugel durch die Mauer kam, und habe es der heiligen Barbara zu verdanken, daß sie nicht meinen Kopf mitnahm.«

Von draußen kamen die Schreie der Männer, das Wiehern der Pferde, das Weinen der Frauen und das Gepolter laufender Füße.

Die Trommeln dröhnten, und eine Kirchenglocke hub an, ums liebe Leben zu rufen.

Ich glaubte, das letzte Stündlein hätte geschlagen, und versuchte, in den Backofen zu kriechen, aber Andy erwischte mich am Arm und meinte beschwichtigend: »Es waren nicht viele Reiter. Ich glaube, sie waren nur der Hauptmacht zur Aufklärung vorausgeschickt, und sie würden kaum wagen, eine Stadt im Sturm zu nehmen. Ich nahm mir jedoch die Freiheit, Alarm zu schlagen, weil ich nicht einsah, warum ihr alle so süß schlummern solltet, während ich, den Tod auf den Fersen, durch die Nacht ritt, was das Zeug halten wollte, um euch zu helfen.«

Wir gingen in den Hof hinaus, wo meine Kanoniere wie aufgescheuchte Hühner hin und her rannten und brüllten: »Zu den Waffen, zu den Waffen!« Einer von ihnen gestand mir beschämt, daß er in der augenblicklichen Erregung die Kanone abgefeuert habe. Ich war so wütend, daß ich ihm links und rechts eine Ohrfeige versetzte und schwor, ihn hängen zu lassen. Andy aber unterbrach mich. Es sei ja kein Schaden entstanden, meinte er; der Mann sei nur übereifrig gewesen, und es sei nun an der Zeit, unsere Geschütze in Stellung zu bringen.

In der Stadt herrschte ein Durcheinander. Andy befahl den Kanonieren, ihre Stellungen zu beziehen; seine Stimme war stärker als meine. Er brüllte, und augenblicklich standen die Leute an ihren Geschützen. Dann untersuchte er jedes einzelne Geschütz sorgfältig und meinte zu mir, ich hätte sie so gut instand gesetzt, wie man das eben von mir erwarten könne. Sie würden einen netten lauten Krach von sich geben, obwohl sie sich mit den verbesserten Waffen des kaiserlichen Heeres schlecht messen könnten.

Ich sah, daß er eifersüchtig war, weil ich fünf Geschütze unter meinem Befehl, er hingegen nichts als einen Bihänder hatte. Daher klopfte ich ihm auf die Schulter und sagte: »Saure Trauben, Andy! Aber sei getrost – ich ernenne dich hiermit zum Stückmeister. Du sollst das Feuer nach Gutdünken leiten, sofern du meine Befehle befolgst, denn ich trage die letzte Verantwortung.«

Andy zeigte keinerlei Dankbarkeit, murmelte nur in sich hinein und folgte mir schleppenden Schrittes auf den Marktplatz. Der Tag brach nun an. In den Häusern brannten Lichter, und die guten Bürger packten ihre Habseligkeiten zur Flucht in Truhen und Bündel, obwohl sie nicht wußten, wohin sie fliehen wollten. Bewaffnete Bauern rannten ziellos in den Straßen umher. Die Trommeln und die Glocke schwiegen nun; nur eine beharrliche Trompete auf dem Marktplatz blies zum Sammeln.

Müntzer und der bürgerliche Feldhauptmann standen an der Kirchentür, und der kleine Marktplatz vor ihnen steckte voller Bauern. Der Offizier sagte eben, fremde Reiter seien von Westen gekommen und einige bis an die Stadt vorgedrungen; Müntzer aber erwiderte, das sei Unsinn, weil der Feind von Osten erwartet werde. Niemand könne von Westen kommen, ohne vorher Erfurt und Mühlhausen zu nehmen. Müntzer zitterte vor Kälte trotz seines kostbaren Pelzmantels, aber sein Mut schwoll mit zunehmendem Tageslicht, und er fing an zu predigen, um sich warm zu halten. Seine Predigt wurde jedoch bald durch die Ankunft des zweiten Feldhauptmanns unterbrochen, des Edelmanns, der an die Kirchentür heransprengte, sich aus dem Sattel schwang und meldete, feindliche Reiter seien in der Dämmerung eingeritten, um die westlich der Stadt lagernden Bauern anzugreifen und zu zersprengen. Die Bauern hätten sich ungeordnet zurückgezogen und in der Stadt Zuflucht gesucht. Viele seien gefallen. Die Büchsenschützen auf der Stadtmauer hätten das Feuer eröffnet und die Angreifer sich in die Wälder zurückgezogen; doch könne man nicht sagen, wer und wie viele sie seien, weil die Schätzungen zwischen zehn und tausend schwankten.

Andy trat vor und bemerkte, die Bauern könnten nicht gut zählen, da seinem sicheren Wissen nach der Trupp nur zwanzig Mann stark sei. Ihre Hauptmacht könne nicht weit zurück sein; es seien Leute des Markgrafen von Hessen, wie er gar wohl wisse, denn sie seien ihm die ganze Nacht auf den Fersen gewesen und hätten sich kein Blatt vor den Mund genommen.

Dieser Bericht verfehlte seine Wirkung auf die Hauptleute nicht, doch widerstrebte es ihnen, daran zu glauben. Während der folgenden Besprechung kam eine Wache vom Stadttor mit der Meldung gelaufen, eine Schar von etwa zweihundert Reitern nähere sich langsam von Westen der Stadt. Sogleich erging der Befehl an Heer und Troß, die Stadt in guter Ordnung durch das Osttor zu verlassen und außerhalb der Stadt eine Wagenburg zur Verteidigung zu errichten.

Von guter Ordnung war freilich keine Rede, da die Fahrer in ihrem Bestreben, aus den schmalen Gassen herauszukommen, auf ihre Gespanne einhieben, bis Lafetten und Wagen ineinandergeschachtelt waren; am Tor herrschte ein solches Gedränge, daß es viele Rippenbrüche absetzte. Ich weiß kaum, wie wir die Kanonen fortgebracht hätten, wenn nicht Andy den Befehl übernommen hätte; er wanderte gelassen durch den Haufen und brüllte unausgesetzt, im Kriege gäbe es keine Eile, und mit der Weile komme man am ehesten ans Ziel.

Die Wagenburg wurde einen Kanonenschuß von der Stadt auf einem flachen Erdwall errichtet. Während die Wagen noch in endlosem Zug aus dem Tor strömten, hoben wir unsere Stellungen aus, verstärkten die Vertäuungen und richteten die Feldschlangen nach Süden, woher wir den Angriff der Reiter erwarteten. Während Andy die schweren Geschütze betreute, musterte ich die Arkebusiere und stellte sie im Schutze der Wagen in Schützenlinie auf, hieß sie ihre Waffen bereithalten und ihre Lunten anbrennen, aber nicht feuern, bis sie die Gesichter der Reiter unterscheiden könnten.

Der Feind hatte die Stadt im Bogen umgangen und kam nun plötzlich in Sicht. Die Fahrer, die noch nicht bei uns angelangt waren, verließen eiligst ihre Gespanne und flüchteten auf unseren Stützpunkt zu; die Soldaten, die daneben marschierten, verloren den Kopf und rannten gleichfalls. Diesem Anblick konnten die feindlichen Reiter nicht widerstehen. Wir hörten einen Trompetenstoß; die Reiter schlossen auf, fällten die Lanzen und stoben davon, die Fliehenden abzuschneiden und niederzumähen.

Beim Schall der donnernden Hufe und der klirrenden Rüstungen warfen die Fliehenden ihre Waffen weg und wandten sich nach Norden, der Stadtmauer entlang; die Reiter folgten ihnen auf den Fersen. Die Tore blieben ihnen, ungeachtet ihres Klopfens und jämmerlichen Geschreis, verschlossen. Doch da brüllte unser erstes Geschütz auf; die vier anderen folgten, und große Rauchwolken stiegen vor uns auf. Aus zweitausend Kehlen stieg ein Schrei empor, als wir einige Reiter stürzen und die übrigen in Verwirrung geraten sahen. Die Arkebusiere konnten sich nicht länger beherrschen und gaben eine knatternde Salve ab. Einige Reiter flogen aus dem Sattel, die übrigen wandten sich auf der

Hinterhand und flohen so rasch, wie sie angegriffen hatten. Mehrere reiterlose Pferde galoppierten über das Feld.

»Sieg, Sieg!« heulten die Bauern, und die Fliehenden von vorhin kehrten um, ergriffen ihre Waffen wieder, plünderten die Toten und töteten die Verwundeten. Aus unserem Stützpunkt ergossen sich die Männer in Scharen, um sich ihren Anteil an der Beute zu sichern, ohne auf den Befehl zum Stehenblieben zu hören, während andere brüllten, lachten und einander umarmten, bis der Schauplatz völlig einem Narrenhaus glich. Der Feind hätte unsere Stellung nun ungehindert nehmen können, denn nur die standhaftesten Kanoniere blieben auf ihren Plätzen und luden aufs neue.

Als endlich die Ordnung wiederhergestellt war, wischte sich Andy den Schweiß vom Gesicht und meinte zu mir: »Mit diesen Tölpeln könnte nicht einmal der Böse selbst eine Schlacht gewinnen!«

Doch schien er keineswegs unzufrieden; er ließ sich behaglich auf einer Lafette nieder, um das Laden unserer Geschütze und das säuberliche Aufschlichten der Kanonenkugeln zu überwachen.

»Hätte ich ein Jahr Zeit oder auch nur einen Monat«, fuhr er fort, »so könnte ich aus diesen Kerlen Kanoniere machen. Was haben sie denn die letzten drei Wochen getan? In dieser Zeit hätte ich vier Mörser nach der neuen Bauart und acht kleinere Geschütze gießen können – alle aus der Bronze, die sie aus den Burgen mitgeschleppt haben. Ja, und Räder, Wagen, Keile und alles Nötige gemacht, und Männer ausgebildet, die damit umgehen können. Dieser Krieg aber hat nicht Hand und Fuß, und sie brauchen nicht zu glauben, sie hätten einen Sieg errungen, wenn sie auch noch so laut kreischen.«

An diese Bemerkungen knüpfte er einen kurzen Vortrag über die Artillerie im neuzeitlichen Krieg; er schloß: »Mit zwanzig beweglichen Geschützen und ausgebildeten Kanonieren hätten wir keine Reiterei der Welt zu fürchten brauchen. Unsere Kanonen aber sind nur wenige, unsere Kanoniere Anfänger, und die übrigen Leute sind Tröpfe. Laß sie nur schreien. Gleich werden sie aus einem anderen Ton singen!«

Mich aber hatte der allgemeine Jubel angesteckt, und selbst Müntzer kroch aus einem Wagen hervor, wohin er geeilt war, um zu beten, und hieß uns alle Gott auf den Knien für den großen Sieg danken. Frohlockend strömten Bauern mit den Waffen, Kleidern und Rüstungen der Erschlagenen herbei und schienen ihre schmähliche Flucht ganz zu vergessen. Die Farben und Abzeichen auf diesen Trophäen waren die von Hessen; das zeigte uns, daß die Fürsten von zwei Seiten auf Frankenhausen zogen, um uns einzuschließen. Einer der Hauptleute tadelte die Männer streng, daß sie diese Leute erschlagen hatten, bevor man sie verhören konnte, weil sie wertvolle Aussagen hätten machen können.

Aus dieser Schwierigkeit half uns jedoch ein Bauer, der daheim einen Besuch abstatten und einen Vorrat an Lebensmitteln anlegen wollte. Er wohnte in der Umgebung der Stadt und machte sich erbötig, zu erkunden, wieviel Mann der Markgraf gegen Frankenhausen führe.

Dann wurde Kriegsrat gehalten; er fiel in jenem Frühlingssonnenschein, da alles Triumph war, recht freundlich und friedlich aus. Andy wurde aufgefordert, seinen Rat zu erteilen, ließ sich aber erst nach langer Überredung dazu herbei. Er berief sich auf den Marquis von Pescara und forderte, wir sollten auf irgendeiner schwer zugänglichen Erhebung Stellung beziehen, die den Verteidigern gleichwohl die Möglichkeit eines Rückzuges biete. Der kleine Hügel, darauf wir uns verschanzt hatten, sei zu niedrig, wir könnten nach Westen die Stadt nicht übersehen.

»Dort im Norden sehe ich eine steile Felsklippe«, fuhr er fort, »von der wir das Tal nach drei Seiten weithin überblicken könnten, und dahinter stehen dichte Wälder, darin wir sechstausend wie eine Nadel in einem Heuschober verschwinden könnten. Dorthin könnte uns die Reiterei nicht folgen. Ich sehe auch eine schmale Schlucht, die von der Stadt her den Felsen emporführt. Dort könnten wir eine Straße für die Wagen aushauen; sie wäre vor dem feindlichen Feuer geschützt. Ich schlage vor, daß wir sogleich dahin aufbrechen, oben auf dem Felsen eine Verschanzung errichten und unsere Geschütze eingraben, denn das hätte, wie ich selber weiß, der Marquis von Pescara getan.«

Die Hauptleute betrachteten den Hügel und meinten, Andy habe vernünftig gesprochen; nach weiterer Beratung wurde der Plan ausgeführt.

Oben angelangt, pflanzte Müntzer das Regenbogenbanner auf und taufte, durch die Aussicht und den frischen Wind aufgemuntert, den Ort den »Hügel der Schlacht«. Die Bauern, denen die Wälder in ihrem Rücken ein großer Trost waren, gingen willig ans Werk, fällten Bäume, spitzten Pflöcke zu und errichteten die Verschanzung, während Andy die Aufstellung der Geschütze überwachte. Als er die Stellung gründlich untersucht hatte, bemerkte er, wenn die Fürsten nicht weit überlegene Kräfte hätten, würden sie diese Festung nicht einmal zu nehmen versuchen, sondern lieber verhandeln. So hielt er es für ratsam, zur Stadt zurückzukehren, wie Müntzer und viele andere, und sich dort nach einigen weiteren brauchbaren Geschützen umzusehen. Zusammen wanderten wir das geschützte Tal hinab, wo Ochsenfuhrwerke und Wagen schon eine gangbare Straße hinterlassen hatten, und erst jetzt fiel mir ein, Andy zu fragen, was er mit Madame Geneviève getan habe.

Er antwortete: »Die Mutter unseres Sohnes ist ein mutwilliges, leichtfertiges Geschöpf. Sie meinte, ihretwegen könnten wir zur Hölle fahren; sie denke nicht daran, mit Taugenichtsen in den Krieg zu ziehen und all ihre Habe zu verlieren. Sie hatte sich bei einem reichen Bauern eingenistet und schläft süß im Bett seines Weibes, denn er hat seine Familie fortgeschickt und ist in der Brauerei zurückgeblieben, um nach dem Rechten zu sehen.«

Ich fragte ihn, ob er glaube, dieser Mann würde Madame Genevièves guten Ruf schützen, was eigentlich uns als den Vätern ihres Sohnes zukäme. Andy aber meinte, der Brauer habe in der Tat für nichts anderes mehr Zeit und habe selbst das Bier sauer werden lassen.

Als wir zu Frankenhausen in unserem Quartier anlangten, brachte Andy ein Bündel zum Vorschein, das er am Morgen in eine Ecke geworfen hatte. Er öffnete es und zeigte mir ein feines Samtwams, eine Mütze mit einer Feder und enganliegende Hosen und sagte mir, er habe sie in Mühlhausen billig für mich gekauft, daß ich mich nötigenfalls meinem Stand gemäß kleiden könne — zum Beispiel, wenn ich des Herzogs Geleitbrief benützte. Er hatte nur einen Gulden und zwei Schillinge für die Kleider bezahlt, die in leidlich gutem Zustand waren, und ich war entzückt darüber, war ich doch nur die schlichte Tracht des Scholaren gewöhnt.

Mir war jedoch nach der Entlohnung meiner Kanoniere nur wenig Geld geblieben, und da ich kaum hoffte, das Gewand tragen zu können, das Angehörigen meines Standes verboten war, überwand ich die Versuchung.

Andy rollte die Kleider wieder zusammen und verstaute sie unter dem Backtrog. Er meinte: »Wie du willst. Aber vergiß nicht, die Nachfrage bestimmt den Wert, und wenn ich sie dir heute zum Selbstkostenpreis verkaufen wollte, könnte ich ein anderes Mal, wenn du sie nötig brauchst, fünf Gulden dafür verlangen und so das Geld wieder bekommen, das du mir auf dem Weg von Weimar abgepreßt hast. Aber das ist schließlich deine Sache.«

Dann untersuchten wir die Kanonen, die herrenlos vor dem Rathause lagen; aber Andy schüttelte nur den Kopf dazu. So suchten wir ein Wirtshaus auf, das gedrängt voll war. Geld und gute Worte verschafften uns einen Humpen Dünnbier und einen Happen Schweinefleisch; während wir unseren ärgsten Hunger stillten, hörten wir auf die Reden der Bauern. Wer ihnen lauschte, hätte glauben können, sie hätten tausend gewappnete Reiter mit bloßen Fäusten in die Flucht geschlagen, und die Zahl der Toten des Feindes war schon auf zweihundert gestiegen. Das Wichtige daran war jedoch, daß sie sich nur zutrauten, mit den fürstlichen Truppen fertig zu werden, wie stark sie auch seien. Nachdem wir ihnen ein Weilchen zugehört hatten, begaben wir uns in die Kirche, um wirkliche Neuigkeiten zu hören.

Der Bauer, der nach Vorräten ausgezogen war, war zu aller Erstaunen wieder zurück. Er berichtete, sein Haus sei zwar vom Feind besetzt, jedoch unbeschädigt geblieben; seine Familie habe sich mit dem Vieh in die Wälder geschlagen. Die in seinem Haus einquartierten Soldaten erzählten ihm, sie ständen in Markgraf Philipps Diensten, mit dem der Herzog von Braunschweig sich verbündet habe. Sie waren sehr stolz darauf, daß sie in einer einzigen Nacht von Eisenach bis Frankenhausen geritten waren, und meinten, sie warteten nur, um ihren Pferden Rast zu gönnen und das Fußvolk nachkommen zu lassen; dann würden sie die Bauernhaufen ungesäumt angreifen und vernichten. Sie wüßten, daß er als Spion gekommen sei; das kümmere sie jedoch nicht, denn ihrer seien zweitausend; und er hatte auch ihre Pferde gesehen, es waren sehr viele. Dann hatte man ihn vor den Markgrafen Philipp gebracht, der nach seinem großartigen Ritt bei strahlender

Laune war und ihm auftrug, den Frankenhausern zu sagen, er werde sie schonen, wenn sie ihre Waffen, Fahnen und Führer ausliefern und nach ihren Wohnorten zurückkehren wollten. Überdies müßten sie sich verpflichten, allen Schaden zu ersetzen, den sie auf Burgen und Herrenhäusern angerichtet hätten.

»Das Tor zur Vergebung steht euch offen, bis meine Pferde ausgeruht sind«, hatte er gesagt. »Heute will ich dich nur verbleuen. Morgen aber werde ich dich und deine Kameraden erschlagen.«

Der Bauer, der beim Sprechen viele absonderliche Gesichter schnitt und zugleich beschränkt und schlau schien, meinte, er glaube, der Markgraf wisse nicht, daß der Herzog Georg von der anderen Seite heranrücke und ließe sich daher vielleicht zu Verhandlungen herbei. Darauf aber widersprachen die Anwesenden laut; sie wollten die Fürsten zuerst schlagen und dann verhandeln. Da wurde des Burschen Gesicht länger und länger. Er meinte, er sei kein besonders tüchtiger Kriegsmann; außerdem schmerze ihn der Rücken von der empfangenen Tracht Prügel, und der Markgraf habe wirklich sehr viele Reiter. Er wolle daher, mit Verlaub, wieder ruhig nach Hause gehen.

Da schrie alles empört auf, und viele schwielige Fäuste packten ihn. Zum Glück waren in der Kirche Leute aus seinem Dorf anwesend, die ihn vor der allgemeinen Entrüstung schützten und erklärten, er sei wirklich einfältig. So ließ man ihn in Frieden ziehen, obschon Müntzer ihm nachrief, das Tor der Gnade stehe auch den Fürsten offen, wenn sie bescheiden anklopfen und um Aufnahme in die Gemeinschaft der Auserwählten bitten würden.

6

Bei Tagesanbruch sollte sich alles auf dem »Hügel der Schlacht« einfinden; ich glaube, ich habe nie einen traurigeren Montagmorgen erlebt. Kühler Regen fiel, wir waren übernächtigt und mißgelaunt.

Doch mit der aufgehenden Sonne, die Wolken und Regen bis auf einen kurzen Schauer dann und wann verscheuchte, hoben sich auch unsere Lebensgeister. Das durchnäßte Banner trocknete und wehte wieder im Wind. Bald herrschte reges Treiben, da die Männer die Verschanzung verstärkten, die Wagenräder fest in den Boden betteten und bei der Arbeit warm wurden. Unsere Kanoniere hatten während der Nacht ihr Pulver trocken gehalten. Sie hatten auch die besten Stücke von einem Pferd geschnitten, das am Vortag umgekommen war; in der glühenden Asche geröstet, schmeckten sei nicht übel. Doch bald erspähten wir berittene Trupps, die von Osten näher kamen; einige wagten sich ein Stück den Hang herauf, nahe genug, um uns Beschimpfungen und Drohungen zuzurufen. Bald darauf wurden im Osten und im Westen marschierende Heersäulen sichtbar. Bei der großen Entfernung und in dem weiten Tal sahen sie nicht so gewaltig aus; als aber die Sonne die grauen Wolken durchdrang, funkelte sie auf den Lanzenspitzen und Harnischen. Andy beschattete die Augen mit der Hand und bemerkte: »Sie haben Artillerie – schwere Artillerie. Ich kann sechzehn Stück in einem Gespann zählen. Wenn sie fahrbare Kartaunen haben, so ist es hohe Zeit für unseren Meister, zum Herrn um Hilfe zu rufen, denn unser kleines Spielzeug hier vermag nichts dagegen.«

Gleich darauf luden die Trommeln die Führer zu einem Kriegsrat. Hier verkündete Müntzer, daß Herzog Georg heranziehe und es nur recht und billig sei, ihm eine Botschaft von Gottes Ratschluß zu überbringen. Dann verlas er einen Brief, den die Hauptleute verfaßt hatten, des Inhalts, daß die Bauern nur die Gerechtigkeit Gottes forderten und nutzloses Blutvergießen vermeiden wollten. Ein ähnlicher Brief sollte an den Markgrafen Philipp gehen, darin er aufgefordert wurde, heimzukehren und nicht noch mehr Haß unter anständigen Leuten zu erregen. Die Führer hörten zustimmend auf diese maßvollen Worte und wählten vier handfeste Männer als Boten aus.

Der Nachmittag verging in Frieden. Markgraf Philipps Truppen schlugen ihr Lager im Westen der Stadt auf, außerhalb der Schußweite unserer Kanonen, während von Osten die vereinten Streitkräfte Herzog Georgs und der Mansfelder Adeligen heranrückten, die ruhig auf dem Ostabhang des Hügels Stellung bezogen. Die beiden Männer, die mit Müntzers Botschaft zum Herzog geschickt worden waren, kehrten niedergeschlagen zurück und wagten nicht, ihre Kameraden anzusehen oder deren Fragen zu beantworten. Müntzer und den Führern meldeten sie, der Herzog habe versprochen, die Forderungen der Bauern später einmal zu erwägen, jedoch nur unter der Bedingung, daß sie unverzüglich die Waffen niederlegten und auseinandergingen. Müntzer und seine engeren Mitarbeiter müßten ausgeliefert werden. Allen anderen sicherte der Herzog bei seiner Ehre Straflosigkeit an Leib und Leben zu.

Ein lautes Gemurmel erhob sich; Männer steckten die Köpfe zusammen und zupften einander am Ärmel. Müntzer aber hieß sie zornig schweigen. Sie wären verrückt, wollten sie den Versprechungen dieses grausamen Menschen trauen, denn der Herr habe sein Herz verhärtet wie einst das des Pharao, und des Herzogs Heer würde dasselbe Schicksal erleiden wie das des Pharao, wenn die Bauern nur auf Gott vertrauten.

Während der lauten Erörterung, die darauf folgte, formierten sich die feindlichen Kräfte zu einem Rad, dessen Nabe der »Hügel der Schlacht« bildete. Diese Bewegungen muteten zunächst planlos an, dann aber brachen auf der Nordseite unserer Verschanzungen verzweifelte Schreie los. Männer rannten auf und ab, fuchtelten mit den Armen und wiesen auf die bewaldeten Höhen. Wir erkletterten die Wagen und konnten nun deutlich viele schimmernde Lanzen nördlich unsres Stützpunktes erkennen. Der Rückzug war uns rasch und heimlich abgeschnitten worden, und ein Gespann nach dem anderen schleppte Geschütze auf die umliegenden Höhen.

Da hub ein Schreien und Wehklagen an. Fäuste wurden geschüttelt, die Männer gerieten sich gegenseitig in die Haare und forderten Verhandlungen, solange noch Aussicht auf Pardon bestand. Viele riefen, man solle Müntzer ausliefern, unter der Bedingung, daß er seine vier Glaubensartikel in öffentlicher Disputation verteidigen dürfe. Es war nahe daran, daß Blut vergossen wurde, denn die Schar der Gläubigen Gottes umringte ihr Banner und rief Tod und Verderben auf jene Märtyrer des Satans herab, die, um ihre eigene Haut zu retten, den Boten Gottes verraten und im Stich lassen wollten.

Während dieses Aufruhrs stand Müntzer auf einem Wagen unter dem Regenbogenbanner, das fahle Gesicht zum Himmel erhoben, beide Hände gegen die Brust gedrückt. Er trug seinen langen Pelzmantel, der ihm Würde und eine höhere Statur verlieh, und seine gelassene Heiterkeit ward ihm gewiß von oben geschenkt, denn als er die Arme hob, verstummte das ganze Lager, und selbst die Aufwiegler flüsterten: »Hört ihn, hört ihn!« Lautlose Stille herrschte, nur das Knattern des schweren Seidenbanners im Winde war zu hören. Über Müntzers abgezehrtem Gesicht leuchteten die fünf satten Farben des Regenbogens, und darunter war die heilige Inschrift zu lesen: VERBUM DOMINI MANET IN AETERNUM.

Er sprach zuerst ruhig, und doch fuhr seine Stimme wie Gottes Hauch über die sechstausend emporgewandten Gesichter hin, und alle hörten und verstanden seine Worte.

»Die Stunde der Prüfung ist da. Es ist die Stunde, da der Herr die Gottlosen wie Unkraut ausreißen und jeden vor die letzte Wahl stellen will. Wer da will, der gehe von hinnen, denn der Herr duldet keine Schwankenden und Feiglinge in seiner erwählten Schar. Denkt aber an das Los, das die erwartet, welche die Waffen niederlegen und schutzlos diesen Blutgierigen in die Hände fallen. Die übrigen, die bei mir ausharren, werden kämpfen wie Männer, und im Glorienschein des Sieges werden sie die Gründung des Königreichs Gottes auf Erden mitansehen. Er wird die Kanonenkugeln ablenken, und die Rüstung des Heiligen Geistes soll uns gegen Lanzen und Schwerter schützen.«

Plötzlich huschte ein kindisches Lächeln über sein Gesicht, als er fortfuhr:

»Ich will mich nicht weigern, zu verhandeln, wenn der Herzog seine tüchtigsten Gelehrten schickt, um mit mir über die Gerechtigkeit Gottes zu disputieren, und will zu den vier Artikeln stehen, deren hohen Wert ich in der Disputation erweisen will. Doch er will nicht. Gottes Gerechtigkeit ist die einzige, auf die ihr hier auf Erden hoffen dürft; aber wegen der verhärteten Herzen der Fürsten müßt ihr sie mit dem Schwert in der Hand erringen.«

Er hob die Stimme und rief in einer Art Verzückung aus: »Doch worin besteht Gottes Gerechtigkeit? Ich habe sie in vier Artikeln verkündet, aber nun ist es an der Zeit, den letzten Schleier zu lüften, auf daß ihr diese Gerechtigkeit auf das herrlichste und glorreichste in drei Worten geoffenbart sehet: *Omnia sunt communia*!«

Er richtete sich zu seiner vollen Größe auf, streckte die Arme gegen den Himmel und schrie, so laut er konnte: »*Omnia sunt communia,* alles gehört allen! Das, der Wille Gottes, wird verkündet durch meinen Mund, und in diesen drei Worten ist all seine Gerechtigkeit beschlossen. Ländereien, Äcker, Weiden, Wälder, Vögel, Wild und Fische — alles gehört uns gemeinsam. Vieh, Häuser, Schlösser, Kornladen, Pflüge, Werkzeuge — jeder von uns besitzt alles und keiner etwas. Es gibt weder reich noch arm, weder hoch noch niedrig, und niemand hat mehr als sein Nächster, denn alles ist Gemeingut.«

Die Bauern starrten ihn aus weitaufgerissenen Augen an, und auch ich stand wie vom Blitz getroffen, denn ich erkannte, daß er in der Tat das Reich Gottes verkündete und die Gemüter gewöhnlicher Sterblicher eine solche Botschaft ablehnen würden. Keiner wagte ein Wort zu sprechen.

Er senkte die Hände, und seine Macht zwang sechstausend Menschen betend in die Knie. Nur der ungefüge Andy blieb auf einen Pulverfäßchen sitzen und kaute an einem Stück Pferdefleisch.

Sechstausend Männer knieten, erfüllt von einem brennenden Glauben an Gott und seinen Boten, und Müntzer betete laut: »Mein Gott, mein Gott, der du dich mir geoffenbart hast, sende uns ein Zeichen vom Himmel, um die Ungläubigen zu beschämen. Gib uns ein Zeichen, auf daß wir glauben und die Wut der Gottlosen nicht länger fürchten.«

Wie viele, so hob auch ich unwillkürlich den Blick. Über dem Lager des Herzogs hingen dunkle Wolken, unseres aber lag in grellem Sonnenschein. Im Westen blitzte es auf; dann ein Knall, und sogleich schwirrte eine Kanonenkugel wie ein Vogel mit sausenden Schwingen über unsere Köpfe hinweg. Die Menge schauderte zusammen, aber die Kugel flog vorbei, ohne Schaden anzurichten.

Andy spuckte aus, nahm seine Mütze ab und kratzte sich den Kopf, bis sein Haar wie eine gelbe Bürste emporstand.

Er sah mich unverwandt an und meinte: »Heilige Maria! Soll ich glauben, daß dieser Mann die Wahrheit spricht? Wie sollen wir alles gemeinsam besitzen? Wir würden alle einer des anderen Kuh melken — und verdammt will ich sein, wenn ich mein sauerverdientes Geld mit aller Welt teile. Es würde nicht für alle reichen, und ich ginge selbst leer aus.«

Ich sagte, alles würde sich zu seiner Zeit aufklären, und statt uns darüber den Kopf zu zerbrechen, sollten wir lieber frohlocken, daß die feindlichen Kanonenkugeln abgelenkt würden. Das aber wollte Andy nicht glauben.

»Quatsch!« meinte er. »Du solltest schon wissen, was Einschießen heißt. Die Kanoniere schicken den ersten Schuß übers Ziel hinaus und den zweiten vor das Ziel; dann richten sie alle Rohre auf einen Punkt, der dazwischen liegt, feuern eine Salve ab und erzielen einen Treffer.«

Wir brauchten nicht lange zu warten. Mehrmals nacheinander blitzte es im Westen auf, und acht Kugeln landeten pfeifend in unserer Mitte. Herzzerreißende Schreie mischten sich mit dem Krachen zertrümmerter Wagen. Deichseln, Räder, Gliedmaßen, Köpfe und Eingeweide wirbelten durch die Luft. Viele, die unversehrt geblieben, jedoch vom Blute anderer getränkt waren, hielten sich für getroffen und schalten Müntzer laut einen Lügner. Die dichtgedrängte Menge schwankte hierhin und dorthin, suchte verzweifelt Schutz, und die Männer warfen sich haufenweise in die nächsten Mulden. Auch im Osten blitzte es nun auf, mitten im dichtesten Haufen schlugen zwei Kugeln ein, und andere pfiffen über unsere Köpfe hinweg.

»Um Gottes willen, Andy, schieß!« brüllte ich. Er lächelte ein wenig, doch mir zuliebe und um den Kanonieren Mut zu machen, hielt er eine Lunte an das Zündloch. Die Kanone brüllte los, Rauch stieg auf, aber zu meinem bitteren Schmerz sah ich die Kugel weit vor den herzoglichen Truppen aufschlagen und noch einige Male aufprallen.

Andy hieß die Kanoniere sogleich aufs neue laden, wandte sich zu mir und sagte: »So weit tragen unsere Kanonen, und der Feind kann uns nach Belieben in Stücke schießen, bevor er unsere Stellung stürmt. Während wir warten, können wir ebensogut ein paar Gräben zu unserem Schutz ausheben. Wenn aber Reiter und Fußvolk in geschlossener Ordnung angreifen, werde ich fünf machtvolle Worte mit ihnen zu reden haben – oder auch zehn, wenn wir schnell sind.«

Müntzer bemühte sich, seine verstörten Leute aufzurichten, und die Schar der Gläubigen sang ein Schlachtlied, das sich mit dem Kanonendonner mengte, aber das Vernichtungswerk nahm seinen Lauf. Der ungefüge Erdwall wurde dem Boden gleichgemacht, die

Verschanzung flog in wirbelnden Trümmern über die Haufen der Zermalmten. Schließlich verstummte der Gesang unter dem Todeslied des fliegenden Eisens, und nur ein Gedanke beherrschte alle: laufen!

Die Männer warfen ihre Waffen weg, schüttelten die Fäuste gegen Müntzer, stießen ihre Hauptleute zu Boden und traten sie. Müntzer sei ein falscher Prophet; sie wollten ihre Felder und ihr Vieh mit keinem teilen; sie forderten nur, was ihnen gehörte; das zu verteidigen, seien sie in den Krieg gezogen. Dem ersten Häuflein, das aus der Wagenburg die gedeckte Schlucht hinab floh, folgten kunterbunt die übrigen. Um rascher vorwärtszukommen, warfen sie ihre eigenen Wagen um, und wer fiel, wurde von den stärkeren Kameraden unbarmherzig niedergetrampelt.

Da erklangen von allen Hügeln ringsum die Trompeten. Die Reiterei im Tal rückte vor, und die erfrischten und ausgeruhten Pikeniere setzten zu einem furchtbaren Angriff an. Doch das Regenbogenbanner wehte immer noch zu unseren Häuptern, und Müntzer auf seinem Wagen rang die Hände inmitten der wenigen Gläubigen, die bei ihm ausharrten.

»Nun heißt es rasch denken«, sagte Andy. »Ich möchte lieber des Scharfrichters Becher trinken als wie ein Schwein unter diesem feigen Pöbel aufgespießt werden. Von nun an will ich nur im Dienste von Königen und Kaisern kämpfen. Die verstehen das Handwerk, und ein guter Feldherr bietet einem wenigstens die Möglichkeit, mit dem Gesicht zum Feind zu sterben.«

Er brüllte die Kanoniere an, die ihre Posten verlassen wollten, und meinte: »Sage rasch deine Gebete her, Michael, während ich mich umsehe. Wenn wir zwanzig gefaßte Burschen aufbringen können, haben wir vielleicht das Glück, durchzubrechen und uns in den Wäldern zu verstecken.«

Da sah ich das Regenbogenbanner sich neigen und zu Boden stürzen, wo die Erwählten es in wilder Flucht in den Schmutz traten. Müntzer war der erste; mit angstverzerrtem Gesicht stolperte er über seinen Pelzmantel. Bei diesem Anblick verlor auch ich den Kopf und floh, schneller als alle anderen, und meine Eile hat mir vielleicht das Leben gerettet. Denn in diesem Augenblick ertönte hinter mir eine furchtbare Explosion; die ganze Verschanzung war in eine schwarze Rauchwolke gehüllt. Ein Kanonier hatte wohl in der Eile seine brennende Lunte in ein offenes Pulverfaß geworfen. Ich gönnte mir jedoch nicht die Zeit, der Sache nachzugehen; der Krach beflügelte meine Schritte, und ich eilte weiter, rascher als zuvor.

Erst als ich den unteren Ausgang der Schlucht sicher erreicht hatte, hielt ich an, um Atem zu schöpfen, und da ward mir ein grauenerregender Anblick zuteil. Von der einen Seite preschten die grimmigen Reiter des Markgrafen heran; von der anderen, die steilen Hänge herab, stürzte des Herzogs Fußvolk und rief aus heiseren Kehlen die Namen Jesu und der Heiligen Jungfrau. Gemeinsam metzelten und hieben sie siegreich die gedrängte Masse der Flüchtenden nieder und traten ihr Blut in den Kot.

In diesem Augenblick vernahm ich fünf Kanonenschüsse vom Hügel herab. Als ich mich, starr vor Schrecken, nach einem Fluchtweg umsah, erblickte ich eine schwarze, rußige Gestalt, die gleichmütig von unserer Festung herabstieg. Ich hielt ihn für den leibhaftigen Gottseibeiuns und war keineswegs überrascht, denn hier war er wahrlich am Platz. Das Gespenst packte mich am Kragen und versetzte mir zwei brennende Ohrfeigen; dadurch kam ich wieder zur Besinnung und erkannte Andy. Er war vom Scheitel bis zur Sohle schwarz; Stirnhaare, Bart und Augenbrauen waren weggesengt. Ich fragte ihn, warum er mich geschlagen habe, wo ich doch des Herzogs Geleitbrief in der Tasche trug und mir nichts zustoßen könne.

Andy wies auf das blutige Gemetzel im Tal und meinte freundlich: »Laß dich nicht aufhalten! Dein Geleitbrief wird einen herrlichen Schild abgeben. Sie werden dich zuerst umbringen und dann den Brief lesen — das heißt, wenn sie lesen können. Ich freue mich, daß ich noch meine Kanonen abfeuerte, obwohl ich sie nicht mehr vernageln konnte, was ein rechter Kanonier tun sollte.«

Einige der Gläubigen hatten kehrtgemacht und liefen nun, die Hände vor den Augen, wieder den Pfad herauf.

Andy zog sein Schwert, vertrat ihnen den Weg und rief: »Heute, wackere Männer, muß jeder von uns seine letzte Wahl treffen, wie euer Meister Müntzer sagte. Wählt daher, ob ihr durch mein Schwert oder das des Feindes umkommen wollt. Wenn ihr klug seid, so hebt ein paar verstreute Waffen hier auf und folgt mir, denn ein treuer Soldat läßt seinen Führer nicht im Stich, und mir ist, als sähe ich den Pelzmantel dort unten im dichtesten Gewühl flattern. Frisch gewagt ist halb gewonnen, und ich will euch führen. Bruder Michael, nimm ein Schwert oder eine Pike auf und folge mir.«

Die Männer wollten ihm nicht gehorchen und ihn mit Fäusten und Ellbogen beiseite stoßen. Da hob Andy seinen Bihänder mit beiden Händen und hieb den vordersten mit einem Schlag bis an die Hüfte entzwei, so daß sein Gehirn und sein Blut weit umherspritzten. Darauf besannen sich die übrigen eines besseren und bückten sich nach einer geeigneten Waffe unter den vielen weggeworfenen Keulen, Piken und Wolfsspießen, die umherlagen. Sie verfluchten ihn, schworen aber, ihm zu folgen.

Andy schickte sich ohne weitere Worte an, den Hügel hinabzustürmen; über die Schulter rief er mir zu: »Sieh zu, daß die Nachhut aufschließt, Michael, und durchbohre jeden, der zu fliehen versucht.«

So stürzten wir hinab, hinein in die Teufelsmühle, die Menschenfleisch mahlte. Wir stolperten über Leichenhaufen und sahen das Blut in Strömen die steilen, vom Regen ausgewaschenen Hänge hinunterfließen.

Doch unsere kleine Schar wuchs, bis wir fast fünfzig waren, denn Andy griff all die schluchzenden armen Teufel auf, die, in Blut und Schmutz taumelnd und ausgleitend, zu entkommen versuchten. Er brauchte ihnen nur sein Schwert zu weisen, und sie gehorchten ihm, und wir, die wir ihm als erste gefolgt waren, faßten wieder Mut und nahmen die Neuankömmlinge in die Mitte, um sie an der Flucht zu hindern. Je steiler es bergab ging, um so rascher eilten wir dahin und drückten kräftig nach, um Andy die nötige Stoßkraft zu verleihen. Wir brachen so dichtgeschlossen und eilends durch, und Andy hieb Freund und Feind so unbedenklich vor sich nieder, daß wir durch diese Hölle vorwärtskamen; ja viele ließen unseren geschlossenen und von blanken Klingen starrenden Haufen gerne durch, um hinter uns den gegenseitigen Kampf wieder aufzunehmen.

Gleich einer stacheligen Kugel rollten wir aus dem Hohlweg, und im Vorbeistürmen packte Andy Müntzer an seinem Pelzkragen, stellte ihn auf die Beine und schleuderte ihn hinter sich in unsere Mitte. Ich weiß kaum mehr, was weiter geschah. Plötzlich ragten die Stadtmauern vor uns auf. Wir zwängten uns durch den Torbogen und glitten auf der anderen Seite wieder heraus, wie ein Kork aus einem Flaschenhals. Kaum hatten wir Spielraum gewonnen, da löste sich unsere Schar auch schon wie durch Zauber auf, um in Dachkammern und Kellern Unterschlupf zu finden. Andy und ich blieben allein zurück und starrten ihnen nach. Ich hatte nicht einmal Zeit gefunden, unsere Gefallenen zu zählen; es waren aber wohl, wenn überhaupt welche, nur wenige, und ich hätte keine bessere Lehre erhalten können, wie ein umsichtiger Mensch selbst die verzweifeltste Lage meistern konnte.

Andy, schwarz und blutbesprengt vom Scheitel bis zur Sohle, bot einen furchterregenden Anblick; ich aber umarmte ihn und weinte Freudentränen.

»Wir sind gerettet!« rief ich. »Von nun an wollen wir überallhin zusammen reisen, du vorne und ich als Nachhut.«

Andy aber versetzte: »Du umarmst mich zu früh, Bruder, denn die Geschichte ist noch nicht zu Ende. Wir wollen zunächst unserer guten Bäckerei einen Besuch abstatten, denn es wird allgemach etwas laut, und die Schlägerei, die wir erlebten, kann bald in den Straßen weitergehen.«

Daher eilten wir in unser Quartier; Andy schloß die Tür hinter uns und bemerkte: »Nun, wie steht's, Michael? Was willst du nun für ein hübsches Gewand geben?«

Ich sah an meinen Kleidern hinunter und erkannte, daß ich, beschmutzt und blutbefleckt, wie ich war, niemandem Vertrauen einflößen konnte, mochte ich meinen Geleitbrief auch noch so beschwörend hin und her schwenken. So sagte ich ihm mürrisch, ich wolle ihm einen Gulden und zwei Schillinge für das Gewand geben. Andy aber hatte für dieses Angebot nur taube Ohren, setzte sich auf den Backtrog, so daß ich nicht an das Bündel herankommen konnte, und fing an, sich den Ruß und das Blut aus dem Gesicht zu waschen; er fluchte, weil das Pulver ihm stellenweise die Haut versengt hatte. Zum Glück hatten die Frauen mehrere Eimer Wasser in die Bäckerei gebracht, um ihren Teig damit zu kneten; so konnte auch ich mir Hände und Gesicht waschen und das Haar kämmen. Um Andy milder zu stimmen, bot ich ihm meinen Kamm an; er glaubte aber wohl, dessen nicht zu bedürfen; sein Haar war denn auch so stark versengt, daß es fast ebenso kläglich anzusehen war wie sein Gesicht. Ich bot ihm für die Kleider zwei, drei und schließlich fünf Gulden; er aber lächelte nur boshaft. Er warf seine verbrannten, blutigen Lumpen in eine Ecke und stand, nur mit seiner leinenen Unterhose bekleidet, auf, ergriff sein Schwert und meinte, er gehe nun, sich eine bessere Ausstattung zu beschaffen; inzwischen könne ich mir die Sache überlegen. Obwohl ich ihn bat, mich nicht allein zu lassen, sah ich ihn gleich darauf durch das Loch, das die Kanonenkugel gerissen hatte, sein Schwert in der Hand über den Marktplatz schreiten.

Ich zögerte nicht länger, zog das Bündel hervor, entkleidete mich mit zitternden Händen, zog die feinen Hosen an und knöpfte das Samtwams zu. Die Krause und die Knöpfe waren, wie ich sah, allein mehr wert als zwei Gulden, und als ich das Samtbarett mit der schmucken Storchenfeder aufgesetzt hatte, konnte ich mich nicht länger bezähmen und bewunderte mein Spiegelbild im Eimer. Vorzüglich passende rote Schuhe vervollständigten meinen Aufzug, der mir gewiß das Leben retten würde, und ich beschloß, Andy zu bezahlen, was er verlangen mochte.

Ich hatte schon lange und ungeduldig auf seine Rückkehr gewartet, als er endlich in Pluderhosen und dem gestreiften Lederkoller eines Söldners erschien. Helm und Harnisch trug er in der Hand, unter dem Arm eine Hammelkeule.

»Aha, der Handel ist abgeschlossen«, bemerkte er. »Hilf mir in diesen Harnisch.«

Ich schnallte ihm mit zitternden Fingern die Schulterriemen fest. Auf meine Frage, wie er zu der Ausrüstung gekommen sei, antwortete er mit einer schändlichen Geschichte, darin ein Söldner vorkam, den er erschlagen und ausgezogen, und eine Frau, die er dadurch vor der Vergewaltigung errettet habe. Die Frau war Andy anscheinend dankbar; sie forderte ihn auf, das Werk fortzusetzen, das der Söldner so verheißungsvoll begonnen hatte, und belohnte ihn mit zwei silbernen Bechern und dem Hammelfleisch.

Ich hieß ihn seine schamlosen Gewalttaten für sich behalten und fragte nach meiner Schuldigkeit für die Kleider. Er erwiderte höflich mit einer Gegenfrage.

»Wieviel Geld hast du noch?«

Ich sagte ihm, ich hätte noch siebzehn Gulden und etwas Silber – ein karger Lohn für meinen Kampf um das himmlische Reich. Er müsse meine Armut bedenken.

»Ganz recht«, pflichtete er mir bei. »Gib mir siebzehn Gulden. Das Silber kannst du behalten.«

Nichts vermochte ihn zu rühren, weder Tränen noch Gebete, und als ich Hufschläge und Waffenlärm näher kommen hörte, mußte ich ihm die geforderte Summe auszahlen; mein einziger Trost war der Gedanke an die fünf Gulden, die ich in den Saum meines Hemdes eingenäht und ihm verheimlicht hatte.

Das Morden ging die ganze Nacht weiter; es blieben wohl nur an die zweihundert Bauern am Leben. In unserer dunklen Stube versteckt, entrannen wir der Gefahr, und bei Tagesanbruch meinte Andy, die Stadt sei nun wieder so ruhig, daß wir uns zeigen dürften, versehen mit dem Geleitbrief, so daß es niemand einfallen konnte, wir hätten uns verborgen. Wir bürsteten uns das Mehl von den Kleidern und verließen offen das Haus; ich stolzierte dahin, wie es einem jungen Herrchen zukam, und Andy trabte, das Schwert am Gurt und eine Pike auf der Schulter, hinter mir her.

7

An jenem Maimorgen bot das Städtchen Frankenhausen einen gar traurigen Anblick, obwohl ein Hahn in einer Scheune unsicher zu krähen versuchte, als wollte er sagen, wo Leben sei, da sei auch Hoffnung. Der Laut erstarb aber heiser und ungewiß. Zahllose Krähenschwärme wirbelten durch die Luft und verdunkelten die Sonne mit ihren schweren Flügeln. Bürger, die etwas zu fürchten oder zu verbergen hatten, saßen zitternd in Dachkammer und Keller, während andere ihre Unschuld auf dem Marktplatz spazieren trugen, wo die Fürsten eine Truppenschau abgehalten hatten.

Wir kamen im rechten Augenblick. Keiner beachtete uns, denn aller Augen hingen an den Siegern, die vor der Kirche Gerechtigkeit walten ließen. Unweit davon lag in einer Lache geronnenen Blutes die verstümmelte Leiche eines Priesters, den Frauen während der Nacht getötet hatten. Ich hatte mich gefragt, ob Müntzer entkommen sei, sah ihn aber nun, klein und gebeugt, die Hände auf dem Rücken gebunden. Sie hatten ihm den Pelzmantel abgenommen, der ihn am Vortag so groß hatte scheinen lassen; sein gelbes Gesicht war verschmutzt und blutbeschmiert. Neben ihm stand stolz der Söldner, der ihn in einem Keller gefunden hatte, wo er den Kranken spielte.

Die Fürsten waren in der Tat prächtig anzusehen: sie trugen vollständige Rüstung, ihre Helme zierten wallende Federn, ihre Harnische waren mit Gold eingelegt. Herzog Georg war klein und untersetzt; in seinen breiten Zügen glaubte ich eine Familienähnlichkeit mit Herzog Johann und denselben bauernschlauen Zug zu erkennen. Er hatte sich ein schwarzes Tuch um den Helm gebunden, woraus ich schloß, daß Friedrich gestorben und Johann nun Kurfürst war – was meinem Geleitbrief erhöhten Wert verlieh. Der eine aber unter all den versammelten Adeligen, dem meine ganze Aufmerksamkeit galt und dem die anderen zu gehorchen schienen, war Markgraf Philipp von Hessen, der mit seinen Leuten den unglaublichen Nachtmarsch aus seinem eigenen Land nach Frankenhausen bewerkstelligt hatte. Sein Antlitz war hager und knochig; in seinen hellen, blauen Augen standen dieselbe Kälte und Unbarmherzigkeit, ob er nun Müntzer oder seine fürstlichen Gefährten anblickte. Ein hochmütiges Lächeln lag auf seinem Gesicht.

Diese Adeligen setzten Müntzer mit Fragen über seine Lehre zu, und er antwortete ruhig und bescheiden, bis Ernst von Mansfeld seiner überdrüssig wurde und ihm mit dem eisernen Handschuh einen Schlag unter das Kinn versetzte. Das wunderte mich auch nicht, wenn ich an den Brief dachte, den Müntzer diesem Grausamen erst vor drei Tagen geschickt hatte. Thomas Müntzer spuckte ein wenig Blut, hob den Kopf und ließ sich zu dem Ausruf hinreißen, er wolle die Wahrheit seiner Lehre vor den größten Gelehrten Deutschlands, darunter Luther selbst, beweisen. Könnte man seine Überzeugung aus der Heiligen Schrift als irrig erweisen, so wolle er sich ihrem Spruch mit gebührender Ehrerbietung unterwerfen; bis dahin aber betrachte er sich auch ferner als Gottes eifrigen Diener und Boten.

Die Fürsten brüllten vor Lachen, Herzog Georg aber bemerkte zornig, Luther sei ein ebenso finsterer Ketzer wie Müntzer. Der Herzog von Braunschweig bemerkte, Luther verdiene den Tod auf dem Scheiterhaufen für die Verwirrung, die er angerichtet habe. Nur der Markgraf von Hessen bestritt das; er sprach mit Wohlgefallen, wenn auch spöttisch, von dem Mann, auf dessen

Rat sie nun handelten, und schlug vor, ihn zum Papst von Deutschland zu machen. Herzog Georg aber untersagte solche Reden vor dem Volk, und Müntzer hob aufs neue den Kopf und bat, man möge ihn an einer öffentlichen Disputation teilnehmen lassen.

Herzog Georg legte sacht die Hand an Müntzers dünnen Hals, streichelte ihn mit den Fingerspitzen und meinte: »Warum soll dieser Hartnäckige nicht die Disputation haben, die er verlangt? Ich möchte Eure Hoheiten bitten, ihn mir zu überlassen. Ich will ihn sogleich nach Feldrungen bringen, wo kein ungebührlicher Lärm seine gewichtigen Ausführungen stören und er seine Thesen vor unparteiischen Zeugen und einem Scharfrichter von erprobter Redlichkeit verteidigen kann. Es soll weder an den Gegenständen noch an den Werkzeugen fehlen, die zu einer solchen Disputation vonnöten sind.«

Der Vorschlag wurde lächelnd begrüßt; Herzog Georg selbst lachte, bis er schier erstickte.

»Ich meine es gut mit ihm«, fuhr er fort, »und will ihm um seiner Seele willen einen würdigen Gegner stellen, der ihn von der Wirksamkeit der Lehre der Kirche überzeugt, ohne die es keine Erlösung gibt. Dies ist auch um der armen Teufel willen wünschenswert, die er irregeführt hat.«

Müntzer starrte entsetzt auf die Fürsten; unermeßliche Angst verzerrte sein Gesicht. Er glich einem unglücklichen Dachs in der Falle. Kniend bat er, man solle ihn nicht seinem Todfeind ausliefern, sondern ihm eine ehrenvolle Disputation gestatten. Doch keine Stimme erhob sich zu seiner Verteidigung. Auch ich hütete mich wohl, vorzutreten und zu bezeugen, daß Müntzer in gewissem Sinne von oben inspiriert war, obwohl Gott seiner gespottet und ihn und mit ihm sechstausend Männer vernichtet hatte. Ich rührte keinen Finger zu seiner Verteidigung, obwohl ich das Schicksal, das seiner harrte, gar gut kannte. Statt dessen versteckte ich mich hinter Andy, und sie führten Müntzer ab, der weinte und schrie und sich vergeblich nach einem Beistand umsah, in derselben Stadt, darin er erst am Vortag als Bote Gottes begrüßt worden war.

Ich wünsche nicht, länger bei den unerfreulichen Ereignissen zu Frankenhausen zu verweilen, und will nur erwähnen, daß ich mich bei der ersten Gelegenheit Markgraf Philipp näherte, ihm meinen Geleitbrief vorwies und ihn von der löblichen Aufgabe unterrichtete, die ich im Bauernheer erfüllt hätte, indem ich dessen Führer zu Verhandlungen und zur Vermeidung von Blutvergießen zu bewegen suchte. Zwar sei meine Sendung mißglückt, doch wagte ich, um seine Gunst und um Erlaubnis zu bitten, seine Truppen nach Mühlhausen zu begleiten.

Diesen Schritt mußte ich trotz schwerster Bedenken unternehmen, denn jeden Augenblick hätte mich ein Bürger als einen von Müntzers schlimmsten Fanatikern verraten können. Ich tat klug daran, mich an den Markgrafen zu wenden, obwohl Herzog Georg der Landesherr war, weil ich dadurch Philipps Eitelkeit schmeichelte. Er meinte gnädig, ich hätte meine Sache gut gemacht, da das Zögern der Bauern den Truppen Zeit gegeben hatte, den Hügel einzuschließen, unseren Rückweg abzuschneiden und so das Land von weiteren sechstausend Banditen zu befreien. Nicht einmal Fuggers Geld hätte ausgereicht, genug Truppen zu bezahlen, um jenen Wald zu säubern.

In diesem Ton sprach er einige Zeit, und da er sich offenbar gerne reden hörte, wagte ich ihn zu fragen, was Fuggers Geld mit der Sache zu tun habe.

Er sah mich erstaunt an. »Wie hätte ich sonst sechzehnhundert Reiter und ebensoviel Fußvolk halten können? Ohne des reichen Jakob Geld wären die deutschen Fürsten hilflos gewesen, und Bettler wären heute die Herren. Aber die Bauern schädigen Jakobs Handel; daher unterstützt er unsere Feldzüge mit seinem Geld. Ohne Fuggers zwölftausend Gulden hätte der Truchseß keinen einzigen Lanzenreiter anwerben können. Fugger will die Summe von Erzherzog Ferdinand zur rechten Zeit zurückfordern, denn mit Fuggers Geld kaufte Ferdinand das Herzogtum Württemberg, daraus Jakob den Herzog Ulrich wegen seiner unbezahlten Schulden vertrieben hatte. Der reiche Jakob weiß schon, wie er sein Geld wieder zurückbekommt.«

Ich stand mit ehrfurchsvoll gesenktem Blick vor ihm und strich mir den weichen langen Bart, der mir während des Aufstands gewachsen war und den ich nicht scheren wollte, da ich mit meinem neuen Aussehen sehr zufrieden war.

Meine Neugier überwand meine Furcht, und ich fragte: »So sind also alle diese armen Teufel einfach Fugger zu Gefallen hingemordet worden, und nicht, weil sie Ketzer waren?«

»Die Frage ist der Erwägung wert«, bemerkte der Markgraf. »Je mehr ich darüber nachdenke, desto mehr neige ich dazu, Martin Luther als meinen Kaplan unter meinen Schutz zu nehmen. Irgendwie muß ich meine Schulden zahlen, und in meinen Ländern gibt es viele reiche Klöster, die, wenn ich die evangelische Lehre annehme, mir gehören. Es schickt sich nicht für einen Fürsten und Markgrafen, Jakobs Aufträge auszuführen – denn die einzige Bedingung, unter der er meine Leute besolden wollte, war, daß ich schnurstracks nach Frankenhausen zöge. Er besitzt zwischen Leipzig und Erfurt große Kupferschmelzwerke, wohin er das Erz aus seinen ungarischen Bergwerken bringt. In diesem Erz ist Silber, das er, wenn es in Ungarn gewonnen würde, nicht von dort ausführen dürfte. Deshalb will er es lieber hier schmelzen. Ihr werdet daher verstehen, junger Mann, daß Jakob vor Angst fieberte und mir seinen Verwalter sandte, um mich zu einem Eilmarsch aufzufordern, als er hörte, daß sich sechstausend aufständische Bauern in der Nähe seiner kostbaren Schmelzöfen versammelt hatten. Doch wenn Ihr etwa meint, er ließe mir dafür einen Teil meiner Schulden nach, so irrt Ihr gewaltig.«

»Soll selbst das heilige Wort Gottes um lumpiges Kupfer in den Schmutz getreten werden?« rief ich. Zum erstenmal ruhten seine blaßblauen Augen forschend auf mir, als er meinte: »Ich hoffe um Euretwillen, Ihr seid kein Anhänger Müntzers!«

Er beugte sich vor und las von dem Brief, den ich immer noch in Händen hielt, meinen Namen ab.

»Michael Pelzfuß de Finlandia, ich will Euch einen Rat geben, den ich mir jetzt selbst zu Herzen nehme. In Glaubensfragen muß sich ein Mensch nach seinem Vorteil richten. Ihr gewinnt nichts, wenn Ihr Müntzers Lehren verteidigt. Ganz im Gegenteil.«

Dann entließ er mich, und ich machte mich auf die Suche nach Andy. Wir brachten eine weitere Nacht in der Bäckerei zu; aber nun, da ich durch die Gunst des Markgrafen außer Gefahr war, überfiel mich eine große Übelkeit. Meine schönen Kleider und mein sammetweicher Bart freuten mich nicht mehr; zitternd kauerte ich in einer Ecke. Düstere Gedanken raubten mir den Appetit, und Andy fürchtete schon, ich hätte aus Versehen Wasser getrunken.

Ich krankte aber wohl mehr an der Seele als am Leib, obwohl

der großmütige Andy einen Fuhrmann mieten mußte, der mich im Schutze der markgräflichen Truppen nach Mühlhausen brachte; ich hätte wohl auch kaum so weit gehen können. An die folgenden Tage erinnere ich mich nur verworren, obgleich ich weiß, daß Kurfürst Johann sich nach langem Zögern den anderen Fürsten vor Mühlhausen anschloß und ihre vereinten Streitkräfte dadurch so gewaltig anwuchsen, daß der Prahlhans Pfeiffer keinen Augenblick an Widerstand dachte. Er entschlüpfte eines Nachts aus Mühlhausen, zusammen mit zweihundert anderen Schelmen, wurde aber gefangen und in Ketten zurückgebracht.

Um der gänzlichen Zerstörung zu entgehen, mußte die Stadt sich verpflichten, den Fürsten binnen fünf Jahren vierzigtausend Gulden zu bezahlen. Mauern und Türme mußten sie schleifen, alle Geschütze, Gold- und Silbersachen sowie Vorräte, Pferde und andere Zugtiere sofort ausliefern. Erst dann ließen sich die Fürsten herbei, in die Stadt einzuziehen.

Andy und ich schritten unauffällig im Zuge mit und begaben uns dann zum Haus Eimers, des Brauers. Dieser wackere Bürger hatte eben die blanke Weidenrute der Unterwerfung abgeschüttelt und wusch sich den Schmutz von den Beinen, nachdem er im Verein mit seinen Mitbürgern vor den Siegern im Staub gekrochen war. Weder er noch Madame Geneviève erkannten Andy, der Haare und Augenbrauen verloren und sich das ganze Gesicht verbrannt hatte. Daher verfluchte Meister Eimer uns und meinte, in seinem Hause gäbe es nichts mehr zu stehlen, seit Pfeiffers Lumpenbande alles, was sie tragen konnte, christlich untereinander aufgeteilt habe. Dann aber gingen Madame Geneviève die Augen auf, und sie bemühte sich eilig um Andy — bis sie mich erblickte. Sie blickte mir lang ins Gesicht und auf meine neuen Kleider, fiel mir dann um den Hals und küßte mich hingerissen. Ihre unerwartete Zärtlichkeit überwältigte mich; froh drückte ich den Kopf an ihren weißen, wohlriechenden Hals und vergoß bittere Tränen. Sie sprach mir linden Trost zu und meinte, sie hätte nie gedacht, wie rank und anmutig ich in schönen Kleidern und mit einem Bart aussehen könne.

Der Brauer schien über unsere Ankunft und den Willkomm, den Madame Geneviève mir entbot, nicht sonderlich erbaut. Sie hatte aber viel Einfluß auf ihn, und als ich ihm des Kurfürsten Geleitbrief gezeigt hatte, erkannte Meister Eimer sogleich, daß wir ihm nützlich sein konnten. Er war ein großer, dunkeläugiger Mann von fünfzig Jahren, mit wenigen grauen Fäden in Haar und Bart. Auch seine Augenbrauen waren schwarz und buschig; über sein rotes Gesicht liefen blaue Äderchen. Als er überzeugt war, daß er uns trauen durfte, nahm er uns in den oberen Stock mit. Der bot nun freilich einen ganz anderen Anblick als das Erdgeschoß, das er selbst ausgeräumt und verwüstet hatte, um alle Eindringlinge zu überzeugen, daß es hier nichts mehr zu stehlen gebe. Er setzte uns starkes Bier und gute Speisen vor und ließ uns in einem Federbett schlafen. Ich habe von ihm viel zu berichten, denn er war kein Tropf; zuvor aber muß ich noch von Müntzers Tod erzählen.

Während ihres Aufenthaltes zu Mühlhausen sprachen die Fürsten Recht, und die Bewohner sagten eifrig einer gegen den anderen aus, um jedem Verdacht zu entgehen. So mußten sich am Tag der Hinrichtung vierundfünfzig Bürger entweder die Schlinge um den Hals legen lassen oder am Block knien, je nach Rang und Stand. Der Markgraf von Mansfeld brachte Müntzer nach Mühlhausen — oder besser, das, was von Müntzer nach seiner Disputation mit einem geschickten Folterknecht übriggeblieben war. Thomas Müntzer war nun ein hinkendes, zerrüttetes Wrack; selbst seine Stimme klang schwach und gebrochen, als er seine Beichte ablegte.

Er gestand, daß alle seine Lehren falsch gewesen seien und er nunmehr seine Seele der Kirche empfehle, die sie allein retten könne. Der fromme Herzog Georg ward über Müntzers vollkommene Reue zu Tränen gerührt und gab seiner Freude Ausdruck, daß der bekehrte Ketzer dankbar das Sakrament empfangen hatte. Als ich Müntzers unterwürfigem, wortreichem Geständnis lauschte, schwand meine letzte Hoffnung dahin. Ich konnte nicht mehr glauben, daß das Himmelreich auf Erden kommen würde, denn wenn Gott durch Müntzers Mund gesprochen hätte, so hätte er ihm gewiß auf der Folter beigestanden, die freilich für gewöhnliche Sterbliche unerträglich war.

Als Angehöriger des Priesterstandes wurde er enthauptet, Pfeiffer aber wurde gehenkt. Dieser Prahlhans ging dem Tod voll Unverschämtheit entgegen, und noch von den Sprossen der Leiter ergötzte er die Soldaten mit Zoten und lästerlichen Scherzen. Er legte sich selbst die Schlinge um den Hals, der Scharfrichter stieß die Leiter weg, und so tanzte Pfeiffer seinen letzten Tanz. Und das ist alles, was ich von Thomas Müntzer und seinem Regenbogenbanner zu berichten weiß. Mein neues Buch soll von Madame Geneviève, Eimer dem Brauer, Kaiser Karl und vielen lehrreichen und erbaulichen Dingen handeln.

NEUNTES BUCH

DER UNDANKBARE KAISER

1

Als die Fürsten ihre Rechtsprechung beendet und die Bürger weidlich ausgepreßt hatten, zogen sie rasch ab. Einer der Brauer hatte uns gefragt, was wir nun vorhätten. Ich dachte, er wolle uns los sein, und sprach von meinem Hund in Baltringen und einer Truhe zu Memmingen, die ich gut gebrauchen könne, wenn sie noch zu finden sei. Darauf erinnerte mich Andy unnachsichtig an mein Versprechen und meinte, ich müsse ihn und Madame Geneviève nach Frankreich begleiten, wohin er sie längst zu führen versprochen hätte, und dort unseren Sohn kennenlernen.

Eimer räusperte sich etwas verlegen und fragte Madame Geneviève, was sie dazu meine; da sie schwieg, fuhr er fort und erklärte, er habe sie sehr schätzen gelernt und wolle sie nicht verlieren. Obwohl einer der reichsten Bürger Mühlhausens, käme er doch bald durch die hohen Steuern an den Bettelstab, wenn er bleibe. Diesen Morgen nun sei es ihm gelungen, seine Brauerei zu verkaufen, freilich wegen der herrschenden Verhältnisse um einen kümmerlichen Preis, und nun möchte er den Staub des Ortes von den Füßen schütteln. Das sei, meinte er, keine plötzliche Laune, sondern eine Absicht, die in ihm im Laufe vieler Jahre gereift sei, und wir dürften nicht glauben, er handle so, weil er etwa an der Rockfalte einer Frau hänge. Was sein Weib anlange, so habe er die Brauerei geheiratet, nicht die Frau, die ein Drachen sei, und eigene Kinder habe er nicht. Er habe den Handel stets bereut. Nun wollte er nach Nürnberg gehen, wo er einige Wechsel einlösen könne, und er lade uns alle ein, mitzukommen und von dort nach Ungarn, der Schweiz oder Italien zu fliehen.

Andy stand wie vom Donner gerührt und blickte vorwurfsvoll auf Madame Geneviève, die hastig einwarf: »Du wirst stets der Vater meines Sohnes sein, lieber André, und Michael auch! Aber was kann ich tun, wenn dieser wackere Mann, der noch in der Blüte seines Lebens steht, mich ins Herz geschlossen hat?«

»Das ist eine höchst anstößige Sache«, bemerkte ich, »und Ihr werdet es noch bitter bereuen, Meister Eimer — so bitter, daß Ihr lieber tot sein möchtet. Ihr kennt dieses liederliche Frauenzimmer nicht.«

2

Um die Mitte des Monats Juni waren wir in der reichen, mächtigen Stadt Nürnberg angelangt, der schönsten, die ich in Deutschland gesehen hatte. Wir blieben dort mehrere Tage, während Meister Eimer seine Angelegenheiten ordnete, und fanden, daß die Stadt einer Insel in einem Meer der Unruhe glich. Hier wußte man von den gestörten Zeitläuften nur vom Hörensagen; Meister Eimer meinte, das käme daher, weil in der Stadt zu viele mächtige Einflüsse an einem Ort vereint seien und darin zu viele Kaufleute wohnten, als daß irgendwelche Unruhen hätten entstehen können.

Als er den Vertreter des Hauses Fugger aufgesucht und seine Wechsel eingelöst hatte, sagte er zu mir: »Michael, wenn Ihr auf die Landkarte schaut, werdet Ihr bemerken, daß die Orte, wo Fugger eine Niederlassung besitzt, am wenigsten gelitten haben. Und doch verlangen diese unverschämten Agenten bis zu dreißig Prozent Maklergebühr.«

Dennoch rieb er sich die Hände, und um seine feuchten Lippen spielte ein Lächeln, das auf dunkle Geschäfte schließen ließ. Er hatte viele Bekannte unter den Bürgern; einem von ihnen, namens Anton Seldner, stellte er uns vor. Eimer vertraute Seldner seine Absicht an, sich im Ausland niederzulassen und eine Brauerei zu eröffnen.

»Da seid Ihr an den rechten Mann gekommen«, sagte Seldner, »und ich rate Euch sehr, nach Ungarn zu gehen. Scharen deutscher Flüchtlinge sind täglich dahin unterwegs, und die sind alle Biertrinker. Was aber noch mehr ins Gewicht fällt: mein Bruder Martin leitet nun im Auftrag der Krone die Kupferbergwerke in den Karpaten, und wenn ich Euch einen Brief an ihn mitgebe, verkauft er Euch vielleicht das Recht, seine Knappen zu beliefern.«

»Ich erinnere mich Eures Bruders wohl, und die Krone dauert

mich, wenn der einmal die Kupferbergwerke in die Hände nimmt. Doch wie kann er dort sein? Fugger besitzt alles Kupfer in der Welt, ausgenommen in Schweden und Spanien.«

Seldner klopfte Eimer lachend auf die Schulter wie einem Vetter vom Lande.

»Ist's möglich? Habt Ihr denn von den größten Ereignissen unserer Zeit nichts vernommen? Fuggers Monopol ist gebrochen, die ungarische Krone hat die Bergwerke übernommen. Es gab einen Aufstand. Fuggers Kontor zu Buda wurde vom Pöbel überfallen und ausgeraubt, und nun haben die adeligen Grundbesitzer die Gewinnung von Bodenschätzen allen, mit Ausnahme der Krone, untersagt.«

Eimer raufte sich erregt den Bart.

»Dann steht die Welt in der Tat auf dem Kopf! Kein Wunder, daß Fugger dreißig Prozent verlangt – aber es ist doch empörend, denn die Ungarn sind ein rückständiges, unzivilisiertes Volk und kommen ohne die Kenntnisse und Fertigkeiten der Deutschen nie auf einen grünen Zweig.«

»Sie sind launisch und kriegerisch und gute Hirten«, erwiderte Seldner, »aber sie hassen Deutsche und Juden, und Fugger hat ihnen zweifellos dafür allen Grund gegeben. Diesmal ist Jakob gewiß zu weit gegangen; er und seine Teilhaber sollen die Krone um wenigstens eine Million ungarische Gulden geprellt haben.«

Meister Seldner sprach sehr ausführlich über die von diesem verhaßten Haus begangenen Ausschreitungen und die ungeheuren Güter, die es erworben hatte, und schloß: »Seinen größten Streich aber spielte Fugger im vorigen Jahr. Ungeachtet des steigenden Hasses kaufte er einen Titel für Thorza, einen seiner Teilhaber, und damit die Oberaufsicht über die königliche Münzstätte. Der König ist in Geschäftsdingen ein Kind und wirft, wie die meisten Ungarn, mit dem Geld nur so um sich. Um sich noch mehr zu verschaffen, ermächtigte er daher Thorza, den Silbermünzen dreiviertel Teile Kupfer beizumischen, statt wie früher nur die Hälfte.«

Meister Eimer brach in heftige Flüche aus, fuhr mit der Hand in seine Börse und warf eine Handvoll Münzen auf den Tisch, darauf ein schmuckes Wappen und der Kopf König Ludwigs geprägt waren.

»Großer Gott!« rief er. »Nun weiß ich, warum der Kerl mich

fragte, ob ich ungarisches Silber annähme, da er kein anderes Kleingeld habe. Wie zum Teufel hätte ich wissen sollen, daß es seinen halben Wert eingebüßt hatte?«

»Ganz recht«, versetzte Seldner. »Aber die Ungarn fluchten noch schlimmer als ihr; sie hatten die Kunst von den Türken gelernt. Nun, gewisse Kaufleute – ich nenne keine Namen – rafften alles alte Münzgeld aus ihren Truhen zusammen, eilten zur Münzstätte und ließen es einschmelzen. Aus jeder alten Münze wurden zwei neue. Dem König hatte die Neuprägung keinen Pfennig eingetragen; gewisse Leute freilich machten einen hundertprozentigen Profit. Damit jedoch noch nicht zufrieden, kaufte der grundbesitzende Adel allen verkäuflichen Besitz in Ungarn auf, Pferde-, Rinder- und Schafherden und vieles andere, wobei sie die alten Preise in neuer Währung erlegten. Als sie aber im Ausland Waren einkaufen wollten, merkten sie, daß die Preise aufs Doppelte gestiegen waren. Darob erhob sich ein schrecklicher Tumult, und Fuggers Agenten kamen beinahe ums Leben.«

Ich sann lange über diese denkwürdige Geschichte nach; schließlich bemerkte ich: »Soviel verstehe ich jedenfalls: Jakob wird die üble Behandlung seiner Vertreter und den Verlust seiner Bergwerke nicht lange dulden. Der junge König wird in die Enge getrieben und das Land dem Verderben zusteuern. Daher fühle ich mich nicht versucht, mich dort niederzulassen und eine Brauerei zu eröffnen.«

Meister Seldner aber entgegnete: »Ungarn ist ein reiches, fruchtbares Land mit endlosen Ebenen und Weiden, ungeheuren Pferdeherden und so vielen Schafen, daß niemand sie zählen kann. Es gibt dort auch Weingärten; vor allem aber sind die ungarischen Grundbesitzer keine Geschäftsleute. Sie trinken Wein, hören Musik, tanzen, jagen und reiten – wenn sie nicht gerade gegen die Türken kämpfen –, und ein kluger Mann kann unter ihnen im Handumdrehen reich und kugelrund werden. Mit Ketzern aber kennen sie kein Erbarmen, denn ihr Glaube wurde in den Kämpfen gegen die Ungläubigen gestärkt, und sie dulden keine religiösen Erörterungen, aus Angst, daß solche Reden die Leibeigenen gegen sie aufhetzen würden, womit sie bei Gott recht haben.«

Er sprach verheißungsvoll und verlockend von Ungarn und erklärte, Fuggers Macht sei so weit gebrochen, daß auch andere Unternehmen Aussicht hätten. Er selbst würde gerne hingehen, wenn er nur den Nürnberger Rat überreden könnte, seinen Bruder zu unterstützen, denn die Bergwerke seien ein zu großer Brocken für einen einzigen Mann.

3

Endlich brach der Tag an, da Meister Eimers Angelegenheiten geordnet waren, und er verkündete seinen Entschluß, sogleich nach Venedig zu reisen, dem größten Markt der Welt. Dort könne er ein neues Leben beginnen, indem er seinen Namen ändere und seinen Bart färbe.

»Eine große Summe in bar auf einer solchen Reise mitzuführen wäre töricht«, sagte er. »Daher habe ich mein ganzes Vermögen in Wechseln auf das Haus Bisani am Rialto angelegt. Madame Geneviève hat versprochen, mich zu begleiten, und um sicher und rasch zu reisen, werden wir Fuggers Post benützen. So Ihr wollt, kommt ungesäumt mit uns; nun freilich auf Eure eigenen Kosten, da ich Euren Schutz nicht länger benötige.«

Ich war bestürzt über seine Worte, hatte ich doch geglaubt, wir würden alle zusammen nach Schwaben reisen, wohin ich meinen Hund Rael mitnehmen wollte, und weiter durch die Eidgenossenschaft über Lyon nach Tours, um unseren Sohn zu besuchen. Andy hatte für ihn bereits bei einem kundigen Spielzeugmacher zu Nürnberg ein Geschenk gekauft – einen Esel, der die Beine bewegen konnte. Ich sah, daß Meister Eimers Pläne Madame Geneviève gar nicht behagten; sie lächelte sauer und meinte, sie denke darüber ganz anders. Meister Eimer aber versprach, ihr in Venedig Ellen von Goldbrokat, einen Spiegel und einige der berühmten Glaswaren zu kaufen. Ich konnte die gemeinsame Postreise nicht erschwingen; so beschlossen wir, Andy und ich sollten zu Fuß durch Schwaben und die Eidgenossenschaft nach der Lombardei wandern und im Spätsommer die anderen in Venedig treffen. Meister Eimer trug uns auf, bei der Ankunft nach einem gewissen Kaspar Rotbart im Fondaco dei Tedeschi zu fragen, dann würden wir ihn gewiß finden.

Als ich dann Madame Geneviève allein antraf, machte ich ihr

ob ihres Wankelmutes heftige Vorwürfe; sie aber verteidigte sich mit Eifer und meinte, sie habe sich immer danach gesehnt, Venedig zu sehen. Freilich habe sie gehofft, Meister Eimer würde sein Vermögen in bar aus Nürnberg herausbekommen; und doch könne diese Reise nach Venedig noch Gutes bringen. Sie erinnerte mich an die zahllosen Beweise ihrer aufrichtigen Zuneigung, die sie mir gegeben hatte, und forderte mich auf, eilends nach Venedig zu kommen und sie von Eimer zu erlösen, den sie nur um der Zukunft ihrer Kinder willen begleite.

Madame Geneviève hatte mir, wie sie richtig bemerkte, zahlreiche Beweise ihrer Gunst gegeben. Ja, ihre Aufmerksamkeit, die sie mir widmete, während Meister Eimer mit seinen eigenen Angelegenheiten beschäftigt war, war zuweilen erschöpfend gewesen. Der Gedanke an meinen lieben Hund und an die Wanderfahrt durch den Sommer halfen mit, mir diesen Abschied leicht zu machen, und in meiner Torheit glaubte ich wirklich, sie könne ohne mich nicht leben.

Ehe sie uns verließen, äußerte Andy den Wunsch, seine beträchtlichen Ersparnisse in Wechseln anzulegen. Eimer aber wollte ihm dabei so geflissentlich an die Hand gehen, daß Andy vorgab, er hätte sich eines besseren besonnen. Kaum waren sie jedoch fort, ging Andy stracks zu Fuggers Bankhaus und erhielt für sein Geld eine Quittung, die er nur bei einer der Fuggerschen Niederlassungen zu Venedig, Mailand oder Genua vorzuweisen brauchte, um den Gegenwert in bar zu erhalten. Ich warnte Andy, er habe auf das falsche Pferd gesetzt, und erzählte ihm von den Begebenheiten in Ungarn; er aber pfiff nur unbekümmert und meinte, er wolle gern riskieren, daß die Zahlungen eingestellt würden, denn eher würde die Erde sich um die Sonne bewegen als der reiche Jakob sein Geld verlieren.

Dann traten wir unsere Reise von Nürnberg nach Baltringen an. Sie fiel freilich nicht so heiter aus, wie ich gehofft hatte, denn hier und da ragten aus niedrigen Erdhügeln knochige Hände hervor, und um die ausgebrannten Gehöfte kreisten die Krähen. Die hageren Weiber und verschreckten Kinder, denen wir begegneten, wollten nicht zu uns sprechen, und in den Dörfern, die verschont geblieben waren, war Essen schwer aufzutreiben. Dreimal sahen wir Galgen mit Leichen daran, deren Lumpen, die sie am Leibe trugen, verrieten, daß sie Priester gewesen waren. Und die Bauern, die wir trafen, verfluchten Luther, der lediglich erreicht hatte, daß die Fürsten und Prälaten anmaßender als zuvor und die Bauern noch weit hungriger geworden waren.

So beeilten wir uns, so gut wir konnten. In Baltringen besuchten wir die ehrsame Witwe, die uns längst für tot gehalten hatte. Mir fehlen die Worte, das Entzücken meines Hundes über meine Rückkehr zu beschreiben. Er sprang an mir empor, leckte mir die Hände und hetzte wie von Sinnen in der Stube herum, wobei er in seiner Freude gegen Tische und Bänke stieß. Sein Fell war nun dick und glänzend; er war so feist wie ein Ferkel. Die Witwe sagte mir, sie habe ihn gefüttert, so gut sie konnte; ja, sie habe ihn so liebgewonnen, daß sie ihn ungern verlieren würde.

Das machte mich traurig, und ich beschloß, Rael selbst zwischen der vollen Schüssel in der warmen Ecke am Kamin und den Entbehrungen einer Reise mit mir wählen zu lassen. Als ich ihn auf der Schwelle verlassen hatte, damit die Witwe ihn mit einem saftigen Knochen ins Haus locke, kläffte er zum Abschied, leckte ihr die Hände, schnappte den Knochen und lief uns nach. Andy erklärte Rael für einen weisen und klugen Hund, der seinen eigenen Proviant mitgebracht habe.

So langten wir fröhlich in Memmingen an, wo ich stracks nach dem Rathaus ging und die steile, düstere Treppe zu meinem alten Heim hinabstieg. Der Gerichtsdiener und sein pockennarbiges Weib wohnten immer noch dort, waren aber gar nicht erbaut, als sie meiner ansichtig wurden, da sie gehofft hatten, in den Besitz meiner Truhe zu gelangen, ja sogar schon öffentlich hatten kundmachen lassen, wenn sie nicht binnen Jahr und Tag abgeholt würde, sei sie verfallen. Sie jammerten über ihre Armut und die schweren Zeiten; als ich jedoch meine Truhe öffnete, fand ich alles in guter Ordnung vor.

Nur ungern verkaufte ich Meisters Fuchs' Pelzmantel und alles andere bis auf etwas Wäsche, schöne Spitzen und den Silberbecher. Von dem Erlös ließ ich eine Seelenmesse für Meister Fuchs lesen – obwohl ich an solche Dinge nur mehr wenig glaubte –, ließ den Armen im Hause Zum Heiligen Geist Spenden zukommen und entlohnte den Gerichtsdiener für seine Sorge um meine Truhe. Als ich endlich noch gewisse Schulden an Andy beglichen hatte, blieben mir noch gute hundert Gulden im Beutel. Es schien mir nun unter meiner Würde, zu Fuß zu gehen, und ich mietete für die nächste Strecke unserer Reise an jeder Poststation ein neues Pferd. Andy schritt daneben fürbaß, die Hand am Steigbügel, und wenn Rael müde wurde, setzte ich ihn vor mich in den Sattel. So kamen wir rascher vorwärts. Binnen weniger Tage erreichten wir Lindau, wo der Kaiser sein Zeughaus hatte, und fuhren von dort über den großen See auf Schweizer Boden, in die Freiheit.

Nun wanderten wir auf den »großen Zaun« zu, und rings um uns ragten hohe, bläulichweiß schimmernde Gipfel empor. Das muß wirklich der höchste Zaun sein, den Gott je errichtet hat. Sein Anblick benahm uns den Atem und flößte uns Furcht ein, und wir hielten es für unmöglich, daß armselige Sterbliche einen solchen Grenzwall überwinden konnten.

Und doch schafften wir es, zu meinem Erstaunen, zusammen mit einigen Kaufleuten, obwohl wir nachts bittere Kälte litten. Auf den Paßhöhen heulten entsetzliche Winde, und oft mußten wir helfen, die Felsklötze beiseite zu schaffen, welche die Hänge herabgerollt waren und die Straße versperrten. Rael wurde schlank und konnte nun wieder weit laufen, ohne zu keuchen. Ich habe wohl nie so reine, belebende Luft geatmet. Ich verstand nun gar wohl, daß selbst die Kaiser dies Volk nie hatten unterwerfen können, obwohl ihre Länder es von allen Seiten einschlossen. Dies Land ist wie geschaffen für zähe und ausdauernde Menschen, die weder schwindelnde Höhen noch einen jähen Tod fürchten.

Aus der belebenden Luft der Alpen stiegen wir an einem einzigen Tag in die drückende Julihitze Italiens hinab. Das Städtchen, wo wir nächtigten, stank von faulendem Gemüse und Unrat. Seine kleinen, dunkelhäutigen Einwohner drängten sich kreischend, schreiend und mit den Armen fuchtelnd um die Wagen, so daß ich fürchtete, jeden Augenblick müsse ein Aufruhr losbrechen. Andy aber versicherte mir, das sei hierzulande Sitte. Er riet mir auch, so schnell wie möglich italienisch zu lernen, da es die Handelssprache und in aller Welt am meisten verbreitet sei.

Wir nahmen Abschied von den Kaufleuten, die nach Mailand wollten, und setzten gemächlich unseren Weg aus kaiserlichem Gebiet in das der mächtigen Republik Venedig fort. Der Juli war zur Hälfte um; es herrschte mörderische Hitze, und auf den Feldern ringsum färbte sich das Getreide goldgelb. Oft schliefen wir tagsüber und wanderten am Morgen und an den Abenden oder die mondhellen Nächte hindurch. Doch Andy versicherte mir, ich wüßte immer noch nichts von der wirklichen Hitze Italiens.

Ich komme nun zu meinem wohl denkwürdigsten Abenteuer und muß angesichts der Verleumdungen und Verdächtigungen, die es später hervorrief, betonen, daß Andy und ich für unsere Bedürfnisse genug Geld besaßen und wir unsere Waffen nur zur Selbstverteidigung, nicht aber zu Überfall und Räuberei mit uns führten, was uns nie eingefallen wäre. Ich muß dies erklären, denn seit ich meinen gegenwärtigen hohen Rang erlangte, hat man behauptet, ich sei wegen dieses Vorfalls aus den Ländern der Christenheit geflohen; wogegen ich in Wahrheit erst zwei Jahre später abreiste, auch da nur getrieben von den edelsten Beweggründen. Bisher habe ich alles so erzählt, wie es wirklich war, ohne meine Fehler und Irrtümer verbergen zu wollen; ebensowenig sehe ich in diesem Fall einen Grund, zu lügen.

Andy hatte seinen besonderen Grund, die Stadt Breschia zu meiden; so umgingen wir sie auf einem Saumpfad und gelangten bei sinkender Dämmerung wieder auf die Landstraße. Plötzlich fielen vor uns drei Schüsse, dann hörten wir Schreie und Waffenlärm. Ein reiterloses Pferd donnerte mähneschüttelnd und mit schreckgeweiteten Augen vorbei, so daß mein Hund sich hastig mit eingezogenem Schweif an meine Fersen rettete. Ich meinte zu Andy, die Sache gehe uns nichts an, und wir schlügen uns besser in die Büsche; er aber versetzte, nachdem er den Durchgänger vergeblich aufzuhalten versucht hatte, er denke nicht daran, solange es auf der Landstraße von Pferden wimmle, deren Besitzer sie offenbar nicht mehr brauchten. So schlichen wir mit schußbereiten Feuerwaffen die Straße entlang, Andy vorne, dann ich als Nachhut, und zuletzt der Hund, immer noch mit eingezogenem Schweif.

Sogleich wurden wir einer Räuberbande ansichtig. Einer von ihnen hielt zwei Pferde, während die übrigen den leichtbewaffneten Reitern, die beide tot waren, die Kleider und die Börsen abnahmen. Andy feuerte seine Hakenbüchse ab, stieß ein furchterregendes Gebrüll aus und stürzte sich, sein breites Schwert schwingend, auf sie. Als sie sich vom ersten Schreck der Überraschung erholt hatten, sahen sie, daß wir nur zwei waren und schickten sich an, uns den Garaus zu machen; ich aber flehte zu Gott, daß mein unzuverlässiges Radschloß mich nicht im Stiche lassen und das Pulver entzünden möge, setzte dem einen den Lauf meiner Waffe auf die Brust und zog ab. Der Schuß ging los, der Mann fiel, Andy erledigte einen zweiten, und die übrigen sprangen auf die gestohlenen Pferde und machten sich mit der Beute aus dem Staube. Wir aber gewannen bei dem kleinen Scharmützel gar nichts. Doch mir hatte sich, wie es zu gehen pflegt, die Erregung auf die Eingeweide geschlagen, so daß ich mich in die Büsche schlagen mußte. Rael war bei mir; er stöberte zwischen den Bäumen herum, fing an zu knurren und ließ dann ein scharfes Bellen hören. Auf meinen Ruf kam er nicht herbei; ich machte mich auf, ihn zu suchen, und fand ihn an der Leiche eines Jünglings. Aus seinen Wunden floß noch Blut, sein Gesicht war noch warm; ich hielt ihn für den Reiter des dritten Pferdes, das an uns vorbeigeprescht war. Gewiß war er, als er verwundet wurde, aus dem Sattel gestürzt und hatte sich vor den Räubern verkrochen.

Als ich seine Börse öffnete, tat ich einen Freudenschrei: zwanzig venezianische Dukaten und eine Menge Silber funkelten mir entgegen. Ich war noch am Geldzählen, als Andy mich fand; vergeblich hatte er von der Straße nach mir gerufen, und nun packte ihn der Neid angesichts des Goldes. Die kostbaren Kleider des Jünglings lockten mich, doch hielt ich es für das klügste, den Ort unverzüglich zu verlassen. Andy drehte den Leichnam auf den Rücken, in der Hoffnung, noch mehr an ihm zu finden, und nahm ihm eine Goldnadel aus dem Hemd. Und nun bemerkten wir etwas Sonderbares. Seiner Börse nicht achtend, hielt der Jüngling noch im Tode ein langes, lederüberzogenes, rundes Futteral an die Brust gedrückt.

»Das soll mein Marschallstab sein, denn ich sehe drei gold'ne Lilien darauf eingepreßt«, sagte Andy und löste die Finger des Toten. »Das heißt, wenn der französische König mich je zum Oberbefehlshaber seines Heeres machen sollte.«

Er steckte das Futteral in die Brusttasche, als gehöre es ihm, und wir verließen eilig den Wald und setzten unseren Weg nach Süden fort. Wir wanderten, solange der Mond schien, und als er unterging, machten wir halt, aßen und schliefen unter einigen Bäumen nahe einer Quelle. Wir wagten nicht, ein Feuer anzufachen, da wir damals schon wußten. man würde uns hängen, wenn man uns entdeckte; denn wer würde unsere Geschichte glauben?

Wir erwachten bei hellem Sonnenschein und untersuchten unsere Beute. Die goldgestickte, perlenbesetzte Börse mußte allein zwei Dukaten wert sein; während ich das Gold darin klingeln ließ, um Andy zu necken, löste er den Riemen an seinem roten Lederfutteral und zog einen eisernen Zylinder mit einem Schlüsselloch daraus hervor.

In das Leder waren die Lilien Frankreichs und das Wappen des französischen Königs eingepreßt, und Andy sagte plötzlich: »Ich weiß, was das ist: ein Depeschenfutteral vom französischen Hof! Ich habe derlei schon früher gesehen; niemand hat den Schlüssel dazu, nur der Siegelbewahrer und die Gesandten Seiner Majestät in fremden Ländern.«

Das jagte mir große Furcht ein, so daß ich eine Münze fallen ließ und sie lange suchen mußte.

Als ich sie gefunden hatte, sagte ich: »Wir wollen das Ding sogleich vergraben und uns aus dem Staub machen, denn niemand beraubt ungestraft die königliche Post, und jene Kerle wußten kaum, was sie taten, als sie Hand an einen Boten des Königs legten.«

Andy war aber entschlossen, herauszufinden, was in der Röhre so Wichtiges stecken mochte, und mühte sich eine ganze Stunde, sie mit Gewalt zu öffnen. Als ihm dies aber endlich gelungen war, wurde er enttäuscht, denn statt des erhofften Goldes fand er nur einige versiegelte Briefe, die an die französische Königinmutter zu Lyon gerichtet waren. Damals verwaltete die Königin die Angelegenheiten des Staates für ihren gefangenen Sohn. Mit einem Fluch warf Andy die Papiere beiseite. Da aber die Röhre einmal wohl oder übel erbrochen war, packte mich eine verhängnisvolle Neugier und der Wunsch, etwas von der Weltpolitik zu erfahren. Ich gebe zu, daß es ein Vergehen war, und kann zu meiner Entschuldigung nur anführen, daß ich mir nicht träumen ließ, in welch furchtbare Dinge diese Tat mich verwickeln sollte. Abermals möchte ich betonen, daß die Briefe mir durch einen seltsamen Zufall in die Hände gerieten und es nie meine Absicht war, sie in meinen Besitz zu bringen.

Ich erbrach also die Siegel und begann die französisch abgefaßten Depeschen zu lesen. Die längste stammte von Graf Alberto Pio, dem französischen Gesandten an der Kurie zu Rom, und wies seinen Sekretär Sigismundo di Carpi an, in Venedig gewisse

Verhandlungen durchzusetzen und dann den Brief an die Königinmutter weiterzugeben. Der zweite Brief stammte von dem erwähnten Sigismundo de Carpi, der erklärte, er habe die Depeschen seinem eigenen Sekretär, Sismondo Santi, anvertraut. Er bestätigte, daß die Signoria der großen Republik soeben ein Heer ausrüste und er selbst in die Schweiz eile, um zehntausend Soldaten anzuwerben. Auch ein Brief von der Signoria war dabei, den ich nicht lesen konnte, da er italienisch geschrieben war. Nun müsse, so schrieb Graf Alberto Pio, die Königin nur noch den Bündnisvertrag unterzeichnen. Wenn Seine Heiligkeit Papst Clemens VII. den empfangen habe, sei er bereit, seine Truppen und die von Florenz gegen das Königreich Neapel zu schicken.

Es dauerte einige Zeit, bis ich die Bedeutung all dessen erfaßte, denn ich hatte mich wie alle Welt in dem Glauben an einen dauernden Frieden gewiegt. Im Lesen aber stieß ich nun laute Rufe aus und betete um Hilfe, das Gelesene zu verstehen. Ich erkannte bald, diese Briefe würden mich das Leben kosten, wenn ich venezianisches, Mailänder, florentinisches, päpstliches oder französisches Gebiet beträte, enthielten sie doch nichts Geringeres als eine ungeheuerliche Verschwörung gegen den Kaiser und den Weltfrieden. Hinter dem Bündnis stand Seine Heiligkeit Papst Clemens VII. Sein Führer sollte offenbar der Marquis von Pescara, der Oberbefehlshaber der Kaiserlichen zu Mailand, sein. Ich empfand diese Last bald zu schwer für einen allein und erklärte Andy, der angesichts meiner Erregung mich mit Fragen bedrängte, die ganze Geschichte.

»Das klingt böse«, meinte Andy gelassen. »Der Kaiser hat seine Truppen entlassen, weil er sie nicht mehr besolden konnte. In Mailand aber genießt der Marquis von Pescara immer noch Ansehen, und Frundsberg kann jederzeit zehntausend Pikeniere aus dem Boden stampfen.«

»Aber du siehst den Kern der Sache nicht«, wandte ich ein. »Pescara hat an einer heimlichen Verschwörung gegen den Kaiser teilgenommen, der ihn übel behandelt und nicht nach seinen Verdiensten belohnt hat. König Franz hat man seinen Händen entrissen und nach Spanien gebracht. Außerdem ist er empört über de Lannoy, den Vizekönig von Neapel, und den Herzog von Bourbon, die beide gemächlich in Spanien sitzen, die Beute bewachen und dem Kaiser schmeicheln. Der Papst hat ihm die Krone von Neapel oder beider Sizilien versprochen, wenn Neapel fällt, und hat ihm viele Doktoren der Theologie und der Jurisprudenz gesandt, die eine Erklärung verfassen sollen, daß er ohne Verlust seiner Ehre den Kaiser im Stich lassen und sich mit dessen Feinden verbünden darf, ungeachtet seiner Stellung als Oberbefehlshaber der kaiserlichen Truppen.«

»Der Teufel!« rief Andy aus und blieb lange stumm.

Endlich erwiderte er: »Wenn das wahr ist, sitzt der arme Kaiser in einem lecken Boot, und er tut mir leid, denn de Lannoy und Bourbon können es mit Pescara nicht aufnehmen. Jetzt aber wollen wir Feuer machen und diese Papiere so schnell wie möglich verbrennen, damit wir sie vergessen und unsere Reise ruhigen Gewissens fortsetzen können.«

In meinem Kopf aber spannen sich bereits habsüchtige und hochfliegende Pläne an, und mich berauschte der Gedanke, daß das Schicksal der Welt in unseren Händen lag.

»Gott sie dir gnädig, Andy! Diese Papiere sind kostbar und viel Geld wert. Wir wollen nicht solche Einfaltspinsel sein, sie zu verbrennen, sondern lieber überlegen, wer uns den höchsten Preis zahlen würde.«

Andy meinte: »Beim Festmahl der Löwen haben die Ratten nichts verloren. An einem so gewaltigen Spiel dürfen wir uns nicht beteiligen; wir haben nur einen gewaltsamen Tod davon zu erwarten, gleichgültig, wem wir sie verkaufen. Die erbrochenen Siegel beweisen, daß wir ihren Inhalt kennen. Der Papst würde uns auf dem Scheiterhaufen verbrennen, Pescara uns strecken und vierteilen und die Königinmutter uns zweifellos hängen lassen, weil wir ihre Post beraubten.«

»Aber Andy«, meinte ich vorwurfsvoll, »hier geht es um so große Dinge, daß wir nicht an unsere eigene Haut denken dürfen. Wir dürfen nicht vergessen, daß der Friede der Welt in Gefahr schwebt und die Vorsehung uns diese Papiere in die Hände gespielt hat, um ihn zu retten. Der Kaiser allein kann diese Bedrohung seiner Macht abwenden. Ihm müssen wir die Papiere in größter Eile zukommen lassen. Geruht er, uns angemessen zu entlohnen, so wollen wir es demütig als ein Geschenk Gottes annehmen.«

Andy hielt den Kopf in den Händen, raufte sich die Haare und versetzte: »Der Kaiser ist so verdammt arm, daß wir wenig gewinnen würden, wollten wir ihm helfen. Wir werden aufs falsche Pferd setzen, Michael, und auf dem kürzesten Weg zur Hölle fahren, wenn wir versuchen, seinen schwankenden Thron zu stützen, zu einer Zeit, da selbst Pescara ihn im Stich läßt – denn der Marquis weiß, was er tut.«

Ich aber blieb störrisch und sagte: »Dieser gute, junge Kaiser scheint von Gott auserwählt, der geplagten Welt wieder die Ordnung zu bringen. Er mag arm sein; dennoch ist er nicht fern der Herrschaft über die ganze Welt, und wenn er vom Verrat des Papstes erfährt, so wird er ihn gewiß vernichten und die Kirche säubern. Er hat auch geschworen, die Ketzerei in Deutschland auszurotten, und ich habe nichts dagegen, denn ich habe mit eigenen Augen gesehen, daß es nicht Gottes Wille war, das Himmelreich auf Erden zu errichten. Luthers Zeit ist vorbei, ganz Deutschland verflucht seinen Namen. Und ich kann mir nicht helfen; mir ist, als sei ein gewisser Eid, den ich am Blutgerüst meines Weibes schwor – und den ich nicht einmal dir wiederholen will, weil du mich sonst für verrückt hieltest –, doch ein guter Eid gewesen, der in Erfüllung gehen wird.«

Andy mahnte mich erbittert an mein Versprechen auf der Straße von Weimar; davon aber kaufte ich mich los, indem ich ihm fünf Gulden aus Santis Börse zahlte. Er wandte ein, ein Versprechen sei ein Versprechen, und ich müsse seinen Weg gehen, da ich schon genug Schlimmes über uns beide gebracht hätte.

Als er aber sah, daß ich von meinem Vorhaben nicht abzubringen war, steckte er das Geld seufzend in den Beutel und sprach: »Wenn ich jene Briefe recht verstanden habe, so haben der Heilige Vater und die anderen italienischen Fürsten anscheinend die Fremdherrschaft satt und fordern Italien für die Italiener. Das nimmt mich nicht wunder, habe ich doch gesehen, wie die Kaiserlichen sich zu Mailand und in der Lombardei aufführten. Aber wer bin ich Unwissender, daß ich mit dir streiten sollte? Ich muß dich begleiten, damit du nicht wieder einmal mit dem Kopf gegen die Wand rennst. Kehren wir also um, und eilen wir nach Mailand.«

Ich starrte ihn entsetzt an, denn Mailand, Pescaras Hauptquartier, war der letzte Ort, den wir aufsuchen sollten. Andy aber meinte, es sei der letzte Ort, an dem sie uns suchen würden.

4

Wir trafen Ende Juli in Mailand ein. Die schwachen kaiserlichen Truppen belagerten immer noch das Schloß, das Sforza, der einzige rechtmäßige Herzog von Mailand, hartnäckig verteidigte. Andy traf viele spanische und deutsche Söldner, die bei der Belagerung von Marseille seine Kameraden gewesen waren, und erkundigte sich zum Schein nach den Aussichten, sich anwerben zu lassen. Er erfuhr aber, daß der Kaiser keine Leute mehr aufnehmen konnte und die schon Angeworbenen sich selbst verköstigen mußten. Die Bevölkerung dieser einst reichen Stadt war auf ein Drittel zusammengeschmolzen, ganze Bezirke waren niedergebrannt worden. Dennoch hatte das Vertrauen auf einen dauernden Frieden den Handel belebt. Ich suchte sogleich Fuggers Agenten auf und schrieb einen Brief an Madame Geneviève, der sie von unseren neuen Plänen unterrichtete.

Ich teilte ihr mit, Andy und ich hätten uns in plötzlicher Zerknirschung über unsere Sünden entschlossen, eine Wallfahrt zum Kloster Santa Maria de Compostela in Spanien zu unternehmen; sie solle daher nicht auf uns warten, sondern nach Lyon weiterreisen, wo wir sie auf unserem Rückweg zu treffen hofften. Gelinge dies nicht, so würden wir den Spielzeugesel unserem Sohn in Tours bringen und dann nach Venedig zurückkehren, um sie dort zu suchen.

Es war mir klar, daß Madame Geneviève uns für verrückt halten würde, wenn sie den Brief las, doch konnte ich ihr unsere Handlungsweise nicht anders erklären. Ich siegelte den Brief, übergab ihn zusammen mit anderthalb Dukaten dem Verwalter und ersuchte ihn, ihn an Kaspar Rotbart, Via Fondaco dei Tedeschi in Venedig, weiterzuleiten.

Wir hatten bereits mit den Vorbereitungen für unsere Reise nach Genua begonnen, als uns ein glücklicher Zufall zu Hilfe kam. Es kam uns zu Ohren, daß ein gewisser Don Gastaldo, einer von Pescaras Leutnants, an den kaiserlichen Hof nach Spanien reisen sollte und viele heimwehkranke spanische Söldner sich um einen Platz in seinem Gefolge bewarben. Andy erhielt von einem ihm von Pavia her bekannten Offizier ein Empfehlungsschreiben an ihn, und der junge Leutnant, ein frommer Mann, freute sich, als er von unserer beabsichtigten Wallfahrt hörte. Er pries die wundertätige Madonna von Compostela und erlaubte uns gerne, uns seinem Gefolge anzuschließen, wenn wir für die Reise selbst aufkommen und ihn bis an den kaiserlichen Hof begleiten wollten.

So reisten wir mit Don Gastaldo nach Genua, wo er seine übrige Begleitung bis auf zwei spanische Arkebusiere entließ. Es lag auf der Hand, daß er in wichtiger Mission unterwegs war, denn wir gingen an Bord einer großen Galeere, deren Ruder sie vom Wind unabhängig machten. Das Schiff war schwer bestückt, und der Kapitän stellte Don Gastaldo eine schöne Kabine auf dem Achterdeck zur Verfügung. Einer von uns stand bei Tag und Nacht mit brennender Lunte vor seiner Tür auf Posten, und wenn Don Gastaldo sich auf Deck an der frischen Luft erging, folgte ihm ein Bewaffneter auf den Fersen. Damals schienen diese Vorsichtsmaßregeln übertrieben, spätere Ereignisse zeigten aber, daß er allen Grund hatte, darauf zu bestehen.

Die langen Reihen der Ruder hoben und senkten sich gleichmäßig und boten einen herrlichen Anblick; der Wind war günstig, und so legten wir den Weg erstaunlich rasch zurück. Ich hätte gern mit den gefesselten Ruderern gesprochen; während des Ruderns aber durften sie nicht gestört werden, und wenn sie rasteten, waren sie so erschöpft, daß sie mit bebenden Flanken wie ausgemergelte Hunde unter ihren Bänken lagen. Ihr Deck stank auch, und die Männer, deren Amt es war, sie mit Peitschenhieben zu größerer Anstrengung anzutreiben, warnten mich, zu ihnen hinabzusteigen; diese Männer seien nämlich grimmige, hartgesottene Verbrecher und heißhungrig, da sie nur schmale Kost erhielten. Gewisse Geschichten, die mir zu Ohren kamen, ließen mir den Wunsch, sie zu besuchen, vergehen, und ich hatte auch auf meinen Hund ein wachsames Auge.

Nach einer Seereise von vierzehn Tagen liefen wir im spanischen Hafen Valencia ein, doch blieb uns keine Zeit, diesen großen und bunten Hafen mit seiner regen Schiffahrt näher zu bewundern, denn Don Gastaldo hatte es eilig. Noch am selben Tag stiegen wir in den Sattel zur langen, beschwerlichen Reise nach Madrid, in dessen Umgebung der König von Frankreich im Gefängnis schmachtete. Während der folgenden eintönigen Tage sah ich mehr als genug von Spaniens ausgedörrten gelben Hügeln, dem immerwährenden Staub und den armseligen Ziegenhirten, deren dunkle Gesichter uns überall am Wegrand angrinsten.

In den Flußtälern sah man freilich fruchtbare Landstriche und schöne Städte; allein die maurischen Aquädukte und Paläste lagen in Trümmern, und die grimmige Augustsonne hatte selbst den reichsten Boden zu gelber Blässe versengt. Ich muß gestehen, daß dieses Land der nackten Hügel und Ebenen mir Furcht einflößte. Sein Wein schmeckte nach dem roten Staub der Straßen und brannte mir im Mund, und ich verstand nicht, warum die beiden mürrischen Arkebusiere solche Sehnsucht gehabt hatten, aus der Herrlichkeit und Heiterkeit Italiens hierher zurückzukehren.

Je näher wir Madrid kamen, um so klarer erkannte ich die Schwierigkeiten, die es zu überwinden galt, um beim Kaiser Gehör zu finden. Seine Zeit mußte ganz von Staatsgeschäften in Anspruch genommen sein; auch hörten wir, daß im Juli französische Abgesandte erschienen waren, um über die Freilassung ihres Königs zu verhandeln. Ich wurde auch keineswegs heiterer durch das Geheul von Wölfen auf den Hügeln, das Rael des Nachts winselnd bei mir Schutz suchen ließ, als wir in einer elenden Lehmhütte lagen, oder durch den Gestank brennender Reisigbündel vor der Kirche eines kleinen Städtchens. Wir durchzogen den Ort, als man eben einen Juden und einen Mauren verbrannte. Sie waren Rücken an Rücken an denselben Pfahl gebunden und trugen einen Kopfputz, darauf Teufel gemalt waren. Mönche in schwarzem Habit sangen und schwenkten ihre Kruzifixe, und Don Gastaldo machte hier trotz seiner Eile halt, um der traurigen Zeremonie beizuwohnen. Er erzählte uns, daß kein anderes Land so schwer gegen die Ketzerei zu ringen habe wie Spanien. Hier müsse die heilige Inquisition sowohl die jüdische Ketzerei als auch das ererbte, eingefleischte Mohammedanertum bekämpfen. Daher rühre ihn der Gestank dieses Rauches tief und rufe teure Kindheitserinnerungen in ihm wach.

Wir erreichten Madrid an einem der letzten Julitage, müde und krank von unserer Reise durch blendende Hitze und Staub. Don Gastaldo erfuhr zu seiner größten Freude, daß der Kaiser soeben aus Toledo hier angekommen war; er nahm sich nicht einmal Zeit, den Staub von seinen Kleidern zu bürsten oder auch nur die Sporen abzuschnallen, sondern bewarb sich eilig um eine Audienz bei Seiner Majestät. Über seinen Auftrag zerbrachen wir uns nicht den Kopf. Ich bewunderte ihn sehr, denn obwohl er von den Strapazen der Reise schmal und hohläugig geworden war, blieb er doch so lebendig und biegsam wie ein Papier. Andy erzählte mir, so zähe und ausdauernde Soldaten wie die Spanier gäbe es sonst nirgends auf der Welt.

Wir aber schlichen steif und mit schmerzenden Gliedern in eine Schenke, wo wir auf lateinisch, französisch und italienisch Speise und Trank bestellten. Der Wein stieg mir sogleich zu Kopf. Andy trank den seinen aus einem Eimer, und Rael nagte unter dem Tisch heißhungrig an einem Knochen und knurrte jeden an, der ihn streicheln wollte. Bald hatte sich ein Häuflein Spanier um unseren Tisch geschart, sie sahen uns, besonders Andy, mit offenem Mund beim Essen und Trinken zu; sie bekreuzigten sich und verfolgten jeden Bissen mit ihren dunklen Augen.

Andy fühlte sich nun mit aller Welt gut Freund und Bruder und bemerkte: »Diese armen Vogelscheuchen sind ebensogut erlöst worden wie wir und können nichts für ihr düsteres Wesen. Wir wollen sie mit Wein füllen und sehen, ob sie lächeln können.«

Das taten wir denn auch. Aber das Gerücht, es gebe hier einen Freitrunk, verbreitete sich blitzschnell durch die ganze Stadt, und bald war das Gemach so überfüllt, daß wir kaum die Ellbogen heben konnten und der Wirt die Tür verriegeln mußte. Ein kleiner Mann aber kletterte über die Mauer in den Hof und gesellte sich zu uns. Er hatte Fledermausohren und lebhafte Augen und sprach nicht übel deutsch, ja sogar lateinisch; daher hießen wir ihn als einen Christen willkommen. Als das Gelage vorüber war, trugen wir ihn auf die Kammer, die uns der Wirt zur Verfügung gestellt hatte, und legten ihn zwischen uns ins Bett. Er konnte nicht viel Wein vertragen.

Wir hatten Glück gehabt, denn dieser kleine Bursche sollte uns noch große Dienste leisten. Als wir am nächsten Morgen erwachten, tranken wir nur sehr mäßig Wein, um klaren Kopf zu bekommen. Inzwischen erzählte er uns, er sei Sieur de Lannoys Barbier und habe seinen Herrn von Toledo nach Madrid begleitet. Neben diesem Beruf übte er auch noch den eines Kupplers aus und empfahl uns bereitwillig die besten Bordelle Madrids. Doch erschöpft, wie wir waren, und angesichts meiner heilsamen

Angst vor den französischen Blattern waren wir nicht geneigt, seine Dienste in Anspruch zu nehmen. Ich erkannte jedoch, daß er es gut mit uns meinte, und fragte ihn daher, wie ein armer Mann eine Audienz beim Kaiser erlangen könne. Wir seien Pilger aus einem fernen Land, und nachdem ich nun einen spanischen Offizier bis Madrid begleitet hätte, brenne ich darauf, dem größten Herrscher der Welt gegenüberzutreten, damit ich noch meinen Kindern davon erzählen könnte, wenn mir je welche beschieden würden.

Der wackere Barbier maß mich eingehend und forschend und erwiderte: »Unser junger Herrscher hat sich mit einem Wall von Hunderten – oder gar Tausenden – umgeben müssen, um jene fernzuhalten, die eine Audienz bei ihm anstreben. Ständig belagern ihn Bittsteller aus aller Herren Länder – Erfinder, Mathematiker, Philosophen –, die einander an Torheit ihrer Pläne übertreffen. Ein Ziel aber haben sie alle gemeinsam: etwas vom Kaiser zu bekommen. Ferner dürft Ihr nicht vergessen, daß er an Kaufleute und Fürsten der ganzen Christenheit verschuldet ist. Es kann nur wenige geben, denen er nichts schuldet, keinen Augenblick des Tages ist er vor Bittstellern sicher. Ich verstehe gut, daß der Kaiser trotz seiner Jugend die Menschen satt hat und die Einsamkeit liebt.

Eben jetzt«, fuhr er fort, »ist es schwerer als je, zu ihm vorzudringen, weil französische, englische, venezianische und päpstliche Abgesandte ihn wie schwarze Katzen umschleichen, ihm nachspionieren und ihre verschiedenen Ränke spinnen. Frankreich hat für seinen König ein Lösegeld von drei Millionen Golddukaten geboten, wenn er das Herzogtum Burgund behalten darf, das der Kaiser begehrt. Der Kaiser und der Herzog von Bourbon aber bestehen auf der Übergabe der Herzogtums, während der gute Sieur de Lannoy lieber das Lösegeld annehmen und den König zum Freund und Verbündeten gewinnen möchte. Und an König Franz hat der Kaiser einen Gefangenen, der ebenso hartnäckig ist wie er selber. Ist es also ein Wunder, das Seine Kaiserliche Majestät Ruhe und Muße sucht, um diese schwerwiegenden Fragen zu überlegen?«

Des Barbiers Bemerkungen gaben mir viel zu denken und zeigten mir, daß unser Vorhaben noch schwieriger war, als ich gedacht hatte, denn geriet ich an den Falschen, so würde der alles tun, unsere Audienz zu hintertreiben. Die Papiere in meinem Besitz zeigten klar, daß der Kaiser am besten tat, einen maßvollen Frieden zu schließen, König Franz freizulassen und ihn so zum Freunde zu gewinnen. Sonst würde Frankreich sich dem italienischen Bündnis anschließen, um ihn zu befreien.

»Doch nehmt an«, meinte ich, »es könnte jemand den klaren Beweis erbringen, daß ein rascher Friede mit Frankreich dem Kaiser am meisten dient und daß er sich und sein Reich vernichtet, wenn er die Verhandlungen hinzieht? Meint Ihr, daß ein solcher von ihm in Audienz empfangen würde? Und wenn ja, an wen sollte der sich wenden?«

Der Barbier straffte sich und sah mich an mit Augen, die so ausdruckslos wie hartgesottene Eier waren.

»Seid Ihr betrunken?« rief er. »Ein solcher Mann sollte sein Geheimnis natürlich den französischen Abgesandten verkaufen. Vor allem aber sollte er nicht einem zufälligen Zechkumpan von solchen Dingen vorplaudern. Ihr müßt sehr einfältig sein, Michael Pelzfuß. Noch mehr solche Reden, und Ihr findet Euch in den Verließen des Alkazar oder habt das Schwert eines von Bourbons Leuten im Leib.«

Andy bemerkte: »Mein guter Bruder, hier ist ein seltsamer Kauz, der bisweilen über seine Zunge stolpert, weil ihm der Wein gar leicht zu Kopf steigt. Dennoch sehe ich mich gezwungen, lieber Zechbruder, Euch um unserer Sicherheit willen den dürren Hals umzudrehen.«

Der Barbier fuhr mit der Hand an die Kehle und wurde sogleich nüchtern. Er schielte nach der Tür, aber Andy stand ihm im Weg.

Vorsichtig tippte er Andy mit dem Zeigefinger an die Brust, um ihn vom Leibe zu halten; dann seufzte der kleine Bursche und sagte: »Es wird sich für Euch nicht lohnen, mich zu töten, denn wenn Ihr wirklich solche geheime Nachrichten besitzt, so bin ich vielleicht der Mann, der Euch am besten dienen kann. Ich glaube, de Lannoy kann Euch hinter Bourbons Rücken eine Audienz erwirken; mag sein, daß er Euch sogar bezahlt, denn er liebt es gar sehr, dem Herzog zuvorzukommen, wann immer er kann.«

Und so führte er uns vor Lannoy und bewog diesen Edelmann, uns anzuhören, während sein Bart gestutzt und gesalbt und sein

Haar gewellt wurde. Und als ich ihm erzählt hatte, soviel ich zu sagen wagte, war er überglücklich über diese Gelegenheit, seinen Nebenbuhler Pescara zu entlarven und als Verräter zu brandmarken.

»Das ist in der Tat die allergrößte Neuigkeit«, sagte er. »Überlaßt mir die Papiere, und ich will sie unverzüglich dem Kaiser zuleiten. Ihr dürft meiner Gunst und einer angemessenen Belohnung sicher sein.«

Hier räusperte sich Andy und stieß mich an.

Ich nahm meinen Mut zusammen und antwortete: »Wir sind beide arm, und das Geld könnten wir gar wohl gebrauchen. Allein wir unternahmen diese lange, beschwerliche und kostspielige Reise, um dem Kaiser unsere Ergebenheit zu beweisen; daher kann ich diese wertvollen Papiere nur in seine eigenen Hände legen. Er soll uns nach Gutdünken belohnen; von Euch fordern wir nichts.«

Lannoys Gesicht verfinsterte sich.

»Wie soll ich wissen, ob ihr nicht gemeine Betrüger und Glücksritter seid?« fragte er. »Wie soll ich wissen, ob dies nicht eine von Bourbons Fallen ist? Und was hindert mich, meine Diener zu rufen und ihnen zu befehlen, Euch diese Papiere mit Gewalt abzunehmen?«

Andy hob gedankenverloren ein großes Silbergefäß vom Tisch und zerdrückte es mühelos zu einem formlosen Klumpen.

De Lannoy bekreuzigte sich, und ich sprach: »Eure Ehre, edler Herr, und Euer Ruhm als ritterlicher Fürst und bester Feldherr Europas werden Euch hindern, so armen Teufeln wie uns Böses widerfahren zu lassen.«

Dies sowie die Tatsache, daß wir keinen Lohn von ihm forderten, rührte ihn. Dennoch mußte ich ihm den Brief lesen lassen, der von Pescaras Bündnis mit dem Feind und seinem verheißenen Lohn – der Krone beider Sizilien – handelte.

Als er den Brief gelesen hatte, bekreuzigte er sich immer wieder und meinte, an einen so abscheulichen und heimtückischen Verrat hätte er nie gedacht. Doch sah ich, daß er innerlich vor Freude über die Gelegenheit, seinem Nebenbuhler zu schaden, bebte. Er hoffte schon, der Kaiser werde ihn sogleich nach Mailand senden, um Pescara gefangenzunehmen und hinrichten zu lassen, und wollte gerne die Ehrenstelle eines Hüters des gefangenen Königs für einen so willkommenen Auftrag hingeben.

Als wir ihn verlassen hatten, um Mittel und Wege für eine baldige Audienz ausfindig zu machen, fragte der kleine Barbier verstimmt, wer ihm seine Dienste lohnen sollte. Er sei ein armer Mann und wolle alle Ansprüche auf einen Anteil an der kaiserlichen Belohnung für eine unverzügliche kleine Anerkennung aufgeben. Dies schien uns ein guter Handel; wir feilschten einige Zeit, bis er sich mit fünfzehn Dukaten zufrieden gab. Ich hielt ihn für einen rechten Einfaltspinsel, daß er seinen Anteil so billig verkauft. Aber ach, wir waren größere Einfaltspinsel als er.

Wir ließen uns nun in des Vizekönigs Palast unter seinem Schutze nieder, was uns in einem solchen Lande voller Verrat und Ränke das Klügste schien; später am selben Tag teilte de Lannoy uns mit, er habe uns eine Geheimaudienz vermittelt. Der Kaiser wolle auf der Rückkehr von der Jagd am Nachmittag des folgenden Tages über Durst klagen und auf einen Schluck Wein in de Lannoys Landhaus absteigen, während sein Gefolge ihn draußen erwartete.

Der Sieur de Lannoy geruhte, mich an jenem Abend zu Tisch zu laden, weil er keine anderen Gäste hatte, und das war die größte Ehre, die mir je widerfahren war. Er hatte zweifellos aus meinem Äußeren und meinem Gehaben geschlossen, ich sei edler Abkunft, obwohl ich es aus dem oder jenem Grunde verheimlichen wollte, denn es gab damals viele junge Edelleute, besonders in Deutschland, die, verarmt oder verfolgt, ihr Glück in fremden Ländern suchten.

Er fragte nach Neuigkeiten aus der Fremde; ich wußte ihm freilich wenig zu berichten, außer daß Luther in jenem Sommer eine entlaufene Nonne gefreit hatte; dies hatte ich von Fuggers Agenten zu Mailand erfahren. Darob bekreuzigte sich mein Gastgeber fromm und meinte, von ihm sei nichts Besseres zu erwarten gewesen; das setzte seiner Ketzerei die Krone auf. Als wir eine hübsche Menge Wein genossen hatten, wurde er neugierig und erkundigte sich nach meiner Abstammung, denn, so geruhte er zu bemerken, meine Bildung, meine feinen Züge und sauberen Hände bewiesen, daß ich nicht namenloser Leute Kind sein konnte. Ich erzählte ihm von meinem Heimatland, soviel er davon verstehen konnte, und fügte hinzu, ich sei des unglücklichen Königs

Christian II. Berater in finnischen Fragen gewesen und hätte, als er seine Krone verlor, zugleich mein Amt und mein Vermögen verloren. Was meine Geburt betreffe, so sei ich ein Bastard, erzählte ich ihm selbstgefällig, und stieg dadurch in seiner Achtung. Er erwiderte, der Kaiser habe eine uneheliche Tochter namens Margarete, die Seine Majestät zärtlich liebe. Sie sollte einen Sohn des Herzogs von Ferrara heiraten. Dieser entstammte des Herzogs Ehe mit Lukrezia Borgia, die selbst eine natürliche Tochter des Papstes war. Der Herzog von Ferrara habe die beste Artillerie der Welt und einen Haufen Geld dazu und würde ein wertvoller Verbündeter für den Kaiser sein, wenn er käme, die Verwirrungen in Italien zu schlichten.

De Lannoy erwähnte, daß Papst Clemens VII. selbst ein unehelicher Sohn des Medici sei, den die freiheitliebenden Florentiner in der Kirche ermordet hätten. Seine Mutter sei ein armes Bauernmädchen aus der Umgebung gewesen, und den Medicis sei es sehr schwer gefallen, die Zeugen für eine heimliche Trauung aufzutreiben.

»Ich möchte Euch nicht um die Welt verletzen«, bemerkte mein Gastgeber zartfühlend, »aber wie schlimm ist es doch, wie schmerzlich beweist es den Niedergang der Kirche, daß auf dem päpstlichen Thron ein Bastard sitzt – noch dazu einer, der unverschämt genug ist, einen Bart zu tragen! Es würde mich nicht überraschen, wenn dieser Papst den Ast absägte, auf dem er sitzt, indem er sich gegen den Kaiser verschwört, verdankt er doch die päpstliche Tiara allein der kaiserlichen Gunst.«

5

Bevor der Sieur de Lannoy sich der Jagdgesellschaft anschloß, traf er in seinem Hause die nötigen Vorbereitungen, damit des Kaisers Besuch rein zufällig scheine. Er entließ seine Diener für diesen Tag und behielt nur die nötigsten Wachen auf Posten. Dann stellte er in seiner Studierstube eine Weinkaraffe in einen Tropfenkühler und befahl Andy und mir, vom Fenster Ausschau zu halten und bereit zu sein, Seiner Kaiserlichen Majestät sogleich nach seiner Ankunft aufzuwarten. Gegen Abend sahen wir eine glänzende Gesellschaft die schmale Straße entlangreiten, und die Leute stürzten an die Fenster und strömten auf die Straße, den Kaiser vorbeireiten zu sehen. Er saß schlicht auf einem edlen grauen Maultier und trug eine flache Mütze. Als er sich dem Hause des Vizekönigs näherte, sahen wir, wie er über Durst klagte und, unterstützt von de Lannoy, absaß. Er bedeutete dem Gefolge, zu warten, und trat ein, gefolgt von einem riesigen, lehmfarbenen Jagdhund.

Und nun geschah Unglück über Unglück. Unbemerkt von uns hatte ein altes Weib die Verlassenheit des Hauses dazu benützt, die Vorhalle zu scheuern. Der Kaiser glitt auf dem nassen Boden aus und wäre gestürzt, hätte nicht de Lannoy ihn am Arm ergriffen. Die Alte war durch den Anblick Seiner Majestät so vom Donner gerührt, daß sie ihm bei dem Versuch, zu knicksen, das Spülwasser aus ihrem Eimer über die Füße goß. De Lannoy versetzte ihr in seiner Wut einen heftigen Tritt, worauf sie kreischend die Heilige Jungfrau anrief, ihm den triefenden Scheuerlappen um die Ohren schlug und ihm versicherte, ihre Ahnen hätten schon gegen die Mauren gekämpft, da man die seinen noch als Pferdediebe hängte.

Ich hatte die Tür zur Studierstube weit geöffnet, und während dies Schauspiel noch im Gange war, sprang der fürchterliche Hund an mir vorbei und stürzte sich auf Rael. Es war eine jener blutdürstigen, teuflisch schlauen Bestien, mit denen die Spanier in der Neuen Welt auf die Indianer Jagd machten und die sie so hoch in Ehren hielten, daß sie jedem den Beuteanteil eines Menschen zukommen ließen. Im Kampf um sein Leben packte mein wackerer Hund dies Ungeheuer am Ohr und ließ nicht mehr los, obwohl das Kopfschütteln des großen Tieres ihn mehrmals in die Luft warf. Unbedacht versetzte ich des Kaisers Hund einen Tritt, und er biß mich ins Bein, so daß ich so laut heulte wie Rael. Daraus wird man ersehen, daß meine Audienz beim Kaiser keineswegs planmäßig verlief und mir mit Recht seinen Unwillen zuzog.

Der Kaiser rief laut einen Befehl, zog seinen Hund an sich und begann zart und ergrimmt dessen zerbissenes Ohr zu untersuchen. Ich nahm Rael in die Arme, der aus dieser geschützten Zufluchtsstätte brummend und knurrend seiner Verachtung aller großen spanischen Jagdhunde beredten Ausdruck lieh; ich setzte ihn in einem anstoßenden Gemach ab, wo er seine Wunden lecken konnte. Dann kehrte ich hinkend zu Seiner Majestät zurück. Ich muß gestehen, daß er recht hatte, in ein fremdes Haus eine Leibwache mitzubringen, und dies unheimlich kluge Tier war besser als jeder menschliche Beschützer; denn nun, da seine Wut sich gelegt hatte, wanderte es in dem Gemach umher und schnupperte in jede Ecke, um sich zu vergewissern, daß keine Lauscher hinter den Vorhängen oder in den großen Schränken verborgen standen.

Der Kaiser ließ sich am Schreibtisch nieder, während de Lannoy, verzweifelt über das Vorgefallene, in einem goldenen Becher Wein kredenzte. Mir blieb keine Zeit, auf die Knie zu fallen, denn ich war kaum zurück, als Seine Kaiserliche Majestät in sehr ungnädigen Worten die Papiere zu sehen verlangte, die ihm de Lannoy darauf ehrerbietig überreichte.

Er las ruhig und aufmerksam, ohne die geringste Erregung zu verraten. Nachdem er das erste zu Ende gelesen hatte, nippte er genießerisch von dem Wein und befahl de Lannoy, seine Gäste unter dem Vorwand, er fühle sich nicht ganz wohl und wolle sie nicht aufhalten, zu entlassen. Dann sollte de Lannoy vor der Tür bleiben und Eindringlinge fernhalten. Ich merkte, daß der Vizekönig über diesen Befehl gar nicht erfreut war; allein er konnte nur gehorchen, und bald hörte ich die Hufschläge der scheidenden Jagdgesellschaft. Doch hatte der Kaiser nichts zu fürchten, denn der große Hund saß mit hängender Zunge neben seinem Stuhl und schien nur darauf zu warten, mich ins andere Bein zu beißen.

Der Kaiser las die Briefe sehr gründlich, und ich hatte Muße, ihn zu beobachten. Zur Zeit unserer Begegnung war er erst fünfundzwanzig – zwei oder drei Jahre älter als ich selbst. Er war ungefähr so groß wie ich, ein mittelgroßer Mann. Seine Kleidung war von gewählter Schlichtheit; als einzigen Schmuck trug er den Orden vom Goldenen Vließ an einer Kette um den Hals. Seine Gesichtsfarbe war matt, seine kalten grauen Augen blickten verschwiegen und wachsam, denn er verbarg sie unter den schweren Lidern, als wolle er seine Gedanken verbergen. Das Kinn mit dem spärlichen Bartwuchs sprang eigensinnig vor. Die Ohren lagen flach am Kopf, die Stirn war niedrig. Sein Körperbau war untadelig. Er hielt sich gut und hatte ungewöhnlich schöne Beine; er glich allen Jünglingen von edler Abkunft, die sich von Kindesbeinen an im Waffengebrauch geübt haben. Seine Haltung bewies Ernst, Festigkeit und einen klaren Kopf – bewies auch, daß er allzufrüh gezwungen worden war, eine erdrückende Last auf sich zu nehmen, die er nicht scheute. Und obwohl Kaiser Karl etwas Hartes und Rücksichtsloses an sich hatte, empfand ich doch, daß er keinen seiner Untertanen absichtlich Unrecht tun würde; je länger ich ihn betrachtete, um so mehr lernte ich ihn achten.

Als er alle Briefe gelesen hatte, legte er seine weiße, schön geformte Hand darauf, sah mich zum erstenmal mit seinem forschenden Blick, darin ich eine Spur Widerwillen wahrnahm, an und sprach: »Meinst du, das alles sei mir neu?«

Ich stand wie vom Donner gerührt und konnte nur stammeln, ich hätte mein Leben gewagt und große Strapazen ausgestanden, um ihm zu dienen, indem ich diesen abscheulichen Verrat so rasch wie möglich aufklärte.

Er kräuselte die Lippe und erwiderte: »Du warst nicht schnell genug, denn ich weiß davon seit zwei Tagen. Ich schulde dir keine Erklärung; damit du aber nicht meinst, ich wolle dich um deinen zweifellos erwarteten Lohn prellen, will ich dir sagen, daß der Marquis von Pescara mein treuester Untertan ist und sich den Verschwörern nur zum Schein angeschlossen hat, um ihre Pläne zu entdecken. Dies hat ihn in eine äußerst schwierige und unangenehme Lage versetzt, und man sollte es ihm hoch anrechnen, daß er seine Treue zu mir über seinen persönlichen Ehrgeiz gestellt hat. Sobald er alle erforderlichen Nachrichten gesammelt hatte, sandte er mir seinen Leutnant Don Gastaldo mit einem Brief, darin alles erläutert ist. Dies sage ich dir, damit des Marquis Ruf nicht durch übles Gewäsch den leisesten Makel erleide. Gestern sagte ich dem päpstlichen Gesandten meine Meinung über den Papst und seinen teuflischen Berater Ghiberti. Dies sollte eine hinreichende Warnung für die Verschwörer sein.«

Meine Hoffnungen hatten aufs bitterste getrogen; ich fühlte mich so leer wie ein ausgeblasenes Ei. Mein Geld hatte ich vergeudet, und ein Biß ins Bein war mein einziger Lohn.

Der Kaiser stützte müde das Haupt in die Hände und sagte: »Ich will nicht leugnen, daß diese Papiere einen gewissen Wert besitzen, weil sie die Worte des Marquis bestätigen. Doch muß ich wissen, wie sie in deine Hände fielen, denn das scheint mir unglaublich.«

Ich faßte neuen Mut und erzählte ihm so offen und kurz wie möglich von dem Raubüberfall, dessen Zeugen wir bei der Stadt Brescia geworden waren. Dennoch verfing ich mich in meinen eigenen Worten, als ich zu schildern versuchte, wie es dazu kam, daß wir das Schloß mit Gewalt öffneten und die Siegel erbrachen. Der Kaiser hörte mich geduldig bis zum Ende an, die kalten grauen Augen von den schweren Lidern beschattet.

Als ich geendet hatte, sprach er: »Deine Geschichte erklärt vieles, was vordem dunkel war, und bestärkt mich in dem Glauben, daß ich keinem Menschen auf der Welt ohne Vorbehalt trauen darf. Obwohl Pescaras Brief aufrichtig klang, zeigt doch deine Erzählung, daß er nicht anders konnte, als seinen Plan zu ändern, sobald er wußte, daß diese Depeschen in fremde Hände geraten waren. Er mußte sich decken, für den Fall, daß sie in meine Hände fielen. Das erklärt auch, warum er es plötzlich so eilig hatte, mir zu schreiben, nachdem er zwei Monate hindurch heimlich mit unseren Feinden in Fühlung gestanden hatte, ohne mir die geringste Andeutung davon zu machen, und warum die französischen Abgesandten meine Bedingungen so hartnäckig zurückweisen.«

Er dachte ein Weilchen nach und ließ dann wieder seinen Gedanken freien Lauf, als wäre er allein gewesen.

»Ich glaube kaum, daß Frankreich gegen mich zu Felde ziehen wird, solange der König mein Gefangener ist. Die Franzosen benützen dies Ränkespiel nur dazu, mir einen Frieden aufzuzwingen, der meiner Stellung und meinem Sieg nicht gerecht wird. Jedenfalls kann ich sicher sein, daß die Königinmutter, sobald sie vom Verlust ihrer Depeschen hört, ebenso handeln wird wie Pescara: sie wird mir die Verschwörung entdecken und mich so mit einem Krieg bedrohen, auf den sie sich nicht einzulassen wagt. Und ich erkenne wieder einmal, wie wenig alle diese Verschwörungen wert sind und wie gerne jeder bereit ist, seine Verbündeten zu verraten, wenn er dabei zu gewinnen meint.«

Nach diesen laut ausgesprochenen Erwägungen entsann er sich meiner Anwesenheit und wandte sich an mich.

»Du wartest, wie ich sehe, auf deine Belohnung, und ich will nicht leugnen, daß du ein Recht auf meine Gunst hast, denn in dieser gottlosen Zeit muß man sich schmutziger Werkzeuge bedienen, selbst in der hohen Politik. Wollte ich aber Mord und

Diebstahl belohnen, so brächte ich das Blut jenes jungen Sekretärs, eures Opfers, über mein Haupt. Ich brauche Zeit, zu überlegen, wie ich euch für den erwiesenen Dienst am besten belohnen soll. Inzwischen brennst du wohl schon darauf, die Nachricht von Pescaras Enthüllung den französischen Abgesandten zu verkaufen, woran ich dich nicht hindern will, weil die Sache nicht lange geheim bleiben kann. Sie werden dich hoffentlich gut bezahlen.«

Der Kaiser hielt mich für schlauer als ich war, denn es war mir nie eingefallen, meine Neuigkeiten den Franzosen zu verkaufen. Nachdem er mich aber darauf hingewiesen hatte, erkannte ich, daß ich daraus gar wohl ein redliches Stück Geld schlagen konnte. Gleichzeitig bemerkte ich zitternd, daß Seine Majestät unsere Geschichte nicht glaubte und uns für gemeine Wegelagerer hielt, die den französischen Kurier ermordet und beraubt hatten. Er hatte gewiß zu viele fragwürdige Taten in günstigem Lichte dargestellt gesehen, um von irgendeinem Menschen noch Gutes zu halten. Ich fiel vor ihm auf die Knie und schwor bei Christi Blut, ich hätte weder Mord noch Überfall auf dem Gewissen und könne, obzwar ich auf des Kaisers Gunst vertraue, doch keinen handgreiflichen Gunstbeweis annehmen, solange er mich für schuldig halte. Er aber hieß mich mit ungeduldiger Gebärde schweigen, als wollte er sagen, er habe genug heilige Eide in seinem Leben gehört, um zu wissen, was sie wert seien. Sein Hund erhob und streckte sich und gähnte mir ins Gesicht — denn da ich kniete, konnten wir einander in gleicher Höhe in die Augen sehen. Auch der Kaiser erhob sich und versprach, ich würde zu gegebener Zeit von ihm hören. Mir blieb nur übrig, ihm mit einer tiefen Verbeugung die Tür zu öffnen. De Lannoy schloß eilig die Außentür auf, und während Seine Majestät stehen blieb, um die Handschuhe anzuziehen, nahm der Hund die Gelegenheit wahr und hob das Bein gegen den Türrahmen. Zum ersten- und einzigenmal sah ich ein leises, spöttisches Lächeln über des Kaisers Antlitz huschen.

De Lannoy hielt ihm den Steigbügel und wollte ihn begleiten. Seine Majestät aber winkte ihm gnädig zu, daß er entlassen sei, und ritt, nur von seinen Wachen und dem Jagdhund begleitet, davon. De Lannoy knallte die Tür ins Schloß, und ich habe nie einen Menschen so fluchen hören wie damals ihn. Auch war er gar nicht entzückt, als er erfuhr, daß unsere Neuigkeiten nicht mehr neu und Pescara uns zuvorgekommen war, indem er seine Genossen verriet. Ja, er wurde so wütend, daß er gegen mich losging, mir eine Ohrfeige und dem Hund einen Tritt versetzte. Glücklicherweise kam mir der Barbier zu Hilfe, bevor ich noch ernstlich Verletzungen erlitt, beruhigte seinen Herrn mit gewählten Worten und führte uns aus seinen Augen; er bat uns, de Lannoys Heftigkeit nicht übelzunehmen. Solche leidenschaftlichen Ausbrüche seien bei vornehmen Herren die Regel; sie brauchten sich nicht so zu beherrschen wie arme Leute. Wenn er sich beruhigt hätte, würden wir ihn uns so wohlgeneigt finden wie zuvor, und wir täten gut daran, ihm nach Toledo zu folgen, denn wir hätten keinen anderen Schutzherrn, und unser Geld gehe zur Neige.

Als einziger Trost blieb uns der Wein. Empört erzählte ich dem Barbier alles, was zwischen mir und dem Kaiser vorgefallen war, während der kleine Mann seine Kunst an mir übte und mein Bein wusch, behandelte und verband. Beim Trinken aber regten sich meine Lebensgeister wieder, und ich tröstete mich mit des Kaisers Versprechen, meiner zu gedenken.

Andy freilich hielt dies für eine eitle Hoffnung. Gelassen schlürfte er seinen Wein und meinte: »Ich glaube, unsere Pechsträhne ist nocht nicht zu Ende, Bruder Michael. Frau Fortuna spottete unser, indem sie uns in Don Gastaldos Gefolge hierhersandte, und sie hat wohl noch viele ähnliche Streiche mit uns vor.«

Ich sagte ihm, der Kaiser hätte nichts dagegen, daß wir die Nachricht von Pescaras Verrat an die Franzosen verkauften — denn Verrat war es nun einmal, obgleich er seine Mitverschworenen und nicht seinen Herrscher verraten hatte. Ich fragte den wackeren Barbier, wie wir dabei am besten zu Werke gehen sollten.

Er rieb sich nachdenklich die Nase und antwortete: »Ich zweifle nicht, daß ich die Sache in die Wege leiten könnte, denn durch meine Barbierkollegen und jenes andere Geschäft, das ich betreibe, kenne ich zwei der französischen Abgesandten. Aber wir wollen nichts überstürzen. Will der Kaiser die Franzosen mit dieser Nachricht erschrecken, so kann er nichts dagegen haben, daß wir sie auch dem päpstlichen Legaten, den Abgesandten der Signoria von Venedig, aus Florenz, Mantua, Ferrara und anderen Städten verkaufen. Der zu erzielende Preis wird freilich vom Verkäufer abhängen. Mein Herr, ein Mann von Rang und Stand, könnte hundertmal soviel fordern wie Ihr. Wir müssen möglichst viele Abnehmer finden, bevor die Angelegenheit allgemein bekannt wird.«

Der gute Barbier wollte sich mit zehn Prozent unserer Einnahmen begnügen; mit seiner Hilfe setzten wir eine Liste aller fremden Abgesandten in Toledo auf, an die de Lannoy herantreten sollte. Nachdem dieser vornehme Herr in unsere Pläne eingeweiht worden war, nahm er uns wieder in Gnaden auf, meinte aber, er müsse für seine Teilnahme an einem so erniedrigenden Handel die Hälfte aller Gaben fordern – es müßten nämlich Gaben sein, meinte er; Geld zu fordern, dazu könne er sich nicht herablassen, und wenn er die Geschenke an die Juden veräußere, müsse er zweifellos mit Verlust verkaufen. Der Barbier erklärte ihm jedoch, er brauche nur jeden Abnehmer zu strengem Schweigen verpflichten und dann unter dem Vorwand einer augenblicklichen Verlegenheit eine stattliche Anleihe fordern, deren Gegenwert eine außergewöhnlich wertvolle Mitteilung über Pescara bilden sollte.

Schließlich mußten Andy und ich uns bereit finden, den Erlös zu gleichen Teilen mit de Lannoy zu teilen und überdies die Entschädigung für den Barbier von unserer Hälfte zu bestreiten, so daß auf jeden von uns nur zwanzig Prozent entfielen. Und doch trösteten wir uns bei dem Gedanken, so allen Schwierigkeiten und Gefahren aus dem Weg zu gehen. Sobald allgemein bekannt war, daß Pescara selbst seine Verbündeten angezeigt hatte, würde der Straßenraub vergessen und unser Leben und unsere Ehre gerettet sein. Bis dahin sollten Andy und ich ruhig in Madrid bleiben, während de Lannoy, begleitet von unseren besten Wünschen für das Gelingen seines Vorhabens, eiligst nach Toledo ritt.

6

Binnen kurzem aber wurde uns unbehaglich zumute, da wir weder von Sieur de Lannoy noch von seinem Barbier ein Sterbenswörtchen vernahmen. Wir verbrachten die Zeit mit frommen Gebeten für Seine Allerchristlichste Majestät von Frankreich, dessen angegriffene Gesundheit und Melancholie bekannt geworden waren, und starrten lange auf das von der Sonne ausgedörrte Hochland und das Flußbett, wo das Wasser infolge der herbstlichen Trockenheit in Tümpeln stand. Ein Tag um den anderen verging in vergeblichem Warten, und wir fingen an zu fürchten, de Lannoy habe uns schändlich betrogen.

So schlimm stand es jedoch nicht, denn nach zwei Wochen wurden wir aufgefordert, unverzüglich dem Vizekönig unsere Aufwartung zu machen. So ritten wir nach Toledo. Ich muß gestehen, daß der Anblick dieser reichen, wunderschönen Stadt meine Meinung über Spanien beträchtlich hob. Der Sieur de Lannoy wohnte hier in einem stillen Palast, in dessen Säulenhof zwischen reifenden Weinreben Springbrunnen ihr anmutiges Spiel trieben.

Er empfing uns gnädig und sprach: »Ich bin euch eine Erklärung schuldig und will offen sein. Die Sache ist nicht so gut ausgegangen, wie ich gehofft hatte.«

Der Barbier reichte ihm eine Liste, und ich hörte mit aufgerissenen Augen zu, als er Namen und Beträge vorlas, denn er hatte mit achtzehn verschiedenen Abgesandten seine Geschäfte gemacht. Der venezianische Gesandte hatte die höchste Summe hinterlegt – dreitausend Golddukaten. Der geringste Betrag stammte vom Vertreter des ungarischen Königs, der nur zehn aufgebracht hatte. Der päpstliche Gesandte hatte nur zweitausend geboten und erklärt, er habe die ganze Sache kommen sehen. Insgesamt hatte de Lannoy neuntausendeinhundertundzehn Dukaten eingenommen; er gestand, es hätte auch schlechter ausfallen können. Doch dann verdüsterte sich seine Miene.

»Meine Bemühungen wurden zum Großteil vereitelt und haben böses Blut gemacht, weil trotz des Versprechens unbedingten Stillschweigens, das ich in jedem einzelnen Falle forderte, jedermann das Geheimnis schleunigst weiterverkaufte. So kam die Sache rasch dem Kaiser zu Ohren, der flugs achttausend Dukaten von mir entlehnte, um seinen Truppen in Mailand den rückständigen Sold auszuzahlen. Er meinte, es sei nur recht und billig, daß seine Feinde auf diese Weise sein Heer finanzierten, und gab mir sein Wort, mir die Summe zurückzuerstatten. Wenn dies geschieht, dann sollt ihr euren Anteil haben, das sind viertausendfünfhundertundfünf Dukaten, davon ihr meinem Barbier neunhundertundelf abgeben müßt.«

Diese Ungerechtigkeit und Undankbarkeit ließ mir das Blut siedendheiß zu Kopf steigen, und ich forderte wenigstens unseren Anteil an den elfhundert Dukaten, die ihm verblieben waren.

Er seufzte jedoch tief und sagte: »Das habe ich gefürchtet. Als Edelmann verstehe ich aber wenig von Geldsachen, und in meiner Erbitterung, daß der Kaiser die von mir so mühsam und unter großer Gefahr für meine Ehre erhobene Summe entlehnt hatte, wollte ich mein Glück beim Würfelspiel versuchen. Zu meinem größten Bedauern verlor ich tausend Dukaten. So blieben mir nur einhundertzehn, und wenn ihr weiter auf eurer Auslegung eures fälligen Anteils besteht, so will ich diese Summe, wie vereinbart, mit euch teilen.«

Ich bemerkte erbittert, er habe kein Recht gehabt, mit unserem Geld zu spielen. Doch zog ich die folgende hitzige Debatte nicht ungebührlich in die Länge, da wir nichts erreichen konnten, wenn wir ihn verstimmten. So teilten wir denn das Geld; er behielt fünfundfünfzig Dukaten, der Barbier erhielt elf, und Andy und ich nahmen den Rest in Empfang, zweiundzwanzig Dukaten für jeden. Andy meinte, wir hätten schlechter wegkommen können, aber es vergingen Tage, bevor ich meiner Entrüstung Herr wurde; immer wieder rechnete ich mir sowohl im Kopf wie auch auf dem Papier vor, daß wir von Rechts wegen jeder achtzehnhundertzweiundzwanzig Dukaten erhalten und reiche Männer hätten werden sollen.

Nun blieb uns keine andere Wahl, als auf des Kaisers Erkenntlichkeit zu warten. Ich verstand bald, wie Pescara nach Pavia zumute war, als er im fernen Italien Monat für Monat auf die Anerkennung seines unglaublichen Sieges gewartet hatte. Fast zwei Monate vergingen, bis Seine Kaiserliche Majestät geruhte, sich unser zu erinnern.

Von diesen zwei Monaten brauche ich nichts zu sagen, weil alle Welt weiß, daß König Franz in eine Schwermut verfiel, die sein Leben und damit des Kaisers Pläne bedrohte. Jedermann wird sich entsinnen, wie seine gelehrte Schwester Margarete, Herzogin — und später Königin — von Navarra, aus Frankreich ans Krankenbett des Bruders eilte und eine Schar schöner Hofdamen mitbrachte, um seine Lebensgeister zu wecken und ihm die Stunden, die er im Bett zubringen mußte, zu verkürzen.

Zu Beginn des Monats November war die Gesundheit des Königs wiederhergestellt, und seine Schwester verließ Spanien, ohne etwas für seine Befreiung tun zu können. Nun aber drohte König Franz, zum Äußersten getrieben, zugunsten seines noch minderjährigen Sohnes abzudanken. Als ich davon erfuhr, bestach ich de Lannoy mit den letzten, mir noch verbliebenen Dukaten, den Kaiser an sein Versprechen zu mahnen, weil ich erkannte, daß der Ausbruch des Krieges nur mehr eine Frage der Zeit war und ich danach auf seine Gunst nicht mehr hoffen durfte.

Der Kaiser hielt Wort und gewährte mir eine Audienz in seinem eigenen Arbeitszimmer. Er fragte nach meinem und Andys Namen und ließ sie einen Sekretär in ein schon geschriebenes Dokument eintragen, daran das kaiserliche Siegel befestigt war.

»Ich habe euren Fall überdacht«, sagte er, »und habe ungeachtet einiger Gewissensnöte euch belohnt, und zwar reicher, als ihr je hoffen konntet, denn es geziemt sich nicht für den Kaiser, der Schuldner von Mördern und Dieben zu sein. Ich hörte vor kurzem, daß ein Schweinehirt namens Pizarro nun zu Panama, in der Neuen Welt, eine Expedition ausrüstet. Er glaubt, den Weg nach dem Reiche El Dorado gefunden zu haben, wo die Wege mit Goldstaub bestreut sind. Er nennt dieses Land Biro oder Peru. Ich kann ihm die Truppen, Schiffe, Pferde und Esel, die er verlangt, nicht senden; habe es überdies satt, Geld für fruchtlose Unternehmungen zu vergeuden. Besser ein vollbeladenes Gewürzschiff sicher im Hafen als zehn Schiffe voller Edelsteine, die alle spurlos versinken. Ich kann Pizarro nur unterstützen, indem ich euch zu ihm sende; dies Dokument verbürgt euch die freie Überfahrt nach Panama im kommenden Frühling. Was aber eure Ausrüstung betrifft – ihr müßt vor allem Pferde mitnehmen, welche die wilden Indianer sehr fürchten –, so müßt ihr dafür selber aufkommen.«

Er warf mir einen Blick zu und erkannte augenscheinlich wie bitter enttäuscht ich war, denn er setzte rasch hinzu: »Lest die Bedingungen dieser Verleihung genau, denn sie gewährt euch, abgesehen von der freien Überfahrt, mehr Rechte, als selbst die Granden von Spanien sie in dieser überfüllten Alten Welt genießen. Sie überträgt euch die Statthalterschaft einer Provinz in

Peru; ihr und Pizarro möget einvernehmlich bestimmen, welche es sein soll. Sie verleiht euch das Recht, jenes Land, das ihr mit dem Schwert erobert, zu besetzen, unter der Bedingung, daß ihr die Indianer zum Christentum bekehrt und sie lehrt, den Boden zu bebauen, Gewürze zu ziehen und nach Gold und Silber zu schürfen; und unter der Bedingung, daß ihr nicht mehr als viertausend indianische Sklaven auf einmal besitzen dürft. Habt ihr solch ein Land erobert, so sollt ihr nach Spanien um einen fähigen Verwalter senden, der eure Tätigkeit überwachen soll – in meinem Interesse und auf eure Kosten.«

Er fuhr fort, von Steuern, Zehnten und Abgaben zu sprechen; auch meine zukünftige Erhebung in den Adelsstand war vorgesehen. Endlich überreichte mir der Sekretär das Dokument. Ich konnte nur niederknien und mich aus des Kaisers Nähe zurückziehen; das wertlose Papier trug ich als einzigen Lohn davon. Tränen der Empörung brannten mir in den Augen; ich ging stracks in die Taverne, wo Andy und der kleine Barbier auf ihren Anteil an der Beute warteten.

Möge mir verziehen werden – ich vergeudete mein letztes bißchen Silber und betrank mich so gewaltig, daß ich des Kaisers Geiz und Undankbarkeit laut verfluchte. Ich war auch keineswegs der einzige, denn viele freundliche Zechbrüder stimmten mir bei und meinten, eher könne man einem Stein Blutstropfen als dem Kaiser Geld abpressen.

Während ich tobte, fluchte, in ohnmächtiger Wut auf den Tisch hieb und dabei Wein auf das kostbare Papier verschüttete, trat ein Spanier herzu, dessen Kleidung schäbig, dessen Schwert aber vortrefflich schien. Er hob das Dokument auf und las es mit Mühe zu Ende.

Dann blickte er mich aus brennenden, hungrigen Augen an, die wohl immer nach fernen Horizonten geschaut hatten, und fragte: »Was wollt Ihr dafür nehmen?«

»Gott sei mir gnädig«, antwortete ich. »Ich bin wirklich ins Land der Verrückten geraten. Nichts will ich dafür.«

Er fuhr fort: »Mein Name ist Simon Aguilar. Gedenket meiner im Gebet; ich werde es wohl brauchen. Ich will euch nicht verhehlen, daß dies Papier in den richtigen Händen – die gar wohl meine sein können – seinen Besitzer reich machen kann. Es wird mir auch ermöglichen, meinen jungen Bruder mitzunehmen, der unter der Bedingung, nach der Neuen Welt zu segeln, aus dem Gefängnis entlassen werden kann. Bleibt er hier, wird man ihm zur großen Schande unserer Familie Nase und Ohren abschneiden.«

Ich versetzte: »Nehmt das Papier in Gottes Namen. Es wird Euch lediglich des Notars Siegel und Unterschrift kosten, wodurch die Schenkung rechtskräftig wird.«

Simon Aguilar umarmte uns beide und versprach, an uns zu denken, wenn er in der Neuen Welt Fürst und Grande geworden sei. Als wir den Handel vor einem Notar abgeschlossen hatten, schieden wir von dem armen Verrückten und kehrten niedergeschlagen in de Lannoys Haus zurück.

7

Unser Toben in der Taverne hatte offenbar Aufsehen erregt, und man war uns gefolgt, denn am nächsten Morgen – wir hatten kaum Zeit gehabt, unsere brummenden Schädel unter den Wasserstrahl zu halten – trat ein Hauptmann mit einem Federhut an uns heran und fragte, ob wir mit ihm ein Glas Wein trinken und ein gewinnbringendes Geschäft erörtern wollten.

Er führte uns nicht in eine Taverne, sondern in ein Haus, dessen stadtseitige Front keine Fenster hatte; es stand dicht an der Stadtmauer. Er bat uns, diese unscheinbare Zufluchtstätte zu entschuldigen, und fügte hinzu, er habe Grund, Spähern aus dem Weg zu gehen. Er heiße Emilio Cavriano, stamme aus Mantua und sei im Dienste des französischen Königs nach Spanien gekommen, um den königlichen Gefangenen mit Briefen und Geschenken aufzuheitern. Er setzte uns guten Wein vor und fragte dann, ob unsere Abneigung gegen den Kaiser echt sei und wir in die Dienste eines anderen, freigebigeren Herrn treten wollten.

Ich meinte, es täte mir leid, den Kaiser so in aller Öffentlichkeit verwünscht zu haben; Andy aber erklärte, er sei als ehrlicher Soldat bereit, sein Schwert zu verkaufen und dem Meistbietenden Treue zu schwören, solange er nicht übers Meer nach fremden Ländern zu fahren brauche, sondern als Christ gegen gute Christen kämpfen dürfe. Unser Gastgeber meinte, es drehe sich hier nicht ums Kämpfen, nicht einmal ums Fechten; Treue, Gehorsam und Reitkunst seien alles, was man von uns verlange. Zum Zeichen seiner ehrlichen Absicht gab er jedem von uns drei Dukaten Angeld und nahm uns den Eid ab, einen Monat lang dem französischen König treu zu dienen.

Dann sagte er: »Dies ist eine so große Sache, daß Eide wenig bedeuten; verratet Ihr mich aber, so werde ich nicht davor zurückschrecken, Euch zu töten, wenn Ihr auch fliehen mögt. Der Lohn aber, der Euer harrt, bindet Euch fester an mich als alle Eide.«

Er plante nichts Geringeres, als König Franz' Flucht aus dem Alkazar zu bewerkstelligen und ihn über die Grenze nach Frankreich zu bringen. Ein Mann, der sein Leben für König Franz aufs Spiel setze, sei für den Rest seiner Tage ein reicher Mann – waren nicht drei Millionen Dukaten als Lösegeld ausgesetzt worden? – ganz zu schweigen von der Ehre und der Stellung, die des Königs Gunst ihm verleihen würde.

Der Plan war, kurz gesagt, der: Jeden Abend betrat ein Neger das Gemach, darin der König gefangensaß, um Feuer zu machen, da nun kaltes Wetter eintrat; als Neger konnte er unbemerkt kommen und gehen. Seine Majestät brauchte nur sein Gesicht mit Ruß zu schwärzen und die wohlbekannte Tracht des Schwarzen anzulegen, um den Palast nach Einbruch der Dunkelheit jederzeit verlassen zu können. Der Neger war bestochen worden; die Flucht würde erst am nächsten Morgen entdeckt werden. Frische Pferde erwarteten den Flüchtling unterwegs an geeigneten Orten, und die ganze spanische Kavallerie konnte Frankreichs besten Reiter nicht mehr einholen, wenn er ihnen den Vorsprung einer Nacht voraushatte.

Andy warf ein: »Wenn alles bereit ist – der Neger bestochen und die Pferde bestellt –, wozu benötigt Ihr dann unsere Hilfe?«

Cavriano setzte uns auseinander, daß der König viele kostbare Tage über einem letzten Versuch hatte verstreichen lassen, vom Kaiser mildere Friedensbedingungen zu erwirken. In dieser Zeit hätten die Verschwörer schwere Verluste erlitten. Einer sei im Duell gefallen, ein anderer ins Schuldgefängnis gesteckt worden, ein dritter habe sich das Bein gebrochen, als man ihn aus einem Freudenhaus an die Luft setzte, und ein vierter habe zuviel geredet und mußte mit dem Dolch zum Schweigen gebracht werden. Es mußte daher jemand nochmals den Fluchtweg abreiten und sich vergewissern, daß alle Pferde noch an den vereinbarten Orten ständen; während für die Flucht selbst der Hauptmann einen möglichst starken und tapferen Mann an seiner Seite brauche, falls ein Unglück Gewaltanwendung erfordere.

Wir kamen überein, daß ich an die Grenze reiten, Seine Majestät am Flußufer gegenüber von Bayonne erwarten und ihn bei seiner Ankunft ungesäumt übersetzen sollte. Andy sollte Seine Majestät vom Alkazar an den Ort geleiten, wo das erste Pferd wartete. Hauptmann Cavriano gab mir eine Landkarte, worauf die Relaisstationen verzeichnet waren; dazu die erforderlichen Losungsworte sowie zwanzig Dukaten — darüber ich genaue Rechnung zu legen hätte — für den Fall, daß einige seiner Leute das Warten sattbekommen und ihre Pferde in Wein umgesetzt hätten. Träfe keine Nachricht von mir ein, so sollte der Ritt in der nächsten Vollmondnacht beginnen.

Tags darauf nahmen wir Abschied von Sieur de Lannoy, indem wir ihm erklärten, wir wollten endlich unsere Wallfahrt nach Santa Maria de Compostela fortsetzen; er sagte uns sichtlich erleichtert Lebewohl.

Voll trüber Ahnungen ritt ich von Station zu Station, in beständiger Furcht vor Räubern und Wölfen. Doch das Glück war mir günstig, und ich erreichte wohlbehalten die Grenze für die dringendsten Erfordernisse ausgelegt. Tagsüber blieb ich am französischen Ufer; nachts ruderte ich in dem festen Boot, das ich gemietet hatte, hinüber und blieb dort, im Schilf versteckt, liegen. Der Mond war zwei Tage vor meiner Ankunft voll geworden, da ich meinem Hund zuliebe gemächlich geritten war; ich erwartete nun den König binnen drei oder vier Tagen.

Doch ach, auch dies Unternehmen stand unter keinem guten Stern. Zwei Tage darauf, als ich am französischen Ufer stand, sah ich am anderen Ufer etwa zehn Männer zur Fähre hinabreiten; sie schrien und fluchten und trieben eine Schar Pferde vor sich her. Sie schwangen die Waffen, schlugen die armen Teufel von Zöllnern in die Flucht und zwangen den Fergen, sie überzusetzen; die Pferde zogen sie hinter sich her. Als das Boot sich dem französischen Ufer näherte, erkannte ich Andy, eilte auf ihn zu und fragte, was in Gottes Namen geschehen und wo der König sei. Er versetzte kurz, seines Wissens sitze König Franz noch in seinem Turm, wenn man ihn nicht an einen sichereren Ort gebracht habe.

Erst nachdem wir die Pferde in sichere Entfernung von der Grenze gebracht und in Bayonne eingeritten waren, erzählte er mir, Hauptmann Cavriano sei verhaftet und die ganze Verschwörung durch die Anmaßung und Empfindlichkeit der Franzosen aufgeflogen. Ein gewisser Montmorency, ein Edler aus dem Gefolge des Königs, hatte Seiner Majestät Kammerdiener eine Ohrfeige verabreicht, weil der ihn unversehens mit dem Ellbogen gestoßen hatte. Der Kammerdiener war tief verletzt, und da seine niedere Abkunft ihm verbot, im Zweikampf Genugtuung zu fordern, hatte er Rache genommen, indem er dem Kaiser die ganze Verschwörung enthüllte.

Zu Andys Glück wollte der Kaiser nicht an einen so ehrlosen Plan glauben, und Andy nahm, während der Hauptmann Cavriano verhört wurde, in aller Stille sein Pferd und machte sich auf den Weg zur Grenze. Er wußte nicht, wo die frischen Pferde warten sollten, daher hielt er in jedem Dorf, wo er verdächtige Reiter und Rosse sah, und nahm sie mit. Auf diese Weise rettete er zehn von den vierzehn Ablösungen. Es war wohl nicht nötig, meinte er, sie in des Kaisers Hände fallen zu lassen.

Als die Flüchtigen wieder zu Atem gekommen waren und gegessen hatten, brach unter ihnen ein so heftiger Streit um die Pferde aus, daß wir uns in ein nahes Dorf zurückziehen mußten, um die Sache zu schlichten. Schließlich erhielt jeder Mann zwei Pferde, bis auf Andy, der vier bekam.

Ich kam bei der Sache glimpflich weg, hatte ich doch siebzehn Dukaten von meinem Reisegeld und die drei Dukaten Handgeld gerettet. Als ich meine Pferde verkauft hatte – das eine zu Bayonne, das andere zu Lyon –, besaß ich zusammen achtundvierzig französische Golddukaten.

8

Denn Lyon war unser Reiseziel; wir erreichten es auf kürzestem Weg und kamen gerade zurecht, die Geburt unseres Herrn mitzufeiern. Die Königinmutter und der ganze französische Hof residierten immer noch hier; die Gasthäuser waren überfüllt. Wir aber verkauften unsere Pferde zu angemessenen Preisen, wie erwähnt, besuchten die Christmette, ließen uns Speise und Trank munden und überlegten sodann, ob Madame Geneviève schon aus Venedig in Gesellschaft eines gewissen Kaspar Rotbart angekommen sein konnte. Wir fragten in vielen Gasthäusern nach ihnen, aber Lyon ist eine große Stadt, und wir hätten sie wohl nie gefunden, wenn nicht Andy es sich nach zwei Tagen vergeblichen Suchens in den Kopf gesetzt hätte, ein Bordell aufzusuchen und die Namen der besten und berühmtesten Kurtisanen zu erfragen.

Dies hielt ich für höchst unpassend und eine Verletzung von Madame Genevièves Ehre. Doch schon im ersten Haus erzählte man uns von einem unverschämten, habgierigen Weib, das kürzlich aus Venedig angekommen und sich im Wettbewerb mit den ältesten und ehrbarsten Häusern der Stadt in Lyon niedergelassen hatte. Sie hatte orientalische Mädchen mitgebracht und ein Haus an der Stadtmauer gemietet. Alle Beschwerden waren fruchtlos geblieben, da sie die vornehmsten Herren des Hofes zu ihren Kunden zählte und der Kirche reiche Spenden zukommen ließ. Die biedere Matrone, mit der wir sprachen, warnte uns vor dem Ort und erschreckte uns mit Geschichten von schändlichen Krankheiten und orientalischen Lastern, denen ein Christenmensch fernbleiben müsse, wenn er seine Seele retten wolle.

Wir fanden ohne Schwierigkeit das geheimnisvolle, von Mauern umgebene Gebäude; auf unser Klopfen öffnete uns ein Neger in Rot und Gold. Nach einem flüchtigen Blick auf unsere Kleider verweigerte er uns aber den Einlaß und wollte uns die Tür vor der Nase zuschlagen. Andy freilich war stärker als er, versetzte dem unverschämten Biest eins auf die Nase, und wir traten ein. Aufgeweckt durch den Lärm, kam Madame Geneviève uns selbst entgegen, lieblicher und herrlicher gekleidet denn je. Sie zeigte sich aber über unser Erscheinen nicht sonderlich erfreut und schalt uns, daß wir ihre Mittagsruhe gestört und ihren Neger geschlagen hätten. Immerhin lud sie uns zu Wein und Obst in ihr Gemach, das mit weichen Teppichen und venezianischen Spiegeln geschmückt war.

»Ich hätte nie gedacht, daß ihr mir so übel mitspielen und mich bei jenem Brauer zurücklassen würdet!« klagte sie. »Ich vertraute darauf, daß ihr mich von ihm befreien würdet. Als Michaels Brief kam, vergoß ich bittere Tränen und beschloß, nie wieder einem Mann zu trauen. Nachdem der Brauer sich Haar und Bart gefärbt und seinen Namen gewechselt hatte, wurde er immer verliebter und lästiger und drang in mich, ihn nach Ungarn zu begleiten. Er machte mir das Leben zur Last. Und dann mußte ich an meine Zukunft denken, denn obgleich ich immer noch eine Zierde meines Hauses bin, bin ich doch nicht mehr so jung wie früher. So beschloß ich denn, ich würde, sobald ich den undankbaren Brauer los würde, mein lockeres Leben aufgeben und einen guten Grund für meine Zukunft legen.«

Madame Geneviève seufzte in der Erinnerung an ihre Nöte und fuhr fort: »Zum Glück mußte er endlich jene elenden Wechsel einlösen, um die Reise nach Ungarn anzutreten. Als er das getan hatte, blieb mir keine andere Wahl, als mich der Hilfe eines tapferen Offiziers zu versichern, der im Begriff war, eine lange Seereise anzutreten. Er verlangte nach Abwechslung und Gesellschaft, um den Abschiedsschmerz zu lindern, und versprach, mir zu helfen, als er meine Geschichte gehört hatte. Er flößte Meister Rotbart im Wein einen Schlaftrunk ein; dann verbrachten wir eine angenehme Nacht zusammen; schließlich ließ er Rotbart von seinen Leuten an Bord seiner Galeere schaffen und ihn, während er schlief, an eine Ruderbank ketten. Wir lachten sehr vergnügt, als wir an Meister Rotbarts Überraschung dachten, wenn ihn ein Peitschenhieb auf hoher See wecken würde.«

»Liebe Madame Geneviève«, sagte ich, »wir wollen über Meister Eimers elendes Los nicht lachen, sondern lieber für ihn beten; denn das Leben eines Galeerensklaven ist kein Scherz.«

»Ihr hättet ihm in meinem Auftrag schon längst die Kehle durchschneiden sollen«, erwiderte Madame Geneviève, »wenn er nur sein Geld nicht in jenen Papieren angelegt hätte. So aber konnte ich es erben, ohne Verdacht zu erregen, weil jedermann wußte, daß er nach Ungarn wollte und an seinem Verschwinden nichts Verdächtiges fand. Ich kaufte drei junge, makellose Mädchen von einem türkischen Kaufmann, dazu schöne Möbel, Teppiche und Spiegel, die ich auf dem Seeweg nach Marseille sandte. Damit richtete ich dieses Haus ein, wo ich nur Edelleute empfange, die zehn Dukaten und mehr für eine Nacht bezahlen können.«

Madame Geneviève klatschte in die Hände; sogleich traten

drei junge Mädchen mit verschleierten Gesichtern ein, die durchschimmernde orientalische Hosen trugen. Die eine war fast schwarz, die zweite braun, und die dritte und schönste hatte aschfarbene, grünlich schillernde Haut. Sie berührten mit den Fingerspitzen Stirn und Brust und verneigten sich tief und dienstbereit vor uns.

Madame Geneviève sagte: »Sie brauchen diese Schleier nicht zu tragen, denn ich habe sie taufen lassen und sie christliche Gebete gelehrt, in der Hoffnung, daß mir dies am Jüngsten Tag als Verdienst angerechnet wird. Aber sie sind noch scheu in Gegenwart fremder Männer und enthüllen lieber den Leib als das Gesicht. Das hat großes Aufsehen hervorgerufen, und mancher Edelmann hat schon einen Dukaten dafür bezahlt, sie den Schleier ablegen zu sehen. Die Männer haben seltsame Gelüste; nichts zieht sie so sehr an wie das, was unrecht und verboten ist. Ja, ich habe viel über erstaunliche und ungewöhnliche Freuden gelernt, seit ich anfing, mich dem Berufe ernsthaft zu widmen, und werde wohl bald selbst den Wünschen von Bischöfen und Kardinälen gerecht werden können, was in der Regel nur römische Kurtisanen zuwege bringen.«

Nachdem sie auf meinen Wunsch die Mädchen entlassen hatte, fuhr sie fort und erzählte uns, sie habe, nachdem sie sich hier niedergelassen hatte, nach ihren vier Kindern in Tours geschickt und sie in einem nahen Dorf untergebracht. Sie besuche sie täglich und führe sie zur Messe, habe auch einen Priester bestellt, der sie lesen und schreiben lehre. Sie sprach so natürlich von ihrem schändlichen Beruf, daß ich keine Worte fand, obwohl ihre Treulosigkeit und meine eigene Eifersucht mich quälten. Ich befahl Andy, uns allein zu lassen, und überschüttete sie dann mit Vorwürfen; ich fragte sie, was aus der Liebe geworden sei, deren sie mich mit tausend zärtlichen Schwüren zu Nürnberg versicherte. Sie aber war um ihre Verteidigung nicht verlegen und meinte, jene treue Liebe sei gestorben, als ich sie im Stich ließ. Da erkannte ich erst ihr wahres Wesen. Nun wußte ich, sie hatte mich nur dazu verleiten wollen, Meister Eimer zu töten; angeekelt stieß ich ihre liebkosenden Hände weg. Als sie mir aber, um mich zu beschwichtigen, die Stelle eines Zuhälters und Andy die des Türhüters anbot, kannte meine Wut keine Grenzen; ich verwünschte sie und verließ das Haus.

Andy aber bewog mich, mit ihr zusammen am nächsten Tag die Kinder zu besuchen, weil ich in der Tat gerne unseren Sohn sehen wollte. Und hierin hatte Madame Geneviève nicht gelogen. Der Junge hatte in der Tat Andys schläfrige Augen und denselben blonden Haarschopf auf dem Kopf. Auch das Mädchen war sehr hübsch mit seinen runden, roten Wangen, den goldigen Locken und den blitzenden Äuglein, und Madame Geneviève verkündete stolz, sie werde eines Tages ihrer Mutter Ehre machen. Sie drückte mich mit ihren dicken Ärmchen so fest an sich und spielte so reizend mit meinem Hund, daß mir bei ihrem Anblick das Herz im Leibe lachte und ich ihr einen glänzenden Golddukaten gab, damit sie ihren Bruder nicht zu beneiden brauchte, wenn Andy ihm den Esel verehrte, der gehen konnte und den er treulich von Nürnberg her mitgebracht hatte.

So verstand es Madame Geneviève, mich durch ihre Kinder an sich zu fesseln; auch konnte ich sie nicht gar zu streng tadeln, daß sie die Zukunft ihrer Kinder durch ihre Arbeit in dem einzigen Beruf, dessen sie fähig war, zu sichern strebte.

9

Lyon war eine reiche Stadt. Speise und Trank schmeckten dort gar wohl, und die Zeit verging wie im Flug. Wir hatten kein Ziel, und ein Ort dünkte uns so gut wie der andere.

Eines Tages erzählte uns Madama Geneviève zufällig in ihrer unverblümten Art von einem ihrer Klienten – einem unglücklichen Edelmann vom Hof –, der in geheimer Mission nach Konstantinopel, oder, wie die Türken es heidnischerweise nannten, Stambul, gehen sollte. Er war so niedergeschlagen, daß all ihre Künste ihn nicht aufheitern konnten, denn sein Vorgänger war von den wilden Bergbewohnern Dalmatiens ermordet worden, als er von Ragusa auf dem Landweg nach Konstantinopel unterwegs war.

»Was in Gottes Namen hat der Hof Seiner Allerchristlichsten Majestät mit dem Todfeind der Christenheit zu tun?« fragte ich, baß erstaunt.

»Soviel ich davon verstehe«, bemerkte Madame Geneviève unschuldig, »lädt die Königin im Auftrag von König Franz den Sultan ein, sich mit Frankreich gegen den Kaiser zu verbünden. Seit der Niederlage Frankreichs sind Geheimverhandlungen im Gange, und der Sultan hat ihnen seine Hilfe zugesagt.«

Auf etwas so Abscheuliches, so Verwerfliches wäre ich nie verfallen. Ich fühlte mich in jenem parfümgeschwängerten Gemach beengt und eingesperrt; mir war, als würde alles, was noch an Ehre und Anstand in mir lebte, langsam erstickt. Ohne ein Wort des Abschieds stürzte ich aus dem Haus und wanderte in großer Gemütsbewegung bis in den späten Abend hinein durch die Straßen.

An jenem Abend sagte ich zu Andy: »Wir wollen beim Hahnenschrei aus den Federn und Frankreich so rasch wie möglich verlassen, denn dieses Land muß wahrhaftig Gottes Fluch treffen.«

Andy erwiderte: »Endlich redest du einmal vernünftig, Michael. Die Vorsehung hat dieses Land mit einem Wein gesegnet, der für einen armen Teufel wie mich zu vorzüglich ist, und mein Geld ist bald zu Ende. Ich sehne mich nach Kanonen und einem ehrlichen Krieg, der einem Mann Ruhm, Reichtum und selbst Ehre eintragen kann, wenn er auf die Seite des Siegers tritt.«

So gürteten wir aufs neue unsere Lenden und verließen jene reiche, entartete Stadt. Am Tor schüttelte ich den Staub von den Füßen, weil ich für diesen Ort das Schicksal Sodoms und Gomorrhas befürchtete, das ihn gewiß befallen mußte, wenn die Schale des Zornes Gottes voll war. Als wir ein Weilchen gewandert waren, überquerten wir den mächtigen Rhein und gelangten in die schöne Stadt Basel, auf deren steilen Hängen die neuen Bauten der Universität wie Schwalbennester klebten. Dahinter ragten die hohen Domtürme empor. Wir stiegen bei den Drei Königen, unweit der Fähre, ab. Ich hatte diese freie, rege Stadt bald so liebgewonnen, daß ich beschloß, die Universität zu beziehen und dort zu studieren, solange mein Geld reichte.

In Basel gab es viele Druckereien, und in den Buchläden waren Gelehrte anzutreffen. Der große Erasmus selbst fand hier Zuflucht, nachdem eifernde Studenten seinen Lehrstuhl zu Löwen wegen angeblicher Häresie umgestürzt hatten. Die Buchhändler erlaubten sogar armen Studenten, die neuen Bände zu durchfliegen; und nirgends trafen die Nachrichten aus aller Welt rascher ein als hier, denn diese freie Stadt der Eidgenossenschaft lag am Schnittpunkt der Handelsstraßen zwischen Frankreich, den deutschen Fürstentümern und Italien.

In diesem bewegten Frühling nahm König Franz, nachdem er den Kaiser unerbittlich und seine eigenen Bemühungen vergeblich gefunden hatte, die Friedensbedingungen an. Er stimmte allen Forderungen des Kaisers zu und ließ seine beiden Söhne als Geiseln und Unterpfand seiner Redlichkeit zurück. Und es überraschte mich keineswegs, zu hören, daß er, sobald er die Freiheit wiedererlangt hatte und auf französischen Boden zurückgekehrt war, alle Versprechen brach und erklärte, sie seien ihm unter Zwang abverlangt worden und daher wertlos. Er schlug seine Residenz gleich zu Cognac auf, wo er Gesandte des Vatikans, Venedigs, der anderen italienischen Staaten und auch Englands empfing, und eine Heilige Allianz bildete, mit dem Ziel, einen neuen Krieg gegen den Kaiser zu führen. Schon im Sommer war dieser in vollem Gange, und die vereinigten Heere zogen auf das unglückliche Mailand, das nun, seit dem kürzlichen Hinscheiden Pescaras, unter dem Befehl des Herzogs von Bourbon stand.

Andy aber meinte, die Sache des Kaisers sei nun verloren und statt zu den Kaiserlichen wolle er lieber nach Ungarn gehen und gegen die Türken kämpfen; dort würde er wenigstens das ewige Heil erlangen, wenn er fiele, und reiche Beute, wenn er mit dem Leben davonkäme. Ich bestärkte ihn in diesem rühmlichen Vorhaben, denn in dieser unruhigen Welt müsse ein Christ, wenn er seiner gerechten Sache sicher sein wolle, gegen die Türken, und nur gegen diese, kämpfen. Es stellte sich freilich heraus, daß der Sultan auf seiten des Heiligen Vaters kämpfte, und wir hörten, er habe ein großes Heer aufgeboten, um nach Ungarn zu ziehen und die kaiserlichen Länder im Südosten in Schach zu halten, während die Truppen seines Verbündeten, des Papstes, gegen Mailand zogen.

Als Andy davon erfuhr, meinte er: »Nun ist in der Tat der Teufel los! Gott helfe mir, selbst *ich* könnte zum Lutheraner werden, wenn ich denke, daß Papst und Türke als Verbündete gegen Christen kämpfen!«

Ich riet ihm, derlei gefährliche Gedanken für sich zu behalten, jedenfalls in Ungarn, das sich einbildete, die Türken im Namen der heiligen Kirche und des katholischen Glaubens zu bekriegen.

So nahmen wir denn traurig Abschied voneinander, und er lieh mir zwanzig Dukaten für meine Studien, weil er es für unnötig hielt, viel Geld bei sich zu tragen, wo es, falls das Schicksal ihn nicht mehr heimkehren ließ, einem so guten Zweck zugewandt werden konnte.

Ich fürchtete sehr, ich hätte ihn nun zum letztenmal gesehen, denn aus Venedig und Ungarn drangen abscheuliche Berichte von der unmenschlichen Grausamkeit der Türken an unsere Ohren. Eben deshalb verhieß die Kirche allen, die im Kampf gegen die Ungläubigen fielen eine unverzügliche Himmelfahrt. Dies war denn auch mein größter Trost, als wir schieden.

Mein Leben wäre wohl in geruhsamen Bahnen verlaufen und hätte mir Ehren und Ruf als Gelehrter eingetragen, wäre ich nicht aufs neue Doktor Paracelsus begegnet. Um aber von ihm und meinem Abschied von Basel zu berichten, muß ich ein neues Buch beginnen. Dies wird hoffentlich das letzte über die Wanderfahrten meiner Jugend sein, denn das Schreiben hat mich müde gemacht. Doch muß ich noch schildern, wie mein Eid in Erfüllung ging; so setze ich denn meine Geschichte fort, obwohl ich nun die Feder in Blut tauchen und auf schwarzes Papier schreiben sollte.

ZEHNTES BUCH

DIE PLÜNDERUNG ROMS

1

Doktor Paracelsus war dazumal für seine Wunderkuren in ganz Deutschland berühmt; so begegneten wir einander unerwartet in der Schankstube bei den Drei Königen wieder. Das Unerwartete daran war nicht so sehr, ihn in einer Schenke anzutreffen; an solchen Orten war er ja zu Hause. Das Wunder war vielmehr, ihn hier in Basel wiederzufinden, wo er doch seine Praxis in der schönen Stadt Straßburg, weit im Norden am Unterlauf des Rheins, ausübte.

Ich erkannte ihn sogleich, obwohl trotz seiner Jugend sein Haar sich gelichtet und Sorgen, Wanderfahrten und unmäßiges Trinken sein Gesicht gezeichnet hatten. Ich lief auf ihn zu und wollte ihn umarmen; er aber empfing mich gar unfreundlich und tastete nach seinem großen Schwert, worüber ich ihm Vorwürfe machte. Dann sprach ich von der Vergangenheit und dem Blutbad von Stockholm, da er jenes Schwert erworben hatte. Ich nannte ihm meinen Namen und gab mich als sein früherer Gehilfe und Schüler zu erkennen.

Er stierte mich aus seinen vom Trunk verschwommenen Augen an und sagte zornig: »Einundzwanzig meiner früheren Schüler baumelten schon am Galgen, wohin sie gehören, und kein einziger blieb mir länger als drei Monate treu. Sie spionieren meine Geheimnisse aus und schleichen davon, um in aller Welt mit ihren Studien bei mir zu prahlen und meinem guten Ruf durch ihr unvollkommenes Wissen zu schaden. Hol dich der Teufel, so du einer von ihnen bist.«

Endlich aber entsann er sich meiner und wurde freundlicher. Wie er mir erzählte, hatte der berühmte Drucker Frobenius, dessen eines Bein durch einen Schlaganfall gelähmt war, ihn aus Straßburg kommen lassen. Die unfähigen Basler Ärzte wollten ihm mit Hilfe eines Baders das Bein abnehmen; Doktor Paracelsus aber meinte, er könne ihn ohne Operation heilen. Bevor er aber seinen Patienten aufsuche, wolle er sich mit Wein laben, denn er habe einen langen, beschwerlichen Ritt hinter sich. Wir verbrachten den Abend gemeinsam; dann mußte ich ihn auf seine Stube führen. Dort hieb er zunächst mit dem Schwert um sich, um die Geister zu verscheuchen, die ihn heimzusuchen pflegten, wenn er stark getrunken hatte; dann warf er sich in den Kleidern aufs Bett.

Diese Begegnung ereignete sich im Spätsommer, als meine erste Begeisterung für das Studium verflogen war. Ich hatte es einigermaßen satt, in alten Scharteken zu wühlen, worein die Gelehrten der Universität mehr Vertrauen setzten als auf das Zeugnis ihrer eigenen fünf Sinne. Daher war ich gerne bereit, meine Studien unter Doktor Paracelsus wieder aufzunehmen, obwohl seine krankhafte Einbildung, die mit den Jahren nur noch schlimmer geworden war, und seine Reizbarkeit ihn zu einem sehr schwierigen Lehrer machten.

Ich muß jedoch gestehen, daß sein Benehmen sich wie durch ein Wunder änderte, sooft er an einem Krankenbett stand. Dann leuchtete sein Gesicht vor Sanftmut und geistiger Kraft, und die bloße Berührung seiner Hand brachte den Leidenden, deren Vertrauen er rasch gewann, Linderung. Er kurierte das Bein des alten Druckers in wenigen Wochen, und sein Ruf in Basel war gefestigt. Kranke drängten sich vor seiner Tür im Gasthof. Der Drucker Frobenius und der große Erasmus sangen um die Wette sein Lob unter ihren vielen einflußreichen Bekannten.

Erasmus Roterdamus wurde selbst sein Patient; Doktor Paracelsus untersuchte ihn gründlich und kam zu dem Schluß, daß Erasmus an der Weinsteinkrankheit litt. Verschiedene Formen dieses Leidens griffen Leber, Gallenblase und Nieren an und konnten rasende Schmerzen hervorrufen. Der Doktor rühmte sich, der erste zu sein, der diese Krankheiten studierte, behandelte und beim richtigen Namen nannte. Er behandelte Erasmus mit Erfolg, setzte ihn auf leichte Kost und gebot ihm ausdrücklich, nicht zu trinken, ausgenommen roten Burgunder.

Als des Doktors Gehilfe und Laufbursche hatte ich oft Gelegenheit, den großen Erasmus zu sehen; freilich muß ich gestehen, daß ich über seinen Anblick arg enttäuscht war. Er war ein vertrocknetes Männchen, das selbst im Sommer Pelzwerk trug und in der Stube hockte; mit Besuchern zankte er gern und fuhr sie an, die Tür zu schließen. Den Luftzug fürchtete er wie die Pest; in seiner Nahrung war er wählerisch; unablässig jammerte er über seine zarte Gesundheit, und in der richtigen Auslegung eines griechischen Wortes erblickte er einen größeren Sieg als die von Königen auf dem Schlachtfeld. Im blaugekachelten Ofen in seinem Gemach brannte stets das Feuer; Krankheit und Tod fürchtete er so sehr, daß er selbst seinen guten Gastgeber Frobenius mied, solange der bettlägerig war.

Seine größte, ja einzige Freude war es, nach unten an die hämmernde Presse zu gehen, den Geruch der Druckerschwärze einzuatmen, die druckfeuchten Bogen zu befühlen und mit seiner nadelscharfen Greisenschrift Verbesserungen anzubringen. Frobenius veröffentlichte eben seine, des Erasmus, Werke in umfangreichen Neuausgaben; Erasmus aber war außerordentlich undankbar und stets mit Beschwerden zur Hand, obwohl der Drucker ihn in seinem eigenen Hause beherbergte und sowohl den Burgunder wie auch die Delikatessen, die seinem vertrockneten Gaumen munden sollten, bezahlte. Dennoch schrieb Erasmus unausgesetzt an seine Gönner in ganz Europa und klagte ihnen seine Armut. Man hätte kaum einen König, Fürsten oder Edelmann gefunden, der nicht immer wieder Bettelbriefe von ihm erhalten hätte. Daher trafen auch unablässig mit Gold prallgefüllte Börsen in seinem Quartier ein. Kein vernünftiger Mensch wollte seinen Unwillen erregen, denn er brachte es fertig, in seinen Dialogen alle Personen und Ansichten, die er mißbilligte, aufs schärfste anzuprangern. In seinen persönlichen Ausgaben hingegen war er ein Geizhals.

Als Doktor Paracelsus mich zum drittenmal zu ihm gesandt hatte, um sein Honorar einzutreiben, machte mir Erasmus folgenden Vorschlag: »Es wäre ein großer Verlust für die Welt, wenn Eures Herrn unvergleichliche Gelehrsamkeit und seine neue Erkenntnis der Gesetze der Medizin durch sein unstetes Leben vergeudet würden. Eben ist die Stelle eines Stadtphysikus vakant; damit ist die Pflicht verbunden, an der Universität Vorlesungen zu halten. Ich will meinen und Herrn Frobenius' ganzen Einfluß aufbieten, ihm diese einträgliche Stelle zu verschaffen. Gelingt es, so will ich schwören, daß kein Patient je seinen Arzt fürstlicher belohnte.«

Er blickte mich mit seinem dünnen Greisenlächeln an und setzte hinzu: »Wir kennen die Schwächen unseres wackeren Doktors nur zu gut; doch ich zweifle nicht, daß er, wenn er erst den medizinischen Lehrstuhl an der Universität innehat, sich gefälliger tragen und benehmen, seinen Wortschatz säubern und sich nach dem Vorbild gesetzter Leute richten wird. Wir können nicht zulassen, daß ein so großer Mann wegen einiger geringer Fehler der Menschheit verlorengehe. Wenn dies Angebot dem guten Doktor nicht zusagt, so will ich die menschliche Natur nicht kennen. Jedenfalls aber wird er, wie ich hoffen will, von diesen widerwärtigen Mahnungen absehen; schließlich gereicht es ihm doch zur Ehre, den großen Erasmus zu seinem Patienten zu zählen.«

Ich überbrachte meinem Herrn diese Botschaft nach den Drei Königen; weit entfernt, darüber erbost zu sein, wie ich befürchtet hatte, war Paracelsus entzückt über die Aussicht, seinem Wanderleben durch ein wohlbestalltes Amt ein Ende setzen und seine neuen Prinzipien von einem Lehrstuhl der Universität öffentlich erläutern zu können.

»Meinet aber nicht, ich würde lateinisch lesen«, sagte er. »Ich will eine Sprache reden, die alle ehrlichen Leute verstehen. Jeder, der lieber im großen Buch der Natur lesen als über vergilbten Pergamenten verwelken will, kann mein Schüler sein, und hätte er auch keine der an der Universität vorgeschriebenen Prüfungen abgelegt. Unter anderem will ich die Kunst lehren, den französischen Ausschlag billig und unfehlbar mit rotem Quecksilber zu heilen – und ich muß heute schon lachen, wenn ich an die Empörung denke, die das bei den Apotheken hervorrufen wird, und wie Fugger sich das Haar raufen wird, wenn alle Guajakrinde, die er aus Amerika bestellt hat, auf den Düngerhaufen fliegt. So wie Luther einst die päpstliche Bannbulle verbrannte, so werde ich die Werke des Avicenna und Galenus ins Feuer werfen – ich werd's wohl am nächsten Johannistag tun, wenn die Sonnwendfeuer entzündet werden und die Studenten sich versammeln, bevor sie auf Sommerferien gehen. So wird die Nachricht davon sich rasch in ganz Deutschland verbreiten. Ja fürwahr, das will ich wirklich tun, und wenn man mich dafür den Luther der Medizin nennen wollte, denn ich will gleich Luther zu meinen Taten stehen.«

Es kostete mich große Mühe, ihm zu erklären, wie sehr es ihm schaden würde, wenn er in der Muttersprache läse. Die Grundbedingung aller Gelehrsamkeit war die vollkommene Beherrschung des Lateinischen, wodurch die Gelehrten aller Länder einander ungeachtet ihrer Muttersprache und Herkunft verstehen konnten. Seine Kollegen an der Universität würden diese Neuerung als Waffe gegen ihn verwenden und behaupten, seine Lateinkenntnisse reichten nicht aus, Vorlesungen zu halten. Ich wußte auch, sie würden sein Diplom sehen wollen, und über diesen Gegenstand hüllte sich Doktor Paracelsus in seltsames Schweigen, obgleich er sich rühmte, an vielen Universitäten verschiedener Länder studiert zu haben, bis er der unvollkommenen und verderblichen Lehren, die sie zu bieten hatten, müde geworden sei. Seine Lateinkenntnisse waren in der Tat dürftig, wie sich herausstellte, wenn er versuchte, mir des Abends beim Glas Wein seine Gedanken zu diktieren. Gewöhnlich verfiel er ins Deutsche und überließ es mir, seine Erwägungen zu übersetzen, so gut ich konnte.

Meine Befürchtungen waren nur allzusehr gerechtfertigt. Als Erasmus und Frobenius dem Stadtrat die Ernennung des Doktors Paracelsus vorschlugen, erhoben sich Gelehrte, Ärzte und Apotheker wie ein Mann gegen seine Kandidatur. Als er aufgefordert wurde, sein Diplom vorzuweisen, erwiderte Doktor Paracelsus hochmütig, er habe es längst seinem einzig würdigen Gebrauch zugeführt. Inzwischen ließen die Apotheker Augsburg wissen, daß der Doktor die Guajakrinde als Heilmittel gegen den französischen Ausschlag verwerfe, und riefen so Fugger als gefährlichen Feind auf den Plan. Über die böswilligen Geschichten, die man in Umlauf setzte, will ich mich nicht verbreiten; unter anderem hieß es, er habe sowohl sein Wissen als auch seine Zaubermittel vom Bösen empfangen; sein seltsames Gehaben, seine Schmähreden und die Sprache, die er im Rausch in seinen Schlachten gegen die Geister führte, waren denn auch dazu angetan, der Verleumdung immer neuen Stoff zu liefern. In maßloser Verachtung seiner Widersacher und ihrer abergläubischen Unwissenheit verschmähte er es, die Gerüchte zu widerlegen.

Es liegt mir fern, seinen Genius und seine unglaubliche Heilkraft zu schmälern; doch darf man nicht vergessen, daß es ihm, als die Zahl seiner Feinde wuchs, Vergnügen bereitete, sie zu schrecken. Wenn er in den Schenken Kredit brauchte, brüstete er sich allzu gerne mit seinen Talenten, die in den Augen einfältiger Leute teuflischen Ursprunges waren.

Sein unbeherrschtes Benehmen und seine giftige Zunge schadeten ihm zweifellos, wo es um seine Bestellung ging, und schließlich rieten ihm Erasmus und Frobenius, nach Straßburg zurückzukehren und dort den Beschluß des Stadtrates abzuwarten, da seine Anwesenheit in Basel ihre Bemühungen für ihn weitgehend durchkreuzte.

Doktor Paracelsus selbst war ohne Zweifel überzeugt, alles getan zu haben, was in seiner Macht stand, um seine Gegner zu versöhnen. Er hatte sein Äußeres herausgeputzt, war im Reden leiser und im Trinken mäßiger geworden, weil er im innersten Herzen nach der neuen Stellung verlangte, da sie ihm die Möglichkeit bot, der gelehrten medizinischen Fakultät eins am Zeug zu flicken. Er war aber leicht beleidigt und krankhaft auf seinen Ruf bedacht, und schließlich wurde er so überdrüssig, daß ich ihn zum erstenmal weinen sah.

»Sie hassen mich alle«, sagte er, »weil ich allein in der Welt stehe und ein Deutscher bin und neue Lehren verkünde. Doch mein Wissen kommt von Gott. Alles Vollkommene kommt von Gott, alles Unvollkommene vom Teufel. Ich will nicht mehr, als im großen Buch der Natur lesen, die Leute von ihren Krankheiten heilen und das Gewebe aus Lügen und Irrtümern zerreißen, das die Alten spannen und die Gelehrten verehren.«

Er wäre in jener Nacht fortgeritten, obwohl schon November war und die kalten, dunklen Straßen von Buschkleppern wimmelten, die nichts sehnlicher wünschten, als einsamen Reisenden den Hals abzuschneiden. Ich überredete ihn, seine Reise auf den nächsten Morgen zu verschieben, da ich Zeit zur Überlegung brauchte, ob ich ihn begleiten, in Basel bleiben oder nach Süden ziehen sollte. Das letzte hatte ich schon lange vor.

Schon seit dem Herbst hatte ich Andy als tot betrauert, denn aus Ungarn war die Nachricht von einem ungeheuren Sieg der Türken unter dem persönlichen Befehl des Sultans auf den Ebenen bei Mohács zu uns gedrungen. Allein dies schreckliche Mahnmal aus Blut und Feuer am östlichen Himmel vermochte die Christenheit nicht gegen den gemeinsamen Feind zu einigen. Der Krieg in Italien ging weiter, und es schien, als könne der Kaiser trotz allem noch als Sieger daraus hervorgehen.

Die heilige Liga kam allein dem Sultan zugute, der ungestört Ungarn erobern konnte, während die Christenheit sich den Dolch in die eigene Brust stieß. Die Ereignisse in Italien zeigten, daß

Venedig nur auf seinen eigenen Vorteil bedacht war und versuchte, seine Grenzen gegen die Lombardei zu sichern, die durch die Anwesenheit kaiserlicher Truppen im benachbarten Herzogtum Mailand bedroht waren. Darüber hinaus fesselte die Venezianer nichts an die Liga. Ja, ein unparteiischer Beobachter mochte in ihrem Vorgehen ein gewisses Doppelspiel erkennen; den Wunsch, die Macht des Kaisers nicht ungebührlich zu schwächen, war doch der Kaiser der einzige ebenbürtige Gegner der Türken, die Venedigs Besitzungen und Handel am meisten bedrohten.

Solche Nachrichten klangen mir wie Trompetenstöße zum Angriff in den Ohren. In Deutschland scharten sich zahllose Söldnerhaufen um das Fähnlein des berühmten Frundsberg und begnügten sich in ihrem Eifer, gegen Rom und die Macht des Papstes zu ziehen, mit Angeld und unbestimmten Versprechungen auf Sold. Es lag auf der Hand, daß der Kaiser alle Kraft aufbot, den Papst zu vernichten, und sich nicht scheute, auch Ketzer zu Bundesgenossen zu machen, denn ohne Wissen und Willen Seiner Majestät hätte Frundsberg es kaum gewagt, seinen Truppen so großzügige Versprechungen zu machen. Konnte es nicht Gottes Wille sein, daß ich meinen Eid erfüllte und den Papst von seinem Thron stürzen sah? Daher zögerte ich nicht, als die Rückkehr meines Herrn nach Straßburg mich vor die Wahl stellte; ich beschloß, mich mit einigen unentbehrlichen Arzneien zu versehen, in Mailand als Feldscher zu den Kaiserlichen zu stoßen und mit ihnen gegen Rom zu ziehen.

Beim Abschied war Doktor Paracelsus so hochherzig, mir acht Pillen einer wundersamen Arznei namens Laudanum zu schenken, die den grimmigsten Schmerz lindern konnte. Er gab mir auch andere Heilmittel und Salben, die rotes Quecksilber zur Behandlung des französischen Ausschlags enthielten. Über die Pest erteilte er mir viele weise Ratschläge und sprach länger als eine Stunde über die Arten des Fiebers in Italien.

»Auf allen großen Feldzügen sterben viel mehr Menschen an den Pocken, der Pest und dem Fieber als durch Eisen und Blei«, sagte er. »Ihr werdet wohl nie einen guten Arzt abgeben, Michael Pelzfuß, aber viele Feldscher haben schon mit fehlerhafterem und gefährlicherem Wissen, als Ihr es besitzt, ein Vermögen erworben. Seht zu, daß Ihr mit Euren Arzneien nicht mehr Unheil anrichtet, als Ihr Gutes tut, und laßt nach Möglichkeit überall die Heilkraft der Natur ihre Wirkung vollbringen.«

Seine Abschiedsworte bestärkten mich in meinem Entschluß. Ich begleitete ihn ans Ufer des reißenden Rheins und weinte, als er an Bord der Fähre ging. Ich stand und blickte ihm nach, bis er zu einem grauen Fleck in der Ferne verschwamm und mir aus den Augen entschwand.

Doktor Paracelsus kehrte im folgenden Jahr auf Einladung des Rates nach Basel zurück und verbrannte, seinem Versprechen getreu, die Bücher des Galenus im Sonnwendfeuer. Sechs Monate später aber floh er, wie ich später hörte, um sein Leben zu retten.

Seine denkwürdige Gesellschaft und Unterweisung machten auf mich stärkeren Eindruck, als ich damals erkannte, und ich will gerne bekennen, daß er in seinem Fach ein Genie und ein vollkommen ehrbarer Mensch war, obwohl er seine Lehre nie deutlich zu fassen wußte. Er war ohne Zweifel so knorrig und düster wie die Tannen und Felsen seiner Heimat; er nannte sich auch gerne »Peregrinus« und »Wildesel der Berge«. Und doch bewunderte ich ihn mehr als Erasmus mit seinem Ofen, seiner ängstlich beflissenen Gelehrsamkeit und seiner Kriecherei vor den Großen.

2

Hatte ich nach den eisigen Stürmen der Alpenpässe gehofft, in Mailand alles in guter Laune zu finden, so hatte ich mich gründlich getäuscht, denn dort herrschten nur Chaos und Hungersnot. Die Kaiserlichen waren aufgebracht und hörten nicht auf ihre Offiziere, da sie seit Monaten keinen Sold mehr empfangen hatten; nun mußte jeder selbst sehen, wo er blieb. Kaum war die Nachschubkolonne, mit der ich reiste, zum Tor hinein, als sie auch schon überfallen und geplündert wurde, und man hätte mich gewiß ausgeraubt, wäre ich nicht als Arzt gekommen. Immerhin mußte ich Rael unter dem Arm tragen, um ihn vor den hageren, grimmig blickenden Männern zu schützen, die ihn gerne gebraten und verzehrt hätten. Zu meinem Glück wüteten Krankheiten in der ganzen Stadt, und die Arzneivorräte waren zu Ende. Es wäre mir wohl gutgegangen, wären Speise und Trank nicht so teuer gewesen, daß all mein Verdienst im Nu für Brot, Fleisch und Wein für mich und meinen Hund aufging.

Als ich hier kurz vor Weihnachten eintraf, erfuhr ich, daß Frundsberg längst mit zwölftausend Pikenieren nach Süden gezogen war und nun den Herzog von Bourbon drängte, Mailand zu verlassen und beide Heere unter seinem Befehl zu vereinigen. Das Herzogtum war ausgesogen, seines letzten Kornsackes, Huhnes und Schweines beraubt, und in ganz Mailand gab es keine Tür, die nicht erbrochen worden war. Bourbon und seine Offiziere schmolzen ihr Silberzeug, ihren Schmuck und ihre Goldketten ein und ließen daraus Münzen schlagen, um sie unter die Leute zu verteilen und so eine Meuterei zu verhindern und sie zum Marsch zu bewegen. Obwohl ich als Neuankömmling nicht auf den Sold eines Feldschers hoffen konnte, blieb mir doch keine andere Wahl, als mit ihnen zu ziehen. Ich kaufte einen zottigen Esel, belud ihn mit meinen Habseligkeiten und brach mit des Herzogs Heer zu Ende des Monats Januar auf. So begann für mich das blutige, unvergeßliche Jahr 1527.

Inzwischen waren die Truppen der heiligen Liga unter dem Herzog von Urbino mit Frundsbergs Leuten zusammengestoßen; ohne Zweifel wollten die Italiener die Vereinigung der kaiserlichen Heere verhindern. Dennoch zog sich der Herzog von Urbino nach einigen Rückschlägen zurück, um zu überlegen, wie er der Sache Venedigs am besten dienen konnte. So trafen wir am Fluß Trebia mit Frundsberg zusammen. Schon am ersten Abend lagen sich Deutsche und Spanier in den Haaren, und ich mußte so viele Verwundete behandeln, als wäre eine regelrechte Schlacht geliefert worden. Sie waren handgemein geworden über die Frage, ob die Deutschen oder die Spanier mehr Sold ausstehen hatten und wer von ihnen zuerst entlohnt werden solle, wenn die kaiserliche Kasse eintraf. Sie stritten vergeblich, denn es kam kein Geld, obwohl unser Befehlshaber beim Herzog von Ferrara eine Anleihe aufzunehmen verstand, denn der wollte diese Marodebrüder von Bundesgenossen nur zu gerne wieder los sein. Als wir aber nach weiteren vierzehn Tagen Ferrara verlassen hatten und uns Bologna näherten, machten die Männer, von Hunger und Regen erschöpft, aufs neue halt und forderten ihren restlichen Sold.

Da ich den Spaniern, in deren Gesellschaft ich Mailand verlassen hatte, in keiner Weise verpflichtet war und ihre Sprache nur unvollkommen beherrschte, hatte ich mich Frundsbergs Deutschen angeschlossen. Und da erlebte ich eine der größten Überraschungen meines Lebens.

Der Herzog von Bourbon war töricht genug, aus den von Ferrara entlehnten Mitteln nur die Deutschen zu entlohnen. Als ich eben meinen Esel an einen Ölbaum band, um einige dieser Männer gegen den französischen Ausschlag zu behandeln, überfiel uns ein Haufen zerlumpter, barfüßiger Spanier, die mich ausrauben wollten. Meine Patienten waren nicht in der Verfassung, sich zu verteidigen, und hatten überdies zur Untersuchung die Hosen herabgelassen, so daß sie im ersten Schreck der Überraschung nicht einmal laufen konnten. Ich wäre verloren gewesen, hätten nicht ihre Hilfeschreie einen stämmigen Burschen herbeigerufen, der uns zu Hilfe eilte, sein Schwert schwang und ein fürchterliches Geheul ausstieß. Die Spanier gaben Fersengeld, und als ich mich umwandte, meinem Retter zu danken, erkannte ich Andy. Ich war seines Todes so sicher gewesen, daß ich ihn zuerst für einen Geist hielt, den meine flehentlichen Gebete aus dem Reich des Todes heraufbeschworen hatten.

Als aber Andy sah, wer ich war, stieß er sein Schwert in die Scheide, drückte mir mit seinen beiden Pranken die Hand und meinte: »Bei meiner Seele, du bist es, Michael! Was in Gottes Namen treibst du inmitten dieser Wölfe, wo du doch in Basel deinen Geist vervollkommnen solltest?«

Er setzte sich, entnahm seinem Ränzel einen fettigen Knochen, brach ihn entzwei und zermalmte die Stücke zwischen den Zähnen, damit Rael das Mark lecken konnte. Durch die Risse in seinen Schuhen lugten die knorrigen Zehen, und von seinen Ärmeln war nicht mehr viel übrig geblieben; sein Harnisch aber glänzte fleckenlos, und sein Schwert war in gutem Zustand. Ich fragte ihn, wie er aus der Schlacht bei Mohács lebend davongekommen und zu diesem gottverlassenen Heer gestoßen sei, das ganz Italien schon verwünschte.

Er erwiderte in seiner üblichen, offenen Art: »Ich kam bei Mohács davon, weil ich zu spät zur Schlacht kam. Nie habe ich so hochfahrende, heißblütige Edelleute wie diese Ungarn gesehen; der Wunsch, an ihrer Seite zu kämpfen, verging mir ganz und gar. Sie verachteten die Artillerie und setzten ganz auf gute Rüstung und schnelle Pferde. Bei Mohács ritten sie stracks auf die

Hunderte von Geschützen los, die der Sultan hinter seiner Vorhut versteckt hielt. Glaubwürdige Zeugen berichten, daß die Türken keinen Schuß abfeuerten, bis die ungarische Reiterei wenige Schritte vor den Rohren angelangt war, und die erste Salve entschied die Schlacht. In knapp zwei Stunden hatte des Sultans Heer die Christen niedergemäht; das war das Ende Ungarns. Nur wenige entkamen, die davon berichten können.«

Ich bat ihn, mir Näheres zu erzählen. Er aber schien nicht gewillt, sich über seine Erfahrungen in Ungarn auszulassen.

Er sagte nur: »Wie ich höre, flohen ganze Dörfer vor dem drückenden Joch ihrer Herrschaften und suchten in den Ländern des Sultans Zuflucht, weil der Sultan die Christen um ihres Glaubens willen nicht verfolgt und ihnen gestattet, ihre Religion frei auszuüben. Zugleich aber verbietet er Erpressung und Unrecht. Das war ein Grund, warum ich nicht für den König kämpfen wollte. Ich hörte auch, daß mindestens zwei der angesehensten Männer Ungarns schon um die Wette um des Sultans Gunst buhlten, jeder in der Hoffnung, als sein Vasall dereinst die ungarische Krone tragen zu können.«

Andy wollte kein Wort mehr von Ungarn erzählen und nahm mich auf der Stelle zu seinem Lager mit. Zwanzig Pikeniere hatten ihn zum Anführer gewählt; unter dem zerfetzten Zelt, das sie vor dem Frühlingsregen schützte, teilten sie ihr Mahl mit mir. Ich war über seine Kameradschaft nur zu froh, denn noch am selben Abend brach offene Meuterei aus, und die deutschen Pikeniere mußten in voller Rüstung Gewalthaufen bilden, um sich der wütenden Spanier zu erwehren. Diese Männer hatten ihre eigenen Offiziere überfallen und gedroht, sie würden sich ihren Sold aus Bourbons Rücken schneiden; der Herzog mußte in Frundsbergs Zelt Zuflucht suchen.

Als jedoch die Führer der Spanier am nächsten Morgen die Ordnung wieder einigermaßen hergestellt hatten, fingen die Deutschen ihrerseits an, sich selbst zu bemitleiden und einander ihre zerrissenen Schuhe und zerlumpten Kleider zu zeigen. Gegen Mittag rotteten sie sich um Frundsbergs Zelt zusammen und schrien, sie würden betrogen und wollten unverzüglich entlohnt werden.

Ich stand in diesen lärmenden Haufen eingekeilt, als Frundsberg heraustrat; zum ersten und einzigen Mal sah ich nun den großen Heerführer, dessen bloßer Name Menschen erzittern ließ. Der Anblick seiner Gestalt, die an einen gereizten Stier erinnerte, und seines kernigen Gesichts ließ die Männer einen Augenblick verstummen; einige jubelten ihm sogar zu. Dann aber brach der Aufschrei von neuem los. Die Pikeniere warfen ihre zerfetzten Schuhe in den Schmutz zu seinen Füßen, zerrissen ihre Hemden, um ihre Rippen zu zeigen, und heischten ihr Geld.

Frundsberg war an Meuterei nicht gewöhnt; sein breites Gesicht schwoll und lief vor Wut purpurrot an. Er brüllte so unmenschlich, daß ihm die Stimme versagte. Er erinnerte sie an die Kriegsartikel, darauf sie Gehorsam geschworen hatten, und drohte, sie alle einzeln Spießruten laufen zu lassen. Dies aber erbitterte sie noch mehr. Sie heulten, es stehe Frundsberg schlecht an, sie an jene Artikel zu erinnern, die ihnen regelmäßigen Sold, spätestens um einen Monat verzögert, zusicherten. Und plötzlich fällten die Männer, die Frundsberg zunächst standen, die Piken, bis seine mächtige Gestalt von glänzenden Spitzen eingekreist war — kein angenehmes Schauspiel für einen Heerführer, der seine Würde hoch anschlug.

So war es kein Wunder, daß er schier in Raserei geriet! Seine Augen füllten sich mit Tränen, er verlor die Sprache, fuchtelte blindlings umher, taumelte dann und fiel der Länge nach hin, obwohl kein einziger ihn auch nur angetastet hatte. Das ernüchterte die Meuterer gewaltig; sie verstummten und schlichen fort, während sich plötzlich Grabesstille über das Lager senkte. Zum Glück hatte ich meine Lanzette bei mir und konnte ihm innen am Ellbogen etwas Blut abzapfen. Es hatte ihn aber der Schlag gerührt; er konnte sich weder bewegen noch sprechen, nur hilflos aus blutunterlaufenen Augen vor sich hinstieren. Es war ein erbarmungswürdiger Anblick. Später brachte man ihn nach Ferrara zurück, wo er die nötige Pflege erhalten konnte; allein er erholte sich nie mehr ganz von den Folgen dieses Anfalles.

Nun war der einzige Führer, der die Disziplin unter den Pikenieren aufrechterhalten konnte, dahin. Seine beiden Obristen übernahmen den Befehl, und der Herzog von Ferrara, der erkannte, daß Gefahr im Verzug war, steuerte noch einmal fünfzehntausend Dukaten bei. So erhielten die Pikeniere jeder einen Dukaten und brachten keine weiteren Beschwerden mehr vor, entsetzt über das Unheil, das sie heraufbeschworen hatten.

Nach diesem Vorfall beschied der Herzog von Bourbon seine Offiziere zu einer Besprechung zu sich, wobei er ihnen auftrug, ihre Leute mit dem Hinweis auf den Reichtum aufzumuntern, der ihrer zu Florenz und Rom harrte. Im Lager wurde die Ordnung wieder einigermaßen hergestellt, und die Truppen waren bereit, den Marsch fortzusetzen. Da traf, um das Unheil voll zu machen, aus Rom der kaiserliche Oberstallmeister mit der Nachricht ein, der Vizekönig von Neapel, Sieur de Lannoy, habe im Auftrag des Kaisers mit dem Papst Frieden geschlossen. Ich weiß nicht mehr, wie viele Friedensverträge in jenem Winter unterzeichnet worden waren, aber der Papst hatte sein Wort mehr als einmal gebrochen. Nun aber hatte er, gemäß den Bedingungen des Vertrages, sechzigtausend Dukaten gezahlt, und der Oberstallmeister hatte das Geld zur Entlohnung der Truppen mitgebracht, die sodann entlassen werden sollten.

Schon der erste Aufruhr war heftig genug gewesen, allein ich habe nie einen ärgeren Tumult erlebt als den, der nun losbrach, als diese Nachricht im Lager bekannt wurde. Deutsche und Spanier vergaßen ihre Händel angesichts der gemeinsamen Gefahr, der erhofften Beute beraubt zu werden. Sie begrüßten einander als Waffenbrüder und bildeten einen gemeinsamen Soldatenrat. Dieser Rat wartete dem Herzog von Bourbon auf, fragte ihn nach seinen Absichten und erklärte, das Heer werde jedenfalls den Feldzug fortsetzen, sei es nun unter den alten oder unter neuen, selbstgewählten Führern.

Der Herzog empfing die Abordnung freundlich und meinte, wenn das Heer sich zur Fortsetzung des Feldzuges entschlossen habe, wolle er es mit Gottes Hilfe nach Rom führen, selbst auf die Gefahr hin, sich die Ungnade des Kaisers zuzuziehen. Seine Majestät habe ihn nicht nach Verdienst belohnt, und wenn der französische König den Friedensvertrag breche, würde er, der Herzog, aller Vergünstigungen, die der Kaiser für ihn gefordert habe, verlustig gehen. Überdies hasse er keinen grimmiger als den Sieur de Lannoy, des Kaisers Günstling, und sehe keinen Grund, einen Frieden zu respektieren, den jener Herr zu schließen geruht habe. Ja, er glaube, der kaiserlichen Sache besser zu dienen, wenn er sich nicht daran kehre, denn der Papst breche nur zu rasch sein Wort, wo er einen Vorteil für sich erhoffe.

Der Herzog von Ferrara lieferte uns den nötigen Proviant, Wagen, Pulver und ein paar leichte Stücke, um uns loszuwerden. Zu Ende des Monats März brachen wir das Lager ab und setzten unseren Marsch fort. Einmal unterwegs, schwoll unser Heer gleich einer Lawine an, weil sowohl politische Flüchtlinge wie auch Wegelagerer und alle möglichen Verbrecher Beute witterten und zu uns stießen.

Auf dem folgenden Marsch aber sollten viele noch hilflos in Schneewehen versinken und von Wölfen verschlungen werden; viele andere von Bauern und Hirten, welche die Gewalttaten der Soldaten zur Verzweiflung getrieben hatten, erschlagen werden. Um die toskanischen Täler, die von feindlichen Truppen besetzt waren, zu umgehen, führte uns der Herzog von Bourbon über die rauhesten Apeninnenpässe, das Rückgrat der italienischen Halbinsel. Der Frühling hatte spät begonnen. In den Bergen schneite es; unsere Vorräte gingen zur Neige, und zu stehlen gab es nichts. War es da ein Wunder, daß der eine oder andere an seine Mutter und an die Heimat dachte und lieber umgekehrt wäre, wenn er gekonnt hätte? Doch eben, als Brot und Mehl aufgezehrt waren, konnte der Herzog auf ein reiches, fruchtbares Land hinweisen, das sich zu unseren Füßen in der Ferne verlor und wo der mächtige Arno seine gelbgrünen Fluten durch üppige Täler wälzte. Der Reichtum von Florenz und Rom war in Sicht, und wir glichen, da wir nun die Bergeshänge hinabhasteten, mehr einer zerlumpten, grimmigen Räuberbande denn einem regulären Heer.

So erreichten wir das Arnotal. Nun aber merkten die Florentiner die herannahende Gefahr, und der Herzog von Urbino unterbrach seine Siesta und marschierte uns durch die Toskana entgegen. Ich weiß nicht, ob er wirklich Florenz verteidigen wollte; aber sein bloßes Vorrücken machte Bourbon vorsichtig, und er führte uns in höchst mühsamen, beschwerlichen Gewaltmärschen geradewegs gegen Rom. Der Papst hatte sein Heer entlassen, und der Herzog hoffte dort einzutreffen, bevor dieser zur Verteidigung rüsten konnte. Wir schleppten uns weiter, jenem leuchtenden Wunschbild zu, vergaßen Hunger und Entbehrungen und ließen selbst unsere Geschütze im Stich. Wir trieben Kameraden und Packtiere zur Eile, und in unseren Hirnen lebte nur ein Gedanke: Rom, Rom!

Jener fieberhaft gehetzten Tage erinnere ich mich nur mehr dunkel; ich weiß aber noch, wie mir einmal, als ich, an den Pack meines Esels gelehnt, dahinstolperte, plötzlich war, als verwandelten sich jene ausgemergelten, hageren dahinhastenden Vogelscheuchen vor meinen Augen in ein Rudel Wölfe. Eine Woche lang zogen wir in Gewaltmärschen dahin; dann stand unser erschöpftes Heer vor den Toren Roms. Wir waren inzwischen von zehntausend auf dreißigtausend Mann angewachsen, denn die entlassenen päpstlichen Truppen stießen gern zu uns, als wir uns der Stadt näherten.

Nachts klangen während der kurzen Ruhestunden Hammerschläge an den Lagerfeuern, wo unsere Leute Sturmleitern zimmerten. An uns vorbei strömten die unglücklichen Flüchtlinge mit ihren langsamen, polternden Karren und den zum Bersten gefüllten Bündeln. Am fünften Mai erstieg die kaiserliche Armee in hellen Haufen den Hügel Mario, und ich erblickte die stolzen Mauern, Tore, Türme und Dächer der Heiligen Stadt, von der sinkenden Sonne vergoldet. Ich blickte über die Stadt hin, in die seit tausend Jahren die Christenheit gläubige und reuevolle Wallfahrten unternommen hatte und deren Kirchen, Altäre und Schreine mit Gold aus allen Ländern der Erde geschmückt waren.

Uns alle überkam wohl dieselbe Ehrfurcht, als wir nun hielten, um in atemlosen Schweigen das Traumbild anzustaunen, das nun plötzlich Wirklichkeit geworden war. Ich zweifle, ob Rom jemals in Pilgeraugen so herrlich, so überwältigend in seiner Pracht erschienen war, wie nun, da es in der Sonne wie ein goldenes Schatzkästlein leuchtete – nun, da wir gekommen waren, es aufzubrechen und eine versunkene Zeit der Finsternis anheimzugeben.

Der Herzog von Bourbon hatte sein Pferd auf der Höhe des Hügels angehalten; seine Rüstung blitzte in der Sonne. Nach kurzem Schweigen brach aus zahllosen Kehlen ein Stöhnen und ein Aufschrei, und der Herzog rief mit flammenden Augen Befehle für den Angriff in der Morgendämmerung.

3

Ich weiß nicht, ob ein angreifendes Heer sich je in einer so trostlosen Lage befand wie unseres. Wir hatten nur noch Brot für einen Tag, und die ausgebildeten, disziplinierten Truppen der gegnerischen Allianz zogen langsam heran, um uns an Mauern, die in der Dunkelheit der Nacht uneinnehmbar schienen, zu erdrücken. Wir hatten keine Geschütze, um Breschen in die Mauern zu schießen, und das Pulver der spanischen Arkebusiere reichte gerade für einen oder zwei Schuß pro Mann; der Großteil davon war im unaufhörlichen Regen aufgeweicht und verdorben. Als ich am Lagerfeuer saß und zu den hohen Wällen emporsah, meinte ich, man könne ebensogut Felsen mit einem Holzhammer zertrümmern wie diese Mauern mit Pike und Schwert erstürmen.

Der Herzog von Bourbon hatte seine Offiziere in das Kloster Sant'Onofrio zu einem Kriegsrat bestellt; inzwischen traten aber viele Soldatenräte an den Lagerfeuern zusammen. Diese Vertretungen waren seit Bologna immer häufiger und einflußreicher geworden, und bei den nunmehr abgehaltenen Beratungen wurden Wachen aufgestellt, um vor Eindringlingen auf der Hut zu sein. Das Hauptziel der Spanier war, die Stadt plündern zu können, fürchteten sie doch, durch Verhandlungen in elfter Stunde die unermeßliche Beute zu verlieren. Unter den Deutschen reifte der feste Entschluß, den Papst nicht entwischen zu lassen; er sollte ihnen seinen Reichtum überantworten und dann hängen. Wie die Spanier, so fürchteten auch sie, ihre Offiziere könnten ihnen die Früchte des Sieges entreißen. Im Laufe der Nacht wurden sie immer mißtrauischer, und Spanier wie Deutsche beschlossen, für eine Beute, wie sie kein Heer der Christenheit je davongetragen hatte, alles zu wagen. Die Botschaft von diesen geheimen Zusammenkünften verbreitete sich im ganzen Heer; es gab wohl nur wenige, die nicht davon erfuhren. Man hörte auch, daß der Papst den Herzog von Bourbon exkommuniziert und ihn dadurch in heftige Gewissenspein versetzt hatte.

Bei Tagesanbruch wogten von den umliegenden Sümpfen Nebelschwaden ins Lager. Und als die Trommeln ertönten und die Trompeten zum Angriff bliesen, waren die Mauern Roms in dichten Nebel gehüllt, der uns sehr zustatten kam, weil er uns vor den Verteidigern verbarg. An zwei Stellen wurden Sturmleitern angesetzt, aber die Besatzung schlug beide Sturmtrupps in ihren Flinten und im Nahkampf zurück, während von der Engelsburg das dumpfe Dröhnen der Kanonen zu hören war.

Des feindlichen Feuers nicht achtend, ritt der Herzog von Bourbon in wehendem weißem Mantel und schimmernder Rüstung, daran er leicht zu erkennen war, unsere Front ab. Seine großen Augen brannten in seinem abgezehrten Gesicht, als er, verwirrt und erbost über die Gleichgültigkeit seiner Leute, sie zum Angriff anfeuerte. Die Spanier stießen lediglich ihre Büchsengabeln in den Boden und zielten auf die Mauern, während die Deutschen sich flüsternd und murmelnd zusammendrängten.

Über diesen Anblick ergrimmt, saß der Herzog unweit der Mauer von Campo Santo ab; er überredete die Deutschen, ihre Sturmleitern wieder aufzunehmen, und führte dann selbst den Angriff auf die unterste Schutzwehr. Viele Leitern hoben sich gleichzeitig in den Nebel, der immer noch über uns hing, und nicht einmal Augenzeugen wußten recht, was eigentlich vorging.

Als aber der Herzog den Fuß auf die unterste Sprosse der Leiter setzte, krachten sowohl bei den Belagerten wie bei den Belagerern mehrere Schüsse, und der Herzog fiel kopfüber herab und schrie: »Mutter Gottes, ich sterbe!«

Eine Bleikugel hatte ihm Hüfte und Leistengegend durchschlagen. Die Soldaten hoben ihn auf, und der Prinz von Oranien breitete seinen Mantel über ihn, damit von den Wällen nicht mehr auf ihn geschossen werde. Dann trugen sie ihn in eine Kapelle in einem nahen Weingarten, wo er trotz des Bannes von seinem Beichtiger die Sterbesakramente empfing. Er lebte nur noch wenige Stunden, aber im Todeskampf riß er sich die Verbände von den Wunden und versuchte sich aufzurichten, wobei er mit schrecklicher Stimme schrie: »Nach Rom, nach Rom!« Der Schrei hallte durch die offene Kapellentür zu den Soldaten hinüber, die eben die Mauern stürmten.

Geschichtsschreiber haben mit wohlgesetzten Worten erzählt, wie das kaiserliche Heer vorstürmte, um den Tod seines Feldherrn zu rächen; doch, um die Wahrheit zu sagen, weder Spanier noch Deutsche erwachten aus ihrer Untätigkeit, bis sie sicher wußten, daß seine Wunde tödlich war. Erst dann setzten sie zu einem heftigen Angriff an und brüllten einander hingerissen zu, nun könne sie niemand mehr an der Plünderung Roms hindern.

Viele nahmen für sich die Ehre in Anspruch, den Herzog erschossen zu haben; darunter sei ein verlogener Goldschmied namens Benvenuto Cellini erwähnt, der das Feuer von der Engelsburg leitete. (Nach der Entlassung der päpstlichen Truppen mußte der Kommandant der Engelsburg seine Geschütze mit Künstlern und anderem Gelichter bemannen.) Ich aber bin überzeugt, daß irgendein spanischer Arkebusier, angespornt von seinen Kameraden, den Herzog von Bourbon erschoß.

Wie dem auch sei, Spanier und Deutsche übertrafen einander nun an Kampfeslust. Die Spanier entdeckten in Kardinal Armellinis Garten ein an die Stadtmauer angebautes Haus. Von diesem Haus führte ein hastig mit Schutt verrammelter unterirdischer Gang in die Stadt. Während sie sich dort mit Schaufeln einen Weg bahnten, setzten die deutschen Pikeniere am Heiliggeisttor in langen Reihen Sturmleitern an. Der erste, der lebend oben ankam, war ein Prediger namens Nikolai, ein Weber seines Zeichens, und der zweite war Andy, der die Kanoniere mit seinem Bihänder niedermähte und sogleich die Geschütze gegen die Stadt, auf die Engelsburg, richtete. Als ich die Tore aufgehen, die Pikeniere hineinströmen und Andy ohne Helfer unter seinen Kanonen hierhin und dorthin stürzen sah, empfahl ich meine Verwundeten Gottes Hut und erkletterte die Mauer, um ihm zu helfen.

Inzwischen wurde vor der Peterskirche die Schweizergarde des Papstes bis auf den letzten Mann niedergemacht. Die Kaiserlichen begnügten sich auch nicht mit dem Morden, sondern warfen Feuerbrände in die Häuser, so daß der Rauch allgemach gen Himmel stieg. Sie töteten jedes Pferd und jedes Maultier, dessen sie ansichtig wurden, damit keiner darauf seine Beute in Sicherheit brächte, bevor nicht die ganze Stadt erobert war. Dieses Stadtviertel wurde rasch eingenommen.

Noch donnerten von der Engelsburg die Kanonen und erschwerten den Anmarsch auf die Zitadelle, aber keiner von den Unseren nahm sich die Mühe und die Zeit, das Feuer zu erwidern, und bald standen Andy und ich allein auf der Mauer. Das unaufhörliche Wehklagen der Menge drang wie Meeresbrausen zu uns empor, noch übertönt von den gellenden, triumphierenden Schlachtrufen *»España, España!«* und *»Imperio, Imperio!«*

Angesteckt von der allgemeinen Raserei, achtete ich der Gefahren, die uns drohten, nicht länger. Wir sprangen eilends von der

Mauer und hasteten zur Engelsburg. Inzwischen hatten die Spanier Sankt Peter und die Deutschen den Vatikan erstürmt, und wir erfuhren erst später, wie uns der Papst im letzten Augenblick entwischt war. Er hatte den Vormittag in Gebeten in der sixtinischen Kapelle verbracht, umgeben von Kardinälen und fremden Gesandten, und während die Deutschen noch an den Toren des Vatikans kämpften, wurde Seine Heiligkeit von seinem Gefolge in den gedeckten Gang gebracht, der vom Vatikan in die Engelsburg führte.

Scharen von Flüchtlingen ergossen sich nun über die Tiberbrücken, um ebendort Schutz zu suchen, und mit ihnen kamen die Armen des Borgoviertels, so daß vor dem Graben und der Zugbrücke der Burg ein unheilvolles Gedränge entstand. Viele Weiber und Kinder wurden niedergetrampelt, andere fielen ins Wasser und ertranken. In diesem Augenblick machte die Besatzung der Engelsburg einen plötzlichen Ausfall, um in den umliegenden Häusern Proviant zu erbeuten, weil die Festung nicht ausreichend für eine Belagerung mit Nahrungsmitteln versehen war. Das Feuer wurde aus Angst, die Bürger zu treffen, eingestellt, und Andy und ich fanden uns mit vielen Spaniern und Pikenieren mitten in dieser unbeschreiblichen Verwirrung.

So wurden wir des Stromes der Würdenträger ansichtig, wie sie eilends aus dem gedeckten Gang auftauchten und sich einen Weg über die Brücke in die Festung bahnten. An ihrer Spitze taumelte ein gebeugter, schluchzender Mann, dem jemand den purpurnen Bischofsmantel um die Schultern gelegt hatte. Wir erfuhren später, daß dieser hilflose, weinende, gebrochene Flüchtling niemand anders war als der Papst selbst. So hatte ich mein Ziel erreicht — ein Ziel, das unendlich ferne schien, als ich meinen tödlichen Eid schwor und mir das Blut meines Weibes Barbara über die Hände lief.

Wir hatten noch immer nicht das ummauerte Viertel Trastevere auf derselben Seite des Flusses eingenommen, und es war schon später Nachmittag, als die Engelsburg endlich von allen Seiten eingekreist war und die Führer der Kaiserlichen ihre Truppen wieder in Schlachtordnung sammeln konnten. Die Altstadt am jenseitigen Ufer war noch sicher, aber die Römer waren dermaßen erschrocken, daß nur wenige an Verteidigung dachten. Der Großteil bemühte sich, sichere Verstecke für ihre Schätze zu finden. Reiche Flüchtlinge suchten Zuflucht innerhalb der starken Mauern der Paläste, und viele Kardinäle, die sich zu des Kaisers Freunden zählten, blieben im Vertrauen auf ihre Unverletzlichkeit ruhig zu Hause. Diese Würdenträger boten anderen angesehenen Persönlichkeiten Zuflucht. Auch die Gesandtschaften fremder Mächte waren überfüllt, während die Armen, die keine mächtigen Gönner hatten, ihre Habseligkeiten zusammenrafften und die zahllosen Kirchen und Klöster der Stadt füllten.

Die Bürger von Rom erfaßten den Ernst ihrer Lage immer noch nicht ganz; als nämlich bei einer Sitzung des Stadtrates ein paar kühne Geister vorschlugen, die Tiberbrücken zu zerstören und so die Stadtteile am linken Ufer zu sichern, widersetzten sich die Stadträte einstimmig einer so einschneidenden Maßnahme, weil die Brücken doch schön seien und ihre Wiederherstellung viel Geld kosten würde. So schlug Gott die Bürger mit Blindheit. In der Dämmerung bliesen die Trompeten erneut zum Angriff, und die Kaiserlichen zogen in guter Ordnung zum Ponte Sisto, denn es lag auf der Hand, daß nur die Unterwerfung der ganzen Stadt uns den Sieg sichern konnte.

Im letzten Augenblick wurden die Truppen angehalten von dem achtzehnjährigen Markgrafen von Brandenburg, der in Rom studierte und nun an die Spitze einer Abordnung der Stadt getreten war und versuchte, seine Landsleute zu beschwichtigen. Aber die bärtigen, schmutzigen Pikeniere lachten ihm ins Gesicht, zogen ihn in ihre Reihen und zerstreuten die feierliche Abordnung mit gefällten Piken. Einige junge römische Edle hatten etwa zweihundert Mann auf die Beine gebracht, mit denen sie die Brücke bis zur Nacht halten wollten. Sie führten eine Fahne mit der Aufschrift *Pro Fide et Patria*, aber die Pikeniere traten bald Fahne und Verteidiger in den Staub und marschierten über die Brücke, um sich gleich einer Sturzflut über die schutzlosen Stadtviertel zu ergießen. An jenem ersten Tag verloren wohl an die zehntausend ihr Leben, der Großteil davon waffenlose Flüchtlinge.

Bei Anbruch der Dunkelheit ließen die Heerführer zum Sammeln blasen. Die Spanier lagerten auf der Piazza Navona, die Deutschen auf dem Campo di Fiore, wo sie Türen und Möbel verheizten, Weinfässer aus den Kellern rollten und sich nach dem harten Tagewerk labten. Rom gehörte uns, und da die Zahl unserer Toten sehr gering war, hatten wir allen Grund, zu frohlocken.

Aber die Führer wollten ihre Truppen zusammenhalten, weil sie eine Überraschung durch die verbündeten Heere befürchteten. In der Tat flammten bis spät in die Nacht von der Engelsburg die Feuerzeichen; dort wartete der Papst auf seine Freunde, daß sie kämen und ihn befreiten.

Die Truppen blieben bis Mitternacht zusammen, geeint durch die gemeinsame Gefahr. Dann aber wurden sie im Rausch aufsässig und unzufrieden. Bei Gott, meinten sie, sie hatten Rom nicht mit dem Schwert in der Faust erobert, um zitternd vor Kälte auf seinem Steinpflaster zu sitzen, während die Offiziere sich mit heiteren römischen Damen auf weichen Pfühlen vergnügten. Die Reihen lichteten sich, ein Trüpplein nach dem anderen verschwand in den dunklen Straßen, bis die verglimmende Asche der Feuer einen verlassenen Platz beleuchtete. Nur eine graue Katze blieb zurück und leckte Blut von einem ausgetretenen, marmornen Pflasterstein.

Ich hatte mich um die Verwundeten bemüht, und als ich nun mit Andy auf dem stillen Platz saß, hörten wir die Stöße, mit denen Türen erbrochen wurden, die Schreie von Frauen und die Hammerschläge auf eisenbeschlagenen Truhen.

Andy sah mich an, bekreuzigte sich und meinte: »Das klingt verdächtig. Ich fürchte, die Spanier wollen uns ehrlichen Deutschen zuvorkommen, obwohl ausgemacht war, daß die Plünderung erst bei Tageslicht beginnt. Ich meine, wir könnten gar wohl einige Sehenswürdigkeiten betrachten, wenn es auch dunkel ist, und wenigstens ein weicheres Bett als diesen Marmorstein finden.«

Weder er noch ich wußten in Rom Bescheid; so zogen wir aufs Geratewohl los, gefolgt von dreien von Andys Pikenieren, die in ihrem Biwak zurückgeblieben waren. In vielen Häusern schien Licht durch die zerbrochenen Fensterläden, und drinnen hörten wir betrunkene Soldaten schreien und sich vergnügen. Wir bogen in eine Seitengasse ein, die noch im Dunkel lag, obwohl an ihrem unteren Ende Fackelschein aufleuchtete und das Splittern von Holz zu hören war. Ein Mann mit fettem Gesicht, der uns hatte kommen hören, öffnete uns, als wir vorbeikamen, die Haustür, schützte seine Kerzenflamme mit der Hand und hieß uns in seinem Hause willkommen. Er habe den Kaiser stets geliebt, meinte er, und verlange nichts sehnlicher, als die Ehre, seine tapferen

Soldaten zu bewirten – solange ihrer nicht zu viele wären. Er sei ein Weinhändler, habe heute abend viele Flaschen mit seinem besten Wein gefüllt, und seine Frau habe den Tisch für die erwarteten Gäste gedeckt. Er sehe an unseren Gesichtern, daß wir anständige Leute seien, und wir müßten hier Quartier beziehen und uns heimisch machen, da wir nur unser fünf seien.

Einer so herzlichen Einladung konnten wir nur gerührt folgen; wir versprachen, unsererseits alle Eindringlinge abzuwehren, was Andy auch wirklich im Verlauf des köstlichen Mahles, das wir dort genossen, tun sollte.

Als aber Andys drei Pikeniere gegessen hatten, wischten sie sich mit dem Handrücken den Mund und meinten mißtrauisch, es sei nun an der Zeit, zur Sache zu kommen und das zu sichern, weswegen sie nach Rom weitergezogen seien.

Andy wandte sich an unseren Wirt und sprach: »Wenn Ihr ein wahrer und treuer Diener des Kaisers seid, wie Ihr vorgebt, so zahlt uns den rückständigen Sold aus und schickt Eure Rechnung an Seine Majestät.«

Der Weinhändler zog ein langes Gesicht, wischte sich den Schweiß von der Stirn und jammerte, er sei arm; endlich aber händigte er uns nach vielem Sträuben zwanzig Dukaten aus. Das hieß aber nur vier für jeden, und die Soldaten murmelten, er sei gewiß reicher, als er vorgebe. Dann fingen, während Andy gemächlich weiter trank, die Männer an, Laden, Schränke und Truhen zu erbrechen und deren Inhalt überall auf dem Boden zu verstreuen, obwohl der Weinhändler und sein Weib sie auf den Knien baten, davon abzulassen. Dann beäugten sie die plumpen Rundungen ihrer Wirtin und ließen den Wunsch verlauten, den großen Sieg in weiblicher Gesellschaft zu feiern. Und als sie anfingen, sie höchst unschicklich zu zwicken und zu streicheln, klammerte sie sich angsterfüllt an ihren Gemahl, der sie im Namen der Heiligen Jungfrau beschwor, seine Frau in Frieden zu lassen; er holte eilends zwei Mägde aus ihrem Versteck in der Dachkammer herbei. Diese armen dunkeläugigen Mägdlein weinten und wehrten sich, aber vergeblich; zwei unserer Männer schleppten sie in des Weinhändlers eigenes Bett, während der dritte wartete, bis er an die Reihe kam, und inzwischen in den Keller ging, um mehr Wein zu holen.

Die Behandlung dieser armen Mädchen durch unseren Wirt

empörte mich, und ich herrschte ihn an: »Du verlogener Hund! Ich lese dir am Gesicht ab, daß du uns betrügen willst und dein Geld versteckt hast. Wir werden dich für deinen Verrat an den treuen Soldaten des Kaisers hängen müssen.«

Andy pflichtete mir bei, daß das Hängen der beste Lohn für einen solchen argen Schelm sei, packte ihn am Kragen und hieß mich einen Strick herbeischaffen. Ob er es nun ernst meinte oder nicht, der Weinhändler glaubte ihm und versprach, uns das Versteck zu zeigen, wenn wir nur sein Leben und seines Weibes Ehre schonten.

So stiegen wir in den Keller hinab, wo unser Wirt mit zitternden Händen ein großes Faß beiseite rollte, dahinter ein Türchen sichtbar wurde. Im anstoßenden Keller fanden wir einen Knaben und ein liebliches, kaum fünfzehnjähriges Mädchen, die sich in Todesangst an die schimmelige Kellerwand drückten und meinten, ihr letztes Stündlein habe geschlagen. Dort fanden sich auch eine Anzahl silberner Gefäße und Leuchter sowie ein Lederbeutel mit Golddukaten. Das Mädchen kam auf unser Geheiß, schluchzend vor Angst, heraus, den Weinhändler aber stieß Andy hinein und befahl ihm, die Wertsachen seinem Weib und seiner Tochter herauszureichen, die sie nach oben tragen sollten. Nachdem wir uns vergewissert hatten, daß das modrige Loch leer war, abgesehen von Speise und Trank, die man den Kindern hineingestellt hatte, erklärte Andy dem Mann, er und sein Sohn müßten um ihrer eigenen Sicherheit willen dort eingesperrt werden, und sein Weib und seine Tochter eigneten sich zumindest ebensogut wie er, die Gastgeber zu spielen.

Gesagt, getan. Das Türchen wurde verschlossen, das Faß davorgerollt, ungeachtet der Flüche und Klagen unseres Gefangenen. Das Mädchen weinte so bitterlich wie er, ich aber tröstete sie, so gut ich konnte. Als ich ihr Haar streichelte und nach ihrem Namen fragte, gestand sie mir, sie heiße Giovanna, und bat, wir möchten glimpflich mit ihr verfahren. Dann kehrten wir an die Tafel zurück, breiteten unsere Beute darauf aus und teilten sie redlich unter uns, so daß Andy als unser Führer drei Achtel, ich als Arzt zwei und jeder Pikenier ein Achtel erhielten. Die Männer waren nicht neidisch und schenkten in ihrer Freude über diesen unerwarteten Reichtum jeder den Mägden einen Dukaten, die ihre Tränen trockneten, lächelten, mit uns Wein tranken und den Pikenieren Italienisch beizubringen versuchten.

So verging die Nacht heiter und in Freuden. Andy mußte nur selten aufstehen, um Soldaten zu verscheuchen, die an die Tür polterten und das Haus auszurauben hofften, das wir in Schutz genommen hatten. Andy sprach höflich und lange mit unserer Wirtin und überredete sie, etwas Wein zu trinken; einige Male lächelte sie sogar trotz des Verlustes so vieler Kostbarkeiten, als seine Arme sie umfingen. Giovanna war so jung und schön, daß ich den Blick nicht von ihr wenden konnte; ich streichelte ihr weiches Haar und versuchte ihre Tränen zu trocknen. Obwohl betrunken, führte ich doch nichts Böses im Schilde und begnügte mich damit, sie zu küssen und zu liebkosen. Als sie dies gewahr wurde, erwiderte sie meine Küsse, und wir schliefen unschuldig einer in des anderen Armen ein.

Als ich am nächsten Morgen erwachte und sie anblickte, lächelte sie mich scheu aus ihren dunklen Augen an, und ich wußte, daß ich sie recht von Herzen liebte. Um ihre Familie für mich einzunehmen, gab ich alles Silberzeug, das mir zugefallen war, zurück und behielt nur das Geld, das leichter zu tragen war. Wir verließen, herrlich ausgeruht und in glänzender Laune, das Haus, und Andy versprach unserer Wirtin, wir würden am Abend zurückkommen, um über ihre Ehre zu wachen.

Als wir aber am Abend zurückkehrten, sahen wir, daß die Spanier hier gewesen waren. Sie hatten den Mann an einem Dachsparren aufgeknüpft, nachdem sie ihm die Füße versengt hatten, damit er sein Geld herausgebe. Sein Weib und sein Sohn lagen tot in ihrem Blut, und Giovannas nackte Leiche fand ich in dem Bett, darin wir gelegen hatten. Sie war nicht mehr schön, denn sie hatten sie erdrosselt.

Es wäre besser gewesen, ich hätte ihrer Jungfräulichkeit nicht geschont, sondern sie mit Gewalt entführt und sie mit dem Schwert in der Faust verteidigt.

4

Acht Tage und Nächte hindurch ging das sinnlose Plündern weiter. Wenn ich mir heute jemals die Schrecken der Hölle ausmalen wollte, brauchte ich mir nur manche Bilder von damals wieder ins Gedächtnis zu rufen. Der Mensch kann keine Entweihung, Ausschreitung und kein Verbrechen ersinnen, das damals nicht begangen worden wäre. Des größten Malers Schilderungen des Jüngsten Gerichts sind ein Kinderspiel im Vergleich zu den Schrecken der Plünderung Roms.

Es gab keinen Mann, wie angesehen und heiligmäßig er auch sein mochte, der nicht sein Leben mit seinem Vermögen erkaufen mußte; keine Frau, wes Standes sie auch war, deren Ehre geschont worden wäre. Berauscht von Blut und Wein, wetteiferten Deutsche, Spanier und Italiener miteinander in ausgeklügelten Erpressungsmethoden; Anhänger des Papstes wie des Kaisers fielen ihnen ohne Unterschied zum Opfer. Nach einem solchen Martyrium brauchten die Betroffenen die Qualen der Hölle gewiß nicht mehr zu fürchten. Und wer war da noch ein Christ? Die Spanier wüteten wie grimmige, herzlose Bestien, und die Deutschen würdigten das Wort »Lutheraner« zum Schimpfnamen herab.

Ich will mich nicht selbst loben oder den Unschuldigen spielen. Die ersten drei Tage dachte ich nur daran, mich zu bereichern. Dann aber wurde ich des Gemetzels, der Greuel und der Schreie der Gefolterten überdrüssig und erwachte eines Morgens aus meinem Delirium. Dieser Morgen ist meinem Gedächtnis eingebrannt, als hätte man ihn mit Säure auf einer Kupferplatte eingeätzt und auf das unbeschriebene Blatt meiner Seele aufgeprägt. Ich erwachte unter einer Kolonnade auf dem Campo di Fiore, geblendet von der Maisonne. Von zwei nahen Häusern stiegen Flammen und schwarze Rauchsäulen auf, und die Morgenluft war vom Blutgeruch, vom Ruß und von Speidunst geschwängert. Ich wußte nicht mehr, wie ich zu unserem Lagerplatz zurückgefunden hatte, aber meine Börse war unversehrt, mein Esel an einer Säule angebunden, und mein Hund lag da, die Schnauze an den Boden gedrückt, als hätte er Kummer, und brachte es nicht über sich, mich zu begrüßen.

Ich führte meinen Esel an das Ufer des Tiber. Selbst konnte ich dort nicht trinken, weil die Strömung die Leichen die Ufer entlang trieb. Unter ihnen sah ich Priester, Mönche und Nonnen, ja selbst die fleckigen Leichen der Kranken, welche die Soldaten im Haus zum Heiligen Geist aus den Betten gezerrt hatten, nur um sie zu morden und in den Fluß zu werfen, weil einige Reiche unter ihnen Zuflucht gesucht hatten. Mich quälte ein schrecklicher Durst, und ich trat in eine nahe Kirche, in der Hoffnung, einen Bekannten zu treffen, der mir zu trinken gäbe.

In der Kirche tummelte sich ein Haufen lärmender Soldaten, die Weinfässer vor den Altar gerollt und sie eingeschlagen hatten, so daß alle sich bedienen konnten. Die heiligen Gefäße dienten ihnen als Trinkbecher. Viele von ihnen stolzierten in priesterlichen Gewändern einher; sie hatten auch zwei Priester in Weiberkleider gesteckt. Als ich eintrat, zielte ein Arkebusier, der auf dem Taufstein saß – den er beschmutzt hatte –, und schoß auf das Kreuz, das zertrümmert auf den verwüsteten Altar stürzte. Andere trieben ein Ballspiel mit dem Totenschädel eines Heiligen.

Als ich meinen Esel an der Engelsburg vorbeiführte, sah ich eine Schar Priester, Mönche und vornehmer Laien, die mit ungeübten Händen Hacke und Spaten schwangen und rund um die Festung Gräben aushoben; die Soldaten, die sie beaufsichtigten, verwünschten sie und schlugen sie mit den Lanzenschäften. Ein kleines Mädchen wandte sich an den spanischen Hauptmann, zeigte ihm ein Büschel Grünzeug und fragte, ob sie es in die Burg bringen dürfe, da einer von der Besatzung gerufen hatte, der Papst brauche frisches Gemüse. Der Spanier antwortete fluchend, bekreuzigte sich aber dann und ließ das Kind passieren. Sie lief mit leuchtenden Augen an den Rand des Grabens. Sogleich wurde ein Seil herabgelassen. Sie machte ihr Büschel daran fest, kniete dabei nieder und flehte mit ihrem schrillen Kinderstimmchen um den Segen des Papstes. Ein paar deutsche Pikeniere riefen hinüber und winkten mit den Armen. Da fiel ein Schuß, die Kleine stürzte schreiend hin und lag mit dem Gesicht auf der Erde, während das Grünzeug in den Graben rollte.

Ich trieb meinen Esel an, und der Hund blieb mir dicht auf den Fersen. Wir gelangten auf den großen Platz vor Sankt Peter hinaus, wo die verwesenden Leichen der Schweizergarde die Luft verpesteten. Ich aber hatte nur Augen für das mächtigste Gotteshaus der Christenheit, dessen Majestät und makellose Linien mir inmitten allen Blutvergießens heitere Gelassenheit und Frieden ins Herz senkten. Einige Reiter des Prinzen von Oranien kamen mit ihren Pferden von der Tränke vorbei, und ich fragte sie, wo ich mein Tier einstellen könnte. Sie erkannten mich an meiner Kleidung als Arzt, standen freundlich Rede und Antwort und hießen mich ihnen folgen. Zu meinem Erstaunen führten sie ihre Reittiere die breiten Stufen von Sankt Peter hinauf und in die Kirche. Ich folgte ihnen und hörte unter dem hallenden, gewölbten Dach das Wiehern vieler Pferde. Es müssen wohl Hunderte gewesen sein; allein in diesem Riesenbau nahmen sie nur wenig Platz ein. Ich blieb stehen und starrte, aufs äußerste erstaunt, um mich; neben den gewaltigen Säulen war mir wie einem Käferchen zumute. Dann band ich, dem Rat der Reiter folgend, meinen Esel an das schmiedeeiserne Gitter einer Seitenkapelle. Die Leute schenkten mir reichlich Heu und Hafer, wovon mehrere Wagenladungen aus den päpstlichen Stallungen herbeigeschafft worden waren.

Aus dem Kircheninneren vernahm ich das Poltern von Steinen und den Lärm von Hämmern und Brecheisen, und als ich unter den Herrlichkeiten dieses großen Gotteshauses umherwanderte, sah ich hier und da Gruppen von Söldnern an der Arbeit, welche die Grabmäler früherer Päpste aufbrachen, um sie zu berauben. Einige hatten angefangen, das Petrusgrab selbst zu erbrechen. Dieser Anblick aber ging über meine Kräfte. Mir zitterten die Knie, und ich floh entsetzt aus der Kirche.

Niemand hinderte mich, durch ein Seitentor den Vatikan zu betreten, wo der Prinz von Oranien sein Hauptquartier aufgeschlagen hatte. Die Straße war weiß übersät mit Dokumenten aus den Archiven, welche die plündernden Deutschen aus den Fenstern geworfen hatten. Zwei Wachen führten mich in die Sixtinische Kapelle, wo der Herzog von Bourbon, bleich und mit vorspringender Nase, im flackernden Schein von Wachskerzen aufgebahrt lag. So war dieser Fürst — ein Verräter an seinem König und exkommuniziert am letzten Abend seines Lebens — schließlich doch nach Rom gekommen, wonach er noch im Todeskampfe so sehr verlangt hatte.

Trotz des päpstlichen Bannes versuchten zwei Priester eine Totenmesse zu lesen, aber das Zerreißen von Stoffen und das Zertrümmern der Vertäfelung störten die heilige Handlung. Ihrer und der letzten Ruhe ihres Feldherrn nicht achtend, riß eine Schar Soldaten herrliche Gemälde von den Wänden. Die Burschen erzählten mir, man habe ihnen eine erkleckliche Summe für diese Werke geboten; sie stammten von einem Maler namens Raffael, der offenbar berühmt sei. Es tat ihnen nur leid, daß sie am Abend ihrer Ankunft viele Bilder und Rahmen verbrannt hatten, nur um sich zu wärmen. Diese Bilder waren in der Tat gar lieblich anzusehen, nach den wenigen zu urteilen, die ich sah.

Als ich die Kapelle verließ, stieß ich auf eine Schar spanischer Arkebusiere, die mit den Büchsenschäften eine Reihe Buntglasfenster zertrümmerten und das Blei gewaltsam herausrissen. Ich fragte sie, warum sie diesen mutwilligen Schaden anrichteten, denn die Fenster seien doch schön und viele heilige Geschichten darauf abgebildet. Die Spanier erwiderten, sie richteten keinen Schaden an, sondern erfüllten einen nützlichen Zweck, indem sie ihren Bleivorrat für Kugeln auffüllten. Eine Reiterschwadron der Verbündeten sei dem Vernehmen nach an den Toren Roms eingetroffen, und sie, die Spanier, wollten nicht zulassen, daß sie den Papst befreiten, ohne Lösegeld für ihn zu zahlen.

Ich trat hinaus in die frische Luft des vatikanischen Hügels und sah vom jenseitigen Ufer schwarze Rauchwolken in den blauen Maihimmel steigen. Hoffnungslose Trauer befiel mich, und ich fragte mich, was ich nun von einer gefüllten Börse, vom Wein und all den guten Dingen dieser Welt hätte, wo ich doch nicht einmal wußte, wer oder was ich war, wohin mein Weg führte oder was ich vom Leben erwartete. Der Papst war ein verlassener Flüchtling – das zu erleben hatte ich mir geschworen. Die Macht des Papstes war gebrochen und würde sich gewiß nie mehr erheben. Wenn aber eine neue Welt im Entstehen war, welche Segnungen waren von diesem zügellosen Morden, dieser Zerstörungswut ohnegleichen zu erwarten? Mein Eid war in Erfüllung gegangen; hatte mich das aber froher gemacht? Es hatte mich Barbara nicht näher gebracht; vielmehr hatte ich sie nun für immer verloren. Als ich so stand und sah, wie der Wind die Stöße von Papier auf der Straße davontrug, und die Hammerschläge hörte, die von der Entweihung des Petrusgrabes kündeten, erkannte ich, daß ich mich selbst nicht kannte – diesen nackten, verlassenen Fremden ohne Heim und Familie, ja selbst ohne Heimatland und ohne Zukunft. Ich fror plötzlich in der Maisonne.

Mein Hund, mein einziger Freund, kauerte mir zu Füßen und wandte mir seine traurigen Augen zu. Er hatte seine Herrin verloren, war geschlagen, gefoltert und versengt worden; dennoch dürstete er nicht nach Rache. Er litt unter dem Anblick der menschlichen Grausamkeiten. Er blickte mich an wie im stummen Gebet, als wolle er, daß ich meine Seele rette.

In solche drückende Gedanken versunken, blickte ich über Rom hin, wo Menschen einander beraubten und folterten und in ihrem grimmigen Machthunger keinen Pfennig für das Leben eines Mannes oder die Ehre einer Frau gaben. Mich überfiel ein fürchterlicher Zweifel am Dasein Gottes. Der Menschenverstand konnte einen barmherzigen Gott nicht fassen, der seinen eigenen Sohn gesandt hatte, um die Sünden der Welt hinwegzunehmen, und dann die Zerstörung Seiner Heiligen Stadt zulassen konnte. So bedeutete mir der Fall Roms nicht den Anbruch einer neuen Zeit, sondern eher das Ende der Welt, das Losbrechen der Heerscharen des Teufels und den Sieg des Antichrist in der Gestalt des Kaisers.

Meine Seele war nackt und leer; mein Leib aber meldete bescheiden seinen Hunger an und ließ mich hoffen, meine Verzweiflung entspringe nur dem Fasten und unmäßigen Trinken. Ich fand kein Haus, das nicht geplündert worden war, obwohl über diesem Teil der Stadt das Schweigen der Verlassenheit lag. Endlich durchschritt ich einen Torbogen und stand unter blühenden Bäumen im Garten eines kleinen Hauses. Ich betrat ein verwüstetes Gemach nach dem anderen, traf aber keine Menschenseele an, bis ich in ein inneres Gemach geriet, wo eine wildblickende Frau mit wirrem Haar auf mich zutrat. Sie legte den Finger auf die Lippen und wies auf einen Greis, der im Bett lag. Er atmete schwer, seine Lippen und Wangen waren blau, und ich sah, daß er an einer schweren Herzkrankheit litt und bald sterben mußte.

Die Frau nötigte mich aus der Kammer und folgte mir, maß mich ein Weilchen und riß dann mit dem Ausdruck müden Ekels ihr Kleid auf, legte sich auf den Boden und sprach: »Wenn noch ein Funke menschlichen Mitleids in Euch lebt, guter Herr, macht es kurz mit mir und laßt mich zu meinem kranken Vater zurück, damit ich an seiner Seite bin, wenn er stirbt. Ich schwöre bei allem, was heilig ist, daß ich nichts in seinem Bett versteckt habe; sein und mein Leben habe ich mit unserem letzten Pfennig erkauft. So beeilt Euch denn. Nachher möget Ihr mitnehmen, was Ihr wollt, wenn Ihr mich nur in Frieden laßt.«

Ich war so erfüllt von meinen eigenen schweren Gedanken, daß ich nicht gleich erfaßte, was sie meinte. Dann errötete ich tief, wandte den Blick ab und sagte: »Ich habe nicht die Absicht, Eurer Ehre nahezutreten. Ich möchte nur um Essen bitten, so Ihr noch davon habt, und dafür bezahlen. Ich bin Arzt und will Eurem Vater gerne helfen, wenn ich darf, obwohl ich fürchte, daß menschliche Hilfe hier nichts mehr vermag.«

Mein Hund lief auf die Frau zu und leckte ihr die Hand; sie richtete sich überrascht auf, errötete leicht, und bedeckte den Busen.

»Ist es denn möglich, daß ich unter all den reißenden Tieren einen Menschen treffe?« rief sie. »Ich hatte selbst den Glauben an die Heiligen verloren. Ein Barbar nach dem anderen hat mein heißes Flehen mit Gewalt beantwortet. Sie zerrten meinen Vater aus dem Bett und schlitzten die Matratze auf, worin sie Geld vermuteten. Seid Ihr aber wirklich ein guter Mensch, so holt mir in Gottes Namen einen Priester, denn mein Vater bedarf seiner mehr als eines Arztes. Unsere Dienerschaft ist geflohen und unter die Plünderer gegangen, und als ich gestern selbst einen Priester suchen ging, wurde ich auf der Straße überfallen und beraubt und wagte nicht weiterzugehen.«

Ich sagte ihr, daß der Papst die Ausübung der Religion in Rom untersagt hatte und es fraglich sei, ob ein Priester es wagen würde, gegen das Interdikt zu handeln. Sie aber meinte hochmütig, der Heilige Vater würde wohl die Letzte Ölung einem seiner ergebensten und treuesten Untertanen nicht einfach verweigern, nur weil ihn selbst Unglück befallen habe. Sie hatte sich aus ihrer erniedrigenden Stellung erhoben und stand nun aufrecht, das Haupt stolz zurückgeworfen. Sie war eine wunderschöne Frau, etwa so alt wie ich, und stammte sichtlich aus guter Familie.

Ihr Kummer bewog mich, ihr zu willfahren. So meinte ich: »Ich werde einen Priester holen, wenn noch einer in Rom am Leben ist.«

Ich fühlte dem Kranken den Puls und lauschte seinem Atem, erkannte, daß er nur noch wenige Stunden zu leben hatte, und zweifelte, ob er die Wegzehrung empfangen könne. Ich machte mich jedoch eilends auf den Weg und erwischte einen Priester, der eben aus einer Kirche nahe einer Brücke schlich. Ich packte ihn, hielt ihn trotz seines Sträubens fest und bat ihn ehrerbietig, mitzukommen und seines heiligen Amtes zu walten; er aber entschuldigte sich mit dem Interdikt. So blieb mir nichts anderes übrig, als ihm das Schwert auf die Brust zu setzen und ihn vor die Wahl zu stellen, als Märtyrer seines Glaubens zu sterben oder als Ketzer weiterzuleben. Nach einigem Nachdenken kam er zur Überzeugung, daß die heilige Kirche ihn lebend besser gebrauchen könne als tot und daß er später für sein Vergehen die Lossprechung erhalten konnte. So holte er die heiligen Gefäße und das Öl aus ihrem Versteck unter einem Grabstein, und wir schritten schweigend, ohne ein Glöckchen zu läuten, an das Krankenbett des Sterbenden.

Während der Priester sich ihm widmete und die Tochter für die Seele des Vaters betete, wanderte ich im Hause umher. Ich sah viele Bände von den Werken der alten griechischen und römischen Philosophen kunterbunt auf dem Boden liegen, dazu Handschriften, worauf schmutzige Füße umhergetrampelt waren. Auch viele antike Statuen standen da, deren gelbliche Farbe zeigte, daß sie ausgegraben worden waren. Aber die Soldaten hatten diese heidnischen Götter von den Sockeln gestürzt und ihnen Hals und Beine gebrochen. Als ich der herrlichen Rundung einer marmornen Hüfte folgte, dachte ich an die – lange vor dem Anbruch des christlichen Zeitalters vermoderte – Hand des Künstlers und an den Meißel, der in einer heidnischen Welt diese unvergänglichen Abbilder der vergänglichen Menschengestalt geschaffen hatte. Daß sie mir nun, da die Grundfesten der Christenheit einstürzten, vor Augen kamen! Ich schob die Trümmer mit dem Fuß beiseite und ging in die Küche, wo ich etwas Knoblauch und einen Laib Brot vorfand.

Ich hatte kaum das Brot mit meinem Hund geteilt, als die Frau aus den inneren Gemächern trat und zögernd und mit niedergeschlagenen Augen berichtete, der Priester habe seines Amtes gewaltet und verlange nun sechs Dukaten. Sie bat mich, ihr diese Summe zu leihen, bis sie einen der reichen Gönner und Freunde ihres Vaters treffen könnte. Ich gab ihr das Geld. Die Raffgier des Priesters aber erbitterte mich so, daß ich hinten durch den Garten auf die Straße stürzte und, als er das Haus verließ, auf ihn zulief und ihm einen Schlag auf den Kopf versetzte, daß er hinfiel.

Der Greis lag nun, da er seine Rechnung mit Gott beglichen hatte, friedlich und heiter da und litt keine Schmerzen mehr. Mit zitternder Hand glättete er seiner Tochter das Haar, als sie an seiner Seite niederkniete, und er wußte wohl wenig von dem Unheil, das Rom heimgesucht hatte, weil er mich mit schwacher Stimme beschwor, dafür zu sorgen, daß er ein ehrliches Begräbnis erhalte und man seine Tochter im Palast des reichen Massimo in Sicherheit bringen sollte. Er wünschte keine Pferde mit Federbüschen vor seinem Leichenwagen, sondern sei zufrieden, wenn man ihn auf einer schlichten Bahre trage und in geweihte Erde bette. Ich brachte es nicht übers Herz, ihm die Wahrheit zu sagen, und versprach, seine Wünsche nach besten Kräften zu erfüllen. Dann kniete ich neben seiner Tochter nieder, um für seine Seele zu beten und dem Tod Ehrfurcht zu erweisen, der den Menschen seiner Freude beraubt, den mächtigsten Fürsten zu Staub und Asche zerfallen läßt und die Arbeit des Gelehrten eitel macht.

Als der Greis seinen letzten Atemzug getan hatte, erhob ich mich, um ihm die Augen zuzudrücken, ein Kissen unters Kinn zu schieben und die Hände auf der Brust zu falten.

Die Tochter weinte ein wenig, trocknete aber bald ihre Tränen und sagte mit einem Seufzer der Erleichterung: »Mein Vater ist eines christlichen Todes gestorben; das ist mir ein großer Trost. Während seines Lebens versäumte er oft die Messe und vergaß seine Gebete, da er die Schriften der alten Heiden studierte; für antike Denkmäler wendete er mehr Geld auf als für den Schmuck heiliger Altäre. Nun aber hat seine Seele Ruhe gefunden; es bleibt nur noch sein letzter Wunsch zu erfüllen, ihn in geweihte Erde zu betten.«

Mich verstimmte ihre törichte Hartnäckigkeit. Ich hielt ihr vor, daß Zehntausende von Leichen unbestattet an den Ufern des Tiber und vor den Kirchen verwesten und sie vergeblich hoffe, es werde sich jemand die Mühe nehmen, für einen einzigen armen Gelehrten ein Grab zu schaufeln.

Darauf erwiderte sie hochmütig: »Ich schulde Euch sechs Dukaten; wenn ich aber meinen Vater begraben und Ihr mich in Massimos Palast geführt habt, wird Euch diese Schuld mit Zinsen für

Eure Mühe vergolten werden. Der reiche Massimo wird der Tochter seines Freundes seinen Schutz nicht versagen.«

Ich brachte ihr schonend bei, daß Massimos Palast von Spaniern und Deutschen geplündert und verheert, Massimo selbst gefesselt und seine beiden Töchter vor seinen Augen vergewaltigt worden waren. Dann hatte man die Mädchen in die Kloaken gesteckt, wo sie die Schätze, welche die Eindringlinge dort versteckt glaubten, heben sollten. Daher würde sie wohl von Massimo und seiner Familie wenig Hilfe erhalten.

Die Frau biß sich auf die Lippen; die Erkenntnis, daß sie schutzlos und auf mich angewiesen war, trieb ihr die Tränen in die Augen.

Nach einigem Nachdenken aber meinte sie: »An mir selbst liegt mir nichts; mein Leib ist entehrt, mein Leben zählt daher wenig. Für meinen Vater aber wünsche ich ein angemessenes Begräbnis, und wenn Ihr ein Mann seid, werdet Ihr mir helfen.«

Ich weiß nicht, wodurch die Frau mich so bewegte, als sie an meine Männlichkeit appellierte; ich versprach aber, mein Bestes zu tun, und machte mich auf die Suche nach Andy. Zum Glück traf ich ihn am Ponte Sisto. Er trug einen silberhaarigen Greis auf dem Rücken, und eine Schar brüllender, lachender Pikeniere folgte ihm. Er sagte mir, der Alte sei der Kardinal Ponzetto, den sie von Palast zu Palast trugen, um Lösegeld für ihn zu fordern. Ich erklärte ihm mein Vorhaben, und das geplante Leichenbegängnis brachte die Pikeniere auf einen neuen Gedanken. Kardinal Ponzetto, meinten sie, verdiene, bei lebendigem Leib begraben zu werden, weil sie von ihm keinen Pfennig erhalten hatten. Sie hoben ihn auf, wo Andy ihn hatte fallen lassen, und trugen ihn zur nächsten Kirche. Andy folgte ihnen, und ich folgte wohl oder übel Andy.

Die Männer legten den Kardinal in einen Sarg, den sie irgendwo gefunden hatten, und stellten diesen mitten in der Kirche auf eine Bahre. Der alte Mann lag mehr tot als lebendig darin, als sie plärrend und predigend ihr Possenspiel mit ihm trieben. Dann hoben sie eine der Steinfliesen aus, als wollten sie ihn darunter begraben. Als aber selbst dies nichts fruchtete und ihm keinen roten Heller abpreßte, wurden sie des Spaßes überdrüssig und meinten, sie wollten in seinem Haus zu Gast sein und ein Bankett abhalten.

Andy wollte mitgehen, um des Essens willen. Ich aber bat und flehte ihn an, mir zu helfen, da die Vorsehung uns einen Sarg und eine schöne Bahre zugeschanzt hatte. Er überredete zwei Pikeniere, uns zu begleiten, und wir trieben bei einem Streifzug durch die umliegenden Häuser Träger für die Bahre und zwei Mönche zum Singen auf. Dann zogen wir in feierlicher Prozession im Schutze von Andys Bihänder zum Haus des Gelehrten.

Wir zogen dem Greis ein reines Hemd an, hüllten ihn in ein Leichentuch und legten ihn unter Psalmenklängen in den Sarg. Dann führte uns die Frau zu einer kleinen Begräbnisstätte, wo die Italiener bei einbrechender Dunkelheit eine Grube aushoben. Und so wurde der Gelehrte mit Ehren bestattet.

Als alles vorüber war und wir unsere Helfer mit unserem Segen entlassen hatten, blieben wir drei allein am Grab zurück und sahen den düsteren Abendhimmel vom Schein der Flammen, die in der Stadt wüteten, erglühen. Die Frau sprach ein letztes Gebet, erhob sich dann, küßte uns beide und nannte uns ehrliche Leute. Sie bat uns, das bißchen Speise im Hause ihres Vaters mit ihr zu teilen. Auf dem Weg dahin holten wir aus den nahen Häusern frisches Fleisch und Gemüse und ein Fäßchen Wein, das Andy auf der Schulter nach Hause trug.

Die Frau machte mit ungeübten Händen in der Küche Feuer und begann das Fleisch zu braten, während Andy seine Abenteuer an diesem Tage schilderte und mir eine Handvoll grüner und roter Edelsteine zeigte, die er aus einem Reliquienschrein in einem Kloster gebrochen hatte. Er erzählte auch, er habe den Schädel des heiligen Johannes des Täufers gesehen und hätte ihn nur zu gerne an sich gebracht und an den Dom zu Abo gesandt. Es wäre eine löbliche Tat gewesen, meinte er, da wir zu Hause so wenige wertvolle Reliquien besäßen. Es war ihm aber ein anderer zuvorgekommen.

Nachdem er eine Weile die wahnsinnige Raserei der Spanier beschrieben hatte, schloß er: »Sie machen sich ein Vergnügen daraus, Frauen und selbst Kinder zu martern und sie mit Gewalt zu allen möglichen Lastern zu zwingen, während ein ehrlicher Mann sein Glück in der Neigung und Gunst der Frauen sucht — und es fehlt zu Rom nicht an heiteren Mädchen, die aus freien Stücken gerne die Freuden und die Beute der Soldaten mit ihnen teilen.«

Die Frau vergaß ihren Braten und wandte sich an uns: »Ich

habe im Hause meines Vaters ruhig der Wissenschaft gelebt. Ein hochgestellter Edelmann bemühte sich um mich; da er aber die geistliche Laufbahn ergreifen sollte, hatte er mir nichts als die unsichere Stellung seiner Geliebten zu bieten; daher wies ich ihn ab. Andere Bewerber von geringerem Stand verschmähte ich. Nun hat mich Gott für meinen Stolz gestraft, und ich werde wohl nie wieder einen Mann ohne Abscheu ansehen können. Vielleicht werde ich, wenn die Ordnung wiederhergestellt ist und die Räuber aus Rom vertrieben sind, in ein Kloster gehen, dessen Regeln nicht zu streng sind.«

Andy erwiderte: »In den Klöstern Roms wird Platz genug sein, edle Frau, und Ihr werdet große Auswahl haben. Zu San Silvestro beispielsweise ist nur mehr eine einzige Nonne am Leben, und ich sah sie zuletzt nackt durch die Straßen dem Manne nachlaufen, der den Schädel des heiligen Johannes des Täufers stahl. Laßt Euch von Eurem voreiligen, unüberlegten Plan abbringen. Noch weiß niemand, welche Kirche der Kaiser an Stelle der gestürzten aufrichten will. Soviel aber kann ich sagen: Zwölftausend starke Männer haben beschlossen, Doktor Luther, wenn nötig mit Gewalt, zum Papst zu wählen, und Doktor Luther liebt weder Klöster noch Zölibat. Er hat eine Nonne gefreit.«

Darauf vergaß die Frau erneut ihres Bratens, der unbeachtet ins Feuer fiel. Sie starrte uns mit offenem Mund an und fragte sodann: »So gibt es also nirgends eine Zuflucht für eine schutzlose Frau?«

Andy nahm das Fleisch aus dem Feuer, roch daran und schnitt die versengten Teile weg. Wir setzten uns an den Tisch und begannen unser Mahl, obwohl das Fleisch auf einer Seite verbrannt, auf der anderen roh war und wir es mit tüchtigen Schlucken Weines hinunterspülen mußten.

Die Frau barg das Gesicht in den Händen und bejammerte ihre schutzlose Lage; Andy aber tröstete sie mit folgenden Worten: »Ich verstehe Euren Schmerz. Allein auf dieser Welt verliert der Mensch nichts unwiederbringlich, außer sein Leben. Wenn Ihr Zeit gehabt habt, ruhig zu überlegen, werdet Ihr finden, daß das Leben immer noch süß schmecken kann — jedenfalls besser als verbranntes Fleisch. Ich höre, daß einige rohe Gesellen Euch Gewalt angetan haben; aber seid dankbar, daß es nicht Spanier waren, die Euch verstümmelt hätten, um Geld von Euch zu erpressen. Ihr steht nicht schlimmer da als ein Geselle, der im Rausch alle möglichen Torheiten beging und, wenn er nüchtern wird, sich für den elendesten aller elenden Sünder hält. Ihr würdet überrascht sein, zu sehen, wie rasch dieses Gefühl verfliegt, wenn Ihr nach einem Gläschen oder zwei wieder klaren Kopf habt. Laßt mich Euch daher raten: Eßt und trinkt und gewinnt Eure Kräfte wieder, und denkt nur daran, daß Ihr Eurem Vater ein Leichenbegängnis bereitet habt, wie es in diesen Tagen nicht einmal die reichsten und angesehensten Toten in Rom schöner hätten haben können.«

Seine schlichten Worte belebten die Tochter des Gelehrten und heiterten sie auf. Sie bemühte sich, uns zuzulächeln, und sagte: »Ich bin in der Tat undankbar und habe meine Pflichten als Gastgeberin vernachlässigt. Eure Freundlichkeit läßt mich wünschen, ich hätte mehr Zeit auf die Kochkunst und weniger auf Versemachen und geistliches Drama verwendet. Vielleicht habt Ihr recht; vielleicht wollte mich Gott für meine Anmaßung strafen, indem er es zuließ, daß mein Leib entehrt wurde, den ich so eifersüchtig selbst vor der zartesten Liebkosung hütete. Und wenn auch der Gedanke, daß es noch schlimmer hätte kommen können, nur geringen Trost gewährt, will ich mich doch wie ein Philosoph darein schicken. Ich frage mich nur, wie ich Euch alles vergelten soll, wo ich nicht einmal Fleisch so rösten kann, daß es Euch schmeckt. Doch so Ihr wünschet, will ich Euch einige schöne Verse vorsprechen, oder die Reden der heiligen Magdalena aus dem Passionsspiel, worin ich so großen Beifall fand.«

Andy aber entschuldigte sich, meinte, er habe seine Pikeniere zu lange allein gelassen, und drang in mich, zum Schutz der edlen Frau im Hause zu bleiben, da ich als Gelehrter die Dichtkunst wohl zu schätzen wisse. So ging er denn und ließ uns in dem zerstörten Haus zurück, das diesem lieblichen Mädchen bis vor zwei Tagen noch ein Heim gewesen war. Wir fanden keine Worte, sondern saßen schweigend beim Schein der Wachskerzen zusammen, bis sie mir endlich leise sagte, sie heiße Lukrezia, und mich bat, mit ihr wie ein Bruder zu sprechen. Sie reichte mir ihre Hände, weil sie fror und sich fürchtete. Mein Hund rollte sich vor dem verglimmenden Feuer zusammen; ich schwieg noch immer.

Und die Frau sprach: »Meinem Vater brach das Herz, als die Soldaten seine alten Statuen zertrümmerten und die Bände, in die er sein ganzes Vermögen gesteckt hatte, mißhandelten. Er starb wohl, weil er das Werk seines ganzen Lebens mit einem Schlage vernichtet sah. Nun aber, da er tot ist, bin ich frei und fürchte meine Freiheit. Mir ist wie dem Vogel, den ein Windstoß aus seinem Käfig in eine wildere, schrecklichere, vielleicht aber auch herrlichere Welt hinausgefegt hat. Lege die Arme um mich, Michael; wärme mich, schütze mich. Diese beiden Kerzen sind die einzigen, die wir im Hause haben; wir wollen sie auslöschen. Wir können ebensogut im Dunklen sprechen.«

Sie tat es, und ich legte die Arme um sie. In der Qual meiner schweren Gedanken fand ich Trost in der Umarmung eines Menschenwesens, das ebenso einsam und verlassen war wie ich selbst.

Am Morgen erhob sie sich vor mir. Als ich sie wiedersah, war sie bleich und schweigsam und in Schwarz gekleidet. Wenn ich mit ihr sprach, wich sie meinem Blick aus, und als wir beim Frühstück über den Resten des Abendmahls vom Vortag saßen, behandelte sie mich wie einen Fremden oder einen Feind. Ich konnte nicht ergründen, was sie dachte oder fühlte. Mein Gewissen ließ nicht zu, sie allein und schutzlos zurückzulassen; so brachte ich sie ins Lager der Pikeniere und vertraute sie der Obhut der Wachen an. Die gutmütigen Deutschen hatten eine Reihe Frauen aus den Klauen der Spanier gerettet und ließen sie nun für sich waschen und kochen. Ich wußte keine bessere Zuflucht für Lukrezia; ich selbst mußte ja auf meinen Vorteil bedacht sein und mich in der Stadt umsehen, solange das Plündern noch erlaubt war.

Als ich am Abend zurückkehrte und ihr Essen mitgebracht hatte, war sie aus dem Lager verschwunden, und die übrigen Weiber meinten verächtlich, die Lauge im Waschwasser sei für ihre zarten Hände zu rauh gewesen und sie sei auf der Suche nach einem geeigneten Gönner ein paar Spaniern nachgelaufen. Ich war entsetzt über ihre Torheit und suchte sie in ihrem Hause; sie war jedoch nicht zurückgekehrt. Ich blieb in dem Haus, das unweit der Peterskirche stand, so daß ich auch leicht nach meinem Esel sehen konnte, während ich sie erwartete. Als die Plünderung vorbei war, kam Andy zu mir, um sich von seinen Ausschreitungen zu erholen. Er brachte eine Schar seiner Leute mit, so daß wir unser Quartier gegen Eindringlinge verteidigen konnten. Wir legten Vorräte von Mehl und Dörrfleisch an, denn es stellte sich gar bald heraus, daß wir keineswegs die Fleischtöpfe Ägyptens erobert hatten, sondern uns ärgerer Hunger und schlimmere Entbehrungen drohten als je zuvor.

5

Während jener acht Tage wäre es selbst einer kleinen feindlichen Schar ein leichtes gewesen, in die Stadt einzudringen und den Papst aus der Engelsburg zu befreien, denn unsere Truppen waren völlig zügellos und ergaben sich dem Plündern und den Ausschweifungen. Eines Tages ließ der Prinz von Oranien, der sich im Vatikan verborgen hatte, um die heillose Unordnung nicht mitansehen zu müssen, Alarm schlagen, um das Heer durch den Schreck wieder zu Einigkeit und Ordnung zu führen. Aber von dreißigtausend Mann fanden sich nur fünftausend ein.

Am Ende dieser Plünderwoche wurde die Beute gemäß den Kriegsartikeln verteilt. Man hatte gemünztes Gold und Silber im Wert von zehn Millionen Dukaten erbeutet, desgleichen Gold- und Silbergefäße und Edelsteine, die zusammen ebensoviel wert waren. Nach der Verteilung gab es keinen Arkebusier und Pikenier, der sich nicht in Samt und Seide herausstaffiert hatte und Goldketten um den Hals trug; noch der gemeinste Mann konnte mit wenigstens hundert Dukaten in der Börse klingeln. Andere Habe aber wie Möbel, Gemälde, Bücher, Reliquien und kostbare Stoffe, die entweder vernichtet oder im Ghetto um einen Pappenstiel verschleudert worden waren, war wenigstens ebensoviel wert gewesen wie die verteilte Beute, und die zahllosen Häuser und Paläste, die in Brand gesteckt oder in die Luft gesprengt worden waren, wieder zu errichten, hätte viele Millionen Dukaten gekostet.

Als die Ordnung so weit hergestellt war, daß die Krämer sich wieder zeigen und die Schenken ihre Tore öffnen konnten, stellte sich bald heraus, daß der Reichtum allen Sinn verloren hatte. Kaum drei Wochen vergingen, und schon kostete ein gewöhnlicher Laib Brot einen Dukaten, und die allerärmsten Einwohner waren am Verhungern. Kein Bauer war ein solcher Tor, Nahrungsmittel nach Rom zu bringen, und die in der Stadt angelegten Vorräte waren entweder von der aufrührerischen Bevölkerung in der ersten wilden Völlerei verschlungen oder aber den Schweinen vorgeworfen worden. Die Luft war von Fäulnis verpestet, überall huschten Ratten umher und benagten die Leichen, und eines Tages erschossen einige Spanier unweit des Kolosseums zwei Wölfe, die der Aasgeruch in die Stadt gelockt hatte.

Im Gefolge der Hungersnot kam die Pest, und ich, der ich in ihrer Behandlung unerfahren war, konnte nun Erfahrungen sammeln, die mir für den Rest meines Lebens reichten. Als die ersten unter den Pikenieren über brennenden Durst zu klagen und ihre schmerzenden Achselhöhlen und Leisten zu betasten anfingen, wußte ich, was uns erwartete, und konnte aus Mangel an Arzneien sie nur zur Ader lassen und ihnen Brechmittel eingeben, damit sie nicht vor Fieber und Schmerzen verrückt würden und sich in den Fluß stürzten. Die Pest verbreitete sich sogar bis in die Engelsburg, und viele fürchteten, der Papst könnte uns durch die Lappen gehen.

Wir lebten wie in einem Alptraum. Ich taumelte im Gehen und litt an Schwindelanfällen; doch zwang ich mich, meinen Esel zu füttern und zu tränken. Als ich eines Morgens in der Peterskirche nach ihm sah, strömten etwa hundert Pikeniere in die Kirche, banden die Maulesel los und verlangten auch meinen Esel, den sie zu irgendeinem Mummenschanz benötigten. Ich ging mit ihnen, um ihn nicht aus den Augen zu verlieren. Als ich ihn nachher wieder haben wollte, packten sie mich und zwangen mich, ihnen zu folgen und einen Priester ausfindig zu machen, den sie martern wollten. Es gab einige wenige Priester in Rom, die trotz des Interdikts immer noch ihres Amtes walteten, den Opfern des Hungers und der Pest die Sakramente spendeten, die Kranken betreuten und die Betrübten trösteten. Einer dieser guten Leute hatte das Unglück, uns zu begegnen, und die Pikeniere befahlen ihm, meinem Esel die heilige Hostie zu reichen. Allein obgleich sie ihn schlugen und verbleuten, bis ihm das Blut aus dem Mund und Nase lief, widerstand er dennoch mannhaft und sagte, er wolle lieber sterben als das Sakrament entweihen. Seine Standhaftigkeit erboste die vom Teufel besessenen Männer über die Maßen; sie ermordeten ihn und traten die Hostie in den Schmutz. Mein Esel begann zu wiehern, und mit diesem Laut im Ohr, fiel ich in Ohnmacht.

Ich erwachte inmitten betäubenden Gestankes und fühlte brennenden Durst und starke Schmerzen. Ich tastete um mich und erwischte einen verwesenden menschlichen Arm, der sich vom Körper löste. In meinem Delirium meinte ich, im höllischen Feuer zu liegen. Allmählich aber wurde mein Kopf klarer, und ich erkannte, daß man mich ausgeraubt und vor einer kleinen Kirche nackt unter die Pestleichen geworfen hatte. Die Angst verlieh mir die Kräfte, auf die Straße zu kriechen und mit zitternder Stimme um Hilfe zu rufen. Viele Menschen kamen vorbei, machten sich aber eilends aus dem Staube, als sie meine Stimme hörten. Ich fühlte die Geschwüre in Achselhöhlen und Leisten, die mir gräßliche Schmerzen bereiteten. Mein Kopf war vom Fieber wie benebelt; mir war, als hörte ich noch immer das schrille Wiehern des Esels, wie damals, als der sterbende Priester die Finger auf die geweihte Hostie gelegt hatte, um sie vor den Tritten der Soldaten zu schützen.

In der Gewißheit, daß ich dem Tode nahe war, fiel ich aufs neue in Ohnmacht, erwachte aber nach Einbruch der Dunkelheit und fühlte, wie mir eine kleine Zunge das Gesicht leckte – Rael war bei mir. Er hatte sich im Gedränge verlaufen, aber irgendwie zu mir zurückgefunden. Als er sah, daß ich wach war, stieß er kleine Freudenschreie aus und zwickte mich ins Ohr, damit ich aufstände. Das brennende Fieber machte mich federleicht, und ich stand wie viele andere Pestkranke auf und taumelte die Straße hinunter, lehnte mich gegen die Wände der Häuser und fiel oft auf mein Gesicht.

Ich war mir des Weges, den ich einschlug, nicht im geringsten bewußt; der Hund aber brachte es fertig, mich bis dicht an Lukrezias Haus zu führen. Da fiel ich wieder, und diesmal konnte ich mich nicht mehr erheben. Rael zog und zerrte ein Weilchen an mir und lief dann kläffend weg, um Andy zu wecken und zu mir zu führen. Andy hob mich auf und trug mich ins Haus – eine selbstlose Tat, die kaum zu übertreffen ist, denn selbst ein Arzt wird sich hüten, einen Pestkranken zu berühren, und sich auf der anderen Seite des Gemaches aufhalten, wenn er ihn nicht zur Ader lassen muß; dann aber wäscht er sich die Hände in Salz und Essig.

Ich lag mehrere Tage krank, und meine Gedanken verwirrten sich, so daß ich Andy für Jungfer Pirjo oder Barbara nahm, wenn er mir frisches Wasser brachte oder meine Geschwülste mit essiggetränkten Tüchern benetzte. Während er schlief, hielt Rael Wache bei mir und verscheuchte die Ratten. Nach fünf Tagen aber reiften meine Geschwüre und brachen von selbst auf. Das Fieber legte sich, so daß ich wieder klar denken und erkennen konnte, wo ich mich befand.

Als Arzt wußte ich, daß ich genesen konnte, wenn ich nur die Zeit der folgenden Schwäche überlebte und genug Nahrung zu mir nahm. Daher gab ich mir alle Mühe, den Haferbrei hinunterzuschlingen, den Andy mir zubereitete, und naschte getrocknete Früchte, deren Süße mich erfrischte. Ich konnte noch nicht selbst vom Bett aufstehen; deshalb ließ Andy, sooft er nach Nahrungsmitteln unterwegs war, die Pikeniere als Wache zurück, weil wir noch immer den Großteil unserer Beute im Hause versteckt hatten. Sie aber vernachlässigten aus Angst vor der Pest oft ihre Pflicht und pflegten im Vertrauen auf die Sicherheit unseres Verstecks die Nachbarhäuser aufzusuchen, um dort zu plaudern und sich mit den Frauen zu vergnügen. Daher ließ Andy eine geladene Büchse an meinem Bett zurück.

Als ich eines Tages in jener äußersten Schwäche, welche die Pest mit sich bringt, im Bett lag und mein vergeudetes Leben überdachte, hörte ich plötzlich Stimmen. Lukrezia erschien in der Tür und maß mich erstaunt. Sie trug ein flammendrotes Seidenkleid, das Arme und Brust frei ließ; ins Haar hatte sie eine Perlenkette geflochten. Sie trug auch Ohrringe von kostbaren Edelsteinen, und als sie die schlanken Finger mit verwunderter Gebärde an die Lippen führte, blitzten schwere Ringe auf.

Ich glaubte zuerst, wieder in meine Fieberträume verfallen zu sein; dann aber lächelte ich und rief mit schwacher Stimme: »Lukrezia, Lukrezia!«

Sie bekreuzigte sich und erwiderte: »Bist du es, Michael? Hast du die Pest? Ich sah das Kreuz an der Tür.«

Ich befühlte mein bärtiges, abgezehrtes Gesicht und wunderte mich nicht, daß sie mich nicht gleich erkannt hatte. Selbst diese leichte Anstrengung machte mich atemlos. Sie trat näher, vermied es aber sorgfältig, mich zu berühren, und bemerkte dabei eine Brotrinde und etwas Haferbrei in einer irdenen Schüssel neben mir.

»Hier gibt es zu essen«, rief sie aus und begann an der Rinde zu nagen; dabei starrte sie mich aus ihren schwarzen Augen an. Ein bärtiger Spanier trat breitspurig ein und verschlang gierig den Haferbrei.

»Um Gottes willen, Lukrezia«, sagte ich. »Das ist alles, was ich zu essen habe, und meine Genesung hängt daran. Hast du alles vergessen, was ich für dich getan habe?«

Lukrezia aber wandte sich an den Spanier: »Vielleicht hat er noch mehr Eßbares im Bett. Er muß irgendwo auch Geld versteckt haben.«

Der Spanier zerrte mich an den Fersen aus dem Bett auf den Boden, um seine Hände nicht der Ansteckungsgefahr auszusetzen, und schlitzte mit dem Schwert die Matratze auf. Es war ein hochgewachsener, schmächtiger Kerl mit glänzendem blauschwarzem Bart und trug ein juwelenbesetztes Brustkreuz an einer Goldkette um den Hals.

Er maß mich streng und unerbittlich und fragte: »Muß ich dir die Fußsohlen mit Pechfackeln versengen, oder willst du uns sagen, wo du Speisen und Geld versteckt hast?«

»Lukrezia!« rief ich. »Das hätte ich nicht von dir, ja von keinem Menschen gedacht. So belohnst du meine Güte?«

Sie sagte zu dem Spanier: »Dieser Mann hat mir unauslöschliche Schande angetan. Er vergewaltigte mich, als ich ihm schutzlos ausgeliefert war; dann sollte ich ihm die Hemden waschen. Überdies ist er ein Lutheraner, und es wäre ein gottgefälliges Werk, ihn zu töten.«

Der Spanier aber wollte mir nicht an den pestverseuchten Leib. So verließen sie die Stube, und ich hörte, wie sie auf der Suche nach unserer Beute das Unterste zuoberst kehrten und Ziegel aus dem Boden hoben. Inzwischen gelang es mir, der Büchse habhaft zu werden; ich spannte sie und blieb, an das Bett gelehnt, auf dem Boden sitzen. Gleich darauf hörte ich Lukrezia mit dem Spanier zanken, und der Mann trat aufs neue ein, einen flammenden Feuerbrand in Händen. Er stutzte aber und hielt ein, als er mich sah. So hatte ich Zeit, zu zielen und abzuziehen. Die Kugel traf ihn in die Brust, und er fiel nach hinten zur Tür hinaus, bevor er noch einen Fluch über die Lippen brachte.

Wogender Rauch erfüllte das Gemach. Lukrezia fiel neben ihrem Liebhaber auf die Knie; als sie aber sah, daß er im Sterben lag, packte sie die Wut. Sie zog sein Schwert und tat einen Schritt auf mich zu; ich aber richtete die Büchse auf sie und drohte, zu schießen. Gott weiß, wie mir der Gedanke kam. Das törichte Weib vergaß, daß ich erst neu laden mußte, bevor ich schießen konnte; sie ließ das Schwert fallen und bat mich, ihr Leben zu schonen. Sie meinte, ich täte klug daran, ihr Freund zu bleiben, sonst würde sie Spanier senden, mich zu töten. Ich aber erkannte, daß sie Angst hatte, wollte sie nicht so ungeschoren davonkommen lassen, schwenkte drohend meine Waffe und hieß sie, ihre Ringe und Ohrringe abzunehmen und neben dem Spanier auf den Boden zu legen. Sie weinte, beschwor mich und versuchte mich zu besänftigen, so gut sie konnte, allein vergebens. Schließlich aber brach sie in so greuliche Verwünschungen aus, daß ich nie gedacht hätte, eine Frau könne selbst im Umgang mit den Spaniern in so kurzer Zeit so abscheuliche Flüche erlernen. Ich weiß nicht, wie die Sache geendet hätte, wenn nicht der Schuß die Pikeniere aus ihrer lärmenden Unterhaltung aufgeschreckt hätte. Eben stürzten sie herein und ergriffen Lukrezia.

Entsetzt starrten sie auf die Leiche des Spaniers, weil sie fürchteten, Andy würde sie bei lebendigem Leibe schinden, da sie das Haus unbewacht gelassen hatten. Daher sprangen sie mit jenem üblen Weibe schlimmer um, als ich erwartete. Sie rissen ihr das rote Kleid vom Leibe und schlugen sie mit Dornenruten, bis sie blutüberströmt war, und hätten sie ohne Zweifel getötet – was das klügste gewesen wäre –, allein der Anblick ihres Elends bewog mich, sie freizulassen. Sie stießen sie so nackt, wie sie bei ihrer Geburt gewesen, auf die Straße hinaus. Darin erging es ihr freilich nicht schlimmer als vielen anderen Frauen in Rom. Ihre Niedertracht hatte uns nur Vorteile gebracht, weil sich in des Spaniers Börse an die fünfhundert Dukaten fanden und das Brustkreuz allein wenigstens hundert wert war, woraus ich schloß, daß er unter seinen Leuten ein Mann von Rang gewesen sein mußte.

Nach Andys Heimkehr verließen wir, ohne zu säumen, das Haus. Die Pikeniere trugen mich auf die andere Seite des Flusses, wo wir uns in einem leeren Haus verbargen. Lukrezia würde sicherlich die Spanier sogleich aufhetzen. Sie würden die Stadt nach uns absuchen, um ihren Waffengefährten zu rächen, denn diese Leute waren ebenso rachsüchtig wie habgierig und vergaßen eine erlittene Unbill nie.

Als aber meine Geschwüre verheilt waren und ich wieder auf eigenen Beinen stehen konnte, sagte ich zu Andy: »Während meiner Krankheit hatte ich Muße zum Nachdenken, und ich fürchte, wir haben uns an dem schlimmsten Raubzug, den die Welt je gesehen hat, beteiligt. Mag sein, daß unser ganzes Leben nicht mehr hinreicht, für unseren Anteil daran Sühne zu leisten. Unsere Strafe war Pest und Hungersnot, und ich glaube, nicht einmal der Kaiser kann der Vergeltung für die furchtbaren Verbrechen entrinnen, die wir in seinem Namen begangen haben. Daher soll nun jeder selbst für sein Seelenheil sorgen. Uns bleibt ein einziger Weg: aus der Stadt zu fliehen, die einst der Stolz der Christenheit war und aus der wir ein Trümmerfeld gemacht haben.«

Andy erwiderte bedächtig: »Wir haben in der Tat in Rom so viel eingeheimst, wie man es in einer solchen Stadt nur kann. Freilich muß der Papst erst freigekauft werden; dabei werden aber für jeden Mann nur ein paar Dukaten herausspringen, den Löwenanteil werden, fürchte ich, unsere Befehlshaber einstecken. So bin auch ich bereit, Rom zu verlassen – um so lieber der Spanier wegen, die du beleidigt hast. Wir können ihnen nicht lange entrinnen. Wie wir aber aus dieser verfluchten Stadt herauskommen und wohin wir uns wenden sollen, das ist eine vertrackte Geschichte.«

Rael lag zu meinen Füßen und hörte uns zu. Nun hob er den Kopf und sah mich flehend an.

Meine Schwäche trieb mir die Tränen in die Augen, und ich sprach zu Andy: »Wir haben uns mit jeder Unreinheit befleckt. Wir haben den Glauben unserer Kindheit verloren und dürfen kaum auf Vergebung hoffen. Während meiner Krankheit reifte in mir die Überzeugung, daß all unser Elend an dem Tag anhob, da wir von unserer Wallfahrt nach dem Heiligen Land abwichen. Ich möchte dich nicht gegen deinen Willen überreden, Bruder Andy, bin aber entschlossen, diese Reise nun mit dir oder ohne dich fortzusetzen, und keine Macht der Erde kann mich von meinem Vorhaben abbringen.«

»Der Weg nach Jerusalem ist beschwerlich und voller Gefahren«, sagte Andy. »Wir könnten den Ungläubigen in die Hände fallen. Könnten wir nicht hier ebensogut unser Seelenheil finden? Einer von Schärtlins Pikenieren hat die Lanzenspitze des heiligen

Longinus gestohlen, die unseres Herrn Herz durchbohrte. Er hat sie an seine eigene Pike gebunden und schwört, sich damit geradewegs bis in den Himmel durchzuschlagen, und wenn ihm tausend Teufel im Wege stünden. Vielleicht würde er sie uns verkaufen, wenn wir ihm genug dafür bieten. Sie könnte nicht mehr kosten als die Reise ins Heilige Land.«

Ich schüttelte den Kopf über seine Halsstarrigkeit und Torheit.

»Du verstehst nicht, was ich meine«, versetzte ich. »Sei lieber still. Als ich von der Pest genas, träumte ich, wir schritten auf einer leuchtenden Straße dahin. Im Gehen stolperten wir über Dornbüsche und Trümmer. Am Ende der Straße aber lag das heilige Jerusalem, eine goldene Stadt. Gleich tags darauf kam die tückische Lukrezia mit dem Spanier ins Haus, und ich wäre eines schrecklichen Todes gestorben, hätte nicht die Vorsehung mir gnädig die Kraft gegeben, den Kerl zu erschießen. Das ist ein unleugbares Zeichen. Was die Gefahren und Beschwernisse der Reise betrifft, so übertreibst du, denn der Kaiser zahlt nun dem Sultan jährlich zwanzigtausend Dukaten für den Schutz der Pilger und der heiligen Stätten, und wir brauchen uns nur bei den Türken in Venedig einen Geleitbrief zu besorgen. Wir können bequem mit einem venezianischen Schiff reisen, denn ich habe genug erspart, um dafür aufzukommen und Lebensmittelvorräte einzukaufen. Es war die Vorsehung, die mir den Spanier und seine Börse sandte, um den Verlust wettzumachen, den ich erlitt, als ich auf der Straße erkrankte und beraubt wurde.«

Andy erkannte nun, daß ich nicht in Fieberträumen redete, sondern meinen Plan sorgfältig überdacht hatte. Er kratzte sich am Kopf und meinte schließlich: »Die See wird ja wohl im Sommer nicht allzu stürmisch sein, und unsere Fahrt von Genua nach Spanien habe ich in guter Erinnerung.«

»Herrlich, Andy!« erwiderte ich. »So mußt du die Dinge betrachten. Du wirst unsere Reise bis Venedig ermöglichen, ich werde die Seereise von dort nach dem Heiligen Land übernehmen, und so wird der fromme Vorsatz unserer Jugend erfüllt werden. Wir wollen diese letzten abwegigen Jahre vergessen und unsere Seelen retten. Mag der Kaiser seine eigenen Taten rechtfertigen, wir wollen für die unseren einstehen.«

Zwei Tage darauf ruderten wir, als Träger verkleidet, den Tiber hinab nach Ostia. Uns begleiteten der venezianische Gesandte

Domenico Venier und zwei Damen des Hofes von Mantua, gleichfalls verkleidet. Ich war noch so schwach, daß ich kaum das große Ruder führen konnte. Aber mein Geist frohlockte über den Abschied von Rom, das hinter uns versank, und ich labte mich an der frischen Juniluft nach alldem Gestank brennender Trümmer und verwesender Leichen. Da Rom, dieser ausgeraubte Leichnam, hinter uns verschwand, war mir, als läge die ganze Christenheit wie ein verwundetes, pestkrankes und jammerndes Geschöpf danieder, vor dem man fliehen mußte, wollte man seine Seele retten.

In Ostia waren wir in Sicherheit. Domenico Venier hatte beschlossen, die Signoria seiner mächtigen Republik zu überreden, dem Papst Lösegeld zu leihen; daher erleichterten uns die kaiserlichen Besatzungstruppen in Ostia die Reise nach Möglichkeit, und auf offener See standen wir unter dem Schutz der verbündeten Flotte unter dem Befehl Andrea Dorias. So langten wir wohlbehalten in Venedig an, wo wir uns nach dem Heiligen Land einschiffen wollten.

Ich habe nun die vielen seltsamen Abenteuer meiner Jugend aufrichtig geschildert und nicht versucht, meine Irrtümer zu verhehlen oder meine Taten in günstiges Licht zu rücken. Die bloße Erzählung reicht wohl hin, den klugen Leser von meinen guten Absichten zu überzeugen, und auch meine christliche Demut nach der Plünderung Roms muß für mich sprechen. Doch hoffe ich, eines Tages Gelegenheit zu finden, von unserer Seereise von Venedig aus zu berichten, auf der wir das Heilige Land nie erreichten, und wie ich statt dessen den Turban nehmen und ein Anhänger des Propheten werden mußte. So werde ich die schändlichen Lügen widerlegen, die über mich in christlichen Ländern umliefen, als ich nach vielen Rückschlägen im Dienste des Sultans Ruhm und Ehre erwarb.

Band 12519

Hannes Wertheim

Der Kapuzinermönch

Deutschland 1525. In Thüringen ziehen die Bauern in einen Krieg für Freiheit und Gleichheit vor Gott. Angeführt werden sie von dem revolutionären Prediger Thomas Müntzer. Sie kämpfen im Geist der Reformation und gegen die eigene Verelendung. Der Aufstand wird blutig niedergeschlagen. Um das grausame Strafgericht der Fürsten zu beenden, schließen sich einige der letzten Rebellen zusammen, um - als Gaukler getarnt - das Morden und Plündern einzudämmen. Ein waffenkundiger Kapuziner und eine heilkundige, geheimnisvolle Frau sind die Anführer der mutigen Schar. Als gefährlichste Widersacher erweisen sich der ehrgeizige, blutrünstige Ritter von Bogenwald und sein Berater, ein teuflicher Mönch im weißen Habit. In der Reichsstadt Köln kommt es zu einem dramatischen Gefecht.

BASTEI LÜBBE